EL MÁGICO APRENDIZ

colección andanzas

LUIS LANDERO
EL MÁGICO APRENDIZ

TUSQUETS
EDITORES

1.ª edición: febrero 1999

© Diseño de la colección: Guillemot-Navares
Reservados todos los derechos de esta edición para
Tusquets Editores, S.A. - Cesare Cantù, 8 - 08023 Barcelona
ISBN: 84-7223-085-1
Depósito legal: B. 359-1999
Fotocomposición: Foinsa - Passatge Gaiolà, 13-15 - 08013 Barcelona
Impreso sobre papel Offset-F Crudo de Papelera del Leizarán, S.A.
Liberdúplex, S.L. - Constitución, 19 - 08014 Barcelona
Impreso en España

Índice

I
Insomnio

La noticia llegó casi de madrugada, y al principio fue solo el rumor de un altercado callejero, de una pendencia entre borrachos que había ocurrido por los alrededores y en la que había resultado un muerto y algún herido grave. Poco después, el propio dueño del local salió a la calle y se alejó hasta la esquina para recabar información sobre el paradero de la juventud esa noche, y al volver trajo la novedad de que el muerto era un extranjero, un árabe quizá. La gente que vivía por allí y que venía de recogida aportó más tarde otras conjeturas y detalles. Alguien aseguró que los muertos eran dos, y que uno de ellos se llamaba Joaquín. Otro dijo haber oído de testigos directos que todo había empezado por una discusión política y que uno de los heridos era un niño de unos cinco o seis años. Luego se supo que la víctima y el asesino eran parientes entre sí. Matías, que estaba estribado en un extremo de la barra y agitaba un vaso con restos de licor y de hielo, oyó contar los pormenores del suceso sobre el fondo ilusorio de ese son pastoril. «Vivir es un enredo. No merece la pena», sentenció el otro cliente desde el rincón opuesto de la barra. Le había arrancado un ala a una mosca y ahora la toreaba usando de muleta y estoque un mondadientes y un billete de metro. Él mismo, con los labios flojos y la voz ronca y sabia, se jaleaba por bajo la faena.

Así empezó todo. Matías había llegado allí por una de esas casualidades de la vida. Pero por lo demás aquel había sido un día como tantos, un día perdido entre los días, un viernes caluroso de marzo sin nombres propios y sin ningún signo visible que pareciera llamado a perpetuarse. Había ido a la oficina como siempre, y al regreso había compartido como siempre una parte del itinerario con Martínez, Bernal y Veguita, y luego ellos se

11

habían ido descolgando del grupo y él se quedó solo y, como cada viernes, compró pollo asado y ensaladilla rusa y comió en la cocina, mientras estudiaba en una revista los programas de televisión para el fin de semana. Con un bolígrafo de dos colores resaltó en rojo los mejores espacios, y los dudosos en azul. Para ese viernes había un documental de fauna submarina en la sobremesa y una película de terror por la noche. Empezó a ver el documental con el volumen muy bajo, tumbado en el sofá, fumando y haciendo roscos con el humo, cada vez más fascinado con las evoluciones ingrávidas y como sonámbulas de los peces, hasta que finalmente se quedó dormido.

Soñó con una tarde infantil de verano donde él era milagrosamente feliz. Se trataba de un sueño sin argumento, sin apenas imágenes, y con un cántico triste de doncellas que llegaba como de ultratumba y subyugaba de tan dulce. Vio a sus padres jóvenes vestidos con prendas claras de verano que miraban risueños cómo él arrancaba puñaditos de hierba y los tiraba al aire como si fuesen pájaros o monedas. Luego, cuando un hilo amargo de vigilia se filtró en el sueño y el coro se mezcló y confundió con las voces y el rumor del tráfico que subían de la calle, creyó que habían pasado solo unos minutos, pero al abrir los ojos vio mecerse en la pared los ramos de la acacia, entrando y saliendo del cuarterón de la ventana que todas las tardes durante unos minutos proyectaba allí el sol antes de ocultarse tras las casas de enfrente.

En la televisión había ahora un programa infantil (se oían muy tenues los aplausos y los gritos festivos), y de la honda penumbra del pasillo llegaba la sugestión de un silencio inquietante, como si se acabase de pronunciar en él una amenaza o un augurio. Entonces reparó en que el matrimonio del piso de al lado, como otras tardes a esa hora, había empezado a discutir. O quizá ya estaban discutiendo desde hacía tiempo, pensó, y hasta era posible que el cántico que había oído en el sueño estuviese inspirado precisamente en aquel cuchicheo porfiado y difuso: los largos reproches de la mujer y los silencios densos del hombre, su voz gruesa y mate, desengañada de antemano, entrando y saliendo de la conversación como un oleaje sucio en unas ruinas portuarias, iniciando frases que no se animaba a concluir. Y otra vez ella, su letanía irrebatible, y a veces el tono sarcástico que parecía que iba a desembocar en una carcajada impostada de ópera. Cuando Matías se vino a vivir aquí (pronto hará veinte años), ya el hombre y la mujer discutían casi todas las tardes, y ahí están desde entonces, debatiendo al parecer el mismo asunto, quizá algún lejano episodio de juventud que los persigue y atormenta. Como otros se ganan el pan de cada día, a lo mejor también ellos tienen que ganarse diariamente la dosis de desdicha que necesitan para sobrevivir. Era un matrimonio de unos sesenta años: Matías los había visto a menudo caminar por la calle, cogidos del brazo, muy arregladitos y educados los dos, y siempre dignos, siempre ejemplares, siempre silenciosos. De pronto captó una frase completa: «Tú y tus trascendencias», dijo ella, «¡Dios mío!, ¿es que no vas a descansar nunca?», y abruptamente se quedaron callados. ¿Qué historia, qué trascendencias serían aquellas?, pensó Matías, pero en ese instante se oyó en el piso de arriba una sucesión atropellada de ruidos sordos y como clandestinos, luego un golpetazo tremendo y un rumor de correndillas seguido de un súbito silencio de alarma. Era como si todos, cada uno en su casilla, estuviesen condenados a una tarea mezquina e infernal.

Estaba atardeciendo. Los últimos rayos del sol, desmenuzados por los visillos, salpicaban la pared y una parte del techo. Matías se incorporó y se quedó sentado en el sofá sin pensar en nada, con la vista derramada en el aire, y con aquel cántico del sueño dando vueltas como perdido por el laberinto de la oreja. A partir de ahí, también el tiempo se convirtió en una sucesión enmarañada o infinita de instantes. Incapaz de hacer nada, salió al balcón, se puso de bruces en la baranda y durante largo rato estuvo fumando y mirando a la calle sin ilusión ni voluntad. El sueño edénico de la niñez le había dejado en el alma la opresión de una nostalgia inconsolable. Por entre el ramaje de la acacia se veía en la acera de enfrente un estanco, un videoclub, una papelería, la covacha del último zapatero remendón que quedaba en el barrio, una peluquería mínima de caballeros con su colorín anacrónico colgado a un lado de la puerta. Ahora todos los establecimientos estaban vacíos y en el aire había una fragancia desmayada que era como un presagio de los anocheceres lentos del verano.

Matías miró con gratitud aquel paisaje en el que había vivido desde la juventud, y que quizá lo acompañase ya hasta la vejez. Donde ahora estaba el videoclub había antes un comercio de lencería femenina, y en cuanto a la papelería, él había conocido allí una droguería, una óptica y un taller de electrónica. Aquellos cambios le habían producido siempre una confusa sensación de desastre. Supersticioso como era, le parecía que la solidez de la porción del mundo en que le había tocado vivir aseguraba también su propia permanencia. Y al revés: mirando sobre todo la peluquería y la zapatería, cuyos artífices estaban a punto ya de jubilarse, a veces había tenido una revelación abrumadora de la fugacidad del tiempo y de la vida. Había notado entonces no los años comunes de una existencia singular sino el vasto engranaje del siglo, y por un instante había oído el rugido cósmico de sus ruedas, ejes y poleas, y había percibido su terrible avance devastador y se había visto a sí mismo ocupando un mísero lugar en la historia entera del planeta. Hoy, sin embargo, en este tibio atardecer de marzo, lo único que siente es la incertidumbre y el fastidio de los años que todavía le restan por vivir. Debe de ser por el poso de melancolía que le ha quedado del sueño de la siesta, porque fuera de algún que otro acceso de abulia, Matías se considera un hombre razonablemente feliz. «El hombre bienaventurado», le llamó una vez Bernal, porque es cierto que él está en general conforme con su vida, y que no la cambiaría a ciegas por otra más activa o más próspera.

Él se contentaba casi con cualquier cosa, y una de sus diversiones favoritas consistía precisamente en salir al balcón, observar a la gente e irle sacando por la facha sus señas más secretas. Había adquirido un gran virtuosismo en aquel juego. Adivinaba los oficios, el lugar de nacimiento, las dolencias, las penas, las aficiones, el carácter. Y había tardes en que se inventaba la historia entera de una vida, con su enredo de personajes y sus encrucijadas de lances inauditos. De ese modo accedía a veces a un cierto estado de irrealidad semejante al que otros logran por medio del alcohol. Pero hoy era distinto, porque apenas empezó a descifrar la vida de un viandante que era de Valladolid, había sido ciclista profesional de joven y ahora trabajaba en Correos y tocaba la bandurria en la rondalla de su barrio, Carabanchel para más señas, enseguida sus invenciones le parecieron falsas y aburridas, y seguía trajinándolo por dentro una sensación casi física de absurdo y de vacío de la que creía estar a salvo desde hacía muchos años: desde que había aprendido que la mejor sabiduría consiste en no exigir a la vida más de lo que la vida honradamente puede dar. Entonces recordó que el viejo Bernal, que era muy lector de Nietzsche, solía decir que el tedio es la calma chicha que anuncia los vientos de una navegación feliz, y que solo las almas pusilánimes o vulgares intentan eludirlo a cualquier precio. «El hastío es la vida en su estado más puro», decía, «y hay que entregarse apasionadamente a él, y apurarlo con la avidez de un gran idilio, porque forma parte esencial de la aventura de vivir.»

Así que permaneció en el balcón hasta que era ya de noche, persuadido de que la tristeza de hoy era el tributo que aseguraba la bonanza de los próximos meses. Por entre las ramas de la acacia se veían ahora las primeras estrellas. Sabía que algunas habían muerto pero que aún brillaban porque su luz seguía fluyendo hacia nosotros. ¿Cómo sería de grande el universo? ¿Qué habría más allá de las últimas galaxias? Detrás está Dios porque Él está en todas partes, le decía su madre cuando niño. Y después de Dios, ¿qué hay? Otra vez Dios, porque Dios es infinito y no se acaba nunca. Entonces, y lo mismo ahora, se llenaba de pavor, pero también de consuelo, y la vida le parecía muy poca cosa. ¿Qué más daba morirse antes o después, joven o viejo, rico o pobre, olvidado o famoso? ¿Qué importaba nada en aquella inmensidad sin fin? Cerró los ojos y pensó en la gente que un siglo atrás y en una noche igual a aquella se habría asomado como él al balcón a ver las estrellas y a pensar también en lo insondable del mundo y de la vida. ¡Qué misterioso era todo! Y cómo pasaba el tiempo armando celadas y espejismos. Porque a veces, como hoy, quizá era por el sueño de la siesta, se sentía muy cerca de la infancia: le parecía que de ser niño había pasado de golpe a tener los cuarenta y ocho años que tenía ahora, y de ser leve y ágil como un duende a lucir aquella figura que revistaba con un reojo de extrañeza al pasar ante los escaparates y espejos cuando iba por la calle: un tanto desestructurada de huesos y carnes, el pelo ya caedizo y con entradas, las mejillas flojas y formando papitos, y en la mirada un atisbo sedentario de mansedumbre, como si entreviese el mundo desde la bruma de una duermevela. Cuando usaba el abrigo, que era pesado

15

y rígido y le venía un poco grande, tenía un vago aspecto de hombre anuncio. ¿Sería posible que ese fuese él?, se preguntaba incrédulo, y no acababa de entender cómo había llegado a tener esa edad y esa facha.

Cuarenta y ocho años. A veces, como hoy, le da por pensar en lo que podía haber sido su vida bajo otras circunstancias, pero no se le ocurre nada: vagamente piensa en otras tierras, otras amistades, otros gestos quizá, una mujer, un hijo. Tuvo una novia durante cinco años. Se llamaba Isabel. Se casó y vive no lejos del barrio, y durante mucho tiempo la ha visto a veces por la calle con un hombre y dos niños que ahora son ya muchachos. Un día averiguó su domicilio y la llamó por teléfono. Pero no dijo nada: oyó su voz y colgó. Y al oír la voz sintió una nostalgia arrasadora, aunque también una gran liberación, por lo que podía haber sido su vida de casado, por los espacios compartidos, por el hijo que ya nunca tendrá. Piensa en esas vidas posibles: si hubiese seguido estudiando Historia y fuese ahora profesor o arqueólogo, si su padre no hubiese muerto tan pronto, si hubiera nacido un siglo antes, si se hubiera ido a vivir a otra ciudad. Pero todo es demasiado irreal para que ese sentimiento de pérdida o error arraigue en la conciencia. Además, hoy la memoria se le extravía enseguida hacia la infancia. Se ve en una tarde inmensa de verano corriendo por el campo, acompañado y festejado por un perro pequeño que ladra de puro gozo de vivir. Llevan años y años corriendo incansables por la memoria, y no parece que vayan nunca a detenerse.

Permaneció en el balcón hasta que remitió aquel dorado y triste ensueño. Luego cenó los restos del almuerzo, se sirvió un whisky con mucho hielo y empezó a ver la película de terror, pero distraído, inseguro, con la sensación extenuante de que algo terrible o maravilloso, una idea o un recuerdo, iba a revelarse de un momento a otro. Tenía la impresión de que acababa de perderle el hilo a un pensamiento fundamental para su futuro inmediato, pero supo que, si no se obsesionaba en recobrarlo, si mantenía el estado de sonambulismo y dejaba que la mente divagase a su antojo sin entrar en contacto con la razón, él solo hallaría de nuevo el camino de vuelta a la conciencia: deambuló un rato por el piso, se refrescó la cara y se sonrió animosamente, casi seductoramente, en el espejo, lavó los cacharros, repuso el

16

whisky, salió otra vez a fumar y a beber al balcón, y era pasada ya la una cuando se fue a la cama, acosado aún por aquel espantajo mental.

Como otras noches, para ayudar al sueño Matías se puso a inventar una historia, o más bien una variante de la misma historia, donde él hacía de fugitivo, huía por montes agrestes oyendo a lo lejos una chusma de hombres armados y de perros, a veces el tableteo de un helicóptero, se escondía en cuevas y espesuras, cazaba y pescaba para comer, encendía de noche una hoguera y, viendo las llamas y arrullado por la crepitación, se dormía tanto en la invención como en la realidad. Llevaba imaginándose esa historia desde hacía más de treinta años, desde que vio una película de la que ya nada recordaba salvo aquella persecución que él seguía protagonizando casi todas las noches. Cuando la historia no fluía y él no lograba entrar en las aguas de la ficción, como le ocurría ahora, trataba de convocar el sueño hablando con las sílabas al revés (decía por ejemplo «llobaca» por «caballo»), una manía inofensiva, un juego infantil que se había prolongado en la madurez y en el que había alcanzado una gran competencia, tanta que a veces se hacía la ilusión de manejar con soltura una lengua intrincada. Había noches en que se imaginaba que habían llegado unos extraterrestres y que solo él, por arcanos estudios filológicos, conseguía entenderse con ellos, hacía de intérprete en la televisión ante una audiencia atónita y mundial, y unas noches se dormía arrullado por ese idioma hermético y en otras se le aflojaba y abovedaba la voz en balbuceos y rezongos de pesadilla y seguía hablando y soñando frases desde la alucinación de la duermevela.

También esta noche se duerme en mitad de una frase. Sueña con una arboleda y otra vez oye el fondo lírico de voces. Cuando despierta, supone que ya es por la mañana, pero apenas ha pasado una hora. Sin embargo, sigue oyendo las voces. ¿Qué voces, dónde, cómo?, y se incorpora de repente en la cama como si huyera de la asfixia. Son voces juveniles y alegres, que se demoran en la acera y luego se pierden sin prisas hacia las lejanas promesas de la noche. Sabe que ya estará en

17

vela hasta la madrugada, y que solo entonces logrará conciliar confusamente el sueño. Y otra vez llega a cortejarlo el fantasma de una revelación que tan pronto parece terrible como maravillosa.

Se sirvió otro whisky con mucho hielo, se instaló en el saloncito de estar y, sin saber qué hacer, abrió una revista de automóviles por la sección de precios y desplegó sobre la mesa baja de metacrilato un mapa de carreteras de España. Desde hacía unos meses había resuelto vender su viejo Renault 5 y comprarse un coche nuevo, una berlina, pero aún no había decidido la marca ni el modelo, y en cuanto al viaje, dudaba entre recorrer Asturias o Galicia, o quizá Cataluña, lugares donde no había estado nunca, o emprender modestas excursiones por los alrededores de Madrid. También había pensado en la posibilidad de lanzarse por Europa, como le había aconsejado Bernal, París, Viena, Berlín, Atenas, Roma, pero la desechó de inmediato. Si se iba por Europa, quién sabe si no le robarían el coche, o si no sufriría un accidente o caería enfermo en un lugar extraño, donde se hablaban otras lenguas y se estilaban otros usos; quién sabe qué contratiempos y peligros no lo acecharían por esos mundos inhóspitos de Dios. «Échele un par, joder, y cómprese un deportivo, aunque sea de segunda mano, un Porsche o un Ferrari», le había dicho Veguita, «y váyase a triunfar a la costa, joder, que la vida es un rato.»

Vio algunos precios ya sabidos y enseguida cerró la revista y la arrojó sobre la mesa como si se descartara de un mal naipe. Sentado en el sillón, se quedó con la vista malograda en el aire y las manos en las rodillas, como si aguardase un tren que aún tardaría mucho en llegar. Pensó que solo un cataclismo podría liberarlo de aquel estado de postración o de idiotez. Para colmo de males, se había quedado sin tabaco. Salir a la calle a aquella hora le pareció un acto escandaloso. Y también ridículo: ridículo que quien iba a estrenar coche y a emprender quizá un largo viaje de placer el próximo verano, se viese ahora envuelto en una confusa expedición nocturna por el barrio. Pero así y todo, con esa impresión de malandanza, y como si ejecutase una tarea fatídica, se puso el mismo traje que había usado ese día, comprobó que llevaba más dinero del necesario por si surgía algún imprevisto, y pesadamente se hundió escaleras abajo.

Pegado a las paredes y a buen ritmo caminó por calles solitarias hasta la glorieta de Bilbao, pero allí los locales, y hasta las aceras, estaban tan llenos y cegados por la muchedumbre joven del viernes, que al verla de lejos fue represando el paso y enseguida apartó por otra calle desierta, y luego por otras, torciendo al azar como si embarullase el rastro de una persecución, alejándose del barrio, buscando inútilmente algún local abierto, hasta que en una de las vueltas, cuando ya estaba perdido, vio en una callecita solitaria un bar pequeño, sin otro reclamo que la luz interior, tan pobre que no llegaba a proyectarse en la acera, un lugar recóndito donde a Matías le pareció que desembocaba al fin su trasiego nocturno.

El local tenía algo de bodega y taberna, a juzgar por las altas cubas de vino y el mostrador de cinc casi completamente despejado, sin taburetes, y sin otra cosa para comer que una lata grande de escabeche y un tarro de pepinillos y aceitunas. Solo había un cliente en un extremo de la barra, un hombre fornido, con el pelo revuelto y la camisa abierta y como desgarrada dramáticamente bajo la chaqueta, que bebía y fumaba absorto, y que de vez en cuando cabeceaba desengañado y hablaba para sí y se cargaba de razón ante un auditorio imaginario.

—Oiga, ¿usted no habrá visto por dónde paran hoy los jóvenes? —le preguntó el patrón al servirle el tabaco. Era un hombre ya casi viejo, de aspecto torpe y lento, que manejaba las cosas dificultosamente, como si fueran fardos u opusieran al trato una cierta resistencia hostil. Parecía afligido y soñoliento.

—¿Cómo?

—Los jóvenes. La juventud. Es que desde hace más de un año abro los viernes y los sábados por la noche, ¿sabe usted?, porque a veces a los jóvenes les da por venir por aquí, y en un rato con ellos vendo más que en un mes con la clientela habitual. Vienen a cientos y se sientan ahí mismo, en la acera, y llenan la calle hasta tupirla. Y me agotan todas las existencias. Pero luego a lo mejor desaparecen y en dos o tres semanas no se les vuelve a ver por los alrededores. Ni rastro de ellos. Son como los vientos, que no hay manera de adivinar sus idas y venidas. Por eso le pregunté si había visto por dónde andaban esta noche.

—Bueno, estaban por la glorieta de Bilbao.

—Sí, por allí es por donde paran —dijo el dueño, y se rascó

la cabeza ante el enigma—. Pero el caso es que de pronto les da por desplazarse, no se sabe por qué, y en un momento desaparecen de un sitio y aparecen en otro, sin avisar ni ponerse de acuerdo. No crea usted que no es ese un buen misterio, ¿eh? A veces llegan a las dos o a las tres, y hasta más tarde, y por eso hay que estar aquí esperando, mano sobre mano, casi siempre más solo que la una, no sea que a última hora les entre la idea de acercarse hasta aquí. Y es que como este local está tan mal situado, en esta calle atrasmanada, dependo mucho de la casualidad. De todos modos, la juventud de hoy es como muy rara, ¿no le parece a usted?

«Vivir es un enredo. Joven o viejo, no merece la pena», sentenció amargamente el hombre del otro lado de la barra.

Matías pensaba comprar tabaco y volver a casa por donde había venido, pero en el último instante consideró lo larga y fastidiosa que se le haría la noche y decidió que aquel era un buen sitio para quedarse un rato a beber algo y a hacer tiempo mientras le venía el sueño. De modo que pidió un whisky, encendió un cigarro, sacó el llavero y se puso a jugar con él.

Cada cual se concentró luego en su tarea. El otro cliente siguió ensimismado en lo que parecía un interminable y reivindicativo monólogo interior. El dueño se aplicaba formalmente a la espera, como un anfitrión que aguarda a sus invitados y tiene la casa ya dispuesta para recibirlos. Después de servir a alguno de sus dos clientes, mantenía apoyadas las manos todavía laborales en la barra durante mucho tiempo. De tarde en tarde salía a la calle y caminaba hasta la esquina para otear el horizonte. «¿Usted no ha visto en las películas cómo los indios ponen la oreja en el suelo para oír a los búfalos?», le dijo a Matías. «Pues eso mismo hago yo con los jóvenes. Estas calles son muy tranquilas y se les oye venir desde muy lejos. Es como el rumor de una riada o cosa así. Pero hoy no se les oye. Como si no existieran.» Matías por su parte bebía, fumaba, enredaba con el llavero, oía los ladridos de los perros que lo perseguían desde hacía más de treinta años, y a veces jugaba a hablar mentalmente con las sílabas al revés. Varias veces estuvo a punto de pagar y dar por concluida aquella noche absurda. Pero una hora y media después había pedido el tercer whisky y aún permanecía allí, engolfado en la molicie, estribado en la barra y sin pensar en nada, y con la mente desorbitada en el vacío, como un gran bostezo existencial. Y allí vino a encontrarlo la noticia del drama. Él agitaba un vaso con restos de licor y de hielo y fue entonces cuando, entreverados con esa música celestial, oyó contar los pormenores de la historia. Luego, mientras aguardaba el cambio y veía cómo el otro bebedor solitario toreaba a una mosca con un palillo y un billete de metro, supo que el crimen había ocurrido en un tercer piso, que ya había un detenido y que uno de los muertos, el que se llamaba Joaquín, era marino.

—Ya no van a venir, ¿no cree usted? —le preguntó el dueño.

—Yo creo que no —dijo Matías—. Yo creo que ya no es hora de que nadie llegue a ningún sitio.

—Sí, eso mismo me parece a mí.

Saludó con un dedo y, antes de salir, pasó por el baño, y mientras orinaba miró en un espejo roñoso su expresión bobalicona de ausencia, suspensa en su propio acontecer como queda el campo después de un aguacero, y entonces, con ese cándido extrañamiento que produce el alcohol al final de la noche, creyó detectar rasgos ajenos en su cara, rasgos sobrevivientes a otra edad o a una vida anterior, y de pronto recordó que eso mismo le pasaba cuando era niño y temía haberse vuelto loco sin saberlo. Se echó un poco atrás para mirarse mejor en el espejo, deslumbrado por la nitidez de la evocación. ¿Y entonces cómo sé que no estoy loco?, le pregunta a su madre, siguiéndola por el laberinto de las tareas domésticas. Porque razonas, le dice ella. Y qué es razonar. Pues dices tu nombre, cuándo naciste, dónde vives, de quién eres hijo, la profesión de tu padre, y si contestas bien a todo, entonces ya sabes que estás en tu juicio, fíjate bien qué fácil. ¿Y qué más? Y ella zurcía y remendaba ropa, fregaba la loza, limpiaba el polvo, hacía las camas, iba y venía sin pausa, y a veces se quedaba prisionera en una habitación, adelantaba, retrocedía, regresaba al principio, la mandaban de aquí para allá como en el juego de la oca. Y él iba detrás con sus pasos pequeños y la cara de susto, se agarraba a su falda, como si quisiera detenerla y salvarla de aquel trajín agotador. ¿Y qué más? Pues nada más, ¿qué más quieres?, pero también puedes decir los nombres de las cosas, distinguir entre el día y la noche o entre el frío y el calor, saber que vives en España y que aquí manda Franco, llevar la camisa bien abrochada y los zapatos cada cual en su pie, y rezarle a la Virgen y a Dios tus oraciones. ¿Y entonces es que los locos no tienen frío, ni le rezan a nadie, ni saben dónde viven, ni cuál es su pie ni quién manda en España? Ay, pues no lo sé, cabecita hueca, pero yo creo que los locos no entienden de esas cosas. Una carrerita y el niño golpea furiosamente a la madre con los puños en alto. Entonces ¿qué pasa con los locos? Dime qué pasa con los locos y qué es lo que ellos saben y no dicen, oye su propia voz enrabietada que sigue gritando en la memoria después de tantos años.

Así que se ha sonreído en el espejo, le ha sonreído al niño que fue, y luego, para reconciliarse con el presente, o quizá para burlarse de su madurez, ha salido a la calle diciéndose que se llama Matías Moro Barroso, que tiene cuarenta y ocho años, que vive en Madrid, en España, donde ahora mandan los socialistas, hijo de Hilario Moro Hernández, de oficio soldado, perdedor de una guerra, labrador, albañil, y ahora ya muerto vitalicio, que ese puesto ya nadie se lo va a quitar o a disputar, y de Adela Barroso Mena, de profesión mujer de un hombre y hasta hace tres años viuda de un hombre y ahora difunta de un difunto, soltero, un curso y medio de Filosofía y Letras, empleado de una asesoría jurídica y fiscal, agnóstico, apolítico, y otras cosas que prueban definitivamente que no está loco, solo un poco borracho de alcohol y de insomnio, nada más, afecciones inofensivas que se le pasarán pronto con el aire fresco de esta noche de marzo.

Debía de haber llovido, o quizá acababan de regar las calles, porque al llegar a la primera esquina se le ofreció en el asfalto el sendero ilusorio que proyectaba allí la luz de una farola, que a Matías le pareció una estela funeraria en memoria de los locos y borrachines de otros tiempos. Pero el aire estaba vivo y limpio, y al fondo de la calle solitaria, allá donde las últimas casas juntaban sus aleros, asomaba en el cielo aún cerrado un cuerno de la luna. Así que echó a andar hacia aquel rumbo, como un rey mago siguiendo a la estrella, con la idea de regresar a casa sin prisas, rodeando, dando tiempo a que se disiparan las brumas del alcohol y a que la voluntad le ganase la delantera a los fantasmas de esa noche.

Iba caminando sin apuro, oyendo su avance en el silencio irreal de las calles desiertas, fortalecido por una sensación halagüeña de levedad, por una flojera tan galante que otra vez la vida y el mundo le parecían muy poca cosa: una serenata con sordina, un poco de pan untado en algo, unos títeres, un agua suelta entre unos juncos. De repente se le vino a la memoria una poesía escolar, de la que solo recordaba los primeros versos: «Acude corre vuela traspasa la alta sierra ocupa el llano no detengas la mano», recitó de un tirón, como si fuese un trabalenguas. No sabía por qué pero aquellos versos le daban mucha risa, una risa nerviosa, como si le hicieran cosquillas por todo el cuerpo, y entonces los declamó otra vez y se puso a silbar y a caminar cada vez más deprisa, dio incluso con los pies una tijereta en el aire como si cambiara el paso en un desfile militar, vio su sombra agigantarse y derramarse bajo las farolas y subir por los muros, y era como si fuese el héroe de una comedia musical o ya estuviese en la mañana del domingo y regresara tan lindamente de comprar el pan y los periódicos.

Así de fáciles y tontas eran las cosas esa noche. Al salir de improviso a Martínez Campos, amontonado junto a la tapia del convento de las Hermanitas de la Caridad, haciendo vez para la sopa boba de mañana, vio a un nudo de mendigos durmiendo entre cartones, trapos, plásticos y mantas. Dormían esforzadamente, como si el sueño fuese una tarea laboral en equipo, y a Matías le recordaron la foto legendaria de la conquista del Iwo Jima, donde un grupo de soldados americanos endereza y afirma sobre una loma la enseña de la patria. Definitivamente, esta es una noche de desvaríos y de fantasmas, y ya se pone a recitar de nuevo la retahíla biográfica que lo devuelva a la cordura, cuando al llegar a una esquina distingue al fondo de una calle estrecha y sin farolas un disturbio de luces y una confusa actividad de sombras.

Las luces son intermitentes, y al principio a él le parecen los fogonazos de neón de un cabaret, y se despedazan en formas abstractas al reflejarse en el asfalto mojado, pero poseen una cadencia inapelable de autoridad, y sus ráfagas alumbran un espacio en el que Matías no recuerda haber estado nunca. O quizá es que ha bebido más de lo que cree y no reconoce al pronto estos lugares. Tras unos instantes de duda, da hacia allá unos pasos erráticos de miope y se detiene en mitad de la calle. No sabe si avanzar un poco más o retroceder y seguir su camino. Ahora se ve por completo la luna creciente, muy bien puesta en el cielo, como a propio intento para que un niño la dibuje y la pinte a porfía, y su luz pálida hace una llovizna de nieve en los filos metálicos de los aleros. La calle tiene así algo de escueto e irreal, de apunte escenográfico para una función de títeres, y Matías se imagina a sí mismo como un galán articulado esperando a que suba el telón y alguien mueva los hilos desde arriba.

Y desde arriba se oye precisamente un carraspeo. Entorna los ojos, mira a lo alto y ve que en el primer piso, apoyados los antebrazos en la baranda de un balcón, hay un hombre y una mujer. El hombre está en pijama, el pelo inflamado de insomnio, flotando en hilas blancas, y la mujer va envuelta con mucho señorío en una bata acolchada hasta los pies, y los dos miran inmóviles y simétricos al fondo de la calle. En otras ventanas y balcones hay más gente asomada, y algunos deben de estar fumando en la oscuridad, porque las brasas de los cigarrillos emiten señales como de poblaciones lejanas vistas de noche desde un tren.

De pronto Matías, animado por el insomnio y el alcohol, se siente cívico y audaz. Da tres pasos escénicos y se sube en la acera.

—¡Eh, oigan!, ¿podrían ustedes decirme qué ha ocurrido allí abajo?

El hombre y la mujer giran a la vez la cabeza, hacen un gesto solidario de asombro y la mujer contesta:

—Un crimen, por supuesto.

—¿Un crimen?

Entonces Matías se acordó de la noticia recién oída del drama familiar. Y la mujer, «un crimen», repite, dejando luego que la palabra se esponje en el silencio con toda la majestad de su significado.

—Claro —dice Matías—, ahora recuerdo haber oído algo, ha habido al parecer dos muertos y uno de ellos era marino y se llamaba Joaquín, ¿no es eso?

El hombre y la mujer se miran consternados desde lo más

24

recóndito de su veteranía conyugal, y luego se adelantan, se asoman al vacío y ladean al mismo tiempo la cabeza con una torsión de perplejidad canina.

—Sí, y hay también un herido, un niño de unos cinco o seis años, ¿no es así? —dice Matías.

El hombre y la mujer sonríen entonces tolerantes, cómplices, un poco picarones, como si estuviesen al cabo de un secreto.

—Así que es usted periodista, ¿eh? —dice la mujer.

—¿Periodista? No, no —se disculpa Matías.

—Pues lo parece. Porque los heridos son dos y el muerto es uno. Y quien se llama Joaquín, mire usted por dónde, es justamente el asesino, y el marino es la víctima. Y, en cuanto al niño, no creo que en el número veinte de esta calle haya habido jamás un niño, ni Dios que lo consienta. Así que no va usted descaminado, ya ve.

—Bueno, son solo rumores que he oído —dice Matías, intentando poner paz en la discrepancia.

De vez en cuando se enardecen aquí y allá las puntas de los cigarrillos: parecen espectadores que siguen atentamente la función desde los palcos, y el hombre continúa sonriendo incrédulo y burlón.

—De modo que dice usted que no es periodista —pregunta o afirma la mujer—. Pues es una pena, fíjese, porque si fuese periodista yo podría contarle más de dos y tres cosas de lo que ha ocurrido esta noche en el número veinte de esta calle. Sacaría usted una buena exclusiva. Pero, no siendo periodista, ¿para qué voy a contarle yo nada? ¿Qué ganaríamos con eso?

—Sí, claro —dice Matías—. Pero de todos modos se lo agradezco —y con la impresión de haber metido una morcilla sin gracia en un papel cómico, se dispone a alejarse calle abajo.

—¡Eh, oiga! —grita entonces la mujer—. ¿No irá usted allí, al escenario del crimen?

—Bueno, el caso es que me queda camino de casa.

—No se ofenda entonces, pero me da la espina que usted es periodista. ¿Para qué medio trabaja?

—Para ninguno, señora, de verdad, ya le he dicho que no soy periodista.

—Pues es raro, porque a mí los periodistas no se me despintan, y si usted no lo es, por lo menos tiene toda la facha. Mire, vamos a hacer una cosa. Como allí abajo habrá docenas de periodistas, en cuanto uno se encare con usted, me lo manda para acá, a ser posible de la televisión. Yo me llamo Catalina, y mi esposo es Anselmo Rivas, trabaja en el Insalud, y los dos sabemos muchas cosas de lo que ocurre en el número veinte de esta calle. ¿Usted tiene idea, por ejemplo, del tipo de gente que vive allí? ¿No? Pues allí viven negros, drogadictos, moros, quinquis, rameras, turcos, flautistas, mecheras, filipinos, chulos, rateros, mendigos y hasta peruanos y africanos, todos mezclados y revueltos como en una esterquera, figúrese usted. Ahora bien, nosotros no tenemos nada contra ellos. Ni contra ellos ni contra la democracia. Nosotros somos liberales, no vaya usted luego a falsear nuestras declaraciones como suelen hacer los de su oficio, que ya nos conocemos. Pero no hay noche que no armen ahí abajo alguna pelotera y salgan todos tarifando. Y es lo que dice mi marido —y él, que seguía allí, con su sonrisa soñadora, dejó entonces de sonreír, se llevó una mano a la barbilla, se echó hacia atrás como considerando un panorama y adoptó un aire de preocupación—, ¿en qué tipo de sistema vivimos que una mayoría honrada, como es el vecindario de esta calle, ha de aguantar la dictadura de una pequeña minoría foránea? ¿Cómo dices tú, Anselmo, que se llama eso?

—Pancismo —habló el hombre por primera vez.

—Pancismo, eso es. Así que esta tragedia a mí no me ha extrañado, y no será desde luego la última, acuérdese bien de lo que le digo.

Matías hace con los brazos un gesto de resignación, como si todo aquello fuese excesivo para él, da las buenas noches y echa a andar calle abajo, pero antes oye aún al hombre decir con voz desengañada:

—Es periodista, Catalina, y fíjate qué zorro, cómo ha sabido tirarnos de la lengua sin preguntarnos nada.

26

II
Las razones de un padre

Mientras caminaba hacia el número veinte, aceptó por un instante la fantasía de que, en efecto, era periodista, o mejor detective, uno de esos investigadores sedentarios que todo lo sacan por deducción y método, y que visten tan atildados que solo en su aspecto proclaman ya la inutilidad de una vida de acción, y ese ensueño puso un punto de lentitud razonada en sus pasos descaminados de esa noche. Y así, halagado por una sugestión de perspicacia, se acercó al centro del revuelo.

Había un coche de policía y una ambulancia con el portón abierto y las luces de emergencia encendidas, dos camilleros de blanco hasta el cuello que fumaban estribados en ella, y más de una docena de personas confusamente congregadas junto a la boca oscura de un inmueble ruinoso. Algunos llevaban material fotográfico o televisivo al hombro, y todos hablaban en un tono chispeante y mundano. De vez en cuando uno de ellos debía de decir algo ocurrente porque los otros celebraban el golpe con una risotada unánime. Pero como los gestos no casaban con las palabras, Matías buscó y encontró que las gracias y risas venían de la ambulancia, que tenía conectada la radio con lo que parecía una tertulia política en clave de humor. Eran humoristas que doblaban las voces de los líderes. Matías reconoció a Felipe González, a Fraga, a Julio Anguita, a Jordi Pujol, y por algún malabarismo acústico daba la impresión de que, en efecto, aquella gente ilustre era la que hacía corro y coloquio en el portal. Matías se acercó oyéndolos, con las manos en los bolsillos y la boca fruncida, como si silbara, se alzó de puntillas, estiró el cuello y vio a un hombre joven, de pelo canoso, que tajaba el aire con el canto de la mano:

—Esperen a que baje el juez, que no tardará, por favor, se lo

27

ruego, tengan un poco de paciencia —y en el silencio desencantado se oyó enseguida el guirigay de la tertulia, con el alarde razonador, didáctico, de los políticos, y las carcajadas consiguientes. No se distinguían apenas las palabras, pero las líneas melódicas eran bastante para adivinar el contenido, y a Matías le daban también ganas de sumarse a las risas y al mismo tiempo de dar por buenos, solo ya por el tono, los argumentos de los líderes.

En fin, mañana me enteraré por los periódicos, pensó, porque él esperaba acaso asistir a una escena dramática, representada en la intimidad de su propio espacio y con la presencia real de los intérpretes, y he aquí que se encontraba con un cuchicheo entre bambalinas y una parodia medio ilegible de la vida pública. O como si no me entero, y ya se disponía a alejarse cuando oyó a alguien pronunciar un nombre que al principio su conciencia no reconoció pero sí acaso el niño o el adolescente o el hombre joven que él fue en el pasado, y de cuyo breve paso por el mundo quedó apenas un eco en la memoria, lo suficiente para que alguno de esos fantasmas se estremeciese al oír el nombre y trasmitiera el sobresalto y la emoción a su último descendiente, al Matías Moro de esta noche de marzo, que se ha quedado inmóvil en su sitio y que ahora se acerca al del pelo canoso con una pregunta que tiene el tono pesquisitivo y teatralmente astuto del detective en trance:

—Perdone, ¿qué nombre se ha pronunciado por aquí?

—¿Nombre? ¿Qué nombre?

—Alguien lo acaba de decir. Joaquín no sé qué.

—Ah, bueno, Joaquín Gayoso, claro está —y abre los brazos y muestra en las manos la evidencia de las palabras como si fuesen llagas.

—Perdone, ¿y quién es ese Joaquín Gayoso?

—¿Cómo que quién es? ¿Pues quién quiere que sea? —y taja el aire con la mano—. El presunto asesino.

—¿Asesino de quién?

—Por Dios, ¿de quién va a ser?, de su propio hijo, Juan Gayoso. ¿Cómo habrá que explicar las cosas para que ustedes las entiendan?

Le hubiera gustado preguntar algo más, pero en ese instante apareció el juez aspando las manos a la altura del pecho, defendiéndose de las preguntas con ese aspaviento concluyente y mecánico. Su decisión inamovible de no conceder declaraciones lo obligaba a caminar raudo, con la cabeza baja y ladeada y un encogimiento de terquedad en los hombros, como si fuese contra el viento. Acosado por periodistas y fotógrafos, a Matías le recuerda de pronto el cuadro de la caza del ciervo con jauría que tenían en casa cuando él era niño, y que su padre miraba fijamente como si quisiera descifrarlo, o más bien como si no acabara de asombrarse del misterio de su sola presencia, cómo es que había llegado allí, si el trasunto de aquella estampa había sido siempre privilegio de los ricos, y él no era cazador, ni tenía perros, ni criados, ni tierras de montería, qué hacía entonces allí aquel cuadro, y se preguntaba si no sería algo más que un adorno: una burla, un fetiche, o más seguramente un engaño, como los abalorios y espejitos que los conquistadores ofrecían a los indios a cambio del oro y de la plata. A Matías le resulta asombrosa la nitidez de ese recuerdo tan lejano. Debe de ser el efecto de aquel nombre, Joaquín Gayoso, que ha despertado vivencias que él creía olvidadas para siempre. Joaquín Gayoso, piensa, fíjate qué reliquia viene a aparecer al cabo de los años.

Algo raro ocurrió entonces. Quizá fue por el alcohol, y por aquella levedad que invitaba a ver la vida como cosa de ensueño o de teatro, porque cuando el grupo de periodistas abandonó al juez y entró y desapareció en el portal como succionado por él, Matías tuvo una inspiración súbita y temeraria, y al policía uniformado que custodiaba la puerta le enseñó el salvoconducto de un bolígrafo y un papel, y hasta dijo en un tono de rutina profesional:

—*Gaceta Centro*.

El pasillo era largo y lóbrego, sin otra luz que la que se filtraba de la calle. Algunos de la comitiva habían encendido fósforos y mecheros, pero ya le sacaban un piso de ventaja, de modo que Matías se guiaba más por el retumbo del tropel de pasos que por las lucecitas que iban allí arriba alejándose en espiral. Olía a ceniza fría, a hervores tristes, a humedad corrompida, a aire quieto y usado durante muchos años por gentes esforzadas y anónimas, muchas de las cuales habrían muerto y habrían sido por completo olvidadas, y ya nada quedaría de ellas salvo la sombra de su aliento en el aire, además de un nombre y una frase latina a la intemperie. Si el tiempo y el trabajo de vivir oliesen, este sería su olor inconfundible, piensa Matías mientras busca a tientas la barandilla y comienza a subir.

La escalera es lenta, fácil y silenciosa. En algún lugar, muy lejos, como poniendo un iluso punto de fuga a aquel espacio cerrado y opresivo, se oye un zumbido de contadores de luz o cosa así. También un apagado estropicio de loza. Eso es todo. Por lo demás, las puertas, más que cerradas, parecen clausuradas desde hace mucho tiempo, y es como si en el inmueble se hubiesen instalado definitivamente la ruina y el olvido, y no hay señales de vida fuera de una bombilla colgada y torcida del mero cable en el rellano de la segunda planta, pero su luz no da para alumbrar a todos y Matías ve pasar, todavía lejos, los bultos de la comitiva, con las dos manchas blancas de los camilleros en cabeza. Alguien tropieza, da un tantarantán y se oyen risas gamberras y algún dicho jocoso.

Pero Matías no sabe qué hace allí, adónde va, qué curiosidad o qué inercia lo empuja a seguir adelante, salvo quizá la fascinación que ejerce en su memoria el nombre de Joaquín Gayoso, aunque es casi seguro que no es el Joaquín Gayoso que él sabe sino otro, padre de un Juan Gayoso que ahora está muerto y ya no tendrá ni siquiera nombre, que un nombre sirve para llamar y los muertos no están para ser llamados ni para que anden importunándolos con niñerías y pamplinas de vivos. Pero ¿qué hago yo aquí, tan lejos de casa y pensando en estas cosas fúnebres?, piensa. ¿A qué espero para irme a dormir y estar pronto en mañana? Pero continúa subiendo, apresurándose, porque el grupo ya ha desaparecido en un piso de la tercera planta, y cuando Matías llega allí ve solo la puerta abierta y un pasillo muy largo iluminado apenas por un globito trémulo allá en las altas espesuras del techo, y ve a los rezagados de la comitiva, que acaban de doblar al fondo con una conjunción tan unánime que recuerdan el último remolino de un agua sucia en un tragante, y cuyos recios pasos de caballería se alejan ahora en esa dirección. Cuando llega al final del corredor y enfila otro, también largo y oscuro, los pasos ya han cesado, y de una de las dependencias postreras sale de pronto un resplandor tan vivo que parece la irradiación extraterrestre de una nave espacial.

Al principio no logró distinguir nada, en parte porque el lugar estaba entorpecido de gente y en parte porque lo deslumbraron los focos y los flases y el mismo asombro de que en tan breve tiempo hubieran podido desplegar y montar aquel tinglado de cables, cámaras y luces. Pero enseguida se abrió paso con el papel y el bolígrafo en la mano, entre fogonazos que rescataban de las sombras lo que parecía una habitación defendida gallardamente de la miseria por un empapelado marchito de frondas vírgenes con garzas y cotorras, sobre el televisor una fotografía enmarcada del Papa absolviendo al orbe con dos dedos, una colchoneta de gomaespuma enrollada y puesta encima de un armario, un pato Donald de trapo abrazado a una botella con un cabo de vela, un rabo sintético de zorro colgado de una escarpia. Otra toma, algo más larga, presentó a una mujer sentada y derrumbada en un butacón de mimbre, que se enjugaba con un pañuelo la cara encendida de llanto mientras hacía pucheros y cabeceaba como deslumbrada por la evidencia de una fatalidad inadmisible.

Todo ese trasiego de imágenes ocurrió tan rápido, y a un ritmo tan sincopado, que aún estaba Matías intentando encontrar un hilo de continuidad en aquella sucesión de instantáneas, cuando hubo un movimiento centrípeto que lo empujó hasta un corro en cuyo centro estaba el muerto, y solo entonces recuperó el tiempo su compás natural. Aun así, la cara de Juan Gayoso aparece a ráfagas a la luz de los flases, como si lo alumbrara un faro giratorio. A pesar de la pasividad ilegible de sus rasgos (y allí está, hoscamente abismado en su flamante condición de muerto), a Matías le parece que algo está ocurriendo en ellos, que hay como un proceso interior, apenas perceptible, del rostro inmóvil pero secretamente laborioso que sueña, o sigue el curso de un pensamiento embrollado o sutil. Es un hombre joven, de unos treinta años, moreno de sol, agitanado, vestido con unos vaqueros y una camisa negra de seda desabrochada y muy ceñida que deja ver en el pecho un tatuaje que parece un dragón oriental, y está tumbado boca arriba entre dos habitaciones, en un vano donde no hay puerta sino una cortina de estampados que el muerto, en su caída, ha arrancado parcialmente: aún retiene un puñado de cortina en la mano, y por el entreabierto se ve al otro lado una cama deshecha y un desorden violento de objetos derribados, volcados, esparcidos, y que en la quietud de sus escorzos conservan algo de la tensión frenética de la que acaban de ser víctimas.

Matías mira al muerto desde arriba, asomándose a él, intentando buscar también allí las señales de algún desorden interior y encontrando solo la serenidad de un enigma tan elemental como insoluble. Piensa al verlo que los muertos están como enmascarados en su propio rostro, y que por eso resultan familiares pero a la vez son ya irreconocibles, le ocurrió también con sus padres y con todos los muertos que ha visto en su vida, todas esas caras donde, al borrarse las pasiones terrenas, dejan traslucir como en un esgrafiado el esbozo de una expresión fortalecida por un afán mucho más ambicioso, algo que sugiere el supremo desdén del marinero que ya puede escuchar a las sirenas sin el menor riesgo de sucumbir a sus hechizos.

Pero esos pensamientos se le debieron de ocurrir después, porque al muerto lo vio un instante apenas, aunque fue uno de esos instantes que el asombro y el miedo prolongan sin piedad, y solo cuando los camilleros acabaron su trabajo y levantaron el cadáver envuelto en una funda fosforescente de aluminio y Matías se apartó para abrir paso a una veloz comitiva formada por los camilleros, el del pelo canoso y dos hombres que portaban una cámara y un proyector y caminaban de espaldas y encogidos enchufando frontalmente el avance, solo entonces se dio cuenta cabal de lo que estaba ocurriendo en la realidad exacta de aquel lugar y aquella noche.

Vio a la mujer, gorda y desfondada, que se había incorporado en el butacón para asistir al paso del cortejo y que aún conservaba una mano indecisa en el aire, como temerosa de hundirla en la decepción de un espejismo, iluminada ahora por un único foco y rodeada por cuatro o cinco periodistas con grabadoras y micrófonos ya dispuestos, que esperaban que volviera a sentarse para recoger sus declaraciones, si es que tenía algo que declarar en aquellos momentos fuera de los suspiros que la estremecían regularmente mientras seguía mirando a la puerta por donde había desaparecido no solo el muerto sino también una buena parte de los informadores: se oyó el tropel de pasos en el corredor, luego hubo un silencio nítidamente enmarcado en rumores remotos, de esos que se perciben como pululación mental y que se escuchan más con la imaginación que con la oreja, y luego se les oyó desembocar en la acera, hablando en el tono muchachero de quienes salen del trabajo al fin de la jornada, los bromazos de última hora, los golpes sucesivos de las puertas al ocupar los coches, el ruido decreciente de los motores, y cuando ya no hubo más que escuchar, ellos siguieron oyendo en la memoria la prolongación imaginaria de aquel horizonte de sonido, hasta que finalmente la mujer dio un último suspiro y se derrumbó de nuevo en el sillón.

Detrás apareció entonces una segunda mujer, o acaso ya estaba allí antes, oculta tras la otra, una vecina quizá, alta y hierática, y muy vieja, pintada como una muñeca o una ramera o las dos cosas a la vez, los labios en forma de corazón y los ojos iluminados por el rímel y realzados por unas pestañas postizas que parecían los rayos del sol pintados por un niño, y tan ingenuas como el oro seco de los cabellos o las manchas de colorete en las mejillas, y que sostenía y protegía a dos manos los hombros de la otra, quieta, erguida, solemne, vestida con una túnica china constelada de lunas y cometas. Componían en verdad un cuadro extraño, porque la mujer sentada tenía un aspecto de lo más terrenal, cubierta con un trapillo holgado de verano y la cara estropeada de dolor y de sueño. Parecían ilustrar el emblema de alguna oscura secta filantrópica: el ángel del placer conforta a sus devotos, o la fraternidad todo lo abarca y puede. Allí estaban, una velando y adjetivando a la otra, y la otra exhausta y absorta en el sillón, tan ajena al mundo que no parecía que acertase a decir tres palabras seguidas.

Y así, en efecto, ocurrió al principio, porque cuando alguien le acercó una grabadora y le preguntó su nombre, ella se mordió compungida los labios, se quedó pensando y solo al rato dijo: «Paula», y luego «Paula Jiménez», y luego, como si se decidiese al fin a confesar toda la culpa, «Paula Jiménez Rubio». Pero enseguida empezó a animarse y a hacer frases completas. Cuando le preguntaron si Juan Gayoso era su hijo, ella dijo que sí, y entonces con un dedo se puso a agrupar unas miguitas de dulce que había en la mesa y, estimulada quizá por ese súbito contacto con el presente, añadió que su hijo había sido el muchacho más bueno y desdichado del mundo, y cuando le preguntaron si Joaquín Gayoso era su marido, ella contestó directamente, siguiendo ya su propio hilo mental, que también él era un buen hombre, ahorrativo y trabajador, y muy tranquilo, aunque eso sí, muy suyo, y que solo la fatalidad podía explicar aquella desgracia. «Son cosas del destino, ¿sabe usted?», y la otra mujer, el ángel de la guarda, frunció severamente los labios, con autorizado hermetismo de oráculo, de modo que el corazón se comprimió y tomó la forma impenetrable de una ciruela pasa.

—¿Y qué siente usted ahora, doña Paula?

—¿Ahora? No sé...

—¿Tristeza?

—Sí...

—¿Desesperación, rabia?

—Sí, también.

—¿Deseos de venganza?

—No.

—¿Está usted segura?

—Sí...

—¿Irá a visitar a su esposo a la cárcel?

—Pues no sé...

—¿Podría contarnos qué pasó exactamente?

Y entonces ella contó ya todo de corrido. Miró a la cámara, se adecentó el pelo con un gesto de dignidad pero también de coquetería, preguntó si no sería mejor retirar el plato con restos de comida que había sobre la mesa, y enseguida contó que una hora antes de la tragedia ella estaba allí, donde ahora, viendo la televisión, un serial americano cuyo título no conseguía recordar en este instante, y hace un alto para acordarse pero no hay manera, debe de ser cosa de la edad y del duelo, en todo caso es un nombre en inglés, lo tiene en la punta de la lengua, ¿Pin?, ¿Pen?, ¿Jos?, algo así, dispersa y agrupa las miguitas, y cuando uno de los periodistas le dice que no importa, que continúe adelante, ella se queda pesarosa, intentando aún dar con el nombre y aportar así lo que ya no parece tanto un detalle menor como un testimonio irrebatible de transparencia y de verdad. Porque fuera de aquel programa, que podría contar con muchos pormenores, lo demás fue todo muy confuso.

34

Los dos hombres estaban en la habitación de al lado, y lo más raro, el primer síntoma de alarma o por lo menos de inquietud, es que estaban hablando.

—Porque ellos nunca hablaban, ¿saben ustedes? Nunca tuvieron nada que decirse, ni siquiera cuando Juan era niño. Era como si tuvieran vergüenza uno del otro, y si tenían que comunicarse algo por necesidad, aunque estuviésemos todos juntos, me tomaban a mí de intermediaria, pregúntale al muchacho si ha acabado ya los deberes, o, mira a ver, madre, si puedo ir al cine mañana, y yo: que si acabaste los deberes, que si Juan puede ir al cine mañana, y entonces ellos me contestaban a mí y yo se lo trasmitía a ellos. Ya ven ustedes lo que son las cosas. Pero el caso es que ahora estaban allí, hablando, quizá porque hacía muchos años, más de diez, que no se veían, y a lo mejor la situación había cambiado y ahora tenían muchas cosas atrasadas que contarse. Eso pensé yo por lo menos, y seguí viendo el programa —y hace una pausa para ver si ahora logra recordar el nombre, ¿Pin?, ¿Pen?, ¿Jos?, ¿Rus?, quizá miss Josefina se acuerde, pero la otra mujer sigue erguida, hierática, con una expresión de trascendencia que su aspecto estrafalario no se sabe muy bien si ayuda a desmentir o a sustentar.

—¿Y ha dicho usted, doña Paula, que no se veían desde hacía diez años?

—Sí, diez o doce, casi catorce, déjeme pensar, sí, casi catorce, desde que Juan se fue o, bueno, desde que él le echó de casa, tenía dieciséis años cuando se metió de marino.

—¿Su padre lo expulsó de casa?

—Sí, él, pero no vayan a pensar mal, ya se lo dije antes, él fue siempre un hombre bueno y serio, y muy buen padre, pero muy raro, ¿saben ustedes?, y sobre todo muy recto y muy legal, el hombre más recto y más legal que haya existido nunca —y se queda boquiabierta y con la vista tonta, deslumbrada otra vez por el fulgor de una evidencia inadmisible.

Matías llegó a saberlo algún tiempo después. Supo hasta qué extremo había llevado aquel hombre su concepto de la rectitud, pero lo que nunca logró entender es en qué sustancia pudo nutrirse, germinar y crecer su pasión desaforada por la justicia y por la ley. Supo que allá en algún momento indeterminado de su juventud, quizá tras el servicio militar, quizá en un tiempo que ya no pertenecía a la biografía personal sino a la memoria ancestral de la especie, Joaquín Gayoso empezó a obsesionarse con el derecho, la moral y la lógica. Era imposible adivinar qué idea o qué imagen se habría forjado de esas tres disciplinas, ni de dónde le vino el soplo creador que lo impulsó a unirlas para construir a su sombra no un proyecto de vida, con resonancias públicas y hasta políticas, o una teoría general de algo, como parecía exigir tanta grandeza junta, sino apenas dos o tres normas de conducta para uso exclusivo y práctico de una existencia singular.

Hay una foto de entonces que Matías tuvo ocasión de ver más tarde: un joven pálido y frágil y vestido pobremente de oscuro que mira a la cámara como desde la lobreguez de una madriguera de la que teme ser desalojado. Y sí, debió de ser por esa época cuando, exaltado quizá por algunos fragmentos de ideologías que llegaron a sus oídos y que él guardó en su corazón para que allí arraigaran hasta formar algo sólido que oponer a las contingencias del mundo, alumbró la creencia que había de presidir toda su vida y se puso a hacer cuentas y a calibrar la precisión moral y cívica de cada uno de sus actos. Unos días antes de casarse, le enseñó el libro por primera vez a su futura esposa, un libro rayado, de contable, y lleno de apartados, con cantidades aquí y allá, en rojo, en verde y en azul, unas cosas a un lado y otras al otro, y se lo hizo firmar y luego le dijo: «Mira, este es el verdadero garante de nuestra felicidad, porque has de saber que todo lo que no es orden está llamado a engendrar servidumbre y desdicha».

Eso le dijo. Él era entonces dependiente jefe de una tienda muy buena de paños y uniformes por la Plaza Mayor, con ocho empleados a su cargo, y vivían con holgura, y es posible que todo hubiera ido bien de no haber sido por aquel delirio suyo de la ley, la lógica y el orden.

Y se casaron, y aquel hombre menudo y recto siguió echando cuentas en el libro, examinándolo cada noche a la luz de un hilo incandescente para constatar la armonía del conjunto y actualizándolo con su letra metódica, lenta y pulcra, en la soledad de la noche y en una mesa perfectamente despejada: el bolígrafo rojo, el verde, el azul, un lápiz siempre bien aguzado, una goma de borrar, una gilette, un sacapuntas, escuadra y cartabón y algunos otros útiles de escritorio que guardaba junto con el libro en un estuche con llave que sacaba al anochecer y desplegaba con precisión litúrgica antes de ponerse a escribir: cada cosa en su sitio, el brazo de la lámpara perfectamente graduado para que el haz de luz cayese de lleno sobre la superficie pautada del libro, según un orden exacto y quizá secreto que había instituido desde el primer día de matrimonio.

Luego se supieron más cosas. Se supo por ejemplo que todas las mañanas, antes de llegar a la tienda, entraba en un bar y, metódicamente, apuraba una tras otra dos copas de brandy, ni una más ni una menos, siempre de la misma marca, y siempre emplazado en el mismo lugar discreto de la barra que volvía a ocupar por la tarde de regreso al hogar, cuando apuraba una tercera copa es de suponer que con la misma circunspección que si cumpliese un trámite tras la ventanilla de un juzgado, silencioso, solvente, acreditando en cada gesto la serena pasión que lo guiaba sin error por entre los escollos de la vida. Ya en casa, abría y desplegaba el estuche y trabajaba sin prisas a la luz de la lámpara.

Y Matías supo también que, cuando nació el hijo, lo miraba largamente como si le recordase algo o entreviese en él un signo borroso o algún sentido oculto, algo así como el carpintero que al examinar unas tablas está ya viendo en ciernes una mesa, y lo siguió mirando con ojos fijos y analíticos, mientras agregaba otra copa a sus raciones metódicas de brandy y continuaba escribiendo tercamente en el libro, y esperó a que el niño tuviese ocho años, ni uno más ni uno menos, y entonces le habló al fin por primera vez. Y le vino a decir: mira, estas son las cuentas, este es el pacto entre nosotros, este es el marco legal en que vas a crecer y a hacerte un hombre de provecho. Y le enseñó el libro, claro está. Allí estaban apuntadas al céntimo, en sus partidas correspondientes, lo que se había gastado con el hijo: tanto de escuela, tanto de manutención, tanto de vestido, tanto de alojamiento, de medicinas, de desperfectos, de caprichos. Y todas las noches le leía las cantidades del día, perfectamente desglosadas, cada cosa en su sitio, y se las hacía copiar y firmar en un cuaderno paralelo comprado a tal efecto. Había puesto un tope desde que nació. Había calculado que hasta los veinte años debía invertir en él el veinte por ciento del presupuesto familiar, de cuyo monto, y a partir de esa fecha, habría de amortizar los dos quintos, a un interés fijo del dos por ciento y en un plazo de otros veinte años. «¿Te parece justo?», le preguntaba al niño. Y el niño: «Sí», decía. «¿Te parece también generoso?» «Sí.» «Es un contrato justo y generoso», concluía él, «porque también así debe ser la ley: rigurosa y benévola a un tiempo. Solo de ese modo llegarás a ser un hombre en verdad libre y responsable.»

Así era aquel Joaquín Gayoso. Y no es que todo lo anotara al debe y al haber, en rojo, en verde y en azul, tanto las cuentas generales como los gastos fraccionados de cada miembro de la familia, e incluso las más leves averías domésticas, las limosnas que daban y hasta las monedas que pudieran encontrar en la calle, no era solo eso, sino que aquel afán numérico estaba presidido por un sentido apasionado e incorruptible de la integridad: todo había que razonarlo a la luz de la moral y de la lógica, con objeto de no dar o recibir nada que no supusiera un acto de justicia. Pero no solo las cuestiones económicas: también había que someter largamente al escrutinio de la conciencia el trayecto por donde saldrían a pasear la tarde del domingo o la elección de un programa u otro de televisión. Nada debía quedar abandonado a la tiranía del azar. «Cada cosa en su sitio», solía decir, y ponía como modelo aplicable al hogar pero también al mundo el caso de la tienda que él gobernaba con mano de hierro, y donde cada cosa ocupaba el lugar exacto que le había otorgado algún grave designio. «¿No se habla hoy tanto de que el mundo no tiene sentido, de que en el mundo no hay justicia?», decía. «Pues aquí, en esta casa, y en la tienda, está la prueba de que, con lápiz y papel, y con un criterio estricto de la lógica y del orden, ese sueño es fácil de cumplir. Cada cosa en su sitio. Ese es el secreto final de todo.»

Un iluminado sin duda, uno de esos tipos que un día sucumben o se inmolan a un ideal que empezó siendo una manía o el motivo amable de una evasión apenas pintoresca. Según se adentraba hacia esa edad en que la madurez se descompone en una forma todavía abstracta de vejez, su vida se iba reduciendo cada vez más al libro y a las copas de brandy y a aquella especie de santidad en que se había convertido su apetito desordenado por el orden. Y una noche, cuando el hijo había cumplido ya dieciséis años y había repetido tres veces el mismo curso, primero de bachillerato, salió del cuarto en que solía encerrarse a hacer sus cuentas y dijo: «Quizá ya sepas, o al menos tendrías la obligación de saberlo, puesto que tienes copia actualizada del libro, que en este día has vulnerado el pacto, ¿no es así?». El hijo, que estaba encorvado, limpiándose los zapatos, lo miró sin comprender desde la indefensión de su escorzo. Y él, grave y sereno, menudo y pálido, le habló desde lo alto: «Hoy mismo, a las dos de la tarde, mientras comías, has agotado la asignación fijada y rubricada bajo contrato en su momento. Has dilapidado tu hacienda. A partir de ahora, ese betún ya no te pertenece, ni la bombilla con que te alumbras, ni las paredes que te abrigan. A partir de este instante, nada te pertenece en esta casa». El hijo, amontonado allí abajo, inició un balbuceo pero él se le encabalgó con su tono frío e inapelable: «Has roto el pacto, ¿sí o no?». El hijo vagamente asintió. «Y ese pacto era justo y generoso, ¿no es cierto? Y los pactos están para cumplirlos, ¿no es también verdad? Pues bien, ya sabes dónde está la puerta. Desde mañana, y hasta que cumplas la deuda contraída, no quiero volver a verte más.»

Y se marchó. Se metió de marino mercante y durante casi catorce años navegó por los mares del mundo. Mandaba postales desde sitios lejanos. Pero él, Joaquín Gayoso, nunca quiso leerlas, y cuando su mujer se atrevía a rogarle que lo perdonara, afectaba un gesto de asombro: «¿Perdonar? Has de saber que no tengo nada contra él. Al contrario, quiero a nuestro hijo con el amor debido, pero él incumplió un pacto ventajoso, eso es todo. ¿Es que no fui justo y benévolo con él? ¿Es que el hombre no es libre y ha de responder por tanto de sus actos? ¿No es ese el precio irrisorio que hay que pagar por la libertad? Mientras cada cosa no esté en su sitio, y mientras sigamos desordenando las conductas con el perdón cristiano, la humanidad seguirá viviendo en el caos, si es que no en el infierno. Esa es la lección que yo le ofrezco a mi hijo, una lección dolorosa, pero necesaria, que quizá algún día él sabrá agradecerme, cuando comprenda que solo así, siendo implacable en las convicciones, podrá el hombre mejorar el mundo y, si quiere, hacer realidad sus utopías y prescindir de una jodida vez por todas de los dioses y sus santísimos cojones».

Ese era más o menos el discurso que echaba cuando salía a cuento el asunto del hijo. No de la hija, con la que no habló nunca, pero con la que igualmente firmó un pacto, y a la que a veces observaba también fijamente durante mucho tiempo, tal como un gato puede observar en la televisión un documental sobre el cultivo de los tulipanes, pero que jamás le inspiró otra cosa que indiferencia o desdén, y acaso un poco de perplejidad.

Y así se sucedieron las cosas hasta que, siete u ocho años después de la expulsión del hijo, la tienda quebró y él se encontró de repente en el paro. Quizá ya no se recuperó del hecho insólito, inaudito, escandaloso, de que la tienda, aquel reducto de armonía forjado con su talento y su voluntad y su desvelo, hubiese sucumbido tan fácilmente a los trastornos de la actualidad. Un año después tuvieron que trasladarse a una vivienda más modesta, y dos más tarde a aquel otro lugar, que no era un piso sino tres habitaciones de un piso enorme y miserable, que habían de compartir con gente de calidad ínfima y marginal.

Ahora salía de casa muy temprano, antes del amanecer, trajeado y pulcro como siempre, pero portando una bolsa de viaje donde guardaba la gorra de visera, el mono de mecánico y las botas de agua que usaba para encender calderas de calefacción en un barrio distante, además de unos tacos de propaganda que luego repartía en bocas de metro y esquinas populosas. Después de tanto tiempo, de tanto cultivar con lápiz y papel el rincón agreste del mundo que le había caído en suerte, ahora las cosas no estaban en su sitio. Sus dos obras maestras, la tienda y el hogar, se habían desvanecido como dos espejismos, sin saber cómo ni por qué. Solo le quedaban, a modo de testimonios de un lejano esplendor, el estuche con el libro y el material de escritura y la lámpara bajo la que todavía seguía echando cuentas cada noche, aunque no tanto las del presente como las del pasado, quizá en busca de alguna falla inadvertida que explicara las causas del desastre.

Se volvió aún más sombrío y silencioso, y amplió sus porciones de alcohol, aunque nunca bebía más de lo que le parecía razonable y hubiese pactado previamente con su libre conciencia. Descuidó el aspecto y la higiene, le dio por hablar solo, primero en murmullos y enseguida en alto y con gestos titánicos de agitador de masas, y luego empezó a aumentar sus justas y metódicas y solitarias dosis de brandy y a prolongar sus estancias en el bar de siempre, estribado ostentosamente en la barra, menudo y altivo, con un palillo en la boca y vestido con la visera, el mono y las botas de agua, y a contar la historia de la tienda y de su edad dorada, y a discutir a voces con unos y con otros y a echar discursos incendiarios a la concurrencia sobre la caída de los imperios, sobre la crisis de valores y sobre cómo solo la persistencia en la razón podía salvar al hombre del caos y del chantaje de los dioses. En los tiempos de Franco decía que era imposible el orden sin la democracia, y al poco de llegar la democracia comenzó a sostener que solo un dictador ilustrado y de hierro podría poner sentido en aquel fárrago social. Luego empezó a añorar la república y a invocar a Pi y Margall y a Largo Caballero. Hasta que, bajo aquella tensión mental, algo cedió y se quebró en él.

Y un día cayó enfermo. Lo internaron en una clínica y allí le diagnosticaron lo que ya todos sospechaban: que había en él un punto de locura en torno al cual había girado y girado su vida desde la juventud. Y parece que allí consiguieron curarlo, o al menos detenerlo en su actividad circular y frenética, porque cuando regresó, al cabo de unos meses, era como si hubiera vencido a aquel demonio que lo habitaba y desgastaba por dentro, y ya no volvió a abrir el estuche salvo para destruir sus escritos, ni a beber, ni a hablar de la tienda durante horas, ya en la cama, que no dejaba dormir a su mujer con el examen susurrante, lacerado, minucioso y monótono de las posibles causas de la decadencia y la ruina final, y sublimando aquellos años portentosos en que él había fundado un orden perfecto, una especie de reino privado que parecía invulnerable a los estragos del azar. Y cuando un día llamaron a la puerta y apareció el hijo, con un petate al hombro y un tatuaje exótico rebosándole el pecho, él lo recibió en silencio, bajó la cabeza y se hizo a un lado para dejarlo entrar.

Pero esos pormenores los conocería Matías después, porque doña Paula se limitó a contar a los periodistas que aquella noche, a los tres días del reencuentro, el padre y el hijo estaban conversando en el cuarto de al lado después de catorce años de ausencia y quizá por primera vez en la vida, mientras ella veía el serial americano cuyo nombre no podía recordar, Penrós o Penjús, y que en las pausas del drama se oían sus voces, la voz gruesa y serena del padre y la ocasional y más fina del hijo, y que enseguida se mezclaron con las voces de la televisión, donde un hombre y una mujer hablaban y se deslizaban con lisura de peces por un salón lujoso con un ventanal que daba al mar. Y recuerda muy bien que a veces la cámara atravesaba el ventanal y avanzaba hacia la playa hasta enmarcar en un primer plano con solo música de fondo a otra mujer con un biquini rojo y unas gafas de sol que leía acostada de lado en una tumbona y que a veces giraba apenas la cabeza para mirar hacia arriba, hacia el ventanal, y que en esos intervalos de silencio y suspense empezó a distinguir sobre el fondo musical palabras sueltas del discurso del padre, algo del emperador Teodosio, y de Atila, y de Carlos II el Hechizado y de Manuel Azaña y de Durruti, palabras que apenas resaltaban en aquella voz tenaz y metódica, sin altibajos y sin cadencias persuasivas, apenas un soniquete de una sola nota, como un abejorreo en una siesta ardiente de verano.

Y así siguieron hasta que luego empezó a subir el tono de las voces: primero la del hijo, con dejes de desdén y de burla, y enseguida la del padre, un poco más timbrada pero igual de invencible y monótona. Era ya muy tarde y doña Paula tenía sueño, daba de vez en cuando alguna cabezada, soñaba un poco (recuerda que iba por un campo de flores cantando ópera) y de pronto algún ruido la devolvía sobresaltada a la vigilia. Quizá por eso creyó que aquellas voces correspondían a otros programas que llegaban del patio interior por las ventanas abiertas al fresco de la noche, porque en el buen tiempo siempre se oían allí retazos de otras conversaciones y sonidos, y entonces accionó el mando a distancia y elevó el volumen, con lo cual los dos hombres, y es de suponer que también los espectadores del patio interior, subieron proporcionalmente los suyos, y la situación quedó pareja en ese aspecto. ¿Penrós?, ¿Pinkós?, imposible acordarse, pero en cualquier caso en el serial había estallado también una gresca entre el hombre y la mujer de esta parte del ventanal, que se increpaban con los rostros muy juntos y a veces señalaban a la playa, donde la otra mujer se había alejado hasta la orilla y ahora estaba allí inmóvil, haciendo pose frente al mar. De entre todos aquellos gritos, doña Paula recordaba algunos («¡Te pido que me escuches por última vez!», «¡aquí nadie mata a nadie ni siquiera el capitán Black (o Bleck)!», «¡y pensar que todo empezó con las mariconadas de don Rodrigo!», «¿te atreverás a ponerme la mano encima?», «¡mírala, allí la tienes!, ¿a qué esperas para irte con ella de una vez?»), pero no sabría decir de dónde provenían unos y otros.

Luego hubo un corte publicitario y el padre y el hijo empezaron a luchar. Se oyeron golpetazos, forcejeos, arremetidas, y un fragor sordo de objetos desplazados. Doña Paula estaba amodorrada y pensó al principio que sería el televisor de algún vecino, donde pondrían una de esas películas de tiroteos, chirridos de neumáticos y puñetazos, pero enseguida intuyó que no, que debían de ser ellos, y entonces se levantó alarmada pero aún indecisa, y en el momento en que rodeaba la camilla acabó el bloque publicitario, la pantalla se quedó en negro y hubo un silencio general.

—¿Cómo hizo exactamente, doña Paula, nos lo puede usted mostrar?

—¿Que me levante y rodee la camilla dice usted?

—Si fuera tan amable.

Doña Paula se levanta, rodea y mira a la cámara esperando instrucciones.

—¿Y fue ahí desde donde vio a su hijo?

Sí, ahí fue justo cuando se apartó la cortina y apareció él y se quedó allí quieto, inscrito en el marco como si posara para un pintor, mirándola con los ojos llenos de lágrimas y un puchero en la boca, como cuando era niño, treinta años para venir a repetir ese gesto en el último instante, pensó ella al verlo, sin entender todavía del todo lo que estaba ocurriendo. Y se acuerda también de que, por uno de esos atolondramientos de la vida, le echó una ojeada al televisor y allí estaban otra vez el hombre y la mujer, mirándose de lado a lado de la habitación, igual que ellos, y siguió sin comprender muy bien lo que estaba pasando hasta que al hijo le fallaron las piernas, quiso decir algo pero con el esfuerzo los ojos se le quedaron en blanco y se puso a temblar.

En ese punto ella se dio cuenta de que tenía en la mano el mando a distancia, y durante unos segundos dudó entre accionarlo para apagar el televisor, dejarlo en la mesa o continuar con él en la mano. Finalmente se lo metió en el bolsillo y echó a correr hacia el hijo. Eran solo tres metros, pero en ese trecho él tuvo tiempo de empezar a desplomarse muy despacio, como a cámara lenta, mientras con el peso iba arrancando una a una las anillas de la cortina, y como los chasquidos le recordaron a doña Paula las horas de un reloj, las fue contando sin querer, la muy tonta: una, dos, tres, cuatro, hasta que a la quinta al hijo le faltó el apoyo, el puchero se le borró de la boca y en su lugar apareció una expresión extraña, casi irreconocible, la expresión del forastero que en realidad era después de tantos años de ausencia, giró sobre sí mismo en el aire y se quedó tumbado boca arriba, descoyuntado como un títere.

· —Cuando yo llegué él ya estaba muerto, parecía un cachorrito dormido después de mamar, y no tuve tiempo siquiera de agacharme porque en ese momento llamaron a la puerta, ¿no es verdad, miss Josefina?

Pide permiso para sentarse y otra vez se pone a llorar y a renegar con la cabeza, obstinada e incrédula. Y ahora es la otra mujer, alta y hierática, la que cuenta sin apenas despegar los labios que ella había oído algunos gritos y algún que otro porrazo, pero que no fue eso lo que la alarmó (al fin y al cabo en la casa no eran raros ese tipo de ruidos sin ley) sino la visión que tuvo de pronto de lo que había ocurrido en el piso de al lado. Lo vio tal cual. Vio al muchacho muerto y al padre con la pata de la silla en la mano. Vio la cortina parcialmente arrancada y los muebles tirados por el suelo. Y antes vio incluso la pelea y el golpe final, seco y limpio en la nuca, y hasta oyó una frase: «Aquí te pillé, mamón», solo que entonces no había reconocido aún ni la cara, ni la voz de los hombres ni el escenario que ocupaban.

—¿La pata de la silla?

—La pata, sí.

—¿Podría usted explicar a la cámara, miss Josefina, cómo fue exactamente el golpe?

—Un golpe seco.

—¿Como en el béisbol?

—¿Qué béisbol? ¡Ah, sí! O como el que les dan a las focas para matarlas.

—¿Y dice usted que le vio?

—A los dos, les vi a los dos. Yo poseo el don de la videncia, vivo aquí al lado y aquí tengo mi consultorio, y lo vi todo con el pensamiento, ni más ni menos que como les estoy viendo a ustedes ahora mismo.

Y, en efecto, cuando doña Paula abrió la puerta ella se encontró con lo que ya esperaba: por el entreabierto de la cortina se veía el otro cuarto hecho cisco, y al padre en medio del desorden con la pata de la silla todavía en la mano, sin ningún signo de abatimiento sino al contrario: bien asentado en el suelo y con las piernas bien abiertas, tal como lo dejó la ejecución de un acto que le había exigido la fuerza de un titán y la determinación de un visionario. Allí estaba, y así lo vio también Matías con la imaginación, como si hubiera desbrozado un campo y ahora contemplase la labor con la herramienta todavía en la mano, realzado por el orgullo del deber cumplido pero sobre todo por la fatalidad y la grandeza de quien comprende que ha emprendido y culminado una obra que excede a la brevedad de la vida y que está llamada por tanto a sobrevivirlo y perpetuarlo, y eso lo eterniza por un instante en el presente con la aureola diabólica de la gloria futura, la camisa rota en el pecho y los faldones desembozados, la corbata floja y torcida, el pelo en greña, la chaqueta revuelta, la mano libre adelantada para señalar al hijo muerto: «Ese muchacho era un bárbaro. Él trajo el desorden y le abrió la puerta a la desgracia. Él era la falla que buscaba», y allí siguió, con la pata en la mano, como la espada de fuego del ángel exterminador, heroico y desastrado, repitiendo de vez en cuando esas frases hasta que se lo llevaron esposado entre dos policías.

Hay un silencio de transición desde el ensueño del relato hasta la realidad escueta del presente, un silencio que se va descargando de expectativas, como si se extinguiera en él el último acorde de una melodía, y enseguida los periodistas comienzan a recoger sus cosas para irse. Se oyen los interruptores de las grabadoras y los broches de cierre y las cremalleras de los maletines y las fundas, y en aquel confuso laboreo de movimientos rápidos y precisos todo adquiere un aire apresurado de final de función. Pero Matías espera apartado del grupo, en tierra de nadie, simulando que escribe en el papel, y solo cuando los otros empiezan a marcharse se acerca a la camilla, se inclina y pregunta en voz baja:

—Permítame, señora, ¿qué edad tiene su marido?

—Pues él tiene, déjeme pensar, vamos a ver, si yo tengo, ¿cuántos tengo yo?, ¿sesenta y uno?, entonces él tiene, él debe andar por los sesenta y cuatro.

—Entonces no hizo la guerra.

—Nooo, ¿cómo iba a hacerla?, figúrese. Él entonces era casi un niño.

—¿Y no hubo por casualidad otro Joaquín Gayoso en la familia, alguien que hiciera la guerra con los republicanos?

La mujer se pone a pensar pero enseguida pierde el hilo y pregunta con la cara arrugada por la extrañeza:

—¿Para qué medio trabaja usted?

—Para una revista local, la *Gaceta Centro*.

—Pues no la he oído. ¿Y usted no va a sacarme fotos?

—¿Fotos? Bueno, ya las hicieron antes. Ahora solo quería preguntarle si conoció usted a otro Joaquín Gayoso, intente recordar, uno que estuvo en la batalla del Ebro y fue herido muy grave. Alguien que, de vivir, tendría ahora unos ochenta años.

—Ochenta años. Usted a lo mejor se refiere a Joaquín Gayoso Hurtado, que es tío carnal de mi marido. Por ahí debe andar rodando alguna fotografía suya. Pero ¿qué tiene que ver él con todo esto? ¿Por qué lo buscan ustedes?

—Por nada, señora, solo quería saber qué ha sido de él.

—Pues no lo sé, porque hace muchos años que no le vemos.

—Pero entonces, ¿no ha muerto? —preguntó Matías, conteniendo apenas el asombro.

—¿Muerto? Pudiera ser, pero yo creo que no, porque se lo hubiera oído decir a mi marido. Yo creo que sigue viviendo por Aluche, o por lo menos allí ha vivido siempre. Quien tiene que saber esto punto por punto es mi marido. Él sí podría explicarle. Pero, ¿por qué quiere saber ahora de él?

Matías guardó el papel y el bolígrafo, se abrochó la chaqueta y retrocedió dos pasos. Era ya el último periodista que quedaba. Bajó confidencialmente la voz:

—¿Podría venir a verla otro día, a hablar con usted con más calma?

—¿Pues no habría de poder? Venga usted, y si es tan amable me trae el número de lo que saque en la revista.

Mientras se dirigía a la puerta, echó una última ojeada a la habitación. Sin la luz de los focos, parecía aún más miserable. El empapelado tenía algunos lienzos sueltos, y en el techo había churretes viejos de humedad. El suelo era de baldosas de escoria, rotas y gastadas, pero había zonas parcheadas de cemento crudo, y en los rincones se amontonaban cachivaches sin ley: un enorme balde de plástico lleno de ropa vieja, unas botas de agua, algunas cajas de cartón, una jaula de pájaro, unos tablones. Una puerta pequeña, como de alacena, con la hoja desencajada, que debía de dar a un retrete mínimo, y al lado un infiernillo de gas y un fregadero. Todas esas cosas estaban allí, exactas y reales, y sin embargo Matías se preguntó si no estaría soñando todo aquello. Y aún más se le agudizó el sentimiento de extrañeza cuando, al girar para despedirse desde la puerta ya entornada, vio salir de un tercer cuarto que había al fondo a una mujer muy joven, peinada de muchacho y de una belleza tan elemental que le resultó por un momento incomprensible. Llevaba un pantalón negro de pana y un suéter de marinero, y al ver a Matías se detuvo con un gesto temeroso y extático. Matías la miró fascinado durante unos segundos: su figura esbelta y casi adolescente, su expresión cándida y huraña, las líneas nítidas de la boca entreabierta, la gracia de sus movimientos que parecían seguir fluyendo en el reposo. Sí, debo estar soñando, se dijo, y deseó estar ya en el día siguiente, en su casa, a salvo de espejismos.

Miró a las mujeres. La madre había sumido la cabeza en el pecho y parecía dormir, una mano desmayada sobre el mando a distancia, y la otra mujer continuaba a sus espaldas erguida e inmóvil, como velando un sueño eterno. Matías les ofreció una cabezada de respeto, miró por última vez la figura irreal de la muchacha, que permanecía allí, como encantada en escorzo a la luz perlada del amanecer, y cerró con cuidado la puerta, y era como si de ese modo cayese finalmente el telón sobre los sucesos de aquella larga noche de insomnio, de alcohol y de fantasmas.

Cuando un viernes de dos semanas después llegó Matías a la oficina, ya estaban en sus puestos Martínez, Pacheco y Veguita. Hay como siempre en la sala un silencio soñoliento, un poco sonambúlico, apenas alterado por zumbidos de ordenadores, carraspeos, arrullos de palomas en el patio interior, la bocina de algún vehículo pesado que oída a lo lejos parece el mugido de un buque en un horizonte de brumas portuarias. Como casi todos los días, también esta mañana el viejo Bernal entra apurado, con la sugestión de catástrofe de un actor primerizo que irrumpiese en escena con el papel mal aprendido, se sienta en su mesa, de cara a la pared, y enseguida se pone a sacar de los bolsillos objetos personales. Saca tres gafas en sus fundas, el mechero, la cajetilla de Partagás, un llavero que es un neumático con uno de esos juegos que consiste en mover unas bolitas mínimas de acero hasta fijarlas cada cual en su muesca, un portaminas de plata y un reloj de bolsillo. Los despliega sobre la mesa según un orden convenido y quizá cifrado, corrige mínimamente la posición de alguno, se pone unas gafas oscuras y solo entonces comienza a serenarse, a sonreír con los pocos dientes que le quedan, a ser el viejo Bernal que todos conocen allí desde hace tantos años.

Es el único que no usa ordenador y que trabaja de cara a la pared, de forma que puede manipular sus objetos sin exponerse a la curiosidad de los demás. A veces incluso se encoge y juega a hurtadillas con las bolitas del neumático. «Es para relajarse. Una técnica como otra cualquiera de concentración.» En todos esos hábitos o manías debe de haber algún tipo de privilegio adquirido, quizá porque es el empleado más antiguo y no solo trabajó con el padre de Castro sino que llegó incluso a conocer al abuelo, don Carlos, fundador de la casa. Quizá también porque sufre una dolencia ocular, o eso al menos sostiene él. Aunque lleva tres gafas, y hay mañanas en que no para de cambiárselas y de hacer probaturas con ellas, casi siempre usa unas negras con montura de pasta, que le dan un aire antiguo, de ciego romancero o de integrante de un conjunto melódico de los años cincuenta. «Me duele la luz», suele quejarse, y por eso no usa ordenador y trabaja de cara a la pared, y por eso va también mucho al baño, a refrescarse los ojos y a aplicarse unas gotas. Va más o menos cada hora, y al volver trae a veces la cara alta y el cuerpo bailongo, y entonces los demás saben que esa mañana ha amanecido con ganas de hablar y quizá de evocar sus noches triunfales de París.

Porque el viejo Bernal pasó los mejores años de su juventud en París y le gusta recordar aquella época en que fue *maître* en un hotel de lujo con velas y flores en las mesas, y orquesta en vivo, y una pista central de baile con reflejos acuarios en el suelo de vidrio. Habla de París como de un sueño, y cuando apura en las pausas las chupadas del cigarrillo, parece respirar un resto de la brisa mágica de ayer. De aquellos tiempos le ha quedado la costumbre de trasnochar, y por eso las primeras horas de la mañana son siempre para él las más difíciles de vivir. También habla de Nietzsche, de pesca fluvial, de novelas francesas de corte galante, de mujeres (le gustan todas, pero especialmente las prostitutas y las adolescentes, va cada semana al prostíbulo y, según rumores, a veces ronda los colegios con su sonrisa celestial y mellada), de la República, él es republicano, y también de Marilyn Monroe, con la que dice que bailó una noche en París. Una vez, en una de las celebraciones navideñas que dio Castro, se marcó un tango con Sol, entrecerró los ojos y juntó la mejilla, el cigarrillo en los labios nublándole la cara, la mella soñadora, y todos pudieron comprobar que bailaba, en efecto, como un profesional.

De vez en cuando el viejo Bernal sonríe y dice: *Ça va commencer!*, porque ese había sido el lema comercial de guerra del hotel de París. Cuando la noche decaía, él daba unos pasos escénicos, se destacaba en la pista de baile y gritaba: *Ça va commencer!*, y la gente entonces se animaba de nuevo, había gritos de asombro, brazos al aire, reacomodo de asientos, y las ilusio-

50

nes se renovaban como por arte de magia. *Ça va commencer,* dice ahora a veces, quizá sin venir a cuento, y se queda con los ojos hundidos en la perspectiva de tiempos mejores, de una posible edad de oro.

Matías piensa que hay en Bernal algo de definitivo, de culminación de un largo proceso que le ha llevado a una concepción sencilla y sabia de la vida. Una sabiduría que se trasluce en un gesto, en el modo siempre condescendiente y a la vez irónico de sonreír, en su voluntariosa actitud para el asombro. Su forma más usual de cortesía consiste en levantar admirativamente las cejas al escuchar cualquier comentario, por inane que sea. Vive solo, y algún domingo sale a pescar por los pantanos de los alrededores de Madrid. Un día, hace años, Bernal le dijo: «Vente conmigo, ya verás como se pasa bien». Y Matías fue. Bernal llevó dos sillitas plegables, montó las cañas y los dos se sentaron a fumar y a mirar el agua y a hablar ocasionalmente de las cosas que veían. Una rana, un pájaro, una nube. Almorzaron allí mismo, y volvieron al atardecer sin haber pescado nada. «¿Qué te ha parecido?», le preguntó Bernal. Y Matías dijo: «Está bien», porque es verdad que le había parecido un modo agradable de pasar el domingo.

Una noche, lo acompañó también a un club de alterne que frecuentaba desde hacía años. Se trataba de un pequeño local, oscuro y oprimente, donde olía a ambientador y a tabaco rubio y a cosmética, y donde había mujeres maduras y macizas, hembras baratas y enmascaradas por el maquillaje que fumaban con esa obviedad de las mujeres fatales del cine negro americano, acodadas en la barra o sentadas ostentosamente en altos taburetes, y que saludaron a Bernal con risas y bromas convenidas. Y lo que más le llamó la atención a Matías era el modo tan delicado con que él las trataba, halagándolas, ofreciéndoles lumbre y bebida, sacándolas a bailar con una leve reverencia y llevándolas y trayéndolas por la punta de los dedos, como si fuesen mariposas o bailarinas clásicas. «Aquí puede uno encontrar un hogar», le dijo. Pero Matías no volvió por allí. Él había arreglado también a su modo los negocios eróticos. Fuera de alguna aventura ocasional, cada algún tiempo llamaba a una casa de confianza y al rato una mujer, que casi nunca era la misma, venía a visitarlo. Lo demás eran fantasías solitarias, y también con eso estaba conforme, porque le permitía licencias a las que él nunca se hubiera atrevido en la realidad.

Matías lleva casi veinte años trabajando junto a Bernal y piensa que aquel hombre es un misterio y que nadie de los que lo conocen sabría definirlo con exactitud. ¿Un viejo verde, un hedonista, un soñador, un cínico, un escéptico de izquierdas, como él mismo dice? Seguro que Bernal estaría de acuerdo con cualquiera de esas palabras, y las aceptaría con la misma solemnidad burlona con que ahora se gira de medio cuerpo hacia la mesa de Matías.

—¿Alguna inversión que tenga que ver con la producción y consumo de yogures en China, señor Moro?

Eso ha dicho. Matías lo mira sin entender, con la boca floja de estupor. Hoy está como ausente, y cuando quiere darse cuenta el pensamiento se le escapa del control de la voluntad y corre detrás de asuntos que parecen inaplazables de tan importantes pero que, una vez alcanzados, resultan ser solo la sombra de una vana inquietud. Después de darle muchas vueltas, hoy mismo ha decidido volver al lugar del crimen, al piso mísero y extraño donde estuvo un viernes de hace dos semanas, para tratar de averiguar si aquel Joaquín Gayoso al que se refirió doña Paula es el mismo hombre legendario del que tanto oyó hablar él cuando era niño. Pero no puede ser, es absurdo, piensa, lleva pensando desde entonces. Y también lo persigue la imagen de la joven que surgió de la habitación del fondo cuando ya él se disponía a marcharse y que se quedó quieta al verlo y que allí quieta continúa en la memoria, tan bella e irreal, y tan llena de gracia en su escorzo de alarma, como si se hubiera materializado de la propia luz dudosa del amanecer. Debía de ser la hija de Joaquín Gayoso, la hermana del muerto, y ya al cerrar la puerta del piso tuvo que hacer Matías un gran esfuerzo de concentración para recordarla con cierta exactitud. A veces, sin embargo, cuando menos lo espera, reaparece en el recuerdo con una nitidez tan intensa que parece engañosa. Luego su imagen tiembla y se desvanece, como cuando se pierde en la radio la sintonía de una emisora. Ahora mismo acaba de esfumarse de nuevo y él parpadea asombrado, ¿qué es lo que había oído de yogures o flanes de la China?, y entonces Bernal tose y le sonríe, y le repite la pregunta, y Matías sale de la abstracción con un estremecimiento de alivio ante la realidad acogedora.

Mira a Bernal con una sonrisa tímida de afecto y se concentra en el trabajo. A Matías siempre le ha parecido que Bernal es un hombre que sabe y que comprende, un hombre de experiencia, que viene de vuelta de casi todo pero que regresa con la misma cara de gratitud, aunque quizá también de secreta amargura, con la que se fue, con la que un día partió en busca del fruto dorado del futuro. Ahí está, de cara a la pared, rodeado de sus objetos personales, protegido por ellos, y acaso con la ilusión de habitar un recinto privado que lo exima de los trabajos que impone la defensa de la dignidad ante un público siempre ávido de pequeñas catástrofes.

Pero no solo él. Desde hace ya tiempo Matías viene observando que todos en la oficina han creado algún tipo de espacio íntimo, algo así como si cada cual marcase un territorio propio con sus objetos personales. Matías piensa a veces que en la relación con las cosas diarias están contenidos algunos de los misterios elementales de la vida que luego los filósofos se explayan en describir con mucho lujo de palabras abstractas. También él tiene un llavero, un pequeño cono de plata inscrito en un semicírculo sobre dos puntos de apoyo muy sensibles. Si uno le da un buen capirotazo en el vértice, el cono gira velozmente durante diez y hasta quince segundos, según la destreza o la fuerza de cada cual. Se trata de un objeto de diseño, le costó más de veinte mil pesetas y no sirve para nada salvo para darle capirotazos y enredar con él, pero Matías siempre lo lleva consigo, y en la oficina le gusta dejarlo sobre la mesa, como si fuese un talismán. Matías piensa que, unos más y otros menos, todos han impuesto allí la apariencia de un ámbito propio, el simulacro de una vida privada e incluso clandestina. Martínez, Veguita, Bernal, el joven Pacheco, Sol y él mismo. Todos. Quizá ellos no lo saben, no son conscientes de sus estrategias, pero él sí, él ha llegado a esa conclusión con solo reparar en los objetos y manías personales que cada cual opone a los intrusismos y pesquisas de los demás.

De haber una excepción, sería por exceso, y esa la hubiera representado Martínez. Pero es que, bien mirado, Martínez no necesita de los objetos: él es ya de por sí un hombre exclusivamente privado. Ahí está también hoy, como cada día, parapetado tras el ordenador y los rimeros mal apilados de documentos y carpetas. Apenas saben nada de él después de tantos años. Que está casado, que tiene dos hijos, que ha cumplido ya los cincuenta, que vive en una barriada periférica, que viste siempre trajes oscuros, que en otro tiempo fue profesor de matemáticas, que nunca sonríe, que se rasca a menudo los tobillos, que debe tener problemas en la boca, porque a veces se saca del bolsillito exterior de la chaqueta un mondadientes y se escarba en las muelas del fondo con verdadera saña, y poco más. Llama a todos de usted, y los demás le corresponden. Sombrío, metódico, inquietante, humilde, desconfiado, solitario: todas estas palabras le cuadran pero no lo explican sino muy vagamente. Quizá sus gestos menores, casi invisibles, lo definen mejor.

También hoy, como todos los días a media mañana, han bajado a desayunar, él, Bernal y Matías. Pero no hablan apenas. Alguna frase rutinaria sobre la calidad del bollo o sobre el tiempo. Hoy Bernal viste un traje color marengo con un pañuelito de adorno aromado de espliego y una corbata de unicornios dorados sobre un fondo ultramar. «¡Qué! Cualquiera diría, señor Bernal, que va a bailar otra vez con la Marilyn», le dice el camarero. Él sonríe con la mella, más para sí mismo que para los demás, y con dos dedos se apura las comisuras de la boca. «Bueno, cada edad tiene su Marilyn», dice, y baja la cabeza y ahueca la mano para fumar confidencialmente y ofrecer a los otros la ocasión de intercambiar a sus espaldas algún gesto de burla. Pero Martínez va a lo suyo, remueve mucho el café, desmenuza el bollo con todos los dedos, como la araña cuando manipula a su víctima en la tela, mira y considera cada porción antes de llevársela a la boca, recoge las miguitas una a una, se limpia con una servilleta las manos falange a falange y dedo a dedo, todo muy minucioso, luego pliega la servilleta, repasando con una uña cada doblez, y la prende debajo del platito del bollo.

Así trabaja también en la oficina. Coge y mueve las cosas con mucho cuidado, casi con un poco de arrepentimiento, como un jugador de ajedrez que no está seguro de la pieza que mueve. Luego se frota los dedos, como si se los limpiase de restos de polvo, los junta en racimo y se los huele. En la cafetería, antes de subir, pide un vaso de agua, se gira un poco y allí, encogido como si fuese un apestado o contase dinero, saca una cajita ovalada de lata, toma con dos dedos una pastilla azul y se inclina hacia la mano para ponerse la pastilla en la lengua. Después se bebe el agua con una especie de unción sacerdotal, con la vista fija en el techo, y se limpia los labios con la servilleta como si les aplicara un secante. Finalmente mira alrededor con ojos de perro apaleado, para ver si alguien lo ha vigilado durante todo ese proceso. Martínez es, desde luego, una persona hermética, y el que lleva la vida más privada de todos. «El caso clínico Martínez», como dice Bernal.

Pero como es inútil preguntarle nada, nadie sabe tampoco, por ejemplo, para qué sirve la pastilla. Si le preguntan algo, él no responde a todas las palabras sino solo a una de ellas. Por ejemplo una vez Matías le preguntó si salía al campo algún fin de semana y él solo contestó a la palabra «campo». Muy vagamente, por otra parte. Dijo algo así como que ahora había un pájaro nuevo, un pájaro africano que se comía los huevos de los otros, y que el campo del norte era en general como más paisajístico que el del sur. «Y luego esos ríos», concluyó, dejó ahí la frase, pero sin puntos suspensivos, a saber qué es lo que querría decir con eso.

Otras veces, si le preguntan algo, empieza a abrumarse y a mover la cabeza como si le hubiesen puesto un acertijo. Una mañana Veguita, recién admitido en la oficina, le preguntó si estaba casado. Martínez esperó mucho tiempo, se quedó inmóvil como un animal que otea un peligro, se le oía resoplar por la nariz, y la expresión se le fue poniendo cada vez más sombría. Al final dijo: «sí», en un tono de claudicación. ¿Quién pudo sospechar nunca que una respuesta tan fácil pudiera ser tan problemática? Veguita ya no se atrevió a preguntarle si tenía hijos, quizá le pareció excesivo. Pero un día a Martínez se le cayeron unos papeles de la cartera, Matías los encontró y vio que entre ellos había una foto donde aparecían un muchacho y una muchacha, ya casi adolescentes, los dos asombradizos y dentones, y bastante feos, y con un aire inconfundible y ya definitivo de tristeza. Cuando se la devolvió (no le dio tiempo de escamotearla entre los papeles), Martínez se sonrojó y tomó la foto avergonzado, como si recibiese el pago de un soborno. Matías advirtió incluso que le temblaban un poco las manos, que las tiene peludas y muy blancas, y un poco obscenas, como si fuesen partes pudendas. También sabe, porque se lo dijo Bernal, que de joven estuvo en el seminario. Entre los papeles que se le cayeron había precisamente la estampa de un santo, de rodillas y extático ante una escala de luz, y rodeado por un coro de ángeles.

Alguna vez han hablado de lo que harían si les tocase el décimo de lotería que juegan a escote cada semana. Pacheco montaría su propio negocio de gestoría empresarial; Veguita se compraría un coche deportivo y viajaría a lugares cálidos y exóticos; Bernal anticiparía quizá la jubilación y pasaría una larga temporada en París. Matías y Martínez son los únicos que no saben muy bien qué pedirle al futuro. Matías está contento con su vida y teme que cualquier novedad pueda llegar para peor. ¿Dejaría de trabajar? No está seguro, pero es posible que sí. ¿No emprendería viajes a islas vírgenes, a cataratas, a desiertos, a pirámides, a ciudades lejanas? Y él por compromiso dice que sí, que a lo mejor, pero íntimamente piensa en su barrio, en su casa, en sus hábitos, en sus días festivos, lentos y soberanos, y entonces los viajes se le representan como un engorro y un exilio. Así están bien las cosas, piensa. El trabajo no le disgusta. Las horas de oficina aportan el punto de acidez que luego permite saborear mejor el tiempo libre. Con sus compañeros no se lleva mal. No son lo que se dice amigos, es cierto, pero él hace ya muchos años que ha aprendido a vivir sin amigos. Si lo apuran, se anima a decir que quizá se comprase una casa en el campo, porque le gustan la naturaleza y el silencio. Pero Martínez es mucho más lacónico. «No sé», dice, con su voz lúgubre, y en un tono modesto pero concluyente, y el eco de esa incertidumbre deja en el ánimo de todos el temblor de una sugerencia indescifrable.

También, últimamente, hablan del automóvil que Matías va a comprarse, y del viaje que está planeando para las vacaciones del verano. Cada uno aconseja un modelo y un itinerario. Pero Martínez calla. No bebe alcohol, no fuma, no tiene coche, no sueña con viajar. «¿Me quiere decir que a usted no le gustaría estar ahora mismo en el Caribe tomando piña colada con una mulatita en un fuera borda?», le pregunta entre escandalizado e incrédulo Veguita. Pero él se disculpa con un gesto abrumado y se mantiene al margen y sigue escuchando cabizbajo y atento.

Eso es todo lo que se sabe de Martínez. Fuera de eso, sin embargo, existía últimamente en torno a él una conjetura. Y era que a las tres, cuando salían de la oficina, compartían un trecho del camino, él, Veguita, Bernal, Matías y a veces Pacheco. Caminaban deprisa y agrupados, parecían un comité de urgencia, y cada cual iba apartando luego aquí y allá. Veguita y Pacheco eran los primeros que se descolgaban hacia el metro más próximo. Luego apartaba Bernal. Pero, desde hacía ya más de un año, lo de Martínez era más complicado. Tres días por semana entraba en el metro con Veguita y Pacheco, y así había sido siempre. Pero ahora, los martes y jueves continuaba con Bernal y Matías y luego doblaba y se hundía a buen paso por una callecita en dirección a Fuencarral. No decía dónde iba, ni nadie se atrevió nunca a preguntarle. Bernal suponía, entre burlas y veras, que tenía una querida. «Ahí va el caso clínico de jodienda», decía. Pero no, era ridículo pensar siquiera que Martínez tuviese una amante. Matías sospechaba más bien que tenía otro empleo, la contabilidad de una finca urbana o cosa así. Hace poco le dijo a Bernal que le daban ganas de seguirlo y espiarlo y averiguar de una vez por todas qué negocio se traía entre manos Martínez. «¿Y por qué no lo haces?», preguntó Bernal. «No, no, es solo una broma, cómo voy a espiarlo», se apresuró a decir Matías. Y Bernal sonrió y dijo: «Bueno, a lo mejor no te atreves porque le tienes miedo. O tienes miedo de descubrir algo terrible». A Matías al principio aquello le pareció absurdo. ¿Qué cosa terrible podía esperarse de Martínez, y qué miedo podía inspirar aquel hombre callado y apacible? Pero luego lo pensó más despacio y supo que aquella hipótesis no era quizá tan descabellada. Sí, a lo mejor Martínez tenía algo terrible que ocultar, y puede que en el fondo le diese un poco de miedo, por qué no.

¿Por qué no? Matías mira a Martínez, que medio escondido tras el ordenador y los ringleros de carpetas mantiene una expresión neutra, inalterable, donde no hay modo de captar algún matiz de desánimo, de indiferencia, de tedio, de enojo o de temor.

C.E. Consulting, así se llamaba la asesoría financiera, jurídica y fiscal, una placa dorada en el portal con un león rampante custodiando la letra, porque los Castro de Espinosa, abuelo, padre e hijo, formaban una estirpe de abogados ilustres al servicio de la gente gorda, como dice Bernal, o del dinero grande y viejo, como prefiere decir el joven Pacheco. La agencia quedaba en una de las alas de un piso antiguo y señorial, en un inmueble de seis plantas, en la calle de Eduardo Dato. Ellos trabajaban en la primera. Entraban y salían por la puerta de servicio y ocupaban una sala grande, con rosetones en el techo y cortinajes fúnebres, y dos ventanas que daban a un patio interior de muros ciegos. Allí, cada cual en su mesa, y en su precario territorio privado, y en un silencio solo turbado por los carraspeos, los arrullos de palomas, los papeles y la vibración de los ordenadores, Martínez, Bernal, Pacheco y Matías se abismaban en asuntos de administración de bienes, compraventa, inversiones, correspondencia financiera, contabilidad en general. En un extremo de la sala, y tras un biombo azul celeste, trabajaba Sol, que era la secretaria de Castro, y en un espacio anejo, una especie de trastero o chiscón sofocado por estanterías, archivos y material diverso, estaba Veguita, que tenía poco más de veinte años y se encargaba de tareas menores, ordenaba y despachaba la correspondencia, hacía recados, atendía a la puerta, manejaba la fotocopiadora, aunque según él, en el fondo no era otra cosa que un guarda de seguridad enmascarado de botones. Trabajaban de ocho a tres, y hacía tiempo que Castro había sugerido la posibilidad de hacer dos turnos, uno de mañana y otro de tarde, con unas horas encabalgadas para coordinar el trabajo pendiente. Era un proyecto vago, y cada vez que Castro se refería a él, ellos callaban, porque desconfiaban de los cambios y preferían seguir así, juntos, por la mañana, como habían estado siempre y como seguramente estarían ya para los restos.

Esa era más o menos la oficina. O quizá una de las secciones de la oficina, como sustentaba el joven Pacheco. Pacheco daba muy bien la figura del alto y moderno ejecutivo que aspiraba a ser. Usaba trajes ceñidos y cruzados y maletín comercial con cantoneras doradas y cerradura en clave, leía revistas especializadas, estudiaba inglés sin gran provecho pero sin el más mínimo desmayo, seguía por correspondencia cursos de gestión y de márketing y todo en él difundía un aire de actividad, de convicción, de iniciativa, de eficacia. Era bajito, culón, con la cara y el cuello punteados por un acné ya crónico, y a pesar de su voluntad de elegancia, había siempre en él algo de suciedad y desaliño. Sus movimientos eran enérgicos y precisos. Cada no mucho trazaba de pronto un arco agresivo con el brazo para consultar el reloj o para detener o programar la alarma, como si anduviese en misteriosos tratos con el tiempo, y de vez en cuando abría el maletín con un rápido juego de pulgares, metía la cabeza dentro (promoviendo la imagen de un oso engolosinado con una colmena), y allí trajinaba un buen rato con papeles y objetos cuya naturaleza y utilidad nadie conocía del todo bien.

Pacheco andaba por los treinta y cinco años, vivía con sus padres y tenía una novia de la que lo único cierto que se sabía es que se llamaba Lalita. Si algún viernes, a la salida del trabajo, se quedaban todos a tomar una caña para celebrar el fin de semana, él al rato golpeaba con la uña del índice en la esfera del reloj y advertía: «Tengo que irme, que me espera Lalita». Y salía a escape, balanceando atléticamente el maletín, como si el maletín fuese una biela movida por un oculto motor de explosión que lo propulsara a él no solo en el espacio sino también en el tiempo, hacia un futuro no contaminado todavía de presente.

Cuando tomaban café, o cuando los días de arqueo general se quedaban a comer por la zona, él hablaba invariablemente de finanzas. La comida lo excitaba muchísimo. «Es que a mí la comida me recuerda la lucha primigenia por la vida», decía, «y por eso, es ponerme a comer, y ya estoy ideando operaciones mercantiles. Y cuanto más como más ideo. El hambre es para mí como la inspiración para los poetas.» Y entonces hablaba de negocios posibles: exportar faisanes, importar perfumes, cambiar maquinaria pesada de segunda mano por maderas preciosas, comprar y vender excedentes de frutas, escorias, volquetes, insignias, pararrayos, césped artificial, erizos de mar. «¿Qué os parece?» Los demás se apresuraban a hacer gestos de incertidumbre, aunque finalmente concesivos. «¿Es que vosotros no tenéis ambiciones? ¿Pensáis seguir así, de simples oficinistas, toda la vida?», decía, y había en su voz un matiz de desdén por quienes no aspiraban a otra cosa que a conservar sin merma lo poco que tenían. Y los animaba a hacer, como él, cursos de especialización que les permitieran ascender algún día a puestos de responsabilidad. Y abría el maletín, y sacaba folletos y anuncios y los iba tirando sobre la mesa: cursos y masters de gestión medioambiental, de consultores de soluciones, de planificador de oficinas, de gestión de clientes, de *controller*, de *reporting*, de *credit manager*, de *marketing assistant*, de supervisor de calidad total, de dirección de recursos humanos, de análisis de valor, de direcciones estratégicas. «Hay que pensar siempre en positivo», decía, y seguía sacando papeles y tirándolos sobre la mesa hasta cubrirla por completo.

Pacheco era el único que no bajaba a desayunar. En el maletín llevaba dos medios sándwiches vegetales envueltos en film transparente y comía allí mismo, en su mesa, sin cesar en sus actividades. A veces ocupaba las dos manos en el ordenador, o una en el ordenador y otra en un documento, y se quedaba largo rato con el sándwich en la boca, olvidado de él, y los demás se preguntaban qué cosa importante podía estar haciendo para no acordarse siquiera de comer.

Así era Pacheco, que sufría grandes abismaciones y gustaba de escenificarlas. Él era también el encargado de crear expectativas sobre el futuro de la agencia. Y siempre estaba a punto de ocurrir algo decisivo. Decía por ejemplo: «Es probable que amplíen la oficina y creen nuevos cargos. El inglés va a ser fundamental». O: «Va a haber traslados. A uno de nosotros le destinarán a otro departamento». O: «Se va a abrir una sucursal en Chile y necesitan un director». Pacheco usaba tirantes elásticos de colores, y al hablar, como hablaba sobre seguro, encajaba los pulgares en los tirantes y se ejercitaba con ellos como si fuesen tensores de gimnasia. De modo que nadie le preguntaba cómo se había enterado de aquellas noticias, y todos las aceptaban con incredulidad, con esperanza, y casi siempre con inquietud.

Porque Pacheco, en los diez años que llevaba allí, había elaborado una teoría muy personal de la agencia. Según él, Castro era un gran tiburón de las finanzas, un mago de la bolsa, y todos los días pasaba por sus manos un verdadero río de oro. Si esto era así, el departamento en que ellos trabajaban debía de ser insignificante en relación con el conjunto. Porque aun en el caso, argumentaba Pacheco, de que Castro fuese solo el asesor financiero y jurídico más bien modesto que aparentaba ser, aun así necesitaría más personal especializado, algún abogado además de él, algún pasante, algún economista, algún experto en bolsa, cuatro o cinco empleados que, sin embargo, o no existían, o trabajaban en otra sección. Pero, por otra parte, Castro tenía muchísimo dinero, era multimillonario, y no había más que ver sus ropas, sus perfumes, sus viajes en reactor privado, sus automóviles, su yate, su casa de campo, su chalé en la costa, sus cotos de caza, su tren de vida en general. Frecuentaba la alta sociedad, la jet set, como puntualizaba siempre Pacheco, y a veces salía en las revistas del corazón. Así que tampoco podía tratarse de un asesor modesto, aunque solo fuese por los nombres ilustres que figuraban entre la clientela. A lo mejor era millonario de cuna. Pero a lo mejor era un poderoso especulador internacional, según Pacheco.

«El joven y dinámico Pacheco», como le llamaba Bernal, y que decía que era allí, en esas dependencias lúgubres que ellos ocupaban, donde se encontraba el estrato más antiguo de la asesoría, la matriz de la firma, pero que luego, al crecer y diversificarse, se fue extendiendo primero por las seis plantas del inmueble y después por otros edificios de la ciudad, hasta formar un auténtico emporio. «Si algún día cae Castro, arrastrará con él a políticos e incluso a instituciones, acordaos bien de lo que os digo», solía decir. Él calculaba que serían en total unos cuatrocientos empleados. Y tenía una teoría, o más bien una fijación. Pensaba que era en el sexto piso del inmueble donde estaba la sede, el núcleo duro del emporio. Allí se moverían los altos ejecutivos, y allí se urdirían las verdaderas tramas financieras, y a eso es a lo que aspiraba él, a llegar a trabajar algún día en la sexta planta. «Nuestra oficina es solo el umbral de un imperio secreto», aseguraba. Y es que Pacheco estaba obsesionado con los grandes hombres de negocios, con los *brokers* y altos ejecutivos de Wall Street, y todos ellos formaban en su imaginación una mitología de dioses, héroes y gigantes. Se sabía muchas historias y lances de banqueros, de empresarios, de gente que empezó de la nada, recorriendo Arizona en una mula, vendiendo leche en un carrito, limpiando zapatos, y que con su tesón y su genio intuitivo levantaron imperios de la nada, hombres que se habían forjado a sí mismos, *self-made men,* gente que tenía un don especial, carisma, creatividad, capacidad de mando, madera de líder, y ahí bajaba la voz y la desmayaba en balbuceos apasionados. Y también, claro está, tenía idealizado a Castro. Para él era poco menos que un ser divino, y él era su trovador. Pero el caso es que se había inventado toda esa leyenda en la que los demás, bien por la excitación placentera de la sospecha, bien por el mismo cansancio que producía la tozudez de Pacheco, habían acabado más o menos creyendo. Al fin y al cabo lo que decía, aunque exagerado hasta rozar el disparate, allí en lo absurdo encontraba precisamente un fondo lógico de hierro. O quizá era que, según Bernal, en la oficina todos estaban dispuestos a aceptar cualquier fantasía con tal de embarullar y aliviar un poco el tedio laboral, y endulzar de paso el sinsabor de la propia existencia.

Pero, por otra parte, el mismo Castro parecía alimentar el fuego de las conjeturas. En principio, él tenía el despacho adosado a la sala principal, y comunicado con ella por la pared medianera, que estaba toda acristalada. Pero resulta que los cristales eran tintados, de los que permiten ver sin ser visto, de manera que nunca sabían con seguridad si Castro estaba o no estaba, y tampoco si eran o no vigilados por él. Según Pacheco, Castro mantenía un despacho en cada sección, todos con los cristales ahumados, y nadie podía decir con exactitud dónde paraba en cada instante. También aseguraba que solo permanecía unos minutos al día, y no todos los días, en la primera planta, pero como esos minutos y esos días eran impredecibles, todo ocurría como si estuviera siempre en todas partes: hasta allí llegaba el poder de aquel mago y rey de las finanzas. Y es que Castro, con esos y otros expedientes, había fragmentado la empresa para que los demás tuvieran solo una visión parcial de ella. Únicamente él dominaba el conjunto.

En cuanto a los empleados, como es natural, intentaban detectar su presencia por los ruidos. Pero Castro cultivaba esa ele-

gancia de cuna que permite un trato confiado y feliz con las cosas, y apenas hacía ruidos que pudieran delatarlo. Había que hacer un gran esfuerzo de concentración para percibir (si es que
no imaginarse) algún crujido, el aleteo de un papel, la sugestión
de sus pisadas en la moqueta. Eso sin contar que, para oír algo
tan sutil, se necesitaba un gran silencio, cosa que en aquel lugar
era muy difícil porque el que más y el que menos tosía, carras-
peaba, se rascaba, se removía en la silla, se le caía algo, emitía
en fin esa torpe sonoridad propia de la gente laboral y plebeya.

Y luego estaba el teléfono. El teléfono personal de Castro lo
atendía siempre Sol, que le filtraba las llamadas. «No sé si el señor Castro está o no en el despacho», decía siempre, porque
además era verdad que no lo sabía. Así que se comunicaba con
él a través de un interfono, al que Castro podía o no responder,
según le interesase o no la llamada, o según estuviese o no presente. Su presencia solo era segura cuando aceptaba la llamada
o cuando, siempre por la puerta principal, recibía a alguien en
su despacho. Entonces se le oía hablar, aunque su voz llegaba
muy borrosa y lejana.

También ocurría que alguna vez, de tarde en tarde, y al término ya de la jornada, se oía un rumor apagado de fiesta. «¡Es-
cuchad!», decía Pacheco. Los demás se quedaban inmóviles y al
acecho y, en efecto, percibían muy lejos un eco de música,
de voces regocijadas, de tintineos de copas, de risas e incluso de
aplausos. Según Pacheco, la cosa era muy sencilla: en el ala noble del piso había salones lujosos donde de vez en cuando se
ofrecían recepciones. Pero otras veces escuchaban también un
abejorreo de voces que parecía una plegaria. Sonaba una voz so-
lista y después contestaba un murmullo unánime. Y al final cantaban. Cantaban una especie de salmo que todos escuchaban sobrecogidos, sobre todo Martínez, que por una vez suspendía su
tarea y se abstraía en una mirada de ensoñación infantil. Bernal
decía que se trataba de una reunión del Opus Dei, que Castro
era un meapilas y que ahí radicaba la explicación del dinero invisible. Pero en cuanto a la hipótesis de Pacheco sobre los múltiples despachos de Castro, y su ubicuidad consiguiente, ninguno sabía muy bien qué pensar.

Y luego estaban sus apariciones. Una o dos veces al mes, o
dos veces en el mismo día, según le diera, salía de su despacho

y los visitaba, hacía una ronda de inspección. Castro tenía cuarenta o cincuenta años y era alto y elástico, siempre estaba bronceado y vestía como un dandi, unos días con ternos pálidos de seda y otros con atuendo informal o deportivo, pero todo caro y elegante y original y confeccionado a la medida. Un día apareció con unas bermudas y unas alpargatas de cáñamo sin calcetines, y tocado con una gorra de visera puesta de medio lado. Llevaba esas prendas estrambóticas con la misma rara naturalidad con que unas orejas pertenecen a un rostro y participan de él. Aparecía, y había mañanas en que se limitaba a dar un breve paseo y enseguida se iba, pero dejaba a su paso una brisa aromada que ya se quedaba en el aire para todo el día. A más de uno ese olor le quebrantaba el ánimo y le iba llenando el alma de una tristeza dulce, como de una leve desdicha anticipada a su propia causa y que se parecía extrañamente a la felicidad.

Pero lo más problemático de esas apariciones eran sus silencios. Salía con mucho sigilo del despacho y se quedaba allí, de pie, esbelto, felino, en medio de la sala, con un quiebro gentil en la cintura, como un bailarín renacentista que rematase graciosamente una danza de corte. Si alguien lo miraba, él hacía un gesto exagerado de extrañeza. «¿Sí?», preguntaba. Pero si nadie lo miraba, entonces la intensidad de su presencia podía llegar a ser exasperante, como una gotera cayendo irregularmente en una lata. No era tiránico ni nada parecido, y sin embargo su presencia acobardaba a todos. Y todos le tenían miedo, y todos lo admiraban y todos lo odiaban en secreto, sin que ninguno hubiera podido explicar más al respecto. Se paseaba entre las mesas en silencio, y a veces se paraba y tocaba sutilmente las cosas con sus dedos largos, pulcros y morenos. Las tocaba con escrúpulo, como si le dieran asco, o como si fuesen componentes incomprensibles de un mundo exótico y pueril.

Y no se sabía si por burla o por qué, pero el caso es que en ocasiones se acercaba por la espalda a cualquiera de los empleados, se le encimaba y le preguntaba algo, casi siempre algo absurdo. «¿Por qué cree usted que no inventan un espejo previsor para los automóviles? Si lo hay retrovisor, ¿por qué no previsor?» O cuáles eran las diferencias entre «posible» y «probable». O planteaba asuntos ecológicos. «¿Ustedes saben que el mundo se está muriendo poco a poco? Mientras ustedes están aquí, ajenos a toda inquietud y bien seguros, la temperatura media se eleva y los casquetes polares se derriten cada día un poco más, y el agujero de ozono se agranda implacable, y la Amazonía se desforesta. ¿Se han parado a pensar ustedes en esto? ¿Es que a ustedes no les preocupa el destino de nuestro planeta?» Preguntaba eso, o cualquier otra cosa, y como se situaba de pie y exactamente detrás del empleado, este se veía forzado entonces a girarse y a levantar la vista casi a plomo, de modo que Castro le enseñaba la cuchilla de su rictus y lo enfocaba desde arriba, con una mirada cejijunta de halcón. Una mirada que parecía tener el efecto corrosivo de la sal en la nieve, según observó un día Bernal. Y si el otro intentaba responder algo, aunque solo fuese por cortesía, él daba justo entonces por zanjado el asunto, pero muy suavemente, como quien deja una flor entre las hojas de un libro y así suspende por el momento la lectura. Y lo más curioso de todo es que Castro no representaba aquel papel. Al contrario: actuaba con tanta naturalidad que era el otro el que parecía acogerse al arte del simulacro y del disfraz.

Pero la situación resultaba aún más problemática cuando le daba por pasearse detrás de la silla haciendo preguntas inciertas sobre el trabajo en curso y obligando al otro a girar continuamente la cabeza para evitar la humillación de quedarse de espaldas como un escolar castigado contra la pared. Entonces él se ponía a dar paseos tan rápidos que; cuando el empleado se volvía para encararlo, él estaba ya de regreso. Lo mejor en esas circunstancias era echarse a un lado y aguardarlo allí, subiendo los ojos cuando aparecía y bajándolos pacientemente cuando iniciaba otra vez la ronda. Pero entonces Castro empezaba a hacer más largos y lentos sus paseos y a darse la vuelta antes de entrar en el campo ocular de su interlocutor, y si el empleado se revolvía en la silla y se giraba al otro lado, con la desventaja de ese ruido canalla frente al olimpismo de su silencio, él aprovechaba para irse a pasear al otro extremo e invertir así la situación. A todos les hizo eso alguna vez. Si era por juego, por maldad, o por cualquier otro motivo, nadie supo jamás decirlo con certeza.

Un día de hace ya algunos años, a la salida de la oficina, cuando Matías iba solo camino de casa, se detuvo junto a la acera el Jaguar deportivo que Castro tenía por entonces, y una mano, con un gesto apremiante, lo invitó a subir. Matías se acercó indeciso y con la cabeza ladeada, como quien examina algo borroso. «¡Vamos, suba, deprisa!», dijo Castro. Matías no se atrevió a desairar aquella invitación o aquella orden. Dentro olía a maderas preciosas, a perfume y a cuero. Se estaba bien allí, rodeado de fragancia y sigilo, y dejándose hundir en el asiento cada vez que el automóvil arrancaba en un disco. Matías se sintió de inmediato responsable del silencio, y como no encontraba un modo digno de callar, forzó un comentario de ocasión: «Debe tener muchos caballos». Castro lo miró de perfil como si calculase la distancia que los separaba: «¿Qué dice de caballos?». «Que debe ser muy potente, ¿no?» «¿Quién?» «El coche.» «¿Qué coche?» «Este; el suyo.» Castro cabeceó desalentado como ante el razonamiento absurdo de un niño. Salieron a la autopista de La Coruña y allí Castro aceleró a fondo. Matías se preguntaba qué estaba pasando, adónde irían, en qué acabaría aquel viaje incomprensible. Solo después de algún tiempo, cuando ya habían salido a campo abierto, Castro se volvió, hizo un gesto de asombro y dijo: «¿Adónde diablos se dirige usted?». «¿Yo? Bueno, yo iba a casa, pero no merece la pena...» «¿Qué es lo que no merece la pena, su casa? ¿De qué me está hablando?» «No, quiero decir que yo vivo cerca de la oficina. Voy y vengo andando.» Castro ensombreció la mirada. A Matías le pareció que le salían de la frente gárgolas monstruosas. «Entonces, ¿por qué ha subido aquí?» Y Matías no supo qué responder. Lo dejó, o más bien lo abandonó, en un lejano barrio residencial. «¿Aquí está bien?» «Sí, sí», se apresuró a decir Matías. «¿Está seguro de que desea quedarse aquí? ¿No prefiere que le acerque a algún lugar más concurrido, o que cancele incluso mis planes para llevarle a casa?» «No, no, así está bien.» «Qué ser más extraño es usted», fueron las últimas palabras de Castro. Matías caminó durante mucho tiempo, y dio muchas vueltas, confundido y humillado, hasta encontrar un autobús que lo llevase a la ciudad.

Bernal suele decir que, aunque ellos no son gente de grandes virtudes, cada cual tiene al menos una cualidad. Y enumera: Martínez es la aplicación y la paciencia; Veguita, la vena popular y la ilusión ingenua; Sol, la feminidad atávica; Pacheco, la fe sincera en el porvenir; Matías, la mansedumbre, y él..., pero aquí se calla y sonríe como si eludiese incurrir en un halago inmerecido. Pero Castro carece de virtudes, y de ahí proviene quizá su misterio y su encanto. Solo con Sol se permite miradas francas, frases confidenciales y pequeños equívocos. Y ríen. Se les oye reír en el despacho o detrás del biombo. Según Bernal, Castro y Sol se entienden, y entrechoca las puntas de los índices, y mira alrededor para cerciorarse de que Veguita no está presente en ese instante.

Porque, en efecto, Veguita no solo estaba enamorado de Sol sino que su pasión desairada se había disgregado en un revoltillo de términos opuestos, idolatría y desdén, destemplanza y solicitud, rencor y ternura, sumisión y arrogancia, inocencia y astucia, un repertorio de sentimientos demasiado enredoso para la simplicidad de quien no conocía otra desmesura que el afán novelero de una vida de acción. Era bajo y robusto, y tenía un andar esparrancado y fanfarrón, como de vaquero del Oeste. Cultivaba con igual celo sus perspectivas de futuro y su tupé escultórico, y de vez en cuando iba al baño y allí, frente al espejo, bien abierto de piernas y un poco agachadizo y arqueado hacia atrás como si la estatura lo obligase al escorzo, tomando distancia sacaba un peine y concienzudamente se daba unas pasadas de lo más provechosas. Estudiaba en una academia nocturna para guarda de seguridad de alto riesgo, así decía él, estudiar, y a veces llegaba del trastero un estruendo sordo y reprimido, zumbidos de balas y maldiciones y jadeos agónicos, y era que se entregaba a ejercicios solitarios de lucha oriental y tiro al blanco. «Si es que yo no soy como ustedes», solía decir, «yo no podría ser nunca oficinista. Lo mío es la acción y la odisea.»

Aunque cumplía tareas menores en el cuarto trastero, y servía un poco para todo, él sustentaba la sospecha, quizá alentado por las fantasías de Pacheco y por las suyas propias, de que en el fondo Castro lo tenía allí, subrepticiamente, como guarda de seguridad. Uno de sus cometidos era precisamente atender a la puerta. Cada vez que sonaba el timbre, él se levantaba con mucha ceremonia, se liberaba el cuello de la camisa con un estiramiento que le ponía la mandíbula férrea y el labio prepotente, se chascaba uno a uno los dedos de las manos, cuadraba los hombros, abría la hoja perfilándose en el canto y luego lentamente asomaba un poco la cabeza y filtraba la fábula de una mirada perspicaz y altanera, de pura astucia sin finalidad y de altanería como mera advertencia, la barbilla pujante y una mano lista en la cintura, donde guardaba una navaja de resorte.

—Vamos a ver —preguntaba en el bar y a veces en la calle, obligando a los otros a hacer un corrillo dramático con participación de espectadores—, ¿qué harían ustedes si entran en la oficina tres salteadores con revólver? Imagínese que le apuntan, señor Bernal, así, y le piden la guita. A ver la ciencia, ¿qué haría?

—Pero si en la oficina no hay guita, hombre, ¿qué iba a hacer sino decirles precisamente eso?

Como a un niño al que le chafan el juego con reparos de verosimilitud, él hacía un aspaviento de contrariedad.

—Ustedes los oficinistas es que no entienden nada, joder, ni saben nada de la vida. Creen que los forajidos son unas madres como ustedes y que aquí todo se arregla con un párrafo. ¿Pero qué leches van a saber ellos si hay guita o si no hay guita? Ellos son gente desesperada e indomable. A usted le piden la pasta y a ver qué hace, a ver, que se vea, y aquí no vale la chafulla.

Pero ni Bernal ni nadie sabían nunca cómo actuar en un caso así y entonces él pasaba a la acción, en el bar se servía de cucharillas y terrones de azúcar para ilustrar sobre el terreno la estrategia y en la calle ocupaba el centro del corro y ofrecía una demostración práctica donde no faltaban los esguinces de kárate, los navajazos y hasta el fragor del tiroteo, que él imitaba con un tembleque de índice y pulgar haciendo de pistola, y al final se ajustaba la ropa y cerraba la exposición con un desplante compasivo: «En cuanto les sacan de los papeles, ustedes los burócratas es que no tienen ni puta idea de nada».

Así era Veguita, parecía un personaje de sainete, y no era difícil calcular los sueños que lo afligirían en la soledad sedentaria del trastero. Ojalá hubiese un día un atraco, se lo debía de haber figurado muchas veces, dos o tres malhechores indomables, los gritos histéricos de Sol, el desconcierto, el pánico, el aflojamiento de Castro y de pronto su propia irrupción tremenda y destructora, tipo Bruce Lee o Chuck Berry, se iban a enterar todos de cómo la vida en un momento ponía a cada cual en su sitio, según el temple y el coraje y no los apellidos y las mariconadas burocráticas. Pero si la inmadurez de aquellos delirios lo convertía casi en un niño, el desamor de Sol lo transformaba a menudo en un hombre indefenso y sombrío. Veguita vivía con su madre, a la que llamaba «mi vieja». A veces se ponía sentimental y no paraba de hablar de su vieja, de lo buena y sufrida que era, y de lo que le haría a quien se atreviese a faltarle al respeto un tanto así. Para menospreciar a Sol, decía: «A mi vieja no le gustaría nada esa pendona».

Sol era una muchacha rubia con vocación de rubia explosiva. Parecía la parodia misma, recortable y didáctica, de la frivolidad. Vivía consagrada a sus propios encantos, y se pasaba las horas limándose o repintándose las uñas, esponjándose el peinado, haciendo mohínes como de pez para retocarse el carmín de los labios o escardándose con las pinzas algún pelo mínimo de las cejas tras largas deliberaciones ante un espejito de aumento, y su mesa y su espacio siempre tenían algo de camarín y tocador. Camino del baño, dos o tres veces cada mañana salía de detrás del biombo y atravesaba gloriosamente la oficina con un meneo afectado e ingenuo, que parecía avanzar por una pasarela, y hasta volvía un poco la cara como si la curiosidad pública le fuese insoportable, o se defendiese por adelantado de algún posible agravio. Quizá todos, salvo Veguita, la miraban con un deseo enfriado ya por la ironía y por la convicción de que aquella muchacha era solo el simulacro de la sensualidad, no la invitación a la ciega y elemental concupiscencia sino su representación estilizada y meramente ilustrativa, un fenómeno tan autosuficiente que contenía al mismo tiempo la causa y el efecto y que se agotaba en sí mismo, algo así como un cómico que ríe y celebra sus propios chistes, de modo que los espectadores apenas apartaban los ojos para asistir a aquella cándida exhibición escénica que, al igual que las de Veguita, proponía la hipótesis de que ella habitaba en otro mundo: el mundo idílico de Castro, el de la belleza y la posibilidad ilimitada. Uno iba como un héroe de película y la otra venía como una modelo o una dama de alcurnia, y quizá por eso podía pensarse que compartían demasiadas cualidades ficticias para que al menos uno de los dos no despreciase al otro por incompetente e impostor.

Cuando a media mañana Veguita le llevaba la correspondencia, rodeaba el biombo muy repeinado y fachendoso y ella lo
recibía sin levantar la vista, meciéndose en la silla con una suerte
de indolencia estival, o manejando la lima de las uñas o entregada negligentemente a cualquier actividad recreativa, y él por su
parte se acercaba y echaba el correo sobre la mesa como si
derrochase una fortuna al juego y se quedaba allí, balanceándose
y acariciándose con la lengua un colmillo en un gesto previsor
de burla, y era como si cada uno negara con sus modos ociosos
y festivos no solo la condición laboral para afirmarse en una especie de rango aristocrático, sino que mantuviera con el otro un
desafío a ver cuál de los dos perseveraba más y mejor en la apariencia y salía vencedor. Y el derrotado era siempre Veguita,
cómo no.

Cuando volvía a la sala, parecía un niño expulsado de clase.
Y cuando a la salida de la oficina a veces la veía subir en el
coche de Castro, el dolor y el despecho demudaban su rostro
para mostrarlo como era: un hombre, casi un muchacho, desconcertado e inerme ante una pasión que excedía a sus destrezas
mundanales. También hoy ha ocurrido lo mismo y por un instante él se queda inmóvil, como desorientado, en mitad de la
acera. Bernal le da entonces una palmada amistosa en el hombro. «Vamos, Veguita, un tipo indomable como tú.» Y él cabecea con una tristeza donde no logra prosperar la jactancia, pero
enseguida se rastrilla el pelo con la mano y mira a los otros
como si despertara de un mal sueño. «Ustedes, los burócratas, es
que no tienen ni puta idea de nada», dice, y acto seguido echan
a andar en grupo calle arriba.

Días y días sin historia, días perdidos en la inmensidad de
los veinte años que Matías lleva trabajando allí, junto a la ventana que da al muro ciego de un patio interior y enfrente de la
expresión indescifrable de Martínez: un pasado que es solo un
recuerdo desvanecido en fechas iguales, o reducido a un día
cualquiera de cualquier estación de cualquier año, y que de
pronto se ilumina para aislar y destacar en ese páramo de tiempo
aquel viernes en que decidió volver al lugar del crimen para in-

dagar el paradero de Joaquín Gayoso, del hombre legendario con el que su padre hizo la guerra, y al que tanto quiso y admiró, y al que le perdió la pista para siempre cuando cayó herido y, en lo que parecía su último trance, le encomendó la custodia de sus objetos personales: un anillo de oro, un reloj de pulsera, una brújula, unas tijeritas plegables, una fotografía y las dos medallas al valor, objetos que el padre guardó como reliquias durante treinta años y que luego pasaron a poder del hijo carentes ya de emoción y sentido, las dos medallas convertidas apenas en curiosidades históricas, semejantes a las que a veces había visto saldadas en tenderetes del Rastro o en las más humildes covachas de anticuarios.

Como todos los viernes, compró pollo asado y ensaladilla rusa y comió en la cocina, mientras subrayaba con un bolígrafo de dos colores los mejores programas de televisión para el fin de semana. Luego entornó la ventana, se acostó en el sofá e intentó recordar a su padre. Apenas conservaba recuerdos suyos. Cuando murió, él tenía trece años, y siempre lo conoció viejo, silencioso y sombrío. Era albañil, salía de casa al amanecer y no regresaba hasta después de media tarde. Dejaba en la cocina el atadijo del almuerzo, se lavaba armando un gran chapoteo, como si aquella tarea formase también parte de la jornada laboral, se peinaba furiosamente hacia atrás y acto seguido se sentaba en la sala de estar a descansar y a leer el periódico. Pero daba la impresión de que aquel hombre no sabía descansar. Como los titanes, los atlas, los condenados a tareas infernales y otras figuras mitológicas, que no pueden cesar en su actividad ni un instante porque de ellos depende el orden del mundo o porque así lo exige algún grave designio, así también él, cuando descansaba, no paraba de removerse, o bien se entregaba a una torpe inmovilidad hercúlea que evocaba como al trasluz la maquinaria laboral. ¿Cómo podría explicarse? Como un coloso inerte que en su quietud sigue siendo coloso y ejercitándose en su oficio, como el río que a un tiempo fluye y sueña. Si la elegancia, como pasa con Castro, consiste en reducir a la invisibilidad el trato del hombre con las cosas, de modo que el traje nuevo no se note y la copa no pueda llegar a ser derribada, entonces a su padre le ocurría lo contrario, porque las cosas cobraban en sus manos el mismo protagonismo lamentable que si las manejara un niño

71

o un ciego primerizo, y así lo recuerda en este instante, echándose el pan al pecho para cortarlo en rebanadas, sorbiendo la sopa, limpiándose la boca con la servilleta hecha un burullo, mojándose con un buen lametón el índice para pasar las hojas del periódico cuando se ponía a leer en la sala de estar al final de la tarde.

Luego se quedaba quieto, fumando y mirando al vacío hasta la hora de la cena. Iba atardeciendo, y a veces era ya de noche y él no se animaba a encender la luz, y cuando Matías iba y venía de la cocina, veía enardecerse la brasa del cigarro, y su cara difuminada por las sombras parecía a veces el esbozo de una calavera. Así lo recuerda siempre, sentado en la oscuridad como un animal enfermo en el fondo lóbrego de su cubil, sin saber qué hacer con el tiempo sino esperar a que anochezca, cenar y seguir aguardando a que le venga el sueño: sin bata, sin zapatillas hogareñas, vestido todavía de calle, laboral, sombrío, como preparado para una catástrofe o para una orden imprevista. Tan grande, tan serio, tan hondo en su quietud, como un ídolo en la tiniebla de su nicho. Se preguntaba y no entendía cómo aquel hombre pudo perder una guerra. ¿Cómo pudo ocurrir? Alguien tenía que perderla, dice su madre en el mismo tono salmódico en que reza el rosario. ¿Lo castigó Dios por ser comunista? Quién sabe, la voluntad de Dios es inescrutable. ¿Y por qué se está ahí tan callado y tan quieto, por qué no habla, qué le pasa? Nada, qué le va a pasar, a lo mejor es que le duele la pierna y el dolor no lo deja moverse. Así son las cosas y no hay que darle ya más vueltas.

Vivían en una punta del barrio de Prosperidad, y más allá, hacia el aeropuerto de Barajas, se abría una confusa extensión de terrenos yermos, vertederos humeantes, naves industriales, edificios aislados, bosquecitos desmedrados de pinos, rebaños sucios de ovejas, rancherías de chabolas, y todo cortado y dividido por una autopista que de noche se encendía de farolas y estelas de automóviles, una línea palpitante de luz que iba y venía del horizonte y que nunca cesaba. A veces su padre se asomaba a la ventana y se quedaba mirando largamente aquel pulular insomne de luces con la misma expresión insondable con que a veces observaba el cuadro de la caza del ciervo con jauría que un día compró la madre (junto con una enciclopedia universal y un reloj de péndulo, todo en el mismo lote) sin consultar con nadie ni dar después explicaciones, de improviso, en lo que parecía un acto de desesperación estética cuyo móvil Matías no llegó a comprender nunca. Su madre rezaba el rosario y él fumaba en la oscuridad y miraba las luces o el cuadro, interminablemente. Luego cayó enfermo y lo nombraron guarda nocturno en la misma obra donde había trabajado de albañil y Matías lo veía alejarse al atardecer, ya con la garrota, fornido en su pelliza, furiosamente peinado hacia atrás, y caminando con una lentitud derrotada de anciano. Y allí cesaban casi por completo los pocos recuerdos que Matías guardaba de su padre. Por recordar, casi no recordaba ni su cara, y no conservaba ni una sola fotografía suya. Y en cuanto al tal Joaquín Gayoso, tampoco había llegado a saber nada concreto de su vida. Que echaba discursos, que hacía poesías, que tocaba el acordeón, y poco más. «Si hubiera ganado la República», solía decir, según le contó su madre muchos años después, «hubiera llegado muy lejos, a ministro, y quizá a presidente, porque Joaquín era un líder nato, como había pocos en la época.» Eso decía, y luego volvía a sumirse en la amargura y en la nostalgia de entonces. Parecía que al perder la guerra también él había quedado derrotado de una vez para siempre. Y era como si se hubiese condensado en Joaquín Gayoso la cifra de los tiempos heroicos, de los altos ideales y de la inagotable e invicta juventud. Ahora, sin embargo, parecía que la garrota, y la pelliza, y la vestimenta oscura, eran prendas que le habían impuesto tras una ignominiosa rendición, y que no las llevaba por gusto sino por escarmiento, y que secretamente lo humillaban y hasta lo envilecían.

Pero de lo que sí se acordaba muy bien es de que a veces, cuando su padre estaba ausente, él abría la bolsita de terciopelo donde se guardaban los objetos de aquel fantasma y los sacaba uno por uno y no se cansaba nunca de mirarlos. Le parecía que todas aquellas cosas formaban un tesoro impagable. Y lo mismo le pasaba con los objetos personales del padre. Siempre los había codiciado, y también a veces los examinaba a hurtadillas y pensaba que algún día serían suyos. Eran muy pocos, y todavía los recordaba: una navaja barbera de cachas blancas, una brocha, un mechero de gasolina, una petaca de cuero para la picadura, un lápiz con funda metálica, una navaja de bolsillo... Esos fueron más o menos los objetos personales del padre durante toda su vida. Con ellos le bastó para hacer una guerra, para emigrar, para formar una familia y participar en la fundación de una ciudad. Si compara esas cosas con las suyas, cuya relación sería interminable, y que culmina con el cono de plata que él usa de llavero, con ese objeto de diseño que no sirve para nada salvo para darle capirotazos y enredar con él, no logra entender cómo entre ambos repertorios median apenas treinta años, qué ha ocurrido para que su padre parezca ahora un mendigo y él sin embargo un potentado.

Aquellos objetos se perdieron con las mudanzas de los años. Pero no los de Joaquín Gayoso, que seguían allí, arrumbados en un maletero, esperando acaso para incorporarse a la secuencia azarosa que había comenzado hacía dos semanas, una noche de insomnio en que se quedó sin tabaco y salió a la calle y acabó asistiendo de madrugada al desenlace de una tragedia familiar. ¿Sería necesario volver allí, aunque solo fuese para comprobar que aquel Joaquín Gayoso del que le había hablado doña Paula no era el mismo fantasma de su niñez? ¿Sería incluso su deber de hijo buscar a aquel hombre y devolverle sus objetos?

Con esa duda se levantó, salió al balcón y estuvo un rato mirando a la calle. Hacía un día fresco y húmedo de primavera, un día como inventado para vivirlo con la nostalgia anticipada de su pérdida. Luego recordó de nuevo a la muchacha que había visto fugazmente al final de aquella noche absurda. Luego ya no pensó en nada. Miró a los vencejos en el cielo nublado y entonces sintió al fin el placer de descansar en lo absolutamente incomprensible.

IV
Teseo

Doña Paula bajó el volumen del televisor con el mando a distancia.

—Así que dice usted que no es periodista.

Estaba sentada en el butacón de mimbre, tal como Matías la vio la noche del crimen, y mantenía la misma actitud destronada de entonces.

—Seguro que no, señora. Ya se lo he contado. Yo pasaba por aquí aquella noche y oí casualmente el nombre de Joaquín Gayoso. Así que de pronto se me ocurrió subir y hacerme pasar por periodista. Solo para enterarme. Ya ve, ese es todo el misterio.

—Pues yo creí que usted era de esos programas que buscan a la gente desaparecida.

—No, no, lo que pasa es que ese Joaquín Gayoso Hurtado, el primo hermano de su marido, de ser el mismo que yo busco, fue compañero de mi padre en la guerra. Fue su mejor amigo. Pero luego a él lo hirieron muy grave, lo evacuaron, como usted quizá sabrá, y ahí le perdió el rastro para siempre. Mi padre lo admiraba mucho. Y aunque creía que había muerto, durante muchos años investigó su paradero. Llamó por teléfono a todos los Gayosos de España, escribió cartas a todos los gobiernos comunistas, y hasta puso un anuncio en los periódicos, pero no consiguió encontrarlo, y se murió con esa pena. Mi madre me dijo que sus últimas palabras antes de morir fueron precisamente para él. Y ya ve usted, ahora me entero de que a lo mejor ese hombre está vivo, o por lo menos eso me dijo usted la otra noche, no sé si se acuerda.

—Claro que sí, ¿no había de acordarme? Él enviudó y se fue a vivir por la parte de Aluche con una hija. Se quedó inválido con lo del aceite de la colza, ¿sabe usted?, pero yo no he oído que se muriese. Claro que estas cosas quien las sabía bien era mi marido. Él sí sabría decirle. Pero ahora está en la cárcel y no nos dejan verle.

Luego se quedaron callados. Era un día fresco y claro, y la transparencia del aire empezaba a ensuciarse ya de atardecer. Matías pensaba en una visita rápida, de compromiso, que le diera tiempo de ver el programa de hienas y leones que ponían esa noche en la televisión, y quizá por eso no se había quitado la gabardina y estaba sentado en el borde de la silla, provisionalmente, enfrente de doña Paula y de una viejecita encogida en sus lutos, una vieja muy pequeña y de pelo muy blanco, de piel translúcida, y que ya cuando él entró parecía dormida, porque ni siquiera levantó los ojos y, de vez en cuando, la cabeza se le mecía como haciendo equilibrios al borde de un abismo. Cada algún tiempo caía una gota en el fregadero y la vieja sufría un ligerísimo sobresalto. Matías aprovechaba entonces para echarse un poco hacia atrás y mirar en la otra habitación, por la cortina apenas entreabierta, a la muchacha que él había visto un amanecer de hacía dos semanas y a un niño de unos cinco o seis años, los dos sentados en una mesa iluminada por un flexo donde había tarritos de pintura, un vaso con pinceles, papel de lija, lápices, retales, y aquí y allá un confuso y extendido montón de lo que parecían pequeñas figuras de madera. Pero la abertura de la cortina era mínima y Matías los veía aisladamente, según torciese la cabeza a un lado o al otro y según ellos entrasen o no en el cerco de luz. Veía al niño echado de bruces sobre un cuaderno y dibujando con lápices de colores que elegía de un estuche, y luego veía a la joven con un pincelito en la mano y una de aquellas figuritas de madera en la otra. De vez en cuando el niño se ladeaba para enseñarle el cuaderno a la muchacha y entonces los veía por un instante juntos, los dos muy serios, intercambiando susurros con la gravedad de dos teólogos que comentasen un pasaje intrincado, la inocencia clara del niño y la otra inocencia, la de la muchacha, que en algún momento se hacía equívoca y turbadora, quizá cuando los gestos todavía adolescentes delataban fugazmente a la mujer que en realidad ya era o ya empezaba a ser, no estaba muy seguro: un movimiento brusco cuyo impulso pueril se generaba en las caderas, o el modo de acariciarse con un dedo los labios y que, además de un signo ingenuo de distracción o duda, revelaba también un arte inconsciente pero ya infalible de seducción. Debía de ser muy joven, y sin embargo había en ella una seriedad y un aire de madurez que la hacía parecer por momentos mayor. De pronto Matías se preguntó si aquel niño sería su hijo, y esa sospecha le produjo un vago sentimiento de inquietud, y enseguida de malestar.

Se llamaba Martina. Lo sabía porque un rato antes, cuando dio en la puerta dos golpes leves e inquisitivos, como si ensayase una contraseña o comprobase la calidad musical de la madera, oyó dentro la voz de doña Paula: «¡Mira a ver, Martina, niña, quién puede ser ahora!». En el silencio que siguió sonó lejos la solfa desolada de una flauta andina. Aquella tarde había más animación en el piso, había luces y ruidos en las habitaciones y por algunas puertas entreabiertas podían captarse escenas fugaces de la vida privada: vio a un niño con chupete sentado en un orinal con los ojos brillantes e insomnes, a un hombre en camiseta jabonándose los brazos en un balde, a un viejo abrigado, con barba y greñas de mendigo, rebañando con pan en una lata. En una habitación de techos muy altos, vio a tres hombres diseminados y dispuestos en diversos planos como si posaran para un ejercicio pictórico de perspectiva, y aquí y allá, como cachivaches de un circo en día de mudanza, había colchonetas tiradas por el suelo entre bultos de ropa y cacharros sucios de cocina y otros enseres que Matías no logró descifrar. Tuvo la impresión absurda de que aquel era un escenario donde todo estaba listo para iniciar la representación. Le había abierto la puerta del piso un hombre joven con un aire triste de extranjero, un árabe quizá, que no contestó cuando Matías le dijo a lo que venía sino que se limitó a echarse a un lado franqueándole el paso. Olía a preparativos de cena, a sumidero, a escape de gas, a intimidad de muchos juntos, a machuno, a cubil y a miseria. Matías iba por el pasillo guiándose por las franjas de luz que salían de las habitaciones y dudando aún si debía volver sobre sus pasos o seguir avanzando hacia un objetivo que cada vez le parecía más disparatado pero también más apremiante. Después de llamar, y mientras oía el son afligido de la flauta, todavía pensaba en un último instante de renuncia. ¿Para qué remover ahora aquellos fantasmas olvidados de entonces? ¿Y qué hacía él a aquellas horas y a aquellas alturas de la vida en un lugar así?

Pero finalmente se oyeron venir unos pasos, sonó un cerrojo y se abrió un poco la puerta, lo justo para que asomase una cara esquiva y un tanto infantil, y de una belleza incomprensible, que le preguntó qué deseaba. Antes de que pudiera contestar, doña Paula gritó en un tono exagerado de interrogación, como si dibujase la pregunta en el aire:

—¿Es un periodista?

Matías no supo entonces quién era exactamente su interlocutor, si Martina o doña Paula, ni qué tono de voz usar en consecuencia, así que mientras se decidía Martina debió de tomar su silencio por una afirmación.

—No queremos más periodistas —dijo.

Tenía la voz un poco ronca, y algunas sílabas le salían en sordina.

—No, no, si yo no soy periodista —se apresuró a decir.

—Entonces qué quiere.

—Hablar un momento con doña Paula, solo eso. Ella me dio permiso para venir.

—Pero, ¿se puede saber quién está ahí? —gritó doña Paula.

—Soy yo, señora —gritó también él, acercando la boca al entreabierto—, estuve aquí aquella noche, no sé si se acuerda. Le pregunté por Joaquín Gayoso Hurtado, un primo hermano de su marido, que vivía por Aluche. Acuérdese que usted misma me dijo que volviera otro día, y aquí estoy.

Martina llevaba un suéter negro y unos vaqueros viejos muy ceñidos, y mientras cruzaba la habitación, rodeando la mesa y esquivando las sillas con una gracia natural donde la percepción de la belleza resultaba tan deliciosamente ilícita como los desnudos de Vírgenes y de diosas paganas, Matías recuperó por un segundo, o más bien se le pasó por la memoria, el sentimiento fulminante de postración de los amores primerizos. No supo si recrearse en la contemplación o avergonzarse de ella. Y ahora, mientras la miraba a hurtadillas por el entreabierto de la cortina, de vez en cuando le volvía aquel arranque de pesadumbre que no experimentaba desde la adolescencia. Veía sus labios inflamados haciendo como un morrito de contrariedad, su perfil delineado por la luz del flexo con una pureza caligráfica, los dedos finos e inmaduros manejando los pincelitos y las figuras de madera, su melenita corta y castaña, el flequillo que a veces se le caía y que ella volvía a subirse con el antebrazo o con el cabo del pincel. Pensó que quizá no era exactamente guapa, o quizá sí, pero de esa belleza tímida o secreta que no se decide a manifestarse y que puede pasar desapercibida durante años, e incluso para siempre, salvo que alguien sepa descubrirla a tiempo, como ocurre con los colores originales de un cuadro exhumados de la pátina de los siglos, y entonces sí, entonces la mujer en la que nadie había reparado aparece de repente distinta, transformada prodigiosamente en la que ya era pero que nadie acertó a ver hasta que alguien la rescató de la distracción o del olvido y la expuso a la luz. Matías sentía el placer y el vértigo de estar inventando a aquella muchacha, como en las locuras románticas de la adolescencia, y ya hacía tiempo que había sacado el llavero y se había puesto a trajinar con él.

—Pues ya ve usted —dijo al fin, matando el timbre de la voz para que ella no lo oyera—. Mi padre creía que Joaquín Gayoso, de no haber muerto, se habría exiliado a Rusia después de la guerra. Por las noches escuchaba Radio Moscú, y otras emisoras prohibidas, por si daban alguna noticia suya.

—¿En Rusia? —doña Paula descolgó las mandíbulas y arrugó la cara como deslumbrada por el sol—. ¿Y qué iba a hacer él en Rusia?

—Bueno, él era republicano y comunista, como mi padre, y además era una persona significada, ¿no?, una especie de líder. Echaba arengas y era poeta. Y también tocaba el acordeón, y hablaba francés, y escribía en los periódicos. Todo eso se lo oí contar a mi madre más de una vez.

Doña Paula se encogió de hombros y abrió las manos en un gesto de dejación o de ignorancia.

—De eso yo no sé nada, aunque es posible que fuese como usted dice, porque él tenía algo de artista. Recuerdo que cantaba muy bien y hacía juegos de manos. Y saber, debía saber, porque estuvo de muchacho en un seminario. Lo que sí puedo decirle es que él trabajó muchos años de conductor de tranvías, y que luego, cuando quitaron los tranvías, lo destinaron a las cocheras de autobuses. Y también me acuerdo que vino de la guerra con un ruido dentro de la oreja, un ruido que se le había quedado allí enquistado, y que era como un vocerío de mucha gente junta, y que no había manera de expulsar. Eso por lo menos decía él. Claro que, a lo mejor, no estamos hablando de la misma persona. Eso sin contar que una cosa es lo que pasó en la guerra y otra la que vino después. A lo mejor a él la guerra lo hizo poeta y acordeonista y la paz lo convirtió luego en tranviario. La guerra trajo muchos trastornos y mudanzas.

Al lado, la viejecita seguía durmiendo y estremeciéndose con la gota del fregadero, y en una cuerda de tender del patio interior había posadas tres palomas. Lejos se oía aún el son lastimado de la flauta y un sordo rumor general, una especie de conflagración invisible, que a Matías le pareció la guerra existencial que a esas horas libraba la gente para sobrevivir a la tarde de marzo. Con un suspiro sacó del bolsillo la bolsita de terciopelo marchito y fue desplegando cuidadosamente los objetos sobre la mesa.

—¿Ve? Estas cosas pertenecieron a Gayoso. Él se las entregó a mi padre en lo que parecía la hora de su muerte. Entre ellos, hay precisamente una fotografía suya.

Empujó el conjunto hacia doña Paula y ella fue examinando los objetos uno por uno, el anillo de oro, la brújula y el reloj de pulsera, dándoles vuelta entre los dedos, como buscándoles un segundo sentido. Cuando llegó a las medallas, como Matías vio que las observaba por separado, como si fuesen cosas desparejas, se apuró el vuelo de la gabardina, se inclinó y con un dedo intentó vincularlas.

—Esas dos medallas son condecoraciones al valor. Gayoso era un hombre muy valiente. Según mi padre, un héroe.

—¿Un héroe? Quién lo diría —dijo doña Paula—. Aunque todo puede ser, porque yo lo conocí ya mayor y en años de paz, cuando ya no hay héroes que valgan. Sobre todo si, como usted dice, perdió la guerra.

—¿Cómo que si perdió la guerra? ¿Es que usted no sabe siquiera en qué bando luchó Gayoso?

Doña Paula hizo un gesto general de resignación.

—Yo no sé nada, hijo. Yo, como ya le he dicho, le conocí

solo de oídas, casi igual que usted. Dos veces llegué a verle: el día de mi boda, que cantó unos fandangos en el banquete, y otra vez que vino a comer a casa, vino con mi marido, los dos borrachos, y él se puso a hacer juegos de manos y a decir trabalenguas. Tenía muy buen genio.

—Pero entonces, ¿no tuvo problemas con el régimen?

—¿Con Franco dice usted? Que yo sepa no. Eso sí, yo creo que él era más bien de izquierdas, pero no me haga usted mucho caso porque igual son solo figuraciones mías.

Finalmente se detuvo en la fotografía. Era una foto pequeña, de bordes dentados, borrosa y cuarteada, y en ella aparecía Gayoso enfocado de lejos, vestido con un mono de miliciano y subido gallardamente al estribo de una camioneta militar.

—Sí —dijo doña Paula en un tono hipotético—, tiene un aire, y parece él, pero también podría ser otro. Si la viese mi marido, que le conoció de joven, él sí sabría decirle. De todos modos, por ahí debe andar rodando alguna fotografía suya donde se le ve mejor. Quizá a usted le gustaría verla. Aunque bien pensado —y al contraluz de la ventana Matías oía su voz pero no la veía salir de su boca—, ¿para qué, si total usted no le ha visto nunca y tampoco va a reconocerle?

Matías pensó que ya había cumplido con su padre y que ya podía volver en paz a casa, a tiempo aún de ver el programa de hienas y leones. Sin embargo se removió en el asiento y dijo:

—Así y todo, yo le agradecería que me la enseñara, aunque solo sea para conocerlo de aquí en adelante.

—Pues vamos a ver si es posible encontrarla. ¡Martina, niña! —gritó—, ¡trae la bolsa de papelotes que hay en el armario!

Para entonces la habitación estaba casi a oscuras, iluminada apenas por los fogonazos mudos del televisor, y los últimos brillos de la tarde empezaban a concentrarse en los filos de los muebles y en los objetos de vidrio y de metal. El lugar parecía aún más miserable que la primera vez. El papel de las paredes estaba ampollado de humedad, y del rincón donde se agolpaba el fregadero, el infiernillo de gas y un confuso cachivacherío de cocina, venía un leve tufo a guiso rancio y a aguas corrompidas. De pronto, el cerco de luz en el cuarto vecino se le antojó a Matías un lugar inalcanzable, un espacio edénico e intemporal donde uno podría quedarse a vivir para siempre a salvo del mundo y sus afanes. Con esa sensación de nostalgia vio cómo Martina dejó el pincelito a un lado, se inclinó sobre el niño y le habló al oído acaracolando la mano, desapareció un instante y vino enseguida abrazada a una gran bolsa de plástico abarrotada de papeles. Doña Paula la tomó a dos manos, la sacudió como si le quitase la funda a una almohada y la vació entera sobre la mesa.

—¡Cuánto trasto, Dios mío! —dijo mientras la agitaba, en un tono que no se sabía bien si era de lamento o de orgullo.

Y, en efecto, apareció un abigarrado montón de documentos, cartas, objetos diversos, estampas de Primera Comunión, recordatorios fúnebres y fotografías.

—Fíjate que aquí el señor se ha empeñado en encontrar una foto de tu tío Joaquín, el de la colza.

Martina, sin descomponer su expresión huraña, encendió la luz, y entonces madre e hija se pusieron a apartar unas cosas de otras y a esparcirlas sobre la mesa hasta cubrirla por entero.

—Aquí cada cosa tiene su historia y su porqué —dijo doña Paula—. Hasta lo más menudo. No crea que se guarda por guardar. ¿Ve aquí este resto de hilo de perlé? Pues es el que me sobró cuando bordé mis sábanas de recién casada.

Pero no era fácil encontrar algo concreto en aquel revoltijo donde tan pronto aparecía una canilla de máquina de coser como rollos de recibos de contribución atados con cintas de colores, como retales, rebujos de cuerda, ovillos de lana, cabos de lápiz, botones, monedas, cremalleras, hebillas y otros muchos cachivaches y reliquias domésticas.

—Aquí éramos todavía felices —dijo doña Paula mostrando una foto donde posaba ella, su marido y su hijo casi de a gatas junto al estanque del Retiro.

Martina encontró otra donde aparecía ella misma de niña, con unas botas katiuskas y un abrigo de corte militar que le llegaba hasta los pies. Entonces Matías la vio sonreír por primera vez, y vio sus ojos, de un verde oscuro, casi grises, como un agua limpia entre un claroscuro de álamos, y su belleza le pareció más secreta y misteriosa que antes, como si estuviera hecha para que solo él la percibiera en toda su incierta plenitud. Absurdamente, con la autoridad inapelable de una inspiración o de un augurio, pensó que aquella muchacha podía haber sido el gran amor de su vida. Pero la sonrisa se le nubló de pronto cuando encontró otra foto del padre parado en la puerta de una tienda de tejidos, con una cinta métrica al hombro y unas enormes tijeras de sastre colgadas del cuello. Y luego, «mira, aquí estamos en el Jarama», dijo en un tono de desencanto, y apartó una foto donde aparecían en primer término los dos hijos y la madre en trajes de baño, junto al río, y en cuyo fondo se divisaba borrosamente al padre sentado a plomo bajo un sombrajo de ramas y vestido de oscuro.

—Sí, ahí está, siempre vigilante —dijo doña Paula—. Quizá usted no querrá creerlo, pero él era un hombre bueno, y quería lo mejor para sus hijos. Sacrificó todo por ellos. Él decía: podía haberme dedicado a la política o a la magistratura, podía haberme echado a la bohemia, y ser artista, o viajero, y hablar idiomas y tocar instrumentos musicales, o podía estar ahora con los amigos que no tengo hablando de cosas de hombres, pero he renunciado a todo por los hijos y ahora estoy aquí, de dependiente, yendo y viniendo por los mismos pasos, y pensando siempre en el futuro. Sí, él era un hombre sufrido y generoso, pero claro, luego viene la vida y vuelve todo del revés. De todos modos, los padres son muy raros. Los hombres son más raros por padres que por maridos, ¿no le parece a usted?

—¡Aquí está el tío Joaquín! —gritó en ese momento Martina, con el alborozo de un niño que ha ganado en un juego.

Y, en efecto, allí estaba, solo que con más de cincuenta años, captado de perfil y sentado en el puesto de conducción de un tranvía. Y además, la visera de la gorra le oscurecía el rostro, y entre eso y la distancia no se le distinguía bien.

—Hay otra de la guerra donde se le ve más clarito —dijo doña Paula, y siguieron buscando—. Aunque, lo que usted podía hacer para encontrarle —dijo al rato—, y yo si quiere le acompaño, es ir a uno de esos programas de la televisión donde buscan a la gente desaparecida. Si vive, seguro que allí darán con él. ¿Usted no ve esos programas? Yo no me pierdo ni uno. Y es que, ¿sabe usted?, yo estoy muy cansada. Y no de ahora, de hace ya mucho tiempo. Usted no sabe lo que es aguantar a un hombre más de cuarenta años, lo cansada que una se queda. Bueno, pues el único modo que tengo yo de descansar es ver la televisión. Ahí tiene usted lo que hay.

Matías miró las tres palomas en la cuerda y otra vez consideró la posibilidad de marcharse, de huir, de estar en otra parte, lejos de aquel lugar mezquino y oprimente, y lejos sobre todo de aquella muchacha que lo iba envenenando de una leve tristeza inconsolable. Miró el reloj y comprobó que aún estaba a tiempo de llegar al programa de hienas y leones. Así que ya se disponía a disculparse por las molestias y a pedir que cesaran en la búsqueda, cuando en ese momento llamaron a la puerta.

Era miss Josefina, la pitonisa. Venía pintada de vampiresa, como la primera vez, el pelo recogido a lo zíngaro en un pañuelo de colores y unos pendientes que eran dos grandes aros de metal, y sin quitarle a Matías la vista de encima, una mirada intensa y expectante, como si llegara a una película de suspense ya empezada y él fuese la pantalla, se sentó enfrente con gran pompa y misterio.

—Aquí este señor ha venido a investigar acerca de un familiar nuestro, pero dice que no es periodista —explicó doña Paula—. Y fíjate la que hemos organizado en un momento.

Matías hizo una cortesía con la cabeza y, resignado o contagiado por la animación de doña Paula y de Martina, y por aparentar que ayudaba, se puso también a rebuscar en el montón. Trabajaban en silencio, bajo la luz alta que empezaba a languidecer, quizá porque no daba para alumbrar tantos objetos juntos y diversos, y cuando subía los ojos se topaba con la mirada fija y analítica de miss Josefina, que permanecía erguida en una especie de actitud ritual, las manos cargadas de anillos y sortijas y con las uñas de gavilán pintadas de un rojo escarlata puestas en el borde de la mesa como para una imposición mágica, y los labios cerrados con el hermetismo ladino de quien sabe un secreto y ventajosamente se lo calla. Y cuando por fin habló, sus palabras tenían la lentitud solemne de un oráculo.

—El señor querrá beber algo —dijo.

Matías inició un gesto de protesta pero ella se le anticipó con su tono grave y magistral:

—Anda, Martina, cielo, sírvele una copita al señor.

Y Martina se deslizó como un presagio a sus espaldas, trasteó en la cristalería del aparador y enseguida despejó un rincón de la mesa y puso en él una botella de coñac y una copa enorme con relieves dorados de pámpanos y uvas. Era absurdo, pero la cercanía de aquella muchacha lo iba envolviendo en un clima cálido que tanto podía ser de felicidad como de perdición. Por un momento revivió su época infantil de fervor religioso, cuando el mundo tenía una secreta unidad invulnerable a las contradicciones, y no había incertidumbre ni enigma que no contribuyera a la perpetuación de la armonía. Fue solo un instante, porque enseguida doña Paula encontró al fin la foto que buscaba.

—Ahí le tiene usted, ese que está agachado en el mismo medio.

Era una foto de grupo, tres de pie y tres en cuclillas, todos vestidos de soldados y todos riendo tan aparatosamente que la risa les hacía como una máscara e impedía reconocer con claridad sus facciones. Matías se concentró primero en Joaquín Gayoso, intentando llenarse con la convicción de que aquella cara echada hacia arriba como para expulsar y apurar mejor la risa era la del hombre ejemplar que su padre admiró y añoró toda su vida, y cuyas virtudes y sucesos lo elevaron a una especie de santidad cívica que Matías no llegó nunca a comprender. Así que este es el héroe, se dijo, mientras miraba a los otros y trataba de descifrar el secreto de aquella risa invencible y unánime, ya fuera del tiempo e inmune por tanto a la derrota y a la muerte. Pero de pronto dio un respingo de estupor porque en uno de los soldados, el que estaba de pie tras Gayoso, le pareció reconocer vagamente a su padre. Levantó la foto hacia la luz y, tomando distancia, se quedó mirándola con la boca chafada de asombro.

—¿Le pasa algo, hijo?

—Sí, que este de aquí creo que es mi padre.

—Entonces ya no hay duda: ese es el Joaquín Gayoso que usted busca. Pero ¿de verdad no es usted periodista, de esos que gastan inocentadas o encuentran a la gente desaparecida?

Matías nunca había visto a su padre tan joven, y la sola idea de que ahora podría ser su hijo, le produjo una mezcla de ternura y espanto. Recordó que esa misma impresión de que el padre y el hijo habían intercambiado los papeles lo asaltó la tarde de su muerte. Su padre murió con cuarenta y nueve años, la misma edad que alcanzaría él dentro de poco, y él tenía entonces trece, pero el recuerdo de aquella tarde es quizá el más preciso que conserva de todo su pasado. Era un sábado de finales de mayo y él había ido con unos amigos a llevarle una bolsa con ropa limpia. La clínica quedaba por Doctor Esquerdo y parecía un balneario en decadencia. Algo en Matías, no exactamente la memoria sino quizá los ojos o los pies, recuerda que atravesó un sendero de arena entre unos setos sucios y como enojados, que parecían custodiar a unos arbolitos y a unos rosales cautivos en dos pequeñas extensiones de césped, una a cada lado, y que al fondo había una fuente ciega con trapos y hojas de plátano en la taza de estaño, y un gato gris durmiendo en un alféizar. Atravesó aquel espacio perverso, que algo tenía de altar pagano con ofrendas, y aún hoy, tantos años después, continúa atravesándolo, porque hay tardes, como aquella de mayo, que no cesarán nunca, que nunca dejarán de fluir en la conciencia, tardes encantadas como doncellas que duermen un sueño de cien años, y al llegar al final volvió la cabeza sobre el hombro y vio el sendero y la cancela al fondo abierta no solo hacia la calle donde esperaban los amigos sino también hacia la libertad y hacia el futuro, pero que ya no alcanzará nunca, porque el muchacho que él era entonces sigue allí en la memoria, cautivo para siempre en aquel espacio enfermo y en aquella fracción congelada de tiempo.

Tenía prisa por irse y subió los peldaños de dos en dos. La habitación estaba en penumbra y del patio interior llegaba una música amorfa, sin melodía, como una conversación de la que se capta el tono pero no las palabras. Empezaba muy lentamente a atardecer y él, el padre, no sabía qué hacer para acomodar el cuerpo al sufrimiento: se sentaba en la cama, se tumbaba, volvía a levantarse, amagaba unos pasos y se quedaba malogrado en la posición atlética de avance. Llevaba un pijama a rayas, azul o verde, y Matías recuerda que el pantalón tenía los botones sueltos y que la madre intentaba abrochárselos obstinadamente mientras él se movía sin parar, no estaba claro si huyendo de ella o buscando una salida a su dolor.

Esa es la imagen incomprensible que guarda de esa tarde, un hombre luchando desesperadamente con la muerte y una mujer persiguiéndolo con no menos coraje para abrocharle la bragueta. Allí estaban, porfiando cada cual en su anhelo o en su dignidad, y es de suponer que el trajín sordo y numeroso de aquel forcejeo que algo tenía de solidario, como dos ladrones nocturnos desvalijando un piso, atrajo la atención de una enfermera, que entró blanqueando la penumbra, porque parecía que en su determinación y en su encono era ella, y no la puerta entreabierta, la que proyectaba en el suelo una franja de luz, y que de inmediato, sin preguntar, sin concederse un momento de reflexión o asombro, obedeciendo acaso al deber de un pacto inmemorial, hizo causa común con la madre. Y comenzaron a luchar. Y al ver a su madre se imaginó, o quizá se imaginó después, no ya el dolor y el esfuerzo de las dos mujeres sino la historia exclusiva del sufrimiento de todas ellas, desde la expulsión del Paraíso Terrenal hasta aquel caluroso día de mayo. Era como si en aquella escena se hubiera condensado de pronto la tarea extenuante y secular de las mujeres en el mundo, la maldición de tener que soportar la carga de un hombre, y de sus gestas y pasiones, hasta el fin de los tiempos.

Él estaba junto a la puerta con la bolsa todavía en la mano y seguía desde allí las evoluciones de aquel grupo que parecía un conjunto estatuario animado por un mecanismo rudo y lento, y que se desplazaba confusamente por la habitación sin que ninguna de las partes cobrara ventaja, las mujeres buscándole las vueltas al hombre y el hombre intentando al parecer alcanzar la mesilla de noche, donde había un revoltijo de medicinas y objetos personales, y contra la cual estaba apoyada la garrota. «Dios, Dios», decía el padre, pero ellas no hablaban, como si se hubieran conjurado también en la terquedad del silencio, y solo se oía el «Dios, Dios» del padre, el jadeo metódico de las mujeres y el puro y sordo fervor de la porfía. Y muy lejos, la musiquita que llegaba del patio. Y a Matías se le vino de repente a la memoria el cuadro de la caza del ciervo con jauría, porque hubo un momento en que el padre logró zafarse de ellas e inició un lento y loco y laborioso avance hacia su objetivo, perseguido de cerca por las dos mujeres, que finalmente lo alcanzaron cuando él ya había conseguido agarrarse con una mano a la mesilla de noche, de modo que al tirar ellas hacia atrás la mesilla se vino de bruces y cayó al suelo, dejando sin apoyo a la garrota y esparciendo por la habitación las medicinas y objetos personales, dos de los cuales, la brocha de afeitar y el cabo de un lápiz con funda metálica, vinieron sumisamente a pararse a los pies de Matías. Y otra vez a empezar, solo que ahora la lucha estaba entorpecida por la mesilla y los objetos derribados y por la nueva situación defensiva del hombre, que se había hecho fuerte junto a la cama y se esforzaba en arrastrarse a gatas hacia donde había oído caer la garrota. Pero enseguida las mujeres (y por un momento la enfermera cayó de culo y Matías vio la blancura enojada de sus bragas) se le echaron encima, intentando inmovilizarlo y voltearlo, y buscándole afanosamente la bragueta.

Y fue entonces, en una de las pausas de la brega, cuando su padre lo miró desde lo remoto de la angustia. Era una mirada hostil, indefensa, e infinitamente triste, como la de un animal de presa atrapado en el cepo. Pero sobre todo había en ella un matiz insólito de súplica, que por insólito él no supo entender. Quizá le pedía ayuda contra las mujeres, quizá contra la muerte, quizá que le alcanzara la garrota o quizá solo que se quedase junto a él. ¿Cómo saberlo? ¿Y cómo suponer siquiera que su padre le iba a pedir amparo en aquel trance legendario? Los amigos estaban esperándolo abajo. Por un instante pensó en apoderarse de la brocha y el lápiz (al fin y al cabo él siempre había codiciado los objetos paternos), pero la música que subía del patio le advirtió que debía darse prisa, así que enseguida empezó a recular por la estela de luz, alejándose de aquella mirada tímida e implorante, y allí lo dejó, abandonado a la avidez de las mujeres, y allí siguen todos, luchando ya para los restos, cautivos y encantados en la memoria de aquella tarde incesante de mayo.

Bajó oyendo la música, cada vez más clarita, y oyéndola tuvo de pronto la impresión fabulosa de que en la habitación donde su padre agonizaba se habían trocado los papeles y de que, por un instante, él había sido el padre y el padre se había convertido en el hijo, en el débil, el desabrochado, el torpe y el desprotegido, y por eso su última mirada había sido de súplica. Y en algún lugar alucinado de su mente despertó también la sospecha de que la garrota era algo así como su hermano bastardo, y de que los dos hermanos se habían confabulado en esa hora contra el padre para dejarlo solo en su agonía, huérfano de hijos. Luego salió al jardincito enfermo y allí sigue, intentando cruzar el sendero de arena hacia donde esperan los amigos, hacia la promesa inalcanzable de la noche del sábado, y de la libertad y del futuro.

Eso es lo que recuerda Matías de aquella lejana tarde de mayo. Y también ahora, al ver a su padre joven, se le renueva vagamente el mismo sentimiento de espanto y de ternura. Se ha quedado absorto, con la mirada desmayada en la foto, y con la música elemental y triste de la flauta dándole vueltas como perdida por el laberinto de la oreja.

—Bueno, si tanta pena le da, quédese con ella, hombre —intentó consolarlo doña Paula—. Total nosotras no la queremos para nada.

Matías acercó otra vez la foto a la luz y entrecerró los ojos para examinar mejor a aquel grupo de soldados jóvenes, confiados, invictos, cuya risa unánime sobrevivía allí, absurda y clara, a la derrota y a la muerte. Suspiró y cabeceó desolado ante esa imagen a la que la vida, el tiempo, la historia, le habían añadido la ejemplaridad lacónica de una moraleja.

—Es que tampoco estoy seguro de que sea mi padre. Me lo pareció antes, fue como una intuición, pero ahora no sabría ya qué decir.

—Entonces seguimos sin saber si el Gayoso que usted busca es el nuestro.

—Eso es justamente lo que quería pedirle —y se recogió el vuelo de la gabardina dispuesto a levantarse—, que cuando vea a su marido le enseñe la foto, y en el caso de que sea el que yo busco, que le pregunte dónde puedo encontrarlo. Si no es mucha molestia.

—Molestia, ninguna, lo que pasa es que ahora el juez le tiene incomunicado. ¿Cuándo dijo el juez, Martina, que podíamos ir a visitarle?

Martina, que seguía enredando en el montón de cosas, contestó de memoria:

—Dijo que ya nos avisaría. Que dentro de una semana o dos.

—En ese caso —dijo Matías, y se levantó lentamente—, si no les parece mal, volveré por aquí dentro de un mes o cosa así.

Y fue justo entonces cuando la viejecita, sin abrir los ojos ni subir la cabeza, como hablando desde el sueño, dijo:

—Ay, dentro de un mes, quién sabe dónde estaremos todos dentro de un mes.

Al principio, Matías no supo de dónde venía aquella vocecita de plata, casi infantil, y hasta le pareció que se trataba de una alucinación de la memoria: palabras dormidas que estarían allí, en el recuerdo, y que de pronto se estremecían ya en el límite del olvido. Se había levantado y había mirado disimuladamente a Martina por última vez, intentando imaginarse cómo recordaría a aquella muchacha a la que acaso no volviese a ver nunca, y calculando la nostalgia que alguna tarde, dentro de mucho tiempo, le produciría su evocación, y ahora estaba de pie, con los dedos de ambas manos flexionados en el borde de la mesa y un poco inclinado hacia las mujeres, como si fuese a impartirles doctrina. Y debió de ser eso, la posición responsable y magistral que había adoptado, lo que lo obligó a hacer una pausa inquisitiva.

—Es que a lo mejor dentro de poco nos echan a todos del piso, ¿sabe usted? —explicó doña Paula—. Ya hace tiempo que el casero nos amenaza con echarnos, pero ahora nos ha puesto un pleito y parece que la cosa va en serio. Por eso dice aquí la señora Andrea que quién sabe dónde estaremos todos para entonces.

Matías flexionó los dedos, y aunque en principio pensó en darles su teléfono para que lo avisaran cuando tuviesen alguna noticia de Gayoso, sin embargo de pronto se sintió en la obligación de decir alguna frase de cortesía e incluso de esperanza. Aunque solo sea por las molestias que he causado, pensó.

—Pero ustedes tendrán sus contratos y sus derechos adquiridos —dijo, y mostró las palmas de las manos como si en ellas ofreciera las palabras transformadas en testimonio de evidencia—. No se puede desahuciar a alguien así como así. Las leyes inmobiliarias son muy estrictas al respecto y, créanme, cualquier abogado les puede defender con absoluta garantía.

Entonces doña Paula suspiró y explicó que no era tan fácil, que algunos inquilinos no pagaban desde hacía ya meses, y que la mayoría de los contratos habían caducado o estaban a nombre de gente que ya no vivía allí, o que habían subarrendado alguna de las habitaciones a otros, que a su vez habían admitido a inquilinos o meros transeúntes.

—Tu padre le llamaba a esto no sé cómo.

—Un dédalo —dijo Martina.

—Un dédalo, eso es. Entre gente fija y gente de paso seremos en total más de cuarenta. Pero lo peor es que aquí viven muchos extranjeros sin papeles, gente ilegal, y ahí es donde el casero puede agarrarse para echarnos a todos, ¿comprende usted? El que se sabía muy bien todo este embrollo era mi marido. Él era, como quien dice, nuestro abogado. Entendía mucho de contratos y legalidades. Y hasta solía decir que, en caso de apuro, le podíamos escribir al rey pidiendo amparo. Pero ahora él está en la cárcel y, fíjese, ¿qué va a ser de nosotras sin él, sin un hombre en la casa? —y volvió a suspirar y, con un pañuelo que sacó de la manga, se restañó los lacrimales—. Figúrese que yo hasta he pensado en ir a la televisión, a uno de esos programas donde se cuentan sucesos de este tipo, ¿no los ha visto usted?

Matías continuaba de pie, con los dedos apoyados en el filo de la mesa, como si pulsara un acorde, y entonces tuvo la idea absurda de que estaba presidiendo una asamblea o un consejo de administración, y otra vez se sintió obligado a intervenir.

—Pues sí, en último extremo está la opinión pública —dijo por decir algo, y las palabras le salían fáciles y sentidas—. Si aquí hay inmigrantes y necesitados, bastaría escribir al defensor del pueblo y sobre todo a los periódicos, airear la noticia, y seguro que los políticos lo arreglarían enseguida para evitar escándalos. Pero yo vuelvo a lo de antes: si ustedes tienen algún tipo de contrato, o de derechos adquiridos, hablen con un abogado, y no hagan caso de las amenazas del casero. Es el consejo que yo puedo darles.

—Sí, tenemos un papel firmado.

Y ahí fue donde intervino miss Josefina con su voz trascendente de oráculo:

—Sin duda, el señor querrá verlo —dijo, no como una hipótesis sino como una certeza apenas atenuada por un tono de ruego—. Vamos, Paula, no hagamos esperar al señor.

Y entonces todo empezó a transcurrir con la lógica desatinada de los sueños. Matías pensó que debía aprovechar el impulso que le ofrecían sus dedos para erguirse, decir que él no entendía de esas cosas, disculparse, pretextar una cita urgente y marcharse sin más. Pero volvió a sentarse, dio un largo trago de coñac, miró al niño por la cortina entreabierta, pensó con nostalgia en el programa ya perdido de hienas y leones, y enseguida se puso a discurrir qué cara pondría al examinar el documento. Aún estaba en esos cálculos cuando se encontró descifrando un folio viejo y reseco, cuarteado por los dobleces, escrito a mano con una cursiva enredosa y medio ilegible que los años habían desleído y aguado en un tono violeta. No entendía nada de arrendamientos y, sin embargo, se sintió en el deber ineludible, aunque solo fuese para no defraudar las esperanzas de aquellas mujeres desvalidas, de aparentar que leía con ojos expertos, y de subrayar la lectura con gestos de preocupación, de eficiencia, de asombro y de ironía, mientras ganaba tiempo para inventarse un diagnóstico alentador y verosímil. Pero en realidad no se estaba enterando de casi nada, en parte por lo impenetrable de la letra y en parte porque Martina había apoyado los codos en la mesa y se asomaba un poco al papel para confrontar los gestos de Matías con el escrito, de modo que él sentía su cercanía sofocante, el olor a trementina y a pintura y el olor fresco de su piel y el otro olor indefinible en que le venía envuelta la sugestión dolorosa de su intimidad.

—¿No va a anotar nada el señor? —preguntó miss Josefina.

—¿Anotar? Ah, sí, tomaré algunas notas —y sacó una agenda, extrajo del canto un bolígrafo diminuto y se puso a apuntar la fecha del documento y algunas frases o simples palabras que le parecieron esenciales. Seguro que Bernal y Martínez podrían asesorarle en aquel asunto. ¿Por qué no?, se dijo, ¿qué le costaba hacerle ese pequeño favor a aquella pobre gente?

—Y aquí tiene usted otro papel —dijo miss Josefina, tendiéndole una carta del casero, unas líneas conminatorias como de parte militar donde amenazaba no solo con el desahucio sino con declarar el edificio en ruina, y una larga columna de cuentas desglosadas cuyo total ascendía a algo más de quinientas mil pesetas.

—Eso es lo que debemos los inquilinos.

Matías cabeceó, se acarició los labios con el dorso de un dedo, se repasó el mentón hasta apurarse la barbilla, se pinzó la nariz, se rascó la punta de la oreja, yendo de un papel a otro, sobrado de eficacia, y volvió a escribir en la agenda.

—Precisamente —dijo mientras escribía, quizá para darle un sentido a su actividad y un peso objetivo a la esperanza, y entretanto vio cómo Martina le servía una segunda copa—, yo trabajo en una asesoría jurídica.

—¿Y entonces tú crees que se puede hacer algo? —preguntó Martina, tuteándolo con desenfado, y estaba tan cerca que sintió su aliento puro y fresco en la cara.

Matías aún se detuvo un momento en la escritura, ganándole tiempo a la respuesta. Luego dejó, casi tiró, los dos papeles sobre la mesa, envainó el bolígrafo, guardó la agenda, dio un sorbo de coñac, y todavía esperó a encender un cigarro y a expulsar el humo a las alturas. De un modo impreciso, supo que aquellos breves actos soberanos lo obligaban ahora a una respuesta temeraria.

—Puedo consultar, investigar cuáles son sus derechos.

Pero como le pareció insuficiente, y como las mujeres seguían esperando algo más, añadió de inmediato:

—Es más, si me permiten, yo mismo me encargaré de todo —oyó en el silencio el metal claro y autorizado de su voz—. Es un asunto relativamente sencillo y no creo que vaya a haber ningún problema.

Entonces miss Josefina cerró los ojos con unción y alzó la cabeza como arrostrando un trance místico.

—¿No es usted Virgo? —preguntó.

—Sí...

—Lo sabía. ¿No nació en una hora impar y lluviosa?

—Pues...

—¿No sueña a veces con pájaros y ríos? ¿No ama los bosques profundos y el rumor de truenos a lo lejos? Yo lo sabía, ¡lo sabía! Porque justo ayer tuve un ensueño y se me reveló que alguien venía ya de camino. Y esta tarde, la visión fue tan fuerte que le vi llegar hacia aquí, le vi venir con su gabardina y su andadura noble y llamar a la puerta, y luego adiviné su presencia en esta habitación y por eso entré a verle. Porque ha de saber que es el destino el que ha encaminado sus pasos hasta aquí.

Matías miró boquiabierto a miss Josefina y los demás miraron boquiabiertos a Matías, todos fascinados por aquella revelación inesperada. Hubo un largo silencio, sin más horizonte que el rumor lejano de las otras viviendas, el son de la flauta, el arrullo de las palomas y la gota estampándose cada mucho tiempo en el fregadero. ¿Sería aquella mujer una adivinadora de verdad? A Matías la situación empezaba a parecerle ridícula o absurda, y tenía la impresión de que llevaba una eternidad sentado allí, entre aquellas mujeres que ahora lo miraban expectantes, como incitándolo con leves expresiones risueñas y casi imperceptibles cabeceos a que dijese algo, a que pronunciase quizá unas palabras definitivas de esperanza. Pero no se le ocurría nada, y el alcohol y la proximidad de Martina empezaban a exasperarlo. Incapaz de resolver o aguantar aquel silencio que solo a él le estaba destinado, y sobre el que parecía cernirse una tormenta de elocuencia, apuró la copa de un trago y enérgicamente golpeó a dos manos el borde de la mesa. Le salió una palmada tan recia que las tres palomas posadas en la cuerda volaron espantadas.

—En fin, ya es tarde —y se levantó, y las tres mujeres se levantaron con él.

Se abrochó la gabardina, rodeó la mesa y dijo:

—Volveré pronto con buenas noticias.

—Niña —dijo miss Josefina—, acompaña al señor a la puerta.

—Que Dios le bendiga, señor abogado —murmuró en el último instante la señora Andrea.

Salieron al pasillo. Martina iba delante, caminando un poco de perfil para calibrar el ritmo de la marcha y no dejarlo rezagado. Matías veía la gracia de su figura, aquel envite de tallo en primavera, la gracia captada en su propio y fugaz ímpetu de crecimiento, y le parecía que iba persiguiendo una sombra o una imagen mental. O que era aquel, ¿cómo se llamaba?, que se metía en un laberinto guiado por alguien cuyo nombre tampoco conseguía recordar. Ariadna, eso es. Estaba mareado y no gobernaba bien los pasos ni tenía un sentido claro de las distancias. Tan pronto se le figuraba que se quedaba atrás como que iba a atropellar a Martina en un trompicón trastabillado de pelele. Por una puerta entreabierta vio al niño del orinal, que seguía allí sentado con su chupete y sus ojos brillantes de insomnio, y por otra vio a un hombre grande con un alfiler hincado en el entrecejo. Martina esperó a Matías para ponerse de puntillas y decirle al oído: «Ese tipo de ahí es finlandés, y lleva el alfiler para el dolor de cabeza». «Qué gente más loca, ¿no?», dijo Matías, y los dos se echaron a reír. «¿Y el de la flauta?», preguntó, porque todavía seguía sonando, muy tenue, en algún sitio. Y otra vez ella se aupó hasta su oído: «Esos son peruanos y tienen un grupo musical. Tocan en la Puerta del Sol. ¿No les has visto nunca?», y de nuevo le tomó la delantera.

Matías sentía que la voluntad le había abandonado y su lugar lo ocupaba ahora un brío juvenil hecho de audacia y de afán de catástrofe. El coñac le infundía un poco de ese valor que no se manifiesta en actos y objetivos sino en saciedad y menosprecio de uno mismo y del mundo. Empezaba a querer sentirse suficientemente cínico o agraviado para anticiparse a la tiranía de los deseos presentándoles por adelantado su renuncia. Se sentía avergonzado de su edad, y quería huir de allí precipitadamente y para siempre.

Cuando se despidieron, cuando retuvo unos segundos su mano tibia y frágil, a Matías le hubiera gustado preguntarle cualquier cosa, qué edad tenía y quién era el niño que dibujaba junto a ella, qué estudiaba, qué muñequitos eran aquellos que pintaba, cosas sin importancia pero que de pronto le parecieron tan confidenciales que temió que se le quebrara la voz, y el miedo al ridículo lo obligó a una sonrisa que se le quedó congelada en el rostro con una rigidez de máscara.

—Bueno, adiós —dijo, y confusamente se hundió escaleras abajo.

«Teseo», recordó al atravesar el portal y salir a la calle. Y aunque ya había perdido definitivamente el documental sobre hienas y leones, así y todo aceleró el paso, porque necesitaba llegar pronto a casa para empezar a olvidar lo que le había ocurrido aquella tarde.

V
Una estrella eclipsada

—Pase, pase usted, señor, y acomódese.

Debía de haber oído sus pasos en el corredor, o adivinado su presencia con sus artes proféticas, porque antes de que él llamara a la puerta ella entreabrió y se asomó a la suya al fondo del pasillo y lo alertó con un susurro apasionado: «¡Señor, señor, no están! ¡Han ido a ver al juez!».

La habitación estaba apenas alumbrada por dos farolitos chinos de papel, y en la penumbra rojiza se veían las paredes confusamente abarrotadas de fotos, carteles de espectáculos y de toros, recortes de periódicos, un mantón de Manila, una gruesa trenza oscura rematada con un lazo blanco, una guitarra, un gran sombrero mejicano, y aquí y allá, en el suelo, en la mesa, en sillas y repisas, y hasta en un piano cuyo transporte y ubicación en aquel lugar se le antojó a Matías un trabajo digno de los de Hércules, se percibía también como una apoteosis de objetos, algo que difundía la impresión de un santuario milagrero atestado de reliquias y exvotos.

—Pase, pase, y acomódese.

Matías se sentó en un sofá desfondado y raído de terciopelo rojo, se hundió en él como en una blandura de légamo, y vio desde allí cómo la mujer se movía por el cuarto con la tersura y la precisión de una sacerdotisa oficiando un rito: mudó algunos cojines y sillas de lugar, cambió mínimamente el orden de algunos objetos, acercó un escabel de caña con una botella y dos copitas escarchadas de hielo, puso a quemar incienso, y luego se apuró el vuelo de la túnica y fue a sentarse con mucha pompa, muy tiesa, al otro extremo del sofá. Debía de tener muchos años, quizá más de setenta, y la boca sumida y pintada en forma de corazón, como las mujeres fatales de los folletines, el colorete, el rímel, las uñas escarlatas que le hacían una curvatura de presa, el verde lagarto de los párpados y el oro marchito del pelo, acentuaban patéticamente su vejez.

Matías esperó a que el silencio le fuese propicio para acoger el tono errático en que pensaba contar el resultado de sus pesquisas y consultas, un circunloquio que lo defendiese del acto temerario que le andaba rondando desde hacía días por la cabeza, y que al mismo tiempo le permitiese encontrar una ocasión airosa de contar que sus indagaciones jurídicas no habían tenido por ahora el éxito esperado, pero que pensaba seguir investigando, no había que perder la fe ante el primer obstáculo, que las cosas legales a veces van muy lentas, y más en un caso como este, tan nuevo y tan enrevesado, y así, de palabra en palabra, ir remitiendo la cuestión al limbo del futuro, y aprovechar luego cualquier silencio para disculparse y marcharse a casa con la conciencia descargada de culpas. En la otra visita, apenas se despidió de Martina y empezó a bajar las escaleras con una sensación de catástrofe que parecía bajar a una cripta o a los mismísimos infiernos, ya se había arrepentido de aquel rapto de euforia que le había llevado a ofrecer promesas que no podía cumplir. Por si fuese poco, mientras las ofrecía ya había resuelto de antemano desentenderse del asunto y no volver nunca más por allí. Al fin y al cabo, el Joaquín Gayoso que él buscaba no debía de ser el mismo que aquel ex conductor de tranvías y cantaor de fandangos de que le había hablado doña Paula, pero aun en el caso de que lo fuera, y de que viviese y llegara a encontrarlo, ¿qué le iba a decir? Nada: se limitaría a entregarle sus objetos y a decirle que su padre (del que quizá él ni siquiera se acordara) lo recordó siempre con admiración y cariño. Eso había pensado mientras leía el papel del contrato, y por eso se había atrevido luego a prometer rumbosamente lo que él sabía de sobra que no podría cumplir. Indignado consigo mismo, salió a la calle y furiosamente echó a andar hacia casa. Furiosamente, porque la sospecha de haber intentado impresionar a Martina, y quizá hasta seducirla, al precio de crear expectativas sin cuento a aquella pobre gente, le producía una sensación de rufianería muy próxima a la náusea. No recordaba haberse sentido nunca tan avergonzado como en esos instantes.

Avanzaba con la gabardina inflamada de aire y las mandíbulas férreas y los puños crispados, y con tal determinación que algunos viandantes se apartaban prudentes y pensativos a su paso, y allí iba él, dejando al pasar una estela de saña, y persuadido de la profunda y secreta maldad de su conducta. Ahora lo comprendía, y echó para sí mismo una carcajada sardónica de depravación e imaginó su cara grotescamente deformada por el júbilo de un designio diabólico, como los personajes perversos de los tebeos: había dado por supuesta su bondad, pero cuando la vida lo ponía por una vez a prueba, salía a la luz su verdadera condición. En un escaparate se vio de reojo al pasar, y tanto fue el desprecio que le inspiró aquella figura artera y un poco fondona, que cuando llegó a casa ya se había colmado de una especie de euforia vengativa contra sí mismo, y una decisión absurda, insensata, purificadora, había comenzado a despuntar con un fulgor justiciero en su mente.

Por un momento pensó si no habría exagerado su papel de villano para alcanzar cuanto antes el alivio de la irrealidad. Más sereno, salió al balcón, adivinó entre las sombras de la noche la peluquería, la papelería, el videoclub, la covacha del zapatero remendón, y aquel distanciamiento lo ayudó a poner las cosas en su sitio. No era para tanto. Solo la piedad, exacerbada por el alcohol y sobre todo por la presencia turbadora de Martina, y no la frivolidad y la soberbia, le había dictado aquel ingenuo desafuero de envites y esperanzas. Pero ¿qué daño hacía con aquello? Había actuado un poco como los sacerdotes, que cuanto más desesperado es el trance más dispendioso es también el socorro que ofrecen. Y, por otra parte, ahora que lo pensaba con más calma, lo habían obligado a actuar así. Él estaba levantándose para irse cuando lo forzaron a sentarse de nuevo y a leer aquel papel medio ilegible y a decir algo, a pronunciar algún veredicto que, por fuerza, habría de ser funesto o animoso. Y él, ¿qué iba a decir sino precisamente lo que dijo? ¿Por qué lo elegían árbitro de un litigio del que no entendía nada? Quizá se había excedido al ofrecerse como experto en aquellos asuntos, es cierto, pero lo había hecho de buena fe y, además, pensaba en efecto consultar con Bernal y Martínez, y según la utilidad de sus opiniones, ya vería si volvía o no a aquel lugar. Entonces empezó a enfurecerse con doña Paula, y con la hija, y con la pitonisa, y con aquella anciana que parecía dormida hasta que en el último instante dijo una frase que lo forzó a quedarse y a interesarse por cosas que en el fondo le eran completamente indiferentes. Entre todas lo habían enredado y habían creado aquel malentendido y lo habían poco menos que obligado a ofrecerse como benefactor. Y él había aceptado aquel papel porque era un hombre bueno, ahora volvía a saberlo, un hombre compasivo, a cada cual lo suyo, y cerró la ventana, fue a la cocina, encendió el gas, puso a calentar leche, untó de margarina tres galletas y las colocó en un plato junto a dos bizcochos, lavó el cacillo, se secó cuidadosamente las manos, y en todos aquellos actos mínimos y pulcros encontró otras tantas razones de su inocencia y su bondad.

Vio una película de ciencia ficción y era pasada ya la una cuando se fue a acostar. Se desnudó con la impresión de desprenderse en cada prenda de los últimos restos de infamia. Desde que había muerto su madre, hacía ya tres años, le había dado por pensar en la muerte, y a veces se imaginaba a sí mismo dentro del ataúd, en su primera noche de difunto, con la misma cara inexpresiva que ponía ante el espejo para mejor persuadirse de la ensoñación y visualizarla en toda su terrible y absurda realidad. Era una pena no poder verse tumbado y envuelto en la última tiniebla, en la más pura nada, con los ojos cerrados para siempre, pero de cualquier modo miraba su cara todavía despierta y sus manos aún no cruzadas definitivamente sobre el pecho y se llenaba de piedad por ellas, y por la soledad infinita que habría de afligirlo en aquellas desoladas regiones de ultratumba. Adquirió entonces la costumbre de ver a los demás como los niños inocentes que fueron y como los cadáveres que no tardarían en ser, y de ese modo sentía por el prójimo un trémolo de solidaridad y ternura que no recordaba haber experimentado nunca. Así que también ahora se imaginó vestido de Primera Comunión y luego tendido en la caja en su primera noche de muerto, y empezó a llenarse de conmiseración por sí mismo. Se sintió liviano y confiado. Pero al apagar desde la cama la luz de la mesilla descubrió que en algún lugar recóndito de su conciencia sobrevivía un latido de reconcomio, un malestar difuso que tenía la autoridad brutal de un presagio del que solo era perceptible su carácter aciago. Y cuando se levantó al día siguiente, el malestar seguía allí, y con él continuaba ahora, mientras miraba a miss Josefina y esperaba el instante propicio para decir algunas palabras que ya en el tono anunciasen noticias poco alentadoras.

He estado investigando, iba a decir, pero miss Josefina se le adelantó con un ademán más propio para mostrar una panorámica que para presentar aquel espacio angosto sofocado de objetos. «Esta es mi casa y por tanto la tuya», dijo, pasando sin más al tuteo. Matías se revolvió hacia ella desde las honduras pantanosas del sofá con un gesto apreciativo en las cejas. El humo del incienso empezaba a adensar la penumbra y él se sentía dueño de su cara y sus manos. Quizá por eso no recurrió a una frase trivial de cortesía sino que se limitó a apropiarse del silencio y a acomodarse muellemente en él como si fuese una prolongación hacia el abismo del sofá, y cuando ella le llenó la copita y él se mojó los labios con un licor espeso de menta, hasta le dieron ganas de decir algo en latín, una sentencia que acaso supo en otro tiempo y que ahora venía a rondarle traviesamente por la memoria sin dejarse atrapar. Supo que si seguía allí, bebiendo y derivando hacia la soñolencia, volvería otra vez a ser víctima de la irresponsabilidad o la ilusión. Así que buscó el modo de abreviar la visita. «¿Sabe? Respecto al asunto del casero», comenzó a decir, pero ella, que hasta entonces había estado mirándolo intrigada, al oírlo torció bruscamente la cabeza con un gesto incisivo de astucia.

—Permíteme —dijo, y le tendió una mano enjoyada reclamando la suya.

Con el índice, deformado y rígido por la artritis, fue repasando con la yema y arañando con la uña escarlata la línea del corazón, la del hígado, la del cerebro, la textura de la piel, la consistencia de las uñas, la altura y el perfil de los montes, fue palpando y llamando a cada parte por su nombre e interpretando sobre la marcha su sentido:

—La línea del corazón me dice que eres un hombre romántico, amigo de pájaros, lagos y jardines. Los dermatoglifos anuncian que hace ya mucho tiempo que Venus te sonríe desde su camarín sin ser correspondida. Tu flor es el jacinto y tu virtud

100

es la clemencia, tu elemento es la tierra, y tu metal, la plata. Noto y veo una bruma que se agita y empaña el brillo de tu piedra angular, que es el diamante. La tierra con el buey y el aire con la alondra te abarcan y definen. Veo una fuente que mana de una roca y se abre entre el musgo en el claro más profundo de un bosque. Veo a un caballero armado que cabalga al azar de los reinos y busca su ocasión en mitad de la noche. Eres soltero. En tu pasado hay una novia morena que se ponía en invierno unas botitas blancas y un gorro de lana con pompón. En tu futuro veo una mujer muy joven que habla muy bajito y se muerde mucho los labios y se mira las uñas, y que es dulce y rara como la miel del tomillo. Seréis felices. Os mojará la misma lluvia, y el ruiseñor que cante para uno cantará lo mismo para el otro. Veréis arder la misma leña y consumirse el mismo sol, y habrá un solo silencio, donde cada cual irá suspirando como si comieseis en el mismo plato. Apagaréis la luz y se hará el mundo. Morirán las rosas, pero perdurará su aroma en el laurel. Tu pulsación secreta me dice que tu tiempo es el amanecer, y tu contexto la encrucijada y el abismo.

Dijo todas esas palabras de un tirón y acto seguido se quedó con la cara serena y ofrecida, como recuperándose de un trance.

—¿He acertado? ¿Eres así, como yo te he visto? —preguntó al rato sin abrir los ojos.

Hundido en las esponjosidades del sofá, entonado por los sorbitos de menta y un poco atufado por la fragancia del incienso, Matías se animó a arriesgar un gesto galante de claudicación, y cuando ella lo miró de perfil, como haciendo puntería por sobre el hombro, y le dijo en un tono lento e insinuante: «Pues ahora te toca a ti adivinar quién soy yo, porque quizá tú no sabes aún con quién estás hablando, ¿no es cierto?», él no tuvo sino que rectificar el gesto e intercalar en él un matiz desconsolado de asombro.

—¿Lo sabes?

—Pues, la verdad, no sé qué decir.

—No es extraño que no me conozcas. ¡Ha pasado tanto tiempo! Además tú eres muy joven, y tampoco la luz aquí es muy buena. Aunque, por otra parte —y se puso a enredar en una mesita camilla adosada al sofá, una mesita con unas faldas que parecían la capa de un rey mago y sobre la que había un gramófono de bocina—, esta es precisamente la luz más apropiada para que alguien pudiese descubrir mi verdadera identidad. Porque yo no he sido siempre la misma, ni me he llamado siempre miss Josefina. Quién sabe —y se echó a reír por lo bajo, mientras seguía enredando, o al menos hizo un ruidito festivo, algo que parecía una risa sofocada de regocijo muchachero—, a lo mejor te quedas patidifuso cuando sepas quién soy. Te propongo un juego, Matías Moro.

—Adelante —dijo él, resignado ya a aquel clima convenido de apariencias.

—Mira ahí —y encendió una lamparita portátil que al fin había conseguido enchufar y que, a modo de foco, proyectó sobre un sector de la pared.

Apareció allí, enmarcado y protegido por un cristal, un recorte de periódico desvanecido por los años donde se veía, o casi se adivinaba, a una mujer joven y hermosa, con una risotada que en su explosión le desbordaba el rostro, y a su lado un hombre maduro con lentes y también risueño, aunque más bien parecía sonreír con el sobrante del júbilo desmesurado de la mujer.

—¿Conoces a ese hombre?

—La verdad es que me suena mucho, pero no acabo de reconocerlo —se disculpó Matías.

—Seguro que le conoces. Un hombre como tú, con tu mundo, con tu cultura, tiene que conocerle a la fuerza. Fíjate en su porte, en su humildad de sabio, en la nobleza de sus rasgos.

—Pues no sé...

—Es el doctor Fleming, el inventor de la penicilina.

—Ah.

—¿Y la mujer?

Matías empezaba ya a querer comprender algo, pero prefirió no arriesgar toda la conjetura de una vez. Dio un sorbo de menta y dijo:

—Ya voy entendiendo, pero me gustaría jugar un poco más.

—Entonces mira allí —y dirigió el haz de luz hacia un retrato donde aparecía la misma mujer ya más madura pero con la misma risa pletórica junto a un hombre que esta vez Matías reconoció a la primera.

—Es Fidel Castro.

—El camarada Fidel, en efecto, pocos meses después de ganar

la revolución. ¿Tú eres simpatizante de Fidel Castro y la revolución? ¿Lo sigues admirando a pesar de todos sus defectos?

Matías se removió en el asiento y elaboró de cintura para arriba un esforzado y casi hercúleo signo de duda, un signo que en su amplitud parecía abarcar no a un hombre y a una isla sino a los cinco continentes y a sus enteras muchedumbres, pero ella entornó enseguida los ojos y cruzó teatralmente las manos sobre el corazón:

—Si tú supieras, Matías, ¡ay, si tú supieras! ¡Yo amo tanto a Cuba y a su gente! ¿A ti qué te gusta más decir, Hispanoamérica, Latinoamérica o América Latina? Yo siempre digo nuestra América. ¡Yo amo la Hispanidad! Amo a los ecuatorianos, que miran mucho al suelo y dan un pasito adelante y otro atrás. A los peruanos, que son muy descarados y todo lo preguntan y lo quieren saber, y arman mítines por nada, y para ser sinceros tienen primero que enfadarse y romper la amistad. Y los cubanos. ¡Ah, los cubanos! Hacen como que se van pero siempre se quedan. Cantan guarachas y habaneras de adiós pero no acaban nunca la canción. Y al hablar, con las manos te enredan en hilos invisibles. Vas a decir tú algo, y ya ellos han subido los brazos al cielo llenos de admiración. Y te apartan, para ver qué hay debajo de ti, allá en el mero suelo, como si cada cual fuese pisando la lumbre de un tesoro. Y luego están los colombianos, y los mejicanos, y los argentinos.... ¡Ay, yo podría estar hablando y no acabar nunca de mis hermanos pequeños de la Hispanidad! —y se quedó extática, con la cabeza degollada a un lado y la expresión purificada por un ensueño de lontananzas infinitas.

Matías bajó los ojos y esperó respetuosamente a que amainase aquella borrasca sentimental.

La mujer suspiró y él se volvió de nuevo hacia el cerco de luz.

—¿Y a ese, le conoces? —y enfocó a un torero que, montera en mano, brindaba a la mujer siempre risueña que, desde la barrera y a medio levantar, recibía el homenaje.

—Creo que es Luis Miguel Dominguín.

—El mismo. ¿Y ahora? —y surgió de nuevo la mujer, cómo no, esta vez con la sonrisa parada en los dientes, con peineta y mantilla, junto al papa Pío XII.

Ya sin hablar, iluminó otras fotos y recortes (en una aparecía con Gary Cooper vestido de vaquero), la risa explotándole siempre en la boca, pero en uno de los pases Matías vio la carátula de un disco con el rostro y el nombre de la artista, y volvió a distinguirlos en un cartel de cine donde ella posaba en lo que parecía el escenario de un cabaret con un vestido negro de noche, muy escotado y ceñido, y en la mirada un semisueño velado por el humo de un cigarrillo que salía de los labios entreabiertos y ofrecidos y pintados de un rojo bermellón y fatal.

—¿Sabes ya quién soy yo? —dijo insinuante, y apagó el foco de luz.

Matías tuvo miedo de que cualquier gesto, cualquier palabra, pudieran interpretarse como un escarnio o un desdén. Cruzó las piernas, ocultó la boca en una mano y esperó a encontrar un tono convincente.

—Creo que sí, aunque no es fácil de creer —dijo al fin, con el acento ecléctico con que hubiera mediado en una controversia que sabía inconciliable.

—Sí, también a mí me parece un sueño que yo haya podido ser Finita de la Cruz —y al decir el nombre subió la cara y ofreció la barbilla como un signo indomable de orgullo.

«Ah, claro, Finita de la Cruz», diría Bernal algún tiempo después, cuando Matías le preguntó casualmente si había oído hablar de ella. «Claro que sí, fue una cantante melódica de los años cuarenta. Una mujer muy guapa. Guapísima. Yo vi algunas películas suyas. En una hacía de monja en un asilo y luego cantaba para recaudar fondos.»

A Matías sin embargo el nombre no le decía nada, pero en ese momento decidió, porque poco costaba ser cortés con aquella mujer, que le era sobradamente familiar. «Finita de la Cruz», dijo como un eco, como si no diese crédito, y siguió un silencio lleno del ensalmo y la nostalgia de ese nombre.

—¿Me oíste cantar alguna vez? ¿Quizá en alguna de mis películas?

Matías hizo un gesto ambiguo, abrumado por algo que tanto podía ser un escándalo ante la evidencia, como una disculpa por las inclemencias del olvido o como una diatriba contra las injusticias generales del mundo. Entonces ella se levantó con un mohín pícaro en los labios, como si fuese a hacer una travesura, cruzó el cuarto remedando cómicamente el andar sigiloso de un caco, manipuló en un mueble y enseguida empezó a oírse un confuso rumor musical.

—¿Recuerdas? —preguntó romántica.

Entre los quejidos y chapaleteos de la aguja en el disco se entreoyó un fondo vehemente y como enrabietado de violines y luego una voz atribulada, ronca, indescifrable, que llegaba como de la ultratumba. Parecía una queja inconsolable de amor. Ante tanta nostalgia, Matías ofreció tabaco y se recostó soñadoramente en el sofá. Ella prendió el cigarro en una larga boquilla de ámbar, esperó a recibir fuego, entornó los ojos y abrió la boca sin expulsar el humo, dejándolo salir y que como una niebla le enmascarara el rostro. Con un susurro gutural fue subrayando la canción, y también él se puso a cabecear a ritmo y a mover los labios como si cantara para sí.

—Ha pasado tanto tiempo —dijo tras la primera pieza—. ¿Cuántos discos calculas que tengo yo grabados? —y volvió a llenarle la copita.

Matías resopló ante lo incalculable.

—¡Más de sesenta! Y entre España y América protagonicé veinte películas. Fueron años de gloria —y otra vez empezó a oírse la bulla musical—, años de turnés triunfales por el mundo, los mejores teatros, las mejores salas de fiesta, la suite y el camerino siempre llenos de flores, París, Roma, New York, Méjico, Buenos Aires. Lirios, rosas, orquídeas. Los recibimientos multitudinarios, las ruedas de prensa, los flases y los focos, los himnos, los discursos. ¿Tú sabes? Tantos hombres perdieron la cabeza por mí. Políticos, magnates, jeques, gobernadores, artistas, y hasta una testa coronada. ¡Ay, si yo te contara! Yo te hubiera gustado a ti, Matías Moro. Yo te hubiera enamorado con solo una mirada. Tres hombres, que yo sepa, murieron de amor por mí. ¡Ay, tiempo, tiempo!

Matías sacó el llavero y se puso a jugar con él. Otra vez empezaba a rondarle por la cabeza la frase latina y a sentir que perdía la noción exacta de la realidad. Con la misma mano de fumar se pinzó erráticamente el labio inferior.

—¿Por qué no escribe sus memorias?

—No puedo —contestó ella de inmediato, y chupó de la boquilla con la avidez y el transporte de un fumador de opio—. Comprometería a demasiada gente importante. Yo sé secretos de Estado. Sé de conjuras y crímenes. Conozco el origen de algunos grandes capitales. Y no puedo decirlo porque el honor y el arte me lo impiden. De algún modo, fíjate, todavía me debo a mi público.

—Ya. Pero lo que no entiendo, y perdóneme la intromisión —dijo, haciendo con la mano un brindis alusivo a los testimonios de gloria en las paredes— es, no sé, qué pudo ocurrir para que todo esto...

—¿Qué ocurrió para llegar del esplendor a la miseria? ¿Es eso lo que quieres decirme?

—Bueno, no exactamente así.

—Y qué más da cómo se diga. Porque yo gané, en efecto, mucho dinero, y si no me hubieran engañado entre unos y otros, ahora me correspondería vivir como una reina. ¿Sabes? Un príncipe oriental me regaló una diadema de esmeraldas de Siria. Yo tenía muchas joyas, y pieles y preseas, tenía doscientos pares de zapatos y cuatro lulús blancos de paseo, y de pañuelos de seda y echarpes y estolas y otras zarandajas, ya ni te cuento. Yo viajaba con cuatro grandes arcas de mimbre, veinte sombrereras, diez maletas, y de ellas tres de dos cuerpos, y luego una recova innumerable de neceseres, cofres, redes, bolsas, cestas y qué sé yo cuántos bultos más. Yo llenaba los teatros y los cines, y en los finales de fiesta yo hacía un gesto hacia las bambalinas y los cuatro lulús salían al escenario a dos patas y adornados con lazos de distinto color a compartir conmigo los aplausos. Los poetas en sus versos me llamaban dalia de mar, junco de pasión, rocío del paraíso, perla de España, flor de estepa, madreselva de plata, trigo de primavera, luna del alba, generalísima de la copla, madre del duende, musa del pueblo, lumbre de león, escarcha de miel, luz de la raza, alma y numen del sur, y otras mil invenciones y gentilezas que no recuerdo ahora. Quizá tú te estés preguntando por qué no me casé.

Matías cabeceó ante lo insoluble del enigma.

—¿Quieres que te cuente un secreto? ¿Sí? ¿No se lo dirás a nadie? Pues bien, Matías Moro, ¿qué dirías si yo te dijese que sigo siendo virgen?

106

A dos manos, y con los dedos muy abiertos, se apuró someramente los senos, las caderas, los muslos, como en un desplante de tronío.

—¿Qué te parece?

—No sé, que es increíble —susurró Matías.

—Sí, es increíble, con tantos hombres como me cortejaron y asediaron. Entre otros, por ejemplo, Picasso y el rey de Bulgaria. Pero nadie llegó nunca a rozar los pétalos de la flor, ni su jardín umbrío. Ni el propio doctor Fleming, que es al único al que estuve a punto de ofrendársela en un momento de locura. Porque para mí el arte era como una santidad. ¡Qué tiempos! Mis canciones se oían a todas horas en la radio, y mis películas se exhibían en todos los cines de todo el mundo. Y yo vivía entregada a mi arte y a mi público y no me preocupaba de otras cosas. Ignoro lo que pasó luego. Solo sé que me engañaron, que entre unos y otros se fueron comiendo el capital, que hice inversiones ruinosas, que empeñé y perdí las joyas, y sé que ahora estoy aquí, ganándome la vida como puedo con el don adivinatorio que Dios me concedió al retirarme de la escena. Pero lo que no han podido quitarme, ni podrán ya nunca, es la gloria del arte. ¿Sabes que todavía recibo en mi casa de discos cartas de admiradores? Y en la radio todavía se oyen mis canciones. Y ahí están mis películas. Y todo eso quedará ahí para la eternidad. Esa es la grandeza del arte. ¿Tú crees en la gloria y en la inmortalidad? ¿No crees que la muerte es menos muerte si se deja huella en este mundo? ¿A ti no te gustan los bellos sueños donde el tiempo y el olvido no existen?

Matías, abrumado por la pregunta, bajó la cabeza y apoyó la barbilla en el dorso de la mano.

—¡Ay, si tú supieras cómo me duelen y me fatigan los recuerdos! ¡Tengo en la cabeza tantos nombres insignes, tantas caras famosas, tantos países, tantos halagos y aplausos y clamores! Pero yo entonces no era consciente de la felicidad. Al contrario, a veces sufría por nada, y por nada me desmayaba ante los caballeros, y a veces me retiraba enojada de los homenajes pretextando un dolor súbito en las sienes. ¡Oh tiempos dorados! ¡Oh ciega y mísera existencia!

Matías se inclinó sobre el escabel y llenó las copitas en un gesto incondicional y solidario. Luego se quedaron callados, oyendo la última canción del disco. Ahora, el husmo ya casi desvanecido del incienso y el olor a menta se mezclaban con otros más inciertos. Olía a orines de gato, a sopa fría y a intimidad ranciosa. Una vez más, Matías pensó en pretextar algo y huir de allí, lejos y para siempre. Pero una especie de molicie, o de vértigo, o de atracción morbosa, lo retenía en aquel lugar opresivo, junto a aquella mujer por la que ya no sabía si sentir piedad o admiración. Suspiró.

—A lo mejor ya ha venido doña Paula —dijo, por atenuar un poco la melancolía del silencio—. He estado investigando acerca del litigio con el casero.

Miss Josefina se levantó y puso otro disco. De nuevo se oyó una borrosa melodía lastimera.

—Sé que has investigado y sé que traes buenas noticias. Lo supe desde que soñé despierta contigo y te vi venir hacia esta casa. Sé que el destino te ha conducido aquí para arreglar las cosas.

—Qué cosas —se sobresaltó Matías.

—Las cosas. Lo del casero, por ejemplo. Yo lo sé. Y además, ¿sabes?, no sé cómo, se ha corrido la voz. La gente aquí en el piso habla de ti, de don Matías, o del señor Moro. Aquí la gente cree que tú encontrarás la manera de evitar el desahucio. Pero no digas todavía nada. Vamos a seguir esperando en esta velada tan romántica. Paula y Martina han ido al juzgado y tardarán aún en llegar. Y mientras llegan, una cosa quiero decirte —y cruzó las piernas y enlazó las manos sobre las rodillas y su voz se hizo orgullosa y emotiva—, y es que si la gloria me dio fama y riqueza, la ruina me ha dado sabiduría y amor. Yo soy como el santo Job, que todo lo tuvo y todo lo perdió. Mi casa fue el mundo, y ahora ya ves a qué rincón he venido a parar. Y me alegro de haber vivido y conocido los dos mundos. El mundo del derroche y el mundo de la necesidad. Le doy gracias a Dios por haberme permitido conocer a Juan Domingo Perón y a Louly Salek.

—¿Salek?

—Sí, Salek. Es un negro, uno de esos mauritanos que venden alfombras por las calles. Aquí vive gente muy curiosa, que ya irás conociendo. Gente que vive del aire, como los ángeles.

—¿Y doña Paula y Martina? ¿De qué viven?

—Ah, ese es otro caso triste. Doña Paula no tiene pensión porque en la tienda de tejidos donde el padre trabajó durante muchos años el dueño le hizo trampas a Hacienda. Ahora están a ver si consiguen una pensión de caridad. En cuanto a Martina, hace algunas sustituciones en una residencia de ancianos. El día de la desgracia tenía precisamente turno de noche. Trabaja también para una fábrica de juguetes. Pinta casitas y muñecos, aunque su verdadera vocación es la pintura de verdad. ¿Y a ti, por cierto, qué te parece Martina? ¿No crees que es una joven encantadora, capaz de hacer feliz a cualquier hombre? Ella no tiene novio, ni ha conocido varón. ¡Ah, dichoso el hombre que se la lleve! ¡Qué dulces noches de amor ha de pasar junto a esa niña angelical! ¡Ah, vosotros, los jóvenes, cuántos años y travesuras os quedan por vivir!

Matías se hundió un poco más en las blanduras del sofá.

—Había un niño con ella, el otro día —dijo, como si aportara un dato técnico a la conversación.

—Jacobito. Es el hijo de Miriam, una chica que vive también aquí y que trabaja, ¿cómo te diría yo?, en fin, ya me entiendes. Martina cuida a Jacobito y Miriam le paga lo que puede. Pero tú, claro, no conoces la historia de esa familia, y por qué el padre mató en verdad al hijo.

Y entonces fue cuando Matías oyó contar aquel triste suceso, cómo el padre sucumbió a la pasión del orden y la lógica, y cómo lo cavilaba todo y todo lo convertía en números y en reglas, y cómo llevaba apuntadas al céntimo en un libro las cuentas de la vida, según las cuales un día hubo de expulsar al hijo del hogar porque, tras incumplir el pacto, así lo exigían la moral y el honor. Y habló de su furiosa obsesión por la idea de que el hombre debía liberarse de una vez por todas de la tiranía de los dioses por medio de la razón y de la ley: «Cada cosa en su sitio, ese es el secreto final de todo», solía decir entonces y seguía repitiendo ahora en el hospital penitenciario, según sabía doña Paula por los guardianes y enfermeros que lo atendían y vigilaban.

—Yo, que he subido a los palacios y bajado a las cabañas, como dijo el poeta, y he conocido los dos mundos, puedo dar fe de que a veces se mezclan en uno solo, de que la gloria y la miseria caben juntas debajo de un dedal, de que el oro y el excremento pueden llegar a ser la misma cosa, y de que todo eso se llama desesperación, dignidad o locura. Ahora mismo me veo en Moscú, en el Festival Internacional del Cine, en un salón del Kremlim, bailando con Vittorio de Sica, o sosteniendo en brindis frente a Kruchov una copa helada de vodka con la misma mano con que ahora ayudo a la señora Andrea a limpiarle el culo a su marido demente y paralítico.

—¿La señora Andrea es la viejecita del otro día?

—La misma. Está casada y vive en un cuartito al otro lado del corredor. Su marido se llama Nicanor y lleva ya seis o siete años en cama, sin poderse valer. Ella lo mantiene con la caridad de los vecinos y las limosnas que consigue en la calle. Pero, a la vez, él no la deja salir, se pone a dar voces y a insultarla porque cree que ella trabaja de puta. Fíjate tú bien, con casi ochenta años, y ahí le tienes enloquecido por los celos. Cuando vuelve de la calle, él le dice, vergüenza da decirlo: Ven acá, putona, que te tiente, a ver si has chingado. Le falta riego en el cerebro y, cuando no duerme, se pasa las horas delirando, creyendo que va en tren, o gritando que vienen los franceses, porque vive obsesionado con la guerra de la Independencia. Y como además esa figuración se le mezcla con cosas de la infancia, se imagina que en esa guerra van todos en triciclo. De pronto grita: ¡Ahí viene el general Castaños pedaleando a toda máquina! ¡Miradlo qué furia, qué soberbia! ¿Quién entenderá nunca la vida, Matías Moro, sus miserias y sus maravillas? Pero espera —dijo en ese instante, y se quedó alerta, escuchando a lo lejos—. Creo que ya han llegado Paula y Martina. Tú espera aquí un momento —y le llenó la copa— hasta que yo venga a avisarte. ¿No es verdad que ha sido una velada preciosa?

Se levantó, hizo un gesto juvenil de suspense y salió de la habitación furtivamente. Matías se quedó hundido en las blanduras cenagosas del sofá, jugando con el llavero, fumando, dando sorbitos de menta y escuchando aquella música tan gastada de la que apenas se percibía otra cosa que el clima de drama y de nostalgia. Se sentía cansado, soñoliento, y en ese momento le daba un poco igual la posibilidad de escapar que la de quedarse allí a vivir para siempre. Su trabajo, su casa, sus hábitos, le parecieron lejanos y absurdos. Sabía que ahora, después de la expectación que habían causado sus promesas, y después de haber dejado suponer a miss Josefina que él traía buenas noticias y de que ella hubiera ido con esas nuevas a anunciar su llegada, ya no valdría cualquier pretexto para marcharse con honor. Por un momento sintió vértigo ante la locura que se disponía a hacer, pero el mismo hecho de haber tomado una decisión irrevocable, le produjo una gran paz de espíritu. Así que cuando volvió miss Josefina y desde la puerta le hizo una seña para que la siguiera, él se vio a sí mismo levantarse y atravesar la habitación con una ligereza ingrávida, como si estuviera soñando el movimiento. Un poco aturdido por la menta y los vapores del incienso, pasó como flotando junto a ella y salió al corredor. «Todo está listo para recibirte», le dijo mientras lo adelantaba como un servidor que despeja el camino.

La puerta estaba entornada y ella no tuvo sino que empujarla y hacerse a un lado para anunciarlo e invitarlo a entrar. Doña Paula y Martina esperaban de pie, listas como para una fiesta o un retrato (quizá habían llegado así de la calle, pensó Matías, o quizá se habían vestido así en su honor), junto a la mesa con un mantel de hilo de una blancura ya marchita, viejo pero no usado, donde había unas flores, un juego de café, una caja de pastas y una botella de coñac y otra de anís. «Pase, pase usted», dijo doña Paula, y le ofreció su propio butacón de mimbre, que era el único asiento noble del piso, y aunque él declinó el honor, ella insistió tanto que Matías no solo se sentó sino que hubo de aceptar el café, las pastas y la copita de licor.

¿Había ido todo bien por el juzgado? Todo bien, gracias a Dios, y dentro de una semana podrían ya visitar al padre. «Lo primero que haremos es preguntarle por su primo Joaquín Gayoso Hurtado, a ver si sacamos algo en claro.» Luego se entregaron a un silencio entre torpe y solemne. Doña Paula tomaba el café con dos dedos y la boquita de piñón, y en cada sorbo se echaba atrás como arrepentida de una audacia. Suspiraba, y era como una seña para que, acto seguido, cada cual se reacomodara en su asiento y se uniesen todos en una pesadumbre común. Y en cada suspiro, o en cada sorbo de café, Matías aprovechaba para mirar fugazmente a Martina y ella le sonreía con una expresión espontánea de simpatía y de gratitud, y cada vez que se atrevía a sostenerle la mirada más allá de lo que la inocencia o la casualidad parecían permitir, a ella se le congelaba la sonrisa y era como si lo envolviese en una atmósfera tibia de intimidad, y entonces a Matías el aire se le estancaba en el estómago y se veía obligado también a suspirar. Aquella tarde estaba más guapa que nunca. Se había iluminado levemente los labios y los ojos y llevaba un vestido escotado que dejaba ver, o más bien adivinar, el arranque de los senos todavía adolescentes. El brusco peinado corto prolongaba por los hombros y el cuello aquella sensación de desnudez. Matías la miraba y se sentía perdido en un mundo excitante y extraño, un mundo hecho de halagos y amenazas, donde aún no había arraigado el conocimiento, ni la experiencia, y donde todo estaba por descubrir y por lograr. Sentía la vida concentrada en un punto, en un solo lance de fortuna, en una baza a cara o cruz, en una promesa maravillosa llena de riesgos y reservada solo a los valientes o a los elegidos.

—El señor Moro trae buenas noticias para todos —dijo miss Josefina.

Matías apartó la taza y la copa moderando el tono eufórico de aquellas palabras, poniendo las cosas en su sitio, y enseguida se aclaró la voz y se puso a juntar las palabras que, dispersas aquí y allá en la memoria, llevaba preparadas. Finalmente, no había consultado con Bernal y Martínez. Para qué, pensó, si él ya sabía más o menos lo que iban a decirle. Por otro lado, tampoco el caso parecía ofrecer grandes sutilezas jurídicas. Si había extranjeros sin papeles, y el casero les había firmado un contrato, se había hecho cómplice de la situación ilegal. Quizá no se arriesgase a llevarlos a un juicio donde el primer encausado sería él. Pero, mirado más despacio, pudiera ser que al casero no le importase perder parte del juicio con tal de deshacerse de los inquilinos.

—En cualquier caso, una cosa sí parece clara, y es que si el casero ha acompañado la amenaza de desahucio con la cantidad que se le adeuda, entonces lo que busca es que se le abone esa cantidad. Ese es el único modo seguro de evitar el desahucio.

Las mujeres continuaron atentas, como si todo aquel parlamento fuese solo la antesala de una revelación formidable. Miró a Martina. Ella le sonrió como animándolo a proseguir, se mordió los labios y, ya muy seria, se dispuso a continuar escuchando. Matías por un momento pensó en prorrogar las esperanzas, decir por ejemplo que estaba al habla con un abogado y que en breve obtendría de él noticias fidedignas, algo que enmendase aquel enojoso malentendido que ya iba cerrándose a su alrededor como un chantaje o una trampa. Pero enseguida supo que el remordimiento de una nueva mentira sería excesivo para su conciencia. Intentó reunir las piezas desperdigadas de su vida, recorrer la trama lógica de sucesos que lo habían conducido hasta allí, hasta aquella habitación mísera donde tres mujeres aguardaban sus palabras como el reo la sentencia.

—Verán —dijo al fin, en un tono vago y laborioso—, yo formo parte, tengo algunas influencias en una fundación empresarial de carácter benéfico, he hecho algunas gestiones y, bueno, he conseguido una ayuda para pagar esos atrasos. Permítanme.

Sacó la cartera, y aunque al principio pensaba poner cien mil pesetas, que era lo que había convenido con su conciencia, en el último momento, en un arranque de purificación y de desastre, vio cómo su mano escribía quinientas mil, ponía la fecha, firmaba y con un dedo empujaba el cheque hacia doña Paula.

Enseguida se arrepintió y se sintió sucio y ridículo. «Es tarde», dijo, y se levantó bruscamente. No se detuvo a recibir las gracias. «Cómo podríamos pagarle esto», oyó decir, pero para entonces ya había alcanzado el pasillo y ni siquiera esperó a Martina, que se apresuró tras sus pasos para acompañarlo a la puerta. Caminaba aprisa, como huyendo, girándose apenas para decirle con la mano que ya conocía el camino. Salió al descansillo y allí se detuvo y se volvió para la despedida. Ella dio dos pasos y le tendió la mano. «Muchas gracias», susurró. Él sonrió quitando importancia. «No es nada», dijo, y empezó a bajar las escaleras. Estaba ya al final del primer tramo cuando Martina se asomó al pasamanos y le preguntó: «¿Y si sabemos algo de mi tío Joaquín, cómo te avisamos?». Matías volvió a subir, sacó la agenda y apuntó su teléfono. «Vivo por aquí cerca», dijo al entregarle la hoja. «Entonces ven a vernos alguna vez», dijo ella. Él comenzó otra vez a bajar. «¿Lo harás?», preguntó Martina. Matías se quedó en posición de descenso. De pronto se sintió audaz. «¿Debo volver?» «No sé, tú sabrás», dijo ella. «¿Yo? Bueno, esperaré tu llamada», fueron sus últimas palabras.

VI
El reino secreto

Matías pasó el fin de semana yendo y viniendo por la casa, sin saber qué hacer, con la mente cegada por los extraños sucesos que le habían ocurrido últimamente y que habían venido a alterar la lisura de sus hábitos y hasta de su carácter. Le parecía mentira que esas cosas le hubieran sucedido precisamente a él. Nunca había habido episodios excepcionales en su vida. Y eso se debía a que, en parte, él mismo lo había decidido así. Porque uno no puede escapar a su destino, pensaba, pero sí crear circunstancias propicias o adversas a las veleidades del azar y calibrar por tanto el grado de incertidumbre que mejor le convenga. Ahora, sin embargo, se había visto envuelto en vicisitudes que no sabía si atribuir a la fatalidad o a su propio albedrío. Su gesto de magnanimidad le parecía a veces un acto poco menos que heroico, pero apenas se ponía a analizarlo más de cerca, descubría en él un fondo turbio de alarde, digno de lástima antes que de alabanza. Por otra parte, quién sabe si no habría sido víctima de un timo no mucho más noble o más sutil que el de la estampita, cuyo cebo no era un tonto sino una muchacha angelical. A saber dónde iría a parar aquel dinero. Y lo que se habrían reído de él, de aquel cincuentón rijoso, Martina la primera, en cuanto desapareció escaleras abajo. Ahora quizá tendría que comprarse un automóvil más barato, aunque solo fuese para expiar aquel acto desvergonzado de altruismo.

Pero lo peor sin embargo era el recuerdo de Martina. Deseaba sinceramente que su mísera peripecia hubiese llegado ya a su desenlace, pero aún era más fuerte la esperanza de volver a ver a aquella muchacha a la que no había forma de expulsar de la mente. Se distraía un momento de la realidad, y ya estaba allí ella, seria o alegre, huraña o confiada, hablando a lo lejos con el niño o muy cerca de él, susurrándole en la oreja palabras ininteligibles pero que por el tono algo tenían de equívocas, y que enseguida se confundían con los ruidos que estuviese oyendo en ese instante. Tan pronto la olvidaba del todo como recordaba detalles mínimos en los que no era consciente de haber reparado en su momento: un prendedor que llevaba en el pelo, un colmillo un poco desalineado, una heridita en una mano. Era como una imagen desenfocada que se iba corrigiendo hasta la nitidez y que luego otra vez volvía a difuminarse. Sin embargo, estaba convencido de que el lunes, en cuanto se abandonara a la rutina laboral y recuperase la mansedumbre de sus hábitos, con solo eso, comenzaría también a olvidar aquella experiencia inquietante. Y así fue, porque al rato de haberse sentado en su mesa y de concentrarse en el ordenador, ya se sintió envuelto en las dulzuras del orden, y cuando quiso recordar a Martina, la vio muy lejos en la memoria, ajena e irreal como en un sueño.

Pero aquel mismo día, a la hora de la siesta, mientras estaba adormecido en el sofá viendo una sesión de dibujos animados, sonó el teléfono. Entonces comprendió que había estado esperando y temiendo esa llamada desde que llegó a casa el viernes por la noche, y se sintió perdido y redimido, y supo que en cuanto oyera su voz volvería a encontrarse indefenso ante lo que parecía una orden inapelable del destino, que quizá lo requería a escena después de tantos años de indolencia sentimental. Pensó incluso (y se acordó de Ulises ante las sirenas) en seguir tumbado en aquel margen seguro de la vida, desoyendo los cánticos y rehusando la invitación a los placeres, y también a los riesgos, de la contingencia y del futuro. Pero enseguida supo también, como los héroes trágicos, cuál era su deber. Se sintió muy cansado, y le costó un triunfo incorporarse. En pocas palabras, Martina le comunicó que hoy mismo habían podido al fin hablar con el padre y que tenían noticias acerca de la identidad y el paradero de Joaquín Gayoso.

Así empezaron las visitas. El padre no estaba muy seguro de que el soldado que aparecía en la foto que había llevado Matías fuese su primo Joaquín Gayoso Hurtado. «Por su forma de estar parece él, pero por su modo de ser parece otro», fue todo cuanto dijo. Lo que sí consiguió recordar es que la calle donde vivía su primo tenía nombre de pájaro. «Calle del Águila o del Cisne», precisó el primer día. Pero poco después empezó a dudar y a extenderse a los ángeles y a los insectos voladores, calle del Escarabajo o del arcángel San Miguel, si es que no era algo relacionado con la aviación, pero en cualquier caso tenía que ver con el aire y el arte de volar, eso seguro. Luego recordó, esta vez con toda certeza, que al lado mismo del portal había un bar de ambiente andaluz con una cabeza de jabalí que tenía colgado en cada colmillo un par de castañuelas. Después se acordó de que su primo Joaquín había muerto hacía ya por lo menos diez años. Luego que no, que lo que ocurrió en realidad es que la hija trabajaba en un ministerio y la trasladaron a Galicia y él se marchó con ella, a un pueblo cuyo nombre no recordaba pero que empezaba por eme y tenía una te en algún lado, eso seguro. Martina llamaba entonces a Matías y Matías acudía allí, un día y otro día, a recibir y a evaluar la información. Y cuando al fin abandonaron las pesquisas y decidieron esperar a que el padre, en algún rapto de lucidez, tuviera algún recuerdo significativo, para entonces, las visitas se habían convertido ya en costumbre. «¿Usted tiene familia?», le preguntó doña Paula uno de los primeros días. «Pues no, no me queda nadie.» «Entonces venga usted por aquí cuando quiera y considérese como en familia.» Así que dos y hasta tres veces por semana, incluido algún domingo, Matías aparecía a media tarde y entraba en aquel saloncito mísero con la floja majestad de un padre de familia que regresa al hogar tras una jornada agotadora. Y todos los días llevaba algún regalo, una especie de tributo u ofrenda para el mantenimiento de un orden cuyas reglas no se habían revelado aún: objetos decorativos para la casa, una caja de pinturas para Martina, un bolso para doña Paula, flores y bombones para miss Josefina, dulces o galletas para la señora Andrea, y de vez en cuando una cantidad en metálico, para gastos de comunidad, que decía haber conseguido de la Fundación.

Las reuniones, por lo demás, carecían en apariencia de encanto y de secreto. Dedicaban las tardes a analizar las noticias que iban llegando de los dos Joaquines, a ver y a comentar algún programa de televisión, a hablar de asuntos ocasionales o genéricos, a jugar a las cartas, a escuchar algún disco de miss Josefina o a entregarse sin más a la modorra o al ensueño. Luego empezaba a oscurecer y la penumbra diluía las caras y los gestos.

Entonces el ambiente se saturaba de melancolía y, si alguien decía algo, las palabras sonaban con una lejana pureza de timbre que parecía irreal, y los demás sufrían al oírlas un leve sobresalto. Más tarde, cuando en la soledad intentaba Matías recordar aquellas lánguidas veladas crepusculares, se le representaban como un sueño esfumado donde solo Martina adquiría a veces unos contornos definidos. Su vitalidad todavía no domada la impulsaba a moverse y a cambiar cada poco tiempo de postura, se ponía de rodillas en la silla, se sentaba sobre una de sus piernas, adoptaba repentinos escorzos sicalípticos, colocaba la puntera de los zapatos en el borde del asiento y se abrazaba a sí misma hecha un ovillo, o de pronto se desperezaba con las manos cruzadas en la nuca y el busto tenso y ofrecido en todo su incierto apogeo juvenil. Pero si es casi una adolescente, se decía Matías, y para no sucumbir a la indignidad del deseo, se obligaba a admirarla con el candor estético con que hubiera contemplado la gracia de un animal o de una flor.

Otras tardes o en otros momentos, sin embargo, se comportaba con una madurez acaso también impropia de su edad. A veces se quedaba pensativa, inmóvil, un poco huraña en su abstracción, y a él le hubiera gustado acompañarla por aquellas regiones sombrías y compartir con ella una tristeza que tenía la grisura inconsolable de una tarde de lluvia. Por un instante se le pasaba por la mente la idea terrible y prodigiosa de estar enamorándose, a sus años, de aquella muchacha a la que apenas conocía, y aunque la rechazaba con miedo y escándalo, como la imagen diabólica de una tentación, la sospecha volvía de nuevo a él con una humildad inapelable de hijo pródigo. ¿Sería posible que lo que sentía tuviese algo que ver con el amor? Porque a veces, cuando tenía que trabajar o cuidar al niño, Martina abandonaba la salita después de unos minutos de cortesía e iba a instalarse en la otra habitación, y por la cortina entreabierta él veía sus manos manejar bajo el flexo los pincelitos de pintura, su perfil ensimismado entrando y saliendo de la luz, y de pronto le parecía que aquella imagen era el fantasma de su ausencia: que Martina se había ido de viaje muy lejos y que él, más que mirarla, la estaba rememorando en esta otra parte inhóspita del mundo. Se sentía entonces desdichado como un muchacho inerme ante el absurdo de la vida. A veces se hacía de noche y ella no regresaba de aquel lugar remoto. Llegaba la despedida, se levantaban todos de la mesa y ella seguía concentrada en su cerco de luz, como si habitase en otra dimensión del tiempo o de la realidad.

Un extraño y un viejo, eso debía de ser él para ella, pensaba, uno de esos hombres de edad indefinida pero viejos al fin, que hablaba de cosas pertenecientes a un pasado ya muerto y cuyo temperamento sosegado se confundía con el de las dos o tres ancianas que solían completar la tertulia. Y cuando ella, porque así lo había decidido la costumbre, lo acompañaba hasta la puerta del piso, él seguía sus pasos por el corredor viviendo anticipadamente la angustia que, nada más salir a la calle, le inspiraría su ausencia. Y otra vez volvía a pensar en el amor al descubrir que la nostalgia de Martina era más punzante cuando ella estaba presente que cuando la evocaba en las noches solitarias de su madurez. Allí, en el espacio inmune de la memoria, Martina alcanzaba una realidad y un peso existencial que no poseía, o él no acertaba a percibir, cuando estaba junto a ella.

O quizá no era amor, quizá solo se trataba de una de esas ilusiones tardías que tanto y tan ridículamente se parecen a los idilios primerizos, pero el caso es que enseguida se sorprendió a sí mismo esperando las reuniones como si fuesen citas amorosas, y acudiendo a ellas como si en cada encuentro hubiera de decidirse su destino. A veces se miraban y se sostenían la mirada un instante, solo un instante, porque Matías bajaba de inmediato la vista con una tímida sonrisa de disculpa. A veces, en algún remanso de la conversación general, hablaban brevemente entre ellos, apenas unas frases de circunstancias a las que luego Matías les sacaba segundos sentidos, igual que a las miradas, y siempre creía descubrir matices de afecto o de desdén, de insinuación o de mero candor, de modo que tan pronto se llenaba de pesadumbre como de esperanza, y no había día que no se planteara y pospusiera para mañana la decisión irrevocable de no volver nunca más por allí.

Pero luego las cosas se fueron enredando. Una tarde dijo miss Josefina: «¿No te importaría que viniera alguien que quiere darte personalmente las gracias por tu generosidad?». A Matías, aunque no le gustaba tratar con desconocidos, no le importaba, así que miss Josefina salió un momento y volvió acompañada por un hombre vestido reglamentariamente de chino, con los bigotes lacios y colgantes, y una coleta, y las manos ocultas y cruzadas en las mangas de una túnica mugrienta de seda bordada de garzas y junqueras, que saludó con una reverencia y dijo llamarse Chin Fu, aunque nada más sentarse confesó que su verdadero nombre era Juan Hontecillas y que era natural de Aranda de Duero. Y contó que, allá por 1962, trabajó de extra en la película *55 días en Pekín*, con Sofía Loren, Charlton Heston y David Niven, que se rodó en los alrededores de Madrid, y que desde entonces, y a falta de un destino mejor, decidió quedarse ya de chino, con trenza y nombre chinos y vestimenta china, lo cual al fin y al cabo era una profesión tan digna como cualquier otra, y más en su caso, que no tenía oficio y que de pequeño había deseado ser actor. De modo que ahora tenía sesenta años y trabajaba en la calle haciendo juegos de magia, echando fuego por la boca, vendiendo sombrillas chinas de juguete y remedios hechos de huesos de tigre para todo tipo de dolencias, hablando sin la erre y saludando al respetable con zalemas chinas.

—Ya ve usted, don Matías, lo que inventa la gente para no trabajar —dijo doña Paula.

Era un hombre de aspecto sucio y malcarado, y cuando hablaba en su buen castellano de Burgos había en su impostura algo de innoble y hasta ruin, pero luego, tras contar su historia, se sumió en un silencio profundo, en una actitud serena y extática, y entonces pareció dignificado verdaderamente por una dulce y misteriosa sabiduría oriental. Al despedirse, dijo: «Es usted un gran hombre, señor», y Matías bajó confundido la cabeza y se llevó una mano a la cara para esconderse del elogio. «Ya ve cómo le quieren aquí», dijo miss Josefina.

A partir de ese día, a veces se agregaba a la tertulia algún otro morador del piso que quería conocer a Matías y mostrarle su gratitud. Vino Louly Salek, el mauritano que vendía alfombras por las calles; vino un marroquí de cara impenetrable que regentaba un tenderete callejero compuesto por una silla de lona y una mesa plegable donde expendía tabaco rubio de contrabando, caramelos, chicles, preservativos y mecheros; un lituano que había sido marino y ahora vivía de rebuscar cartones por las calles con un carro de mano; un valenciano jorobado y manco que se dedicaba a la reventa de entradas de fútbol y de toros. Un día llegó un joven portugués de una belleza triste y enigmática, y muy frágil, vestido con un traje marrón de cutí, lacito negro al cuello y zapatos modestos y lustrados. Se sentó como un niño en una reunión de adultos, dijo con un hilo de voz, «boas tardes», y ya no volvió a despegar los labios. Cuando se fue, a Matías le contaron que aquel joven, que se llamaba Toniño, era la persona más desamparada para la vida que nadie pudiera imaginarse. Sus manos finas y pálidas eran más propias para la música o la religión que para manejar herramientas o cargar pesos, y por eso su campo laboral era muy restringido. Había intentado tocar un instrumento musical. Pero para la flauta le faltaba aliento, para el acordeón envergadura, para la guitarra energía, y tenacidad y brío para el tambor, y solo con el violín había conseguido tocar algo, pero enseguida la música se le desmayaba como un agua inestable incapaz de hacer cauce. Parecía condenado a la más absoluta indigencia, pero una tarde de lluvia, hambriento y extenuado por sus correrías inútiles en busca de trabajo, se refugió en un portal a esperar que escampara. Estaba ya oscureciendo cuando sacó una mano para comprobar si había cesado ya la lluvia, y en ese instante un matrimonio mayor que venía del brazo vio su cara en la penumbra del portal y el hombre se detuvo sobrecogido, buscó en el bolsillo, sacó un billete de mil pesetas y se lo puso en la mano al tiempo que decía: «Que Dios te ampare, hermano». Toniño se quedó sorprendido, con el billete en la mano y con la certidumbre de que acababa de ocurrir un milagro. Luego empezó a darle vueltas a una sospecha absurda. Se apostó bajo un farol, esperó a que pasara un transeúnte y le tendió la mano. El transeúnte pasó de largo sin mirarlo. Pero el siguiente sí, el siguiente lo miró y, al ver su cara tan hermosa y tan triste, rebuscó en la chaqueta y le dejó en la palma unas monedas. Y así fue como se convirtió en un artista de la mendicidad. Buscaba lugares discretos, esperaba la llegada de un viandante y le tendía disimuladamente la mano al tiempo que le mostraba su rostro arrasado por aquella tremenda melancolía portuguesa.

120

Y una tarde apareció también por allí Miriam, la madre del niño. Era muy flaca y vestía una falda estrecha y una blusa ceñida de colores chillones, fingiendo exuberancia. Venía con mucha prisa. «¡Uy, qué señor tan guapo!», dijo al ver a Matías, y Matías se sintió ofuscado aunque también vagamente orgulloso de que le hubieran hecho aquel halago delante de Martina. Y aparecieron otros que no tenían historia, ni habilidades, ni signos memorables. Eran en general gente callada, con esa expresión de asumido estupor que otorga la clandestinidad y la miseria, y al verlos entrar y saludar con cabezadas de pleitesía y frases de elogio y de agasajo, a Matías le parecía que era un maharajá recibiendo en el salón del trono el homenaje de sus súbditos. Y de esa manera, sin saber cómo ni en qué sucesión de fechas imprecisas, se vio convertido en monarca de una especie de pequeño reino secreto, en luz y norte de un lugar mínimo y recóndito donde ya casi todos lo conocían por su nombre y lo recibían con reverencias y sonrisas. «Ha venido don Matías», o «ese es el señor Moro, el de la Fundación», oía cuchichear a su paso, como si lo anunciaran, y alguna puerta se entreabría para verlo pasar y ofrecerle frases y venias de gratitud y de respeto. Y él cruzaba saludando a un lado y a otro, todavía no consciente del entramado de conjeturas y esperanzas que se estaba fraguando en torno a sus idas y venidas, haciendo cortesías con la cabeza, primero tímido y azorado y luego con una cierta blandura eclesiástica, e iba a ocupar la poltrona de mimbre que doña Paula y miss Josefina lo habían obligado a aceptar desde el primer día, y que ya le tenían dispuesta frente al café, los dulces y las botellas de licor. Con un sentimiento de temor y extrañeza, se preguntaba si él no sería para aquella gente algo más que un benefactor providencial: un ser llegado misteriosamente de otras latitudes y revestido de poderes que quizá no se habían manifestado aún en todo su esplendor. «¿Es cosa de los católicos esa Fundación?», le preguntó un día doña Paula. Y él, «bueno, no exactamente», dijo. Y ella: «¿De los comunistas entonces?». Tampoco exactamente, y ya iniciaba un gesto precursor de la vaguedad que pensaba darle a la respuesta, cuando intervino miss Josefina con tono concluyente: «Será alguna gran empresa que destina al auxilio social una parte de sus beneficios». Sí, en efecto, de algo así se trataba, concedió Matías con una sonrisa de alivio.

Aquel hubiera sido un buen momento para contar la verdad pelada, para decir que él era un simple empleado que había tenido un arranque de munificencia, solo eso, y a punto estuvo de decirlo para acabar de una vez con un equívoco que ya empezaba a ser inquietante, pero no se atrevió porque, después de su alarde de altruismo, aquella confesión hubiera sonado a burla o a jactancia. Trabajaba en una asesoría financiera y jurídica, ya lo había dicho el primer día, y ahora solo quedaba sustentar el enredo o huir de allí para siempre. Y no solo por el enredo, sino también porque aquellas visitas debían de parecer un tanto sospechosas. Seguro que ya todos sabían o barruntaban que él no iba allí por ningún asunto concreto, ni siquiera para informarse de las novedades que se producían en torno a aquel Joaquín Gayoso del cual ya apenas si se hablaba, y que solo Martina, qué otra cosa iba a ser, podía explicar su continua presencia en un lugar así. Debería huir de aquí cuanto antes, pensaba a todas horas. Pero volvía, y se iba dando plazos para tomar una decisión que sabía ya terminante y cercana, y a veces, mientras trabajaba en la oficina con su mansedumbre habitual, pensaba en qué dirían los otros, cómo sería su asombro y su incredulidad si supieran que a la tarde él se encaminaría a cierto lugar donde era recibido con honores y finezas de gran señor. Que, como Castro, él era también soberano de un reino secreto, y miraba a Martínez, a Bernal, a Pacheco, cada cual inmerso en su tarea y en los límites angostos de su condición, y entonces suspendía las manos sobre el teclado y se quedaba absorto, lleno de miedo y de una mínima esperanza innombrable, pensando que ya era hora de ir acabando con aquel devaneo sentimental y volver a su vida placentera y segura de siempre.

Un día la encontró sola en casa. Doña Paula y miss Josefina habían salido a dar un pésame y aún tardarían en volver. Matías se sintió angustiado ante aquella situación imprevista. Declinó la oferta de instalarse en la sala y tomar café, y ya iba a marcharse con el pretexto de una gestión urgente, cuando en el último instante se animó a pedir permiso para sentarse en el otro cuarto y verla trabajar.

—Siempre he admirado a la gente que tiene un arte manual —dijo por decir algo, mientras iba tras ella intentando darle a sus pasos una cierta desenvoltura juvenil.

—Bueno, en realidad no hay nada que ver. Se trata solo de colorear las figuritas según el mismo modelo siempre —dijo ella, rodeó la mesa, esquivó los ángulos con un quiebro de cadera y empezó a trabajar.

Él ocupó la silla de enfrente y, como la luz del flexo le dejó la cara en la penumbra, por primera vez pudo contemplar a Martina con una desahogada impunidad de espectador. Llevaba una camiseta negra sin mangas y él vio en los hombros la pureza apenas accidentada de su piel, el vello mínimo y dorado en los antebrazos, sus dedos un poco escolares que acaso contenían la posibilidad de caricias cuya sola sugestión le producía incredulidad y dolor. De nuevo intuyó que no era exactamente guapa sino que más bien poseía un atractivo y una gracia que no existían del todo por sí mismos pero que estaban allí disponibles para quien quisiera descubrir o inventar por propia cuenta la hermosura. Observó su rostro sereno y absorto y pensó que había algo en ella que le daba un aire equívoco de madurez. ¿Cuántos años tendría? ¿Diecisiete, dieciséis, diecinueve? Con mucha parsimonia, sacó un cigarrillo, consideró la posibilidad de encenderlo y acto seguido lo dejó cuidadosamente sobre la mesa, junto al mechero y al llavero, y se echó atrás, como contemplando el valor decorativo del conjunto. ¿Cuántos?

—Voy a cumplir diecinueve —dijo ella, y se quedó con los labios en la posición de la última sílaba, como si su respuesta hubiera sido un sueño que ahora intentaba recordar.

Matías agradeció poder hablar desde la penumbra. Se aclaró la voz.

—Diecinueve. Es curioso —dijo, y sintió que las palabras estaban allí, a su alcance, como objetos sencillos y fáciles de asir y manejar—, porque unas veces pareces pequeña, y otras veces mayor. Ahora por ejemplo estás ahí tan seria que parece que tienes veinticinco años, o treinta, o qué sé yo. No sé cómo explicarlo.

Ella parpadeó, lo miró con el pincelito suspendido en el aire y luego sonrió con una especie de tristeza crónica, como si la

123

sonrisa fuese la sombra que proyectaba en su cara alguna decepción ya irreparable.

—A mí de niña me pasaba igual. Cuando tenía ocho o nueve años me parecía que era ya muy vieja y que pronto me iba ya a morir.

—¿Y ahora?

—¿Ahora? No sé. Me da un poco igual. Tengo dieciocho años y no he hecho nada en la vida. Supongo que cuando tenga treinta o cuarenta seguiré aquí pintando muñequitos.

—Ah, no, seguro que no —protestó Matías, y adentró una mano disuasoria en el cerco de luz—. La vida... No sé cómo decirte. A veces parece que no pasa nada, es como un barco de vela que se para por falta de viento, ¿no?, pero luego de pronto hace otra vez aire y empiezan a ocurrir cosas —y se puso a manotear para explicar el símil—. Eres muy joven y muy guapa y tienes toda la vida por delante. Te casarás, tendrás hijos, serás feliz y vivirás muchos años. ¿No te ha leído el porvenir miss Josefina?

—Sí. Ella siempre me dijo que me casaré con un hombre serio que llegará al atardecer de un día impar silbando sin paraguas debajo de la lluvia. De pequeña, cuando llovía, yo me ponía a escuchar por si alguien se acercaba silbando, y alguna vez hasta me imaginaba que ese hombre iba a ser Harrison Ford. Y a ti, ¿no te leyó también la mano?

—Sí, a ver si me acuerdo de lo que me dijo —se animó Matías—. Me dijo que me casaré con una mujer joven que habla muy bajito, que se muerde mucho los labios y que es dulce como, como la miel del tomillo. Sí, eso me dijo exactamente.

Ahora sí encendió el cigarro, porque empezaba a sentirse a gusto, y las palabras le salían naturales y fáciles. Luego apoyó los codos en el borde de la mesa y esperó a que el humo perfumase el aire y le nublara el rostro.

—Desde entonces la estoy esperando —dijo.

—¿Lo dices en serio? ¿Tú crees en el destino?

—No sé, hay cosas que ocurren por el destino y otras que no. Por ejemplo, si no fuese por el destino no estaríamos ahora aquí hablando del destino. ¿Y tú?

—Yo no sé. Mi padre odiaba a quienes creían en el destino y en los dioses, y en los horóscopos y en la magia y en todo eso. A miss Josefina no podía ni verla, y ella solo venía a casa cuando él no estaba. Él decía que el hombre ya tiene bastante desgracia con existir para encima tener que soportar a los dioses. Y que el destino esclaviza a la gente. Y sin embargo... —y se mordió los labios, se quedó un instante abstraída y al final denegó con la cabeza como si rechazara un pensamiento absurdo—. Bah, es una chorrada.

—No importa, cuéntamela de todos modos.

—Bueno, es una cosa muy extraña —dijo ella, y reanudó el trabajo, pero muy despacio, como si la materia que coloreaba con el pincel fuesen ahora sus propias cavilaciones—. Yo tenía ocho o nueve años y una tarde mi padre me preguntó, no sé por qué, porque él nunca hablaba conmigo, me miraba como si no me conociera, y a veces se quedaba como sorprendido de verme allí, pero nunca me preguntaba nada. Y entonces me preguntó qué había aprendido ese día en el colegio. Y yo había aprendido una fábula, esa de la rana que al cambiar de charca la atropella un carro. Él me pidió que la contara y yo se la recité, porque la tenía copiada en el cuaderno, y hasta le enseñé el dibujo que había hecho de la rana al salir de la charca. Me acuerdo que me temblaba la voz porque a mí mi padre me daba mucho miedo. Pero le recité la fábula y le enseñé el dibujo, y él al final se quedó muy serio, con aquella seriedad suya, que parecía que le habían ofendido, y me dijo: Sigue. Ya se acabó, le dije yo. ¿Cómo que se acabó?, dijo él, y arrugó la cara muy extrañado y se me quedó mirando de perfil. ¿Quieres decir que ese es todo el cuento? Entonces yo le expliqué la moraleja, le dije que si estás bien en un sitio no merece la pena ir a otra parte. Pero él no entendía. Y entonces va y dice: Ese cuento está cojo, porque si la rana muere al cruzar el camino, entonces no se sabe si le hubiera ido mejor o peor en otro sitio. ¿Cómo va a saberse si no le dan la oportunidad? Mi madre, que se sabía también la fábula, se metió entonces por medio diciendo que esa era precisamente la gracia de la historia, pero no pudo seguir porque mi padre le dijo sin mirarla ni subir la voz: Chisss; tú, mutis. Y no sé por qué me acuerdo ahora —y dejó de pintar y fijó los ojos en el horizonte de la memoria— que mi padre decía que las mujeres de ley eran las que se iban encogiendo hasta hacerse muy pequeñas y más pequeñas todavía, tanto que luego venía un día el viento y se las llevaba por el aire y desaparecían para siempre. Esas son las verdaderas mujeres, decía. Y esa tarde mi padre iba vestido con el mono, las botas de agua y una gorra de visera de la Caja Postal, que ya no se quitaba ni para estar en casa. Y tenía también un palillo entre los dientes y una barba sucia de no sé cuántos días. Y yo seguía de pie ante él y él se quedó callado mucho tiempo, con la cabeza caída, como atormentado, hasta que al final subió la cabeza y abrió al mismo tiempo la boca y los ojos y se llevó el dedo a la frente como si se le hubiera encendido una bombilla en el cerebro, y dijo: Ah, coño, ya voy entendiendo. Es el destino el que atropella y acaba con la rana, ¿no es así? Claro, claro, cómo no haber caído que es el diablo del destino el que anda detrás de todo esto. Y ahora comprendo además otra cosa. ¿Tú sabes quién es en realidad el carretero? ¿No? Pues yo te lo diré: el carretero no es otro que el mismo inventor de la historia. ¿Cómo se llama el fabulista? Félix María Samaniego, leí yo en el cuaderno. Pues entonces ahí tenemos la solución. A la rana la atropella ese canalla y no el carretero y mucho menos el destino.

Martina hablaba bajito con su voz grave y cálida, y a veces hacía una pausa y se mordía las uñas para orientarse en la historia y ayudarse a encontrar las palabras precisas. Entonces Matías, que escuchaba muy atento y que iba colaborando en el relato con leves cabeceos, amagaba una sonrisa para animarla a seguir adelante.

—Luego se sentó y se puso los puños en la frente para pensar con más fuerza y se quedó callado mucho tiempo. Y de pronto se levantó y empezó a pasearse con sus botas de agua por esta misma habitación, con pasos muy largos, y a decir a voces que, si todo era cosa del destino, entonces el cuento tenía que continuar con el carretero. Porque vamos a ver, dijo, si la casualidad une el destino de la rana al del carretero, entonces es lógico y justo suponer que el destino del carretero estará también unido a otro, y ese otro a otro, y así siempre hasta que todas las pobres criaturas del mundo, personas y animales, estén prisioneras dentro de esa jodida fábula. Porque ese cuento está envenenado en su misma raíz, y es la cosa más monstruosa y depravada que, fuera de la invención de los dioses, haya podido nunca concebir un hombre. Eso mismo dijo, y ahí se echó a llorar. Pero no era lo que se dice un llanto sino una mueca que le cogía toda la cara y que le hacía como una máscara horrorosa. Y dijo: Lloro por la rana y por ti, lloro por todas las criaturas inocentes que no están todavía corrompidas por las fábulas y las religiones. Entonces volvió a sentarse y me cogió por los hombros y me estuvo abrazando mucho tiempo y diciendo pobre hijita mía, pobre ovejita mía que ya la han trasquilado y puesto su esquilita, pobre ranita ya en su charquita cautiva para siempre, y no paraba de llorar. Me acuerdo que el aliento le olía a coñac y a tabaco rancio. Y me dijo que el destino no existía, que era un cuento para asustar a la gente. Y entonces cogió el cuaderno y el lápiz y escribió en una hoja nueva: «El destino es el nombre sagrado que se le da al desorden». Y esa misma noche, le oí hablar y hablar con mi madre en la cama hasta muy tarde, dándole vueltas a la fábula y a cómo en las escuelas pervierten a los niños y los educan para la esclavitud. En las escuelas están haciendo sacrificios humanos a los dioses, recuerdo que repitió dos o tres veces. Y esa es la historia. Y no sé por qué, la noche aquella de la desgracia me acordé de la fábula y me pareció que mi hermano era la rana y mi padre el carretero, y que sus vidas se habían cruzado para que el destino de los dos pudiera cumplirse. Era como si el destino se hubiera burlado de mi padre. Y también me acuerdo mucho de aquello que dijo de que todo lo que pasa en el mundo está incluido en la fábula de la rana.

Matías guardó un largo silencio de condolencia.

—No sé, es todo tan misterioso —dijo al fin—. Porque fíjate que aquella noche yo pasaba casualmente por la calle, y también por casualidad oí el nombre de Joaquín Gayoso, y a lo mejor resulta que sí, que mi padre, y el tuyo, y el primo de tu padre, y tu hermano y tú y muchos más, estamos todos unidos por un mismo destino.

En ese instante se percibieron pasos en el corredor y enseguida se oyó la voz de doña Paula.

—Las cosas, como las cerezas, nunca vienen solas, ¿no crees?

Pero Martina parecía no escuchar. Se había quedado ensimismada, mirando al vacío, y así siguió hasta que Matías le pasó una mano por los ojos, como si la desencantara de una hipnosis: «¿No crees?», y ella sonrió y se mordió avergonzada la sonrisa y, en el mismo momento en que se oía el forcejeo de la llave en la cerradura, reanudó el trabajo, pero ya distraída, insegura, como si todavía estuviese bajo los efectos narcotizantes de la evocación.

Eso fue lo que Martina le contó la primera vez que hablaron a solas. Luego hubo otras ocasiones. Cuando doña Paula se adormecía o se concentraba en algún programa de televisión, y animado por miss Josefina, que con un lento y profundo cerrar de ojos parecía hacerle una seña de conformidad, él se trasladaba al otro cuarto, y si estaba el niño, ayudaba a entretenerlo con los pocos juegos y cuentos que recordaba de su infancia, y si estaba sola, se sentaba al otro lado de la mesa, en la penumbra, encendía un cigarrillo y preguntaba cualquier cosa acerca del trabajo, como si fuese la curiosidad por la artesanía lo que justificaba su presencia allí, frente a aquella criatura fascinante. Luego, su curiosidad se extendía hacia otros asuntos de interés. A veces no sabía qué decir, y entonces el silencio se convertía en un abismo infranqueable. Pero otras tardes la conversación fluía con una levedad casi milagrosa. ¿Siempre le había gustado la pintura? Siempre. Ya de pequeña le hubiera gustado estudiar Bellas Artes y llegar a ser profesora de dibujo. ¿Y otras cosas, los libros, el cine, el teatro, la música? La música y el cine sí, pero leer había leído muy poco, solo por encima y de mala gana los libros que le mandaban en el instituto, y en cuanto al teatro, fue una vez de pequeña, la llevaron en el colegio, y lo único que recuerda es que salía un duende vestido de hojas verdes y con las orejas picudas que aparecía y desaparecía, y que con su magia era capaz de dormir a la gente, y de enamorar a unos de otros, y de cumplir todos los deseos que su amo le mandara. ¿Y qué elegiría ella si se le apareciese el duende y pudiera hacerle una única petición?

Martina cambió bruscamente de posición, se subió el flequillo con un gesto de enfado y resopló: ¡eran tantas las cosas que podía pedir! Dudaba entre ser profesora de dibujo o ser muy rica para poder viajar y vivir donde se le antojara. ¿Dónde por ejemplo? Martina se rascó furiosamente las palmas de las manos.

—¿Dónde? En muchos sitios, pero sobre todo en Nueva Orleans —dijo.

Matías hizo un gesto de asombro y ella entonces contó que cuando su hermano era marino le mandaba tarjetas postales de todos los lugares del mundo, y que una vez por su cumpleaños recibió una de Nueva Orleans donde se veía junto al río Mississippi una casa amarilla de dos plantas, y en la de arriba había una galería con grandes ventiladores de madera, y unas mesas blancas de hierro que parecían de encaje, y sentada en una hamaca en el porche había una mujer negra muy vieja fumando en una pipa de maíz y mirando al río, donde se veía uno de esos barcos con una rueda atrás, como las norias. «Muchas felicidades y que seas tan feliz como esa mujer», había escrito su hermano. Y desde entonces ella pensaba que, si viviera en esa casa, sería en efecto muy feliz. Pondría en marcha los ventiladores y se sentaría en el porche al atardecer a fumar en pipa y a ver pasar los barcos. Aunque a veces no sabía qué era mejor, si estar allí sentada o ir en el barco y ver la casa y a la vieja en la hamaca desde lejos, cada vez más pequeñas.

—Yo tenía entonces diez años y creía que la vida me tenía reservada una gran sorpresa.

Dudó un momento, miró a Matías sin levantar la cabeza, se golpeó los dientes con el cabo del pincel y dijo:

—¿Y tú, qué le pedirías al duende?

Matías retrocedió un poco más en la penumbra y se llevó una mano a la cara. Se tocó las mejillas como un ciego que explora la forma de un objeto. Notó al tacto los años, la blandura marchita de la carne, la desnudez indefensa y un poco obscena de sus rasgos. Quería hablar, decir algo, pero el aire le había formado una burbuja en el estómago y le daba la sensación de que iba a ponerse a flotar de un momento a otro. Pensó: si yo tuviera valor o esperanza, le diría: conocer el amor, que quizá sea más dulce y profundo a estas alturas de la vida; ese sería mi único y gran deseo. Pero no: esperó a sosegarse y luego se removió en el asiento como anunciando así la humildad de su propuesta.

—Yo estoy más o menos contento con mi vida, y lo único que le pediría es seguir así muchos años.

—¿Solo eso?

—Bueno... —dijo Matías, pero no supo cómo continuar y se hizo un silencio que parecía definitivo.

Además de viejo, pánfilo, pensaría ella. Entonces se acordó del coche nuevo que iba a comprarse y del viaje que estaba planeando para las vacaciones del verano. Recordó también que, desde hacía algún tiempo, al ir a la oficina se paraba a veces ante el escaparate de una agencia de viajes donde había un cartel turístico que, no sabía por qué, le había atraído desde la primera vez que lo vio. Se veía en él una aldea junto al mar. En el cartel no venía ningún nombre, pero debía de ser el Mediterráneo, y era una aldea de casitas pobres y muy blancas en la ladera pedregosa de un cerro, con chumberas y cabras, y algunas matas floridas de espliego y lavanda, y al fondo el mar y el cielo empapados de luz. Eso era todo, pero a Matías le parecía que era un lugar como hecho a propósito para ser feliz porque sí, sin motivos ni esfuerzo. Pensaba que solo por un sitio como ese se animaría él a abandonar alguna vez su ciudad y su barrio.

Así que le describió la aldea a Martina y le habló de la posibilidad de hacer este verano un viaje en coche por Italia y por Grecia, bordeando la costa, para encontrar la aldea. Sería como un juego, como un viaje policiaco.

—¡Qué divertido! —dijo Martina con un tono de alborozo infantil.

—Pero no sé —y en su voz apareció una sombra de incertidumbre—, no creo que lo haga. Yo soy un poco perezoso para viajar, y además esa es una aventura para compartirla con alguien, ¿no crees?

Y ella sonrió apenas y no dijo nada, y otra vez le pareció a Matías que volvía a ser una mujer llena de una extraña y turbadora madurez prematura.

Y un día y otro día, a ratos perdidos, Matías fue conociendo pormenores de la vida y el mundo de Martina. Prácticamente no había salido de Madrid. Lo más lejos, una excursión que hizo con el colegio a Segovia y a Ávila. Esos eran todos sus viajes. Su vida había sido tan pobre, tan monótona, que (fuera de la noche en que murió su hermano) ahora apenas tenía cosas que recordar. Lo más importante que le había ocurrido fue por ejemplo un día en el circo, cuando los payasos la sacaron a la pista, precisamente a ella entre cientos de niños, a ayudarlos en un número de magia y luego a bailar al son de un mono que tocaba el pandero. O cuando ganó un premio interescolar de dibujo y dijeron en la radio su nombre, y se acordaba de que su madre dio tal grito al oírlo que algunos vecinos vinieron a ver qué pasaba. O el día en que la llevaron al teatro. O la noche lluviosa en que se quedaron sin pan y su padre la mandó a comprar unos bolletes por algún bar de los alrededores, y buscando buscando se alejó tanto que luego no sabía volver y estuvo más de dos horas llorando y dando vueltas bajo la lluvia con el pan hecho sopa, o la tarde también infantil en que un hombre en el cine le puso una mano grande y ruda en las piernas y la tocó bajo la falda sin que ella hiciese nada porque no sabía lo que estaba pasando: esas eran todas sus experiencias y aventuras, dieciocho años para poder contar solo esas tres o cuatro menudencias.

—Seguro que tú, a mi edad, tenías ya un montón de cosas que contar.

Matías se sintió consternado. Pensó que si hablaba de su vida, del panorama no menos yermo de su vida, de sus casi cincuenta años mal vividos, con la agravante de una juventud dilapidada sin riesgo ni fortuna, y sin siquiera el estruendo de una derrota memorable, y si contaba además que ese era el modo de vida que él había elegido y con el que estaba conforme y del que se sentía incluso orgulloso, quizá en un instante dilapidaría también su encanto (que debía de ser el único para Martina) de hombre enigmático y capaz de obrar modestos prodigios, y al que muy bien se le podía atribuir un pasado rico en conocimiento y en sucesos. Abrió las manos y juntó las yemas de los dedos, como ofreciendo por anticipado una imagen didáctica o exculpatoria de las razones que se avecinaban. Luego, en un tono dificultoso, abriéndose paso entre las palabras como si avanzara por un terreno accidentado, dijo que muchas veces el pasado es solo un espejismo, y que los hechos importantes, los viajes, los amores, los fracasos y hasta los éxitos, que tan llamados parecían a perpetuarse, a menudo se olvidan y su lugar lo ocupan episodios ínfimos en los que ni siquiera reparamos en el momento de vivirlos. Porque hay una vida secreta, una trama casi invisible que el destino teje con los mismos hilos del sueño, y que es lo que después recordamos, o más bien intuimos, como nuestra más honda y verdadera biografía. Y entonces sí, amparado en aquella reflexión, se animó a confesar que su vida había sido, y seguía siendo, apacible y monótona. No tenía episodios singulares que contar. Su trabajo era más bien vulgar, vivía solo y desde hacía muchos años no había conocido la amistad ni el amor.

—¿Y no tuviste novia?

—Sí, hace ya mucho tiempo.

—¿Cómo se llamaba?

—Isabel.

—¿Y era guapa?

—Sí, creo que sí. Aunque ya casi no me acuerdo de su cara.

—¿Y qué pasó?

—Pues no lo sé. Aquello se fue apagando sin darnos cuenta, como, como la llama de una vela. Esas cosas pasan.

—Y ahora, ¿eres feliz?

Matías esperó a recuperar el tono entre sentimental y pedagógico que le había dado a su discurso. No estaba muy seguro, ni sabía bien cómo explicarlo. La felicidad era una cosa muy extraña. Se le atribuía una existencia legendaria en reinos lejanos como una casa a la orilla de un río o una aldea junto al mar, pero era muy probable que si cualquiera de los dos se encontrara de pronto en su lugar tan anhelado, diría, bueno, ya estoy aquí, ¿y ahora qué?, y de nuevo se pondría a imaginar otro paraje mágico, igual que aquellos conquistadores que soñaron y gastaron la vida en buscar el Reino de Jauja o la Fuente de la Eterna Juventud.

—No sé, yo creo que la felicidad es una cosa muy sencilla y puede estar en cualquier parte, y no hace falta ir a buscarla lejos.

Hizo una pausa y con un dedo acarició la superficie de la mesa, peinó y alisó reflexivamente la madera como el plumaje de un pájaro dormido. Le estaba saliendo esa tarde una voz dulce y persuasiva y muy bien modulada, y sentía en las yemas de los dedos una percepción casi hiriente al rozar el granulado de la madera. Pensó que lo que estaba contando era verdad pero no era del todo la verdad. Debajo de sus palabras razonables, verídicas, asiduas, latían otras que solo hubieran necesitado la brecha de una pausa sincera para irrumpir en la superficie y devastarla en un instante. Le pareció que lo que decía, aquellos cuatro tópicos trasnochados que solo servían para constatar su evidencia y resignarse a ellos, eran como un dique que retuviera

132

el empuje de aquel oscuro bullir de palabras prohibidas que sentía en la garganta como un ansia que lo incitaba a vomitar su propio cuerpo. Entonces supo hasta qué punto aquella muchacha había venido a alterar inesperadamente la larga apatía del corazón en que vivía desde hacía tantos años. Dio una calada a fondo, echó el humo a lo alto y, con el resto del aire que le quedaba, dijo en un tono casi inaudible:

—Yo ahora, por ejemplo, soy feliz hablando aquí contigo y viéndote trabajar. Pero no sabría explicar por qué —y bajó la cabeza y se quedó pensativo, como haciendo memoria de algún lejano acontecer. Cuando se atrevió a mirar a Martina, ella sonreía levemente sin despegar los labios. Luego se mordió la sonrisa y recuperó otra vez su seriedad un poco huraña. Matías pensó que la belleza estaba en su rostro como el tigre en la selva, presentida y fatal. Se preguntó si debía seguir hablando de la felicidad en general o dejar que el silencio se cargara de alusiones personales. Pero poco después gritó doña Paula:

—¡Niña!, ¿se ha ido ya el señor Moro?

—No, mamá, todavía está aquí.

—Ya decía yo. Creí que me había dormido y que estaba oyéndole hablar en sueños.

Y acto seguido subió violentamente el volumen del televisor.

VII
Jardines portátiles

¿Era feliz?, se preguntaba ahora Matías. Porque desde que había conocido a Martina ya no sabía bien si era feliz o desgraciado, y a veces ambos términos se le confundían en una única sensación entreverada de miedo y de esperanza. Ya no le satisfacían sus pequeñas cosas de siempre. Salía al balcón y los ojos se le estancaban en el aire; veía una película y al rato caía en la cuenta de que le había perdido el hilo porque su pensamiento estaba en otra parte; echaba una partida de ajedrez en el ordenador, y la duda al mover una pieza se hacía enseguida existencial, porque eran otras incertidumbres las que su conciencia en su libre arbitrio estaba dirimiendo. Tan pronto se sumía en un estado de postración como salía a flote con un ímpetu gozoso que se diluía al primer contacto con la realidad.

Quizá aquellos eran los primeros síntomas irreparables del amor. Pero lo que más enredaba las cosas, y mezclaba las aguas del infortunio y de la dicha, era la revelación deslumbrante de un futuro mejor. Él creía haberse reconciliado desde hacía mucho tiempo con un porvenir que no aspiraba a ser sino la beatificación del presente, y se imaginaba una carretera recta y llana, y muy larga, con solo algunos baches y badenes y, de tarde en tarde, algún que otro accidente menor. Esa carretera se desvanecía en el horizonte, y así sería también su vida, un manso discurrir cuyas expectativas se iban colmando en el acto mismo de la andadura. Cada episodio de su vida se deducía del anterior con la fluidez elemental con que se suceden las notas de un aire infantil tocado en una flauta. Eso era todo y no aspiraba a más.

Pero ahora había irrumpido la promesa del porvenir, la tentación de nuevas andanzas, la sospecha de que una parte sustancial de su vida estaba aún por hacer. De pronto pensaba (o más bien sentía el empuje de ese pensamiento vedado intentando abrirse paso en la conciencia con la autoridad de un mensajero oficial) en la posibilidad terrible y prodigiosa de casarse con Martina. Y lo pensaba con más ahínco y fundamento desde que una tarde se encontró con que Martina no estaba en casa. Lo supo al empezar a subir las escaleras. Más que una corazonada, era casi la manifestación física de una carencia, de una alteración perversa en el orden habitual de las cosas. Y, en efecto, no estaba. No se atrevió a preguntar pero enseguida, tras las primeras frases protocolarias, hubo un silencio tan obvio que miss Josefina dijo:

—Martinita ha ido a hacer unas pruebas para cajera en un supermercado.

—Pero no la cogerán —dijo doña Paula—. No la cogerán porque ahora piden para todo idiomas e informática, y ella no sabe nada de eso, y ni siquiera tiene acabado el bachiller.

Hizo una pausa y añadió en un tono desfallecido y fatalista:

—A este paso acabará en la calle, como la pobre Miriam.

Entonces la señora Andrea, que como siempre parecía dormida, dijo desde la soñolencia:

—A lo mejor don Matías puede hacer algo. Quién sabe si en la Fundación no necesitarán una secretaria o cosa así.

Matías dudó entre sonreír o apurarse las comisuras de los labios.

—¿Sería posible eso? —preguntó doña Paula.

—Bueno... —empezó a desvariar Matías.

—Con la ayuda de Dios, Matías hará lo que se deba hacer —zanjó miss Josefina—. Pero es verdad que esa muchacha lo que necesita es un empleo o un marido —y aquellas palabras quedaron resonando como una promesa y a la vez como una amenaza en la mente de Matías, rendida de pronto por igual a la esperanza y al temor.

Esa tarde fue miss Josefina quien lo acompañó hasta la puerta. Se detuvieron en la oscuridad del descansillo y ella entonces se recostó en la pared con una actitud teatral y soñadora:

—Qué linda muchacha es Martina, ¿verdad, Matías? —susurró—. ¡Y qué dulce y abrasadora debe ser en las noches de invierno! ¿Sabes? No sé si contarte un secreto. Hace poco tuve un trance y soñé con vosotros dos. Ibais caminando junto a un cementerio y yo os veía por entre las ramas de los cipreses. Ella iba vestida de blanco y tú de terciopelo. Y tú cogías al paso uno de esos molinillos que echan algunas flores y se lo ofrecías a Martina, y ella soplaba y el molinillo se deshacía y se esparcía por lo alto y luego los copos caían sobre los dos como si fuese nieve. Y los dos reíais como niños. ¿Qué te parece?

Y Matías no supo qué decir.

Así que desde entonces pensaba, a veces sin querer, en la posibilidad de casarse con Martina, por qué no, quizá eso es lo que tramaban secretamente miss Josefina y doña Paula, de redimirla de su destino mísero y llevársela a vivir a casa, y a partir de ahí se ponía a imaginar qué forma tomarían en esa situación sus viejos hábitos o qué otros nuevos adquirirían juntos, y se pasaba el tiempo tratando de adivinar cómo transcurriría la vida en común, con qué criterio se repartirían el espacio, cuál sería el sitio de cada uno en la mesa a la hora de comer, qué cajón del armario del dormitorio tendría él que desocupar para que ella guardara su ropa interior, y qué lugar de la repisa en el cuarto de baño para sus potingues femeninos, y luego estaba su figura traviesa avanzando por el pasillo, su voz grave y cálida sonando en la penumbra, la densidad de su presencia en el aire cuando él llegase del trabajo y entrase en la intimidad de sus nuevos dominios y en posesión de aquella carne inmaculada y trémula, y aquí se detenía, se extraviaba, rechazaba con un gesto de escándalo esa fantasía indigna de galán otoñal.

Un día, instigado por aquel apetito desordenado de dicha, se levantó dispuesto a citarla fuera de casa y a declararse con palabras arrebatadas y sinceras, pero poco después pensó que no, que sería mucho mejor escribirle una carta larga y meticulosa donde explicara y razonara todas las sutilezas de su amor, y que resultase a un tiempo explícita y ambigua, para que, en el caso de no ser aceptado, no fuese tampoco rechazado del todo. Esa misma tarde se puso a escribirla, pero a las pocas líneas se detuvo y durante mucho tiempo se quedó pensativo. ¿Estaba seguro del paso que iba a dar? ¿Quería de verdad embarcarse en esa aventura de la que, una vez satisfecha la carne, quizá no tardaría en arrepentirse? A lo mejor luego añoraba su vida libre de soltero. A él le gustaba vivir solo, asomarse al balcón, hablar en alto con las sílabas al revés, beber, andar en calzoncillos por el piso, hacer morisquetas delante del espejo, ver películas pornográficas que alquilaba en el videoclub de enfrente de casa, hacerse pajas, tumbarse los domingos por la tarde en el sofá y oír el griterío de las retransmisiones futbolísticas. Y siempre tenía cosas exquisitas para comer de cualquier modo y a deshora: aceitunas de varias clases, pepinillos, almendras tostadas, pistachos, ahumados, cuatro o cinco tipos de queso, conservas finas, frutas escarchadas y otros bocados deliciosos. Le gustaba todo eso, y si se casaba, tendría que convertirse en un hombre formal y respetable, y así concluiría su humilde pero bien solazada libertad. Y eso sin contar que tendría que cargar también con doña Paula, que se pasaría el día entero viendo la televisión a todo volumen. Seguro que a ella no le gustaba el fútbol, ni los documentales de depredadores ni las películas policiacas y del Oeste y de ciencia ficción. Y, como Martina tenía algo de pueril, por más que a veces pareciese tan seria y tan madura, era muy posible que en poco tiempo acabara cansándose por igual de aquellas dos mujeres. Y de miss Josefina, y quién sabe si hasta de la señora Andrea, que vendrían a casa todas las tardes para perpetuar allí las veladas de ahora. Pero algo más fuerte que esas amenazas acababa siempre por imponer la misma fuerza irresistible que lo empujaba a subir las escaleras con la lentitud funesta de quien acepta y se somete a un destino que acaso le sea adverso.

Entonces volvía a llenarse de incertidumbres y complejos. ¿Qué podía él ofrecer a aquella muchacha tan ingenua y preciosa? A veces la comparaba con Sol. Era inevitable compararlas cuando Sol atravesaba gloriosamente la sala camino del baño, contoneándose con aquel aire prematuro de mujer fatal, algo que ahora resultaba impostado e incluso gracioso pero que pronto se convertiría en un modo sincero de ser, porque no hay perversión de la que en un principio no participe la inocencia. Pero en Martina sí había algo de inocencia ya definitiva, invulnerable a la ambición, y recordaba su perfil profundamente ensimismado mientras trabajaba a la luz del flexo, o cuando escuchaba con un dedo en los labios y el ceño un poco fruncido para concentrarse bien en las palabras, como los niños aplicados atendiendo al maestro, una expresión con rasgos de adolescencia que los años y las decepciones y los sueños habían ido madurando sin añadir la menor mácula de corrupción, y quizá por eso su belleza parecía secreta, casi invisible, porque no había en ella aquel augurio de depravación que la hubiera hecho precisamente manifiesta y espléndida, como ocurría con Sol. ¿Qué podía ofrecer él? Nada. Y para reafirmarse en la evidencia iba a mirarse al espejo y se complacía en reconocer los indicios precursores de la vejez, y hasta hacía muecas que exagerasen su decadencia física y moral.

Pero luego la esperanza traía una repentina brisa de concordia. Entonces pensaba que también la madurez poseía sus magias y embelesos. Quizá sí tuviera algo que ofrecer. Podía protegerla, guiarla, cuidarla, educarla. Descubrirle libros, pinturas, paisajes, músicas, ciudades. Irían juntos a Nueva Orleans. Se montarían en uno de aquellos barcos de vapor, y ya se imaginaba a los dos acodados gentilmente en la popa y vestidos con alegres prendas de verano, despeinados por el viento, viendo alejarse la estela como quien deja atrás un pasado felizmente caduco. Y otro verano harían un viaje por Europa. Eso es, le enseñaría el mundo y sus prodigios. Pero aquí se detuvo indeciso y reparó en lo desaforado y hasta arbitrario de aquel proyecto, porque él no conocía ni libros ni pinturas ni músicas, apenas algún eco de su época de estudiante, y en cuanto al mundo, solo una vez estuvo en París, en una excursión organizada de seis días, donde además se aburrió y acabó quedándose en el hotel o dando vueltas por las calles adyacentes, y contando las fechas que faltaban para volver a su pisito y a su barrio. Esa era toda su erudición viajera. Si además a mí no me gusta viajar, se dijo. ¿Qué voy a hacer yo por ahí tan lejos? Por primera vez en su vida lamentó haber perdido los años tan miserablemente. ¿Qué sabía él?, ¿qué experiencias y conocimientos había atesorado?, ¿dónde estaban los bien sazonados frutos del otoño? Ni siquiera había aprendido un idioma, aunque solo fuese aquel inglés intrépido que hablaba Pacheco, con lo bien que ahora le vendría para desenvolverse por todas esas tierras que pensaba recorrer con Martina.

Luego, mirando más benévolamente las cosas, encontró que acaso los años habían ido destilando en él una sabiduría que, de tan sutil, resultaba invisible. Se sintió experto no sabía bien en qué: experto en humildes artes existenciales, en vencer por ejemplo el tedio de una tarde de lluvia. Experto en llenar el tiempo con pamplinas, en promover ilusiones efímeras, en hacer un mundo de cualquier niñería. Sabio en guardar silencio y en mirar sin apuro a la gente desde el balcón de casa. Y también capaz de abnegación y de paciencia y de mansedumbre y de amor leal y perdurable. Todas esas virtudes y destrezas encontró en él en un instante. Cualidades mínimas e irrisorias, es cierto, pero también honestas, que habían ido fructificando de un modo imperceptible y que estaban allí, a la espera de una ocasión para manifestarse. Sí, había dentro de él una fuente inagotable y secreta de conocimiento. Era una fuente de la que solo manaba un hilito, es cierto, pero que no cesaba, y que él oía brotar en lo más recóndito de su ser. Sintió una gran piedad por sí mismo, por todas esas facultades no percibidas hasta ahora, y que ahora entendía que eran valiosas y dignas de ser ofrendadas a alguien. Sí, él podía hacer feliz a Martina sin otras armas que las suyas de siempre.

Lleno de dudas y esperanzas, resolvió esperar a que el destino, o el tiempo, decidiese por él. Una tarde, cuando subía la escalera, otra vez sintió la premonición de que Martina estaba ausente. Se sentó en su sitial y miró con nostalgia al cuarto de al lado. Había llevado precisamente para ella un libro sobre Nueva Orleans, y pensaba que pasarían la tarde mirando y comentando las fotos.

—Martina ha ido a trabajar, ¿sabe usted? —dijo doña Paula.

—¿Ha conseguido el puesto de cajera en el supermercado?

—Qué va. Está por horas en una cafetería, para fregar cacharros. Unas veces va a ir por la tarde, y otras por la noche.

La señora Andrea dio desde el sueño un profundo suspiro.

—Y qué remedio —dijo doña Paula—. Es que, ¿sabe usted?, yo no tengo ni siquiera una pensión de caridad, y con lo que ella gana pintando esos muñecos no nos llega ni para lo justo.

Matías bajó la vista y se sintió avergonzado, y aludido, y hasta responsable de aquella situación. Quizá todos, y también Martina, pensaran que él podía conseguirle un buen trabajo, y que si no lo hacía era por dejadez o por pura inconsciencia, o quizá (empezarían ya a sospechar) porque él no era el hombre

139

acomodado e influyente que habían imaginado. No dijo nada, y al rato pretextó un compromiso urgente para escapar de allí.

Esa tarde comprendió que su presencia en aquel lugar era ya insostenible. También su conflicto sentimental había llegado a un punto crítico. Debía confesarle su amor o clausurar una relación que algo iba teniendo ya de equívoca y hasta de enfermiza. Pero no se atrevía a una cosa ni a otra. Pensó en escribir una nota comunicando que un viaje imprevisto lo había obligado a abandonar precipitadamente la ciudad. Dejaría pasar el tiempo, dos o tres meses, y quizá entonces podría volver a verla con los sentimientos más claros y las ideas más firmes. Pocos días después, sin embargo, tras muchos titubeos y arrepentimientos, y sin haber concluido otra cosa que concederse una prórroga para ver si los propios hechos lo forzaban a tomar una decisión que, al no ser fruto de su voluntad y su albedrío, no tuviera luego que lamentar, se animó a regresar al piso. Era un día radiante de mayo. Hizo un poco de tertulia y, en cuanto doña Paula se desinteresó del coloquio y se concentró en la televisión y miss Josefina se adormeció o fingió adormecerse, él aprovechó para ir al otro cuarto y sentarse una vez más frente a Martina. No sabía qué decir. Estuvo a punto de preguntarle si le había gustado el libro sobre Nueva Orleans, pero de inmediato rechazó aquella frivolidad por impertinente y hasta impúdica.

—Qué tal por la cafetería —dijo al fin, y le salió una voz desabrida y mentirosa.

Martina hizo con los hombros, la boca y las cejas un gesto de obviedad. Debía de estar cansada, o quizá enojada con él, porque parecía más triste y silenciosa y huraña que de costumbre.

—¿Hoy no trabajas?

—Tengo turno de noche —dijo en tono neutro.

Matías resopló desalentado:

—Debe ser un trabajo muy duro, ¿no?

Ella contestó con otro resoplido y se apartó el flequillo con un manotazo de impaciencia, como si espantara una avispa.

—Un coñazo —dijo, pero enseguida alzó los ojos y sonrió como disculpándose por su malhumor.

Matías le devolvió una sonrisa también triste y ya no supo

140

de qué hablar. Pensó que aquella era la ocasión, aquel el instante esperado de arriesgar unas cuantas palabras sinceras. Palabras que tenía estudiadas y que incluso había ensayado en voz alta delante del espejo. Primero había optado por una exposición llena de puntos suspensivos, y circunloquios y disculpas. Era una especie de alegato absolutorio cuyo tono esforzado e impreciso excluía desde el principio cualquier efusión sentimental. El discurso merodeaba en torno a su objetivo, pero no se decidía a abordarlo, porque en realidad no estaba declarando su amor sino su incertidumbre. Entonces optó por decir las cosas de un modo sencillo y directo. Le diría sin más que estaba enamorado de ella, y aquí haría un gesto exculpatorio de resignación que ya no abandonaría hasta decirle que se casara con él, que él tenía un piso, y un sueldo, y casi cuarenta millones en el banco, y que en adelante vivirían juntos, también su madre, y que ella podría estudiar Bellas Artes y llegar a ser profesora de dibujo, y que si ella quería, irían a Nueva Orleans en viaje de novios, y que eso era cuanto honestamente podía él ofrecer. Y, a continuación, si observaba en Martina la más mínima sombra de repudio, se excusaría por sus palabras y le pediría que se olvidase de ellas, como si nunca hubiesen existido, y estaba seguro de que, en ese caso, se sentiría descargado de un enorme peso, y se reconciliaría de nuevo con su modo de ser y con su vida de costumbre.

Pero no dijo nada. Encendió un cigarrillo y acto seguido lo apagó, furioso consigo mismo, y aprovechando aquel impulso se puso a jugar con un pato Donald que había junto a la mano izquierda de Martina. En la salita se oía el parloteo festivo de la televisión, entreverado con los comentarios ocasionales de miss Josefina y doña Paula. Debía de ser un concurso de preguntas y respuestas, porque a veces solo se oía el tictac de un reloj. Matías seguía jugando con el pato, y era como si el reloj pusiera también plazo a sus vacilaciones, y le urgiera a tomar una decisión, pero la inminencia de la caricia le producía una sensación de catástrofe y no se atrevía ni a ganar ni a ceder terreno, y le hubiera gustado prolongar indefinidamente la intensidad de aquel instante en que todo estaba aún por ocurrir. La mano de Martina estaba muy cerca, allí mismo, pero era inaccesible. Le parecía que para llegar a ella había que recorrer un camino muy largo, y tan lleno de obstáculos como los viajes antiguos hacia el Extremo Oriente. Luego, de pronto, le vino una ráfaga de coraje y sintió que su mano iba a tomar ella sola una decisión desesperada, y entonces una voz interior, que tenía el acento áspero y tonante de los profetas del desierto, se levantó para clamar contra aquel acto de impudicia, y supo que ya su mano iba a conservar para todo el día la furia en reposo de aquel impulso malogrado.

Martina retiró la mano para abrir un tarrito de pintura y luego volvió a posarla en el mismo sitio, o quizá no, quizá un poco más cerca, porque Matías podía sentir ahora la emanación tibia de su piel. Otra vez pensó que ahí se estaba jugando su destino en un envite a cara o cruz, y que cualquier acto mínimo contenía el germen tumultuoso del futuro. Entonces tuvo miedo de ser rechazado con escándalo, pero más miedo aún a ser aceptado y a no ser digno de aquella muchacha y a verse envuelto en una vida que en el fondo acaso él no deseaba.

Finalmente cogió el pato y retrocedió a la penumbra.

—No debes preocuparte demasiado —oyó su voz bastarda sonando en la oscuridad—. Ya verás como las cosas se van arreglando —y ni él mismo supo si esas palabras entrañaban un compromiso o un consuelo de circunstancias.

De repente se levantó y balbuceó una frase de despedida. Necesitaba estar a solas para examinar su conciencia y ver si su conducta de esa tarde había sido de cobardía o de sensatez.

Solo cuando fue a buscar las llaves para entrar en casa, advirtió que aún llevaba en la mano el pato Donald. Le pareció que tal era el legítimo despojo de la batalla sentimental que había librado aquella tarde.

Pero, entretanto, durante las últimas semanas, había ido creciendo la leyenda en torno a Matías y a los poderes de la Fundación. Cada vez era más frecuente que acecharan su llegada y lo abordaran en el pasillo para solicitarle algún tipo de ayuda. Unos pedían para comer, otros para vestir, otros para gastos de enfermedad, y otros más intrépidos que les consiguiera los papeles de residencia, o una vivienda social, o un trabajo, o una pensión, o un subsidio de invalidez. Matías intentaba aclarar el malentendido, y les explicaba que la Fundación era muy poca cosa y que él apenas tenía en ella capacidad de decisión, pero los otros no se lo creían y continuaban acosándolo con las letanías de sus miserias y esperanzas.

Hubo uno incluso que lo obligó a entrar en su cuarto, donde había otros tres hombres congregados en un rincón, y allí le pidió, casi le exigió, su colaboración financiera para poner en marcha un negocio de lo más legal y lucrativo. Era un hombre menudo con una barba ruin, colorada y fogosa. Se llamaba Eliseo Méndez y se presentó a sí mismo como inventor.

—Ahora bien, no nos vayamos a confundir, ¿eh? Quede claro que yo no soy como esos hombres que piden sin ofrecer nada a cambio. No, yo no estoy aquí para pedir sino para proponer.

Hablaba por un rincón de la boca, y tenía una voz bronca y pedregosa que le subía como rodando de las tripas. Los otros tres hombres, medio echados sobre un jergón, borrosos por el humo del tabaco, permanecían muy atentos a la conversación, y como si estuvieran allí para garantizar la verdad de lo expuesto.

Sin más preámbulo, el tal Eliseo Méndez pasó a hablar de dos de sus inventos, «dos bonitas y prácticas aportaciones que yo me he permitido ofrecer a mis congéneres, y en especial a mis compatriotas». El primero de ellos se le había ocurrido hacía ya años, un verano en que el Ayuntamiento de Madrid lo contrató eventualmente de jardinero. Fue un verano muy seco y caluroso, con restricciones de agua, y los jardines que le asignaron eran pequeños, algunos mínimos, apenas un cuadradito verde en alguna placita lejana, y estaban repartidos por toda la ciudad. De modo que mientras atendía a unos se agostaban los otros, y era un trabajo agotador de ir y venir y de nunca acabar. Por mucho que corría y se apresuraba, cuando llegaba ya las flores se habían marchitado, y también el césped empezaba a mustiarse.

—Fue entonces cuando se me ocurrió —y se puso a acariciarse y a aguzarse la barba como si concitara un pensamiento de lo más intrincado— la idea de inventar un jardín desmontable y portátil, con sus setos y sus macizos de flores, y sus arriates y parterres, y con sus grutas y rocallas y sus umbráculos y sus encañados, y con su estanque para peces y patos y una fuente de luz y fantasía, y hasta un templete para la música, y todo eso capaz de transportarse en un camión y alquilarse por días. En un país como España, árido y pobre, dígame usted si ese invento no sería un negocio fácil y seguro. Imagínese diez o veinte camiones, cada uno con su jardín y su propia agua, haciendo una turné de verano por los pueblos en fiestas de Castilla, Andalucía y Extremadura. ¿Qué alcalde, sea cual sea su signo político, que yo en esto no entro, no querría contratar por unos días un vergel que puede instalarse en cualquier parte y que daría a las fiestas un toque exótico de frescura y verdor? Dígame, señor Moro, si no es este un invento original y bien fraguado. ¿Qué le parece?

—Sí que es curioso —dijo Matías sin saber qué decir.

—Claro que lo es. Lo que ocurre es que en España, como bien dijo don Miguel de Unamuno, inventar es llorar. Pero aún le admirará más el otro invento, porque se trata de un objeto sumamente práctico, a la vez que bello y decorativo, y en él se dan la mano y hacen las paces las artes y las ciencias. Yo le he bautizado como el Multitoro, y es en efecto un toro de lidia en el último tercio, construido en material sintético y del tamaño aproximado de una codorniz, aunque también podrían fabricarse modelos más pequeños, muy propio para adorno, pero —y aquí hizo una pausa magistral con el índice en alto— que ofrece sorpresas incontables. Porque de las seis banderillas, una es un lápiz, otra es una linterna, otra un canuto con agujas, otra esconde en sus entrañas un pequeño destornillador, otra unas pinzas, y la última un mondadientes de marfil. El estoque es también practicable, y accionando los gavilanes, de la empuñadura se deducen unas tijeras. Y en cuanto a los cuernos, aquí caben tantas variantes cuantas quiera la imaginación. Pueden convertirse en botiquín de urgencia, y no hay más que rellenar uno con agua oxigenada y el otro con mercromina o algodón. O con confites de anís para los niños. O con aceite y vinagre para el condimento. O anís para las señoras y coñac para los caballeros. En el rabo hay un cigarrillo con su fósforo. Y aún queda la panza, donde podría ir una cajita de música, o una radio, o un despertador, y las patas, y las criadillas, a las que también pueden sacarse múltiple provecho. Y donde digo Multitoro, podría decir Multiquijote, Multipaloma de la paz, Multisevillana, Multibaturra o Multifutbolista, cada uno con los colores y escudos de cada afición. Se trata en suma de ofrecer un

144

objeto que sean muchos objetos. Y ya he pensado incluso en crear una gama o línea de productos, que muy bien podría llamarse Productos Multimoro, en honor suyo. ¿Qué turista o indígena no se animaría a adquirir, como regalo o suvenir, o para su propio uso y disfrute, un artículo tan útil a la vez que tan vistoso? —y aprovechando el remanso de silencio que había dejado aquella interrogación insoluble, se echó atrás y lo apuntó triunfalmente con la barbita sucia e inquisitiva.

—Bueno —dijo Matías, como dando por zanjado el asunto—, quizá pueda presentar esos inventos a alguna empresa dedicada al ocio o a la decoración.

Méndez se volvió un poco de perfil y lo enfiló como si hiciese puntería sobre un blanco borroso.

—No, usted no me ha entendido bien. Lo que nosotros le pedimos —e incluyó con un gesto a los tres hombres del jergón— es que nos conceda una de esas ayudas que yo sé que la Fundación que usted preside está repartiendo entre otros moradores del piso.

—No, mire usted, la Fundación...

—Permítame decirle —lo interrumpió el otro— que aquí se sabe todo. Aquí se sabe que usted está desviando los fondos de la Fundación hacia las Gayosas y la señorita pitonisa, que dicho sea de paso debe conservar una buena parte de la fortuna que amasó en su época de artista. Pero hay otros que, con más mérito o más necesidad, precisan también del socorro de la Fundación. Y más en mi caso, que lo que le pido es una aportación para explotar a medias los dos inventos que le he expuesto. Empezaremos por el más fácil, el Multitoro, y ya he calculado que con un millón de pesetas sería bastante para montar un taller y lanzar el producto al mercado. Según mis cuentas, en menos de un año se amortizaría la inversión, y ya todo serían ganancias. ¿Cuándo le parece que empecemos?

Laboriosamente Matías reunió algunas palabras de disculpa. Dijo que la Fundación no se dedicaba a asuntos lucrativos, y que las cantidades que manejaba eran muchísimo más modestas.

—Eso me suena a rasca y chamusquina —dijo el otro, endureciendo el tono.

Matías abrió los brazos en un gesto de humildad evangélica. «De verdad que lo siento, pero yo no puedo hacer más», y se echó la mano al bolsillo y sacó un billete de mil pesetas. El otro, al verlo, dio un paso atrás y apartó la vista e interpuso las manos como un ermitaño que rechaza espantado una tentación obscena.

—¿Por quién me ha tomado? —dijo.

—Perdón, no he querido ofenderle —susurró Matías, y se dispuso a guardar el billete.

—Traiga acá, ande, traiga acá. Se lo cogeré por no hacerle un feo. Pero que sepa —añadió cuando Matías alcanzaba ya la puerta, y su voz cobró un tono entre piadoso y amenazante— que usted y yo tenemos un trato, y los tratos están para cumplirlos. Vaya con cuidado, no se vaya a confundir con nosotros.

Y los tres hombres gruñeron y se removieron entre las brumas del jergón.

Desde entonces, Matías llegaba al piso con miedo de encontrarse con aquel hombre al que no sabía si tomar por un charlatán inofensivo o por un rufo peligroso. Pero no solo lo rehuía a él, sino también a los otros que, atraídos por su fama de benefactor, no se cansaban de importunarlo con sus ruegos, invencibles al desaliento, sordos a cualquier explicación razonable, y siempre con la retahíla de yo no tengo para dar de cenar a mis hijos, que son ocho y caben todos debajo de un dedal, yo necesito una ayuda para operarme del riñón, yo una motillo de segunda mano para montármelo de mensajero, a mí no me llega para el alojamiento, yo no como desde hace cuatro días, a mí se me están cayendo los dientes, yo tengo al marido en la cárcel, yo estoy con el síndrome y me dan temblores, y uno le tiraba de la manga, otro lo cogía del brazo, otro le chistaba, otro se limitaba a enseñarle sus manos vacías y su expresión desamparada, y siempre señor Moro por aquí, don Matías por allá, señorito, carita guapa, y una vez una mujer le dijo en un arranque de despecho: «¡Usted solo tiene corazón para la niña de Gayoso!», y él se disculpaba como podía, o le daba a uno mil pesetas, a otro quinientas, a otro solo cien, y seguía por el corredor hasta alcanzar la vivienda de doña Paula. Y aquellas acechanzas y hostigamientos le recordaban a veces el cuadro de la caza del ciervo con jauría. Pero cuando entraba en la salita y veía a Martina, de perseguido se convertía en perseguidor, y los papeles se trocaban de nuevo al final de la tarde.

146

«No tienes derecho, es indigno, no deberías volver más por allí», se repetía continuamente con un sentimiento de culpa y de vergüenza, «y además vas a acabar metiéndote en problemas», se advertía, se amenazaba, pero en la siguiente cita allí estaba de nuevo, atraído y encandilado por los sortilegios del amor. Desde el día en que estuvo a punto de declararse y no se atrevió por el pánico no tanto a ser rechazado como a verse arrojado de golpe a un futuro incierto, rehuía las ocasiones de quedarse a solas con ella, y también las tertulias se habían vuelto difíciles, y se sentía envarado y ridículo, y unas veces responsable del malentendido que él había propiciado sin querer, y otras irritado contra aquellas mujeres que en su esperanza o en su codicia lo habían forzado a crear un equívoco que ahora no había manera de enmendar. El miedo a estar con Martina solo era comparable al que le producía su ausencia. Y dudaba qué sería peor: si los días que le tocaba verla o las tardes interminables en que deambulaba por la casa sin saber qué hacer, sin pensar en nada, oyendo los rumores del inmueble, y con aquella sorda inquietud que iba creciendo en su mente hasta que se resolvía en un sobresalto de angustia vacío de contenido, y otra vez a empezar.

Vivía en un estado tan confuso y atolondrado, que un día Bernal le puso la mano en el hombro y a él le bastó aquel gesto de buena voluntad para hablar de la noche del crimen, y del Joaquín Gayoso que había hecho la guerra con su padre, y de cómo había conocido a una tropa de parias entre los que estaba una artista de otros tiempos, Finita de la Cruz, y ahí Bernal hizo un gesto de asombro porque él admiró mucho a esa mujer, y hasta estuvo enamorado de ella, y sonrió soñadoramente y se puso a tararear una canción que la estrella hizo famosa por entonces. No contó lo del donativo pero sí se refirió vagamente a Martina, una muchacha llena de un raro encanto que no sabría muy bien cómo definir: ingenuidad, sencillez, gracia natural, enumeró indeciso, como si hiciese memoria de un suceso remoto, y a continuación habló del miedo a que esas cualidades estuviesen condenadas a ser flor de un día en un ambiente como aquel, donde no había más leyes que la supervivencia a cualquier precio. «Pero, ¿es guapa?», preguntó Bernal. «Sí...», dudó Matías. «¿Y te gusta?» «¿A mí?», dijo Matías, y le salió un tono levemente despectivo, porque en ese instante ocurrió algo muy extraño, y es que le bastó objetivar a Martina, oírse a sí mismo hablar de ella en voz alta, darle nombre a lo hasta entonces inefable, para descubrir que su exaltación sentimental no tenía apenas nada que ver con el amor. Quizá fuese ternura o piedad, o ciego deseo erótico, o adhesión solidaria a aquella pobre gente que se veía obligada a edificar su esperanza en el barro. Sintió el alivio de quien despierta de un sueño agotador, y la alegría de reencontrarse con su realidad hospitalaria de siempre. Pero cuando al otro día llamó a la puerta, con solo sentir la proximidad de su presencia, supo que aquel acceso de desencanto formaba también parte de los contrasentidos del amor.

Entonces se asustó y se sintió perdido e inerme ante aquella pasión incontrolable. Pensó de nuevo en escribir una carta de despedida, pero no se atrevió. No se atrevía a actuar porque temía hacer no lo que la libertad quisiera sino lo que la cobardía le dejase. ¿Y cómo enfrentarse en el futuro, quizá cuando empezase a ser viejo y le pesara la soledad, o quizá mucho antes, quizá mañana mismo, al bochorno de no haber tenido valor para aceptar lo que la vida le había ofrecido tan generosamente? Se pasaba ahora las tardes tumbado en el sofá, abandonado a la molicie, complaciéndose en la vergüenza que habría de producirle su cobardía cuando el error fuese ya irreparable y ahondando en aquel oprobio con el mísero afán con que un roedor excava su agujero. Ahora a veces no acudía a las citas y vestía de cualquier forma, con la misma camisa de anteayer, y la barba cana de tres días le daba un aspecto de claudicación y de desidia. Ocurrió también que hasta los hábitos más arraigados se trastornaban como los signos de un ordenador enloquecido por un virus. Iba a afeitarse y descubría que llevaba en la mano la cucharilla del azúcar, salía de casa y se paraba desorientado en la escalera sin saber si debía subir o bajar, se le desanudaban y esparcían por el suelo al andar los cordones de los zapatos, se le olvidaba la comida en la boca porque la voluntad tenía que acudir de urgencia a descifrar un pensamiento que resultaba luego huero, se rompía una uña al abrir un grifo que se le oponía hostil, la raya del pelo se le torcía ella sola en cuanto dejaba de vigilarla en el espejo, iba a sacar algo del bolsillo y se le desparramaban todas sus cosas por el suelo, y al recogerlas descubría que había entre ellas una goma elástica, una brizna de lechuga, unas virutas de lápiz, una cáscara de nuez.

Fueron días turbios y difíciles. Por las mañanas, camino de la oficina, se miraba de reojo en los escaparates y le parecía tener la mirada de oveja, de quien sufre miopía en la memoria y vive de prestado en el presente como en un espejismo. Más allá acortaba el paso al cruzar ante la agencia de viajes: allí estaba la aldea, con sus chumberas y sus cabras, y el mar y el cielo al fondo. Después pasaba ante la vitrina de un ultramarinos donde había un tapón de corcho olvidado entre unas latas de melocotones en almíbar y una caja de dulces que tenía pintada en la tapa unas rosas rojas y que nadie quería, a pesar del reclamo: DELICIAS IMPERIALES. CALIDAD EXTRA SUPERIOR. Varios años hacía que esa caja estaba allí, con el tapón escondido detrás, pero fue por esas fechas cuando a Matías le dio por llevarse la imagen del tapón de corcho en la cabeza, y a veces la imagen lo acompañaba durante todo el día y no lograba desalojarla de la mente. Al rato esa intrusión se hacía insoportable, y entonces Matías se paraba a mirar alrededor y cerraba los ojos de improviso, como el resorte de una trampa. Rápidamente, examinaba la oscuridad en busca de los objetos que habían quedado allí atrapados. Encontraba primero a los más nuevos, la aldea marítima, una paloma, un ciego, una nube, un policía municipal, y luego a los de siempre, los que vivían allí desde hacía muchos años (el cuadro de la caza del ciervo con jauría, la habitación de la clínica donde su padre seguía agonizando, el perro pequeño que corría ladrando entre las flores), y que al sentirse descubiertos retrocedían gruñendo hacia el seguro de sus madrigueras. Y el más ágil, el que más corría, era siempre el tapón de corcho. Matías lo perseguía con los ojos del pensamiento pero nunca lo alcanzaba, o cuando iba a alcanzarlo sentía miedo de que alguien viniera a hurtadillas a golpearlo por detrás, así que abría los ojos, parpadeaba para reconciliarse de nuevo con el mundo exterior y, con la nuca erizada por un escalofrío, reanudaba la marcha.

En la oficina los otros lo miraban de reojo y no decían nada. A la salida, cuando iban juntos un trecho, él caminaba aprisa y obligaba a los demás a acelerar el paso. Ya en casa, comía de lo que hubiera, se tumbaba en el sofá, cerraba los ojos y allí estaba otra vez el tapón de corcho, cegándole el pensamiento y enmarañándolo todo con la excentricidad de sus rebotes. A veces, cuando se le iba la mano en el whisky, aún le volvía la tentación de lograr a Martina. Entonces se entregaba a fantasías eróticas que hasta esos días había conseguido rehuir o cuanto menos censurar. Ahora no. Ahora se acercaba a Martina y, sin mediar palabra, deslizaba las manos bajo su blusa y sopesaba y amasaba sus senos y los desfloraba con dedos ávidos y sabios. Y todo era de lo más real, porque ahora se daba cuenta de que, cuando ella se desperezaba y ponía el busto tenso, él había aprendido casi sin querer a calcular su tamaño y su forma, y hasta su textura y su irradiación de rescoldo y la tonalidad pudorosa y atónita que cobraba allí la blancura no hollada de su piel. Después acariciaba su espalda, su cintura, sus rodillas, el vello mínimo y erizado de sus muslos; su sexo. Y ahí se paraba: su sexo. ¿Cómo sería su sexo? O mejor dicho, y se bullía en el sofá buscando una postura más propicia, cómo sería su coño, su coño virgen y bobalicón, su coñito infeliz y pasmado, su vulvita trémula y azorada, oscura y rosa, calentita como un nido de plumas, y aplicadita como no habría otra, y tan peludita que le rebosaba el filo de las bragas, que eran blancas y algo gastadas por el uso, y con el elástico un poco flojo, como bien podía comprobar al deslizar la mano hacia aquel puñadito de musgo húmedo ya de rocío, y ahí la imaginación se le extraviaba en el claro de un bosque donde pastaba un ciervo, volaba una libélula, se escuchaba el canto de un pájaro, y cuando quería retomar el hilo de la ficción empezaba a oírse a lo lejos una jauría de perros y aparecía el tapón de corcho rebrincando furiosamente en espiral por el túnel sin fin de la memoria.

Un traguito de whisky, un paseo por el piso, una asomadita al espejo y después al balcón, y otra vez a empezar. Pero a lo mejor estaba confundido con aquella muchacha. A lo mejor aquella mosquita muerta no era tan cándida como parecía. ¿No había dicho doña Paula que quizá acabase haciendo la calle, como Miriam? Se sentía entonces violentamente excitado por la posibilidad de que Martina hubiera dado ya los primeros pasos hacia la corrupción. Quién sabe si alguno de aquellos fulanos del piso, de esos que no se andaban con tantos remilgos como él, no se la habría follado ya, y además a lo bestia, en una colchoneta sin funda tirada por el suelo, como así debían de ser las cosas en aquel ambiente degradado y brutal. Y la vio bien abierta de piernas, jadeante, hecha una potranca, removiendo y cerniendo viciosamente las caderas, apurando el trance, y el otro encima, fornicándola y obsequiándola con obscenidades que ella le devolvía con la misma vocecita grave e ilusa con que le había contado a él una porción de historietas ingenuas. ¡Y él quería casarse con ella! Seguro que le pondría los cuernos al poco tiempo de casados. Él en la oficina y ella chingando con unos y con otros. Qué incauto había sido. Y siempre tan delicado y tan decente, que ni siquiera se había atrevido a tocarle la mano, cuando quizá lo que ella esperaba era que él se cobrase su generosidad y que la hiciera no su mujer, sino su amante, y que estuvieran también conchabadas en ese propósito miss Josefina y doña Paula. Sí, eso era lo que tenía que hacer, convertirla en su amante, y cuando se cansara de ella, pagarle los servicios y despedirla sin mayores escrúpulos. Finalmente se incorporaba como si surgiera de un morbo febril y se quedaba sentado en el sofá, exhausto, envilecido, y bostezaba lleno de tedio ante la perspectiva de una tarde infinita.

Una noche, huyendo de esos delirios, salió de casa y, cuando se dio cuenta, estaba en la calle de la Montera parado ante una joven escuálida y macarra que le había chistado y le había dicho: «Anda, bonito, déjame que te haga feliz». Matías le regateó el precio y los servicios. Ella lo condujo a un inmueble ruinoso y a un cuartito de muy adentro donde solo había una cama de hierro, dos sillas y un bidé. Copuló pensando en Martina y largó todas las impudicias que había imaginado para ella en sus devaneos más procaces. De vuelta a casa entró en un bar de fritangas y allí estuvo bebiendo hasta muy tarde, de pie, estribado en la barra, y cuando ya estaba bien borracho, aprovechó un informativo de la televisión para despotricar contra el gobierno, y los curas, y los jueces, y los taxistas, y los futbolistas, y los banqueros, y la puta madre que los parió a todos. A uno que se le quedó mirando, le dijo: «¿Y a ti qué, te pasa algo en la cara?». El otro, sin levantar la voz, le respondió: «Mire, como le dé una hostia le estorba el cielo para dar vueltas». Matías, que jamás en su vida se había enfrentado a nadie, se calló acobardado,

151

balbuceó una disculpa, pagó y salió dando un traspiés. Se echó vestido en el sofá, y cuando el sueño vino a confundirlo y a borrarlo, un punto de vigilia en su mente siguió devanando sin descanso su madeja sentimental.

Hay que hacer algo, pensaba, tengo que purificarme de toda esta cizaña. Ahora solo hacía visitas espaciadas y breves. Le avergonzaba cada vez más la certidumbre de que, si había ofrecido el donativo, y los regalos posteriores, había sido para comprar el privilegio de entrar en aquella casa y poder estar junto a Martina, y que su altruismo no era sino un arma indecente de seducción. Tan desleal y astuto se veía a sí mismo, y tan cansado estaba ya de deambular por aquel laberinto de errores, que una tarde, a la hora de despedirse, se oyó decir que quizá ese mismo fin de semana se marchase de vacaciones. Todos lamentaron la partida y le pidieron que al regreso volviese por allí. «¿Vas a ir a buscar esa aldea junto al mar?», preguntó Martina, ya en el descansillo. Matías pensó que aquella era la última oportunidad para decidir su propio destino. Pero no: era demasiado riesgo, y además me estoy quedando calvo, pensó, y le pareció que ese era un argumento tan absurdo como definitivo. «No sé», dijo, «a lo mejor», y se quedó cabizbajo, aguardando a que el silencio agotase las expectativas. «¿Me mandarás una tarjeta?» Matías asintió. «Y si sacas fotos me las enseñas.» «Sí», dijo, y empezó a bajar. «Que lo pases bien», alzó ella la voz. «Y cuando vuelvas ven a vernos.» «Volveré», fueron sus últimas palabras, pero él sabía que la decisión de no regresar nunca más estaba ya tomada, y esta vez era firme. Se sintió liberado de un gran peso. Al fin había conseguido poner fin a aquella pesadilla.

Esa noche estuvo mucho tiempo asomado al balcón, mirando el videoclub, la peluquería, la papelería, la covacha del zapatero remendón, las cosas de siempre, que parecían haber estado allí guardándole la ausencia y esperándolo desde hacía tres meses para celebrar ahora aquel reencuentro que algo tenía de conyugal. Vio una película muy buena de vaqueros y hacia la una se fue a acostar. Era extraño, pero no sentía nada, ni siquiera un poco de nostalgia. Solo descanso y placidez. Y, cuando cerró los ojos, descubrió que el tapón de corcho había desaparecido de la mente y que todas las cosas del alma y del mundo estaban en orden y cada una en su lugar.

VIII
Una inspiración

Un día de mediados de junio, Matías leyó casualmente en el periódico: «Por imposibilidad atender, VÉNDESE PEQUEÑA FÁBRICA CARTONAJES Y DERIVADOS. Cartera clientes. Maquinaria perfecto estado. Lista producir. Buen precio». Eran las tres y media, llegaba de la calle un calor ardiente y rumoroso y él estaba en calzoncillos sentado en la penumbra junto al balcón velado y entreabierto, hojeando el periódico pero pensando en realidad en otra cosa, en algo inconcreto pero que tenía que ver con la posibilidad de comprarse definitivamente el coche y emprender un viaje si no por las costas extremas del Mediterráneo sí por algún lugar más cercano, quizá Levante o Portugal, y a ratos se dejaba seducir por el frescor de una brisa marítima y no conseguía concentrarse ni en la lectura ni en el pensamiento hasta el instante en que leyó el anuncio, un recuadro mínimo en la sección deportiva, tres líneas y un teléfono que de pronto le parecieron un mensaje en clave dirigido a él, y que solo él estaba llamado a descifrar. A partir de ahí, empezó a actuar como si siguiera instrucciones precisas para un papel dramático.

Fregó los cacharros de la comida, se sirvió un café solo y un whisky con mucho hielo y continuó leyendo el periódico en el sofá, dando sorbitos y recreándose en la exactitud de sus actos, rectificando a veces la posición de un objeto en la mesa, demorando el momento de aceptar y ocuparse de la idea que ahora latía en su mente, yendo y viniendo, surgiendo de improviso aquí y allá, como el brillo de los ojos de una alimaña que merodea en la noche. De vez en cuando una leve brisa inflaba los visillos, y él entonces levantaba la vista y los miraba y pensaba en el mar. Empezó a leer un artículo de política interior hasta que llegó a una palabra cuyo significado desconocía. Dudó entre

155

levantarse para consultar el diccionario, seguir leyendo o intentar dormir. Finalmente dejó el periódico a un lado, conectó la radio y escuchó el boletín informativo de las cuatro. Luego cerró los ojos y se concentró en los ruidos de la calle y de los otros pisos, imaginándolos como dibujos ingenuos o trazos furiosos en la superficie inmaculada del silencio. Poco después, el matrimonio del piso de al lado empezó a discutir. Discutían como siempre sin alzar la voz, en un tono amargo y desengañado, con una paciencia infinita, como si cumplieran a conciencia un deber enojoso y fuesen solidarios en las discrepancias. Matías pensó que dentro de diez o quince años, si vivía para entonces (y se imaginó a sí mismo tumbado en el ataúd y se preguntó cómo lo vestirían, si aprovecharían alguno de sus trajes de invierno —porque no era serio que un muerto vistiera de verano— o lo envolverían en una sábana; aunque si lo envolvían en una sábana, se dijo, ¿por dónde iban a sacarle las manos para cruzárselas sobre el pecho?), si vivía para entonces volvería a estar allí, tumbado en el sofá y oyendo más o menos los mismos ruidos de esta tarde de junio, que para entonces ya habría idealizado la nostalgia y sería la tarde mágica de aquel dorado antaño en que él era todavía joven y tantas cosas estaban por hacer. Qué rara es la vida, pensó, estar en junio, ir camino ya del medio siglo, tener un nombre que un operario un día grabará sobre el granito como un signo desesperado de perduración. ¿Y qué le pondrían, los dos apellidos o solo el primero? MATÍAS MORO, leería algún curioso, y se preguntaría cómo habría sido la vida de aquel hombre, y quizá sufriera un repente melancólico de extrañeza semejante al que él experimentaba en este mismo instante.

Así estuvo devaneando en la modorra hasta que oyó en la radio los pitidos horarios de las cinco. Entonces se incorporó y, como si aquel fuese el momento previsto, la primera manifestación de un proceso oculto que ahora afloraba a la conciencia, descolgó el teléfono, marcó y esperó la señal. Si a la cuarta no lo cogen, cuelgo, pensó. Pero no: lo atendió un tal Ortega, una voz afligida y afónica que le dio una dirección e instrucciones para el trayecto. Se duchó, se afeitó, se puso su mejor traje de verano y, antes de salir, se asomó a un espejo para ver los rasgos de determinación que había en su cara y calcular hasta dónde sería capaz de llevar adelante la idea que había despuntado en su mente como una revelación providencial.

Vio sus pies avanzar a buen ritmo por la acera, con una intrepidez que acaso él no compartía del todo. Tomó el metro, enlazó con un autobús de una compañía privada, y luego con otro que fue dejando atrás Leganés y Getafe y se internó por una carretera secundaria entre solares tórridos y yermos. En la última parada quedaban solo tres viajeros. Matías se bajó, miró alrededor, vio a lo lejos un alto depósito de agua, tal como le habían indicado, y comenzó a caminar en esa dirección.

No estaba muy claro qué relación guardaban allí el campo y la ciudad. Había, sí, algunos humildes bloques de ladrillo, pero también casas bajas de pueblo, y al fondo de las calles que iba dejando atrás se veía el campo abierto, y a veces una confusa extensión de chabolas, escombreras, montones de ripio, y ya muy lejos, flotando en la reverberación de la calina, la primera línea interminable de edificios rojos de ladrillo de alguna otra barriada. Matías caminaba pegado a las paredes, para protegerse del sol abrasador. Ahora, sin embargo, empezaba a refrescar. Habían aparecido algunas nubes de calor y se había levantado una brisa ardiente que traía a rachas un vago olor a lluvia.

Dejó atrás unos setos sucios, rotos y polvorientos, que solo quizá en alguna época ilusoria o en un futuro que no llegó nunca a cumplirse habrían llegado a ser ornamentales, pasó ante una taberna en cuya penumbra, que a Matías le pareció idílica, distinguió un grupo sombrío de jugadores de cartas, vio a unos niños desnudos sentados en corro en medio de una calle de tierra, y poco antes de llegar al depósito torció a la izquierda y allí las viviendas comenzaron a disgregarse en un fárrago de naves industriales, casi todas abandonadas a juzgar por las ventanas con los cristales rotos o cegados por la suciedad, una pequeña fábrica humeante, un almacén de materiales de construcción, un solar alambrado con automóviles y camiones de desguace. Junto a un regatillo de aguas corrompidas, se veían unos huertos mínimos, uno de ellos con un sombrajo bajo el cual tres hombres en camiseta hacían tertulia. Según las instrucciones, tenía que seguir hasta dar con unas vías muertas. De allí, en efecto, partía una vereda entre la hierba sucia y agostada, y a menos de cien metros se veía una nave aislada con techo de uralita a dos aguas y un portón verde sobre el cual ponía, en grandes letras geométricas y negras: EMBALAJES REDONDO.

Matías sacó el pañuelo, se enjugó el sudor de la cara y el cuello y por un instante, deslumbrado por el resol y aturdido por la desolación de aquellos lugares, consideró la posibilidad de marcharse de allí, de volver a casa, de sentarse en pijama, fresco y limpio, junto al balcón velado, pero enseguida oyó sus pasos en la hierba reseca y vio cómo sus zapatos se iban cubriendo de polvo y avanzaban pisando restos de plástico, de papeles y de todo tipo de desperdicios y raeduras. Fue derecho al portón, dio en la chapa dos altos golpes con la palma de la mano, retrocedió un paso y se aplicó a la espera. Amontonados junto a la nave había bidones, unas jaulas de gallinas, la carcasa de una motocicleta, una bañera llena de trozos de gomaespuma, algunos neumáticos de desecho, un cúmulo de hierros y cristales rotos semienterrados entre tablones y cascotes de albañilería. Por lo demás, solo se veía alrededor el secarral, y al fondo, en dirección contraria al sendero, una línea de bloques con los cristales inflamados de sol. Pero por esa parte empezaba a nublarse. Un frente de nubes plomizas se acercaba hacia aquí, y según avanzaba se veía la sombra extendiéndose por el suelo como en un brusco atardecer. Quizá esta noche hubiese tormenta y él podría dejar el balcón entornado y oír la lluvia desde la cama, pensó con ilusión. La vida de pronto le pareció intolerablemente hermosa. Qué fácil es todo, se dijo, y en ese punto se oyó un rumor dentro de la nave. Rechinó un cerrojo, se abrió la puertecita inscrita en el portón y apareció un vejete alto y flaco, de ojos pitañosos, vestido con un mono raído de mecánico y una gorra de visera, y como hecho a juego del galgo que lo acompañaba, los dos con la mirada afligida y los dos asomadizos y expectantes, como si fuesen ellos los recién llegados.

—Llamé antes por teléfono —dijo Matías—. Hablé con un tal señor Ortega.

—Pase, pase usted. Yo soy Ortega, para servirle. Le estaba esperando, pero creía que ya se había perdido, o que al final se hizo usted otras cuentas.

Algunas de las piezas de uralita del techo eran translúcidas, pero estaban tan sucias que solo filtraban una luz mortecina, apenas suficiente para distinguir una vaga perspectiva cenital de caballetes de hierro entre los que volaban las golondrinas y se oía un zureo continuo de palomas.

Ortega siguió la mirada de Matías y los dos se quedaron con los ojos fijos en lo alto.

—La nave está muy bien —dijo Ortega, y tenía la voz lastimera y afónica—. Lo que pasa es que la uralita tiene un roto y por ahí se meten los pájaros y, ya ve, todo lo ensucian y lo ponen perdido. Aquí hay palomas, gorriones, golondrinas, mirlos, urracas, cernícalos, verdeles, cagachines, y hasta una lechuza con sus lechucinos, que son cinco, entre padres e hijos, y es oscurecer y salir todos volando hacia Fuenlabrada. Qué harán allí, solo Dios lo sabe. Si no fuese por mí, que cuido un poco de esto, aquí habría hasta culebras y alacranes. Y es que vivimos malos tiempos, ¿no le parece a usted? Pero espere a que encienda la luz.

La luz era unos tubos fluorescentes, llenos de polvo y cagados de pájaros, colgados con alambres de los caballetes. Se hizo la luz, pero así y todo era difícil hacerse una idea clara de aquel lugar. El suelo era de tierra y también allí, por todas partes, sin orden ni concierto, había montones desparejos de cosas, despojos industriales, sillas metálicas de terraza de verano, baterías gastadas, electrodomésticos destripados, unos cuantos inodoros, un derrumbadero de cajas de cartón que llegaba casi hasta el techo, una parva de tuercas y tornillos y arandelas y virutas de hierro. Y todo estaba cubierto como por una nevada de polvo y telarañas.

—Muchas de estas cosas las dejó aquí un chatarrero del que nunca más volvió a saberse —se lamentó Ortega, y se limpió las legañas y empezó a caminar entre las pilas y rimeros de cachivaches—. Todo esto vale mucho dinero. Pero, si se pudiera quitar, vería usted que la nave está en muy buen estado y es muy amplia. ¿Usted no llegó a conocer esta fábrica en su buena época?

—No.

—¿No? ¿Y no oyó nunca hablar de don Victoriano Redondo?

—Pues no.

Ortega caminaba lento y dificultoso, arrastrando un poco los

159

pies, y de vez en cuando represaba el paso y se volvía sobre el hombro para asegurarse de la validez de sus palabras.

—Seguro que sí ha oído hablar de él, y habrá visto su nombre escrito muchas veces, lo que pasa es que ahora no cae. Don Victoriano Redondo fue el fundador de esta empresa. Murió hace diez años y ahí se acabaron los buenos tiempos. Luego, la fábrica siguió funcionando otros tres, pero ya no era igual, y al final se cerró.

—¿Y cuánta gente trabajaba aquí entonces?

Ortega se detuvo e hizo un gesto de escándalo.

—¿Aquí? ¡Huy!, aquí en los buenos tiempos llegamos a trabajar dieciocho operarios, sin contar a don Victoriano, claro está. Servíamos a las mejores zapaterías de Madrid y del resto de España. Aquí se hacían diarias más de veinte mil cajas de zapatos. Y de electrónica, alimentación, droguería y otros ramos, para qué contar.

—¿Tantas?

—Sí señor. Y yo llegué a ser jefe de taller. Vea usted, estas son las máquinas.

Eran cuatro, y estaban envueltas en plásticos negros y amarradas con cuerdas.

—Son de importación. Alemanas —y las palmeó orgulloso—. En aquellos tiempos se hacían máquinas de una vez, para toda la vida. ¿Quiere verlas? Si le parece, las pongo en marcha.

—No, no se moleste.

—Molestia, ninguna, si es solo darle a un botón.

—No, no, así está bien.

—Las limpio y engraso todas las semanas, y están en perfecto estado de uso. Y esas son las mesas de ensamblaje, todo en perfecto estado. Y ahí está el retrete, con su lavabo y con su váter. Pero esto lo tenía que haber visto usted en sus buenos tiempos. ¿De verdad no ha oído hablar nunca de don Victoriano Redondo?

—Pues no sé. A lo mejor sí, pero ahora no me acuerdo.

—Don Victoriano Redondo era una persona muy importante. Con decirle que era amigo íntimo de Franco, ya le digo todo. De hecho, veraneaban juntos en Galicia. Los dos eran apolíticos, aunque de derechas, como ya se puede usted figurar. Un día me enseñó una foto y estaban los dos vestidos de buzo y no se sa-

160

bía cuál era cuál. Don Victoriano tenía también una motocicleta deportiva, una Sanglas de dos litros. Y fíjese cómo sería la cosa que yo he visto con estos ojos cómo él y otro se montaban los dos en la moto con el casco puesto. ¿Y quién diría usted que era el otro?

—Pues no se me ocurre.

—Intente adivinarlo.

—¿Franco?

—Sí señor, Franco. Eso sí, adónde iban en la moto, no me lo pregunte porque eso ya no lo sé. ¿A que usted no había visto nunca al Caudillo vestido de buzo ni de motorista? ¿No? Pues yo sí. Para que vea lo que es la vida. Y también cazaban juntos, él y el Caudillo. Un día don Victoriano me regaló la cabeza de un ciervo de montería. Me la regaló para que la disecara, luego me enteré, pero yo era un ignorante y me la comí, para que vea usted lo que es el no saber. Hasta a los cuernos les saqué el tuétano y los rebañé por dentro todo lo que pude. ¿Ve? Y ahí están las oficinas. Oiga, ¿no tendría usted un cigarrito para mí?

La oficina era una casilla grande sin techar, con cristales esmerilados, puesta en alto, y a la que se subía por unos peldaños de hierro. DIRECCIÓN, ponía en la puerta. Dentro había una mesa metálica, una máquina de escribir, tres sillas, dos ficheros. También algunos objetos privados: un jergón, ropa colgada, un espejo, un infiernillo de gas, un botijo, algunos cacharros de cocina.

—Yo es que vivo aquí, ¿sabe usted? La dueña de la fábrica, la viuda de Don Victoriano, me permite alojarme aquí a cambio de que cuide y vigile y atienda a los posibles compradores.

Con un trapo que extrajo del bolsillo trasero del mono, limpió el asiento de una silla y se la ofreció a Matías. Él permaneció de pie, respetuoso y servicial, y durante un rato no dijeron nada. En la uralita se oyeron entonces las primeras gotas de lluvia. La tarde se había puesto tan nublada que apenas se distinguía en el techo un resto harinoso de luz. Matías pensó que había algo en su cuerpo que repudiaba la lluvia con el mismo anhelo con que su espíritu la ansiaba.

—Y a usted, si no es indiscreción, ¿qué es lo que le interesa, el local o el negocio?

—El negocio. Pero solo en principio —rectificó enseguida—, porque habría que estudiar las posibilidades.

—Todas. Posibilidades, todas —se apresuró a decir Ortega, afónico y apasionado—. Todo está listo para empezar a producir. Ahí están las máquinas, usted las ha visto, limpias y engrasadas, alemanas, y aquí está la oficina, y ahí están los ficheros, con su lista de proveedores y clientes. Y también hay una furgoneta, allí, al fondo de la nave.

—Y, sin embargo, hasta ahora no ha salido ningún comprador.

—Alguno sí ha habido. Lo que pasa es que ahora la gente es muy cómoda. Prefieren el local al negocio. Aquí lo que hace falta es un hombre de una vez, con don de mando, que se atreva a poner esto en marcha. Un hombre como don Victoriano. Pero de esos salen pocos, y además los tiempos ya no son los mismos.

Matías iba a explicar que él no era un profesional del sector y que en cualquier caso tampoco sería él quien compraría la fábrica y se haría cargo de ella, pero en ese momento un relámpago iluminó violentamente los caballetes con sus filas de palomas mustias, retumbó acto seguido el trueno y, tras unos segundos de irresolución, ya solo se oyó el fragor de la lluvia en el techo. Matías sintió el placer del refugio seguro en un medio hostil. Había allí una calidez profundamente acogedora, como de cueva o de desván.

—Habrá que esperar a que pase la lluvia —dijo Matías—. Siéntese usted.

Ortega se sentó, pero inmediatamente se levantó y dijo: «Con permiso». Rodeó la mesa, manipuló en los cajones y sacó dos quintos de cerveza, una lata de almejas chilenas y dos palillos. Matías intentó detenerlo con un gesto pero él dijo: «Permítame obsequiarle con un aperitivo». Durante un rato estuvieron bebiendo, adelantándose de vez en cuando para picar una almeja y oyendo llover.

—¿Quiere usted que le siga contando cosas de la fábrica? —preguntó al fin Ortega.

—Cómo no.

162

—Pues esto había que haberlo conocido entonces. Exportábamos a Marruecos y a otros países. Había temporadas que teníamos que contratar otro juego de operarios para hacer turnos, porque no se daba abasto. ¡Usted no se puede imaginar lo que era esto! Las máquinas funcionaban las veinticuatro horas, y había que hablar a voces para entenderse. Aquí venían representantes de casas comerciales de medio mundo, proveedores, técnicos, comisionistas, gente de todo tipo, y todos yendo y viniendo como ciegaliebres de un lado para otro, y venga de gritar y de hacerse señas y de recados y mensajes. Y qué de risas y de bromas a la hora del bocadillo y al despedirnos por las tardes. Los más jóvenes echaban un partido de fútbol ahí en el campo, y los otros en la puerta, mirándoles y burlándose de ellos. Echábamos pulsos y carreras, jugábamos a la rana, a los bolos, a ver quién alargaba más con una piedra, hacíamos apuestas, asábamos carne, nos pasábamos la botella, nos llamábamos por el mote, y cada uno tenía siempre algo que contar. Y todos andábamos en amores. Había aquí siempre cinco o seis perros, unos grandes y otros chicos, y también ellos ladraban y respingaban de alegría. En el buen tiempo íbamos a bañarnos a una charca que hacía el regato que hay junto a las vías, o a pescar ranas, que las había muchas y muy gordas. Pero la charca se secó y del regato queda un hilo churre. ¡Y cómo nadaba don Victoriano! En dos brazadas, ya estaba al otro lado. Y aquello parecía que no iba a acabar nunca.

—¿Y solo había entonces una furgoneta?

Ortega se llevó a la boca una mano sucia de tos.

—No. Eso fue al final. Antes, había dos camiones, cada uno con su conductor, y los dos vestidos con un mono café con leche. Luego, las cosas fueron a menos.

—¿Y eso por qué?

—Porque cambiaron los tiempos y porque don Victoriano enfermó del hígado. Don Victoriano era un gran hombre, como habrá habido pocos. Tenía mucho genio, y a veces se le iba la mano con la gente. Con los obreros, con los proveedores, con los morosos, con la mujer, y hasta con los clientes. Está mal decirlo, pero don Victoriano daba unas hostias como panes benditos. Él tenía ese modo de arreglar las cosas, y todo funcionaba muy bien. A quien no me pegó nunca fue a mí. No sé ni cómo me escapé. Una vez cometí yo una falta y él levantó la mano para darme un revés. Pero al final se contuvo y se quedó con la mano vuelta en el aire. Yo le dije: «Pégueme usted, don Victoriano, no me deje aquí a medio castigar». ¿Y sabe usted lo que me respondió él? «Anda y que te jodan», me dijo, y allí me quedé yo bien jodido, sí señor. Si usted ve que hablo mucho, mándeme callar —y echó un trago del botellín.

—No, no, hable usted lo que quiera.

—Usted me recuerda a don Victoriano por lo poco que habla. Don Victoriano era un hombre muy culto. Sabía de todo. Sabía de ciencia, de historia (a mí me contó un día la vida entera de Zumalacárregui, con pelos y señales), de aviación, de leyes, de horóscopos, de enfermería, de canciones y bailes de todas las regiones, de lluvias, de cavernas, de imaginación, de peces, de terremotos, y refranes a cientos, y tenía muy buenos golpes, y la última palabra era siempre la suya. El santoral se lo sabía todo de memoria. Te preguntaba: ¿qué día naciste? Tú se lo decías y él decía: San Fulanito y San Menganito y San Perenganito, y se sabía también los milagros y las apariciones de cada santo. Pero así y todo era muy callado. No tenía paciencia para contar las cosas. Se ponía a contar algo, o a dar órdenes, y cuando él creía que el otro ya podía adivinar lo que quedaba por decir, ¿qué cree usted que decía?

—No lo sé.

—Decía: «clas clas». Había que ser muy listo para comprender a aquel hombre. Y el Caudillo era igual. Bueno, de hecho los dos eran gallegos, y usted ya sabe cómo se las gastan los gallegos. Yo oí una vez el rumor de una conversación entre los dos, don Victoriano y Franco, aquí, en esta misma oficina. Franco estaba sentado donde usted está ahora, y aquí don Victoriano. Y hablaban muy poco, porque enseguida uno de ellos decía: «clas clas». Franco tenía una voz muy fina, y don Victoriano una voz muy gruesa, y daba gusto oírlas combinadas y puestas de acuerdo en todo. «Clas clas», decía uno, y solo con eso daban por sabido el asunto que se trajeran entre manos y se ponían a hablar de otra cosa. Esa es la inteligencia, ¿no cree usted? Los ceporros como yo, sin embargo, hablamos y hablamos sin parar y no llegamos a ningún sitio. Don Victoriano y el Caudillo hablaban poco porque sabían mucho. Y usted debe saber mucho, porque también habla poco. Y se le ve que hay mucho mundo en su mirada.

Los truenos se iban alejando, pero todavía llovía con intensidad.

—¿Cuántos obreros calcula usted que podrían trabajar aquí? —preguntó Matías.

—¿Cuántos? Veamos —y entornó los ojos para concentrarse y se puso a hacer cuentas con los dedos—. Dos o tres en las máquinas, uno o dos en la mesa de ensamblaje, el repartidor, el administrativo, que ese a lo mejor puede ser usted mismo. Pongamos que cinco, quizá seis. Máximo siete. Claro, que eso depende de los pedidos. A más pedidos, más obreros, y al revés. ¿Usted me comprende? A los operarios les podría instruir yo. Yo fui jefe de taller en los últimos diez años. Yo conozco bien este negocio, y esto podría volver a ser como en los viejos tiempos. Lo único que hace falta es un hombre con personalidad. Como don...

—Y dinero.

—Eso tendría que tratarlo usted con la viuda. Según tengo entendido, ella pide por todo unos treinta millones. Pero, regateando, se le puede sacar por veinticinco, y hasta por menos. ¿No ve usted que ella está deseando quitarse esto de encima?

Bajó la voz: «La viuda de don Victoriano es todavía muy guapa».

—Más la reforma.

—Eso es poca cosa. Yo conozco a unos albañiles de aquí de la zona que se lo harían por cuatro perras. Además, fíjese, con lo que saque de vender toda la chatarra que hay aquí almacenada, que esa es suya, tendría ya casi para la reforma.

—¿Usted cree?

—Fijo. Solo de hierro tiene que haber más de diez toneladas. Y hay muchas sillas, y tazas de váter, y baterías y piezas de recambio, y todo casi a estrenar.

Había amainado la lluvia, y ahora solo se oía su cuchicheo en el techo, confundido con las patas de las palomas en la uralita. Matías pensó en contarle a Ortega que su idea no era comprar la fábrica él mismo sino promover una cooperativa entre gente sin medios económicos pero que podían acogerse a créditos y subvenciones estatales. Recientemente había leído un re-

portaje sobre cooperativas, y ese fue el origen de la súbita inspiración que tuvo al leer el anuncio en el periódico: cuatro o
cinco empleados, y alguien en la oficina, dirigiendo la empresa.
Se sentía vagamente culpable de haber abandonado a su suerte
a doña Paula y a Martina, y de haber desairado las expectativas
que él mismo había ayudado a crear. Él no podía hacer mucho,
es cierto, pero quizá sí mostrarles un camino. ¿Por qué no? Podía ser un negocio fácil y rentable, como demostraba muy bien
el reportaje. Y Martina sería la directora. El problema estaba en
que aquella gente era demasiado pobre para emprender siquiera
la reforma. Y eso sin contar con que él no entendía nada de
cooperativas, ni de subvenciones, ni de negocios ni de burocra-
cia empresarial. Además, al día siguiente de despedirse para
siempre, había empezado a sentir nostalgia de Martina y a re-
concomerse de nuevo con la idea de haber equivocado su futuro. Quién sabe si tras la idea de gestionar una cooperativa no
alentaría la esperanza de volver a ver a aquella muchacha cuyo
recuerdo continuaba persiguiéndolo y desazonándolo a todas
horas. Quizá todo esto es una trampa del amor, pensó sombrío.

—Bien. Lo pensaré —dijo, y se levantó para irse.

—¿Quiere usted ver la furgoneta?

—No es necesario.

—Funciona. Lo que pasa es que no tiene batería, pero funciona.

Uno tras otro, seguidos por el galgo, recorrieron el pasillo
entre los montones de cachivaches y salieron al fresco del anochecer. Caía una lluvia caliente y menuda.

—Espere que busco un paraguas y le acompaño hasta el depósito.

Caminaron despacio y en silencio por el pasto mojado.

—Vaya usted a ver a la viuda. Ella no estima esto. La última
vez que vino por aquí fue hace cosa de un año, ¿y sabe usted
lo que me dijo? Me dijo: «De esta corte ya solo queda el bufón», refiriéndose a mí. Yo no tengo gracia alguna, pero esa mujer en cuanto me ve se echa a reír. Me dice: «Tú tenías que ir
con el galgo a uno de esos programas de la tele donde descu-
bren a artistas nuevos. Harías muy buen cómico». Y es verdad
que yo estoy viejo y un poco rengo. Y solo me quedan tres
dientes. Y de comer, un poco de caldo y café con galletas. ¡Pero

tenía que haberme visto usted hace unos cuantos años! Yo entonces era incansable. Trabajaba diez horas o las que hicieran falta, y luego hacía chapuzas de fontanería. Tenía una moto, no sé si habrá visto ahí en la puerta lo que queda de ella, y los domingos la desarmaba y la armaba en un periquete. Y por la tarde iba con otros a un merendero y me comía y triunfeaba yo solo un conejo guisado. ¡Joder qué tiempos! Si usted cogiera esto y lo pusiera en pie, yo volvería otra vez a ser joven. Y si lo coge, yo le ruego que no me despida, que me deje aquí de guarda nocturno o de lo que sea, porque este lugar ha sido mi vida, y además no tengo donde ir.

Matías le dio una palmadita en la espalda.

—Quizá vuelva con otra persona. Un experto en el sector.

—Pues me parece muy bien.

—Oiga —dijo Matías al rato—. Las lechuzas ya han debido salir para Fuenlabrada.

—¡Ah, toma, seguro que sí! ¡Menudas son! —dijo Ortega—. ¿Ve? Aquello es Fuenlabrada —y señaló los bloques de viviendas que había a lo lejos, y de los que ahora solo se veían las luces entre la neblina de la llovizna y del anochecer.

—Cuando se inauguró la fábrica, allí no había nada, solo campo. Y yo he visto cómo nacía Fuenlabrada, y ya hace años que observo cómo se acerca cada vez más. Llegará el día en que esto sea también Fuenlabrada. ¿A usted qué le parece que un hombre sea más viejo que una ciudad? Eso antes no pasaba. Pero ahora vivimos malos tiempos —y con la manga del mono se restañó los ojos pitañosos—. Oiga, ¿no tendría usted por ahí un cigarrito para luego?

Se despidieron en la parada del autobús. Desde la ventanilla, cuajada de gotitas de lluvia, Matías lo vio alejarse, emparejado con el galgo, los dos lentos y cojeando, hasta que se perdieron en las primeras sombras de la noche.

IX
Un hombre entre un millón

Al día siguiente salió de la oficina unos minutos antes, telefoneó a Ortega para anunciarle la visita, tomó en dirección contraria a la habitual, se apostó tras una acacia y tras el periódico abierto a dos manos y esperó a que apareciese Pacheco. Enseguida lo vio venir caminando a buen paso, vestido con uno de aquellos trajes cruzados y ceñidos que resaltaban y a la vez estilizaban su figura chaparra, balanceando bizarramente el maletín y ofreciendo la barbilla pujante, como si llevara encomendada una misión de urgencia y desafiara de antemano a quien osase detenerle. Matías calculó la distancia y, cuando lo tuvo a tiro, abandonó su escondite (absurdamente le dio la impresión de que salía de un burladero para la faena de recibo) y se destacó en mitad de la acera. Pacheco hizo un gesto espantadizo y rectificó el trayecto sobre la marcha con intención de sortearlo, al tiempo que con la mano libre iniciaba un saludo impreciso, pero Matías lo detuvo tocándolo levemente en el pecho con el periódico enrollado.

—Quiero hablar un momento contigo —le dijo.

—¿Conmigo? —y se señaló a sí mismo con el pulgar.

—Sí, es solo un momento. Cómo te explicaría. He pensado en ti porque necesito la opinión de un experto, de un profesional como tú. Tú conoces bien, como nadie, el mundo de los negocios, ¿no es eso?

—Hombre... —dijo Pacheco con una humilde sonrisa de suficiencia.

—Es un asunto confidencial y me gustaría que esto quedara entre nosotros. Bueno, pues resulta que yo, cómo decirlo, estoy pensando en promover una cooperativa, una pequeña empresa de cinco o seis empleados. Por eso quería hablar, consultar contigo.

168

Pacheco dio un paso atrás y chafó la cara de asombro.

—¿Una empresa? ¿Que tú —y recalcó la última palabra y lo apuntó ostensiblemente con el dedo— vas a crear una empresa?

—No, no, es solo una cooperativa y yo no voy a formar parte de ella. Yo lo único que quiero es ayudar a una pobre gente que he conocido. Organizarlos, asesorarlos.

—Pero una empresa ¿de qué?

—Ya te lo explicaré por el camino, porque si no tienes inconveniente vamos a ir a verla ahora mismo. Y eso es lo que quería pedirte, que la veas, que me des un consejo técnico, una opinión de profesional. Solo eso.

Aprovechando la confusión de Pacheco, sin darle tiempo a discrepar, paró un taxi y, apenas se acomodaron, empezó a explicarle la naturaleza del negocio. Había una nave, unas máquinas, una furgoneta y un fichero de proveedores y clientes. «Se trata de una pequeña fábrica de envases de cartón y papel.» Esperó a que Pacheco dijese algo, pero Pacheco lo miró boquiabierto, inició un balbuceo y volvió a sumirse en su mutismo estupefacto. Parecía no haberse recuperado de la sorpresa de que un hombre como Matías Moro, al que él conocía desde hacía muchos años, pudiese tomar parte en una aventura empresarial. Matías lo miraba de reojo: tenía las solapas y los hombros punteados de caspa, y un rodal de sudor en el cuello de la camisa, y con las uñas de los meñiques, que las llevaba largas y amarillas, se limpiaba las otras uñas, y a veces salía de su profunda y atónita reflexión y se entregaba a un parpadeo nervioso, como si todavía no diese crédito a la situación que estaba viviendo. «¿Envases? ¿Una empresa de envases?», dijo de pronto, como si gritase en sueños. «Sí, ahora la verás.»

En el taxi, hacía un calor de sauna. Matías cambiaba cada poco tiempo de posición porque los pantalones se le pegaban en el asiento de material sintético, y no había modo de encontrar una postura ventajosa. Cuando el coche tomaba velocidad, entraba por las ventanillas un aire caliente y espeso como sopa. La ciudad empezaba a descarnarse en descampados y suburbios y Pacheco seguía mirando al frente, con el maletín en el regazo, hipnotizado al parecer por un rosario de nácar que pendía y se balanceaba en el espejo retrovisor. El taxi parecía un cuartito de estar. El salpicadero estaba guarnecido por un tapete de ganchillo, y en él había una jaulita con un jilguero de trapo, y aquí y allá se veía un portarretratos de cuero con tres fotografías ovales, dos niños y una mujer, una Virgen de Lourdes, con su gruta, su fuente y su rocalla, una imagen de San Cristóbal, una banderita de España, un escudo del Atlético de Madrid, una muñequita vestida de flamenco, botellitas mínimas de licores, un avioncito de reacción, y otros muchos objetos decorativos y hogareños, y la luna trasera estaba velada por una cortina con cenefa.

De pronto Matías encontró en todo aquello (en el silencio de Pacheco, en el calor, en los adornos, en el paisaje) signos premonitorios de desastre. De pronto se arrepintió de haberse confiado ingenuamente a un hombre con el que apenas tenía trato y que en el fondo lo despreciaba, porque para Pacheco él era la imagen patética del oficinista conforme con su suerte y carente por tanto de ambiciones y de espíritu emprendedor. Al ver la fábrica, se reiría de él, y le faltaría tiempo para contarlo todo y a su manera en la oficina, ¿quién creéis que quiere fundar su propia empresa?, ¿quién dijo que Matías Moro carecía de aspiraciones de futuro?, y hasta era posible que se enterase Castro y que todos a una, y ya para siempre, le tomasen el pelo y le pusieran un mote, el Rey del Cartonaje o algo así. Y el caso es que la noche anterior se había acostado con la convicción de que solo su buena voluntad y su ignorancia del mundo empresarial podían haberle inspirado una idea tan desatinada como aquella. ¿Qué sabía él de fábricas, ni de cooperativas, ni de nada? Así que dio por cerrado el asunto. Pero al otro día pensó que acaso era precisamente su ignorancia lo que le hacía ver tan insensato aquel proyecto. Quizá todo fuese muy sencillo, como se desprendía del reportaje, y quizá Pacheco supiese cómo solicitar subvenciones, y otros muchos recursos, para poner aquello en marcha. Ante las dudas, y para evitar la culpa de no haberlo al menos intentado, y ya que a nada le comprometía la gestión, se había decidido al fin a abordar a Pacheco.

Pero ahora de nuevo volvía a comprender lo ridículo y absurdo de su plan. Ahora iba en el taxi y su ánimo era cada vez más sombrío, y cuando se apearon junto a las vías muertas, estaba ya angustiado, y lleno de una oscura furia contra Pacheco y contra sí mismo. Eran las cuatro y el sol caía a plomo sobre aquel arrabal desolado e inhóspito. «Allí, la nave que se ve al fondo», fue lo único que dijo. Tomaron el sendero de tierra entre el pasto reseco. El sol reverberaba en las cantoneras doradas del maletín de Pacheco y en la multitud de vidrios rotos y dispersos por el erial. Si levantaban la vista, veían relucir los cristales de los lejanos bloques de viviendas de Fuenlabrada, y hacia allí el baldío parecía una lámina temblorosa de estaño. Matías intentaba ordenar su biografía de los últimos meses para encontrar el origen de su infortunio, y la suma de azares y malentendidos que lo habían condenado a caminar detrás de Pacheco por aquella vereda, cuando podía estar ahora en casa, echándose la siesta en el sofá, a salvo de preocupaciones y trabajos. Y otra vez se acordó de la costa, y se imaginó a sí mismo en un coche nuevo con las ventanillas abiertas al aire fresco del mar.

Cuando entraron en la nave, aún le latía en la cabeza el hervor de la resolana, y tenía los ojos llenos de chiribitas y de deflagraciones en color. Pero allí dentro hacía una penumbra acogedora, y un leve frescor de iglesia o de zaguán. Matías se sintió con ganas de tumbarse a dormir en cualquier lado.

—Adelante, adelante —dijo Ortega—. Les enseñaré primero las máquinas.

Pero antes de que él y el galgo echaran a andar, Pacheco les tomó la delantera y se adentró por entre los montones de detritos con un ímpetu y una competencia que parecía un ministro rindiendo visita a un lugar declarado zona catastrófica, examinándolo todo, parándose en seco y girando sobre sí mismo con la vista y hasta el olfato puestos en algún punto inconcreto del aire, volviendo sobre sus pasos, yendo y viniendo como un perro tras un rastro impreciso.

—Ese es el experto del que me habló, ¿eh? —dijo Ortega.

—Sí. ¿Se nota?

—Ah, ya lo creo que sí. Ese sabe lo que se hace. Y da gusto verle trabajar. ¿Y qué lleva en esa cartera?

—No tengo ni idea.

—Don Victoriano tenía también una cartera y allí había de todo. Para los niños sacaba dulces; para las damas, rosas; para los hambrientos, bocadillos; para los fumadores, puros; para los enfermos, medicinas; para los jugadores, lotería; para los devotos, estampitas; para los borrachos, licores, y a los que tenían frío les daba una bufanda, y a los enamorados poesías, y para todos tenía siempre algún obsequio. Y todo lo sacaba de la cartera.

Salieron al claro donde estaban las máquinas en el momento en que Pacheco trasponía de un salto los escalones de hierro y entraba en la oficina.

—¿No quiere usted ver la maquinaria? —gritó Ortega con su voz afónica.

—¡Ya está vista!

—¡Son alemanas! —gritó aún.

Matías y Ortega, seguidos por el galgo, subieron tras él. Pacheco había abierto el maletín y rebuscaba algo en su interior. Ortega se puso a hablarle entonces de los viejos tiempos, de don Victoriano Redondo, de su amistad íntima con Franco, de los dieciocho operarios fijos que llegaron a trabajar allí, de las más de veinte mil cajas diarias solo de zapatería, de la furgoneta, del fichero de proveedores y clientes. Pero Pacheco no le prestó atención. Había logrado encontrar al fin una agenda y ahora se paseaba por el despacho y de vez en cuando se paraba a apuntar algo. Las golondrinas volaban y chillaban entre los caballetes y se oía el zureo invisible de las palomas.

—¿De qué año son las máquinas?

—Son alemanas —dijo Ortega.

—¿Y la furgoneta?

—No tiene batería pero funciona y corre como un demonio.

—Bien. Esta oficina, la mesa, las sillas, el fichero, esa máquina de escribir, son verdaderas piezas de museo. Haría falta crear nuevos espacios.

Matías lo miró con la boca floja.

—Se puede ampliar —dijo Ortega—. Yo conozco a unos albañiles de la zona...

—Esta podría ser, digamos, el área gerencial —lo interrumpió Pacheco—. Como mínimo, habría que crear un área comercial y otra de márketing.

Con un amplio y enérgico ademán se guardó la agenda, se acercó al fichero, extrajo un taco de fichas, examinó algunas y finalmente las hizo saltar y cantar sobre el pulgar como un mazo de naipes.

—¿Cuánto tiempo hace que cerró la fábrica?

—Cuando murió don Victoriano.

—¿Y eso cuándo fue?

—Él murió en noviembre, como el Caudillo.

—Pero ¿de qué año?

—Pues hará ya diez.

—Entonces estas fichas son también para el museo. Y probablemente a las máquinas les pase lo mismo.

—Las máquinas son alemanas y yo las engraso y las pongo en marcha los domingos —protestó Ortega.

Pacheco cerró la bandeja del fichero con un golpe seco, aprovechó el movimiento para estirar y encoger violentamente el brazo y consultó el reloj:

—Es suficiente —dijo, y con un rápido juego de pulgares cerró los broches del maletín, lo agarró y salió de estampida.

Ortega miró consternado a Matías.

—Sí que es un experto —dijo.

Matías bajó la cabeza y otra vez se sintió abatido y furioso, porque la actitud de Pacheco venía a confirmar sus más negros presagios. El Rey del Cartonaje, pensó.

Salieron al terrenal y de nuevo tomaron la trocha, Pacheco abriendo camino, avanzando al ritmo boyante del maletín, y Matías procurando no perder distancia, acomodando absurdamente sus pisadas a las de Pacheco, dominado por la sugestión de que caminaba al borde de un abismo y de que el cogote que le precedía, erizado de espinillas y de granitos purulentos, era la referencia para no precipitarse en el vacío. El aire inflamado de luz tenía una vibración de espejismo, y entre eso y el fulgor de los vidrios rotos, Matías se imaginó una estampa bíblica de maldición y de destierro, de sandalias, túnica y cayado, vista en el tecnicolor vehemente y trémulo de las películas de barrio de la adolescencia.

Uno tras otro cruzaron las vías muertas, entraron en las primeras calles y se detuvieron ante una casa humilde de una sola planta, que era una taberna que tenía un merendero en la puerta bajo el sombrajo de un parral. Había allí una sobremesa de hombres que levantaron unánimemente los ojos y suspendieron los vegueros y los abanicos de naipes con una especie de indiferencia vigilante para verlos pasar.

Era un local con un mostrador muy alto de cemento, olor a escabeche y a frascas de vino agrio y muros sofocados por carteles de fútbol y de toros, llaveros, décimos de lotería, navajas cabriteras, mecheros de mecha, platos de cerámica con chistes y refranes, un cartel con una rubia explosiva, una garrota gigantesca. Diseminados a lo largo de la barra, había cuatro hombres que también se volvieron para ver entrar a Matías y a Pacheco.

Ocuparon una mesa del fondo y pidieron unas cañas y unas raciones de queso y boquerones fritos. Matías se quitó la chaqueta y la emperchó en el respaldo de la silla. Allí se estaba fresco, y el lugar se le figuró un oasis en lo más hondo del desierto. Solo cuando les sirvieron, Matías se animó a hablar. Echó un trago largo y se limpió la espuma con un gesto rudo, un poco desfachatado, para prevenirse así contra la posibilidad de una burla.

—Ya has visto lo que hay —dijo—. Un viejo, un galgo y un montón de chatarra. Ya sé que es una ruina, pero así y todo quería conocer tu opinión de experto.

Pacheco se pinzó el labio inferior con el índice y el pulgar.

—Bueno, sobre eso habría mucho que hablar. Así más o menos empezó la Ford, y lo mismo la Coca-Cola o la Marconi. ¿Y cómo empezó Juan March?

Matías se encogió de hombros.

—Yendo de aquí para allá con un camioncito —y engulló un boquerón.

Mientras hablaba, fue colocando sobre la mesa el reloj, las llaves, la pulsera magnética, la agenda, el bolígrafo y una calculadora de bolsillo. Luego rectificó las posiciones hasta quedar satisfecho del conjunto.

—No, ese no es el problema. ¿Qué tenía Dios para hacer el mundo? Nada, solo su divinidad. Ahí no había materia prima, ni siquiera un poco de chatarra. No había nada. ¿Y cómo lo creó? Con un soplo espiritual. Ahí está la clave, en el espíritu —y engulló otro boquerón.

Matías pensó si no estaría burlándose de él. Por si acaso, se llevó el puño a la boca, como si fuese a tocar una corneta, y esperó a ver en qué paraba aquel discurso

—Sí, ese es el problema, tener o no tener el espíritu capaz de trascender la materia. ¡Y eso es tan raro y tan difícil! —dijo para sí, con un dejo de sobrecogimiento en la voz—. Yo lo sé por propia experiencia, y no me da vergüenza confesarlo. Yo he estado tres veces a punto de dar el gran paso, tres veces creí sentir en mí ese soplo espiritual, y tres veces inicié las gestiones para fundar mi propia empresa, pero en ninguna conseguí alzar el vuelo. Me faltaba espíritu y valor. Porque el problema no está en que las máquinas sean viejas o en que la cartera de clientes esté desfasada. Eso son pequeños obstáculos, como los que tuvo Cristóbal Colón para encontrar a alguien que le financiara el viaje hacia el Nuevo Mundo.

Uno de los bebedores solitarios se puso a jugar en la máquina tragaperras. Se oyó una alegre melodía de notas electrónicas.

—Sí, el problema —dijo Pacheco levantando la voz— es encontrar a alguien que tenga el espíritu, la fe, la energía, la genialidad, y yo creo que hasta la locura, para lanzarse a lo desconocido y arrastrar a otros en la gesta. Un líder. Luego, los obstáculos, por grandes que sean, se superan con facilidad. Yo diría que hasta ellos mismos ceden ante el ímpetu del pionero. Pero hombres así, salen uno de un millón, si acaso. Lo demás viene todo por añadidura. Es de libro.

Matías acariciaba con la punta del cigarrillo el borde del cenicero.

—Bueno, tampoco es cuestión de mitificar a los empresarios —dijo en voz baja.

Pacheco se hizo un bocadillito de queso y se lo echó adentro de una vez.

—¿Por qué no? —dijo con la boca llena—. Los grandes empresarios son mitos modernos, de los que un día se hablará como hoy de Hércules o del Cid. ¿Qué va de uno a otro? Ya lo he explicado alguna vez en la oficina. El dinero tiene sus héroes como la guerra los suyos. Y mejores, porque el empresario crea vida y el soldado la quita. A mí no me parece más noble ni más poética una espada que un bono del tesoro. Y las batallas del dinero, por otra parte, no son menos feroces que las de las armas. Yo he estudiado la biografía de los grandes hombres financieros. Conozco sus virtudes mejor que mis propias debilidades. Casi todos empezaron de la nada, y de la nada crearon imperios con la sola fuerza de su determinación y de su fe, y de ellos comieron y bebieron las masas miserables. Así nació el progreso. Así se forjó la sociedad del bienestar. No hacen milagros, pero a su modo consiguen multiplicar los panes y los peces, y que llueva maná del cielo y brote agua de la roca. Y en muchos casos, no les mueve la ambición material. El dinero en ellos es solo un añadido, como la pluma en el sombrero. No, se trata de crear, de combinar las cosas de la tierra, el hierro y la seda, el gas natural y las manzanas, el aluminio y las habas de soja, la automoción y la gastronomía. Piensa en todo cuanto la naturaleza ofrece y el hombre inventa, y no encontrarás dos términos que un empresario audaz no haya vinculado con su talento y con su arrojo. Y deben oponerse tanto a las utopías de los marginados como al conservadurismo propio de los Estados, y crear un tercer camino: la ruta de las Indias. A su modo, son elegidos, gente tocada por la gracia, como los santos y los poetas. Y esto son hechos, que están ahí, tan reales como nosotros mismos.

Matías esperó cortésmente a que aquellas palabras se cobraran un silencio solemne y se cargaran de razón.

—Puede ser —dijo—, pero aquí de lo que se trata es de fundar una cooperativa de cinco o seis obreros, nada más —y entonces contó que había conocido a un grupo de gente mísera, extranjeros sin papeles, parias sin esperanza, y que esa experiencia fue la que le inspiró la idea de promover una cooperativa.

—Yo no soy experto en ese tema —dijo Pacheco—, pero sí sé que las cooperativas de pobres no funcionan; está demostrado. Eso pertenece a la prehistoria empresarial.

—Pero he oído que hay subvenciones y ayudas.

—No creo —dijo Pacheco, y con el índice introdujo en sus palabras un matiz de desdén—. Las subvenciones, en todo caso, vienen luego, cuando todo está en marcha. Y más aún si hay extranjeros sin papeles. Por otra parte, es casi seguro que entre esa gente no hay nadie cualificado para asumir siquiera la dirección de la empresa.

Matías se animó ante la perspectiva de que su idea era inviable, y de que allí iba a acabar aquel lance enojoso.

—Sí, es cierto. Yo creo que la mayoría de ellos no saben siquiera leer y escribir. Y además no tienen dinero. Ni un duro.

176

—Bueno, ese es, como expliqué antes, un problema relativo.
—Ya.

—Si hubiera alguien capaz de guiar a esa gente, como Moisés a los hebreos, aún podría ser —y con la uña crecida del meñique se extrajo de los dientes una espina de boquerón.

—Sí, pero eso en el caso de que la fábrica tuviera futuro —dijo Matías, intentando precipitar un diagnóstico adverso y definitivo—, porque tampoco creo que pueda hacerse mucho con una nave en ruinas donde solo hay chatarra.

Pacheco entonces torció la cabeza y enfiló a Matías con una mirada suspicaz.

—Todo esto no será una broma, ¿no?

—¿Una broma?

—Sí, una broma, en la que quizá está implicado Bernal.

—No, no, Bernal no sabe nada. Ni él ni nadie —se apresuró a decir Matías—. ¿Cómo iba a ser una broma?

—No sé, no sé, ya en el taxi se me ocurrió que todo podía ser un montaje de Bernal para burlarse de mí.

—Por supuesto que no —dijo Matías, y enseñó las palmas de las manos como testimonio de inocencia.

—O sea, que la cosa va en serio.

—Bueno... —dudó Matías.

Entonces Pacheco se acercó a Matías dando saltitos con la silla, se inclinó hacia él y juntó la cabeza a la suya como si fuesen a hacerse juntos un retrato de fotomatón. Luego subió la mano e invitó a contemplar allá en lo alto una visión de ensueño.

—Has hablado sobre si la fábrica tiene o no futuro. ¿Que si tiene futuro? —dijo con un susurro confidencial y apasionado—. No pude decirlo delante de aquel hombre para no encarecer el producto, y también porque creí que se trataba de una broma. Pero la verdad es que, nada más entrar en la nave, y según la iba recorriendo luego, me la imaginé ampliada, reformada, con despachos nuevos en cuyas puertas pondría —y con la mano alzada hizo un pase como de hipnosis para fijar la evocación, y Matías vio el puño sucio de la camisa, los gemelos dorados, la pálida red fluvial de las venas en la muñeca—, «área gerencial», «área de personal», «área de márketing», «área de producción», «área de distribución»...

Con otro pase mostró no la furgoneta sino una flota de camiones, y no las cajas de cartón y vulgares bolsas de papel sino los nuevos diseños etiquetados y codificados que habrían de revolucionar el mundo del envase.

—Ese es el futuro, y solo hace falta un elegido, alguien que lidere el proyecto, o mejor dicho la aventura, porque yo me lo imagino como una expedición hacia tierras ignotas, y no menos apasionante que la exploración del Ártico o la conquista del Oeste.

Por un momento se quedaron los dos en silencio con los ojos fijos en lo alto, fascinados por la ensoñación. Finalmente, Matías dio un suspiro de desencanto. Recogió el tabaco y el mechero. Allí se estaba fresco, pero él empezaba otra vez a tener calor. Pensó que quizá todavía llegara a tiempo de ir a la peluquería. Solo tenía que salir de casa y cruzar la calle, y era un placer cuando se sentaba en el sillón y le ponían el babero y él inclinaba la cabeza y ofrecía el cogote desnudo e indefenso. El peluquero lo conocía desde hacía muchos años y aprovechaban para hablar de fútbol y de las cosas pequeñas de la vida. Y siempre estaban de acuerdo en todo. Miró el reloj: las 5.30.

—Bien, habrá que irse yendo.

Pacheco se echó atrás con un gesto asombradizo.

—¿Cómo yendo? ¿Y la cooperativa?

—Bah, eso es absurdo, lo he visto ya muy claro.

—¿Absurdo? Al contrario. A mí me parece una intuición genial. ¿Cómo se te ocurrió?

—Pues no sé, leí el anuncio en el periódico por casualidad.

—A lo mejor no fue una casualidad —insinuó Pacheco.

—¿Cómo que no?

—Bueno, quiero decir que a lo mejor fue algo más que una casualidad. Lo pensé por primera vez en la fábrica y ahora vuelvo a pensarlo con más fuerza. A lo mejor fue una revelación. A lo mejor el destino te ha elegido a ti para refundar esa empresa.

—¿A mí? Qué tontería. Lo último que sería en mi vida es empresario.

Pacheco se quedó un rato en silencio, mirando a la inmensidad del vacío, y Matías supo que iba a decirle algo inquietante. Lo sintió como el creciente gorgoteo de una botella que está ya a punto de colmarse.

—Es curioso cómo a veces el elegido es el último en enterarse de su misión —dijo hablando para sí mismo y con un eco trémulo en la voz—. Porque el elegido puede ser cualquiera, y no hace falta que tenga marcas especiales. Al revés, a menudo es una persona oscura, y no se la ve venir hasta que está ya encima. Así eligió Dios a la Virgen María. ¿Y tú no has oído hablar de la leyenda de Excalibur, la espada hincada en una roca que solo el hombre que estuviera llamado a ello podía arrancar, mientras que los demás, por fuertes y mañosos que fuesen, no podían ni moverla? Lo mismo pasa en los negocios. ¿Cómo surgió Rockefeller? ¿Y Rothschild, quién era Rothschild antes de que el destino llegara a cantar a su puerta? Un escribiente, como nosotros. Todo eso, y mucho más, está en los libros; yo lo he leído. Son hechos. En el mundo del dinero ocurren cosas prodigiosas. Lo que se cuenta de Alí Babá y los cuarenta ladrones, no es inocente, y su caso es pan pringado al lado de las historias reales que yo me sé. Sí —y miró a Matías como desde un semisueño—, puede que tú seas un elegido, un ganador. ¿Por qué si no tú, que no tienes inquietudes empresariales, y que careces de ambiciones, precisamente tú, vas a descubrir esa fábrica perdida en este rincón del mundo y que, ahí donde la ves, puede que sea un filón de oro?

Matías empezó a impacientarse.

—Ya te lo dije, yo solo quería informarme, saber lo de la cooperativa, nada más. Y aquí no hay más misterio.

—De acuerdo, entonces dejemos la filosofía para otra ocasión y vayamos a lo práctico —dijo Pacheco, y corrigió mínimamente la posición de sus objetos en la mesa como si centrase las fichas en sus casillas antes de comenzar una partida de ajedrez—. Seamos prácticos. Tú quieres ayudar a esa gente, ¿no? Darles trabajo.

—Sí.

—Bien. Y esa gente no tiene dinero ni preparación.

—No.

Pacheco se abrió el vuelo de la chaqueta y prendió los pulgares de los tirantes elásticos, en una actitud escrupulosamente deductiva

—Bien. Y ahora permíteme una pregunta personal. ¿Tú tienes algunos ahorros?

—Sí.

Pacheco siguió esperando la respuesta.

—Bueno, tengo unos cuarenta millones.

—Suficiente.

—¿Para qué?

—¿Cómo que para qué? Para comprar la fábrica —y antes de que Matías reaccionase, subió una mano y pidió por señas otras cañas.

—Pero eso es absurdo —susurró Matías.

—Al contrario, es todo muy lógico. Vamos a ver, aquí hay tres posibilidades —y enseñó el pulgar, el índice y el corazón—. Una, que compres la fábrica y que refundes la empresa; dos, que compres la fábrica, hagas la reforma, pongas en marcha la empresa y luego se la cedas a esa gente con los beneficios a medias hasta amortizar; y tres: en el caso de que esa gente no quiera o no sepa formar la cooperativa, y a ti no te guste ser empresario, vendes el negocio y ganas un montón de dinero fácilmente. Se mire por donde se mire, no arriesgas nada, y siempre sales ganando.

Matías corrigió la posición del palillero.

—Y si es un negocio tan fácil, ¿por qué no te metes tú en él?

—Porque eres tú el que lo has descubierto.

—Ah, no, yo te lo cedo muy gustoso.

—Y sobre todo porque yo no estoy llamado a eso. Yo no soy un ganador. Yo lo intenté ya tres veces y fracasé las tres. Ya te dije antes que no se trata de elegir sino de ser elegido. Además, yo no tengo dinero. Pero dejemos estas pequeñas cosas y examinemos la primera opción: fundar tu propia empresa. Yo conozco bien el mundo del envase y te aseguro que, en dos o tres años, esa fábrica puede convertirse en un emporio. Yo sé cómo introducirse en el mercado de los refrescos, de los productos lácteos, de la industria química. O, por ejemplo, China. Es solo un ejemplo. Solicitar un crédito y montar una sucursal en China. China es la nación del mundo que más crece actualmente, un doce por ciento. El futuro está allí. Mil millones de consumidores. ¿Te imaginas cuántos millones de envases de todo tipo podrían venderse allí en un solo día? Vivimos tiempos mágicos —susurró, y se inclinó sobre Matías para asegurarse del mensaje—. Yo sé de uno que, sin moverse de su despacho, entró en contacto con desguazadores de barcos, compró sistemas hidráulicos y otros equipos, y piezas de mantenimiento, y las vendió ese mismo día a otros países a precios de segunda mano, ganando una fortuna. Otro juntó cientos y cientos de millones exportando pechugas de pollo congeladas, o importando pizarra para tejados y revestimientos de poliéster. Uno, con tres perras, fundó en China una fábrica de muelas y ahora vive en un palacio de Miami. Esta es la gran época en que el dinero es libre y sin fronteras. Y el dinero libre hace al hombre libre. Aquí estamos nosotros dos, simples oficinistas, fraguando un plan que a ti te puede convertir en un hombre tan poderoso o más que el propio Castro. ¿A ti no te gustaría ser multimillonario?

—Pues no sé, nunca lo he pensado.

—Pero es que, además, podrías crear, no cinco o seis, sino cientos de puestos de trabajo. Y quién sabe si miles. Y es curioso —y se llevó una mano a la barbilla para expresar mejor su perplejidad— cómo a los grandes magnates no les mueve tanto el lucro como la inquietud social. Hay muchos casos que podría contar. ¿Tú no has oído cuentos de alguien que por ayudar mínimamente a otro resulta recompensado con el hallazgo de un tesoro o de una lámpara maravillosa?

—Pero eso son cuentos.

—No creas. Esos cuentos reflejan muy bien la realidad. No se inventan porque sí. Y a ti puede ser que el destino te haya puesto ante una de esas situaciones únicas.

—Vamos, vamos —dijo Matías.

—Es así, como yo te lo cuento. La época que vivimos es tan mágica o más que los tiempos de las hadas y los gnomos. Es de libro.

Entre los jugadores de cartas, bajo el emparrado, parecía haberse iniciado una disputa. Pero no había voces, ni movimientos bruscos, y el único indicio de violencia era que dos hombres se sostenían la mirada de perfil y los otros habían abierto un poco el corro para aislarlos y destacarlos y ahora los contemplaban en silencio. Matías sintió como algo físico la hostilidad del prójimo y del mundo y añoró su barrio, su casa, su cuartito de estar.

—Yo creo incluso que es tu deber, moral y social, comprar la fábrica y ayudar a esa gente. Sobre todo tratándose de algo tan fácil y seguro. En cierto modo, es un pecado rechazar esos regalos del destino.

—No, no, todo esto es ridículo —dijo Matías, que empezaba a sentirse agotado por la tozudez de Pacheco, y por sus argumentos, tan insensatos como contundentes, y a los que poco o nada cabía oponer—. Además yo no tengo ni idea de cómo funciona una empresa.

Pacheco se aclaró la voz como si fuese a entonar un aria.

—Producción y consumo: ese es todo el secreto.

—Eso son vaguedades.

—Al revés, es enormemente concreto. Se elaboran muestras de envases, se confecciona un catálogo, se visita a los clientes, se cierran pedidos y se empieza a producir.

—¿Así, sin más?

—Bueno, ese es solo el esquema, el primer *planning*. Luego hay que desarrollarlo —y con la uña del meñique se puso a agrupar miguitas de pan—. Por ejemplo, hay que hacer previamente un análisis de mercado, renovar y ampliar la cartera de clientes, crear una base de datos, idear una estrategia publicitaria, calcular la vida de los productos, estudiar a fondo el Dafo...

—¿El qué?

—El Dafo. «Debilidades, amenazas, fortalezas y oportunidades.» Es una herramienta de análisis crítico del proyecto. Y también habría que hacer un estudio del *cash-flow* y calcular los costes hasta que se alcance el umbral de rentabilidad. Después, más adelante, en una segunda fase, habría que diseñar nuevos productos, renovar la maquinaria, fijarse nuevos objetivos, conquistar nuevos mercados. Pero lo más importante es crear una estructura y un espíritu. Lo otro es el cuento de nunca acabar. Y es que el márketing es una ciencia inagotable. Yo llevo estudiándolo hace no sé ya cuántos años, y casi todas las noches me quedo leyendo hasta la madrugada, y hago cursos y masters, y aun así apenas consigo avanzar —e hizo un gesto de desaliento pero también de orgullo.

Matías abrió los brazos mostrando la evidencia que el mismo Pacheco le había proporcionado.

—Pues fíjate yo, que no sé ni una palabra de márketing.

182

Pacheco espantó los ojos como si expresara ante testigos su incredulidad por lo que acababa de oír.

—¿Y para qué quieres saber tú márketing? ¡Si tú no tienes que hacer casi nada! Tú solo tendrías que hacer como Castro: estar ahí y dejarte ver de vez en cuando. Pero, eso sí, debes hacer creer a los demás que siempre, a todas horas, estás vigilante. Por eso Castro ha puesto en su despacho cristales ahumados: para que la posibilidad de su presencia no cese ni un momento. De ese modo, nosotros no sabemos nunca si nos mira o no, pero la posibilidad de que nos mire es siempre más fuerte que la contraria, y a esa nos atenemos. Claro que para eso —y aquí su voz se hizo imprecisa y problemática— tendrías que buscarte una persona de confianza; una persona que tenga una gran cultura empresarial.

Matías dudó entre dar por zanjada la conversación o preguntar dónde podría él encontrar a una persona así en el caso imposible de que llegara a comprar la fábrica, pero no tuvo tiempo de decidirse porque Pacheco se echó de pronto atrás, se llevó una mano al pecho y lo miró con una expresión vehemente de lealtad y respeto:

—¡Yo puedo ser esa persona! —y había en su voz el mismo éxtasis que en sus ojos—. ¡Yo puedo ocuparme de poner todo en marcha! Ser tu mano derecha. Tu factótum.

—No, no, vamos a ver si nos entendemos —se apresuró a decir Matías, e hizo un círculo con las manos, como si abarcara el perímetro de un pequeño melón, para acotar así un territorio donde sus palabras no pudieran ser adulteradas—. Yo no voy a comprar la fábrica ni a meterme en líos de negocios. Lo de la cooperativa fue solo una idea absurda y ya está, olvidémoslo.

—Pero esa pobre gente existe, y tú la puedes ayudar. ¿Qué te cuesta tender la mano a unos cuantos parias para sacarles del infierno de la miseria? Pero ¡si no te cuesta nada! ¡Ni siquiera arriesgas tus ahorros, como ya te he explicado!

—No, no —se defendió Matías cabeceando obstinadamente—. Y además —se le ocurrió de repente, como argumento de gracia—, en el caso de que yo pusiera en marcha la fábrica, yo no podría ni siquiera pagarte, porque no tengo dinero...

—¡Pero quién habla aquí de dinero! ¿Quién habla de dinero cuando se está a punto de emprender un viaje maravilloso, una aventura llena de emociones y prodigios? En este momento lo único que importa es el espíritu. La fe. Esta es la oportunidad que yo espero desde hace muchos años. Este es el gran sueño de mi vida. Aquí donde me ves, yo en el fondo soy solo un romántico. ¡Yo hago a veces versos y música!

Había elevado la voz, y el corro de hombres volvió hacia ellos los ojos, cavernosos al contraluz y concertados en una mirada inquisitiva. Y entonces, exaltado por la plenitud del momento, Pacheco abrió el maletín, extrajo de él un estuche verde de terciopelo, y de él una flauta de plata, se levantó y se puso a tocar un aire clásico de ritmo cortesano. Los hombres de afuera se acomodaron en sus posiciones para escucharlo, y él siguió allí, con su traje cruzado y sus zapatos de charol con grietas mal resanadas de betún, moviéndose levemente a compás, dejándose mecer por la música como por una brisa muy suave, y soplando con una delicadeza y una inspiración que Matías jamás hubiera sospechado en él. Lo aplaudieron, y él saludó con una reverencia y se ruborizó y volvió a sentarse lleno de beatitud y de una repentina timidez.

—Aprendí a tocar la flauta por mi novia, y también hago versos —dijo con la cabeza gacha, como si confesara una culpa—. Lalita, mi novia, trabaja en una tienda de ropa infantil. Es un poco mística, todo hay que decirlo. Pertenece a un grupo ecológico para la salvación de las ballenas. Tiene una pancarta donde se ve una ballena, con su surtidor doble, y una leyenda que dice: «Salvadnos. Nosotras también tenemos derecho a vivir». Aprovecha cualquier manifestación, no importa de qué signo, para ir y desplegar la pancarta. Y a mí me obliga a acompañarla. Una vez se encadenó, y yo con ella, en la reja de la embajada de Noruega. Estuvimos allí dos días, hasta que vinieron los bomberos a cortar la cadena. Discutimos mucho, y siempre de lo mismo. Yo le digo que quiere a las ballenas más que a mí, y ella me dice que yo soy un materialista, y que no tendría escrúpulos en dirigir una empresa que se dedicara a comerciar con las ballenas. Eres un mercenario, me dice, y serías capaz de ser director de márketing del mismísimo Satanás. Y un día me obligó a hacer versos. Si me quieres, me dijo, demuéstramelo, hazme una poesía. Yo le dije, si yo no sé. Y ella: todos los enamorados saben hacer poesías. Y yo se la hice, y desde entonces me obliga a hacerle una semanal. Se la tengo que entregar los domingos. Vamos a un parque y allí se la recito. Me da vergüenza contar estas cosas, pero las cuento porque tú también has confiado en mí. Y la flauta la aprendí también por ella. Si me quisieras de verdad, me dijo, aprenderías a tocar un instrumento musical e interpretarías para mí bonitas canciones. Así que voy a una academia y todas las semanas me aprendo también una melodía para ella.

—La debes querer mucho —dijo Matías sinceramente emocionado.

—¡No sabes cuánto! Yo creo que ella es un tesoro, y yo la llamo así, «mi tesoro». Pero no lo digo por decir. Es que yo creo que es un tesoro de verdad, con sus joyas y sus monedas y su pedrería, y todo en su cofre, como el del conde de Montecristo. Pero ella no sé si me quiere a mí. Cree que yo soy una persona materialista y vulgar. Yo le digo que el mundo del dinero y del márketing tiene también su magia y su poesía. Yo podría hablar de la explosión de las necesidades, de la mortalidad de los impulsos, de la gestión del caos y de la ambigüedad. Yo le digo: Lalita, el márketing es también creación, pero ella hace un gesto de asquito y me da así con los dedos ondulados, que los tiene preciosos, como diciendo: lejos, lejos, que apestas. Pero ahora, no sé, estoy deseando verla para contarle lo que ha pasado hoy.

Matías lo interrogó con una mirada de alarma.

—¡De contarle que voy a participar en la fundación de una empresa para ayudar a los más necesitados!

—No, no...

—¡Pero si no cuesta nada! ¡Si es la cosa más fácil del mundo! Vamos a ver —y su voz se hizo paciente y pedagógica—. Los dos tenemos vacaciones en julio. Bueno, pues en ese mes hacemos la reforma. Yo esta misma noche comienzo a planificar la estrategia comercial y a escanear el mercado, y mañana mismo contacto con una agencia de diseño industrial para crear los modelos básicos de envases. Luego contrato a un par de vendedores a comisión que yo mismo me encargaré de formar y, entre julio y agosto, actualizamos y ampliamos la cartera de clientes, hablamos con los proveedores, cerramos contratos, seleccionamos al personal entre esa gente que tú conoces, y allá para septiembre empezamos a producir. ¿No es eso lo que tú querías?

Matías lo miró desconsolado.

—No sé, me lo tendré que pensar.

Pero ya en ese mismo instante empezó a pensarlo. Pensó en Martina, y aunque no logró recordar bien su figura y su cara, su belleza se le representó más secreta y atrayente que nunca, porque estaba purificada y enaltecida por el olvido, y entonces pensó, ¿por qué no? El asunto parecía muy sencillo. Pacheco se ocuparía de todo, y él lo ayudaría en las pequeñas cosas. Solo tendría que poner el dinero y, de un modo u otro, no tardaría en recuperarlo. Era una inversión segura. Y luego, en septiembre, o quizá antes, iría a ver a Martina con aquella buena noticia, y ella conseguiría al fin vivir en un lugar digno y tener un buen trabajo y quién sabe si entonces, pero aquí se detuvo, sin atreverse a pasar adelante.

—Habría que investigar primero lo de las subvenciones y todo eso —dijo.

—Yo, como ya te conté, no domino esos temas. Lo mío es el área comercial y de márketing. Pero conozco a la persona ideal para las cuestiones administrativas y legales y para todo el papeleo que exige la creación de una empresa. Te vas a sorprender cuando te diga quién es. Se trata de Martínez.

—¿Martínez, el de la agencia?

—Como lo oyes —confirmó Pacheco con un asentimiento melancólico—. Ahí donde le ves, tan callado y tan gris, y tan suyo, Martínez es único: un fenómeno. De enredos jurídicos, fiscales y burocráticos, no hay otro como él. Martínez conoce todos los laberintos de la empresa. Sí, él es nuestro hombre. Debes hablar con él ya mismo.

—¿Yo?

—Claro, ¿quién si no?

—Bueno, pero primero tengo que decidirme. Además, tengo pensado comprarme un coche nuevo e irme de vacaciones a la costa.

Pacheco lo miró compungido, casi con un puchero infantil en la boca.

—¡Por favor! —dijo—. ¡Ahora no puedes echarte atrás! ¡Hazlo por esa pobre gente! ¡Quién habla de coche ni de vacaciones cuando nos está esperando aquí mismo una aventura maravillosa como no habrá otra! Y hazlo también por mí —y bajó la vista y se puso a hacer esgrima con las uñas de los meñiques—. Es

186

posible que esta sea la gran ocasión de mi vida, y que ya no vuelva a tener otra. Y quizá para ti sea lo mismo. En todo esto yo veo muy clara la mano del destino, y el destino no suele llamar dos veces a la misma puerta. Es de libro.

Matías pensó otra vez en Martina, y en cómo quizá fuese cierto que el destino le ofrecía una segunda oportunidad de acudir a su encuentro. Pensó que solamente si se animaba a comprar la fábrica podría volver a verla. Y entonces en un instante se le renovaron todas sus esperanzas y angustias amorosas. Cerró los ojos, exasperado por la duda.

—Está bien —dijo al fin—. Hablaré con Martínez. Pero con eso yo no me comprometo todavía a nada —y dio un golpe en la mesa a dos manos para dar por concluida la reunión.

Pacheco lo miró emocionado y, antes de levantarse, murmuró en un tono trascendido por la solemnidad del momento: «Sí, creo que tú eres un elegido, un hombre entre un millón».

X
La guerra del márketing

Matías pasó la noche dándole vueltas a aquel proyecto en el que, sin saber muy bien de qué manera, se había visto de pronto comprometido ante Pacheco y ante sí mismo. Por un lado, desconfiaba del diagnóstico comercial de Pacheco, pero por otro sus argumentos se imponían con una lógica que, más allá de su temeridad, resultaba aplastante. Recordaba que, en el reportaje sobre cooperativas, había experimentado esa misma impresión de irrealidad ante la sencillez pasmosa del proceso. Claro que, aun así, él no iba a embarcarse en un asunto que una vez más amenazaba con desarraigarlo de la vida sosegada que había elegido para sí desde hacía muchos años. Él no servía para esas cosas. Y, sin embargo, a ratos se amodorraba y entonces se sentía vagamente seducido por la posibilidad de reanudar las relaciones con Martina: eran momentos de delirio, ráfagas poderosas de ilusión que lo arrebataban de la realidad y lo devolvían enseguida a ella, agotado y vacío. Y era curioso, porque desde que había dejado de ver a Martina, cada vez que pensaba en ella no lograba que su imagen cuajara en la memoria, y todo era un continuo comenzar de nuevo, como una canción de la que solo recordaba las primeras notas. Pero ahora, le bastaba evocar la nave para que Martina apareciese en la memoria con detalles en los que ni siquiera había reparado en el momento de vivirlos. Una de las veces soñó que iba con ella a la fábrica, que la llevaba de la mano por el sendero como si fuesen camino de la escuela, y que nunca acababan de llegar. En la duermevela, las razones a favor o en contra de abandonar el plan o seguir adelante se mezclaban y se anulaban entre sí, como un juego de azar al que la voluntad solo podía asistir impotente y atónita. El conflicto, por otra parte, adquiría en ocasiones un matiz de

188

exhortación moral que venía a agravar aún más su falta de criterio.

En esas brumas pasó Matías la noche, pero cuando se levantó había creído encontrar una solución intermedia. Hablaría con Martínez, y confiaba en que su análisis fuese más riguroso que el de Pacheco y aportase los suficientes riesgos y obstáculos para renunciar con decoro, sin miedo a descubrir más tarde que se había equivocado, a aquel proyecto medio absurdo. Quedaba poco más de una semana para tomar las vacaciones y aún había tiempo de comprarse el coche nuevo y de planear de una vez por todas el viaje a la costa, quizá Cádiz o Huelva, pensó, y desde allí podría pasar a Portugal y regresar por Extremadura, donde estaba por cierto el pueblo de sus padres, que él no había sentido nunca curiosidad por conocer. Esa idea lo animó definitivamente a hablar con Martínez.

Era jueves. Salieron de la oficina y, como siempre, caminaron agrupados un trecho. Veguita y Pacheco fueron los primeros en descolgarse hacia el metro más próximo. Pacheco interrogó a Matías con la mirada y Matías hizo con los párpados una señal de asentimiento. Veguita cruzó la calle y, desde la otra acera, gritó un adiós jovial. Bernal, Matías y Martínez continuaron a buen paso, sin volver la cabeza, como confabulados en un mismo designio. «Le pega bien, ¿eh?», dijo Bernal. «Ya lo creo que le pega», dijo Matías. «A lo mejor a la noche descarga», dijo Bernal, y ya no hablaron más.

Poco después apartó Martínez. Era uno de los dos días de la semana en que no entraba en el metro con Veguita y Pacheco sino que seguía en el grupo y luego tomaba una calle en dirección a Fuencarral. Matías continuó con Bernal acelerando el paso, tirando de él, y en la siguiente bocacalle se despidió con el pretexto de que iba a comer por allí cerca. Bernal saludó militarmente con dos dedos flojos en la sien. «Buen provecho», dijo.

Matías se apresuró con un trote cansino y eficaz, corriendo paralelo a Martínez pero por otra calle, y con tan buen cálculo de las posiciones que, cuando cortó hacia él, fue doblar la esquina y verlo llegar al final de la misma manzana. Iba como siempre vestido de negro enterizo y caminaba sin apenas bracear, pegado a las paredes, y cuando otro viandante se acercaba en dirección contraria, él se pegaba aún más y se ponía ligeramente de perfil, oponiendo el hombro como un mascarón de proa y anunciando así que no estaba dispuesto a desviarse de su mano. Había en él algo de indefenso y a la vez de siniestro, pensó Matías, pues el paso vivo y aplicado le daba a su figura una liviandad como de sombra o de fantasma, pero a la vez parecía gravitar sobre sus hombros una abrumación cósmica.

Matías alargó el paso con la intención de darle alcance, pero en el último momento se detuvo indeciso. Quizá no era aquella la mejor ocasión de abordarlo. Quizá a Martínez le pareciese una intromisión intolerable en su vida privada. ¿Tendría una amante, como decía Bernal entre bromas y veras? Volvió a darle distancia y continuó tras él, sin saber en qué pararía aquella persecución incierta. Porque ahora no solo le guiaba la necesidad de hablarle: también la curiosidad morbosa de descubrir adónde iría aquel hombre dos veces por semana desde hacía más de un año. Qué de aventuras me ocurren últimamente, pensó desalentado.

Martínez salió a la calle de Fuencarral, esperó ante un semáforo, manso y tozudo a un tiempo, mirando siempre al frente, y de nuevo se internó por una calle secundaria, y luego por otras, cada vez más deprisa, hasta que al fin, sin remansar sino torciendo bruscamente en ángulo recto, se hundió de improviso en un portal.

Matías estiró el cuello y se apresuró con la vista fija para no perder la referencia. Dudaba entre seguirlo o esperarlo fuera y hacerse el encontradizo con él. Consultó el reloj como si aguardase a alguien que ya se demoraba y se puso a caminar arriba y abajo, echando miradas furtivas al portal. En un chiscón acristalado, el portero parecía dormir sentado en una silla, la cabeza vencida a un lado y sostenida con tres dedos que le hacían un trípode en la sien.

De pronto Matías se decidió a entrar. No había acabado de cruzar el vestíbulo cuando creyó percibir el rumor apagado de un cántico. Llegaba de muy lejos, y a veces se desvanecía como si se tratase de una ilusión acústica. Siguiendo aquel rastro, tomó por un pasillo y salió a un pequeño patio interior con suelo de mezcla donde había una anciana sentada en una sillita azul de paja. Era una vieja muy arrugada y muy pequeña, con un moño blanco muy apretado y muy bien hecho. Llevaba un vestido claro de florecitas silvestres, y un lazo en el pelo, y desmigaba y comía con los dedos pellizcos mínimos de un trozo de pan y otro de queso que tenía en el regazo. Era ciega, a juzgar por la placidez celestial y fija de sus ojos, y parecía una niña llegada de la escuela y recién lavada y peinada y puesta allí para que se comiera su merienda.

Al fondo del patio, en un entrante, había una ventanita alta, y era de allí de donde salía aquel canto triste y sedante como una nana para muertos. Matías se acercó, se alzó de puntillas y vio un saloncito de actos con unos pocos bancos corridos y gente puesta en pie que cantaba dando unánimemente la cara a las alturas. Sobre un tablado, un hombre con un suéter negro de cuello cisne dirigía el cántico con un blando ondular de manos. Era alto y pulcro, y sus brazos parecían plantas acuáticas meciéndose en una limpia corriente submarina. Matías buscó a Martínez entre todos aquellos hombres felices y aplicados, de rostros extáticos, que reflejaban una gran bonanza interior, pero no lo encontró, quizá porque la actitud arrobada les daba a todos los cantantes un cierto parecido entre sí.

Pensó en preguntarle a la anciana quién era aquella gente y qué clase de religión o de secta era la suya. Pero también ella parecía absorta en el mismo prodigio, así que finalmente movió desalentado la cabeza, desanduvo el pasillo y se paró indeciso ante la puerta abierta del chiscón. El portero seguía durmiendo, con el cuerpo desparramado por la silla y el trípode en la sien, y parecía muy concentrado en las peripecias del sueño, pero con la mano libre jugaba a hacer y a deshacer en la mesa un montoncito de hebras de tabaco. Matías dio un paso adentro y susurró: «Eh, oiga». Había apoyado la mano en la mesa para inclinarse y verterle suavemente el mensaje en la oreja, y como el hombre no se inmutó, Matías, casi sin querer, como si participara en el juego, retiró el montoncito de tabaco, y la mano continuó juntándolo tercamente. Entonces lo tocó en el hombro y el portero se estremeció, abrió los ojos y los entornó, pero no varió su posición en el asiento.

—¿Sí? —preguntó dulcemente.

—Perdón —se disculpó Matías—. Pasaba por aquí y he oído cantar ahí en el patio. No sé, me pareció que cantaban muy bien y entonces se me ocurrió venir a preguntarle.

—¿Es usted periodista?

—¿Yo? Qué va.

—Ya entiendo. Pues si quiere que le diga la verdad yo tampoco sé quiénes son esos hombres —dijo, y bostezó larga y dolorosamente y a partir de ahí la voz le salió distorsionada por el bostezo—. No sé si serán cristianos, o masones, o de los que se casan con varias mujeres a la vez, o de esos que no admiten transfusiones de sangre o qué serán. Porque como además no echan sermones, solo cantan, es imposible de saberlo. Oiga, si me saca en los papeles, no diga mi nombre ni mi empleo, y de fotografías, con una banda negra por los ojos, que luego pasa lo que pasa.

Matías lo tranquilizó con la mano.

—¿Y hasta qué horas suelen estar cantando?

—Cantan todos los días desde después de comer hasta la medianoche. Y en los festivos, también por la mañana.

—Es mucho tiempo.

—¡Anda, anda! ¡Y más que cantarían si pudieran! Si no fuese por las ordenanzas, no pararían de cantar en toda la noche. Pero nunca son los mismos. Se turnan unos con otros. Mire, esos dos que entran vienen precisamente a dar el turno. Si usted se espera, dentro de un ratito verá de salir a otros dos.

Y sí, entraron dos hombres, serios y trajeados, y poco después (Matías se perfiló tras el chiscón por si fuese Martínez) se oyeron pasos de vuelta en el corredor.

—¿Qué le decía yo? Ahí los tiene.

—¿Y no molestan con tanto cántico?

—Pues ahí ha dado usted en el clavo. El canto, como puede comprobar, no se oye apenas. Una vez, al principio, un vecino denunció el caso a la policía. Vinieron los municipales, estuvieron escuchando y al final dijeron de que no se oía nada. Pero ¿no oyen?, les decíamos nosotros. Y ellos venga de escuchar y nada. No le oímos, decían. Y es verdad: fuera del patio hay que concentrarse mucho para oír algo. Pero este es un tema espinoso, como dicen ustedes. Porque si uno vive aquí, un día y otro día, entonces ya lo creo que se oye. Entonces el canto se mete aquí dentro —y se señaló la cabeza— y uno le oye a todas horas. Lo que pasa es que uno termina acostumbrándose. Aunque, ¿sabe lo que yo creo? Que es esa aleluya continua lo que

192

me hace a mí de dormir a todas horas. Es como la enfermedad esa de la mosca. Me pongo aquí a leer el periódico o a hacer de lo mío, y al rato ya estoy traspuesto, y venga de dormir y soñar. Así que eso es lo que hay y, con lo que le he contado, ya sabe usted tanto como yo.

A Matías le hubiera gustado preguntarle algo más, qué tipo de gente concurría allí, y si había hablado alguna vez con alguno de los cantores, pero el portero había cerrado los ojos y al parecer se había dormido, porque su respiración se hizo más profunda y porque otra vez empezó a extender y a agrupar el montoncito de tabaco.

Matías cruzó la calle y se instaló bajo la marquesina de una zapatería y oculto tras un quiosco de ciegos. El día se había detenido en el calor mortal de la siesta, pero allí no se estaba mal: el sol cernido por la enramada de los plátanos hacía en la acera una verde y movediza penumbra de acuario, y los cristales de la zapatería estaban frescos por el aire acondicionado. A Matías le daba igual marcharse a casa que seguir allí toda la tarde, porque desde hacía unos meses su vida se había descabalado y ya no era del todo dueño de sus actos sino víctima de equívocos que unos y otros urdían misteriosamente a su alrededor, pero a la media hora empezó a tener hambre y a desasosegarse y a llenarse de temores. ¿Debía de abordar a Martínez abiertamente, presentándose con la verdad por delante, o forzar un encuentro azaroso? Ahora caía en la cuenta de que las dos estrategias eran aventuradas, porque en cualquier caso Martínez iba a saber o a sospechar que lo habían seguido y que habían descubierto aquel suceso íntimo y acaso secreto de su vida, y entonces podía ocurrir que reaccionara con ira o con despecho y que por dignidad se negara siquiera a escucharlo. ¿No sería mejor esperar a mañana y hablarle con franqueza a la salida de la oficina? ¿Quién era él para meterse en asuntos religiosos de nadie? Así que decidió marcharse, pero aún se demoró allí un buen rato, retenido por la pereza de echar a andar bajo aquel sol de fuego, y aún estaba en la duda cuando, por un lado de la cabeza del ciego, como si surgiera de la oreja, vio salir a Martínez. Tomó a la inversa el mismo trayecto de antes, pero ahora caminaba más despacio, braceando con naturalidad, y tenía en la cara un aire sereno y confortado.

Lo siguió a distancia, sin prisas, cediendo terreno, esperando a perderlo de vista de un momento a otro, doblando en cada esquina con la seguridad de que esta vez se había esfumado definitivamente. Y, en efecto, en uno de los giros ya no alcanzó a verlo. Bien, asunto archivado, se dijo, y continuó andando hacia casa. Pero ya no siguió el mismo itinerario sino que atajó por otras calles avivando el paso y entregándose al placer de una ducha fría, una comida fresca y luego la siesta en la penumbra del salón. Un poco más allá, sin embargo, y en el instante en que se disponía a cruzar una placita, un brusco presentimiento lo obligó a acortar el paso y de inmediato a detenerlo. Quizá se trataba de uno de aquellos sobresaltos anímicos que lo afligían últimamente, desde que unos y otros lo habían enredado en asuntos de amor y de negocios, solo que esta vez el pálpito tenía la cualidad física de un peligro inminente. Miró alrededor, rascándose la cabeza como si se rascase la memoria, y entonces el presentimiento se encarnó de golpe en la figura de Martínez. Estaba allí mismo, a pocos metros, sentado en un banco a pleno sol, con las rodillas y los zapatos juntos y las manos posadas en los muslos. Matías dio hacia él unos pasos indecisos mientras hacía un sincero signo de estupor.

—¡Martínez! —dijo, y Martínez subió los ojos, tristes y cansados, y los bajó enseguida, y en su mirada había una severidad remansada, sin mezcla de violencia.

Matías se sentó a su lado sin saber qué decir. En otro banco, un vagabundo dormía tumbado con unas hojas de periódico por la cara y una mano caída hasta el suelo y agarrada flojamente a un cartón de vino. Por lo demás, la plaza estaba desierta y anegada de sol.

—Le andaba buscando —dijo por fin Matías, consciente del absurdo de la situación—. Necesito hablar con usted.

—¿Y por eso me ha seguido? —preguntó Martínez sin mirarlo y sin ningún énfasis en la voz.

Matías intentó un gesto de escándalo.

—¿Yo?

—Sí, usted, no disimule. Le vi ya antes de llegar a Fuencarral.

Y le he visto asomado a la ventana para verme cantar. Y también escondido detrás del quiosco. ¿Qué quiere usted de mí?

Matías bajó la cabeza rendido a la evidencia y como entregado a un acto de contrición.

—No es lo que parece —dijo—. Yo no quería seguirlo; yo solo quería hablar con usted. Lo que pasa es que no me atreví a hacerlo, pero tampoco me decidí a irme. Y si me asomé a la ventana fue para ver si lo veía, porque no estaba seguro de que hubiese entrado en aquel portal. Lo siento de veras. Yo no quería enterarme de nada.

Imperceptiblemente, Martínez asintió.

—Además, la idea de hablar con usted ha sido de Pacheco. Él fue el que me dijo que le hiciera una consulta. ¿Quiere que vayamos mejor a una cafetería? Aquí vamos a achicharrarnos.

Martínez tragó saliva y denegó con la cabeza.

—¿Será usted breve?

—Sí, será solo un momento.

—Por favor.

En pocas palabras, Matías le refirió lo esencial de la historia. Le habló de las pobres gentes que había conocido por casualidad, gente sin dinero y sin preparación de ningún tipo, inmigrantes sin empleo ni papeles, y de cómo se le había ocurrido la idea de organizar una cooperativa; le habló de la nave, de las máquinas, de la furgoneta, y finalmente de Pacheco. Según Pacheco, Martínez sabía mucho de asuntos administrativos y jurídicos, y de subvenciones y otras ayudas estatales, y eso es lo que quería pedirle, que visitase la fábrica y le dijese si la cooperativa era posible, y si era posible, de qué manera podía ponerse en marcha. Martínez, que había escuchado sin otro signo de atención que una arruga pensativa en la frente, tan hermético en su actitud que Matías tenía la impresión de que sus palabras se hundían en aquel silencio como en arenas movedizas, hizo entonces un gesto mínimo de extrañeza, y una sombra de incredulidad le pasó por la cara.

—¿Una cooperativa?

—Sí —dijo Matías en un tono hipotético.

Martínez sacó de las profundidades de su traje oscuro un pañuelo plegado y se secó cuidadosamente el sudor de la frente.

—¿Y dice usted que esa gente no tiene dinero para comprar la fábrica?

—Bueno, ese es el problema —se animó Matías—. Pacheco había pensado en la posibilidad de que yo pusiera el dinero hasta que la fábrica empezara a funcionar, y luego la convertiríamos en cooperativa. Pacheco dice que él se ocuparía de todo y que el asunto es muy sencillo. Pero yo no lo creo, yo no estoy convencido, y por eso quería hablar con usted. Yo no quiero meterme en líos, ¿sabe?

—¿Y qué espera que yo haga?

Que me diga que ese proyecto es inviable, pensó Matías, para saber así que también el amor es solo una ilusión.

—No sé, que me aconseje. Yo confío en usted.

Martínez remotamente asintió.

—Haré lo que pueda —dijo al fin, como si claudicara.

Fueron juntos hasta el metro, sin hablar, y allí acordaron que al día siguiente visitarían la fábrica. «Gracias», dijo Matías. Martínez se quedó un instante con la cabeza baja y las manos juntas a la altura del pecho, y luego susurró: «Váyase». Y Matías se fue con la sensación angustiosa de que su futuro (el coche, el mar, Martina, sus hábitos, sus ahorros, y tantas cosas más) dependía ahora de aquel hombre, de sus palabras, y se sintió como un reo que espera un veredicto de condena o de gracia.

Al día siguiente, a la salida de la oficina, y después de deshacerse de Bernal y Veguita, se dirigieron a la fábrica. Durante el trayecto, Pacheco contó que había pasado la noche ideando estrategias comerciales y que todos los cálculos confirmaban el futuro espléndido de la empresa. Iban en el coche de Matías. Pacheco había ocupado el asiento delantero y, puesto de medio lado, hablaba y gesticulaba de un modo agotador. Estaba exultante.

—Vamos a ver —decía—. Si todo va bien, todo resulta muy sencillo. Primero conquistamos un segmento pequeño del mercado y nos consolidamos ahí —y se puso a utilizar la tapa del maletín como mapa de guerra—. Invadimos por sorpresa el territorio de la competencia y nos hacemos fuertes en ese punto.

Para esa primera fase, es suficiente con la infraestructura que tenemos. Luego, diseñamos nuevos modelos y conquistamos nuevas cuotas de mercado. Y, por cada avance ofensivo, establecemos una nueva posición defensiva. Atacar y defender, atacar y defender, ese es el secreto del márketing.

Martínez, hundido en el asiento trasero, miraba el paisaje, o quizá solo al vacío, con una expresión sombría e inerte. Empezaban ya a enfilar hacia el extrarradio.

—Por el momento, eso sí, hay que ser cautos. Tenemos que evitar un encuentro frontal con los líderes del sector. No podemos desplegarnos a lo ancho ante un enemigo mucho más poderoso que nosotros. Como dice una sentencia india: «Cuando luchan los elefantes, el daño es para las hormigas». ¿Sabéis cómo atacó Burger King a McDonald's? Buscó su flanco débil. ¿Y sabéis cuál era ese flanco? —y se recostó en el salpicadero para dominar mejor a sus interlocutores—. ¡La hamburguesa frita! —y dio un golpe de gracia en el maletín—. ¿Y os imagináis con qué arma? ¡Con la hamburguesa a la parrilla! —y dio otro.

Matías ladeó la cabeza con un gesto servicial de asombro.

—Así de fácil, y de misterioso, es el mundo empresarial. Y como estos, podría contaros cientos de casos. Así que también nosotros hemos de buscar el talón de Aquiles de la competencia. Y en eso precisamente estoy trabajando, aunque por ahora, prefiero no dar más detalles.

Matías esperó a que se disiparan los efectos euforizantes de aquellas palabras.

—Pero aquí de lo que se trata —dijo al fin— es de organizar, si acaso, una cooperativa de cinco o seis socios.

Pacheco, que seguía recostado en la consola, dejó resbalar la espalda hacia el parabrisas y lo miró casi de frente, intrigado e incrédulo.

—Pero somos nosotros los que tenemos que poner en marcha esa cooperativa, ¿no es eso? —preguntó.

Matías intentó concentrarse en la conducción. No era fácil, porque Pacheco en su escorzo invadía el ángulo visual de la carretera y porque miraba con tal intensidad que Matías sentía la desnudez indefensa y un tanto obscena de su propio rostro, y la vista se le extraviaba intentando atender a ambos frentes.

—¿No es eso?

—Sí...

—Entonces hagamos las cosas lo mejor que podamos. Saqué-
mosle el máximo rendimiento. Si con el mismo esfuerzo con-
seguimos crear veinte o treinta puestos de trabajo, ¿por qué hemos de renunciar a hacerlo? ¿Por qué? —repitió, dirigiéndose esta
vez a un auditorio más amplio y comprensivo.

Y Matías no supo qué decir ni qué cara poner. Miró fugazmente a Martínez por el espejo retrovisor. Pensó que solo él podía allanar aquel malentendido que lo iba envolviendo sin remedio. Pero Martínez seguía encogido en el asiento y mirando
a un punto inconcreto del aire.

—¿No es lógico? ¿No os parece justo y lógico? Hay que pensar siempre en positivo.

Matías aceleró a fondo y dijo: «Ya estamos llegando».

Apenas detuvo el coche junto a las vías, Pacheco bajó la ventanilla y extendió el brazo señalando a la nave: «¡Allí está!», gritó,
como si hubiera descubierto tierra. De inmediato tomó la iniciativa. Sin dejar de hablar, condujo a los otros por el sendero, andando unas veces de frente y otras de espaldas, deteniéndose para
invitar a una contemplación panorámica y maravillada y reanu-
dando luego la marcha al ritmo vigoroso de su maletín, y ya dentro, él fue quien mostró a Martínez el aspecto general de la nave
y le enseñó las máquinas, el mesón de ensamblaje, la furgoneta,
la oficina. Matías iba detrás, agobiado por una vaga intuición de
desastre, como si todo cuanto ocurría, por mínimo que fuese,
conspirara para labrar su perdición, y Ortega y el galgo cerraban
el cortejo. Finalmente se reunieron todos en el despacho. Entonces Martínez, que hasta ese momento no había hecho ningún comentario ni enviado ninguna señal legible, habló por primera vez:

—¿Qué es eso de ahí? —y señaló a un rincón donde había un
rimero de cartapacios atados con cintas y cubiertos por completo de polvo.

—Eso son papeles —dijo Ortega—. Aquí la contabilidad la llevaba el propio don Victoriano, que tenía una letra preciosa.
¿Quiere usted verla?

—Por favor —dijo Martínez.

Con un trapo Ortega les sacudió el polvo, y enseguida la
nube se extendió por todo el despacho.

—Aquí debe haber albaranes de los tiempos en que exportábamos a Marruecos —dijo Ortega mientras iba colocando los cartapacios en la mesa—. Don Victoriano era también amigo de Mojamé V. A don Victoriano, como a Franco, le gustaban mucho los moros. ¿No le ha hablado don Matías de cómo se las gastaba don Victoriano? —le preguntó a Martínez, pero Martínez se había sentado, se había puesto las gafas y estaba ya abstraído en los legajos del primer cartapacio. También Pacheco, contagiado quizá por la tarea, había abierto el maletín y examinaba unos papeles. Matías, sin saber qué hacer, salió del despacho y anduvo sin rumbo por la nave, hasta que al fin se estribó en una de las máquinas y se puso a fumar y a intentar poner orden en el caos de su vida. ¡Cómo se había embrollado todo en solo unos meses! Quería buscarle el cabo a la madeja para encontrar la causa de aquella trama de despropósitos y azares que se estaba tejiendo a su alrededor, pero era incapaz de concentrar el pensamiento en un punto, y la mente enseguida se le quedaba en blanco, fascinada por la misma fatalidad de los hechos. Era el tercer día consecutivo que no comía a su hora y que perdía la siesta, y eso le parecía una desgracia irreparable. En ese momento oyó toser a sus espaldas.

—Ese también es un experto, ¿eh? —dijo Ortega—. Le he visto trabajar y se le ve que sabe lo que hace. Está haciendo montones con los albaranes, y no tiene más que mirar por encima un papel para ponerlo en un montón o en otro. ¡Lo que es saber de algo! ¿No me daría usted un cigarrito?

Matías le ofreció lumbre y volvió a recostarse en la máquina.

—Y qué, ¿se va animando a la compra?

Matías resopló desalentado.

—Con esos dos, que son dos linces, y con lo que usted vale, que se le ve que es un hombre con personalidad, esto podía volver a ser casi como en los viejos tiempos. ¡Anímese usted, hombre! Y, si se anima, no se le olvide aquello que me dijo.

—¿Yo?

—Sí, acuérdese, que me dejaría estar aquí, de guarda nocturno o de lo que sea. Yo sirvo para cualquier cosa.

Matías sonrió, pero no dijo nada.

—¿Usted tiene carrera? —preguntó Ortega.

—Empecé pero no acabé.

—Pues es como si la tuviese. Don Victoriano tampoco tenía carrera y era perito en todo. Yo solo sé leer, despacio y trompicando, y de escribir, pasito a paso y con muy mala letra. Y luego hay muchas palabras que no entiendo. ¿A usted no le parece que tenemos demasiadas palabras?

Matías abrió los brazos abrumado, sin saber qué decir.

—A mí me parece que hay muchas. ¿Y lenguas, cuántas lenguas hay en el mundo? Yo he oído decir que más de mil. ¿Y religiones? ¿Y países? ¿A usted no le parece que el hombre es un animal muy raro? Fíjese cómo ha llenado el mundo de cosas, y no para, y todo se le hace poco. Y venga de inventar palabras y de no estarse quieto nunca. Y la de guerra que da. Si yo fuera Dios, don Matías, y permítame el dicho, yo le daba una hostia que lo dejaba quieto piano para una buena temporada. Yo creo que antiguamente las cosas no eran así. Cuando yo era joven, no había tantas palabras ni tanto de todo. Y la gente estaba como más conforme. Antes había más amistad. Unos se retrucaban a otros y al final todos quedaban tan contentos. Y todos eran de un mismo parecer. ¿Que había un poco de necesidad o lo que sea? Pues uno se aguantaba y acababa escampando. Ahora todo es volverse y gritar. Y cada uno va a lo suyo con la cabeza gacha, como a trompacarnero. Aquí pasa gente camino de Fuenlabrada y ni siquiera saluda. Ahí van corre que te corre, echando chispas y levantando polvo. Antiguamente era otra cosa. La gente se paraba y dejaba la tarea para luego. ¡Y qué buenos coloquios se organizaban por cualquier cosa! ¡Y siempre había alguno que tenía algún arte! Todos iban por el camino con su adivinanza, o su canción o su refrán. Y era juntarse y ser ya veteranos, todos hijos de Dios. Y no se murmuraba tanto de los de arriba, como ahora. Había penas y no faltaban las fatigas. Pero uno madrugaba con ganas, se peinaba con agua fresca y era leal con los amigos. Usábamos para ir y venir unas bolsas de deporte entrelargas que parecían talegos y que se cerraban en la boca con un nudo corredizo, y allí llevábamos lo nuestro, de comer y beber, jabón, peine y toalla, y era cosa digna vernos con esas bolsas colgadas al hombro, cada cual a su avío, que parecíamos ardillas. Ahora todo se va en un frenesí. Antiguamente, los de abajo estaban juntos y se conocían por el mote. Pero en estos tiempos están desperdigados y se tratan de usted. Y hablan de la luna, y de los cohetes, y de los reyes, y de las naciones, y todo con muchas palabras y venga de palabras y de hablar de lo lejano y de lo raro, y quitándose entre ellos la vez. Así que a mí, don Matías, estos tiempos no me acaban de convencer. Qué quiere que le diga.

Matías ofreció otro cigarro y lo fumaron en silencio. Luego empezó a oírse arriba, en el despacho, un rumor.

—Parece que hablan, ¿eh? —dijo Ortega aguzando el oído.

Y era verdad. Martínez y Pacheco hablaban en voz baja, apenas un susurro salteado de pausas inciertas. Matías intentó captar alguna palabra que le pusiera en la pista, si no de una certeza, al menos de un presagio. Pero solo se distinguía un bisbiseo de hojarasca, que se mezclaba con el que hacían las palomas en el techo de luces. Cuando el rumor fue adquiriendo un tono conclusivo, Matías se despidió de Ortega y se dirigió a la puerta de la nave. Enseguida aparecieron Martínez y Pacheco. Matías miró a Martínez y vio en sus ojos un brillo de deferencia que no supo cómo interpretar. Y Pacheco le hizo con el pulgar un signo de victoria. Mal asunto.

Salieron al sendero y, mientras caminaban, Matías tuvo la impresión de que Pacheco y Martínez se habían puesto de acuerdo en todo durante el tiempo que habían permanecido en el despacho, y que el silencio de ambos era el testimonio de una complicidad. Iban en fila india, Matías cerrando la marcha y siguiendo los pasos cortos y apresurados de Martínez. Se habían formado nubes de calor y la luz del día tenía un tono eléctrico y espectral. Un grupo de niños desarrapados jugaba en el arroyo de aguas corrompidas, y sus gritos agudos le produjeron a Matías una enorme nostalgia. Pensó en la noche y en la lluvia, e inmediatamente después en Martina. ¿Qué sería de ella? ¿Estaría esperando una postal suya? Algo inquietante vino entonces a poner un punto de dolor en la evocación, pero era un sentimiento demasiado sutil y dejó su indagación para más tarde. Tenía hambre y sueño, y solo deseaba llegar cuanto antes a casa para examinar a solas su conciencia.

—¿Qué le ha parecido? —dijo al fin, y le salió una voz ronca y desafinada.

Martínez se detuvo y, vuelto a medias y sin subir los ojos, dijo:

—Todo está bien. La fábrica, la contabilidad. Todo está listo para empezar. ¿No es eso lo que usted quería?

—Bueno, yo solo había pensado en organizar una cooperativa de cinco o seis socios.

—Pero esa gente no tiene dinero.

Aquella evidencia, tan imparcial pero a la vez tan insidiosamente comprometedora, le produjo un sentimiento de rendición. Asintió resignado.

—¿Entonces?

—La idea es que Matías compre la fábrica —intervino Pacheco— y que nosotros, usted y yo, usted en el área administrativa y yo en la de márketing, refundemos la empresa. Eso sí, bajo el liderazgo de Matías Moro.

Matías los miró con la cara fruncida por el sol.

—Yo no entiendo ni quiero entender de negocios. No me gustan los líos.

—Tranquilo, nosotros nos ocuparemos de todo —dijo Pacheco—. Tú solamente tienes que estar ahí, supervisando.

—Pero yo creía que había subvenciones para estas cosas. Lo leí en un reportaje.

Martínez denegó con la cabeza. Luego extrajo un pañuelito mínimo, infantil, con unas florecitas bordadas y los bordes festoneados de azul, se secó el sudor y, acto seguido, miró a la cara a Matías por primera vez.

—Pacheco tiene razón en lo esencial. La empresa debe impulsarla usted. Después vendrá la cooperativa.

—Y además no hay riesgo —dijo Pacheco—. Al contrario, en cualquier caso vas a ganar dinero.

Matías se volvió para mirar la nave, como si cotejara con la realidad todas aquellas palabras optimistas.

—Usted quería saber mi opinión —dijo Martínez.

—Sí.

—Creo que debe usted comprarla y darle trabajo a los necesitados. Es una gran labor social. Es digno de elogio. Y puede contar con mi ayuda.

Durante un rato se quedaron allí los tres, mirando a la nave como si quisieran desentrañar de ella algún sentido oculto. ¿Sería posible entonces que todo fuese tan fácil y seguro?, pensó Matías. ¿Y qué razones podía esgrimir ahora para echarse atrás, después de las molestias causadas y de los diagnósticos tan favorables?

Pacheco trazó enérgicamente un amplio arco con el brazo y consultó el reloj.

—Vamos a comer algo y seguimos hablando —y se dirigieron en fila india hacia el merendero.

Cruzaron ante el corro de jugadores de cartas y fueron a ocupar la mesa del fondo. Pidieron cerveza (Martínez un jugo de tomate) y bocadillos. Comieron en silencio, Matías y Pacheco a mordiscos, y Martínez tomando pellizcos del bocadillo que había dejado sobre un plato.

—Bien —dijo luego Pacheco, sacudiéndose las migas—, entonces ya solo quedan un par de temas por tratar. El plan es perfecto —y sacó sus cosas y las desplegó estratégicamente sobre la mesa. Llevaba la misma camisa de anteayer, y en el traje marrón a rayas se veían brillos de vejez y de grasa—. Tú y yo, como tomamos las vacaciones ahora en julio, vendremos aquí por la mañana, y usted por la tarde. En agosto se invertirá la situación, nosotros por la tarde y usted por la mañana. Y en septiembre, hacia mediados, será la fiesta de inauguración. Será una fiesta maravillosa. Invitaremos a gente ilustre, y vendrá la prensa, la radio y las televisiones. Una fiesta por todo lo grande, con música en directo, y con un presentador vestido de chaqué, que irá presentando en público al personal de la empresa, de menor a mayor, y el último en aparecer será Matías Moro, nuestro presidente, que saldrá saludando a lo campeón con las manos juntas en alto y con paso atlético, aislado por un foco de luz, y dirá unas palabras de clausura. Y el discurso deberá tener unas gotas de humor, para que los invitados puedan de pronto echarse todos atrás, riendo a carcajadas, y encantados con todo lo que está ocurriendo allí. Las cosas hay que hacerlas a lo grande desde el principio. Ese es el secreto de la cultura del éxito. Es de libro.

Matías, que tenía aún la boca llena, paró el bocado y lo miró perplejo. Luego miró a Martínez: seguía desmigando el bocadillo con sus dedos pálidos y con aquellos movimientos ágiles y precisos que parecían de araña, concentrado en aquella tarea y como ajeno a todo lo demás. Matías quiso decir algo, no sabía qué, porque solo disponía del asombro para su defensa, pero antes de conseguir siquiera deshacerse del bocado, ya Pacheco había pasado a hablar de otro asunto.

—Y también en septiembre hay que solicitar a Castro el doble turno.

—¿Cómo? ¿Qué doble turno? —dijo Matías.

—Sí, es necesario —habló entonces Martínez.

—Absolutamente necesario. ¿Cómo, si no, vamos a atender a la empresa? Tú y yo podríamos pasar a la tarde y trabajar en la fábrica por la mañana, y usted puede seguir como está y dirigir la empresa por la tarde. Problemas no va a haber, porque el doble turno nos lo ha ofrecido el propio Castro varias veces. Y en cuanto a Bernal y a Veguita, tampoco, porque ellos continuarán como hasta ahora. Así que el uno de septiembre, sin falta, tienes que hablar con Castro.

—¿Quién, yo? ¿Yo hablar con Castro?

—Claro, ¿quién si no? —y se echó atrás y prendió los pulgares de los tirantes—. Tú eres el presidente, el líder, y además si tú quieres, dentro de nada, podrás codearte con él, de igual a igual. Así que háblale sin miedo, incluso con cierta autoridad, que el mundo no es para los cobardes.

Matías pensó que ahora iba a tener las mañanas y las tardes ocupadas, y que no podría ver las películas, los documentales y los partidos de fútbol de la televisión. Ni comprarse el coche nuevo ni viajar a la costa. Pero no se atrevió a expresar su escándalo porque también ellos estaban dispuestos a sacrificar las vacaciones y las tardes para contribuir a un asunto en el que todavía les iba menos.

—Pero, ¡esto es absurdo! —dijo, y para apoyar sus palabras, tomó el palillero, que era una pequeña cuba de plástico, y lo situó con un golpe seco en el mismo centro de la mesa.

Pacheco y Martínez miraron a Matías a la vez, unidos en un gesto de extrañeza.

—¿Dónde está el absurdo? —dijo Pacheco—. Pero si todo es claro como el agua; lógico como la música. Incluso tengo ya pensado, a ver qué os parece —y su voz se hizo lenta y misteriosa—, el nombre de la empresa. Tu nombre, desde luego, irá junto al logotipo. O, mejor dicho, fundido con él. El logotipo

204

son las dos emes de Matías Moro enlazadas formando unas alas de pájaro en pleno vuelo, y del rabillo de la primera eme sale una línea que lo rodea todo y acaba en el mismo punto en que empezó, de modo que las dos emes aladas quedan encerradas en una especie de círculo, y fusionado con ellas, pondrá: primero pensé en «embalajes», pero lo deseché: demasiado vulgar; luego en «envases», y lo mismo; luego en *box*, y no me convenció; hasta que al fin me decidí, yo creo que es un nombre magnífico, es una intuición que tuve no sé cómo, yo estaba viendo la televisión, un informativo, cuando de pronto se me ocurrió la idea y la vi en la mente como si estuviese en la pantalla, y durante un rato no me atreví a abrir los ojos, porque los había cerrado al tener la idea, por miedo a que se esfumase, y allí estuve esperando, muy concentrado, hasta que poco a poco la intuición salió a la realidad. Y ahí la cacé, ¡zas! —y dio una castañeta con los dedos para apoyar la exclamación—: así son las cosas en el mundo del márketing.

Hizo una pausa escénica y después se recostó en la silla y cerró los ojos.

—¡M.M. Hispacking! —susurró, como si convocara a un muerto en una sesión de espiritismo—. Y ya me imagino la nave reformada, radiante, y afuera, en lo alto, en grandes letras luminosas y en relieve: M.M. Hispacking. ¿No es maravilloso? ¿No es maravilloso que Matías, el Matías Moro que todos conocíamos desde hacía años y que parecía una persona normal, como todos, que precisamente él nos haya arrastrado a esta aventura única, extraordinaria?

Matías supo entonces que ya era tarde para volverse atrás. Como mucho, podría defender la idea (y pensaba no ceder en ese punto) de una cooperativa pequeña, muy modesta, que costara poco y de la que pudiera deshacerse en septiembre. M.M. Hispacking, pensó, Matías-Martina, y solo con evocar a la amada y con imaginar que iba a volver a verla en circunstancias bien propicias, algo inconcreto en su alma se abrió paso desde muy lejos para materializarse en un suspiro de aflicción.

—Sí, presidente —dijo Pacheco—, te comprendo, porque yo llevo también suspirando desde anteayer.

—Ya, pero vamos a ver, la empresa no debe llevar mi nombre sino otra cosa, algo referente a la cooperativa, ¿no?

—El nombre de marca es fundamental. Y, por otro lado, la sola mención a una cooperativa, espantaría a los clientes, que desconfían de esos inventos.

—Pacheco tiene razón —dijo Martínez, lacónico y sombrío, y Pacheco al oírlo abrió los brazos en una apertura risueña de evidencia y le dijo a Matías: «¿Lo ves, presidente?».

Y Matías bajó la vista sin saber qué decir.

—Y ahora, quiero hacer un brindis —dijo Pacheco—. ¿Whisky para todos?

—Yo un anisado —dijo Martínez.

Pacheco pidió en voz bien alta las consumiciones y el corro de jugadores se volvió a mirarlos. Y allí siguió, grave y atento, cuando Pacheco levantó el vaso e infló el busto con apostura militar.

—Brindo por Matías Moro, el elegido, y confieso y proclamo públicamente mi admiración por él, por el valor y el genio de hacer lo que los otros no nos hubiéramos atrevido ni siquiera a intentar. Brindo por el orgullo de haber merecido su confianza, y brindo también por este momento, porque es posible que, dentro de muchos años, o quizá no de tantos, este momento quede en la memoria de las generaciones y se celebre como emblema y nudo de aquel verano prodigioso en que se fundó aquí, en un merendero del suburbio, la matriz de la empresa. ¡M.M. Hispacking! Quién sabe. Quizá un pintor de fama inmortalice un día en un mural este episodio histórico. Siento algo grande en el hecho de estar aquí contigo, en los umbrales de la gloria. ¡Va por ti, presidente! —y no solo él y Martínez, también algunos de los jugadores de naipes (bien porque hubieran seguido el discurso, bien por pura y desinteresada adhesión), alzaron también levemente sus copas.

—Me dan ganas de tocar otra vez la flauta —dijo, y ya iba a alcanzar el maletín cuando Matías lo detuvo con un gesto apenas perceptible pero que resultó de una autoridad concluyente.

—Vámonos —dijo.

Se levantó, pagó, y uno tras otro salieron a la calle. Martínez se bajó en la primera boca del metro. «Es usted un hombre de gran valía», dijo cuando tenía ya un pie en la acera. Matías y Pacheco siguieron hacia el centro. Empezaba a llover con fuerza y Matías aceleró para llegar a casa cuanto antes.

—Yo tenía que hacer una petición —dijo Pacheco con voz pudorosa.

—Sí —dijo Matías por decir algo.

—Si he de organizar e impulsar la empresa, y ser además tu hombre de confianza, es necesario que se me conceda un cargo acorde con la responsabilidad.

—¿Un cargo?

—Es que no es tan fácil. Lo que voy a decir lo he ensayado muchas veces en casa. He soñado con este momento, y me lo he imaginado de todas las formas posibles. Pero, la verdad, nunca me figuré que te lo tuviera que pedir a ti. Es como un sueño.

En ese instante, Matías se detuvo ante un semáforo, y entonces Pacheco se volvió en el asiento, respiró hondo, tragó saliva, hundió la cabeza en el pecho y enseguida la alzó como si emergiera de una zambullida. Tenía la cara plena de trascendencia y emoción.

—¡Solicito ser nombrado vicepresidente y director general de márketing! —dijo en un tono como de rabieta infantil.

Matías lo miró fijo y, después, cerró los ojos en señal de asentimiento. Pensó que nunca había estado tan cansado como en ese instante.

—¡Y también necesito un despacho! Un despacho pequeño, con una mesa, un teléfono, un fax y un ordenador. Yo conozco un sitio, por cierto, donde se consiguen ordenadores de segunda mano a muy buen precio. Y también pienso poner una diana para tirar dardos —dijo tras una pausa, en voz baja pero firme, y vindicativa, como si se desquitara de un antiguo agravio.

Antes de apearse, miró a Matías con una expresión de gratitud sin límites. «No sé qué decir», dijo. «Hasta el lunes», dijo Matías. Se bajó, cerró la puerta y golpeó el cristal con los nudillos. Matías se inclinó y abrió la ventanilla. «Gracias, presidente.» Matías arrancó y miró por el espejo. Pacheco seguía inmóvil en la acera, bajo la lluvia, con su maletín, como un viajero de lejanas tierras recién llegado a una ciudad desconocida.

Matías se concentró en la conducción y, ya en casa, en los pequeños quehaceres cotidianos, para no pensar en nada. Pero después de cenar se sirvió un whisky, abrió el balcón de par en par al aire purificado y fresco de la noche, se puso el pijama, trajo papel y lápiz, se sentó en el sofá, despejó la mesita y se frotó las yemas de los dedos como un prestidigitador a punto de acometer un número de magia. Ya había cesado la lluvia, pero aún se oía el goteo irregular y exhausto de la acacia. Vamos a ver, se dijo, y se puso a echar cuentas. Entre la venta del piso de sus padres y sus ahorros de media vida, tenía en el banco casi cuarenta millones de pesetas. Trein-tay-nue-veo-cho-cien-tas, fue deletreando y apuntando escrupulosamente la cifra en la cabecera de la hoja. Pero antes del último cero comprendió que para aquellos cálculos no hacían falta tantos preparativos. Porque, bien pensado, y dejó el lápiz sobre el papel y se recostó en el sofá y cerró los ojos, lo importante no era la bondad de las cifras sino, como decían Pacheco y Martínez, tener o no valor para lanzarse a una aventura así: hacerse empresario de la noche a la mañana, arriesgar su futuro y su hacienda a un solo lance de fortuna para poder presentarse ante Martina con algo que ofrecer, purificado de malentendidos y miserias. ¿Cabía mayor audacia o mayor absurdo?

Por el balcón abierto llegaba el rumor festivo de la noche, y él escuchaba como buscando en cada ruido un testimonio o un augurio. ¿Qué iba a ser de su vida? Encendió el televisor y durante un rato estuvo picoteando en todos los canales: un debate sobre la droga, publicidad, publicidad, un programa de chistes y canciones, publicidad. No pensaba en nada. Solo miraba, y de vez en cuando se acordaba de que mañana tenía que ir sin falta a la peluquería. Como todos los peluqueros, también el suyo era un hombre de mundo. Pero últimamente se había convertido a los Testigos de Jehová y le amargaba las dulzuras del corte con pasajes tremendos de la Biblia, y a veces se quedaba con la navaja barbera suspendida en el aire, mirándolo fijamente por el espejo, y le anunciaba que el fin del mundo estaba próximo. Publicidad, una película de artes marciales, una entrevista con un parapsicólogo, publicidad, mucha gente riendo a carcajadas. Tú ponte donde esté el gato, solía decir el peluquero antes del arrebato místico. Sí, aquellos eran otros tiempos, como decía Ortega. Pero ahora. Recordó que de joven, casi en la adolescencia, y durante unos meses, llevó en un cuaderno una lista de asuntos que hubiera querido saber (qué es la inflación, dónde queda exactamente Indonesia, cuántas cuerdas tiene un arpa, cómo se formó el Estado alemán o con qué materiales se fabrica el plástico), iba con el cuaderno a todas partes, entonces era ágil y tenía buen pelo, pero ahora, y se llevó una mano a la cabeza, qué iba a ser de su vida ahora, de qué le iba a servir ponerse donde el gato.

Así estuvo, con la conciencia a la deriva, y eran ya las dos cuando se fue a la cama. Durante un rato habló con las sílabas al revés, y luego empezó a oír a lo lejos los ladridos de los perros de presa que lo perseguían cada noche desde hacía treinta años. Ya en el umbral del sueño, vio la nave, pero no como era ahora sino pintada, iluminada, reformada, y se vio a sí mismo con las manos en la espalda paseando por el despacho enmoquetado y dictando una carta, parándose para encontrar la frase justa, demorando el instante en que se acerca a Martina, se inclina para leer la última línea en la pantalla del ordenador y huele la fragancia natural de su pelo, y ya no experimenta temor ni vergüenza; solo levedad y equilibrio. Entonces sintió un soplo inspirador que parecía venir de muy lejos, pero no del pasado, no del recuerdo de alguna vivencia que no llegó apenas a existir, y ni siquiera del olvido, sino del futuro, de todo aquello que la esperanza le tenía prometido y que ahora le enviaba un débil mensaje de socorro. Entonces volvió a hacer las cuentas, velozmente, con un solo golpe de pensamiento, y esta vez le salieron a la primera. Y por una vez en la vida se sintió seguro y audaz.

El sábado y el domingo lo llamaron por teléfono Pacheco y Martínez, animándolo y urgiéndolo a dar el paso definitivo. Así que el lunes llamó a la viuda de don Victoriano Redondo y pocos días después, acompañado por Pacheco y Martínez, firmó ante el notario el contrato de venta. «Ahí se lleva un pedazo de mi vida», dijo ella cuando Matías se disponía a firmar. Aún estoy a tiempo de dar un puñetazo en la mesa y blasfemar y mandar todo a hacer puñetas, pensó. Pero Martínez y Pacheco y la viuda y el notario y el pasante del notario y un escribiente le sonrieron beatíficamente todos a la vez. Y él firmó, y con los nervios rasgó el papel, y la viuda lo miró entonces con un suspiro y un cabeceo de admiración: «Así de impulsivo era también mi marido. Cuando firmó el contrato, también él lo rompió con la furia. ¡Ay, estos hombres, cuándo descansarán al fin!».

XI
Las penalidades de Martínez

Se había preparado para una actividad múltiple y febril, tal como se figuraba que habrían de ser aquellos primeros días de julio en que todo estaba por decidir y por hacer. Se levantaba bien temprano con un arranque juvenil de pionero y llegaba a la fábrica con la fresca, a veces antes que los albañiles, y se paseaba por la nave en obras, entre montones de materiales y de ripio, seguido por Ortega y el galgo y haciendo que lo inspeccionaba todo, hasta que los obreros se ponían al tajo y el aire se llenaba de fragor y de polvo y él tenía que salir de allí para no estorbar ni arruinar su traje claro de verano. «No te dejes ver mucho por aquí, presidente», le había aconsejado además Pacheco, «no vayan a pensar que no tienes nada mejor que hacer. Resérvate para las grandes decisiones y los grandes momentos, y que nadie sepa nunca dónde estás, ni cuándo vas a aparecer ni por qué.» «Necesito hacer algo. No puedo estar parado», decía él, y era verdad, porque se había entregado a la acción como a un sedante o a una penitencia, convencido además de que esa era la única forma de conjurar los temores y remordimientos y de acabar cuanto antes con aquella situación infortunada. «Pues vete de viaje. ¿No querías irte a la costa? Vete un par de semanas y cuando vuelvas, ya verás, no conocerás esto.»

De modo que enseguida tomaba la trocha y se aposentaba en el merendero, a veces dentro y a veces bajo el emparrado, sin saber qué hacer, leyendo el periódico, revisando en una agenda grande que se había comprado a tal efecto las cuentas mil veces repasadas, tanto de albañiles, tanto de materiales, tanto de desescombro, de electricistas, de fontaneros, de pintores, viendo volar las moscas y los pájaros, jugando con el llavero, pensando en Martina como algo que le ocurrió en una edad legendaria, agobiado por la culpa de no hacer nada cuando todo estaba por hacer, hasta que el sol subía bien alto e imponía a las cosas una quietud obstinada y hermética. Entonces regresaba a casa y allí aguardaba infinitamente la hora de la tarde en que podía volver y comprobar los avances de la reforma, sumido siempre en una pululación mental tan frenética que, a su lado, los albañiles parecían trabajar con una parsimonia exasperante.

Solo Pacheco y Martínez habían encontrado un remanso de paz en aquel caos. Pacheco se había instalado en la furgoneta con el fichero y el teléfono y se pasaba el día llamando a los proveedores y a los antiguos clientes, concertando citas y actualizando datos, y allí seguía al atardecer, cuando Matías se asomaba y decía desalentado: «Esto va muy lento. A este paso no acabaremos nunca». No habían empezado, y ya le parecía que el negocio iba a la quiebra sin remedio. «Al contrario», lo animaba Pacheco. «Todo marcha según lo previsto. En septiembre, inauguramos. Seguro.» Y en cuanto a Martínez, se había hecho con cartones y tablas una especie de capillita en un rincón al fondo de la nave y allí lo encontraba Matías cada tarde: vestido de oscuro, con chaqueta y corbata, sombrío y silencioso, sentado a veces ante un ordenador portátil que él mismo había traído de su casa y a veces escribiendo a mano con su letra menuda y pulcra y veloz y casi tan ilegible como él mismo, indiferente al calor y al trajín y al ruido de los obreros, y suspendiendo solo su labor para explicar, cuando se le preguntaba, que este era el *Libro de Inventarios y Cuentas Anuales*, y este era el *Diario de la Empresa*, y estos los modelos de facturas y nóminas, y estos los seguros y los contratos laborales, y al hablar de esas cosas parecía que se animaba, que había en su voz un leve acento de efusión desconocido por Matías hasta entonces.

Así que esa fue la primera sorpresa: cuando él se imaginaba una actividad inagotable de rúbricas apresuradas, informes leídos al vuelo, entrevistas, llamadas telefónicas, sándwiches mordisqueados distraídamente y salidas y entradas fulgurantes, como actores en una comedia de enredo, he aquí que lo único que hacía era ir y venir entre la nave, el merendero y la casa, como si jugara a encontrar el camino verdadero entre el conejo y la zanahoria en un laberinto de tebeo, intentando participar en algo que se cumplía inexorablemente a sus espaldas, porque la tarea de fundar una empresa, que tan ardua suponía él al principio, había concluido al parecer con la mera determinación de emprenderla. Era todo tan irreal, tan engañosamente fácil, que Matías empezó a sospechar que el proyecto se quedaría en eso, en la generosidad siempre triunfante del primer impulso, y que en cuanto llegaran las dificultades pagarían con creces la temeridad del intento. Nunca lograrían poner en funcionamiento aquella maquinaria cuya complejidad y tamaño excedía con mucho a la maestría de sus artífices. Era verdad lo que decía Pacheco: no todos servían para lanzarse con éxito a una aventura así. Hacía falta carácter, y arrojo, y un encanto especial, y también un punto de genialidad y de locura. Y él, Matías Moro, carecía por completo de esas cualidades. Él era un hombre más bien asustadizo, que vivía consigo mismo en una especie de soltería conyugal y que enseguida se inquietaba con todo lo que viniera a perturbar la mansa lisura de sus hábitos. Siempre había sido así. ¿Cómo haberlo dudado siquiera? ¿Y cómo haber cedido a los embelecos de Pacheco y Martínez, pero sobre todo a la ilusión de que él podía ahora, de pronto, liderar a sus compañeros de oficina en una empresa descabellada y llegar incluso a igualarse con Castro?

Igualarse con Castro: lo había pensado el último día laboral de junio, cuando Castro apareció por sorpresa, como siempre, y le preguntó qué proyectos tenía para las vacaciones. Se había situado a sus espaldas, de modo que para encararlo hubiese tenido que girar no solo el cuello sino también el tórax. Prefirió quedarse en su posición desventajosa y decir desde allí que aún estaba por decidirse. Pero en ese instante le echó un reojo a Pacheco y sus miradas se cruzaron con un fulgor de complicidad, y Matías se sintió vindicado en su orgullo al pensar que algún día, dentro de algunos años, él podría, si se lo propusiera, ser tan rico y tan importante como él. Sí, debía de haber sido el amor, los delirios incontrolables del amor, y las sirenas de una segunda juventud, lo que había sembrado en él por un momento la semilla maldita de la esperanza sin medida.

Su ánimo fue abandonándose así al malestar y al fatalismo, y hasta pensó en la posibilidad de poner en venta la nave ahora que aún había tiempo de enmendar los equívocos, y de recuperar sus ahorros y de comprarse el coche y viajar a la costa. Sí, eso sería lo mejor. Allí, junto al mar, purificado por la lejanía, libre de todo afán, liquidaría formalmente también el ensueño amoroso. Y en eso estaba cuando, antes de lo previsto, llegó el día en que desescombraron y despejaron la nave de cachivaches y chatarra. Entonces las paredes aparecieron resanadas, el suelo embaldosado, las piezas de uralita del techo limpias y luminosas, el aire más fresco y el espacio mucho más amplio y confortable. Hasta la luz era como nueva, y tenía una transparencia que ennoblecía las cosas, y también la voz parecía sonar con acordes más melodiosos y timbrados. Y no solo eso: Pacheco había negociado ya con los proveedores y anunciado las visitas a los clientes, y una mañana, ante la expectación de Matías, del propio Pacheco, de los albañiles y de un fotógrafo que desplegó una gran tramoya de focos y pantallas, Ortega puso a funcionar una de las máquinas y fabricó los primeros envases. Eran cajas de cartón de diseño tosco y convencional, y bolsas de papel rudimentarias, pero así y todo los presentes las recibieron con un aplauso unánime entre los fogonazos de los flases y el estrépito del motor, y a Ortega se le humedecieron los ojos y con la voz cuarteada por la emoción, dijo: «Esto es ya casi como en los viejos tiempos». Pacheco descorchó unas botellas de espumosos, repartió vasos de plástico y brindó por Matías («¡Va por el míster!», puntualizó Ortega) y por el futuro tan espléndido que ya empezaba a vislumbrarse.

A Matías aquella mañana las ilusiones se le vinieron igual que se le fueron, y más aún cuando otro día Pacheco le enseñó el catálogo de ventas. Estaba impreso en cartulina como de invitación de bodas, con letras doradas y en relieve, y a todo color, el logotipo en la portada (las dos alas de pájaro formando una doble eme y volando enlazadas hacia un horizonte de leyenda), y todo él confeccionado en parte con las tomas del fotógrafo y en parte con otras copiadas de revistas y de catálogos ajenos. «Pero esto no es todo», dijo Pacheco con mucho misterio. Y entonces le enseñó las tarjetas de visita: PRESIDENTE DE M.M. HISPACKING, VICEPRESIDENTE Y DIRECTOR GENERAL DE MÁRKETING DE M.M. HISPACKING, DIRECTOR ADMINISTRATIVO DE M.M. HISPACKING, y los bolígrafos y las insignias y las camisetas y los llaveros y las cajas de fósforos que había encargado como obsequios publicitarios para iniciar la campaña de ventas. «En el mundo de la empresa», explicó, «todo lo que no parece lujo y derroche es vulgaridad y pobreza.»

Matías pagó con gusto aquellos gastos imprevistos y, tanto era su optimismo en esos momentos, que buscó dentro de sí y encontró en lo más hondo los atributos que lo acreditaban como un hombre elegido para emprender con éxito una aventura singular.

Al día siguiente empezaron las visitas comerciales. Pacheco al principio se opuso a que Matías participara en ellas. «Esta es el área de mi competencia», dijo. «¿Cómo voy a dirigirla si tengo a mis órdenes nada menos que al señor presidente? ¿Y cómo vas a entregar tu tarjeta, donde consta el cargo? ¿Qué van a pensar cuando vean que el presidente de la empresa es también vendedor? No, tú estás llamado a más altas tareas, y no debes malgastar tus cualidades en una actividad secundaria.» Su idea era contratar a comisión a un par de vendedores jóvenes, que él mismo se encargaría de adiestrar, y organizar sobre esa base el futuro departamento de promoción y ventas. En agosto cerraría casi todo el comercio y había por tanto que espabilarse para captar los primeros clientes. Al final, llegaron a un acuerdo: Pacheco contrató a los dos jóvenes, pero Matías se integró también en el grupo, al menos para tener algo que hacer y, de paso, para ir conociendo el negocio en todas sus caras y entresijos.

Una mañana, Pacheco reunió al equipo, y después de instruirlos en los productos y asignarles un área, les echó un discurso formativo de urgencia. Los dos jóvenes, vestidos con trajes azul marino y con sus maletines en la mano, escucharon en posición de firmes, con las mandíbulas cuadradas. Matías se sentó un poco aparte, como si asistiera de oyente o supervisara la reunión. Pacheco, en mangas de camisa y con los pulgares prendidos de los tirantes elásticos de colores, se paseaba y hablaba como en sueños:

—Ante todo, debéis ser rigurosos y exactos en vuestras costumbres. Que vuestros hábitos de hierro sean lo que la armadura al guerrero. Nada más levantaros por la mañana, haréis quince minutos intensos de gimnasia, con música rítmica de fondo. De ese modo, le ganaréis el primer combate a la melancolía, que siempre acecha al vendedor. A continuación, os afeitaréis y ducharéis, y os frotaréis todo el cuerpo con una buena loción, como el luchador se unta de aceite, o el guerrero africano de sangre o de pintura, antes de la batalla. Luego, desayunaréis fuerte, con cereales y zumos, y revuelto de huevos con beicon y salchichas, mientras oís las últimas noticias en la radio y os formáis una opinión de ellas, para poder luego comentarlas con el cliente. Que esa opinión sea siempre abierta y plural, para que el cliente tenga siempre razón, pero no por él mismo, sino porque vosotros se la dais. Luego llega el momento de partir. Antes, cercioraos bien de que lleváis en los bolsillos todo tipo de pequeñas cosas útiles: bolígrafo, lapicero, pluma, calculadora, algún que otro caramelo o pastilla para chupar, una aspirina, una tirita, un palillo, unos sellos, un calendario de mano, unos chicles, unas tijeritas, una chocolatina, cigarrillos y mechero, un puro, unos puritos, un clip, una goma elástica, una pastilla para el ardor de estómago y otra para las muelas, el calendario de la Liga de fútbol, una lupa, unos clines, una agenda (esto es muy importante) donde, entre otras muchas informaciones, vengan los prefijos telefónicos de la red nacional e internacional, las tarifas postales, las unidades de medida y los factores de conversión, que nadie tiene nunca claro cuánto es una yarda, un acre o una milla, ni cómo se pasa de grados centígrados a grados Fahrenheit, y no hay conversación en que no salga ese tipo de cosas que la gente sabe pero nunca recuerda, las distancias entre ciudades de España y de Europa, el calendario laboral de las comunidades autónomas, las diferencias horarias en el mundo, el truco para saber en qué día de la semana caerá el cuatro de mayo del dos mil treinta y ocho, un mapa básico del cosmos donde aparezcan las Osas, la Polar, Venus y Júpiter, con eso puede valer, que en esto de las estrellas los españoles no se ponen nunca de acuerdo y cada cual tiene su idea y la defiende a morir, una lima para las uñas, unas pinzas, unos pañuelitos perfumados, y muchos más objetos que vosotros mismos iréis descubriendo, de manera que siempre tengáis algo que ofrecer, porque la gente siempre anda muy necesitada de todas esas cosas que he enumerado, y todo eso da una impresión de eficacia, de tener soluciones inmediatas para cualquier problema, de estar

215

en la cresta de la realidad, de que se puede confiar en uno porque uno está en todo. Y en esos preparativos matutinos, obraréis con exactitud y pulcritud, como el sacerdote en la misa, porque de ese rito depende mucho que salgáis a la calle renacidos de los fracasos del día anterior, como el Ave Fénix, y dispuestos una vez más a comeros el mundo. Porque el vendedor solo debe tener un objetivo: el éxito. Ahora bien, el éxito y el fracaso van siempre un trecho por el mismo camino. Nosotros resistiremos hasta la bifurcación, y no desmayaremos nunca. Seguir, avanzar, perseverar, siempre adelante, siempre un poco más, ese es nuestro lema, esa es nuestra convicción. En cualquier recodo, tarde o temprano, allí estará el éxito esperándonos. Por eso, debéis preveniros contra la soledad. La soledad y la melancolía son los peores enemigos del vendedor. El vendedor está solo frente al mundo, sin más arma que su cartera, su coraje, su fe, su voluntad. Y el hogar está lejos, y todo invita siempre a regresar. Pero nosotros no sucumbiremos nunca al desaliento. Recordaremos que cada fracaso anuncia la cercanía de la victoria; así que cada día debemos alegrarnos de haber avanzado un poco más hacia nuestro único objetivo. Debéis de ser pacientes y obstinados, pero nunca dejaréis las cosas para mañana. Viviréis en el presente; nuestro reino es el ahora. Amaréis vuestro oficio, y los instrumentos del oficio. Los instrumentos están en el maletín: ahí está cuanto necesitáis para ser invencibles. Cuando saquéis el catálogo y los obsequios ante el cliente, hacedlo con lentitud y solemnidad, como si fuesen cosas sagradas, objetos mágicos y maravillosos y nunca vistos. Porque los artículos que uno representa, son únicos; la empresa, única; el cliente, único, y nosotros también únicos. Todo ha de ser excepcional, irrepetible, insólito. E incluso milagroso, porque vosotros tenéis el don de obrar milagros. ¿Cómo? Muy sencillo. El vendedor ha de amar cuanto existe, fijaos bien lo que os digo y no lo olvidéis nunca. El vendedor debe pararse a veces en su avance implacable para escuchar el canto de los pájaros, mirar al cielo, inclinarse a contemplar ese humilde prodigio que es la hormiga, oler una flor, hablar con un niño. Y después el vendedor se mirará a sí mismo en un espejito que debe llevar siempre consigo, y se amará a sí mismo también, y envuelto en esa aura seguirá adelante con su maletín, siempre adelante, y su cara irá adquiriendo una expresión serena, segura y amorosa, que el cliente reconocerá enseguida sin darse cuenta, y sin darse cuenta se rendirá al vendedor, y con él a la hormiga, a la flor, al niño, al cielo y a los pájaros. Nada persuade más que la dulzura, nada cautiva más que la seguridad tranquila en uno mismo, y no hay mejor argumentario comercial que una sonrisa o un halago a tiempo, siempre que sea discreto y oportuno. Y así, en cada visita, plantaréis un grano de trigo, y ya no habrá más que cuidarlo y aguardar la cosecha. Valgan por hoy estas breves instrucciones. Ahora, ahí afuera os espera el mundo. Es vuestro. Tomadlo. Sois gatos, sois linces, sois leones, y los clientes son vuestras presas. Sed suaves con ellos, pero nunca piadosos. Y ahora, ¡adelante, siempre adelante! —y dio unas palmadas en el aire como si los espantase y los dos vendedores salieron de la nave y arrearon por el sendero al compás enérgico y pujante de sus maletines.

—Y ese discurso, ¿de dónde lo has sacado? —preguntó Matías.

—Es solo una pequeñísima muestra de la filosofía del márketing, presidente —dijo Pacheco, humilde, orgulloso, casi sonrojado.

También ellos, de inmediato, se pusieron al tajo. Fueron días agotadores y confusos. No se trataba solo de reactivar a los viejos clientes, sino también y sobre todo de ganar otros nuevos. Se asignaron zona y se lanzaron a visitar zapaterías, supermercados, almacenes, fábricas grandes y pequeñas de no importa qué artículos y cualquier establecimiento donde pudieran necesitarse envases de cartón o papel. Matías salía de casa a buena hora con una carpeta donde llevaba el catálogo y los contratos, y los bolsillos atestados de obsequios publicitarios, y no regresaba hasta el atardecer. Todos los días fueron el mismo día, y cuando luego quiso recordarlos, rescataba imágenes parciales y se veía apoyado en mostradores y anaqueles, sonriendo optimista y cautivador cuando le decían que esperara o que volviese la semana entrante, dando siempre la razón por adelantado, pidiendo permiso para fumar y ofreciendo tabaco y aprovechando para regalar unas cajas de fósforos, aceptando y subrayando con cabeceos sobrados de experiencia y comentarios corales el lamento sobre la mala marcha del país, la corrupción política, la inseguridad ciudadana (haciendo aspavientos cuando se aportaban casos averiguados de violaciones y atracos a punta de pistola), la parcialidad de los arbitrajes de fútbol, acogiendo con un servicial gesto de escándalo o de compradazgo las exclamaciones de «¡ya me dirá usted!», «¡adónde vamos a llegar!», «¡y luego dicen que en España hay democracia!», deslizando en las pausas frases ubicuas y conciliadoras («y sin embargo hay que vivir», «son cosas que pasan», «este país nunca tuvo remedio»).

A veces se interesaban por los envases y los precios, pero en casi todos los sitios le decían que los productos eran anticuados, o que ya estaban comprometidos con otras firmas, o lo miraban sonriendo enigmáticamente y lo dejaban allí, agregado a la actividad comercial en calidad de oyente, o lo emplazaban para tiempos mejores. Y él iba y venía resoplando por un laberinto de calles ardientes, parándose a refrescar en una fuente pública o en el retrete de algún bar infecto, reuniendo energías bajo una acacia, la chaqueta doblada al brazo, la carpeta sujeta entre los pies, y arriba y alrededor aquel cielo blanco invariable y aquel resol que obligaba a cerrar los ojos y a chafar la boca, el sudor goteando de las axilas o cayendo del pelo y resbalando por la nuca y enfriándose en el arranque de la espina dorsal. Y luego el aire vibrante de combustible mal quemado, que distorsionaba las distancias y les daba una apariencia de desierto, y el deseo incontinente de echarse a descansar en cualquier sombra, por mezquina que fuese, como en un refugio arcádico donde no llegaba el torbellino de la vida.

A veces pensaba que en esos momentos él podía ir en un coche descapotable por la orilla del mar, despreocupado y ocioso, y entonces se rascaba la cabeza y se quedaba pensando en cómo el destino le había arrebatado aquella dicha para ofrecerle a cambio estas caminatas por barriadas inhóspitas, además de la angustia por el porvenir de la empresa, que era el suyo propio, y solo el recuerdo de Martina le restituían el ánimo y la fuerza para ponerse la chaqueta y seguir adelante.

Cuando al atardecer se reunían en la nave, Matías y Pacheco hacían balance de la jornada. Aunque apenas lograban cerrar algún trato, Pacheco no perdía ni un instante la fe. Ya llegaría el éxito y la expansión cuando se produjeran los nuevos envases, en cuyos diseños estaban trabajando creativos de postín. Por ahora, se trataba solo de salir adelante, y de llegar a cubrir gastos durante los meses del otoño. «Es de libro, presidente, te lo digo yo que soy experto en estas cosas.»

Y sí, mal que bien las cosas parecían encaminarse hacia algún tipo de futuro. Día tras día, iban llegando las mejoras. Con las paredes recién pintadas de blanco y los nuevos tubos fluorescentes, el lugar parecía otro. Sobre las máquinas, engrasadas y brillantes, y sobre la cadena de ensamblaje, habían puesto una cubierta de plexiglás con sus propias luces. Y en cuanto al despacho, no había quien lo conociese. A instancias de Pacheco, que sostuvo con vehemencia que el presidente y la secretaria debían estar separados, aunque solo fuese por la barrera mínima de un símbolo («¿Te imaginas que Castro compartiera su despacho con Sol?»), ampliaron el espacio y aislaron una parte con una mampara de cristales translúcidos. Pero, por lo demás, fue Matías quien amuebló y decoró el conjunto: una mesa grande, de tablero parabólico y madera oscura, y otra pequeña y funcional, cada una con su lamparita, su ordenador y su teléfono. El suelo estaba enmoquetado de gris, y en las paredes había cuadros abstractos de colores vivos e ingenuos. Le hubiera gustado más un despacho con paredes de albañilería, pero por razones de tiempo y presupuesto dejó la carpintería metálica con vidrieras esmeriladas. Sin embargo lo techó con un cielo raso de corcho blanco sintético, que iluminó con pequeños focos halógenos. ¿Le gustaría a Martina? Sentado en la silla giratoria en actitud ociosa y soñadora, tenía que reprimir a veces el impulso infantil de salir corriendo e ir a verla para comunicarle todas aquellas noticias deslumbrantes.

El despacho de Pacheco, situado al fondo de la nave y adosado al muro, era del mismo tipo, aunque más reducido, y en la puerta ponía: VICEPRESIDENTE Y DIRECTOR GENERAL DE MÁRKETING. La silla era no solo giratoria, también rodante, y a Pacheco le encantaba deslizarse en ella y dar vueltas por todo el despacho mientras hablaba por teléfono. En las paredes había carteles con estadísticas, un panel con gráficos confeccionados con chinchetas de colores y una diana para jugar a los dardos. Hasta la furgoneta estaba ahora pintada de blanco, con el logotipo en ambos laterales, lista para el reparto. Paseándose por la nave, a Matías le parecía mentira que todo aquello hubiese surgido, como decía Pacheco, de la sola fuerza de su coraje y de su fe. ¿Sería verdad que la empresa iba a tener éxito? ¿Sería posible que él, Matías Moro, llegase a ser multimillonario?

Solo Ortega parecía un tanto consternado con la reforma. En los viejos tiempos la fábrica había funcionado sin necesidad de tanto requilorio, y además, ahora no había ya un lugar apropiado para él y su galgo. Pero a cambio Matías lo había nombrado jefe de taller, y le había adelantado una cantidad a cuenta del sueldo que empezaría a percibir allá para octubre o noviembre, si los cooperativistas lo ratificaban en el cargo. Hasta entonces, podía quedarse a dormir en la nave como guarda nocturno.

En cuanto a Martínez, siempre recluido en su refugio de tablas y cartones, no solo trabajó todas las tardes de julio sino que, cuando Matías y Pacheco se incorporaron a la oficina en agosto, él fue quien se hizo cargo por las mañanas de la fábrica. Matías se lo imaginaba oponiendo su silencio lúgubre y sin fisuras a la locuacidad de Ortega, resolviendo las dudas o las peticiones de los obreros, atendiendo por teléfono a proveedores y posibles clientes, resolviendo cuestiones burocráticas en pasillos y ventanillas oficiales, y le costaba entender cómo se las apañaría para encarar aquellos actos mundanos, tan contrarios a su carácter tímido y huraño, ni de dónde le vendría aquella terquedad seráfica que lo impelía a permanecer en el despacho hasta que Matías, ya al oscurecer, tenía que animarlo a apagar el ordenador y a guardar los papeles y a posponer las tareas para el día siguiente. Y si se le sugería que no era necesario que se quedase también por las tardes, él decía sin levantar los ojos del suelo o de la mesa: «No tengo otra cosa que hacer». Y una vez que Matías le preguntó, o más bien formuló en alto una hipótesis impersonal acerca del veraneo y de la familia, él dijo con voz también impersonal: «Ellos se han ido de vacaciones. Yo no», y no había quien lo sacara de esas respuestas cortas e imprecisas.

Agosto fue un mes descansado y monótono. Ni en la oficina ni en la fábrica había apenas trabajo. Pacheco dedicaba las tardes a escribir y a adjuntar catálogos a clientes potenciales en provincias, y Martínez invariablemente seguía abismado en su tenaz tarea administrativa. Matías iba y venía, interesándose por las actividades de los dos, y finalmente se sentaba en su mesa a revisar papeles y, de vez en cuando, a echar de nuevo las cuentas del futuro. Calculaba cuánto tiempo se tardaría en convertir la empresa en cooperativa, y cuánto en recuperar él el dinero invertido. Y los números le salían al revés o al derecho según el estado de ánimo en que lo sorprendiera cada instante. Intentaba concentrarse en las sumas y restas, pero a menudo la mano seguía trazando signos de memoria mientras el pensamiento sucumbía a las quimeras. ¿Y si se quedase él con la empresa, como quería y aconsejaba Pacheco, y se hiciese rico de verdad? Pacheco estaba seguro de que en un futuro no muy lejano la nave sería tan grande como un hangar, y en vez de las cuatro máquinas de ahora habría una cadena de producción en masa, y cientos de obreros, y una flota de camiones, y las oficinas ocuparían ellas solas un edificio anejo, y con el tiempo, abrirían filiales en provincias, y luego en países del Extremo Oriente donde los costos de manufactura fuesen más económicos y, por tanto, más competitivos. ¿Y si siguiese adelante y se convirtiese en un hombre muy rico? Y se imaginaba que un verano invitaba a todos sus colegas de oficina a un crucero alrededor del mundo. ¿Y qué diría, por cierto, Castro, cuando supiese que Matías Moro, aquel oscuro empleado cuyo nombre quizá él ni siquiera recordaba, y al que un día, por burla o por maldad, obligó a montar en su automóvil deportivo para llevarlo hasta un lugar lejano y abandonarlo allí a su suerte, confundido y humillado, aquel Matías Moro se había convertido en un hombre tan poderoso o más que él? Pero, a diferencia de Castro, él sería magnánimo y afable con sus empleados, porque a él el poder no iba a corromperlo ni a endiosarlo, él seguiría siendo como era, ni más ni menos, y ejercería la autoridad sin herir nunca a nadie, y pediría todo por favor y jamás alzaría la voz para dar una orden.

Así sería él. Y luego se imaginaba que ya habían pasado cinco o seis meses y que ahora él estaba sentado allí mismo, en su despacho, y que al lado, detrás de la mampara translúcida, estaba Martina. Era seguro que para entonces ya se habría resuelto el nudo amoroso, y también el empresarial. Dejaría obrar al destino y recibiría de él lo que quisiera darle. Si Martina lo rechazaba, pues muy bien, renunciaría al amor con un gesto de dignidad y hasta es posible que también de alivio, y si se arruinaba, aceptaría también esa derrota y volvería a su querida vida de siempre, solo que en las noches solitarias y aciagas de la vejez se consolaría con las migajas de la gloria de haberlo al menos intentado.

Pero, a lo mejor, con su paciencia y su dulzura, conseguía conquistarla y se casaba con ella, y tenían un hijo al que legar la empresa y al que le pondrían el nombre del abuelo paterno, Hilario, Hilario Moro Gayoso (iah, y si su padre levantara la cabeza y viera que el hijo había emparentado con el Joaquín Gayoso que él tanto quiso y admiró!), y si los negocios iban también por ese derrotero, vivirían en un chalé de una zona residencial, con doncellas, y perros de lujo, unos feroces y otros falderos, y vestirían ropas caras y tendrían también una casa en la costa, y entonces veía a Martina ataviada con traje de noche, en biquini, con equipo de tenis o de amazona, y él de esmoquin, o de esquiador, o en traje de baño, y aquí su propia figura un poco fondona lo despertaba del ensueño, pero no sentía la amargura de la realidad sino solo la incertidumbre de si aquellas fantasías podrían o no llegar a realizarse. Quién sabe. Por las noches se sentaba junto al balcón y daba sorbitos de whisky y no acababa de admirarse de cómo él se había lanzado, o mejor dicho, se había visto lanzado a una aventura así. Añoraba su barrio y su vida hecha de iguales y humildes placeres cotidianos, pero desde que había reformado la fábrica, el despacho se había convertido casi en una sucursal del espacio hogareño. Una noche fue hasta aquellos parajes desolados, movido por un sentimiento de extrañeza, y atravesó las vías muertas y durante mucho tiempo estuvo contemplando la nave solitaria y nevada de luna, entregado a la fascinación de aquel misterio, como un general que contempla el escenario en el que mañana se librará la batalla que decidirá su destino.

Y sí, la batalla era inminente. Concluía agosto, y con él la reforma. Ahora el portón estaba pintado de azul, y el hilo musical funcionaba en los dos despachos, y también las cuestiones burocráticas habían sido resueltas, y ya solo quedaba esperar a septiembre para intensificar la campaña de ventas, seleccionar y formar a los obreros y ponerse sin más a trabajar. Quizá por eso los últimos días de agosto eran como una tregua entre las fatigas del pasado y las incógnitas del porvenir. Una época propicia tanto para la melancolía como para la esperanza, y que algo tenía por eso mismo de dulce e irreal.

Una de aquellas tardes, Matías y Martínez estaban sentados al fresco en la puerta de la nave. Empezaba a atardecer. Ya se había ido Pacheco, y Ortega acababa de salir con el galgo a dar una batida por el descampado. «A veces hay liebres», había dicho. Enfrente estaba el baldío reseco, con montículos lunares de escombros, y al fondo la línea de bloques de Fuenlabrada, bajo un cielo con nubes sucias y doradas por el último sol. Había sido un día ardiente, como todos, pero ahora había refrescado y corría una leve brisa que traía a rachas el olor tostado del pasto junto a una lejana promesa de lluvia.

Matías aprovechó para decirle a Martínez que sin su ayuda no hubieran conseguido dejar todo ultimado en un plazo tan breve, que le quedaba agradecido de por vida, que sabría corresponder en la primera ocasión que se le presentase y que, puesto que ya no había ningún trámite burocrático o administrativo que urgiese resolver, lo liberaba de aquel trabajo ingrato que él había asumido tan generosamente, y con tanto entusiasmo como si se tratara de algo propio. Martínez escuchó serio y obstinado, sin que aquellas palabras despertaran en él el menor signo de expresividad. Durante un rato, no dijo nada, pero luego, cuando parecía que su silencio era ya definitivo, se removió en el asiento y, sin dejar de mirar al frente, preguntó:

—Entonces, ¿no va a seguir con la empresa?

—¿Seguir? No, no creo. En cuanto empiece a funcionar, organizo la cooperativa, como habíamos quedado. Yo calculo que será cosa de dos o tres meses, cuatro como mucho.

—Pero sería bueno que siguiera.

—¿Yo? No, ¿para qué?

—Podría aliviar el dolor de muchos.

—No, no, yo tengo mi vida, mis planes, mis costumbres, mis cosas. Yo no tengo ambiciones. Yo solo quiero estar como estaba, porque así soy más o menos feliz.

—Hay muchas maneras de ser feliz.

—Pero la mía es esa, qué se le va a hacer.

—Por lo menos seguir un poco más. Un año, o dos.

—¡Si yo no sirvo para esto!

—Para servir están los otros. Yo, por ejemplo.

—No sé. Yo creo que lo mejor es dejar las cosas de este modo. Ya he ido demasiado lejos con esta historia.

—Entonces déjeme hablarle. Usted me vio cantar. Me confió la empresa por las mañanas. Creyó en mí. Ahora, según dice, yo he terminado mi tarea. Por eso debo hablarle. Debo contarle algunas cosas. Nunca se las he contado a nadie, pero hoy debo hacerlo. Quizá usted comprenda al final por qué. ¿Le importa?

—No, claro que no —dijo Matías desconcertado.

Martínez se echó atrás en la silla para no ser observado durante el relato, de modo que Matías quedó situado como un espectador de espaldas al escenario.

Empezó contando que estaba casado, que tenía dos hijos. Que cursó estudios de magisterio, porque esa era su vocación, y que antes de entrar a trabajar con Castro daba clases de matemáticas en una escuela pública. Era un maestro paciente, metódico, puntual, cumplidor. Vivía entregado a su trabajo, no reñía ni gritaba, nunca se le conoció un vicio y ni siquiera un exceso, pero así y todo, no se sabe cómo ni por qué, muy pronto empezaron a surgir rumores, reticencias, quejas, denuncias, hasta que un día la asociación de padres elevó un escrito a la inspección, se abrió un expediente, y al final él mismo decidió abandonar la enseñanza: no por nada, no por ningún motivo concreto, sino solo porque los niños se inhibían ante su presencia, temblaban ante sus largos silencios, se resistían a entrar en clase, y a veces solo con verlo se echaban a llorar. Dos al menos, según certificado que aportaron los padres, necesitaron tratamiento psiquiátrico.

Quizá eso ocurría porque él era como era, muy serio, y más bien triste, y porque vestía siempre de oscuro, y porque carecía por completo de eso que se llama sentido del humor. Este es acaso el rasgo que mejor lo define. Nada le hace gracia, y no entiende cómo la gente puede reír tanto, por cualquier cosa, a cualquier hora, para saludarse, para decirse adiós, para preguntar, para mirarse incluso. Martínez no entiende por qué el hombre ha salido un animal tan risueño. A él también, la verdad, le hubiera gustado reír o al menos sonreír, y en su época de maestro lo intentó, como un recurso desesperado para ganarse a los alumnos. Ensayó incluso delante del espejo, y aunque le salía una mueca sin contenido preciso, un rictus arcaico de máscara, a pesar de eso, probó a sonreír en clase, y a algunos niños les entró la llantina, y a uno le dio una pataleta de histeria, y otro huyó de clase con los brazos en alto como pidiendo socorro en un incendio, y en fin, que la sonrisa empeoró las cosas, y ya nunca más volvió a intentarlo.

—Yo, señor Moro, soy serio y triste como otros son bizcos o calvos. Pero es que a mí el mundo, la vida, no me parecen cosa de broma. Yo a la vida no le acabo de ver la gracia. La gente nace, crece, enferma y muere. Todos los días hay broncas y matanzas. Hay hambre y accidentes de tráfico. Hay guerras y naufragios. Y luego todo se olvida y otra vez a empezar. Y en medio de todo están las palabras. Dicen que la gente tiene que comunicarse. Hace muchos años que vengo oyendo eso. Y yo me pregunto: por qué, comunicarse qué. ¿Qué les podría comunicar yo, por ejemplo, a mi mujer y a mis dos hijos? ¿Lo que he hecho en la oficina? Ellos ya lo saben. Ya se lo conté una vez, hace tiempo, y los días son todos de un molde. ¿Qué tal han ido hoy las cosas?, me preguntaba ella al principio. Y yo: bien, como siempre, y ya no sabía qué decir. En el noviazgo yo sí hablaba. Entonces había algo que contar. Había proyectos. Íbamos a comprar un piso. Muebles. Electrodomésticos. Había marcas distintas, precios, prestaciones. Entonces yo hablaba. Informaba. Pero luego ya no hubo mucho más que decir. También hablé en la escuela. Sumas, restas, fórmulas, teoremas. O preguntaba. ¿Cuántos grados tiene este ángulo?, ¿cuál es la raíz cuadrada de este número? Son las dos veces que yo he encontrado motivos para hablar. Fuera de eso, nunca he tenido nada que decir. ¿Qué les podría contar yo a ustedes en la oficina? Por más que pienso, no se me ocurre nunca nada.

Una ráfaga de viento vino de lejos y, como enojada por algo, hizo allí mismo un remolino. Luego se alejó furiosa, levantando una columna de polvo.

—Yo creo que es de ahí, de mi silencio y de mi tristeza, de donde me vienen los problemas. Permítame una confidencia.

Mis hijos y mi mujer me tienen miedo. Cuando llego a casa les oigo correr en desbandada, a mis hijos, y atrancarse en su habitación. Y ya no se atreven a salir. Hablan bajito, caminan de puntillas. Y lo mismo mi mujer. En cuanto yo llego, se apaga el son alegre de sus chancletas, y va a encerrarse en la cocina. Y, sin embargo, igual que en la escuela, yo no grito, ni riño, ni jamás he alzado la mano contra nadie. Ni siquiera la voz. Nunca. Yo soy un buen padre de familia. Un buen esposo. Soy trabajador. No bebo. No fumo. No trasnocho. No gasto. A mis hijos les he llevado al zoo, les he dicho cuál es cada animal. Al cine, al circo. Les iba a buscar a la salida de la escuela. Les traía a casa de la mano. Les ayudo en los deberes. Les compro regalos de cumpleaños. Les echo los Reyes. Y sin embargo les doy miedo. ¿Por qué? No lo sé. Yo me siento en mi sillón a limpiarme las uñas. Me gusta mucho limpiarme las uñas. Limpiándome, puedo estar horas. O leo el periódico. O descanso. Pues bien, esas tareas pacíficas al parecer les asustan todavía más. He hecho varias veces la prueba de salir entonces de casa. Cierro la puerta y escucho. Y al ratito, se oyen voces, y risas, y carreras, y las chancletas de mi mujer yendo y viniendo sin parar. Pero en cuanto me oyen entrar, todos se encierran y se hace un gran silencio. Es como si viesen en mí una amenaza. Una furia en reposo. O será a lo mejor mi forma de vestir. Estos trajes oscuros que llevo. Un día mi mujer me dijo: ¿Por qué no vistes un poco más alegre, un poco más informal? Sí, eso dijo, informal, un poco más informal. Fuimos a una tienda y me compré un pantalón vaquero y una camisa hawaiana. Usted se acordará de aquel día. Fui así a la oficina, y ustedes se daban con el codo. A la vuelta, mi mujer y mis hijos salieron a esperarme a la parada del autobús, a verme llegar. La gente me miraba por la calle, y me acuerdo que uno de mis hijos me llamó «papi». Fíjese, «papi». Pero aquello no cambió mi manera de ser. Me sentí ridículo, y al día siguiente volví a vestir de negro.

Durante el relato, Matías ha ido girando en la silla y ahora, discretamente, lo mira a veces de reojo. Su voz es lisa, monótona, clara. En su cara y en su figura no hay nada extraño, ningún rasgo que pudiera inspirar repulsión o inquietud. No, resulta incluso atractivo. Acaso es un poco triste, nada más, y no es la tristeza activa de quien alimenta en su corazón una derrota

226

o un deseo agotador, sino esa leve y serena desdicha, o más bien fastidio, que tienen las aves de corral los días de lluvia, o los payasos viejos en la soledad de sus camerinos.

—Así que podría pensarse que mi mujer y mis hijos tienen miedo porque no hablo. Supongamos que es eso. Pero ¿de qué voy a hablar yo? Allí sentado en el sillón le doy vueltas, busco algo que decir, pero es inútil. Todo está ya dicho y contado. ¿Para qué repetirlo? Pero luego veo que la gente habla. No para de hablar. Verá usted. Tenemos un vecino muy charlatán. Un hervidero de palabras. Es representante, tiene bigote, y casi siempre está en camiseta asomado a la ventana. Habla mucho con mi mujer, de ventana a ventana. Y la requiebra. Incluso delante de mí. Pero como habla mucho, es inocente. Dice tantas palabras, que es imposible que se responsabilice de todas ellas. Cuenta muchas anécdotas. Y chistes. Imita los acentos regionales. Afemina la voz. Para él, cualquier cosa es motivo de comentario. A todo sabe sacarle punta. Mi mujer dice de él que es «encantador». Mi mujer distingue entre gente «encantadora» o «no encantadora». En el ascensor me da palmadas en el hombro, el vecino, o me corrige la posición de la corbata, o me coge del brazo. ¿Cómo va el mercado de valores?, ¿se invierte o no se invierte?, me pregunta. Me llama «colega». Hola, colega, me dice. Y también me dice: te veo un poco en baja forma. O dice opiniones políticas. Es de esas personas que tienen razón siempre. Tienen razón porque la razón es suya. Entran en los sitios con ella, la enseñan y luego se van y se la llevan. Como si fuese un mono amaestrado. Le hacen dar unas volteretas y luego se van con él al hombro. Así es el vecino. Tiene, con perdón, un miembro viril muy grande. Lo sé porque en el buen tiempo anda desnudo por la casa, o solo con la camiseta, y sin querer le veo por la ventana. Con una mano se sostiene el miembro, que siempre lleva erecto. Con la otra se acaricia el bigote. No sé por qué, yo veo una relación entre su potencia verbal y su potencia sexual. Me digo: quizá si se quedara impotente, se quedaba también mudo. Además, le canta a mi mujer por la ventana. Se pone allí, ocupando todo el vano como si actuara en un teatro, y canta cosas de zarzuela con mucho sentimiento. Va expresando la letra con las manos. Se las lleva al corazón. Las abre hacia lo alto. Las extiende hacia mi mujer como si ofreciera o suplicara. Qué sé yo la de poses que hace. Mi mujer, y a veces también mis hijos, se asoman los tres a verle, y al final aplauden. Pero yo me quedo dentro, sentado en el sillón, sin saber qué pensar.

»Sí, la gente habla mucho. En la televisión, en la radio. Uno pone la radio de madrugada, y allí siguen hablando, en esas tertulias y consultorios y debates, quitándose la voz unos a otros. Y en las películas. Usted lo habrá visto. Salen matrimonios con hijos que hablan todos en el desayuno, en las comidas. Dicen cosas. No paran de hablar y sonreír. A veces incluso hablan todos al mismo tiempo. Yo me pregunto: ¿cómo es posible?, ¿cómo pueden no quedarse callados? Yo también lo intenté una vez. Pensé que a lo mejor el secreto de la concordia consistía en no quedarse nunca callado. Dije en la comida algo así como que ya pronto empezarían a cantar los mirlos. Esos pájaros negros que silban, no sé si usted los habrá visto. Pensé mucho la frase, y me costó mucho decirla. ¿Y qué pasó? Ellos se miraron alarmados, pusieron la vista en el plato, y mi mujer fingió un ataque de tos, como si yo hubiera dicho una inconveniencia. Así están las cosas, señor Moro. Como no hablo ni río, parezco un apestado. Pero yo no tengo nada que decir. Tampoco tengo opiniones. Ni siquiera del gobierno. ¿Qué voy a opinar yo del gobierno, y para qué? Yo voy y vengo. Trabajo. Tomo pastillas para las enfermedades. Y esa es toda la historia.

Pero una tarde, hace ya más de un año, sigue contando, y la voz se le ilumina con un tono infantil de ensoñación, yendo por la calle oyó un cántico muy tenue al fondo de un portal. Y de pronto se sintió atraído por él, como los marineros con las sirenas. Y entró. Atravesó un pasillo y un patio interior y por una ventana vio a un grupo de gente seria y puesta en pie que entonaba una especie de salmo. Un hombre dirigía el coro desde una tarima. Martínez se quedó a escuchar, embelesado por aquel cuadro idílico. Cuando cesó el canto, el hombre de la tarima lo miró. Todos a una volvieron entonces la cabeza y lo encararon, graves y serenos. El hombre de la tarima, con un lento ademán, lo invitó a entrar. Y él entró, y nadie le dijo nada, ni le sonrió, y todos tenían una expresión severa y sosegada, y él avanzó como exhortado por una llamada misteriosa y fue a ocupar un banco delantero y allí se quedó, en pie, mirando al frente. En-

228

tonces iniciaron otro cántico y también Martínez se puso a cantar, porque era un responsorio que se sabía de niño, que había olvidado y que ahora de repente se le venía a la memoria tal cual, con su letra y su música, y lo cantaba con una voz tan pura y melodiosa, que los demás se fueron callando hasta que quedó él solo clamando en el silencio: «Si buscas milagros, mira / muerte y error desterrados, / miseria y demonios heridos, / leprosos y enfermos sanados. / El mar sosiega su ira: / redímense encarcelados: / miembros y bienes perdidos / recobran mozos y ancianos».

Recitó los versos e hizo una larga pausa. En el silencio se oyó el rumor confuso de la ciudad, como un lejano río caudaloso, y la estridulación de los insectos en el pasto. Matías encendió un cigarro y sintió que la vida, y sus dones, estaban allí, al alcance de la mano.

—Desde entonces, voy allí a cantar dos veces por semana. No es una secta. O quizá sí. No lo sé. A mí no me interesa la religión. Yo no creo en Dios. Aunque existiera, no creería en él. Lo único que le pediría es que siguiera callado, como hasta ahora. Yo solo voy allí a cantar. Y al final me voy, sin sonreír, sin dar explicaciones a nadie. Allí, cantando, me siento bien. Me siento como purificado de todas las palabras y risas con que los hombres ensucian la vida. Yo —sigue diciendo, pero ahí se calla, estornuda, saca un pañuelo del bolsillo de la chaqueta, lo despliega, se limpia, y luego lo pone sobre las rodillas juntas, lo pliega pulcramente, alisando bien cada doblez, y se lo guarda—. Yo nunca he hablado tanto y tan seguido como hoy. Nunca. Y lo he hecho para que usted comprenda lo que le voy a pedir ahora. Y también porque yo le admiro a usted, señor Moro. Le admiro por haberse atrevido a tanto. Crear una empresa, sin ánimo de lucro. Dar trabajo a los pobres. Plantarle cara a gente como Castro. Desafiar al destino. Es usted un gran hombre. Yo sin embargo no hago nada. Dos días a la semana, canto. Los otros cinco, me siento a descansar en el sillón. Y ahora de pronto he descubierto que la vida puede ser más que eso. Tener un sentido. Se oye mucho decir que la vida es una aventura. En la televisión no paran de decirlo. Y yo me pregunto: ¿qué aventura es esta de vivir? ¿Cuál es la aventura de Bernal, de Moro o de Pacheco? Y ahora sí. Ahora he visto y entendido eso de la aventura. Y me siento un aventurero, como cuando jugaba de niño. Y me he dicho: ahora ya tienes algo que contar a los tuyos. Y ellos también me mirarán de otra manera. Y hasta es posible que mis hijos me admiren. Y también he entendido eso de comunicarse. Hoy, por fin, me he comunicado. Así que yo quiero seguir aquí, señor Moro, hasta el final. Necesito seguir aquí. Se lo suplico. Yo puedo llevar la administración y los asuntos legales y fiscales. Yo de eso entiendo mucho, permítame decírselo. Puedo ser útil. Y no quiero dinero. Solo quiero seguir aquí, junto a usted, en esta aventura. Por eso le he contado mi vida. Para que entienda mis razones. Y fíjese, nunca había hablado tanto. ¿No es extraordinario? ¿Qué dirían mi mujer y mis hijos si pudieran oírme? Así que ya ve usted, señor Moro, lo que ha cambiado mi vida en los últimos tiempos.

La noche ha ido cayendo sobre el descampado. El horizonte de viviendas es ya solo una mancha un poco más densa que el cielo, y sus luces se confunden con el temblor pálido de las primeras estrellas. Matías se estremece de pronto con el fresco de la noche y piensa en el otoño, en lo que será su vida para entonces. Siente el rute rute del pensamiento en torno a una bruma que, al despejarse, resulta ser la imagen de Martina, y eso lo llena de esperanza y enseguida de pánico. Dentro de unos días irá a verla, y la posibilidad de ese momento le parece irreal. También su vida, como la de Martínez, ha cambiado mucho en los últimos tiempos. Ha creado una empresa y se ha ganado la admiración incondicional de sus compañeros de oficina. ¿Cómo es posible eso? ¿Será verdad aquello de que el amor obra milagros? De repente, y por primera vez, se siente orgulloso de lo que ha conseguido. Mira a Martínez, que guarda un silencio ya definitivo en la oscuridad, va a decir algo, no sabe muy bien qué, pero en ese instante se oye a Ortega, que se acerca silbando, y ve la brasa del cigarrillo avanzando hacia ellos. «Se acabó el verano, míster», dice. «Mañana viene el frío.»

Es como una señal para que Matías y Martínez se levanten, se despidan de Ortega y recorran en silencio el sendero entre el pasto. Matías pone el coche en marcha y, antes de arrancar, dice: «Por supuesto que puede seguir aquí. Para mí es un orgullo y un alivio contar con usted. Y, en cuanto al dinero, no sé, ya veremos en qué para todo esto».

Miró a Martínez y le pareció que sonreía. Pero no: debió de ser una ilusión o un reflejo que cruzó como un relámpago por su cara. Eso debió de ser, porque cuando le pregunta: «¿Me ha oído?», él retrocede un poco más en la espesura del silencio, y solo al rato dice, con la voz ronca, lúgubre y hermética de siempre: «Gracias».

XII
Viaje a la costa

Doña Paula bajó el volumen del televisor con el mando a distancia, dio un suspiro de alivio, y durante un rato ninguno de los dos supo ya qué decir.

—Pues nosotras creíamos que ya no vendría más por aquí —dijo finalmente doña Paula—. Yo pensaba que le había pasado algo. ¡Hay tantas desgracias en el mundo! Ni la propia televisión se da abasto a contarlas. Pero Martinita decía que no, que se había ido usted de viaje, y entonces miss Josefina le hizo una adivinación con agua y aceite y le vio muy lejos, en uno de esos sitios con loros, monas y palmeras.

Con una sonrisa ambigua, para que la ambigüedad acogiera también la vaguedad de la respuesta, Matías dijo que había tenido en efecto un verano de lo más laborioso.

—Pues nosotras seguimos aquí, como siempre. Mi marido todavía no ha conseguido acordarse de la calle en que vivía su primo, el Joaquín Gayoso que usted busca. Por más vueltas que le da, y por más que nosotras le preguntamos y le hurgoneamos, no hay manera. Eso sí, a cambio recuerda cosas de mucho detalle y de ningún provecho. Por ejemplo recuerda que, siendo el primo tranviario, atropelló y mató a un hombre que resultó ser vendedor de electrodomésticos. Bueno, pues luego ese hombre se le aparecía en sueños para venderle una aspiradora. Y otra cosa que pasó es que se murió Nicanor, el marido de la señora Andrea. ¿Usted se acuerda de sus manías, de que iba en un tren y que en España mandaban los franceses? Pues una noche el tren se paró en Talavera de la Reina. ¡Talavera de la Reina, diez minutos!, le oímos gritar. Y allí en el andén le estaba esperando no se sabe quién, porque gritó, que le oímos en todo el piso: ¡Aquí está la fiera corrupia! Según la señora Andrea, a quien vio fue a Napoleón; pero miss Josefina dice que era la misma muerte. Qué sabemos acá. Pero, sea como sea, el caso es que pasados los diez minutos se murió. Ya ve usted qué poca cosa somos. Y ahí sí que no hay diferenciación, ¿eh?, ni ricos ni pobres, ni negros ni franceses, ahí la guadaña se lo come todo de una vez.

Luego, otra vez se quedaron callados. A aquellas horas (eran las 10.30 del último sábado de agosto y hacía una mañana radiante con una brisa fresca ya de otoño) había solo en el piso algunos ruidos aislados que, como una nevada leve, no llegaban a cuajar en el silencio. A veces se escuchaba una voz cristalina y ocasional, un tintineo de cubiertos, la descarga de una cisterna, el rodar alarmado de un objeto, y era como si el silencio estuviese soñando aquel suave y limpio y casual concierto de sonidos.

Pero Martina no estaba en casa. Matías creía haberlo sabido ya antes, cuando esperaba en la calle sin decidirse a entrar por miedo a encontrarse con el inventor o con algún otro pedigüeño a los que quizá les debía una explicación después de dos meses de ausencia. Por eso había ido temprano y por eso pensó que lo mejor era aguardar a que saliera algún conocido a quien confiarle un mensaje para Martina. «Te espero aquí abajo, tengo algo importante que decirte», escribió en una hoja de la agenda, y con la hoja en la mano y la mano en el rostro se puso a pasear y a vigilar de lejos el portal. Entonces tuvo la corazonada de que Martina no estaba en casa, y al mismo tiempo se sintió ridículo de verse allí, espiando, sin atreverse a entrar, comportándose no como el bienhechor que en realidad era sino como un delincuente que acecha a su víctima y aguarda su ocasión. ¿Es que siempre tendré que andar con miedos y culpas por la vida?, se dijo indignado, y entonces atravesó a trancos la calle y se hundió precipitadamente en las tinieblas del portal.

Le abrió un niño que, nada más accionar el pestillo, salió corriendo, desapareció en una habitación y acto seguido asomó la cara sucia y asustada por la puerta entreabierta. Matías avanzó por el corredor, oliendo el aire viejo, ya casi olvidado, que otras veces había sido el anuncio de la presencia de la amada, y de nuevo tuvo la intuición de que no estaba en casa. Y volvió a repetirse cuando golpeó la puerta con los nudillos, dos golpes espaciados que a él se le figuraron dos piedras lanzadas a la profundidad insondable de un pozo, de donde al rato habría de llegar una débil resonancia ominosa.

Crujió el sillón de mimbre, se oyó un suspiro, seguido de una maldición a medio articular, todo mezclado con las voces y los aplausos y el jolgorio de algún programa de televisión, y ya muy cerca de la puerta oyó refunfuñar a doña Paula: «¿Quién coño será ahora?». Y él: «Soy yo, Matías Moro», susurró. «¿Matías Moro? ¡Alabado sea Dios!» Saltó el cerrojo y doña Paula se hizo a un lado y con una sonrisa y un aspaviento de asombro milagrero en las manos lo invitó a pasar.

—Pues aquí todo el mundo preguntaba por usted. ¿Y el señor Moro?, decían. Y nosotras: pues no sabemos nada de él. Por lo visto está de viaje. Y fíjese cómo la gente es mal pensada, que algunos creían que nosotras le habíamos malmetido para que no viniese por aquí, y que le veíamos en secreto. ¿No quiere usted ahora por la mañana una copita de anís?

—No, muchas gracias. Tengo un poco de prisa y además, bueno, yo lo que quería era ver a Martina. Necesitaba hablar con ella.

—Pues acaba de irse. Venir usted y salir ella. Ha ido a la juguetería, que está muy lejos, allá por Parla, a entregar la labor de la semana y a buscar más. Tardará todavía en venir.

Colgada con chinchetas de la pared había una composición infantil en una hoja cuadriculada de cuaderno escolar. Debía de ser de Jacobito. Se veía un puente sobre un río hecho con papel de plata y en él había peces recortados en cartulina de distintos colores, y era todo tan elemental en su concepción que uno no podía mirar aquellas cosas sin que se le vinieran a la boca las palabras «puente», «pez» o «río».

—Bien, entonces vamos a hacer lo siguiente. Dígale usted que la espero abajo, en la puerta, a la una en punto. Es para algo relacionado con un trabajo.

—¿Un trabajo fijo?

—Sí.

—¿En una oficina?

—De secretaria.

—¡Alabado sea Dios! Con razón decía miss Josefina que era el destino el que le había enviado aquí. ¿Quiere usted que la llamemos? A ella le gustaría verle y oírle decir eso del trabajo.

—No, no, en otra ocasión. Ahora tengo que irme.

—Pues entonces yo le diré que a la una usted la espera abajo. Ya verá lo contenta que se va a poner. Ella siempre decía que usted se había ido de viaje a no sé qué sitio, pero que alguna vez volvería por aquí. ¿De verdad no quiere usted que le haga un poquito de café?

Así había comenzado el gran día, el instante tan temido y deseado de reencontrarse con Martina y recoger y ofrecer los primeros frutos de la generosidad y de la audacia. Había pasado una noche de lo más confusa, enredado en dormilonas caóticas interferidas por rachas de vigilia, entrando y saliendo de sueños no hechos de imágenes sino de la misma sustancia abstracta de la esperanza y del temor. A veces intentaba aturdirse con el cuento siempre inacabado, siempre la misma escena de que lo perseguían por bosques y roquedos, oyendo los ladridos de los perros mezclados con el rumor lejano del tráfico, hablando con las sílabas al revés para entenderse con los extraterrestres, y abriendo cada poco tiempo los ojos para ver si ya alentaba en la cortina la primera luz del amanecer. En uno de los sueños hubo un momento de angustia durante el cual no supo en qué punto de su existencia se encontraba, si era todavía el niño que soñaba con la madurez o era ya el viejo que había sucumbido indignamente a la ilusión de una segunda juventud. Intentó adivinar la hora y la época por las rayas de luz en las cortinas y los ruidos borrosos de la calle, pero en el devaneo la razón y la memoria estaban contaminadas por la congoja de jugarse el destino en un instante, la vida a cara o cruz, y en cualquier rumor podía reconocer por igual los pasos apresurados de su madre que venía a despertarlo para ir a la escuela o el estrépito creciente de una camilla de hospital que se acercaba del fondo del pasillo para trasladarlo de urgencia al lugar seguro que antes o después su infortunio le tendría reservado. Agotado por el tumulto de la duermevela, consiguió conciliar al fin un sueño apacible, y al despertar encontró en la penumbra leonada por la luz que cernían las cortinas la misma invitación a la armonía que presidía ahora su alma.

Un día radiante y un aire frío y azul que anunciaba el otoño.

Volvió a casa contrariado por la ausencia de Martina, y por un momento sintió el cansancio de vivir, la tentación vandálica de convertir el fastidio en catástrofe, y de enemistarse también consigo mismo y contra el orden general del mundo, y de refugiarse en el malestar y en el agravio como en una madriguera donde ninguna inquietud podía alcanzarlo. Pero fue solo un instante de ofuscación. Enseguida recuperó la visión serena de los hechos y se aplicó al presente. Se preparó un café, pasó la escoba por la cocina, leyó el periódico, estuvo un rato asomado al balcón, se repasó la barba, anduvo haciendo probaturas con la ropa hasta que al fin se quedó con el traje de lino color óxido que llevaba ya puesto, fue y vino, recreándose en el placer ceremonioso de sus propios actos y sin pensar en nada, y eran pasadas ya las 12.30 cuando salió otra vez a la calle.

Puso en el radiocasete una cinta de melodías románticas tocadas con ritmo y cadencia de blues, bajó las ventanillas y condujo sin prisas, dando un rodeo, sintiendo en la cara el frescor del aire y de la loción del afeitado, respirando hondo para no perder el control de sí mismo, y cinco minutos antes de la una aparcó en la esquina de la misma manzana del portal y allí esperó escuchando la música y llevando el ritmo con los dedos en el volante. Enseguida la vio salir. Tenía la esperanza de haberla idealizado durante la ausencia, y de que ahora, al reencontrarla en la realidad, sufriese una decepción liberadora. Pero no: le bastó verla de lejos para saber que aquella muchacha era invulnerable a los espejismos de la memoria y del olvido. Vestía unos vaqueros gastados y ceñidos, un niqui blanco y unas zapatillas deportivas, y aquella indumentaria le hacía un tipito travieso de colegiala, y a Matías le pareció más hermosa y seductora que nunca. Cuando arrancó y enfiló hacia el portal, se sintió vagamente desdichado, y por un momento se refugió en la grandeza del amor inalcanzable y vivido en silencio: la secreta grandeza de lo que nace y perdura en la soledad de una carne mortal.

La saludó con la mano por la ventanilla, se detuvo a su altura, y ya iba a bajarse para completar el saludo (y no sabía si le iba a dar la mano o un par de besos en las mejillas), cuando otro coche frenó bruscamente detrás y pegó un bocinazo que lo dejó petrificado en su precaria posición de descenso. Deshizo el escorzo, cerró la puerta, abrió la otra, subió Martina, y no tuvieron tiempo de saludarse ni de cruzar una palabra porque el de atrás volvió a apremiarlos con pitidos cortos y furiosos y hubieron de partir a toda prisa. Pero, aun así, el otro automóvil los persiguió hasta el final de la calle dando frenazos y tocando encarnizadamente la bocina.

—Vaya tipo más borde, ¿no?

Matías hizo con las cejas un gesto medio cómico de resignación. Qué se le iba a hacer, Madrid se había convertido en una ciudad sucia y agresiva donde ya casi nadie, quizá solo los viejos, sabían vivir conforme al ritmo natural de su cuerpo. Todos corrían como si fuesen a coger un tren en marcha. No habían acabado de vivir el momento presente y ya se atropellaban para vivir el venidero. ¿No era cosa de locos? Se miraron y se confabularon en una sonrisa que no llegó casi a manifestarse: qué mundo.

Apenas había tráfico y Matías se complacía en conducir a punta de gas, atento al espejo retrovisor, al cambio de marchas, a los semáforos, a los pasos de cebra. Era como si estuviese impartiendo una lección práctica de artesanía cívica. Seguía llevando en el volante el compás de la música, y aunque ahora no se le ocurría ya qué decir, estaba tranquilo, porque tenía muchas cosas que contar y no se sentía responsable del silencio. Al contrario: él era su dueño y su guardián, y podía entrar y salir de él como si conociera el santo y seña. Conducía despacio, demorando a propósito el instante en que tomara la palabra para referir las maravillas del verano. Pero cuando dejaron atrás la glorieta de Atocha metió la directa y entonces la brisa entró a raudales por las ventanillas y los despeinó juvenilmente, y por un momento Matías se imaginó que ya vivían juntos, que emprendían un viaje de placer a la costa y que aquel viento era el primer augurio de felicidad. Martina se había dejado crecer el pelo y ahora lucía una melenita que el aire le revolvía y esparcía por la cara y que ella se apartaba con la mano para mirar a Matías cada vez que él le preguntaba algo.

¿Qué había hecho este verano? Y ella, nada, ¿qué iba a hacer?, lo de siempre. Seguía trabajando en la cafetería y pintando las figuritas de madera. ¿Y qué tal por Parla? Bien. ¿Le gustaba aquella música? Y ella, no está mal, dijo con la cara y los hombros.

—A mí me gusta mucho —dijo él—. Es una música que, no sé, invita a soñar.

Y contó que a veces la oía en el coche, como ahora, y se imaginaba que en un arranque de osadía iba a tomar una carretera hacia cualquier parte, hacia donde el destino quisiera extraviarlo, aunque casi siempre pensaba en una aldea marítima donde la gente viviese sin agobio, al hilo de los días, y no esperase del porvenir nada que no le ofreciese ya el presente. Martina se rascó a dos manos las rodillas.

—Sería estupendo. Yo nunca he visto el mar.

—¿De verdad? ¿Te gustaría ir?

Ella apartó la vista para mirar al frente.

—Claro —dijo, y ya solo se oyó la música, cuyo tremendismo lírico venía como a confirmar la nostalgia de un sueño irrealizable pero que, así y todo, a punto estuvo de cumplirse.

Matías creía saber ahora por qué se había sentido desdichado al ver a Martina. La había visto tan joven y tan guapa, que comprendió que era también inalcanzable, y que sus pretensiones de amor resultaban absurdas o ridículas. Y era curioso, porque apenas decidió renunciar a toda tentativa de conquista, se sintió como aligerado de un enorme peso. Y sin embargo ahora volvía de nuevo la esperanza y, con ella, la angustia. ¿Por qué no?, pensó, ¿por qué no ir al mar? Parecía todo tan leve, tan fácil, tan trivial. Él conducía como la seda, las palabras acudían solícitas a colmar los silencios, la libertad era tan ancha como el propio mundo, y la transparencia azul del aire afinaba los sentidos e invitaba a mirar las cosas con los ojos alborozados de un niño o de un convaleciente. Bien es verdad que él tenía que trabajar el lunes, pero podía llamar a la oficina con cualquier pretexto (y más ahora que contaba con la complicidad de Pacheco y Martínez), y en cuanto a ella, bastaba con mandar un telegrama a doña Paula comunicándole que el trabajo los obligaba a un viaje urgente de negocios. Quién sabe, a lo mejor todo aquel tinglado de la fábrica y la cooperativa era un modo ridículamente largo y complicado para lograr algo que estaba ahí mismo, al alcance de la mano, y que no había más que agacharse para cogerlo y apropiárselo sin mayores escrúpulos. ¿Sería todo tan fácil, tan espantosamente fácil como parecía?

Martina sacó una mano por la ventanilla para cortar el aire.

—¿Y tú, qué tal las vacaciones? —preguntó sin mirarlo.

—No, no, si yo no he estado de vacaciones.

—Pero ¿no te habías ido de viaje?

—Al final no me fui. Y de eso es precisamente de lo que quería hablarte. ¿No te lo ha contado ya tu madre?

—Me dijo no sé qué de un trabajo.

—Es que ahora resulta que he fundado mi propia empresa —y le salió una voz un tanto tétrica para una declaración tan venturosa.

—¿Una empresa?

—Bueno, es una fábrica de envases muy pequeña, apenas nada, pero que según los expertos puede tener futuro. Ahora vamos a verla, a ver qué te parece —y empezó a sentirse incómodo y a removerse en el asiento buscando una postura favorable.

Ahora, de pronto, ya no estaba orgulloso de su obra. Quizá era por el espectáculo lamentable de su cobardía sentimental, por el terror que había experimentado ante la posibilidad sencilla y prodigiosa de fugarse con Martina hacia el mar, pero el caso es que le había bastado hablar de la empresa, objetivarla, divulgar el secreto, para sentir vergüenza de él mismo y de aquella nave aislada en mitad de un baldío, a la deriva de los tiempos, con sus cuatro máquinas prehistóricas y aquellos envases burdos y trasnochados que no usaba ya nadie y que ningún comerciante se animaría a comprar. Intentó recordar los argumentos obvios con que Pacheco y Martínez lo habían persuadido y casi obligado a emprender la aventura, pero los evocó como los cantos de sirena de su perdición. De pronto lo vio todo claro. Dios mío, ¿cómo podía haberse dejado embaucar por aquellos dos pícaros que acaso estaban conchabados para pescar en río revuelto, o a saber en qué otro oscuro designio? Qué tonto había sido, qué ignorante, qué pánfilo. Con lo bien que podía estar ahora en casa, o conduciendo con su coche nuevo por los alrededores de Madrid, y luego comer en algún restaurante al aire libre, dar un paseo por el campo y volver a tiempo de ver alguna película de acción. Pero qué necio y qué mendrugo. Y todo por aquella muchacha un poco pánfila también que ahora lo miraba a la espera de que él siguiera hablando.

Atravesaron el Manzanares y enfilaron hacia las barriadas de la periferia. Entonces él se puso a contar desde el principio la historia de la fundación. Pero le parecía que no lograba hablar con su propia voz, que las manos se le crispaban en el volante y que las mandíbulas empezaban a adquirir una cierta rigidez de máscara. Una vez que intentó sonreír, tensó un poco los labios y le salió el rictus del vampiro en el instante en que se dispone a morder a su víctima. Le parecía además que hablaba con la imprecisión laboriosa de quien reconstruye los pormenores de un sueño evanescente. Tenía la boca pastosa y las palabras le salían espesas como engrudo, y continuamente tenía que refrescarse las encías con la lengua. Pero así y todo contó entera la historia, desde que leyó el anuncio en el periódico hasta que concluyó la reforma, hacía solo unos días. Le habló de Pacheco y Martínez, que eran compañeros suyos en la agencia jurídica y fiscal donde trabajaba, de Ortega, de las máquinas (y según despiezaba la historia, más claro iba viendo el formidable absurdo que la sustentaba), de la furgoneta, de los despachos, de los envases de ahora y de los que habrían de diseñar en el futuro para introducirse en mercados más importantes y exigentes.

Martina había apoyado un brazo en el respaldo y escuchaba muy atenta, con aquel aire un poco contrariado que le inflamaba los labios y la hacía tan esquiva y tan suya, y cada vez que la miraba veía una axila no del todo bien rasurada y uno de los tirantes del sujetador.

—Por ahora habrá cinco o seis empleados, además de un jefe de taller, que es Ortega, un director de márketing, que es Pacheco, otro de administración, que es Martínez, y una secretaria —y aquí hizo una pausa, abrumado por la inconsistencia de su mundo, pues él había supuesto que aquella revelación lo recompensaría de las fatigas e incertidumbres del verano con un instante pleno de felicidad, y sin embargo se sentía abatido y su voz era sombría como si fuese a confesar una culpa o a notificar una desgracia— que, bueno, he pensado que seas tú.

La miró. En su rostro, que se había ido iluminando durante el relato, apareció ahora una sombra de preocupación, casi de desencanto, y con el dorso de un dedo empezó a acariciarse los labios, como si siguiera el curso de un pensamiento incierto.

—Pero yo no he estudiado secretariado.

—No importa.

—Ni sé idiomas.

—No hacen falta.

—Ni informática.

—Yo te enseñaré. Ya verás que es muy fácil.

—Ni taquigrafía, ni contabilidad, ni comercio, ni nada; solo un poco de mecanografía. Yo ni siquiera sé escribir una carta. Seguro que te decepcionaré, y te enfadarás conmigo y acabarás perdiendo la paciencia. Terminarás echándome, y con razón, y te buscarás una secretaria de verdad —y se puso a pellizcarse con saña un granito que tenía junto a la comisura de la boca.

Matías se sintió halagado por el desconcierto de Martina, y le pareció que recuperaba otra vez el aplomo. Quizá fuese decencia y honradez, y no cobardía sentimental.

—¿No quieres trabajar de secretaria?

—Sí, sí, pero...

—Pues entonces no hay más que hablar. Al principio no te podré pagar demasiado, pero sí lo suficiente para que puedas alquilar un piso. Mira, ya estamos llegando. Y luego, si las cosas van bien, podrás acabar el bachiller y estudiar Bellas Artes. Todavía estás a tiempo de ser profesora de dibujo.

—¿Tú crees?

—Claro, ¿por qué no? Todo es proponérselo.

Detuvo el coche, un poco más lejos de lo habitual, cerró el contacto e hizo con los brazos un gesto de final de función: «Hemos llegado».

Habían llegado. Bajaron y se emparejaron y caminaron hacia las vías muertas entre la tapia erizada de vidrios de un solar y los paredones de unas naves abandonadas y sucias de ladrillo. Allá en el merendero parecía haber una celebración, un bautizo o una boda quizá, porque afuera, bajo el emparrado guarnecido con serpentinas y farolitos de verbena, habían juntado las mesas para un banquete y había mucha gente vestida de fiesta, carreras

241

de niños, música, risotadas y gritos de júbilo. Matías y Martina se pararon un instante a ver el espectáculo. Una mujer, sentada en un extremo de la mesa y que parecía ajena al festejo, los saludó con un gesto indeciso, y la mano se le quedó a medio camino en el aire, como desmayada por una súbita tristeza. Reanudaron la marcha, ya en silencio, y cuando llegaron al final de la calle y atravesaron las vías muertas, él se detuvo y extendió el brazo para señalar la nave en mitad del baldío. La miraron con ojos limpios y extáticos, como si hubieran coronado un cerro y se entregaran ingenuamente a la contemplación del panorama.

—Es muy bonita —susurró Martina.

—¿De verdad? ¿Te parece bonita de verdad?

—Es muy bonita —repitió como un eco—. Y también los colores, y aquellos dos pájaros volando allá en lo alto.

—No son pájaros. Son dos emes que parecen pájaros. Son las iniciales de mi nombre.

—Es verdad. Pues es precioso. Y todo parece recién hecho.

Matías parpadeó asombrado. El aire saturado de luz le llenaba los ojos de lágrimas y de colorines de fantasía. Veía la nave temblando en la distancia y también a él le pareció algo hermoso, una obra digna de admiración y no de lástima como había pensado hacía solo un momento, tan blanca y aislada en aquel paraje desolado, y con el logotipo allá arriba, como un desafío a las contingencias y asechanzas del porvenir, coronando el conjunto. Le recordó las cabañas de troncos que levantaban los pioneros del Gran Norte en tierras de salvajes.

—Pues ahora la verás por dentro. Yo creo que no ha quedado mal —y le cedió la vereda y él se puso a su lado, pisando el pasto reseco y polvoriento y hablando un poco atropelladamente de lo mucho que había tenido que bregar con los obreros para conseguir que la reforma estuviera lista a final de agosto.

—Yo creo que ha sido el peor verano de mi vida. Y además que no sé por qué me he metido en esto, porque a mí no me gustan los negocios ni los entiendo. Pero Pacheco y Martínez me animaron. Ellos son expertos en estas cosas y dicen que la empresa tiene mucho futuro y que todo es muy fácil de hacer.

—Y yo que creía que habías ido a buscar aquel pueblo misterioso con cabras y chumberas. Pensé que a lo mejor ya no volvías de allí, y que ya nunca íbamos a verte.

242

Habían llegado junto a la puerta.

—Pero volví —dijo antes de girar la llave.

Martina se apartó el pelo de la cara y lo miró sin sonreír.

—Sí —dijo.

—Y además pensé mucho en este momento —y bajó la vista y fingió que forcejeaba con la cerradura—. Quiero decir en el momento en que tú entraras aquí y vieras todo esto, como ahora —y empujó la puerta y la invitó a pasar. Y mientras encendía todas las luces se le ocurrió que aquello tenía algo de entrada nupcial en la estancia que el macho había ganado con denuedo y preparado con ternura para recibir y rendir a la hembra.

Del fondo de la nave apareció Ortega con el galgo. Matías no supo si odiarlo por intruso o agradecerle su oportunidad de sirviente. Hizo las presentaciones y se apartó un paso, complacido con su propia indulgencia de patrón ante la vacilante mundanía de sus subordinados. Ortega se quitó la gorra y ella le dio la mano y sonrió con gratitud. Allí abajo el galgo había inclinado la cabeza como completando el orden feliz de aquella escena.

—Pues si no está mal decirlo, la señorita secretaria es una señorita bien linda —dijo Ortega—. Y muy seria. Don Victoriano Redondo, que en paz descanse, tenía una hija que se le parecía a usted. La cara también así un poco redondita, y la hechura fina, y siempre como enfurruñada, como si se acabara de despertar y tuviera todavía sueño. Se llamaba Mari Fe, la señorita Mari Fe, pero aquí todos le decíamos la señorita España, porque ese era el nombre que le puso el Caudillo. ¿No le ha contado don Matías lo de don Victoriano y el Caudillo?

Iba a seguir hablando, pero Matías lo desautorizó con una palmadita en el hombro, y luego ya todo transcurrió como él había previsto en sus ensueños. Tras un breve recorrido técnico por la nave, subieron los cuatro escalones y él se adelantó de medio cuerpo y empujó la puerta y ella dio unos pasos erráticos y se detuvo como desorientada en medio del despacho. Matías se paró detrás, desorientado también por la intensidad del instante, que venía a desenredar y a otorgar un sentido reparador a la maraña de días de aquel largo verano.

—¿Qué te parece?

—Jo, que está muy bien.

Y Matías miró alrededor y también las cosas le parecieron distintas y mejores. Quizá era porque las miraba con los ojos de Martina, o porque ella las enaltecía con su sola presencia, o porque él era débil e inseguro y necesitaba que alguien le bendijese la bondad de sus obras, pero el caso es que el lugar resultaba elegante y acogedor, y aunque no dejaba de ser una oficina trascendía sin embargo una cierta intimidad hogareña, casi una secreta vocación de alcoba, y todo eso le daba un encanto en el que él hasta entonces no había reparado.

—¿Sabes? Estuve a punto de llamarte para que fueses tú quien lo decorase. Tú lo hubieses hecho mucho mejor. Pero con las prisas de la reforma al final tuve que arreglármelas yo solo.

Se sentía ágil y locuaz. Así que cruzó el despacho y se sentó en el borde de la mesa y se quedó allí balanceando una pierna y jugando con el mechero y con un cigarrillo listo para encender pero que no había encendido aún, hablando de sus dudas para elegir los cuadros y los modelos de muebles y de lámparas y para combinar los colores, y de cómo al principio pensó en decorarlo todo de azul, y luego todo de pajizo, y finalmente de gris claro, y aunque eran palabras frívolas y un poco tontas, resultaban agradables de decir y escuchar, porque su voz sonaba como salida no de su boca sino del entorno, una voz sedante y rumorosa que valía por sí misma y que parecía hecha a juego con la luz ubicua que los envolvía sin pudor ni violencia.

—Pero aún estamos a tiempo de cambiar lo que tú quieras.

—Qué va, si ha quedado muy bien —dijo ella, y avanzó unos pasos, hundió las manos en los bolsillos de los vaqueros y dio una vuelta completa sobre sí misma para tener una última visión de conjunto.

Y Matías se sintió otra vez desdichado, porque era tan guapa, tan espontánea y tan graciosa, y tan, ¿cómo era la palabra?, parecía casi un muchacho si no fuese por los senos, y las caderas, y el montoncito triangular y plumoso del pubis tan bien dibujado por los pantalones ceñidos, y sobre todo por aquella expresión de su cara tan misteriosamente femenina, que revelaba tras un velo de inocencia su oscura y temible madurez de mujer.

—Y aquí es donde vas a trabajar tú —y la invitó a acercarse al despachito adjunto.

244

Había puesto aquella mampara para que se sintiera un poco más independiente. Y mientras seguía hablando de asuntos domésticos, prendió el hilo musical y pensó que las palabras carecían de importancia porque era como si la realidad tuviera ahora su propia y mágica elocuencia. Ella se acercó, se asomó, miró la mesa, a un lado el ordenador, al otro un espacio despejado donde había un vaso con una rosa roja, una bandeja de correspondencia, un bote con rotuladores y bolígrafos, un bloc de notas, un típex, y arriba un cuadrito abstracto de colores ingenuos.

—Está muy bien —dijo, y se quedó con los ojos fijos en la rosa.

—Es para, en fin, para darte la bienvenida —dijo Matías, y le ofreció la silla y durante un momento él se quedó detrás, las manos apoyadas en el respaldo y ligeramente inclinado hacia ella. Su pelo olía a fresa, a resina y a sol, y era un olor que le traía una remota vivencia infantil de tarde de verano. Le hubiera gustado quedarse a vivir ya para siempre junto a aquella fragancia, y oyendo la tenue melodía de orquesta que sonaba en el hilo musical en ese mismo instante. Pero cuando ella se giró de medio cuerpo para mirar a Matías, él ya estaba en pie, con una mano en el bolsillo del pantalón y la otra sosteniendo el cigarrillo humeante a la altura del rostro.

—Pero esto es muy complicado para mí. Yo no voy a saber hacer las cosas —dijo como implorando, y dejó caer las manos en el regazo.

Él sonrió condescendiente tras el humo.

—Ya verás como todo resulta muy fácil.

Y como ella seguía mirándolo desde abajo con la boca entreabierta, en una actitud indefensa de súplica, él pensó que quizá ese era el momento providencial para besarla y largarle de golpe la verdad que ya empezaba a pudrírsele en el corazón y en la conciencia, contarle por ejemplo que todo aquello, desde la nave hasta la rosa, lo había hecho por ella, porque no había ya nada en su vida que no aspirara a ser un secreto y desesperado homenaje de amor. Ahora que no importaban las palabras y que algo en la dura realidad había empezado a fluir como un hilito de agua en una roca. Pero no se atrevió, quizá porque hubiera parecido que se apresuraba a cobrar una deuda, o quizá para no arriesgar toda la esperanza, y comprometer de paso su futuro, al azar de un instante.

Quiso decir algo y no pudo, porque la inminencia de aquel acto temerario, que la imaginación había ejecutado mucho antes de que la voluntad lo hubiera reprimido, era tan intensa y real que le había dejado en la boca una sequedad de esparto, y aún sentía en la flojera de las piernas y en la desazón de las yemas de los dedos el pánico a lo que estuvo a punto de suceder y que, en algún lugar recóndito de la realidad, tenía la sensación de que verdaderamente había sucedido.

Martina desvió los ojos y los dos se quedaron mirando el cigarrillo. Lo sostenía verticalmente, porque se había consumido hasta el filtro y la columna de ceniza amenazaba con desmoronarse de un momento a otro. «Se va a caer», susurró Martina. No acabó de decirlo cuando la columna cayó sobre la palma de la otra mano ya dispuesta para recibirla. Ella se levantó, fue hasta la otra mesa y volvió con un cenicero que le ofreció como si fuese una patena. Matías depositó en él el filtro y luego ahuecó la mano y vertió la ceniza y con un dedo se ayudó hasta desprender las últimas partículas adheridas a la piel. Martina sacó del bolsillo del pantalón un pañuelo de papel y se lo tendió para que se limpiase la mano y el dedo, y a Matías le pareció que estaban oficiando un rito y que él era el sacerdote y ella el monaguillo, y que el intercambio de ofrendas y la minuciosa liturgia los unía con un lazo tan indisoluble como el de los esponsales.

—Ya verás como todo es muy fácil —repitió en voz baja—. Además, yo tampoco soy empresario y ya ves. Aprenderemos juntos el oficio, ¿de acuerdo?

Ella lo miró muy seria y lentamente dijo que sí con la cabeza. Matías sonrió ofuscado y bajó los ojos. Ahora ella parecía el sacerdote y él el acólito.

—Bueno, si quieres nos vamos. Yo creo que ya está todo visto.

Encontraron a Ortega tomando el sol en la puerta de la nave.

—¿Qué le ha parecido la cosa, señorita Martina? —preguntó poniéndose en pie.

—Que está muy bien —y se agachó un poco para acariciar la

cabeza del galgo. Matías advirtió que llevaba en una mano la rosa que él había comprado para ella la tarde anterior.

—Y aún será mejor cuando empecemos a trabajar y no paren de sonar las máquinas. No sabe usted lo bien que suenan esas máquinas y la alegría que dan. Aquí hubo un tiempo que no paraban las veinticuatro horas del día. Uno empezaba a oírlas desde muy lejos, y cuando se iba a casa se llevaba el son en la oreja para toda la noche. Y se dormía arrullado por ellas. Aquellos sí que eran tiempos. Aunque le digo una cosa, que ahora, gracias a don Matías, puede que todo vuelva a ser casi como entonces. ¡Oiga, jefe! —y amagó un paso hacia la nave—, tengo ahí unas cervecitas frescas y unas latas. ¿Quiere que las saque y piquemos algo aquí al solito?

—No, no, que es muy tarde —dijo Matías, golpeando con un dedo la esfera del reloj, y fue una señal para que Martina se despidiera del galgo y de Ortega y uno tras otro tomaran por el sendero a buen paso.

A Matías, la visita a la nave lo había dejado entre ilusionado y melancólico, pero desconocía la naturaleza exacta de aquel sentimiento y no sabía qué hacer ahora con él. ¿Y ella, qué pensaría aquella muchacha tan transparente y opaca al mismo tiempo? Quizá ella sabía, esperaba, y quizá estuviese tan desconcertada como él. Cuando se acomodaron en el coche, decidió adoptar un tono neutro y meramente informativo. Le habló de la fiesta de inauguración que pensaba hacer Pacheco, por todo lo grande, a la americana, con prensa, música y discursos.

—Se me acaba de ocurrir que podríamos contratar al grupo ese de peruanos que canta en la calle.

—¿Y a miss Josefina? —dijo Martina.

Matías estuvo a punto de echarse a reír, pero como ella seguía muy seria, en el último instante derivó el gesto hacia una sonrisa reflexiva.

—Pues a lo mejor no es mala idea.

—A ella le gustaría mucho. Todavía canta muy bien, y tiene vestidos de cuando entonces. Tiene uno de lamé, y un mantón auténtico de Manila, y un conjunto precioso de charra mejicana.

Matías dejó que la sonrisa se le consumiera en los labios hasta quedarse en una mueca de amargura. Con aquella fiesta, era como si se inaugurase también la realidad. ¿Qué les depararía el futuro? No podía evitarlo, de vez en cuando le asaltaba la idea de que la empresa iba a quebrar en pocos meses. Pacheco, sin embargo, estaba segurísimo de que iba a ser un éxito, pero él no acababa de fiarse de aquel hombre siempre optimista, y que estaba lleno de teorías fantásticas y que toda su ciencia empresarial la había aprendido en los libros, y aún más en los sueños. Martina escuchaba mordiéndose la uña del pulgar. Con la otra mano sostenía la rosa en el regazo.

—Pero si la empresa quiebra, no lo sentiría tanto por mí como por ti y por los otros obreros —y sintió que la mentira se aproximaba animosamente a la verdad—. Porque hay otra cosa que todavía no te he contado, y es que yo lo que quiero es organizar una cooperativa.

—¿Cómo?

—Sí, una cooperativa. Cederle la empresa a cuatro o cinco personas que sean dueños y obreros a la vez. Pero, bueno, eso será dentro de algunos meses. Ahora, lo que tienes que hacer es elegir a cinco obreros entre los inquilinos del piso.

—¿Quién, yo?

—Sí. Tú y tu madre y miss Josefina los conocéis bien. Uno tiene que tener el carné de conducir, pero no hace falta que estén especializados en nada. Ortega les enseñará todo lo que hay que saber.

De pronto, al evocar a aquella gente que pululaba por el piso, gente nómada e inconstante, y despreocupada y hasta un poco camorrista, Matías desconfió de la idea de la cooperativa. Seguro que luego no podrían o no querrían pagarle, y acabaría por perder sus ahorros. Sí, quizá Pacheco tuviese razón. Quizá lo mejor era seguir adelante solo y luego, dentro de unos meses, vender la fábrica, la organización y la imagen, todo en el mismo lote. Y en la venta iría incluida la condición de que Martina conservara su puesto en la fábrica. Aunque quizá para entonces ya no lo necesitara, pensó, y otra vez empezó a sentirse incómodo y confuso. La miró de reojo: Martina había apoyado el codo en el filo de la ventanilla y reclinado la cara en el dorso de la mano, en actitud dulce y soñadora. ¿Qué estaría pensando en este mismo instante?

—Nada —dijo ella sin sonreír ni dejar de mirar al frente.

Ya no volvieron a hablar hasta que Matías detuvo el coche

un poco antes del portal. Sintió que estaba a punto de decir algo, y que aquellas palabras imposibles se agolpaban en su boca sin conseguir reunirse y formar un sentido.

—Gracias por todo —dijo Martina, y ahora sí sonrió, y de nuevo volvió a ser la muchacha ingenua y hasta un poco pueril de otras veces.

—Anda, vete, que tu madre estará preocupada.

Y ella se bajó, cruzó ágilmente la acera, y antes de desaparecer en el portal, se dio la vuelta y le dijo adiós con la mano que llevaba la rosa.

XIII
Doble turno

Primer día hábil de septiembre. Pasan cinco minutos de las ocho y ya está cada cual en su puesto: Bernal, Pacheco, Martínez, Matías, Sol y Veguita. Poco antes se han reunido allí mismo, en el espacio despejado de la sala, han ido llegando cada cual por su rumbo y uno tras otro han aportado al grupo su frase de reconocimiento y homenaje: parecen hormigas que cada cual trae su hoja seca, su hierbecita, su brizna de algo para el común sustento del invierno: qué tal todo, ¿por dónde has andado?, aquí estamos de nuevo, qué bien te veo, cómo pasa el tiempo, no somos nadie, parece que fue ayer, y cuando nos demos cuenta otra vez Navidad. La última en aparecer ha sido Sol. Ha saludado a todos y a nadie y se ha alejado de perfil sonriendo y diciendo adiós con la mano y como cediendo al ímpetu de una corriente que la arrastrara sin remedio. Y ellos han seguido intercambiando frases hasta que, en una de las pausas, el viejo Bernal ha suspirado y ha clausurado la sesión.

Bernal ha venido ligeramente bronceado de la aldea del norte donde pasa las vacaciones desde hace más de treinta años, y hoy viste una guayabera blanca y una camisa caribeña de grandes solapas, todo lo cual trasciende un aire como de indolencia colonial. Ha suspirado y ha mirado el reloj: «¿Estamos ya todos, el elenco al completo? ¿Listos para el debut? Pues salgamos a escena», y cada cual se ha instalado en su puesto, ha desplegado sus objetos, ha definido su precario territorio privado, y los últimos comentarios se han ido apagando y ahora hay en la sala un silencio soñoliento apenas alterado por la vibración de los ordenadores, por carraspeos, rumor de papeles, el río caudaloso del tráfico a lo lejos, arrullos de palomas en el patio interior.

Parece que, en efecto, el tiempo no ha pasado. Parece que, como una vez dijo Bernal, si hay un infierno para gente no decididamente perversa, para gente sin cualidades ni malicia, este debe ser el tormento y a la vez la promesa: una eternidad hecha con la sustancia de estas mañanas vanas y apacibles.

Es probable que hoy venga Castro a visitarlos. Siempre lo hace a principios de septiembre. Suele decir: aquí comenzamos un nuevo curso laboral, y luego va de mesa en mesa como un maestro revisando deberes. Matías recuerda que el año pasado (o quizá fue el anterior) se detuvo detrás de él y, después de permanecer allí un buen rato sin moverse ni decir nada, le preguntó dónde había estado. Se lo preguntó muy bajito, con un susurro, como si fuese una conversación privada entre los dos, de la que los demás no debían enterarse. «He visitado algunos pueblos de Castilla», murmuró Matías, y le dio la impresión de que estaba confesándose y de que aquel era su primer pecado. «¿Pueblos de Castilla? ¿Un periplo por pueblos de Castilla? ¿Como la Generación del Noventa y ocho? ¿Como Unamuno y Azorín?» «Bueno...», se disculpó Matías, y forzó una sonrisa que se le quedó en los dientes, sin llegar a salir de la boca. «¿A usted también le duele España?», preguntó Castro con una voz casi inaudible. «¿Perdón?» «¿Que qué le parece España?» «¿A mí? Bien.» «¿Y la época? ¿No le hubiera gustado más vivir en otra época?» «¿En otra época?» «Sí, por ejemplo en la época de los espadachines o de los juglares.» Y Matías no supo qué decir. Parecía que iba a irse, pero en el último momento le preguntó: «¿Es usted feliz?». Matías tragó saliva y comprendió que cualquier respuesta monosilábica sería ridícula, pero otra más larga resultaría además impertinente. Y lo que era peor, no sabía qué postura adoptar. Darse la vuelta y encararlo hubiese equivalido a una jactancia, pero seguir allí, ofreciéndole la espalda, le parecía de mala educación. Así que se giró un poco y por el rabillo del ojo vio que Castro lo miraba acariciándose preocupadamente la barbilla, como si fuese la posible respuesta, y no la pregunta, lo que planteaba en verdad un problema. Bajó la vista y, cuando el silencio era ya insostenible, subió los ojos para decir que unas veces era feliz y otras no tanto, como todo el mundo, pero Castro ya no estaba allí, y sí el frescor de su perfume, aquel aroma embriagador de primavera, aquella presencia volátil de madreselvas y jazmines, donde Matías creyó percibir por un instante la encarnación plena de la felicidad.

Según ha contado Veguita esta misma mañana, Castro ha hecho durante el verano un crucero por el Caribe. «El muy cabrón», ha dicho. «¿Y cómo te has enterado, Veguita?» «Lo vi en una de esas revistas del corazón. Llevaba gafas de sol y una gorra de marinero, y un Rolex de oro, y detrás había una tía que era Sol, la muy puta.» «Pero, ¿estás seguro?» «Lo que yo le diga. La foto estaba en el fondo un poco borrosa, pero era ella. De cintura para arriba iba en bolas.» «¿Y no guardaste la revista?» «¿Yo la revista? ¡Ande no me joda! Arranqué la hoja y me limpié el culo con ella, allí en el cámping. ¿Es que no es eso lo que se merecen, los tíos guarros?»

Ahora cruza la sala para llevarle la correspondencia a Sol. Tiene un andar un tanto fachendoso, como si caminara por la nieve y hubiera de ayudarse con los hombros para avanzar. Sol ha estado en Cuba, es todo lo que ha dicho con acento cubano al cruzar ante ellos, y Veguita ha recorrido en moto, con un amigo, las costas de Levante. Pero a Veguita le han ocurrido tantas cosas, y es tanto lo que podría contar, que enseguida ha renunciado a contarlo entre resoplidos y gestos de impotencia y exclamaciones de añoranza. «Imposible de contar», ha dicho. «Eso es para vivirlo.»

Cruza la sala y los otros suspenden un momento la tarea para intentar captar algo de lo que ocurre al otro lado del biombo. Se oye el golpe de la correspondencia en la mesa, y se adivina el gesto del tahúr que se descarta de un mal naipe. «La correspondencia», dice. Sol debe de haberse entregado a alguna actividad recreativa, quizá se está repasando las uñas, y él permanece de pie, no como si esperase sino más bien como si evaluara la representación de una aspirante a actriz puesta a prueba para un papel ínfimo. Luego, tras un silencio largo y sostenido, cruzan algunas frases displicentes. Se distinguen palabras sueltas: Varadero, Yamaha, overbooking, noches, mojito. Se oyen papeles rasgados y los golpecitos rítmicos de unas uñas contra una superficie metálica. Enseguida Veguita sale con la expresión de quien ha ajustado cuentas pendientes, acariciándose con la lengua un colmillo, mientras se remete la camisa ceñida en el pantalón vaquero con cincho de piel cruda remachada de clavos.

252

Tras este episodio dramático, la mañana alcanza un orden que parece ya definitivo. Hacia las once, como siempre, Matías, Bernal y Martínez han bajado juntos a desayunar. Bernal habla del verano, cuenta anécdotas insignificantes, rememora atardeceres, brisas, paseos, aperitivos, mujeres junto al mar, y a veces calla y fuma y pone los ojos soñadores como si esos sucesos hubiesen ocurrido en un tiempo lejano y habitasen en un lugar de la memoria absuelto ya por la nostalgia. Martínez va a lo suyo: maneja la cucharilla, la taza y el bollo como si fuesen objetos de culto, se toma su pastillita azul y luego pliega minuciosamente la bolsita vacía del azúcar y con la punta del zapato junta los desperdicios que hay en el suelo y, cuando tiene un montoncito, lo va empujando hasta el pie de la barra.

Suben juntos las escaleras y, antes de entrar en la oficina, Matías y Martínez se detienen a instancias de Bernal. «¿Y vosotros, qué habéis hecho vosotros, por qué no contáis nada?» Y Matías y Martínez se callan, pero su silencio es tan unánime, tan solidario, tan deliberado, que Bernal da un paso atrás y tuerce la cabeza y entrecierra los ojos para observarlos desde una distancia crítica. «Bueno, de eso precisamente queríamos hablar contigo y con Veguita», dice Matías. «Ha ocurrido algo que tenéis que saber.» «¿Algo grave?» «Luego, luego hablamos», dice Matías, y abre la puerta y empuja cortésmente a Bernal, que entra en la sala mirando atrás por sobre el hombro con una expresión curiosa y reticente que no se le borra ya en toda la mañana.

De modo que a la salida se reúnen en el café habitual, hacen corro al final de la barra, piden unas cañas, Martínez un jugo de tomate, y mientras esperan, Matías expone en pocas palabras lo esencial de la historia. Pacheco y Martínez lo miran arrobados, y Matías siente una cierta y extraña seguridad en sí mismo, en el tono de la voz, en los gestos, en su rostro distendido y sereno. Bernal fuma y escucha muy atento, voluntariosamente perspicaz, y cuando Matías termina de contar él continúa escuchando, como si aún quedara por referir el desenlace. Luego, cuando comprende que el cuento se ha acabado, coge la caña con dos dedos, da un sorbo de espuma, se limpia los labios con los propios labios, ganando tiempo, asimilando, y finalmente se ajusta con el índice las gafas de sol y tuerce servicialmente la cabeza.

—Así que una empresa. Vaya, vaya —y va mirando a todos con un gesto de asombro atenuado por una sonrisa previsora de burla—. Supongo que ahora habrá que ampliar y mejorar un poco la anécdota antes de celebrarla, ¿no es eso?

Pero los otros pasan por alto la ironía.

—Quizá convenga contar todo más despacio, desde el principio —susurra Pacheco—. El asunto es demasiado grande para entenderlo todo de una vez.

Y Matías cuenta entonces que en realidad tampoco hay tanto que contar, y alza una mano en señal de paz y su voz se hace lenta y vacilante, como si tanteara una hipótesis. A lo mejor Bernal se acordaba de aquel piso del que le habló una vez, donde hubo un crimen y vivían extranjeros sin papeles, y una especie de pitonisa que resultó ser una cantante famosa en otros tiempos.

—Ah, claro, Finita de la Cruz, cómo no.

—¿Un crimen de verdad? —dice Veguita, que ha ido a sacar tabaco y se ha demorado hablando con el camarero—. ¿Con puñetazos y pistolas?

—Pues ahí empezó todo. Y el caso es que yo me había olvidado de esa gente hasta que un día leí por casualidad en el periódico que vendían una pequeña fábrica de cartonajes, y entonces se me ocurrió ir a verla.

—¿Así, sin más?

—Bueno, había leído hace poco un reportaje sobre cooperativas. Y se me ocurrió que quizá ellos, los del piso, podían solicitar subvenciones y comprar entre todos la fábrica. Luego consulté con Pacheco —y aquí Pacheco hunde humildemente la barbilla en el pecho dando así testimonio de la verdad inmerecida de esas palabras—, y él fue a ver la fábrica y dijo que sí, que podía ser un buen negocio...

—Una mina.

—... y después hablé también con Martínez, y los dos me animaron a poner aquello en marcha, porque ellos, los del piso, no tenían dinero ni iban a saber organizarse. Luego, dentro de un tiempo, cuando el negocio ya funcione, a lo mejor organizamos la cooperativa. Y esa es toda la historia.

—Pero ¿qué historia?, ¿de qué hablan ustedes? —pregunta Veguita.

Bernal los mira y sigue sonriendo, pero ahora solo por un rincón de la boca, solo ese resto de incredulidad resistiendo aún a la expansión de la evidencia.

—Sí, una empresa —dice Pacheco, y se echa un poco atrás, como espantado de lo que acaba de decir.

Porque tampoco él se lo creía al principio, y todavía hoy, cuando se despierta en mitad de la noche, a veces tiene que encender la luz y sentarse en la cama y darse un coscorrón en la cabeza para convencerse de que no es todo un sueño, de que esa aventura le está ocurriendo precisamente a él, y entonces dice en alto: M.M. Hispacking, y lo repite en distintos tonos, sílaba a sílaba, y ni aún así consigue apurar toda la magia de ese nombre.

—¿Eme eme qué?

M.M. Hispacking, con las dos emes de Matías Moro superpuestas como dos grandes aves alejándose hacia el horizonte, conquistando el futuro.

—Y ahora acordaos bien de lo que voy a decir y no se lo comentéis a nadie —y junta el pulgar y el índice y los mueve como si estuviese amagando y haciendo puntería para lanzar un dardo—: en uno o dos años, tres máximo, con el plan que tenemos en marcha para diseñar nuevos modelos, ¿no es cierto? —se dirige respetuosamente a Matías solicitando su aprobación—, y con solo un poquito de suerte, aquí Matías Moro, el mismo Matías Moro que todos conocemos de hace años, será fundador y propietario de una gran empresa, líder en el mercado internacional del envase.

—¿Qué Matías Moro, el señor Moro? —dice Veguita—. Pero qué pasa ahora, ¿que le ha tocado la lotería o qué?

—No, no —dice Matías, borrando con las manos las palabras de Pacheco—, yo no quiero ser empresario.

Bernal se quita las gafas muy lentamente, como si se arrancara un antifaz, como si claudicara, y se frota los ojos con un gesto de tedio o de cansancio.

—Así que usted, Martínez, también está metido en esto.

Martínez, que hace ya rato que permanece con la vista baja y las manos ocupadas en plegar y aplisar una servilletita de papel, sube la cara y asiente con un fervor casi imperceptible.

—El señor Moro se ha dignado admitirme.

—Martínez es ahora director general de administración —dice Pacheco.

—¿Cómo? ¿Director general? ¿Y tú?

Pacheco saca una tarjeta con letra cursiva y dorada en relieve y, pinzada entre el índice y el corazón, se la ofrece a Bernal. «Vicepresidente y Director General de Márketing. M.M. Hispacking», lee en alto Bernal.

—¿Quién es director general de qué? ¿Pero qué pachanga es esta de crímenes y empresas? ¿No será uno de esos juegos de rol, a sus años y como si fueran críos?

Pacheco abre el maletín y va dejando sobre la barra un llavero, una caja de fósforos, un bolígrafo, una insignia, una camiseta y un catálogo. Bernal y Veguita, y enseguida los dos camareros, se acercan, toman los objetos y se los van pasando, y como también algunos clientes muestran curiosidad y un poco de codicia ante aquellos obsequios, Pacheco mete la mano en el maletín y saca puñados de llaveros y cajas de fósforos e insignias y bolígrafos y los tira a lo largo de la barra, y al aire, y sobre las mesas, y se oyen gritos, y cada cual coge y acapara lo que puede, y ahora se ve por todas partes el emblema de la empresa, y se ve a algunos que leen y descifran el logotipo y que luego miran a Pacheco, como intentando establecer una relación entre ambos términos.

—¡Joder con los burócratas, cómo se lo montan! —dice Veguita.

En la cara de Bernal hay ahora una expresión beatífica de estupor. Mira a Matías como si quisiera ver algo que está más allá de las apariencias, algo que no le va a ser revelado a través de los sentidos sino de la intuición, o de algún recuerdo a medio extinguir que aún late en algún lugar inexplorado de la memoria.

—Así que la cosa va en serio. ¿Y entonces vais a dejar la agencia?

—No, no —se sobresalta Matías.

—Por ahora no —dice Pacheco—. De momento no ganamos

nada. De momento solo van a cobrar los empleados. Hay un jefe de taller, cuatro obreros en producción y montaje, otro en distribución, dos técnicos en ventas y una secretaria.

A Bernal de pronto se le ilumina el rostro y sonríe con su sonrisa mellada de sátiro.

—¿Una secretaria? ¿Una secretaria tuya, quiero decir, del señor presidente?

Matías abre los brazos y se encoge de hombros para acreditar lo evidente del hecho.

—Alguien tiene que atender el papeleo, la correspondencia, el teléfono.

—Así que ahora eres empresario —dice Bernal con voz maravillada—, y tienes un despacho y hasta una secretaria, como Castro. ¿Y ella también vive en el piso? ¿No será por casualidad aquella criatura angelical de la que me hablaste un día?

—No me acuerdo, pero sí, ella vive allí con su madre. Se llama Martina.

—¿Y es guapa?

Matías resopla abrumado.

—No sé. Normal —y hace un gesto de indiferencia.

—¿Quién tiene una secretaria?, ¿el señor Moro?

—¿Y es joven, muy joven?

Matías aprovecha el sobrante del gesto para darle al silencio un vago alcance concesivo.

—¿Y ellos saben, los obreros, la secretaria, que vosotros sois empleados a sueldo, como ellos, oficinistas de medio pelo?

—Ah, no, ni deben saberlo —dice Pacheco—. Nosotros vamos y venimos, como si tuviéramos otros negocios. Nosotros no tenemos que dar explicaciones a nadie.

—¿Y cómo vais a compaginar la oficina y la empresa?

—Bueno, de eso precisamente queríamos hablaros, ¿no es así? —y mira a Matías, indeciso y solícito.

—Sí —dice Matías, que se ha quedado pensativo y como ausente, el dorso del índice posado en los labios y el pulgar engatillado en la barbilla—. Queremos pedirle a Castro el doble turno. Vosotros —y señala a Bernal y a Martínez— os quedaríais como ahora, por la mañana, y Pacheco y yo pasaríamos a la tarde. Y tú, Veguita, a lo mejor a ti no te importa rotar el turno cada quincena o cada mes.

—Por mí vale —dice Veguita, y Bernal hace también un gesto de conformidad.

Entonces Martínez se acerca a Matías y le susurra algo al oído.

—Ah, sí —dice Matías—. Otra cosa. Castro no debe saber nada de esto. Es fundamental que por ahora no sepa ni una palabra. Ni Sol tampoco, claro está.

Veguita cuadra la mandíbula, y casi se pone firme, como si se presentara voluntario para una misión suicida, y de ese modo se suma a la moción. Luego se queda con la vista floja en el aire y dice con un eco de incredulidad y desprecio en la voz: «Estaba en bolas, la muy puta».

Piden otra ronda y Pacheco propone un brindis. Pero cuando todos tienen ya los vasos dispuestos, él baja el suyo y cabecea indeciso.

—No sé si brindar en prosa o en verso.

—No hay color —dice Bernal.

—¿En verso entonces?

—¡A ver!

Pacheco saca un papel: «Lo he preparado para esta ocasión y dice así, leído de cualquier manera, sin recitar, como si fuese prosa. Dice: Yo brindo por Matías Moro, y alzo solemne mi copa, porque después de habitar como un gusano en la sombra, ahora sale a plena luz convertido en mariposa. Por tus colores y vuelo brindo siempre, aquí y ahora, y brindo también por ese horizonte que ya asoma, y al cual, torpe pero firme, volará esta linda tropa (y aquí hace con el índice un redondel abarcando a los presentes). ¡Viva Moro y con él todos!, que a todos la empresa arropa; pues nosotros la servimos y M.M. Hispacking nos honra».

—Joder, solo le falta la música —dice Veguita después de los aplausos.

Salen a la calle, caminan un trecho, y de pronto Bernal se detiene y obliga a los otros a hacerle corro.

—Así que ahora, dejadme pensar, vamos a ver si he entendido bien. Y tú, Veguita, atento a la jugada, a ver si te enteras de una vez. Aquí los señores van a llevar en adelante una doble vida: por la mañana son simples empleados de oficina, y luego, por la tarde, se convierten en presidentes y directores generales, con despachos propios, secretaria y subalternos a los que dirigir. Y hasta es probable que en el camino de un sitio a otro cambien de vestimenta, como los actores entre escena y escena. ¿No es extraordinario?

—Es como lo de Cenicienta —dice Veguita.

—Si yo fuera Castro, diría que habéis alzado durante mi ausencia un becerro de oro. ¿Y cuándo vais a poner todo en marcha?

—Enseguida —dice Pacheco—. Dentro de diez o quince días. Ya estamos trabajando en la inauguración, que será una fiesta por todo lo alto, con autoridades, prensa, televisión, atracciones, música y discursos. Hay que empezar a lo grande, introducirse desde el principio en el corazón mismo del mercado. En el fondo, todo es cuestión de imagen. Por cierto —y apunta con un dedo a Bernal en el pecho—, que tú podrías echarnos una mano.

—¿Yo?

—Tú fuiste *maître* en París. Podrías asesorarnos, ayudarnos a organizar el acto con clase y estilo. Podrías hacer de animador. De *showman*, vestido con un esmoquin blanco. Tú sirves para eso. Habrá un escenario, y tú podrías ir presentando a las autoridades, al personal de la empresa, a los artistas. Como en tus viejos tiempos de París.

Bernal sonríe indefenso, halagado, esta vez sin la menor sombra de ironía:

—¿Habrá artistas?

—Cantará Finita de la Cruz —dice Matías.

Bernal cierra los ojos como si sintiera un leve escalofrío.

—Yo estuve enamorado de esa mujer. ¡Era tan hermosa!

—Y yo puedo encargarme del servicio de seguridad —dice Veguita—. ¿No dice usted que va a haber autoridades, peces gordos?

Pacheco lo mira un instante asombrado y luego extraña el gesto para hacer puntería con la memoria hasta que una lucecita en el recuerdo le ilumina también el rostro. «¡Servicio de seguridad!», dice, y hace un chasquido con las yemas de los dedos y con la misma mano extiende el índice y amartilla el pulgar como si fuese una pistola y acabase de abatir las tres palabras en el aire.

—¡Buena idea! Podemos crear para ese día nuestro propio servicio de seguridad, cinco o seis personas, con petos fosforescentes y en ellos el logotipo de la empresa.

—Pues claro, joder, si es que ustedes los burócratas, en cuanto los sacan de los papeles y los números, no se enteran del mundo.

Se miraron, se confabularon en un gesto de lealtad y apretaron el paso calle arriba.

Apareció dos días después, a media mañana, vestido con un traje gris de seda, unas insólitas alpargatas azules sin cordones ni calcetines y, en vez de camisa, una camiseta de color azafrán. Parecía un príncipe mendigo. Salió muy sigilosamente de su despacho, pero dio la impresión de que se había materializado del aire, porque cuando los empleados quisieron darse cuenta él ya estaba allí, en mitad de la sala, mirando ofuscado alrededor como si hubiera caminado en sueños y hubiera ido a parar a aquel paraje extraño que ahora intentaba reconocer desde el umbral de la vigilia. Los empleados bajaron la vista y fingieron concentrarse en el trabajo, y solo volvieron a alzar los ojos cuando Castro carraspeó, adoptó una vaga pose de arlequín y preguntó si habían tenido unas felices vacaciones. Se oyó un animoso murmullo general, Bernal se giró un poco para sumarse al cumplido, se reacomodó cada cual en su asiento y él inició entonces una ronda de inspección por las mesas.

Al principio, Matías había propuesto que solicitaran el doble turno por escrito. «No, porque tardaría mucho en contestar», dijo Pacheco. «Sería además una descortesía», añadió Bernal. «Pues en ese caso, se sortea, y al que le toque, habla con él.» «No, tiene que ser usted», dijo entonces Martínez. «En efecto, tiene que ser el líder», dijo Pacheco, y los demás apoyaron con su silencio esas palabras. Así que, desde hacía ya dos días, Matías había esperado con el alma en vilo, y minuto a minuto, a que apareciese Castro para solicitarle formalmente el doble turno. Este es el momento, pensó. Cuando pase a mi altura, y antes de que me gane la espalda, me levanto y le hablo. Le diré que hablo en nombre de todos. Le diré: hemos pensado en aquella propuesta que usted nos hizo de establecer un doble turno y creemos, no, consideramos que es lo mejor para la agencia y para todos. Le diría algo así. Unas cuantas palabras claras y sencillas. Pero esta vez, antes de llegar a su mesa, se detuvo detrás de Pacheco.

—¿Y esto? —preguntó, tocando con el índice el maletín y retirando el dedo como si le hubiera dado calambre.

—Es mi maletín —dijo Pacheco.

—¿Su maletín? ¿Y ahí guarda usted sus cosas?

—Sí.

—¿Cosas privadas?

—No... —dudó Pacheco.

—¿Documentos oficiales pues?

—¡No, no! —se escandalizó Pacheco.

—¿Entonces?

Pacheco miró arriba y ofreció a Castro una sonrisa trémula.

—¿Le parece que echemos un vistazo al interior e intentemos descubrir entre los dos qué clase de objetos misteriosos guarda ahí?

—Claro, claro —dijo Pacheco, y se precipitó sobre el maletín.

Pero a pesar de la rapidez con que solía descifrar la clave, pulsar los broches y levantar la tapa, todo articulado en un único movimiento, como si aprestara un arma de fuego, esta vez tardó tanto en abrirlo que Castro tuvo tiempo de hacer un gesto de emoción y suspense, como un niño ante un regalo sorpresa, luego otro de duda, otro de impaciencia, otro de contrariedad, y finalmente, en el instante en que Pacheco había conseguido abrir el maletín y lo elevaba a dos manos para mostrar su contenido a Castro, este hizo un gesto de decepción y prosiguió la ronda.

Ahora, cuando se acerque, pensó Matías, y muy por lo bajo empezó a aclararse la voz y a afinar el tono para empezar a hablar. Pero, antes de llegar a su mesa, Castro cruzó de repente la sala, alcanzó la puerta de su despacho y se volvió desde allí, una mano en el picaporte y la otra gentilmente puesta en la cadera.

—Señores, les deseo un feliz curso laboral —dijo, y ya se disponía a marcharse cuando Matías se incorporó apenas en su asiento y dijo: «Señor Castro». Le había salido, o eso al menos le pareció a él, una voz un poco estentórea. Castro se echó atrás con un pronto espantadizo, como un caballo ante un obstáculo insalvable.

—¿Sí?

—Verá, es que queríamos hablar con usted —dijo Matías, y entonces se irguió y rodeó la mesa y se dispuso a avanzar unos pasos para no verse obligado a hablar tan alto. Pero Castro lo detuvo con la palma de la mano, y con el dorso de la misma mano le ordenó retroceder, y luego con un dedo fue dirigiendo sus movimientos y rectificando su posición, como si fuese a hacerle una fotografía, hasta que Matías se encontró de nuevo como al principio: ni en pie ni sentado, sino encorvado y a medio levantar. En el rostro de Castro, bronceado y anguloso, había ahora una interrogación que a Matías le pareció que contenía también el fastidio que habría de depararle la respuesta.

—Queríamos hablar con usted —dijo Matías, en su tono natural de voz.

Castro hizo un gesto de extrañeza y se llevó una mano a la oreja a modo de bocina.

Matías subió la voz:

—¡Que queríamos hablar un momento con usted!

—¿Cómo?

Matías miró a Martínez, a Pacheco, a Bernal. Estaban todos abismados en su mar de papeles.

—¡¡Que queríamos hablar con usted!!

—¿Todos a la vez? —y trazó un círculo con el índice.

—¡¡Yo en nombre de todos!!

Se sentía como un niño recitando a voces la lección desde el pupitre. Castro, sin embargo, hablaba en un tono confidencial, como si pensara en voz alta.

—¿Usted? —y se hizo con la mano una visera en la frente, Matías no supo si para aliviar un súbito dolor de cabeza o para exagerar la distancia que los separaba—. Dígame.

Matías intentó incorporarse, pero Castro lo detuvo con un gesto imperioso.

—¡¡Queríamos hablarle del doble turno!! ¡¡Acuérdese que usted mismo lo propuso hace tiempo!! —y en ese instante Castro avanzó hacia él con la agilidad irresponsable que le otorgaba la combinación de las alpargatas y el traje de seda, y cuando estuvo junto a la mesa se dio la vuelta y alcanzó de nuevo el extremo de la sala, de modo que Matías se vio forzado a ir bajando la voz conforme Castro se acercaba hasta desembocar en el susurro, y después a subirla otra vez casi hasta el grito.

—¡¡¡Lo hemos hablado y creemos que sería bueno para todos!!! ¡¡La señorita Sol, naturalmente!!, ¡se quedaría por la mañana! ¡Dos de nosotros, Pacheco y yo!, si a usted no le parece mal, nos ocuparíamos del turno de tarde. Así los clientes ¡estarán mejor atendidos! ¡¡Y en cuanto al señor Vega, podría rotar, cada quincena o cada mes!!

—¿Eso es todo?

—¡¡¡Sí, señor!!!

Castro sacó un pañuelo de papel, que pareció surgir en su mano como una flor en un truco de magia, y se lo aplicó a la nariz.

—Así que lo han hablado entre ustedes —dijo, y el pañuelo absorbió su voz como un papel secante.

—¡¡¿Perdón?!!

—¿Hablan mucho entre ustedes?

—¡Lo normal!

—¿Y están todos de acuerdo en el doble turno?

Entonces ocurrió algo insólito. Martínez levantó los ojos y dijo con voz clara y lúgubre:

—Todos estamos de acuerdo con el señor Moro.

No solo Castro: también los otros se quedaron pasmados ante aquella voz, que nunca hasta ese instante había sonado tan alta en la oficina. Castro se llevó otra vez el pañuelo a la nariz, como si se restañara una herida.

—¿Es usted el portavoz, o acaso el líder natural del grupo? —preguntó con una leve tristeza acatarrada.

Pero esta vez Matías se tomó su tiempo para contestar. Esperó a que aquellas palabras se extinguieran del todo en el silencio. Luego se irguió y también él hizo un gesto de extrañeza.

—¿Cómo? —susurró.

Castro ladeó la cara y sonrió de perfil, con seductora ambigüedad. Luego extendió los brazos como si fuera a pronunciar una parábola y mostró las palmas de las manos: el pañuelo había desaparecido. Finalmente abrió la puerta del despacho, y antes de desaparecer dijo:

—¡¡¡Bien, pónganse ustedes de acuerdo y luego me lo cuentan!!!

Al otro lunes, cuando Matías y Pacheco llegaron a la nave, a las ocho en punto de la mañana, ya estaba allí Martina con los cinco obreros que había reclutado entre los inquilinos y transeúntes del piso. Ortega los había formado en línea y los iba examinando como en una revista militar. Matías solo conocía a uno de ellos, a Louly Salek, el mauritano vendedor de alfombras. A los otros los identificó por las indicaciones que le había dado Martina por teléfono. Uno era un rumano menudo e inquieto con una barbita de diablo; otro un marroquí alto y de aire hermético que no hablaba una palabra de castellano; otro un peruano de aire iluso con unos dientes enormes que le desbordaban y hocicaban los labios, y el pelo lacio cortado a tazón, y por último un español cincuentón, calvo, miope, con grandes escobillones de hebras hirsutas en la nariz y en las orejas y una colilla ensalivada de farias en un rincón de la boca, que era el que se encargaría del reparto. El grupo no ofrecía, desde luego, un aspecto muy prometedor. El marroquí y el peruano sobre todo, uno tan tieso e impenetrable y el otro tan bobamente angelical, y los dos tan dóciles y a la vez tan ajenos a la situación, parecían estar allí no por razones de trabajo sino para asistir a algún suceso extravagante, un prodigio quizá. El español se mantenía un poco aparte, con las manos en la espalda, chupando la farias y mirando a lo alto como un maestro albañil calculando el presupuesto de una obra. En cuanto al rumano, no paraba de moverse, y de vez en cuando adelantaba un pie y se asomaba a la fila para ver el efecto que producía el conjunto.

—¡El jefe! —dijo Ortega, conminándolos a adoptar una posición de respeto.

—Ahí te dejo con ellos —dijo Pacheco, y siguió hacia su despacho.

Matías se acercó y los saludó uno por uno, y a todos les preguntó algo, cómo se llamaban, de dónde eran, cuánto tiempo llevaban en España, por qué habían venido, cuál era su profesión antes de ahora. El peruano se llamaba César, era de Lima, y an-

264

tes de ahora había sido aprendiz de carpintero. Con el marroquí no hubo modo de sacar algo en claro. «Buruaquiya», contestaba a todo, y solo a la tercera pregunta se animó a enriquecer esa declaración con otra: «mar», dijo, y extendió una mano en dirección al sur. El español, por su parte, sin quitarse las manos de la espalda ni el puro de la boca, y sin dejar de mirar a lo alto, dijo que era de Logroño, que se llamaba Polindo, y que hasta hacía un par de años había sido bedel en un colegio de enseñanza media. Al rumano, sin embargo, no tuvo tiempo de formularle siquiera una pregunta.

—Yo soy de la Rumanía, patrón —dijo él cuando le llegó el turno, y se salió de la fila y empezó a moverse alrededor de Matías con una agilidad de espadachín o de bufón—. Yo entiendo de relojes y soy muy pobre, patrón. Yo hablo italiano y tengo hambre. Yo toco el acordeón y paso frío. Yo me llamo Lunca Lopescu y no me canso nunca y puedo hacer de todo. Mándeme y verá. Yo sé bailar y cocinar, sé subir cuerdas, sé arreglar cosas. Yo sé de perros —dijo señalando al galgo—. Yo, patrón, no tengo botas, y también sé pintar —y siguió con su relación de miserias y destrezas hasta que Ortega lo cogió del brazo y lo puso otra vez en la fila.

Matías pronunció entonces unas palabras de bienvenida, dijo que este país era su país y esta casa su casa, que esperaba que trabajaran con interés y agrado, porque el bien de la empresa era el bien de todos, que quedaba a su disposición para cualquier problema y que ojalá que estuvieran allí muchos y largos años.

Luego miró a Martina y se encaminaron juntos al despacho. Pero Ortega los alcanzó a medio camino.

—No valen, don Matías —dijo—. Ninguno sirve para nada, no hay más que verles. El más listo no sabría ni chiflar un canuto. ¿Usted sabe lo que hubiera hecho don Victoriano Redondo con ellos?

—Bueno, usted enséñeles, y después ya veremos —dijo Matías sin detenerse.

Al llegar a la escalera, le cedió el paso a Martina. Llevaba una falda negra corta y plisada y un jersey blanco de cuello alto que le realzaba la figura, y viéndola subir, con aquel leve y sin embargo poderoso impulso de las caderas que parecía llevarla en volandas, Matías sintió que iba persiguiendo el fantasma de su propio infortunio. Todo en su vida le pareció precario y vagamente amenazante. Los obreros le habían producido una impresión descorazonadora, y ahora veía encarnarse en aquel grupo inepto y variopinto, que parecía una parodia del mundo laboral, la imagen exacta de la segura quiebra financiera. Del mismo modo, la levedad del paso de Martina se le impuso como un signo precursor de la inconsistencia de su porvenir sentimental.

Atravesó el despacho y dejó el maletín sobre la mesa. Era un maletín negro de ejecutivo que le había prestado Pacheco después de convencerlo de las ventajas de su uso, también cifrado y con cantoneras doradas, y donde había metido algunos papeles, la agenda donde llevaba las cuentas del negocio, unos caramelos, unos paquetes de tabaco, un libro, y por último, ya que el maletín hacía al andar un rumor de sonajero, añadió, como un ladrón que se desvalija a sí mismo, unas toallitas de papel perfumado, un estuchito de cuero con útiles de escritura que le habían regalado hacía ya años al comprar una enciclopedia y algunos otros objetos que le parecieron dignos de ser guardados allí y de llevarlos con él a todas partes. Oscuramente, comprendió a Pacheco, porque al salir de casa notó que el peso del maletín, y la vaga conciencia de lealtad que le ofrecían todas aquellas cosas, le deparaba una sensación de vigor y desenvoltura en los andares, como si paseara olímpicamente por los dominios de su propio hogar. Cuando llegó al coche, ya aquel artefacto le resultaba familiar y poco menos que indispensable, y se extrañó de haber vivido hasta ahora sin el auxilio de un accesorio tan útil y entretenido, y tan fácil de poseer y manejar.

Dejó el maletín sobre la mesa y por un instante se quedó pensativo, con los dedos de ambas manos flexionados sobre él, como si pulsara en un órgano un acorde solemne. Martina se había parado en medio del despacho y se mordía los labios por dentro, en una actitud furiosa y compungida.

—Yo no sabía cómo elegirlos —dijo—, y al final elegí a los primeros que vi.

Se había puesto pendientes, dos corazoncitos de níquel, y en el jersey llevaba un pin redondo, un pirata con un pañuelo anudado en la cabeza y un parche en un ojo.

—Luego miss Josefina les leyó la mano y les echó las cartas y todos salieron serios y honrados. Solo con el español tuvo algunas dudas. Les tocaban unas cartas muy raras, que miss Josefina no sabía leer.

Y unos zapatos negros de medio tacón muy bien lustrados con una barrita dorada en el empeine. Y medias negras, y en el pelo un pasador que era una mariposa de colores ingenuos.

—Ya sé que lo he hecho mal, ¿no?, pero es que tampoco allí hay mucho donde elegir.

Matías miró el pasador, los pendientes, el pin, el adorno de los zapatos, y de pronto en su mente surgió la imagen de la felicidad, no como una idea abstracta sino materializada en aquellos objetos humildes y pueriles.

—Qué va, si lo has hecho muy bien. Lo que pasa es que Ortega siempre está gruñendo y acordándose de sus tiempos. Pero yo tengo fe en esa gente. ¿Tú no?

Martina sonrió sin abrir la boca e hizo con los hombros un signo de resignación.

—Bueno, pues asunto resuelto —y con una mano la invitó a pasar al despachito adjunto.

Matías había imaginado aquellos días de aprendizaje como un tiempo desahogado y feliz, los dos allí solos, con música de fondo, sentados muy juntos, él enseñándola a usar el ordenador, corrigiéndola con mucha delicadeza, animándola, rozando a veces su mano para detenerla en un movimiento erróneo e indicarle la tecla correcta, envuelto en la atmósfera excitante que le producía su presencia, su voz grave y cálida, sus miradas limpias y directas, y aquel discreto aroma de lavanda donde él creía percibir a veces, como una brisa que trae a rachas una lejana fragancia a tierra o a lluvia, el olor natural de su cuerpo, y con él la vaga promesa de algo que estaba ya a punto de cumplirse. Porque ¿qué había de allí al amor? Apenas nada: una mirada, un suspiro, una frase inconclusa, o quizá solo un movimiento unánime de torpeza que los trabara de repente en una caricia que pondría término a aquel laberinto de ansiedad. Y, en cuanto a ella, se la imaginaba muy seria y aplicada, mordiéndose los labios con impaciencia, dando en el suelo pataditas de contrariedad, apartándose el pelo con un gesto brusco que en el fondo

267

era también de coquetería, porque ella jugaba a seducirlo, ella sabía, claro que sí, cómo no iba a saberlo si las mujeres tienen para esas cosas un instinto infalible, seguramente lo había adivinado desde el primer momento, mucho antes que él, y además, en el caso de que le quedara alguna duda, ¿por qué si no iba él a ofrecerle ese empleo cuando ella no cumplía ni uno solo de los requisitos que una secretaria debía reunir? Quizá ella, en esos días confidenciales de aprendizaje, con la maestría intuitiva que poseen las mujeres desde la pubertad para emitir señales equívocas que impulsen al hombre a actuar y a hacerse la ilusión de que son ellos los que toman la iniciativa, creara una situación propicia que esta vez él, desde luego, no dejaría escapar. Él la iniciaría en la informática, pero el verdadero magisterio lo ejercería en realidad ella. Suyo sería el privilegio de guiarlo en un juego donde no había reglas, solo excepciones, ella que era tan guapa y que le llevaba tanta ventaja al hombre maduro cuyos posibles encantos también ella tendría que descubrir o imaginar. En cuanto a él, sería un alumno sumiso y vigilante, y esperaría pacientemente la señal y sabría ser intrépido cuando llegase la ocasión. Así pensaba Matías que habrían de ser aquellos días prometedores de septiembre.

Pero enseguida las cosas se desviaron por otros derroteros. Continuamente se veía obligado a interrumpir su tarea didáctica y sentimental para atender asuntos apremiantes, el menor de los cuales entrañaba siempre una amenaza o un engorro. Todo lo tenía que supervisar, y como todo era un goteo de pequeños gastos inexcusables, después de firmar cada factura se sentaba, abría la agenda y, lleno de zozobra, descontaba la cantidad de sus ahorros y se quedaba pensativo, contemplando fijamente los números como un labriego su cosecha después del pedrisco. Cuando no era la luz era el agua, y si no el teléfono, el gasoil de las máquinas, los suministros de los proveedores, el despachito que hubo que hacerle a Martínez (que era apenas una casilla adosada al muro donde solo cabían él y su mesa), un teléfono móvil para Pacheco («necesito estar siempre localizable», fue su argumento irrebatible), el fijo para transporte y alimento que había que abonar a los dos vendedores, además de los gastos sin cuento que generaba la fiesta de inauguración.

Con la fiesta, Pacheco estaba eufórico. «Será la mejor inversión con mucho», decía, «una campaña publicitaria que nos va a lanzar como un cañón al centro mismo del mercado.» Había alquilado un equipo de iluminación y sonido, un escenario portátil para las actuaciones y discursos, y ya tenía encargados unos tarjetones de invitación con letras de oro y hasta una batería de juegos artificiales con una traca final cuyos efectos espectaculares prefería por ahora callarse. Su actividad era frenética: visitaba personalmente a los mejores clientes potenciales, se reunía con los diseñadores, hablaba a todas horas por teléfono, y a menudo irrumpía en el despacho de Matías con nuevos pormenores (y nuevos gastos) que había ideado para convertir la fiesta de apertura en un acto social de primer orden.

Y luego estaba Ortega, que también lo importunaba a cualquier hora con la retahíla de sus quejas. El rumano no paraba de hablar y de moverse y de distraer a los demás, y a veces los asustaba yéndoles por la espalda y haciendo que les iba a morder en el cuello, porque entre otros disparates les había contado que Drácula y los vampiros existían de verdad, y que él era de Transilvania y había conocido personalmente a más de uno. «Ayer con una manta se hizo una capa de esas de vampiro, y con un cartón se recortó unos colmillos, y cuando el peruano iba al váter le salió de golpe detrás de una máquina y a poco el otro se desmaya del susto. Y luego no para de gemir. Siempre le duele algo, y venga de pedirme que le mande a otra cosa. Hoy mismo me ha dicho que él se compromete a amaestrarme al galgo para el circo. Le digo yo a usted, jefe, que esos no valen ni para ver llover. Porque el moro, el negro y el medio indio son todavía peores. No se enteran de nada, y es como si no tuvieran sangre en las venas. Solo piensan en el bocadillo, y luego en la comida, y luego en marcharse. Cuando les explico, me miran los tres como tres pasmarotes, como si les hablara en chino. Le digo yo a usted, don Matías, que no hacemos carrera con esa tropa. Debería ir usted allí y castigarles, como hacía don Victoriano. Vaya usted y, sin mediar palabra, al primero que pille le cruza la cara, y verá qué pronto espabilan.»

Solo con el español parecía estar conforme. Como por ahora no tenía que ocuparse del reparto, solía sumarse al grupo, no para aprender o ayudar o representar cualquier papel activo, sino para estar allí, como esas figuras secundarias y como ajenas a la realidad que aparecen absortas en algunos cuadros conmemorativos de la apoteosis de un santo o de un príncipe, y que ponen un punto de fuga e indolencia a la solemnidad y tensión del momento. Ortega bajaba sobrecogido la voz para hablar de él. «El señor Polindo es un hombre muy culto», decía, «y se aprende mucho oyéndole hablar.» Y, en efecto, debía de estar fascinado por él, porque a menudo Matías los veía aparte, uno hablando sin quitarse nunca la farias de la boca y el otro escuchando con la vista en el suelo y cabeceando admirado ante el sortilegio del discurso. Tan asiduos se hicieron aquellos apartes, que ahora Matías, además de atender a los lamentos de Ortega, tenía también que vigilarlo para que no se distrajera de sus ocupaciones, subyugado como estaba por las pláticas del antiguo bedel.

Así que aquellos días, que se anunciaban tan prometedores, resultaron ser una sucesión inagotable de contratiempos e insignificancias. Por si fuese poco, cuando quería darse cuenta era ya la una y tenía que salir a escape para la oficina, él y Pacheco, cada uno con su maletín, braceando esforzadamente por el sendero, comer cualquier cosa de paso y darle el relevo a Bernal y a Martínez, sin tiempo apenas para asombrarse de cómo en un momento había pasado de director a subalterno. Solo encontraba un remanso de paz cuando iba con Martina a desayunar al merendero. Quizá allí se produjera la señal que esperaba. Pero no: hablaban siempre de informática y de otros asuntos de oficina, intentando recuperar el tiempo que no habían podido ganarle a la mañana. Sin embargo, Martina adelantaba mucho en su formación de secretaria gracias a las lecciones que Martínez le daba por las tardes. Martina le hablaba a veces de cuánto la impresionaba aquel hombre tan serio, tan formal, tan callado, tan paciente y tan dulce a su modo. «Es un cielo de hombre», dijo una vez, y Matías súbitamente se llenó de celos y de un sordo rencor contra quien lo había suplantado sin querer en sus expectativas e ilusiones.

Estaba ya agotado de tanta actividad sin fruto, cuando un martes de finales de septiembre apareció Pacheco en el despacho con la noticia de que la fiesta de inauguración sería el próximo sábado. Matías se sintió abrumado por la inminencia del futuro. ¿Qué iba a ser de él, por dónde lo llevaría ahora la vida? Miró a Pacheco, y enseguida a Martina, que se había asomado desde su despachito al oír el anuncio, les pidió auxilio con la mirada, pero ellos le sonrieron al unísono, pícaros y complacientes, como si él fuese la buena nueva, como padres felices que festejan la primera e inocente travesura del hijo.

XIV
Ser, estar, parecer

¡ESTÁ USTED LLEGANDO A M.M. HISPACKING!, ¡BIENVENIDOS A M.M. HISPACKING!, ponía con grandes letras de colores en las pancartas tendidas de lado a lado de la carretera, y luego había flechas indicadoras que llevaban hasta las vías muertas, donde esperaban dos hombres del servicio de seguridad, con petos fosforescentes y brazales con el distintivo de la empresa, uno para dirigir las maniobras de aparcamiento y otro para abrir las puertas de los automóviles y acompañar a los invitados un trecho del camino. Habían ensanchado y limpiado la vereda y definido las lindes con piedrecitas pintadas de blanco, y al fondo aparecía la nave con un tremolar de fortaleza en día de guerra, pues la habían ataviado con banderitas de papel de todos los países y hacía un día encrespado de viento.

Todo estaba ya listo para recibir a los invitados y comenzar el acto. Tal como había prometido Pacheco, se había preparado a lo grande y sin dejar nada al azar. No hubo nadie ese día que al entrar en la nave no dijera ¡ohhh!, o ¡ahhh!, o hiciese un gesto mudo de estupor, porque estaba adornada por dentro con guirnaldas y flores de papel de seda, y globos que flotaban a distintas alturas, y más banderitas, y focos de colores que en su momento habrían de crear espacios propios y aislar el tablado donde comparecerían las autoridades y los directivos de la empresa y actuarían los artistas. Cinco azafatas con trajes y casquetes azules se encargarían de servir el cóctel. Matías, Martínez y Pacheco se habían comprado trajes nuevos para la ocasión, y habían alquilado un esmoquin blanco para Bernal y un uniforme de guarda de seguridad para Veguita. En cuanto al resto del personal, lo habían engrosado con gente reclutada entre amigos y conocidos para que su número estuviese acorde con el tamaño y esplendor de la fiesta. A todos les habían sugerido que iban a participar de extras en un anuncio publicitario. Los obreros ahora eran quince, y lucían monos verdes con el logotipo impreso en la espalda y en el bolsillo superior. Los dos vendedores habían ascendido a seis, Veguita se había traído a cinco amigos para formar el servicio de orden, y el equipo directivo se había completado con tres tipos que daban muy buena imagen, los tres con maletines y trajes oscuros cruzados, y que Pacheco conocía de sus cursillos y masters para ejecutivos.

A Matías todo aquello, además de muy caro (pues a cada comparsa, según el papel que desempeñara, debía abonarla entre cinco mil y ocho mil pesetas), le parecía un simulacro demasiado atrevido para que fuese siquiera verosímil. «Todo esto es excesivo», decía. «Al contrario», argumentaba Pacheco, «esto es justo lo que hacen las empresas americanas cuando empiezan. Es de libro, y yo no me he inventado nada que no sea un tópico en la literatura empresarial. En cualquier caso, puede que nos hayamos quedado cortos. Y en cuanto al dinero, es una ganga para el impacto publicitario que vamos a lograr.»

Ya a primera hora de la tarde, había en la nave un zafarrancho tal de azafatas, obreros, vendedores, guardas de seguridad, técnicos de luz y sonido, directivos y artistas, además de un fotógrafo y un cámara de vídeo, que aquello parecía en efecto cosa de cine o de teatro. Algunos artistas probaban los micrófonos con voces y acordes que tenían una lúgubre resonancia de catedral, y otros habían transformado en camerino el despacho de Matías, de donde habrían de bajar por una pasarela para salir a escena. A las 5.30 ya estaban exaltados ante la inminencia del debut. Miss Josefina, que iba de cabecera de cartel, y se encargaría por tanto de poner broche al espectáculo, no sosegaba ni un instante. Se paseaba por el camerino envuelta en una bata de seda y con unas zapatillas con pompón, ya maquillada y enjoyada, y de vez en cuando se oprimía las sienes con una expresión atormentada de heroína trágica ante la ya ineludible inmolación. «¿Vendrá mucha gente?, ¿se acordarán de mí?», preguntaba con un acento trémulo en la voz. Y Bernal, que apenas se había separado un momento de ella, la tranquilizaba con sonrisas y gestos de obviedad.

Él mismo se había ofrecido para ir a buscarla a casa, vestido ya con el esmoquin blanco, y le había abierto la puerta del taxi con una media reverencia y la había acompañado por el sendero, locuaz y galán, hablándole de sus películas, tarareando pasajes de sus canciones, mostrándole con una mano el camino y con la otra tomándola suavemente por el codo o rozando apenas su cintura para guiarla y protegerla, cuidándola como si se tratase de un objeto frágil y precioso que hubiese que preservar de peligros sin cuento. Reencontrarse con el público después de tantos años, la llenaba de un sentimiento mixto de pánico y euforia. «¿Recordarán mis canciones?, ¿se habrán olvidado de mi voz?, ¿les gustaré a los jóvenes?», preguntaba en el tono en que hubiera deshojado una margarita para conocer su futuro amoroso. Y Bernal fumaba y en cada chupada apuraba un ensueño. Estaban allí, ajenos a todo, aislados y protegidos por un círculo de esperanza y de melancolía, mientras alrededor pululaban otros artistas que nunca habrían de conocer el fulgor de la gloria: Chin Fu, el chino de Aranda de Duero, que tenía preparados algunos juegos de manos y un número de fuego, la orquesta melódica, que eran tres hombres mustios y otoñales, saxo, teclado y batería, vestidos con pantalones negros, chaquetas rojas consteladas de oro y pecherín escarolado, y el grupo folclórico peruano, que eran cinco, todos con ponchos y sombreros andinos, y que pondrían en el ambiente una nota exótica de nostalgia. De toda la fiesta quedaría constancia en una cinta de vídeo, y el fotógrafo inmortalizaría los mejores instantes, y había también un libro de honor donde firmarían los invitados ilustres. «Con todo eso, además de los recortes de prensa, haremos un dossier y conseguiremos contratos y subvenciones, ya verás», decía Pacheco, incansable y eufórico.

Ya solo faltaban, pues, los invitados. ¿Sería posible que llegaran tantos y tan notables como había pronosticado Pacheco? Matías buscaba un rincón solitario donde sentarse a rumiar sus presagios sombríos. El día anterior se habían quedado todos hasta muy tarde para ultimar los preparativos de la fiesta. Enseguida se creó un ambiente jovial y muchachero. A Martina le prestó Ortega unos pantalones blancos de pintor llenos de manchas de colores y una camisa vieja de recluta, y se anudó un pañuelo en la cabeza con las puntas hacia arriba como las hojas de una piña, y muy alegre y desenfadada se subió a una escalera y Matías le iba pasando flores, guirnaldas, globos, banderitas, y en cada entrega se rozaban las manos y ella le sonreía como si fuesen cómplices de una travesura. Y cuando ella alzaba los brazos y se ponía de puntillas para llegar bien alto, él la aseguraba cogiéndola por los tobillos, y una vez que ella bajó para mudar de sitio la escalera y titubeó en los últimos peldaños, él la tomó por la cintura y sintió el peso y el temblor y la temperatura íntima de su cuerpo, y por un instante entrevió un abismo insondable de perdición y de placer. Le pareció que la señal que ella habría de enviarle iba a producirse de un momento a otro, y hasta temió que se hubiese producido ya y él no hubiera sabido interpretarla o detectarla a tiempo. O a lo mejor le correspondía a él crear una ocasión propicia para que la señal resultara inequívoca.

«Voy afuera a tomar el fresco», dijo en un tono que quiso ser insinuante pero que le salió con una bruma de disgusto y hastío. Porque es verdad que al ver a Martina tan contenta, tan guapa, tan fatalmente seductora con aquellos pantalones que le quedaban muy anchos y que ella se había amarrado a la cintura con una cuerda de esparto, y sobre todo tan cercana, se había llenado también él de alborozo, pero esas mismas razones (pues su cercanía hacía más punzante el dolor de su pérdida, y su hermosura y su alegría la hacían ya inconsolable), lo sumieron en una súbita tristeza.

Era una noche alta y limpia, sin luna, y el temblor de miríadas de estrellas le sugirió a Matías una infinita y lenta lluvia de rocío. ¿Pero para quién tanta grandeza? ¿Y qué significaba aquel espacio ilimitado, un homenaje, una promesa, una amenaza o una burla? Encendió un pitillo y se estribó en el muro de la nave. La inmensidad cósmica, y el terror ilusionado ante una armonía inescrutable, de la que también él formaba parte, le trajo a la memoria sus fervores religiosos de niño. ¿Era feliz entonces? ¿Había dejado realmente de creer en Dios y en la inmortalidad del alma? ¿Y en qué momento, y cómo, y por qué se había desvanecido aquella creencia elemental? Qué cosa extraña era la vida. Ahora se veían por el baldío, hacia Fuenlabrada, unas lucecitas ambulantes. ¿Quiénes andarían a aquellas horas por allí? De pronto recordó que de niño se veían también de noche por los descampados en que se disgregaba su barrio hacia el aeropuerto de Barajas unas lucecitas errantes, y que su padre decía que eran pescadores de ranas, que seguían con sus linternas el curso del canal de Isabel II. ¡Pescadores de ranas! Parecía mentira que aquel recuerdo hubiera estado tanto tiempo perdido en la memoria y que no se hubiera encontrado con él hasta esta noche. Aquel recuerdo era también hoy una lucecita errante en el pasado. Como la brasa del cigarro de su padre cuando fumaba en la oscuridad, como él en esta noche oscura de septiembre. Su padre ya muerto, un nombre a la intemperie, un espantapájaros de piltrafas y huesos, y arriba aquella lluvia incesante de estrellas. Dentro de la nave se oían voces y risas, y una música rítmica de fondo. ¿Por qué Martina no acudía a la cita? Cerró los ojos y sintió un repente de extrañeza al verse allí, con cuarenta y ocho años, arrimado a una nave industrial y esperando a una mujer, casi una adolescente, que no habría de venir porque él era un cobarde y no se había atrevido a decirle, anda, Martina, vamos juntos a descansar un rato y a mirar las estrellas. Y entonces le hubiera contado lo de las lucecitas y los pescadores de ranas, y lo de la lluvia de rocío y de cómo había perdido la fe en Dios y en la secreta armonía del universo pero no en otras cosas tan prodigiosas como aquellas. En qué, con un hilo de voz. En el amor. Y ella entonces hubiera bajado la cabeza porque así lo exige el pudor y la duda de no haber comprendido bien el mensaje cifrado, pero enseguida la hubiera alzado para mostrarle en el rostro implorante, clara y explícita, la señal que esperaba.

Cuando entró en la nave, enojado consigo mismo, Martina se había buscado ya otro ayudante. Sin que nadie se lo pidiera, pretextó un papeleo urgente y se encerró en su despacho para engolfarse en el placer sombrío de la postergación y la derrota. Pero pronto sintió el prestigio de las causas perdidas y el alivio de la culpa que se sabe arraigada en la fatalidad. Finalmente se quedó melancólico, con la vista lela, sin pensar en nada, sintiendo como algo físico el transcurso del tiempo.

Oyó los gritos y las risas de los obreros que se iban. Prestó atención, por si le llegaba la voz de Martina. Pero no: oyó el motor de la furgoneta, hasta que fue solo un punto en la distancia, y luego escuchó unos pasos apresurados y la voz exaltada de Pacheco, que empezó a hablar antes de entrar en el despacho. Hablaba de éxito, de audacia, de grandeza. Matías lo miró desconsolado, pero no por su propio desánimo, sino porque otra vez volvía a sentir un soplo de esperanza.

Así que el sábado llegó pronto a la nave, con su traje nuevo de color crema, y ya por el camino se le disipó el poso de tristeza que le quedaba de la noche anterior. Lo inspeccionó todo, y todo le pareció bien, recibió y devolvió felicitaciones, saludó a las comparsas («¿es usted el protagonista del espot?», le preguntó una de ellas, y él, sin detenerse, hizo con la mano un gesto que pareció que transformaba en humo aquellas palabras), piropeó a miss Josefina, insinuó unos pasos de baile cuando la orquesta probó el sonido, fue y vino aturdido por una sugestión de diligencia y eficacia, pero en el momento en que ya todo estuvo listo para recibir a los invitados, supo que desde hacía mucho tiempo había estado reprimiendo primero la sospecha y luego la certeza de que el acto iba a ser un desastre. Tan claro lo vio, que buscó un lugar apartado donde rumiar a solas aquellos negros pensamientos. Se sentó al fondo de la nave, en el parachoques de la furgoneta, y otra vez se le reveló con claridad la dimensión de la catástrofe que se avecinaba.

—Yo tampoco confío mucho en esto —oyó al lado la voz lúgubre de Martínez.

Estaba medio escondido detrás de una pila de cajas de cartones.

—¿Qué hace usted aquí?

—Descansar. Hay demasiada gente. Demasiadas voces. Y luego todos esos colorines.

—¿Y cuánto tiempo lleva usted aquí?

—No sé, aquí en la oscuridad se está bien.

—Sí, es verdad. Así que usted tampoco cree que este acto vaya a tener éxito. Yo tampoco creo que vaya a venir nadie. Ni personalidades, ni periodistas ni nadie. ¿No le parece?

—No sé, yo no entiendo de eso —dijo al rato.

—No vendrá nadie. Y quizá sea mejor así. No viene nadie, fracaso absoluto, cerramos la fábrica y se acabó el problema.

—No diga eso, por favor.

Dudó un momento: «No tiene usted derecho».

Matías lo miró sorprendido.

—Usted tiene la obligación de seguir adelante. Pase lo que pase.

—¿Usted cree?

Martínez esperó a reunir las palabras justas y precisas:

—Es necesario.

Después se quedaron callados, solidarios del mismo silencio, hasta que de repente se oyó fuera de la nave una música aparatosa de orquesta. Matías corrió a ver qué ocurría. Eran las seis en punto, faltaba una hora para que llegasen los invitados y, tal como había programado Pacheco, cuatro altavoces exteriores empezaron a emitir en ese instante a todo volumen el *Himno a la alegría*. La música se distorsionaba al aire libre, pero precisamente por eso su potencia era tal que los clientes del merendero salieron a la puerta atraídos por el estruendo, y por la nave engalanada de fiesta y por los guardas de seguridad, y muy pronto se sumaron otros curiosos y formaron un grupo compacto, que fue avanzando hasta congregarse junto a las vías muertas. Veguita, rodeado por los otros miembros del orden, acudió de inmediato y los contuvo con gritos imperiosos.

—¡Quieto todo el mundo! ¡De aquí no pasa nadie! —y con el canto de la bota trazó una línea fronteriza en el suelo.

—¡Justo lo que faltaba! —dijo Pacheco—. ¡Un baño de multitudes! —y echó a correr por el sendero aspando las manos en señal de concordia.

Había allí hombres hoscos e impenetrables, niños desarrapados, mujeres descaradas que preguntaban en tono insolente qué función era aquella y por qué no iban a pasar por aquel lugar que no llevaba a ningún sitio y por donde además habían pasado siempre. Pacheco pidió calma, acalló las protestas y explicó que hoy se inauguraba la empresa M.M. Hispacking, que tanto habría de contribuir en el futuro a mejorar la calidad de vida del barrio, y que se esperaba la llegada del alcalde, del ministro de Industria y de otras muchas personalidades.

—¿Y el Rey? —preguntó un niño.

—El Rey también está invitado, pero todavía no sabemos si vendrá. Y también está invitado el presidente del Gobierno.

«¿Y el príncipe?», «¿y las infantas?», «¿y artistas famosos?», «¿y futbolistas?», preguntaron aquí y allá.

—¿Y la televisión? —descolló la voz desgarrada de una mujer, y ahí todos se quedaron callados.

—La televisión ya está allí —dijo Pacheco, y señaló a la nave—. Pero vendrán de otras cadenas. Y también la radio y la prensa escrita. Y al final habrá fuegos artificiales. Así que, por favor, yo les ruego que se queden aquí si lo desean, todos estamos encantados con su presencia, pero por favor, también les ruego que mantengan una actitud cívica.

—¿Y con eso de cívica qué quiere decir? —preguntó un hombre malencarado.

—Por favor, por favor, solo les pedimos un poco de orden, nada más —y entonces él y uno de los vendedores se pusieron a repartir entre la gente insignias, globos, llaveros, cajas de fósforos y banderitas de papel.

—Una gentileza de M.M. Hispacking, una gentileza de M.M. Hispacking —iban diciendo.

Pero enseguida se armó tal rebatiña ante el reparto de obsequios que, a una voz de Veguita, los guardas establecieron un cordón de seguridad. Y aquel alboroto, atrajo a más curiosos.

—¡Esto va a ser un éxito mayor de lo esperado! —dijo Pacheco al volver a la nave.

Pero Matías movió desalentado la cabeza.

—Todo esto es absurdo. No vendrá ninguna autoridad, ni la televisión, ni los periodistas ni nadie. Haremos el ridículo y encima esa gente se va a sentir engañada y es capaz de cualquier cosa. Igual apedrean la fábrica. O le meten fuego.

—Será un éxito —dijo Pacheco—. No puede ser de otra manera. Es de libro.

Había hecho una larga lista de invitados selectos, miembros del Gobierno, del Ayuntamiento y de la Comunidad, presidentes y directores de fábricas de refrescos y centrales lecheras y cadenas de alimentación, magnates de la banca, dirigentes de la patronal y de los sindicatos, y otras muchas celebridades, que habrían de darle al acto el brillo y la dimensión social que merecía. A todos les había enviado en mano los tarjetones de lujo (se pedía traje formal y se anunciaba un cóctel y actuaciones en directo de reconocidos artistas), además de un plano para llegar a la fábrica y una carta personal donde, en nombre del presidente de M.M. Hispacking y de la PYME y del propio progreso del país, tan necesitado de empresarios audaces y modernos, y con vocación internacional, rogaba muy encarecidamente la asistencia, al tiempo que dejaba caer que la prensa y la televisión cubrirían el evento, y que ya habían confirmado su presencia numerosas personalidades del mundo de las finanzas, de la política, de la comunicación, del arte y de la cultura. Al mismo tiempo había invitado a la prensa y a la televisión con una carta similar, pero donde informaba que ya se habían comprometido a asistir al acto las primeras autoridades gubernativas y municipales, y otros muchos notables. En los últimos días, había llamado además a las secretarías de los insignes para dejar bien urdido y remachado el enredo. «Las autoridades vendrán porque creen que vienen los periodistas, y los periodistas porque creen que vienen las autoridades. Es de libro.»

A las 18.55, sin embargo, no había llegado nadie aún.

—Es pronto —dijo Pacheco—. Esta gente es siempre muy impuntual. Todos se retrasan porque nadie quiere ser el primero. Tranquilos, tranquilos, que no pasa nada. Pensemos siempre en positivo.

El escenario estaba ya listo para las presentaciones, el cóctel dispuesto en una larga mesa con manteles blancos adosada a la pared, con las cinco azafatas alineadas enfrente, todas risueñas y obsequiosas, y los quince obreros hacían corro junto a las máquinas, esperando la orden de ponerse en posición de revista. El marroquí y el peruano tenían la misma expresión (uno de hermetismo y el otro de candidez) del primer día. El rumano, sin embargo, no paraba de moverse. No parecía contento en aquel grupo, y ya dos veces había ido a ver a Matías para que le dejara hacer parte con los artistas. «Déjeme actuar, patrón. Yo sé cantar y bailar, sé hacer el gato y el caballo, y sé lanzar cuchillos. Déjeme poner ahí al peruano, y yo le lanzo los cuchillos muy cerquita del cuerpo, ya verá qué emoción.» Los seis vendedores y los tres directivos extras paseaban velozmente en un espacio mínimo, cruzándose y enmarañándose que era admirable ver cómo no se rozaban siquiera, con la fluidez milagrosa de un cardumen de peces, todos con sus maletines y abrochándose y desabrochándose la chaqueta de sus trajes oscuros, y ajustándose el nudo de la corbata y consultando la hora cada poco tiempo. A veces a uno de ellos le sonaba un pitido de alarma y entonces los otros se arremangaban la chaqueta con un brusco movimiento del brazo y examinaban sus relojes. Los artistas se asomaban de vez en cuando para ver si había ya público, y Bernal iba y venía del despacho a la puerta de la nave, donde Matías y Pacheco, además del cámara y el fotógrafo, miraban a lo lejos, hacia las vías muertas, aguardando el momento en que llegara el primer invitado para salir a recibirlo a mitad del camino. «Si esto es un fracaso, no sé qué va a ser de Finita», decía Bernal. «Está ahí dentro, con los nervios destrozados. No sé si os dais cuenta de lo que esto significa para ella.» «Tranquilo», decía Pacheco. «Pero os advierto una cosa. Si no hay público, llamaremos a toda aquella gente que hay allí y Finita actuará para ellos. No voy a permitir que una gran dama como ella haga el ridículo.»

Por el suburbio debía de haberse corrido la voz de que iba a venir la televisión, y los artistas, y el alcalde, y el presidente de Gobierno y hasta el Rey, porque ahora había allí una mediana muchedumbre mantenida a raya por Veguita y los suyos. Solo Ortega y Polindo parecían ajenos a la tensión del momento. Se habían situado detrás de las máquinas y hablaban en susurros, Polindo siempre con la farias colgada de un rincón de la boca, y Ortega inclinado hacia él, ofreciéndole la oreja, en una actitud de devoción y acecho.

—Ayer estuvieron ahí hasta muy tarde —dijo Pacheco.

—¿Pero de qué coño tienen que hablar tanto esos dos? —se sulfuró Matías.

—Tranquilo, presidente, tranquilo —dijo Pacheco.

—¿Y Martina, dónde está Martina?

—Calma. Debe estar ayudando a la miss a maquillarse y a peinarse, pero cuando llegue el momento estará en su sitio.

Solo la había visto fugazmente a primera hora de la tarde, y también para ella tuvo una frase de cortesía. «Estás guapísima», le había dicho delante de todos, y le pareció que ella se había ruborizado y se había encogido de hombros, como si no se lo creyera, o como si se disculpase de su belleza. Luego la había visto de lejos, confundida con los demás, y ella también lo había visto y se habían saludado con las cejas, pero luego había desaparecido y también en su ausencia encontró Matías un anuncio de desastre inminente.

A las 19.15 no había llegado nadie aún, y el *Himno a la alegría* seguía atronando el arrabal, una y otra vez, y su mensaje parecía haber generado un segundo sentido de mofa y de parodia. Ya empezaba también a impacientarse Pacheco (y la alarma de su reloj había saltado un par de veces) y a dar pasos de animal enjaulado, cuando apareció un taxi al fondo de la calle que conducía a las vías muertas.

—¡Al fin! —dijo Pacheco, y él y Matías, escoltados por el cámara y el fotógrafo, se adelantaron para el recibimiento.

Mientras caminaban sin prisas, midiendo la distancia que exigía el protocolo, vieron cómo un guarda de seguridad abría la puerta y salían del taxi dos hombres que se quedaron un tanto perplejos al ver a la multitud gritando y agitando las banderitas y los globos. No se atrevían a saludar, pero al final se animaron a hacerlo, e incluso se acercaron a estrechar las manos que les tendían desde el otro lado del cordón de seguridad. El otro guarda les mostró el sendero y los acompañó (siempre con una mano adelantada, como si les fuese franqueando el paso) hasta donde esperaban Matías y Pacheco. El cámara y el fotógrafo, caminando agarbados, avanzaron hacia ellos filmando y disparando.

—¡Bienvenidos al acto de inauguración de M.M. Hispacking! —dijo Pacheco, saliéndoles al encuentro—. Señores: tengo el honor de presentarles al señor Moro, presidente de la empresa —y se apartó unos pasos y con ambas manos, como si les dedicara la sal de una copla, les mostró a Matías.

Los dos invitados, que aunque eran muy distintos parecían confabulados en un mismo secreto y eso les daba un cierto parecido entre sí, saludaron con una leve sonrisa aprensiva y dijeron sus nombres. Pero como Matías y Pacheco se quedaron por un momento indecisos, con el saludo a medias, uno de ellos añadió:

—Somos críticos literarios.

Matías y Pacheco cruzaron una mirada de desconcierto, pero

enseguida les otorgaron a sus sonrisas la amplitud luminosa de una obviedad.

—¡Adelante! —dijo Matías—. Considérense en su casa —y los invitó a abrir la marcha hacia la nave.

Entrar y cesar el *Himno a la alegría* fue todo uno. Entonces la batería inició un redoble frenético y creciente, como si anunciara en el circo la culminación de un número de riesgo, y esa fue la señal para que las luces generales se apagaran y un cañón de luz aislase a los invitados en un círculo rojo y los dejara allí, cautivos y exaltados, hasta que el redoble se coronó con una apoteosis de platillos que cesó justo en el momento en que se restableció la iluminación. Los obreros, los vendedores, los directivos, estaban ya cada cual en su puesto, todos bien alineados y erguidos con una cierta prestancia militar.

—Esto parece de novela —susurró uno de los críticos, con una mano confidencial en la boca.

—A mí me recuerda algo como de Bertold Brecht y el teatro épico.

—O de Dickens.

—Si es que la realidad supera siempre a la ficción —dijeron al tiempo, y ahí juntaron la cabeza, cuchichearon algo y sofocaron una risa convulsa.

Pacheco y Matías esperaron a que concluyera aquel aparte para presentarles a los responsables de cada sección.

—Sección de márketing, críticos literarios —iba diciendo Pacheco—; sector administrativo, críticos literarios; departamento de ventas, críticos literarios; secretaría de dirección, críticos literarios; área de producción, críticos literarios.

—Entonces, esto qué es, ¿una fábrica? —preguntó uno de ellos.

—M.M. Hispacking es, en efecto, una fábrica. Una fábrica internacional de envases y derivados —explicó Pacheco—. Una de las más modernas en su campo. Vean. Aquí están las máquinas.

—Son alemanas —intervino ahí Ortega—. De importación. Estas las compró don Victoriano Redondo, que fue el que fundó la empresa.

—Este parece también un personaje de ficción —murmuró uno de los críticos.

—Pero aquellos eran otros tiempos. Entonces se hacían máquinas de una vez.

—De una novela del realismo social. De *La colmena* o *El Jarama*.

—O de Galdós. Puro costumbrismo.

—Estas pueden hacer fácil más de treinta mil cajas diarias.

—Pues aquel de allí —y señaló disimuladamente a Martínez— parece de Kafka.

—Aquí todas las semanas salía un camión para Marruecos.

—Sí que hay algo de expresionismo.

—Y servíamos a las mejores zapaterías de España.

—¿Y la secretaria?

—Esa está entre Nabokov y la novela rosa.

—Aquí hubo temporadas de trabajar las veinticuatro horas.

—Si es que la naturaleza imita al arte —y otra vez reunieron la cabeza y se llevaron la mano a la boca para reprimir una risa nerviosa.

Matías y Pacheco no sabían bien qué hacer, si reír también aquellos apartes o fingir que no oían. En ese momento llegó muy apurado el fotógrafo con la noticia de que acababan de aparecer más invitados.

—Si lo desean, pueden hacer un recorrido por la fábrica —dijo Matías.

—No, mejor vamos a picar algo, ¿no? —le dijo uno al otro en un tono medio inapetente.

—Pues casi mejor. Luego ya la veremos —dijo el otro, y se dirigieron hacia las azafatas.

—¿Y esos qué? —le preguntó Ortega a Matías—. ¿Son también expertos?

—Son críticos literarios —dijo entonces Polindo, el ex bedel, que había estado muy atento a todo—. Son como profesores, para entendernos. El mundo para ellos es como un libro abierto. De todo tienen siempre algo que comentar. Tú les das una frase, y ellos, sobre esa, hacen otra de su invención. Y de los personajes que han nombrado, yo conozco a algunos. Kafka, por ejemplo —y sin usar la mano se llevó la farias al otro extremo de la boca—, era por lo visto un oficinista que se volvió medio loco por un juicio que tuvo con su padre y le dio por creerse que era un enorme insecto. Y todo eso lo puso por escrito. Y Galdós, don Benito, era un escritor realista que empezó vendiendo garbanzos y luchó contra los franceses. Era decimonónico.

—Es que aquí el señor Polindo ha sido bedel muchos años en un colegio y sabe mucho de todo —dijo Ortega.

—Lo que se me ha ido pegando de oír a los profesores —moderó él el elogio—, y de aquí y de allá. De las sobras, como si dijéramos.

—¡Ya vienen, ya vienen! —gritó en ese instante el fotógrafo—. ¡Vienen muchos, y detrás vienen todavía más!

Matías y Pacheco corrieron a la puerta y vieron llegar por el sendero a un grupo de ocho o nueve personas. Había hombres trajeados de oscuro, y señoras muy elegantes, una de ellas con una pamela y un conjunto azul muy leve que al agitarse el viento le moldeaba la figura y la hacía reír a carcajadas. Un poco rezagados venían dos hombres sumariamente vestidos de gris, y aún más atrás se acercaban otras diez o doce personas un tanto descarriadas, y al fondo la multitud vociferaba y se encrespaba porque un cámara los estaba filmando.

—¡Ahí está la televisión! —dijo Pacheco—. Vamos allá.

Se reunieron con el primer grupo de invitados a mitad de camino. Matías estrechó manos y recibió felicitaciones, saludó a un representante de la Comunidad y señora, a un director de cine, a otro crítico literario, al ejecutivo de un banco y señora, pero de entre todos solo reconoció en los hombres de gris a los representantes de los sindicatos.

—¡Bienvenidos a M.M. Hispacking! ¡Bienvenidos a M.M. Hispacking! ¡Nuestro presidente, el señor Moro! —no paraba de decir Pacheco, y con una mano señalaba a la nave y con la otra a Matías—. ¡Adelante, adelante!

El fotógrafo y el cámara se movían alrededor disparando y filmando.

—¿Y esta empresa tiene capital extranjero? —le preguntó a Matías uno de los de sindicatos, un hombre robusto, algo abrumado de espaldas, con barba cerril y gafas de miope.

—No, no, es española al cien por cien.

Dudó un momento y dijo, pescando la ocasión al vuelo:

—Pero lo que nosotros queremos es, dentro de unos meses,

cuando todo esté en marcha, formar una cooperativa. Se lo digo porque ustedes deben tener experiencia al respecto.

El otro se rascó a dos manos el sotobosque de la barba.

—Estos son malos tiempos para cooperativas. Si es muy pequeña, y produce artículos artesanales para una clientela reducida, mal que bien puede ir tirando. Pero este no es su caso, por lo que veo. ¿Cuántos trabajadores tienen en plantilla?

¿Cuántos? Matías estaba buscando una respuesta de circunstancias para no tener que responder con la verdad ni la apariencia, cuando en ese momento la multitud se desgarró en una gritería unánime. Todos se pararon y se volvieron con un pronto de alarma. Los guardas de seguridad parecían muy agitados, no solo por las voces y el empuje de la muchedumbre sino también por el embrollo de automóviles que maniobraban entre la polvareda intentando aparcar y porque habían aparecido algunas patrullas de la policía municipal (se veían los coches con las sirenas encendidas, y los destellos le daban al tumulto visos de insurrección) y ahora unos y otros, guardas y policías, se disputaban al parecer las competencias. Un segundo cámara de televisión caminaba de espaldas enchufando a un grupo compacto de ocho o nueve personas y sobre todo a una de ellas, que saludaba al público con las manos juntas en alto, como si agitara unos dados o una coctelera.

—¡Señores, pasen a la fábrica, se lo ruego! —dijo Pacheco—. Allí les atenderán.

Le hizo una seña a Matías y los dos salieron al encuentro de los recién llegados.

—Ese debe ser un pez gordo —dijo Pacheco.

Matías acortó el paso.

—¿No nos estaremos metiendo en un lío? Se van a dar cuenta de que todo esto es un montaje.

—Imposible. Primero porque no es un montaje. Es una operación de márketing. Estamos lanzando un producto al mercado. Y segundo porque cada cual pensará no lo que ve sino lo que se sobrentiende de la presencia de la televisión y las personalidades. Aquí lo que importa no es lo que es sino lo que parece. Es de libro.

Se cruzaron con otros invitados que les preguntaron dónde era la fiesta. Allí, decían y señalaban ellos. «¿Y de qué va? ¿Qué es esto de M.M. Hispacking?», les preguntó uno señalando la tarjeta de invitación. «¿Y qué artistas van a actuar?», preguntó otro. Y Pacheco: «Es una sorpresa», dijo en tono pícaro, y siguieron adelante.

Veguita, al verlos llegar, corrió hacia ellos hincando el pulgar en dirección a sus espaldas.

—¡Es el alcalde! ¡Ha venido el alcalde! —gritó ya de lejos con un susurro histérico.

—Y bien, ¿cuál es el problema? —dijo Pacheco sin detenerse.

—¿Que cuál es el problema? Que ahora no hay Dios que ponga orden, porque ahí no se sabe ya quién manda, si los maderos, los guardaespaldas del alcalde o nosotros.

—¿Y qué más da? Déjales que manden ellos.

—¿Cómo dejarles? ¿Así, sin más, y que nos humillen y avasallen? ¿A usted le parece eso bien, señor Moro?

—No lo sé, Veguita, pero este no es el momento de discutirlo —dijo Matías, y empezó a quedarse ligeramente atrás para no ser el primero en encontrarse con el alcalde, que ya se acercaba con su comitiva.

El cámara de la empresa y los dos de la televisión se destacaron de ambos grupos grabando a los contrarios, agachadizos como cazadores emboscados, y por un momento dio la impresión de que se filmaban entre ellos, y a Matías le parecieron aves en celo ejecutando una danza nupcial. Lo había visto en algunos documentales sobre urogallos y aves del paraíso, recordó con nostalgia mientras se rezagaba un poco más, asustado por todo lo que estaba ocurriendo. Pero Pacheco caminó decidido, y cuando estuvo a unos pasos de aquel séquito compacto, compuesto ahora de unas quince personas, se detuvo, puso la cara inefable y extendió los brazos con una apertura de humildad franciscana:

—¡Señor alcalde! ¡Qué honor que se haya dignado realzar con su presencia el acto de inauguración de M.M. Hispacking! —pero no tuvo tiempo de decir más porque la comitiva avanzó implacable, con el alcalde sonriendo en medio con una expresión cándida y abstracta, y la mirada perdida y feliz, y los anegó y absorbió y arrastró con su ímpetu de riada.

Pero no solo a ellos. También el fotógrafo fue arrollado y deglutido por aquel grupo inexorable donde todos trompicaban y se mezclaban como en un aluvión y donde solo el alcalde parecía caminar a su ritmo y mantenerse inmune al tropel que amenazaba con arrollarlo y que sin embargo lo protegía y lo llevaba a salvo y en volandas. Todos iban mirando al frente, duros y tenaces como un cortejo bíblico, ajenos a cuanto no fuese su propia cohesión, y allá dentro no se estaba mal, pensó Matías, se avanzaba sin esfuerzo y uno se sentía protegido y en cierto modo invulnerable, yendo al garete de un lado para otro pero siempre dentro del grupo, siempre perdido y reencontrado, como dados brincando en el azar nunca resuelto de un cubilete.

—¡Bienvenido a M.M. Hispacking! —se oía gritar a Pacheco.

En uno de aquellos bandazos, Matías se encontró al lado mismo del alcalde. Fue como llegar a un remanso en un torrente. Allí todo era paz y lisura. El alcalde seguía con su sonrisa ilusa y la mirada puesta en un ensueño.

—¿Dónde estamos? —preguntó con voz dulce y errática.

—En el acto de inauguración de una empresa, M.M. Hispacking —dijo Matías, y tras una pausa de indecisión: «Yo soy el presidente y quiero agradecerle su presencia».

—¿Y ya se ha inaugurado?

—No, señor, ahora vamos allí.

—Debe ser muy tarde, ¿no?

Matías no supo qué decir.

—Es una empresa de envases —dijo al fin, por romper el silencio.

—¿De qué, de tomates?

—No, solo de envases.

—¿Lo que está fuera?

—Sí.

—Entonces no es tomate por dentro y plástico por fuera, ¿no?

—No, claro.

—Sino nada por dentro y plástico por fuera.

—Pues sí.

—Qué idea más divertida. Por dentro y por fuera. Parece una sombrillita japonesa de abrir y cerrar. Por dentro y por fuera, abrir y cerrar. Lo malo es que estas cosas luego se olvidan, ¿no es verdad? Ya casi no me acuerdo de lo que he dicho. Y esto por donde vamos, ¿qué es, una zona deportiva?

—No, es un solar.

288

—Entonces debemos estar muy lejos.

—Bueno, aquello de allí es Fuenlabrada.

—¿Y han venido también los bomberos?

—Pues no sé, yo no los he visto.

—Seguro que están por ahí escondidos. Al final siempre aparecen —dijo en un tono pueril de desencanto.

¡Qué raro es todo!, pensó Matías. Parecía un sueño, o una novela, como habían dicho los críticos literarios. Pero no tuvo tiempo de profundizar en aquella impresión porque de pronto perdió el ritmo y otra vez se vio envuelto en lo más espeso del tumulto. Vio fugazmente a Veguita, que lo miró con cara de náufrago; vio un instante a Pacheco, que le enseñó el pulgar de la victoria, y vio a un tipo risueño que al pasar le susurró en la oreja: «La realidad supera siempre a la ficción».

Luego, todo se precipitó en una atropellada sucesión de instantáneas. El grupo se detuvo, se hizo la oscuridad, se encendió un foco rojo que los aisló en un círculo, tocó a rebato la batería, volvió la luz, cayó una lluvia de confeti, hubo aplausos y risas, revistó el alcalde a los obreros, se formaron pequeños corros coloquiales y aparecieron las azafatas con bandejas de bebidas y canapés. Treinta minutos más tarde había venido un director general del Ministerio de Trabajo y otro alto funcionario de Industria, y había ya tanta gente para aquel espacio reducido y cerrado, que los invitados se movían con dificultad, y las azafatas apenas podían abrirse paso, y la atmósfera empezaba a cargarse con la resonancia de las voces y el humo del tabaco. Y es verdad que algunos miraban alrededor un tanto suspensos, sin entender cómo aquellas cuatro máquinas en mitad de un baldío de arrabal podía haber congregado a tanta gente distinguida, pero el caso es que allí estaba la televisión, allí los periodistas, allí los ejecutivos, los obreros, las personalidades, y allí estaban también los propios observadores perplejos, y el escenario, donde pronto habría de comenzar un espectáculo con artistas famosos, según se anunciaba en las invitaciones. Era todo extraño y a la vez evidente. Quizá se trataba de uno de los tantos caprichos de estos tiempos babélicos, de uno de esos actos donde lo selecto y lo charro se mezclaban y confundían intencionadamente para desconcertar o sugerir una intención irónica o artística.

Matías, sin querer, se vio metido entre los invitados, yendo entre los corros con un whisky en la mano pero sin animarse a engrosar ninguno. «Es una propuesta curiosa», oyó decir en uno de ellos. «Bueno, es un poco en la línea de Almodóvar.» «Sí, pero con un toque más realista, creo yo, menos estilizado.» «¿Y lo de los obreros todos en fila con el mono, y los ejecutivos con sus trajes azules y sus carteras de ejecutivo? Es una parodia muy inocente, como muy icónica, donde prácticamente no hay signos que descodificar.» «Exacto. Es que es un modo curioso de superar el kitsch sin distanciarse del kitsch. Desde el kitsch. Siendo fiel al kitsch.» «Quizá demasiado previsible. Ese es el peligro.» «Sí, claro, pero ya se sabe que el lenguaje de la publicidad no debe ser nunca demasiado vanguardista.» «Pues a mí me parece una sátira muy divertida sobre el neoliberalismo y la aldea global y el mercado único. Es como si la estética hispánica más cutre la superpusieras a la estética más avanzada del diseño y del márketing para crear un collage muy simple pero que resulta eficaz.» «Carabanchel y Wall Street.» «Por ejemplo.» «Sí, se puede hacer esa lectura.»

Matías se bebió medio whisky de un trago y se dejó arrastrar hasta otro corro. Tenía la impresión de haberse extraviado en el tiempo, porque por un lado su vida de antes, de hacía solo unos meses, le parecía tan remota como la misma infancia, pero a la vez el presente se le imponía como uno de esos sueños cuya falacia solo puede ser detectada por el exceso de verismo. Y algo semejante le debía de ocurrir a los demás, porque algunos lo miraban achicando los ojos como si quisieran descifrarlo, pero otros lo obsequiaban con frases convenidas y sonrisas mundanas. Y él saludaba brindando apenas con el vaso de whisky a la altura del rostro, y seguía adelante, envuelto en una sensación halagüeña de lejanía o de irrealidad. «Pero esto, exactamente, ¿qué es?», oyó decir en otro corro. «Parece algo como de los países del Este.» «Yo creo que es la matriz de una campaña publicitaria.» «Sí, quizá el lanzamiento de algo. Luego lo dirán.» «Yo he oído decir que van a presentar un nuevo envase de refrescos.» «Pues a mí me han dicho que el alcalde ha dicho que es una fábrica de tomates.» «Por cierto, también están representados los sindicatos.» «Y hay también uno de la ejecutiva de Izquierda Unida.» «Y otro del Partido Popular.» «Sí, bueno, pero es que las ideologías hoy ya me explicarás tú.»

En otro corro, ante lo que parecía una asamblea de técnicos, Pacheco disertaba sobre la producción de envases en China, donde estaban montando ya una sucursal, y de los nuevos briks que M.M. Hispacking estaba a punto de lanzar al mercado. «No les puedo decir más de momento. Queremos probarlo antes en los mercados orientales. Pero prometo mantenerles informados.» Los otros escuchaban serios y pensativos, y de vez en cuando se volvían para mirar las máquinas y al grupo de obreros que permanecía formado junto a ellas.

Matías tomó otro whisky al vuelo y siguió deambulando entre los invitados. La mayoría hablaba de asuntos ajenos al acto, pero otros continuaban buscándole un significado a lo que estaban viviendo y no alcanzaban a comprender del todo. «Pues a mí lo más discutible me parece lo del negro y el árabe», oyó una voz que ya le era familiar. «Fijaos qué cara tienen. Esos probablemente han cruzado el Estrecho en una patera jugándose la vida. ¿Hasta qué punto es ético utilizar su imagen en la publicidad?» «Bueno, tampoco es cuestión de que te pongas fundamentalista. Al fin y al cabo están haciendo su trabajo, como las azafatas.» «Que, por cierto, hay dos que están buenísimas.» «Deben ser modelos.» «Una de ellas es travestí.» «A saber.»

Matías se sintió vagamente inmune entre aquel embrollo de rumores. Tampoco él entendía muy bien lo que estaba ocurriendo, y todo daba un poco igual porque no había dicho o hecho que no encajara como de molde en una evidencia o en una conjetura. En el grupo del alcalde se hablaba de la transmigración de las almas. Uno quería ser pez volador, otro río, otro cóndor. Uno que lo reconoció le dijo: «¿Y usted, en qué le gustaría convertirse?». Matías se sonrojó y dijo que en acacia. «Si es en Madrid será con permiso del alcalde», comentó una mujer, y todos se echaron a reír. «Pues a mí me gustaría ser, ¿cómo se llaman esos animalitos que hacen hoyos y se ponen de pie?», dijo el alcalde. «Que son muchos y tienen bigote.» Todos a una entrecerraron los ojos y se pusieron a hacer memoria. «Que-se-po-nen-de-pie», deletreó uno en tono absorto y evocador. «Que son muchos», dijo otro. «Que tienen bigote.» «Que hacen hoyos.» «Sí, hombre», dijo el alcalde, «que están sueltos en el zoo y se ponen de pie.» «En el zoo.» «Y que son así como tostaditos, con bigote.» «Tos-ta-di-tos.» «Y que los niños les echan nueces.» «¿Ardillas?» «No, no, más llenitos y con menos rabo.» «Que comen nueces.» «¿Perritos de las praderas?», insinuó Matías. «¡Eso es! ¡Perritos de las praderas! ¿Usted los ha visto?» «Sí.» «¿Y qué le parecen?» «A mí, bien. Son unos animales simpáticos.» «Son muy simpáticos. Para mirar se ponen así», dijo el alcalde, y se echó atrás, espigó el cuello, juntó los puños bajo la barbilla y movió la cabeza como si oteáse el horizonte. «Y así pueden estar mucho tiempo.» Se hizo un gran silencio y Matías aprovechó para saludar y seguir su camino. ¿Le gustaría a él de verdad ser una acacia, siempre quieto en su sitio?

Pero no tuvo ocasión de hacerse a la idea porque en ese instante Pacheco lo miró por un claro entre la concurrencia y le mostró el reloj de pulsera. Pasaban algunos minutos de las ocho. Sin perderse de vista fueron sorteando invitados hasta encontrarse junto al escenario.

—Hay que darse prisa —dijo Pacheco—, porque ya apenas quedan canapés y bebidas.

Dio unas palmadas de atención:

—¡Señoras, señores! ¡En unos instantes va a comenzar el acto de inauguración y el gran espectáculo que M.M. Hispacking ha preparado para ustedes!

Estaba eufórico. A él mismo le había desbordado el tamaño y el brillo de la fiesta, y ya había perdido la cuenta de las cintas y los carretes que llevaban gastados el cámara y el fotógrafo para dejar constancia de tanta maravilla.

—Fíjate la que has organizado tú solo —le dio una palmada de felicitación en el hombro a Matías.

—Bueno, sobre eso habría mucho que discutir. Pero así y todo he decidido que yo no voy a salir al escenario a hablar —dijo mientras rodeaban el tablado.

—¿Cómo que no? —Pacheco se paró en seco—. ¿Cómo se te ocurre siquiera pensar eso? El presidente tiene que decir unas palabras. Tanto por presidente como por anfitrión.

—No, no, yo no sé hablar en público, yo soy muy vergonzoso y no sabría qué decir.

—Pues di eso, que no sabes qué decir, fíjate qué fácil. La

gente pensará que es un recurso oratorio, o pensará que estás emocionado. Lo he calculado todo al milímetro, y ya he hablado con Bernal y la orquesta. Yo mismo he ideado el número, ya verás qué original queda. Tú sales y dices que no sabes qué decir. Que tenías preparado un discurso pero que lo has olvidado por completo. Te callas y te llevas una mano a la frente, así, haciendo que recuerdas. Entonces el saxofón hará un ruido como de algo grande que se afloja, una nota cómica, de pedorreta, y la gente se reirá y mirará muy atenta a ver en qué para todo aquello. Tú te extrañas y miras atrás, donde el saxo. ¿Habrás soñado el ruido? Porque el del saxo está con las manos a la espalda mirando al techo distraído. Luego haces que vas a hablar, pero cuando te acercas al micrófono, de nuevo suena el saxo. Y eso se repite otra vez, y a la cuarta tú pones cara de impotencia, de que aquello no tiene remedio, y das un manotazo en el aire, así, mandando todo a hacer puñetas, y empiezas a marcharte. Entonces sale Bernal y te disuade. Tú te resistes. Él te coge del hombro y te arrastra casi hasta el micrófono. Pero tú no te animas a hablar. Cada vez que vas a decir algo te paras y te vuelves mirando al del saxo, desconfiado, porque crees que está esperando tu primera palabra para hacer la pedorreta. Para entonces, la gente estará encantada con aquella comedia. Luego tú, muy rápido, para que al otro no le dé tiempo a tocar, dices: gracias. Y, como no pasa nada, después de una pausa pruebas otra vez y dices muy rápido: muchas gracias. Y tampoco pasa nada. Y tú entonces te acercas muy despacio al micrófono, como de puntillas, un poco puesto de perfil para vigilar al del saxo, y dices muy despacio, sílaba a sílaba: muchas gracias de corazón, o mejor aún, muchas gracias por esta noche mágica, y te llevas la mano a la oreja para ver si ahora suena la pedorreta. Pero lo que suena entonces es una melodía preciosa, unas variaciones de ensueño, y los otros instrumentos se irán incorporando a esa música dulce mientras el escenario se oscurece hasta quedar envuelto en una penumbra rosa. Y a la gente se le empañarán los ojos de emoción. Y entonces salimos nosotros, Martínez, yo, Martina, Ortega, y los ejecutivos y los vendedores, vamos todos saliendo, y Martínez y yo nos ponemos uno a tu derecha y otro a tu izquierda, y los demás se alinean detrás, y la música suena cada vez más fuerte, hasta que por fin para la orquesta y se enciende la luz. Tú pones cara de que todo lo anterior ha sido una broma y de que ahora vienen las veras. Te acercas al micrófono y dices: ahora ya en serio, señoras y señores, y ¿sabes lo que ocurre entonces?

—¿Que suena el saxo?

—¡En efecto! El saxo hace otra vez la pedorreta, y tú te quedarás muy sorprendido, como si eso no estuviera en el guión, pero enseguida te echarás a reír, y al grito de «¡gracias, muchas gracias en nombre de M.M. Hispacking!», te irás retirando seguido por el *staff* en pleno, aislado por un foco, al ritmo de la orquesta y saludando a lo campeón. Ya ves qué fácil es.

Matías lo miró boquiabierto:

—Pero, tú no pensarás que yo voy a hacer eso.

—¿Y quién si no? ¡Si es muy fácil! ¡Si no tienes que decir nada, solo tres frases y unos cuantos gestos!

A Matías le hubiera gustado explicar que aquel número estaba muy visto, y que la gente no iba a reírse con aquella pantomima de payasos de circo, pero por no ofender a Pacheco prefirió decir que no, que él no sabía moverse, y menos en público, y que era tan torpe con el cuerpo que ni siquiera había conseguido nunca bailar los ritmos lentos.

—Y además, cuando me pongo nervioso, se me seca la boca y no me salen las palabras.

—¡Claro, si es que el número está hecho pensando precisamente en ti y en todo lo que dices! Tú actúa como tú eres, tímido y torpe, y bordarás el papel. Y ahora vamos, que es tarde, y si no empezamos enseguida la gente se va a ir. Y recuerda una cosa: cuando salgas a escena, es como si entraras en otra dimensión, en otra realidad, en otra vida, porque justo ahí comienza para ti y para nosotros un camino duro pero maravilloso hacia la gloria —y lo empujó enérgicamente escaleras arriba.

Un periodista independiente

Arriba, en el despacho convertido en camerino, todo era algarabía, pánico y desorden. Los cinco integrantes del grupo peruano, ya con sus ponchos y sus gorros incas, iban y venían
templando la voz, las flautas, las guitarras. Por todas partes había
bultos de ropa, botas y zapatos, fundas de instrumentos musicales, vasos de plástico y restos de comida. Chin Fu, con túnica
imperial y máscara de dragón, probaba la magia de echar por la
nariz fumarolas sulfúricas, y al fondo aparecía miss Josefina
como una Dolorosa llevada en andas, coronando un grupo escultórico, se le figuró a Matías, porque estaba de pie pero desfallecida, y apuntalada y confortada a distintas alturas primero
por Bernal, que la sostenía por los hombros y le vertía en la
oreja palabras de consuelo, luego por el rumano, que había conseguido al fin infiltrarse entre los artistas y que ahora estaba con
una rodilla en tierra y una mano desmayada de la miss en las
suyas y mirando arriba con una especie de embeleso místico, y
finalmente por Martina, que puesta ya en cuclillas le ordenaba
la caída y los pliegues y los pétalos escarolados del floripondio
que remataba el vestido de noche con reflejos metálicos.

—¡Ay, Matías Moro! —dijo al verlo entrar—. ¡Tú eres el culpable de mi esperanza y mi tormento! ¿Qué será ahora de mí?
No sé si entregarme a la desesperación o al alborozo. Ya me ha
contado Bérnal que ha venido mucha gente a verme. El alcalde,
los ministros, los directores de cine, los escritores, los magnates.
Y sé que el pueblo se ha congregado afuera. ¡Y hace ya tantos
años que no actúo en público! ¿Qué dirán de mí cuando me
vean, cuando me oigan?

—Aplaudir, seguro —dijo Matías, dándose también ánimos a
sí mismo.

—Los consagrados tienen el privilegio de hacer lo que quieran y siempre estará bien —Bernal le rodeaba los hombros sin apenas tocarla—. Ellos viven en el mundo de la fascinación, donde no alcanza el tiempo.

—¿Cómo me ves? —le preguntó a Matías, y con las manos muy abiertas se apuró el busto y las caderas mientras alzaba la cabeza y ofrecía el rostro como en un desafío. El maquillaje le hacía una máscara un poco funeraria, y al agitarse, los collares y pulseras emitían un leve rumor de sonajero.

—Estás muy bien —dudó un momento—. Muy guapa.

—Como una reina mora —dijo Bernal.

—¡Ay, no sé, no sé! —se torturaba ella—. Después de más de veinte películas y sesenta discos, y de haber triunfado en los mejores teatros del mundo, París, Méjico, New York, aquí me tenéis convertida de nuevo en debutante. ¿Veis cómo el tiempo todo lo enreda y lo revuelve? Mira a ver, Martinita, que me parece que con la emoción se me ha corrido el rímel. ¡Ay, mejor hubiera sido, como dijo el poeta, dejar a la gloria dormir su sueño eterno!

Miró a Martina. Ella sí que era guapa, pensó, y más ahora, que se había puesto de puntillas y se mordía los labios para afinar el pulso y concentrarse mejor en su tarea. ¿Y qué pensaría ella, por cierto, cuando lo viese hacer aquella farsa con el del saxofón? Descubriría que, además de viejo, era ridículo, un viejo ridículo más digno de piedad que de amor, porque la gente se reiría no con él sino de él, o quizá ni siquiera llegaran a reírse, de tan lamentable como resultaría su imagen. Se sintió apesadumbrado, y con una mirada implorante buscó a Pacheco, por si todavía era posible cancelar su actuación. Pero en ese momento la orquesta inició un ritmo de marcha y acto seguido entró Pacheco dando palmadas de rebato.

—¡Empezamos ya! —gritó—. ¿Estamos todos?, ¿todos preparados? ¿Listo, presidente? ¿Bernal, Martínez? ¡Vamos, vamos, todos afuera!

En la confusión que siguió, el rumano le tiró a Matías de la manga y se puso a brincar a su alrededor, humilde y suplicante.

—¡Déjeme salir, patrón! ¿Ve? ¡Tengo una armónica! ¡Déjeme salir y tocar algo, patrón, aunque sea solo una canción triste!

Matías estaba tan maravillado por la cercanía de la catástrofe, que fue incapaz de hacer un gesto de enojo o de fastidio.

—¿Puedo entonces, patrón?

—Sí, hijo, sí —oyó decir a Bernal—. Si encuentras la ocasión de soplar, no la desaproveches, que la vida es un rato.

Allí, entre bambalinas, en un rincón mínimo del tablado, se apiñaban los falsos ejecutivos y los falsos vendedores, y allí estaban también Ortega, y Martínez, y al aparecer él y Bernal todos se estrecharon para dejarles paso, y Matías avanzó hasta la línea de luz donde empezaba el escenario y allí se detuvo como al borde de un precipicio, y entonces se supo perdido sin remedio. Los cuatro whiskies que se había tomado en unos pocos tragos compulsivos, en vez de animarlo lo dotaban ahora de una lucidez que hacía más vívida y segura la visión del desastre. Si fuese una acacia, se dijo, si el futuro consistiera solo en la esperanza de un poquito de viento de tarde en tarde.

—Y pensar que eres tú quien ha hecho posible todo esto —dijo Bernal.

—¿Yo?

—Tú, todo esto. ¿No lo ves? La empresa, el espectáculo, las autoridades, la multitud concentrada en la calle, Finita de la Cruz ahí dentro, yo mismo vestido de esmoquin como en mis tiempos jóvenes de París. Es increíble. Me lo cuentan y no me lo creo.

—Pero si yo no he hecho nada —aprovechó Matías para defender su inocencia—. Si yo tampoco sé muy bien lo que ha pasado ni qué hago aquí. Si todo esto es en el fondo un malentendido.

—Lo creo, porque yo conozco bien los milagros que el amor puede hacer.

—¿Qué?

—Nada —se hizo el distraído—. Que ya nos va tocando salir.

No había acabado de decirlo, cuando paró la orquesta y los tres músicos se volvieron a una para mirar a Bernal y a Matías, no con intención, y aún menos con curiosidad, sino como el automovilista se detiene ante un semáforo, bosteza y ve pasar a los peatones.

—¡Ahí voy yo! —dijo Bernal.

Se corrigió mínimamente la posición de la pajarita y fue

como accionar un resorte que lo impulsó a salir y a atravesar la escena liviano y elegante, los andares un poco bailongos, y una sonrisa que, entre la mella y las gafas oscuras, no se sabía muy bien si era de diablo o de ángel. Se acercó al micrófono, lo golpeó con un dedo, y durante un largo instante miró al público con su expresión irónica de sátiro.

—Señoras, señores —dijo al fin, y pronunciaba muy dulce y muy despacio, como si cada palabra valiese una fortuna—, nuestra bienvenida, nuestro afecto, nuestra gratitud. Estamos en el umbral de una noche de ensueño, pero que está hecha de materia y puede ofrecerse en una mano, así —y unió los dedos en racimo, se los frotó y surgió de ellos una flor.

Hubo un aplauso que él recibió acentuando apenas la sonrisa.

—No sabía que Bernal supiera magia —dijo Matías.

—Ni yo. Pero no es raro, porque la gente esconde cualidades que a veces tardan muchos años en manifestarse —dijo Pacheco.

Bernal se puso la flor en el ojal y siguió su discurso.

—Como las flores más humildes, también la amistad puede brotar en cualquier parte, entre unas máquinas, bajo el amparo de una nave. La fraternidad está hecha de la divina materia de los sueños —y se frotó de nuevo los dedos, sopló en ellos y esta vez pareció surgir un chisporroteo volátil y dorado—. Hay mujeres bellísimas, y luego habrá canciones. ¡Y la vida es tan breve! No le robemos tiempo a la ilusión. Señoras, señores: *Ça va commencer!*

Entonces se apartó del micro, se volvió a Matías, lo señaló con una mano y gritó:

—¡Ante ustedes, con ustedes y para ustedes, el presidente de M.M. Hispacking, Matías Morooooo!

Tronó la batería, hubo algunas palmas, y la luz del escenario se atenuó hasta quedar en una vaga irradiación espectral.

—¡Ahí tienes al público, todo tuyo! —dijo Pacheco, y suavemente lo empujó hacia el abismo.

Matías entró con la sensación de que entraba en un campo minado. Dio unos pasos perdidos, desorientado por la luz y por aquel espacio inmenso que se extendía ante él, y luego se detuvo con una mueca risueña que le cogía toda la cara y que enseguida se le quedó rígida como si la sostuviera por dentro un ingenio ortopédico. Miró a la oscuridad, a aquella masa presentida y terrible que era el público y de la que solo se percibía el brillo de los vasos, las brasas de los cigarrillos enardeciéndose aquí y allá, risas y comentarios reprimidos. ¿Qué tenía que hacer ahora? Había olvidado por completo las instrucciones de Pacheco. Buscando ayuda, giró en bloque y miró al saxofonista. Como los otros dos músicos, también él parecía afligido y ausente, y los tres tenían extraviada la vista en un punto impreciso del aire, como si esperasen en una antesala y, salvo en el aburrimiento, no guardasen ninguna relación entre sí.

Sin saber qué hacer, dio una vuelta completa sobre sí mismo y otra vez se quedó mirando al público en una sonrisa rígida y arcaica. «¡Muy bien, muy bien!», oyó susurrar apasionadamente a Pacheco. Y en ese momento se acordó.

Fue hasta el micrófono con la frase aprendida y la recitó de un tirón, como un niño o un sirviente que trasmite un recado al pie de la letra:

—Tenía un discurso precioso pero no me acuerdo de las pausas.

Hizo como que recordaba y enseguida sonó la larga nota malograda del saxo. Entre bambalinas, hubo una carcajada estentórea y unánime, forzada y dirigida probablemente por Pacheco. Siguió un silencio cargado de suspense y entonces ocurrió algo insólito, y es que Matías se vio a sí mismo de lejos, convertido en otro, como si él fuese también espectador y estuviera frente al escenario con un whisky en la mano y mirando con indulgencia a aquel tipo que ahora se acercaba al micrófono, iba a decir algo y, como era previsible, el saxofón se lo saboteaba. El número carecía de interés, pero el tipo, de puro insulso, tenía su gracia, sobre todo sabiendo que era el presidente de la empresa, y por el empeño sincero que ponía en hacer bien su papel de payaso. Se vio actuar a sí mismo, y todo lo que era inestable y absurdo cobró de pronto un orden y un sentido. Y aunque Matías no había experimentado nunca una percepción tan aguda del riesgo, también sintió que aquellas sensaciones le deparaban un placer indómito, un vigor que lo impulsaba a la inconsciencia y al tumulto. Quería estar en otra parte, ser insecto o acacia, pero quería también que aquellos instantes no cesaran nunca. Su cuerpo ahora era leve, podía apreciarlo desde su distancia de espectador, daba la impresión de que iba a ensayar un salto mortal de un momento a otro, y su rostro y sus manos parecían una pasta tierna con la que se podía moldear todo tipo de gestos. Y cuando le tocó dar las gracias por aquella noche mágica, se admiró de la buena gracia con que sonó su voz en la profundidad pasmada del silencio, y hubo de reprimir la tentación de improvisar y hasta de hablar muy deprisa con las sílabas al revés. Por lo demás, todo sucedió tal como Pacheco lo había planeado, solo que al final, cuando salió la directiva en pleno, con Pacheco y Martínez a la cabeza, salió también el rumano tocando la armónica y bailando como un duende delante del grupo como si fuese Hamelín que los traía hechizados y los llevaba hacia su perdición.

—¡Perfecto, perfecto! —dijo Pacheco cuando abandonaron la escena entre la apoteosis de la música y los aplausos de la concurrencia—. ¿Y habéis visto al alcalde? Cada vez que sonaba la pedorreta, se partía de risa.

—Es verdad, lo has hecho muy bien —dijo Martina.

—Pues a mí me parecía que lo estaba haciendo fatal.

—Qué va, estabas muy elegante y muy gracioso.

—¿Tú crees?

—Parecías un actor.

—¿De verdad?

Ella volvió la cabeza mientras se apresuraba hacia el camerino:

—Te parecías a... —y dijo un nombre, quizá el de algún actor, que él no llegó a entender.

A Matías le hubiera gustado tener un espejo para contemplarse largamente en él, porque se sentía dueño absoluto de todos los recursos de su cara y debía de estar atractivo, como en efecto le pasaba a veces de un modo imprevisto. Caminó unos pasos hacia ella para prolongar los comentarios, pero entonces sintió que alguien le tiraba de la chaqueta.

—¿Ve usted, patrón, como soy un artista? ¿Por qué no vende esto y montamos un circo? Yo puedo también domar leones, y sé caerme del caballo. Y también sé salir con una capa, hacer así y desaparecer.

Muy elegante y muy gracioso, como un actor. Nada hubiera deseado más en esos momentos que seguir hablando con Martina, los dos solos, examinando interminablemente los más pequeños detalles de su proeza de esa tarde, pero Bernal y Chin Fu ya bajaban para proseguir el espectáculo, y ella estaría ahora consagrada por entero a miss Josefina, y también Pacheco corrió hacia arriba gritando a todos que se dieran prisa para que el público no se enfriara y no fuese a perderse el efecto de lo que había sido una apertura formidable.

Matías aprovechó la confusión para rodear el escenario y llegarse en la oscuridad hasta la mesa de servicio. Necesitaba beber algo, pensar en todo lo que había ocurrido y sobre todo disfrutar de la buena opinión que tenía ahora de sí mismo. Muy elegante y muy gracioso. Así que era cierto que había en él cualidades latentes, y que acaso por cobardía, o por mera desidia, o por falta de oportunidades, habían permanecido hasta hoy ignoradas. Quién sabe si no tendría razón Pacheco, si no sería él un elegido para triunfar en los negocios y si no tendría reservado ese mismo destino en los negocios del amor. Qué poco se había valorado siempre a sí mismo. Andaba por el mundo pidiendo a todos perdón por existir. Y siempre con miedo a molestar, a decir una inconveniencia, a crear un silencio que pudiera entrañar un equívoco. Como un ratoncito corriendo de un agujero a otro y asomando el hocico sin atreverse a más.

—¡Vaya coñazo el chino, ¿eh?! —le susurró alguien en la oreja.

Y era verdad, porque a Chin Fu todo el arte se le iba en componer figuras ceremoniosas y en echar de vez en cuando por las fauces una bocanada de humo de fantasía. Parecía estar ejecutando una lucha marcial a cámara lenta. Matías se llevó una mano a la boca para apagar la voz:

—Bueno, pero el presidente de la empresa no ha estado mal del todo, ¿no?

—Bah, ese es un caradura y un pringao.

—¿Usted cree? Pero si se le veía muy, no sé, como muy modosito.

—Bah, puro teatro. Todo es puro teatro.

Matías se sintió inmune en la oscuridad.

—Pues a mí me parecía de lo más gracioso y elegante.

—No hablará en serio.

—Sí —dudó Matías.

—Bueno, será porque usted es de los que no quieren enterarse de nada.

—Enterarme ¿de qué?

—A veces me parece mentira cómo puede haber gente tan ilusa. ¿Usted entonces no ha descubierto la verdad?

—¿La verdad?

—Sí, la verdad. La verdad pura y dura. Mire, yo soy periodista de investigación y sé algo de cómo funciona este país. Para empezar, esta empresa no existe.

—¿Cómo?

—No existe. Es una empresa de papel. Probablemente una tapadera para blanquear dinero o evadir impuestos. O para especular con ella. ¿No conoce el truco? La fundan por cuatro perras, la hinchan con montajes publicitarios como este, y luego algún banquero amigo la compra por cien veces su valor real. Y el supuesto presidente es solo un hombre de paja que va de gracioso por la vida. ¿Por qué cree usted que no ha hablado?

—Quizá porque no tenía nada que decir.

—Bah, cómo se le ocurre. Todo el mundo tiene cosas que decir. No habló porque tenía órdenes de no hablar. Y porque, ¿qué se puede decir de lo que no existe? Por eso ponía cara de pardillo. Y ahora acuérdese de lo que le voy a decir. A ese fulano, dentro de unos años, lo verá primero en los periódicos y luego en la cárcel. Y eso gracias a que en este país hay todavía periodistas independientes como yo.

—Pero, ¿y el alcalde?, ¿y las autoridades?

—Esos, o están untados, o no se enteran o no quieren enterarse de nada. Y lo mismo los partidos políticos y la mayoría de los medios de comunicación. Usted no se imagina la corrupción que hay en este país. No se lo puede imaginar. Cada día lo hacen además de un modo más desvergonzado. ¡Ay, si yo le contara!

—Bueno, habrá de todo.

—Cualquiera diría que acaba de caerse usted de un guindo. Pero ¿es que no sabe en qué país vive? Le voy a dejar caer, así como quien no quiere la cosa, un interrogante, solo uno, para que se lo vaya pensando. ¿Por qué han traído al chino y luego a esos indios que están cantando ahora? ¿Por qué no han contratado a otro tipo de artistas, a artistas de verdad, valiosos y reconocidos? ¿Por casualidad? No. ¿Por cuestión de dinero? Por supuesto que no. ¿Para darle un aire exótico? Absurdo. Entonces ¿por qué? ¿Qué sentido tiene una cosa así? Solo le voy a dar una pista: trama financiera, circuitos internacionales, paraísos fiscales, capitales flotantes. Ahora, arme usted ese puzzle y piense, ¡piense, joder! —susurró con vehemencia—, ¡a ver si en este país la gente piensa de una puta vez! En cuanto a mí, yo no le he dicho nada, ¿eh? —y dando un paso lateral, se concentró en el escenario.

Matías pensó que hubiera sido inútil contar la verdad, porque la verdad era más incierta aún que la hipótesis que acababa de oír. Sí, quizá tuviese razón Pacheco con aquello de la realidad virtual y de que ciertas cosas no importan tanto por lo que son como por lo que parecen. Qué extraño era todo. Mientras escuchaba la última canción de los peruanos, miró alrededor. Muchos se habían desinteresado del espectáculo y habían formado corros y hablaban en susurros. Un hombre y una mujer (y daba la impresión de que la mujer era una de las azafatas) se abrazaban con codicia y hasta con saña contra uno de los muros. Por la postura precaria y esforzada parecía que estaban haciendo plenamente el amor. Por todas partes se oían comentarios jocosos y carcajadas a medio reprimir, y a veces una corta risotada de escándalo, y alguien debía de haber conectado una radio porque llegaba a rachas la retransmisión exaltada de un partido de fútbol. Matías pensó que aquel sábado duraba ya años, y que aún quedaba mucho para acabar de vivirlo.

Sonaron algunos aplausos, se fueron los peruanos con sus ponchos y sus guitarras y sus flautas y su tristeza inconsolable, e inmediatamente salió a escena Bernal para presentar a la estrella más rutilante de la noche, con la que habría de clausurarse el espectáculo. Hablaba con los ojos arrobados y la voz embriagada de trascendencia. Hablaba de la gloria, del arte más allá del tiempo, del clasicismo que derrota a las modas, de la nostalgia contra la que nada pueden las perfidias y trampas del olvido, del enorme privilegio de tener hoy entre nosotros a la voz de oro de una época donde se encarnaron los sueños de una juventud que, gracias a esa voz, nunca murió ni moriría del todo. Podría decir muchas cosas más, pero sería breve porque ya se captaba en el ambiente la tremenda emoción que embargaba al público ante la inminencia del prodigio.

—¿Va entendiendo ahora el juego? —le susurró en la oreja el periodista de investigación—. Primero sale el chino, luego los peruanos, y ahora surge esta momia de la tenebrosa noche del folclore. Es decir, primero explotan la vena sentimental del Tercer Mundo, y ahora quieren arrancarnos lágrimas de añoranza y piedad a costa del acervo. ¿Lo coge?

—Pues, no sé, qué quiere que le diga.

—A usted hay que meterle las verdades con un cucharón. Le voy a dar más piezas para que arme otro puzzle: victimismo, mala conciencia, fraternidad, hispanidad, subvención, propaganda. Encájelas y verá lo que sale. Todo es cuestión de pensar un poco. Lo que pasa es que en España nadie piensa desde la Generación del Noventa y ocho. Y los intelectuales están casi todos vendidos al poder.

En ese momento Matías vio cómo Bernal remataba la presentación con un crescendo oratorio y tendía ambas manos para recibir a la estrella. Y salió Finita de la Cruz, alta, rígida, hierática, caminando en equilibrio inestable sobre los altos tacones de aguja y con los brazos extendidos hacia Bernal como una sonámbula que avanza por la cornisa de un abismo. Es ridículo, ridículo, pensó Matías. Pero entonces, ante su estupor, el público estalló en aplausos, y en bravos, y muchos se adelantaron para tirar claveles, una verdadera lluvia de claveles rojos, y una bufanda, y un chal, y tres sombreros, y serpentinas y puñados de confeti, y globos de colores que subían hacia el escenario y se mezclaban con los latigazos psicodélicos de los focos de luz, mientras la orquesta porfiaba en una apoteosis de delirio que apenas lograba descollar entre los gritos histéricos de la muchedumbre.

—¿Ve qué tipo de país es España? —gritó desengañado el periodista—. ¿Comprende ahora por qué nunca podremos ser modernos?

Miss Josefina cruzó los brazos sobre el pecho, abrazándose a sí misma, subió la cara, cerró los ojos y se quedó extática, rindiéndose a la emoción de aquel momento. Bernal, que se mantenía vigilante unos pasos detrás, como si hubiese de socorrerla en un número de trapecio sin red, esperó a que decreciera el clamor para recoger del suelo unos claveles y ofrecérselos con una reverencia de lo más gentil. Ella se los lanzó al público, y luego envió besos con la punta de los dedos y finalmente se recogió en sí misma, y fue como una señal para que se hiciera el silencio y la orquesta iniciara el preludio de la primera pieza. Sin entender lo que había ocurrido, Matías apuró el whisky y se deslizó por detrás de los espectadores. Según las instrucciones de Pacheco, el final de función consistiría en una salida general a escena, empleados y artistas, en alegre tropel, y ese sería también el momento de invitar a las autoridades a subir al estrado. Si es que no se habían marchado para entonces, porque ya había bastantes claros en la concurrencia, y el goteo de invitados que se iban yendo era casi continuo. Así que se abrió paso sin dificultades hasta las primeras filas, y entonces comprendió. Debía de haber sido idea de Pacheco, o más seguramente de Bernal. Porque allí, frente al escenario, estaban los obreros ciertos y fingidos, los directivos, los vendedores, los peruanos, y algunos tenían aún ramos de claveles, y todos escuchaban embelesados, y a veces se volvían sobre el hombro para acallar enérgicamente los murmullos del público. Miss Josefina cantaba la primera estrofa de una tonada mejicana. Tenía la voz cascada y débil, y no iba del todo a compás ni a tono con la orquesta, pero suplía las deficiencias con un sincero dramatismo que, en sus mejores desgarros, arrancaba del público adepto ovaciones unánimes.

No había llegado al segundo estribillo, cuando comenzaron a oírse gritos fuera de la nave. Eran gritos broncos, insurgentes, que fueron creciendo, amotinándose, hasta que de pronto se abrió violentamente la puerta exterior y las voces entraron y colmaron el espacio como un torrente desbordado. Matías sintió que la avalancha de espectadores lo arrastraba contra las primeras filas y enseguida contra el escenario. Desde allí vio en lo alto a miss Josefina, que seguía cantando como si aquel tumulto fuese la reacción espontánea del público que celebraba el estribillo. Se había puesto a moverse ligeramente al ritmo de la música y le flojeaban los tobillos por la tensión de los altos tacones. Pero acabó la canción, y entonces saludó como si también el desorden y la gritería fuesen vítores de agasajo. Cayeron a sus pies

305

algunos claveles y ella correspondió lanzando besos a dos manos. En la confusión, Matías se encontró junto a Pacheco. «¿Qué ocurre?», le preguntó. «Que ha entrado la chusma. No me lo explico. Ha debido haber algún fallo en la organización. Pero no pasa nada, porque haremos como si todo estuviese preparado precisamente así. Ahora verás el poder del márketing para domesticar la realidad.» Con una agilidad pasmosa, se encaramó al escenario y se llegó al micrófono.

—¡Señoras, señores, señor alcalde, señor subsecretario, señor director general, un poco de atención! Estamos todos orgullosos y encantados de ofrecerles una de las muchas sorpresas que nos reserva esta noche mágica. Orgullosos y encantados de que el barrio participe animosamente en la inauguración de M.M. Hispacking.

Pero no pudo decir más porque los invitados ya se estaban yendo y de todas partes se alzaban ahora voces desfachatadas e imperiosas. Por ellas, Matías dedujo que la gente creía que iba a grabarse allí un programa de televisión y que ellos harían de público invitado y activo, porque unos preguntaban que dónde tenían que situarse, otros que cuándo debían aplaudir o silbar, otros pedían que dijese algo el presentador, refiriéndose a Bernal, otros que saliesen ya los artistas, otros que hablase el alcalde («¡Y que explique de paso lo de la pavimentación y las alcantarillas!», gritó alguien), otros querían saber si estaban ya rodando y si el programa era en diferido o en directo, otros si iba a haber concursos y entrevistas, otros si pensaban rifar algo entre el público o solicitar espontáneos para bailar y cantar y contar chistes, otros si repartirían bocadillos, otros si las marcas patrocinadoras ofrecerían muestras gratuitas, y era tal el fragor y el empuje de la muchedumbre por ocupar las primeras filas, que algunos empleados, y Matías con ellos, se vieron forzados a subir también al escenario. «Se están yendo las autoridades», dijo Pacheco con voz consternada. «Debemos intentar detenerlos.» «¿Qué ocurre, Bérnal?», preguntó miss Josefina. «Es el pueblo, que te aclama y quiere que cantes para él», dijo Bernal, y se apartó unos pasos, hizo una seña y la orquesta comenzó a tocar la segunda canción.

Matías y Pacheco salieron tras los invitados. «Por lo menos para despedirnos del alcalde», dijo Pacheco. En la puerta, fumando ociosos y dicharacheros, estaban Veguita y el servicio de orden. «¿Qué ha ocurrido?», le preguntaron. «Que yo sepa, nada», se sorprendió él. «¿Cómo que nada? ¿Y la gente, por qué ha entrado ahí?» «Yo me limito a cumplir órdenes.» «Pero, ¿qué órdenes?» «¡Ah, no sé! Yo estaba allí en las vías conteniendo a la muchedumbre y me mandaron aviso con uno, un tipo extranjero con barbita, que llevaba una armónica en el cinto. Dijo que Bernal había dicho que los invitados se estaban yendo y que tenía que entrar gente para que no fracasara el espectáculo.» «¿Bernal?» «Sí, y él mismo, el extranjero, le dijo a la gente que pasara adentro si querían ver las actuaciones de los artistas. Que invitaba la empresa. Y luego alguien entre la gente dijo que se trataba de no sé qué programa de televisión que se hacía con público en directo, y enseguida se corrió la voz y salieron todos de estampida. ¿No es eso lo que pasó?», les preguntó a los otros. Y los otros asintieron con grandes aspavientos de veteranía y de suficiencia.

Era casi de noche, y apenas se distinguían las siluetas de los invitados que se alejaban ya por el sendero. «Ha sido una propuesta interesante a ratos, pero al final un tanto rutinaria», oyeron decir a un grupo de rezagados. «Sí, porque eso de involucrar a los espectadores en el desenlace, como un drama de suspense donde el crimen tiene lugar no en la escena sino en el patio de butacas, eso está ya como muy gastado.» «Pero es un truco que sigue funcionando. Porque es inquietante eso de que la gente que entra al final esté hasta entonces fuera del espacio imaginario e ignore por tanto que están cumpliendo una función narrativa.» «Sí, ellos creen que van a ver, cuando su papel allí es el de ser vistos.» «Quizá las interpretaciones han sido demasiado estilizadas.» «Salvo la invasión de los extras. Han estado bastante naturales.» «Pues a mí me han parecido también muy sobreactuados.» «Puede ser», y se alejaron a buen paso.

Matías y Pacheco renunciaron a seguirlos. «Es increíble», dijo Matías, «muchos no se han enterado de lo que han visto.» «Bueno, de eso se trataba en el fondo», dijo Pacheco. «El márketing, entre otras cosas, lo que hace precisamente es crear realidades alternativas. Yo creo que este es el gran arte de nuestro tiempo. ¿Sabes?», y apareció en su voz un acento emotivo, «yo estoy orgulloso de este acto. Creo, humildemente, que ha sido una pequeña obra de arte. Ha fallado solo el final, pero estoy orgulloso de lo que hemos logrado.» Durante un momento se quedaron callados mirando a la noche. «¡Los fuegos artificiales!», dijo de pronto Pacheco. «Vamos a encenderlos, y así nos despedimos de nuestros invitados. Ellos los verán de lejos y creerán que ese es el cierre oficial del acto.» Corrió a la nave, dio la orden, e inmediatamente empezó la cohetería.

La gente de la nave, al oír el estruendo, salió afuera, y también los invitados se detuvieron y se volvieron a mirar. Estaban diseminados por el sendero, y las chispas al caer iluminaban sus siluetas, y por todas partes se oían gritos de admiración y de sorpresa mientras el cielo se encendía de centellas, castillos, girándulas y cascadas de fantasía, y al final hubo un árbol de fuego que formó allá en lo alto el logotipo de M.M. Hispacking, las dos emes encabalgadas como dos pájaros volando hacia el futuro, y luego se hizo otra vez la oscuridad, y en el silencio maravillado solo se oyó la voz de miss Josefina entonando una canción quejumbrosa de amor.

—¡Estupendo! ¡Ha salido estupendo! —dijo Pacheco—. Al final hemos conseguido arreglar el error.

También la gente del barrio empezó a irse, decepcionada por aquel brusco desenlace. Matías esperó a quedarse solo. Luego se alejó unos pasos y orinó largamente. Por fin concluía aquel sábado agotador. Por fin conseguía salir de aquel embrollo de episodios a la anchura serena de la realidad.

—Perdón —oyó una voz a sus espaldas—. ¿Podría concederme una entrevista?

Se volvió con la bragueta a medio abrochar. Aunque no distinguía en la oscuridad al otro, había reconocido en su voz al periodista de investigación.

—Pero es ya muy tarde.

—Será muy breve. Se trata de una especie de esgrima verbal. Yo le digo una palabra y usted me dice otra, la primera que se le ocurra. Yo se la devuelvo y usted hace lo mismo, y así hasta que se cierre la cadena. A la gente le gusta la síntesis y la rapidez. Mis entrevistas se titulan «Ping pong con...», y ahí se pone el nombre de la persona entrevistada. La única regla es que ninguno de los dos, ni usted ni yo, puede decir nunca más de una palabra. Por lo demás, usted tiene absoluta libertad para decir lo que quiera. En nuestro periódico somos libres e independientes.

—No acabo de entender.

—Lo entenderá sobre la marcha. Empezamos. ¿Corrupción? —y le tendió la grabadora.

—Y entonces yo...

—Usted tiene que decir lo que le sugiera esa palabra. ¿Corrupción?

—Esto..., manzana.

—¿Manzana?

—¿Manzana? Esto...

—Más rápido, porque si no se pierde la espontaneidad. No piense, sobre todo no piense. Todo ha de ser intuitivo. ¿Manzana?

—Newton.

—¿Newton?

—Idea.

—¿Idea? ¡Vamos, rápido!

—Bombilla.

—¿Bombilla?

—Luz.

—¿Luz?

—Pensamiento.

—¿Pensamiento?

—Intelectuales.

—¿Intelectuales?

—Generación del Noventa y ocho.

—¡Muy bien!

—¿Generación del Noventa y ocho?

—Isla.

—¿Isla?

—Fidel Castro.

—¿Fidel Castro?

—Poder.

—¿Poder?

—Hombre de paja.

—¿Hombre de paja?

—Carnaval.

—¿Carnaval?
—Río de Janeiro.
—¿Río de Janeiro?
—Tercer Mundo.
—¿Tercer Mundo?
—Maracas.
—¿Maracas?
—Envases.
—¿Envases?
—Aire.
—¿Aire?
—Impuestos.
—¿Impuestos?
—Subvención.
—¿Subvención?
—Dinero.
—¿Dinero?
—Corrupción.
—Ya se va cerrando la cadena. ¿Corrupción?
—Gusanos.
—¿Gusanos?
—Manzana.
—¿Manzana?
—Serpiente.
—¿Serpiente?
—Paraísos fiscales.
—¿Paraísos fiscales?
—Isla.
—¿Isla?
—Negros.
—¿Negros?
—Guitarras.
—¿Guitarras?
—España.
—¿España?
—Guitarras.
—Perfecto, aquí ya se ha cerrado la cadena —y desconectó la grabadora—. No puede imaginarse la cantidad de verdades que se dicen en estas entrevistas. Usted desde luego lo ha dicho todo.

Pocas veces he encontrado a alguien tan claro, tan sincero, y tan contundente como usted. ¿Y sabe cómo voy a titular? *Corrupción al son de las guitarras.* ¿Por qué? Muy fácil. Porque, si se ha fijado, la primera pregunta mía fue «corrupción», y la última respuesta suya ha sido «guitarras». Como ve, el título no es caprichoso, sino que sale objetivamente de la propia entrevista. *Corrupción al son de las guitarras.* Oiga, le voy a dar mi tarjeta. Si necesitan un periodista que les elabore informes, o que investigue algo, un profesional independiente y eficaz, no tienen más que avisarme. Ha sido un placer —y le estrechó la mano y se perdió en la noche.

Matías se quedó un rato fumando en la oscuridad, pensando en que mañana era domingo y en que podría pasar el día solo, en pijama, yendo y viniendo por la casa, asomándose al balcón, tumbándose luego en el sofá para seguir las retransmisiones deportivas y descansando al fin de aquel día agotador. Cuando regresó a la nave, seguía la fiesta, solo que ahora había degenerado en verbena. La orquesta tocaba ritmos marchosos y, abajo, en la penumbra, Bernal bailaba con miss Josefina, Martina con el rumano, Pacheco y Veguita con las azafatas, y todos daban gritos de alegría, y había un ambiente desatado de euforia. Matías vio a los tres músicos allí arriba, mustios y afligidos, y muy juntos, estorbándose, y más ahora que tocaban tan deprisa, que parecían tres monos agitándose en una balsa a la deriva.

—¿Sabe usted, míster, quién bailaba que parecía que le daban cuerda? —le dijo Ortega—. Don Victoriano Redondo que en paz descanse. Y sabía bailar como los rusos, en cuclillas, con los brazos cruzados y sacando las piernas y tirando coces y patadas que daba miedo verle.

Martina lo saludó con la mano al pasar. «¿No bailas?» Y él: «Si no sé», susurró, y se quedó mirándola con una expresión bobalicona, viendo cómo se alejaban veloces, girando como ingrávidos entre los otros bailarines.

—Sáquela usted a bailar, míster.

—Si ya está bailando.

—Pero con otro.

Matías lo miró intrigado sin saber qué decir.

Acabó la pieza y la orquesta empezó a recoger para marcharse.

—Pero, ¿ya no van a tocar más? —preguntó alguien.

—Hay que irse, que mañana tenemos bautizo y luego boda, y los tiempos están muy malos —dijo el del saxo.

Se encendieron las luces generales y todo adquirió el aire elemental y diario de siempre. Miss Josefina había apoyado la cabeza en el pecho de Bernal y él le acariciaba el pelo como si la estuviese ayudando a dormir.

Cuando salieron, brillaban débilmente algunas estrellas. Pacheco, al verlas, recordó que una de las sorpresas de la noche, de haber podido llevarse a cabo, hubiese consistido en repartir bengalas entre los asistentes para encenderlas en la oscuridad y mecerse con ellas al ritmo de una lenta melodía romántica.

—Pero, si queréis, ahí están las bengalas —dijo—. Podemos encenderlas y cantar *Las mañanitas* en honor de nuestro presidente. ¿Qué os parece?

Y a todos les pareció una idea formidable. Ortega fue a por las bengalas, las prendieron y se agruparon frente a Matías. Y Matías vio que todos le sonreían con fervor e inocencia, como querubines de un coro celestial. Y entonces, de un modo inesperado pero a la vez natural y hasta profundamente lógico, como ocurre en los sueños, Martínez se puso de repente a cantar. Era un canto extraño, bienaventurado y dolorido, en una lengua cuyo acento áspero Matías no había escuchado nunca. Oyó el metal triste y puro de su voz y vio su cara transfigurada a la luz de las chispas. Cuando se hizo el silencio, parecía que todo había sido una alucinación. No hubo gritos ni aplausos. Solo algunos lo felicitaron sin palabras, con una cabezada o una palmada en el hombro, como si le dieran el pésame o le transmitieran alguna íntima e inexpresable convicción. «Ahora sé cómo cantaría un muerto si pudiera despedirse del mundo», dijo Bernal sinceramente conmovido.

Alguien propuso entonces encender más bengalas y echar una carrera hasta las vías. Matías se puso un poco aparte. «¿Vienes?», le preguntó Martina. «¿Adónde?», se le quebró a él la voz. «¡A correr!» «¿A correr? No, no, estoy cansado y me duele un poco la cabeza.» «¡Ven!», insistió ella. «No, de verdad, no», se resistió Matías, y tuvo la impresión de que aquella era la señal amorosa que tanto había esperado. «¡Vamos!», lo cogió ella de la mano, y tiró de él. «No, no, por favor», y forcejeó con ella hasta que logró liberarse.

Y todos, menos Matías, Martínez y Ortega, echaron a correr y se dispersaron por el campo, y la oscuridad se llenó de chisporroteos de colores, de lucecitas errantes que a Matías le recordaron a los pescadores de ranas de su infancia, hasta que luego las bengalas se apagaron y ya solo se oyeron a lo lejos gritos jóvenes y aterrorizados de alegría.

Tercera parte
El perdón de los pecados

Y así fue como Matías se vio convertido en empresario por la mañana, oficinista por la tarde y enamorado a todas horas. Fue una época laboriosa e incierta. Al principio, sin embargo, después de la fiesta de inauguración, durante algún tiempo se contagió de la euforia de Pacheco. Lo recogía todos los días a las 7.30 en punto, y aquel compromiso fue uno de los peores contratiempos de los muchos que lo afligían últimamente. Porque desde el primer momento, desde que concibió la posibilidad todavía inverosímil de convertirse en empresario, Matías dio por supuesto que él recogería a Martina cada mañana para hacer juntos el trayecto a la fábrica. Estas citas diarias serían el mejor remedio contra la incertidumbre y crearían además un ambiente asiduo de intimidad donde las expectativas sentimentales se irían resolviendo por sí solas. Sin embargo, a pesar de que siempre había sido muy previsor y cuidadoso con todo cuanto pudiese agraviar al destino, esta vez no cayó en la cuenta de que las cosas que más se desean, por muy fáciles que parezcan, son precisamente las más expuestas a los caprichos del azar. Matías no sabía muy bien de qué manera había perdido o se había dejado arrebatar aquel privilegio, pero el caso es que cuando quiso reaccionar ella había arreglado ya el transporte con Polindo, el ex bedel y conductor oficial de la empresa, que tenía un Renault 4 en cuyo asiento posterior se acomodaban además para ir y venir los otros cuatro obreros que vivían juntos en el piso. Matías pensaba que quizá aún estaba a tiempo de ofrecerse a llevar por las mañanas a Martina, al menos para descongestionar el R4, pero ahora ya le daba un poco igual, porque de cualquier forma tendría que compartir el viaje con Pacheco, que desde el principio había adquirido el derecho, consagrado enseguida por la costumbre, de ser recogido a las 7.30 en una esquina convenida también desde el primer momento.

Allí estaba siempre, más inevitable que puntual, bajo la marquesina de una agencia bancaria los días de lluvia, y si no dando breves paseos enérgicos junto al bordillo, o parándose de golpe y flexionando la punta de los zapatos como si avizorara el horizonte, y consultando el reloj cada muy poco tiempo. Y era curioso, porque la tarde anterior habían trabajado juntos en la oficina, y Pacheco tenía allí un modo de ser tímido y silencioso, y apenas apartaba los ojos del ordenador y los papeles, en una actitud sumisa, ejemplar, siempre atento a que Castro pudiera estar vigilándolos por los cristales ahumados de su despacho, pero a la mañana siguiente resurgía de sus cenizas emperchado en un traje que parecía de estreno por el aire intrépido con que lo llevaba, y muy bien rasurado y perfumado, y era detenerse Matías y avanzar él, abrir la puerta, saltar adentro, dar un portazo, corregirse el nudo de la corbata, cuadrar la mandíbula, con un dinamismo y una precisión que convertían todos esos movimientos en un único acto indivisible. Contagiado quizá por aquella firmeza, durante las primeras semanas de octubre Matías compartió a rachas el optimismo de Pacheco. A veces, y no podía evitar entonces una sensación placentera de vértigo, se veía ya convertido en un marajá de las finanzas, porque quizá era cierto que las grandes fortunas, antes de materializarse en bienes, en poder, a menudo son solo una abstracción. Uno de los atributos del dinero grande de verdad es que podía ser invisible, le explicaba Pacheco. Dinero virtual o metafísico, como también se le llamaba, porque se trataba de un valor que no podía tocarse pero que era operativo, que no existía en el presente sino en el futuro, no en una caja de caudales sino en la voluntad y en la mente de alguien, y que por alguna razón misteriosa la gente había decidido creer en él, y esa creencia valía tanto o más que el oro y constituía el mejor y más sólido patrimonio de una empresa. De ahí la importancia del elegido, del líder, del hombre con carisma, porque él era quien obraba el milagro de cautivar a los demás y ganarlos para la fe en un reino por el momento utópico, tal como Cristóbal Colón logró que unos soberanos y su corte creyeran en un mundo que solo existía en su imaginación de navegante.

318

Era algo extraño, inexplicable, se sobrecogía Pacheco, cómo podía ser que algo tan racional como el dinero dependiera a veces de una sonrisa, o de un gesto, o de unas palabras triviales pero que por el tono o por cualquier otro motivo resultaban poco menos que mágicas. «Es como la poesía. Las palabras que usas a diario, las pones en verso, las rimas, y no hay quien las conozca. De mendigos se convierten en príncipes. Y lo mismo pasa con la religión, con la política, con el amor y con casi todas las cosas grandes de este mundo. Todo es cuestión de fe.» Matías miraba el amanecer sucio y frío del suburbio. Pequeñas industrias humeantes, estructuras de hierro oxidado, paredones ciegos de ladrillo. Luego enfilaba fugazmente a Pacheco por encima del hombro. «¿Tú crees?» «¿Cómo que si lo creo? Claro que lo creo, y también lo creyeron las autoridades y demás invitados que vinieron a la fiesta. Creyeron en ti por encima de lo que veían sus ojos, y cuanto más se extienda esa creencia, antes empezaremos nosotros a crecer y a existir de verdad. Es de libro.»

Así de fácil y prometedor era todo al principio. Del acto de inauguración solo habían publicado un suelto en la sección de economía de un periódico de segundo orden y unas imágenes del alcalde en un programa televisivo de información regional, pero en cambio habían elaborado un dossier precioso y lo habían enviado a diversos organismos oficiales con la esperanza, casi con la seguridad, de recibir subvenciones y ayudas financieras que les permitirían subsistir e impulsar la empresa hacia un futuro espléndido. Según sus cálculos, antes de un año, quizá en solo unos meses, podrían abandonar la oficina para dedicarse por entero a M.M. Hispacking (*full time*, precisaba Pacheco), y ahí la voz se le desmayaba en un susurro emocionado para hablar de la gama de productos en cuya elaboración estaban trabajando ya los diseñadores, y sobre todo de la línea revolucionaria de briks que habría de franquearles la entrada en el mercado selecto del envase. Entonces estarían en disposición de cerrar un contrato con una gran marca de refrescos o de productos lácteos, al tiempo que negociaban un crédito, adquirían máquinas de codificación y marcaje industrial, ampliaban la fábrica y la plantilla y comenzaban la producción a gran escala. Así de sencillo y misterioso era el mundo de las finanzas, pues solo una frontera

319

mínima separaba la pequeña empresa de la grande. Se trataba de dar un pasito, de crear un producto que cayera en gracia, un eslogan afortunado, un contrato, una firma, una sonrisa, un apretón de manos, apenas nada, para pasar de la indigencia a la gloria. «Y entonces M.M. Hispacking estará en todas partes. En los botes de refresco, en los cartones de leche, en los tubos y cajitas de medicina, en las bolsas de los supermercados y grandes almacenes, en los contenedores de los barcos, en las bandejas de comida de los aviones, en los paquetes de cigarrillos, y en todo cuanto exija ser envuelto para su venta o su transporte. Y todo eso lo puede la fe, que mueve montañas y hace posibles los milagros, y una buena gestión. Tú te encargas de la fe, y Martínez y yo de la gestión. Un profeta y un gestor. Es de libro.»

Y no era tanto el afán de acumular poder y riqueza como el salir hacia el horizonte ilimitado de una nueva vida, porque Pacheco hablaba siempre de las finanzas como de una aventura única, prodigiosa, comparable a los grandes viajes míticos de la antigüedad. De los magnates que se habían arruinado tenía también una visión heroica, pues era gente que había renunciado a una existencia segura y confortable para arrostrar peligros sin cuento en tierras ásperas donde solo podía esperarse el desastre o la gloria. «Hay algo grandioso en todo eso», decía, y evocaba con voz trémula a aquellos grandes derrotados que desde la cima de la opulencia se habían precipitado en el abismo de la necesidad, o aquellos otros (había testimonios magníficos que él conocía por sus nombres) que se habían saltado la tapa de los sesos en la misma escalinata del edificio de la Bolsa, pero no porque se hubiesen arruinado, que eso no tenía mérito, sino porque, al igual que los enamorados románticos, aquella era la única forma de culminar una pasión tan desaforada que ya no tenía cabida en este mundo. ¿No había algo sobrehumano, épico, en todo eso? ¿Se imaginaba Matías lo que debió de ser Wall Street en 1929? ¡Aquellos hombres tirándose al vacío desde los rascacielos y redimiéndose así de una vida probablemente innoble! ¡Aquellos grandes gestos, dignos de la mejor tragedia griega! «Yo estoy convencido de que nosotros llegaremos lejos», decía, «pero si luego resulta que nos arruinamos, siempre nos quedará el honor de una muerte heroica. ¿Te imaginas a ti, a Martínez y a mí, suicidándonos los tres al mismo tiempo? Yo creo que, para vivir de verdad, hay que estar siempre dispuesto a morir por algo, ¿no te parece?»

A Matías, las vehemencias y razones de Pacheco le parecían más bien erráticas, pero acabó resignándose a ellas. Al fin y al cabo era verdad que se había celebrado la fiesta, y que habían concurrido las autoridades, y la televisión, y que por ahora todo había salido conforme a lo previsto. Por otra parte, había demasiadas cosas en su vida que no había entendido nunca, y cuya oscuridad había aceptado sin reparo, como para andarse ahora con remilgos de conocimiento o de conciencia. Sin saber qué hacer, desconcertado a veces por la ilusión y otras por el desánimo, durante un tiempo se limitó solo a esperar.

Pero aquella vida le resultaba agotadora. Él carecía de espíritu aventurero, le gustaba radicarse en un lugar donde pudiera tener un trato estable con las cosas, y nada le angustiaba más que descubrir a cada instante la fugacidad del mundo y de sí mismo, y esa era en el fondo la razón por la que le contrariaba viajar o alterar siquiera el orden de sus hábitos. Ahora, sin embargo, vivía apresurado entre casillas de paso, el piso, el despacho, el automóvil, el merendero, la oficina, el bar de tapas y frituras donde comía de pie, con el abrigo puesto, y no se había instalado en un sitio cuando ya tenía que pensar en salir disparado hacia otro, siempre desarraigado y episódico, y con aquella sensación exasperante de estar en todas partes sin estar en ninguna.

Algunas mañanas, sin embargo, al entrar en el despacho se dejaba envolver por una acogedora certidumbre de permanencia y de sosiego. Llegaban siempre poco después de las ocho, cuando ya estaba cada cual en su puesto. De esa manera, explicaba Pacheco, los empleados adquirían el compromiso tácito de ser ellos los que pusieran en marcha la fábrica y de tener todo listo para cuando apareciese el patrón, cosa que en efecto tardaba poco en suceder. Pero si por el contrario fuese él el primero en llegar, los empleados se acomodarían a la rutina no de iniciar por sí mismos la jornada sino de incorporarse a ella una vez que el jefe se hubiera puesto al tajo y hubiera dado de ese modo su conformidad. Así que cuando Matías entraba en el despacho, Martina había encendido ya la estufa, le había ordenado la mesa y había prendido el hilo musical, y todo sugería un aire acogedor y hasta un poco hogareño.

Y sí, algo tenía aquello de recibimiento conyugal, porque al oír sus pasos en la escalera ella salía a su encuentro y esperaba a que él se quitase el abrigo para sacudirle las arrugas y colgarlo cuidadosamente de la percha, y luego se volvía, indecisa y solícita, aguardando instrucciones. A Matías le hubiera gustado entonces decir alguna frase informal que creara desde el principio un clima leve y expansivo, pero no se le ocurría ninguna, y aunque más de una vez había preparado el día antes algunos comentarios joviales, y los había recitado en alto hasta aprendérselos de memoria, al final se los callaba porque le parecían ridículos y falsos, y temía que le saliera un tono empollón de actor primerizo largando de carrerilla su papel. A aquella hora además, cuando la mañana no había entrado todavía en la nave, la luz eléctrica tenía un brillo excesivo que debía de resaltar patéticamente en su cara la verdad de los años. Entonces se hacía una máscara con la mano y miraba a otra parte en una actitud de preocupación profesional. ¿Alguna novedad?, y se acercaba a la mesa con paso decidido. Martina vestía ahora más formalmente, quizá para que su aspecto no desentonara con el que ella pensaba que le correspondía a una secretaria, y también sus modos se habían vuelto más tímidos y respetuosos. Ninguna. ¿Y ayer por la tarde, todo bien?, preguntaba en un tono absorto, y se inclinaba para examinar un papel. Y ella, sí, bien, como siempre. Luego, Matías ya no sabía qué hacer o qué decir. Le hubiera gustado que el despacho tuviera una ventana para situarse ante ella y refugiarse en el prestigio de la contemplación. Encendía un cigarrillo y seguía concentrado en el papel, y aunque no se atrevía a mirarla de frente, su presencia se le imponía con una intensidad insostenible, como si la estuviera observando de muy cerca. Sentía que en la imaginación su belleza adquiría un punto ambiguo, un principio incitante de procacidad que la hacía aún más atractiva. La música y el fragor sordo de las máquinas, en vez de atenuar la tensión del silencio, parecían agravarla. Era como si la relación jerárquica, que de un modo acaso inconsciente se había establecido entre ellos, los separase tanto o más que los años o la mentalidad. De manera que tampoco en aquella casilla conseguía descansar Matías de su vida precaria. Martina estaba allí mismo, y él podía hablarle, sonreírle, mirarla, recrearse en su juventud y en sus encantos, y sin embargo de pronto le parecía que estaba aún más lejos que cuando la recordaba en la soledad de la noche. Y nada había más fatigoso que aquella necesidad de tenerla cerca cuando ella estaba ausente, y todo para descubrir luego que su cercanía le resultaba también insoportable. Parecía condenado al merodeo, al arbitrio de unas distancias tan engañosas como en los espejismos, a la espera de algo que quizá, sin él saberlo, se estaba cumpliendo en cada instante. Así solía iniciarse la jornada.

Apenas se instalaba Martina en su despachito, él se sentaba y colocaba estratégicamente sobre la mesa el llavero, los cigarrillos, el mechero, la agenda, el bolígrafo, corregía las posiciones hasta conseguir la ilusión de un territorio propio, e intentaba aturdirse con el trabajo. Revisaba la correspondencia de la tarde anterior, siempre con la esperanza de encontrar alguna noticia sobre las subvenciones, repasaba facturas, firmaba algún papel, escribía alguna carta, todo muy despacio, para que la tarea le durase, recreándose en la pulcritud y el orden de sus actos, interrumpiéndose de vez en cuando para comprobar que los objetos seguían cada cual en su sitio, concentrándose en la música, o en las máquinas, cuyo retumbo monocorde se confundía con los tambores de guerra de alguna película africana, el héroe vestido de cazador colonial y con un rifle al hombro y ella tan frágil, tan atildada, tan bella, tan fuera de lugar en aquel mundo ilimitado y lleno de amenazas, los mosquitos, los cocodrilos, las arenas movedizas, las hienas, las serpientes, las tribus salvajes cuyos tambores colmaban la noche, los leopardos rondando las tiendas de campaña, el reflejo del río en la noche alumbrada por el claror atónito de la luna. Hacía dibujos en el margen de la hoja, flores y nubes, monigotes, árboles, sombreros, una casita, y de repente volvía sobresaltado a la realidad. ¿Cuánto tiempo había pasado, en qué estaba pensando? Imposible acordarse, pero debía de ser algo importante, porque la ensoñación lo había dejado insatisfecho y fatigado. Se quedaba boquiabierto, mirando al despachito. La silueta descompuesta en figuras geométricas por los vidrios translúcidos. Oía el tecleo indeciso en el ordenador, imaginaba su perfil iluminado por la irradiación de la pantalla, sus manos inmaduras manejando las cosas como si fuesen útiles escolares, las rodillas juntas, aplicaditas, celadoras del orden, abandonad toda esperanza cuantos traspaséis estos umbrales, porque allí comenzaba el territorio inexplorado, virgen, los tambores enloquecidos, las hienas, los leopardos acechando de lejos las lámparas nocturnas. ¿Sería ella consciente de que él esperaba una señal para matar la hoguera, avanzar por el claro de luna, entrar en la tienda y pronunciar unas palabras sucias y sinceras de amor?

Pero era posible que también ella aguardase una señal para emitir a su vez la suya, y que el juego amoroso consistiera precisamente en ese intercambio de reclamos cada vez más explícitos. Matías observaba todas las reacciones de Martina, atesoraba sus gestos y palabras por nimios que fuesen, y por la noche los examinaba en busca de algún mensaje oculto. Era una tarea de lo más laboriosa, porque todos los signos resultaban en principio inocentes, pero si los analizaba a fondo, siempre encontraba el modo de arrancarles un segundo sentido, que tanto podía ser propicio como infausto. Pero, de un modo u otro, el caso es que aquella espera, y aquellas indagaciones y desciframientos, lo obligaban a una vigilancia incesante y sutil. Ahora salía del despachito y venía a su encuentro para consultarle algo. ¿Caminaba deprisa o despacio? ¿Sonreía con franqueza y lo miraba sin apuro o, por el contrario, bajaba los ojos y se mordía avergonzada la sonrisa? ¿Olvidaba algo en el último instante y volvía sobre sus pasos para preguntar no importa qué? ¿Se le desvanecía entonces la voz en un susurro? En todo había materia de análisis, y en todo podía hallarse el trasunto de una intención velada. Una vez que ella le dijo que estaba muy guapo y elegante, y le quitó una mota del pelo y le sonrió como diciendo, ahora ya estás perfecto, él, después de entender que aquel era un indicio alentador, dándole vueltas más tarde, acabó interpretándolo como un gesto calculado de frivolidad para demostrar que ella no le tenía miedo a los malentendidos, y que aquellas efusiones carecían de trasfondo.

Finalmente se levantaba y se acercaba al despachito para darle instrucciones sobre la correspondencia del día. El despachito le parecía un lugar esencialmente femenino y, en cierto modo, vedado a sus incursiones, que él sabía que no eran tanto de jefe como de varón, y por eso siempre entraba con un vago sentimiento de culpa. Todo estaba allí saturado por la presencia de Martina, por una sugestión inquietante de intimidad que podía percibirse en el orden de los objetos y en una como limpia fragancia de alcoba, de ropa planchada y aromada por el esmero de una adolescente que empieza a descubrir y a cultivar, todavía con la complacencia ensimismada de un juego, su secreta condición de mujer. Eso se le figuraba a Matías cuando se paraba a sus espaldas con el pretexto de dictarle una carta. ¡Qué largos y retorcidos eran los caminos del amor! Y, sin embargo, de pronto intuía aterrorizado lo fácil que podía ser todo si se atreviese a adelantar una mano y a acariciarle el pelo, o a ponerle la mano en el hombro, solo eso, un gesto que tanto podía ser de amor como de fraternidad, y luego, tras el beneplácito del silencio, de un largo instante de pasividad que equivaldría a una aceptación y a una promesa tácita de entrega, inclinarse y besarla con levedad pero como si en aquella caricia apurase la plenitud del mundo. Así, sin hablar ni mirarse, porque las palabras y las miradas todo lo complicaban y no permitían el impudor, y además con las palabras nunca conseguiría que ella llegase a conocer y a estimar sus cualidades, dignas si no de admiración por lo menos de aprecio. Pensaba que ella no iba a enamorarse por lo que él era a simple vista, pero sí quizá por su modo íntimo e inefable de ser, o bien (si se atrevía a imponer la autoridad de una caricia obscena) por la mera aceptación de los hechos, que se justificarían por su propio y fatal acontecer.

Pero siempre posponía la audacia para un mejor instante. Dictaba la carta y, a cambio de los placeres del amor, se entregaba a los modestos encantos del poder. Ella lo trataba con respeto, y con una docilidad que algo tenía de sumisión. Ya alguna vez Matías había advertido con qué mal reprimida complacencia recibía los halagos de sus subordinados, con qué facilidad sus palabras se convertían sin pretenderlo en órdenes, o en cómo eran celebradas con risas unánimes aunque carecieran de oportunidad o de gracia. En más de una ocasión había sorprendido a Pacheco o a Martínez contemplándolo con una unción mirífica. Los murmullos cesaban a su paso. Hablaban varios, llegaba él, y se apropiaba sin más del silencio. Nadie lo interrumpía, y hasta cuando callaba sentía que, en su manera de atender, los otros detectaban la fuerza en reposo de la autoridad, y su palabra era siempre la última. Ahora comprendía mejor que nunca a Castro, y por qué era considerado elegante en camiseta y alpargatas, ágil sin apenas moverse, y elocuente casi sin hablar, y por qué le atribuían otras muchas virtudes que quizá solo existían en la imaginación o en el temor de sus servidores. Y aquella suave sensación de dominio parecía invadir a veces el mundo de sus más íntimos anhelos. La actitud solícita de Martina, y la ansiedad con que se precipitaba a cumplir sus órdenes o solo sus sugerencias, le producían un deleite que era en efecto casi un sustitutivo del amor. Pero en cuanto volvía a la mesa, caía en la cuenta de que aquellas impresiones eran meramente ilusorias. Allí, como si los objetos personales los hubieran custodiado en su ausencia, encontraba intactos el desasosiego y la incertidumbre de siempre.

Finalmente, exasperado por la tensión sentimental, salía a hacer una ronda de inspección por la nave. En el despacho, el ruido amortiguado de las máquinas acababa siendo casi sedante, pero afuera resultaba atronador. A Matías le hubiera gustado estar solo para poner orden en su mente o, en caso contrario, para aturdirse con el estruendo y recrearse en la confusión, pero Ortega, nada más verlo, se quitaba la gorra y acudía solícito a su encuentro. «¡Qué! A descansar un ratito del papeleo, ¿no?» Le admiraban los trabajos de oficina, y la habilidad de quienes podían vivir rodeados de papeles y de tener la cabeza en muchos asuntos a la vez. «Da gusto ver trabajar a los oficinistas», decía, y tenía que hablar a voces para hacerse entender. «¡Y la de cosas que tienen en la mesa! Allí hay de todo, y con qué gracia ellos cogen un lápiz, apuntan algo, dejan el papel, cogen otro, o juntan varios con una goma, ponen un sello, abren un cajón y sacan de allí otro documento, y lo estudian mientras hablan por teléfono o escuchan lo que les dice un compañero. Cuando hay muchos oficinistas juntos y extendidos, se levantan muy a menudo y van a una mesa que a lo mejor está en la otra punta, muy lejos, para dejar un papel, porque por lo visto es allí donde le corresponde estar, y allí lo grapan con otro y lo llevan a otra mesa, y hay un momento en que casi todos los empleados están de aquí para allá trayendo y llevando papeles, y esos papeles no se pierden nunca, dígame si no es una cosa digna de admiración. Va uno a hacer un trámite de la sanidad o de la pensión, y entre pitos y flautas entrega hasta ocho o diez papeles de golpe. Y es un espectáculo ver cómo el oficinista los aparta y escoge en un suspiro. A uno le hace un garabato y lo pone en un cesto, otro va al cajón, otros dos los lleva cada cual a una mesa, otro va al archivo, y los demás se los da al cliente para que vaya con ellos a otra ventanilla. Y una vez desparramados todos los papeles, entonces se puede decir que el trámite está ya resuelto. Uno puede echar la mañana viéndoles trabajar y no aburrirse nunca.»

Y contaba cómo don Victoriano Redondo era también un fenómeno para el papeleo. «De cuando en cuando se ponía unos lentes de oro y se encerraba horas y horas a escribir. ¿Y sabe usted, don Matías, qué cosa escribía entre otras? Su defensa para el Juicio Final. Por lo menos eso me dijo él. Me dijo: Cuando me muera, me enterrarán con el discurso metido en un tubo de hierro. Y en cuanto llegue la resurrección de la carne, lo primero que haré será levantarme, coger el tubo, ir en busca de Dios Padre y leerle el discurso. Yo no necesito abogados entre las Vírgenes y los santos. Yo me defiendo muy bien solo, y ya estoy deseando oír mi voz y mis razones allí en la corte celestial. A mí me parecía que eran cosas de don Victoriano, que le gustaban mucho las chirigotas, pero cuando murió, yo fui a verle, y sí señor, tenía entre las manos una cosa que parecía un tubo de aluminio. Ahora bien, si era o no el discurso, eso ya no se lo puedo decir yo. ¿No tendría usted un cigarrito, míster?»

Encendido el cigarro, y tras un silencio melancólico hacia el presente, Ortega comenzaba la relación de las desdichas cotidianas. Él estaba contento, y las cosas en general marchaban bien, pero los obreros le daban mucho trabajo y pesadumbre. Continuamente se rompía el ritmo de la cadena, bien porque uno iba al retrete, o porque otro se distraía con cualquier cosa, o porque el de más allá decía algo y siempre había alguien que no entendía y se paraba a preguntar y ya comenzaba allí la discrepancia y el follón. «Yo les tengo prohibido cagar aquí en la fábrica; ori-

327

nar sí, pero cagar no, cagar que cague cada cual en su casa, y que por la mañana vengan ya cagados y que no anden encerrándose cada dos por tres en el retrete. Y también los prohíbo hablar, pero tampoco puede uno estar encima a todas horas, y en cuanto me descuido, ya están apoltronados, y venga de hablar y de reír.»

El negro, por ejemplo, que tan callado parecía al principio, había resultado un charlatán incorregible, y a todas horas estaba contando anécdotas de cuando era niño y vivía en la tribu. «Dice que allí era feliz. ¿Y por qué no te quedaste y tuviste que venir aquí a molestar y a dar guerra?, le digo yo con toda la razón del mundo. ¿Y sabe por dónde me sale él? Que porque allí en la tribu no tenían electricidad y solo comían monos y raíces. Y dice que un día, en medio de aquellas oscuridades y aquellos ayunos, descubrió la electricidad y las comidas ricas, y ahí coge una retahíla de erudito que ya no hay quien le pare, comidas ricas como la ensaladilla rusa, los calamares fritos, el foagrás, las gambas rebozadas, el pulpo a la vinagreta, los huevos duros con bechamel, el pollo con champiñones, el frite de cordero, los filetes rusos, el arroz tres delicias, las judías con almejas, el bacalao a la dorada, el salpicón, los callos, los guisotes, y todo mojado con salmorejo, ajilimójili, mahonesa, pipirrana, y salsas de Holanda, de Jerez, de chocolate, de alcaparras, y luego se pone con los postres (y allí hay pudín, budín, milhojas, mediasnoches, borrachos, merengues, tartas de todas las clases y colores, natillas, y va hablando cada vez más alto y más deprisa, pitisús, yemas, arropes, mazapanes, jarabes, pastafloras, confites, quesadillas, jaleas, piñonates, compotas, hornazos, y venga de pestiños, torteles, confituras, anises, repápagos, mermeladas, y ahí hay que gritarle y sacudirle para que salga del trance), y luego vienen las meriendas y otra vez es un empezar y no parar, porque sobre esto del comer lo sabe todo, no sé de dónde habrá sacado tantos nombres y tanta memoria y tanto fanatismo para decirlos todos de carrerilla, y los demás, como son también unos tragaldabas, no dejan de moverse y de quedarse al final todos pasmados, pensando ya más en el comer que en el trabajar, y así todos los días. Y dice que al descubrir tanta variedad de sustento y tanta golosina, le entró el ansia y la angustia de morirse sin probar esas cosas, y también de tener una bombilla eléctrica para él solo y disfrutarla mientras cena, y que por eso se vino desafiando al mar y a las autoridades y dejó para siempre la tribu donde era feliz. Eso cuenta, y los demás le oyen, y ya tienen diversión para todo el día, y así andamos todos de cabeza.»

Matías fumaba y escuchaba sin oponer resistencia, rendido de antemano a la fatalidad de aquella cháchara interminable. «Y en cuanto al peruano, ese no habla, pero sí sabe escuchar muy bien, y se queda tan embobado con cualquier historia que, aunque es el más aplicado de todos, es justo al que más hay que vigilar y que reñir.» Solo el marroquí parecía ajeno a todo, pero era igual porque trabajaba muy despacio, pensándose mucho cada movimiento, y como solo conocía su lengua, no había tampoco modo de meterlo en cintura.

El peor, sin embargo, seguía siendo el rumano. Parecía un rabo de lagartija. A todas horas estaba ideando la manera de no trabajar, y distraía y alborotaba a los demás con sus bromas y sus trucos artísticos. «Él dice que es un artista y no anda muy descaminado, todo hay que decirlo. A veces se pone a silbar, y lo hace tan bien que todos, y hasta yo mismo, nos quedamos como tontos oyéndole. Una vez los otros le ataron con cuerdas por todo el cuerpo y él se desató sin ayuda de nadie. Está trabajando, y de pronto se aparta un poco y da un salto mortal en el aire. Al galgo le ha enseñado a ponerse de pie en dos patas y a decir que sí o que no con la cabeza. Y yo venga de gritarles y amenazarles, pero está visto que con esa gente no se consigue nada por las buenas.» Entonces se remontaba a los viejos tiempos y a cómo se había perdido el respeto y las formas y el mundo no era ya lo que era. «¿Qué les pasa a la gente de hoy? Todo se les hace poco. Ahí tiene usted a esos. Tienen techo, trabajo, comida, ganan bien, les llevan y les traen en coche, nadie les pega, descansan sábados y domingos, y todavía no están contentos.»

Solo cuando hablaba de Polindo se le iluminaba la cara, y los ojos se le fijaban en un horizonte de ilusión. «Es un sabio», decía sobrecogido. Polindo había sido bedel en un colegio de bachillerato durante más de veinte años y en ese tiempo había aprendido muchas cosas. No cosas completas sino fragmentos inconexos que había ido reuniendo de oír fugazmente tanto a los profesores como a los alumnos, de escuchar retazos de lecciones desde los pasillos, de leer a ratos libres y a boleo en los apuntes y libros de texto que se extraviaban y en los encerados y chuletas cuando hacía una ronda al final del día para pasar la escoba y ordenar las aulas. «Las peladuras y las mondas», como él mismo decía. Al principio había aprendido sin querer, casi sin darse cuenta, pero luego, cuando reparó en la enormidad de conocimientos que albergaba su mente, él mismo se quedó impresionado de su erudición, y entonces se entregó ya sin reservas, y con una especie de apetito insaciable, a la caza de datos. Ahora ya no se limitaba a escuchar tras las puertas sino que acechaba todo cuanto pudiera enriquecer su espléndido y a la vez precario edificio mental. No lo hacía por ambición, y quizá ni siquiera por curiosidad, sino solo atraído fatalmente por aquel afán que latía en su interior y cuya naturaleza no alcanzaba del todo a comprender.

De ese modo había llegado a obtener una gran cultura general, aunque hecha de piezas descabaladas e incompletas. Se sabía por ejemplo trocitos de poemas (a veces comentados con gran aparato erudito y retórico), pormenores de la vida de los grandes hombres, fechas exactas de hechos memorables, fórmulas químicas y postulados matemáticos, minucias geográficas e históricas, citas magistrales, frases en otras lenguas, muertas y vivas, y tecnicismos cuyos significados conocía en claroscuro, porciones de teorías filosóficas y vestigios de lingüística o de termodinámica, pero todo fraccionado y mezclado como en un batiburrillo de almoneda. Todo le sonaba, no había materia de la que no poseyera algún despojo, y siempre andaba a vueltas con aquella miríada de partículas culturales. ¿Qué hacer con ellas, qué utilidad darles? Porque, a pesar de sus conocimientos, no tenía ni siquiera el título de graduado escolar, y malamente sabía leer y escribir, y como andaba cerca de los sesenta años, era ya tarde para encauzar su ciencia hacia alguna carrera, pero al mismo tiempo las nociones y los datos estaban allí, bulliciosos e invictos, y aquel saber sin ton ni son lo mantenía en un estado permanente de orgullo y de perplejidad. Cuando no estaba en el reparto, se mantenía al margen, siempre con la farias en la boca y las manos a la espalda, mirando a las alturas y absorto en su saber.

Ortega lo admiraba mucho, y en el tiempo libre (que era a

cualquier hora) se dejaba instruir por él. Así que Ortega recibía el temblor de un eco, el viso de un reflejo y la noticia de un rumor. Aprendió conceptos extraños y términos magníficos de un mundo insospechado hasta entonces. Aprendió por ejemplo que el no entenderse él con el marroquí era porque había ruidos en el código y porque formaban una dicotomía. Dicotomías había habido muchas y buenas en la historia, pero entre las más grandes estaban la de Caín y Abel, el yin y el yan, la tesis y la antítesis, Platón y Aristóteles, que eran dos filósofos que vivían uno en una cueva y el otro paseando siempre en un jardín, los románticos, las dos Españas y el malentendido. Y a los que hablaban solos, Polindo les llamaba alteregos, y a los que hablaban siempre de lo mismo, monográficos, y a los que soñaban mucho, froidianos, y a todo le daba nombre y para todo tenía alguna explicación. También le decía que la nave y el galgo eran su circunstancia y su contexto, y que Dios murió a fines del siglo pasado, pero que antes había existido, y había hasta cinco maneras distintas de demostrarlo, y así continuaba Ortega con la relación fantástica de sus saberes y desdichas hasta que Matías le daba una palmadita en el hombro y proseguía la ronda.

Aquella habladuría sin fundamento lo dejaba definitivamente inerme ante una sensación de caos y de desastre. No había más que mirar alrededor. Todo había envejecido prematuramente. El cielo de uralita empezaba a estar sucio por el humo y el polvo, y lo mismo las paredes de vidrio del despacho, y la marquesina de la cadena de producción, y los tubos fluorescentes y la cal de los muros. Y también el suelo había ennegrecido con la grasa que resudaban las máquinas y que los obreros extendían con sus pisadas y sobre todo con las manos. Una fina capa de mugre cubría las superficies, y todo parecía viejo y oprimente con aquella luz turbia de crepúsculo y aquel aire enrarecido por los gases del combustible mal quemado. Y si uno miraba las cosas de cerca, descubría por todas partes pequeños desperfectos que anunciaban el principio de una decadencia que no tardaría mucho en consumarse. Y así es también mi vida, pensaba con una especie de euforia sombría, y se encaminaba al despacho de

Pacheco a ver qué tal marchaban los pedidos. Ojalá todo se derrumbara de golpe y para siempre para poder volver a su vida de antes fortalecido por el desengaño de las cosas terrenas. Y, sí, los pedidos iban mal, pero de cualquier modo Pacheco desplegaba una actividad frenética, hablaba por teléfono, escribía en el ordenador, metía y sacaba papeles del maletín, enviaba y recibía mensajes por el fax, jugaba a los dardos, y a veces hacía dos y hasta tres cosas a la vez, y apenas encontraba un claro en sus ocupaciones para recordarle a Matías que el volumen de pedidos carecía de importancia. «Llegará el día en que seamos grandes y poderosos, y entonces nos acordaremos con nostalgia de esta época, a la que podíamos llamar prehistórica, cuando todo estaba por hacer y nosotros éramos jóvenes y románticos.»

Y como su ánimo era una veleta sensible al menor viento, bastaban aquellas palabras para recuperar los motivos que otras veces lo habían inducido a considerarse un hombre afortunado. ¿Cuáles eran los problemas? ¿Dónde estaban las razones tremebundas que hacía solo un momento lo habían precipitado en aquel mísero afán apocalíptico? Las cosas se ensuciaban y envejecían porque así era el mundo, y tal el rastro de dolor e impureza que dejaba a su paso un grupo de hombres en marcha hacia el mañana. Y entonces miraba de nuevo alrededor y se llenaba de orgullo por la noble tarea que había emprendido sin otro objeto que rendir un secreto homenaje de amor y ayudar a aquella pobre gente desarraigada y marginal. Allí estaban. Trabajaban con lentitud pero sin pausas, con una serena obstinación, y no tenían nada que ver con la pereza y la malicia que les atribuía Ortega. Qué va. Eran buena gente, que lo saludaban al pasar con respeto, buenos días, señor, o esbozaban una sonrisa de gratitud y bajaban los ojos, y hasta Polindo hacía un amago de quitarse la farias de la boca y se removía un poco adoptando una vaga posición de firmes. Y aquello lo había fundado él, Matías Moro, en un rapto absurdo y soberano que todavía seguía asombrando a Martínez, a Bernal, a Pacheco. Él era la hormiga que, cerca ya de la invernada, y ante el escándalo y el pasmo de sus congéneres, dilapida su hacienda y hace causa común con la cigarra. Contemplaba la luz cenital y sentía el temblor de la aventura y la densidad existencial que ahora tenían sus días si los comparaba con la inconsistencia de unos meses atrás.

Con ese aire leve y confiado entraba en el despacho y le hacía con la cabeza una seña a Martina. Ella se levantaba, se ponía el abrigo y salían juntos hacia el merendero. Contagiado por su propia imagen ejemplar, Matías renunciaba entonces a sus furtivas artes de galán para ejercitarse en la amistad y en la pedagogía. Siempre afectuoso, paciente, delicado, le enseñaba un poco de informática, y a veces desempolvaba la noche anterior sus inquietudes intelectuales de juventud para poder hablarle al día siguiente de música, de libros, de películas. O la animaba a acabar el bachiller y a estudiar Bellas Artes. En esos momentos creía no desearla, y por eso los gestos le salían espontáneos y fáciles, y la voz, liberada de anhelos, adquiría un aplomo y una calidez que a él mismo le resultaba agradable de oír. A veces cedía a la tentación de pensar que había renunciado a seducirla para entregarse a la tarea mucho más noble de protegerla y educarla, y era como si los dioses del amor quisieran premiar su sacrificio, porque en ocasiones aquel fervor didáctico le producía un deleite equívoco de dominio y hasta de posesión.

Eran los mejores momentos del día. Se sentaban en una mesa del fondo, tomaban café y hablaban en susurros. Al principio, Martina le daba alguna noticia de su padre. Ella y doña Paula iban a verlo una vez por quincena. Pero el padre ya casi ni las reconocía, porque había perdido por completo la razón y no recordaba más que episodios mínimos e insignificantes de un pasado remoto. Y también Matías había renunciado hacía ya tiempo a encontrar a aquel Joaquín Gayoso cuyo fantasma había sido el desencadenante de su nueva vida. Así que hablaban de cualquier otra cosa. Matías comentaba las noticias del periódico, la trama de alguna novela, la película que había visto anoche. También le hablaba a veces de sus preocupaciones de empresario, de sus esperanzas de éxito y de su miedo a la bancarrota. Y ella lo animaba y lo acompañaba con su mejor cara de alegría o de tristeza. Un día en que la conversación derivó hacia las manías propias de la infancia, Matías contó que algunas tardes se asomaba al balcón y jugaba a descubrir la identidad de la gente por su facha y su modo de vestir y de andar. «Es una de esas tonterías que a uno se le quedan de entonces», se disculpó. Era curioso: también a ella le había gustado alguna vez ese juego. Lo practicaron allí mismo, con los hombres solitarios del merendero, y coincidieron en algunos hallazgos. Cuando se callaban, a veces ocurría que los silencios eran acogedores, y los dos se instalaban en ellos como fichas que comparten una casilla inexpugnable de parchís.

En esos momentos, a Matías le volvía de golpe la tribulación de la esperanza. ¿Sería posible que aquella muchacha tan preciosa estuviese esperando de él un gesto explícito de amor? Se lo había dicho Veguita no hacía mucho, una de las veces que apareció por allí para reiterarle su admiración y su lealtad. Le había arrancado a Matías la promesa de que, cuando la empresa creciera, él ocuparía en ella un puesto de respeto. Podía contar con él para lo que quisiese, para el espionaje industrial, para la seguridad interior, para el cobro a morosos. «Yo seré su hombre de confianza, como en *El padrino*, ¿no ha visto la película? De guardaespaldas como si dijéramos.» Llegaba muy repeinado y con ropas ceñidas y adornadas con perendengues de metal. «Usted es todo lo contrario de Castro», le decía. «Usted sabe escuchar a los humildes, como tiene que ser. Yo por usted, lo que haga falta, ¿vale?» En una de aquellas visitas, ya cuando se iba, se inclinó hacia él y le dijo en un tono confidencial: «Esa niña es bien guapa, ¿eh? Y se la ve legal, no como el putón de Sol. Y se la nota además que está loquita por usted». Parecía el diablo tentándole en la oreja. Matías intentó disimular la emoción que le habían producido aquellas palabras. «Venga, anda, no delires.» Y Veguita: «¿Que no? Joder, lo que yo diga. No hay más que ver cómo le mira. Y, una cosa le voy a decir, esa chavala es para casarse con ella y para hacerla madre y ser feliz». Desde entonces, a Matías le perseguía el estruendo de aquellas palabras. ¿Sería posible que Veguita tuviese razón y hubiese observado lo que quizá estaba a la vista y solo él no conseguía o no quería ver?

Matías encendía un cigarro y ya no se atrevía a mirar a Martina. Ni tampoco a hablar, porque sabía que no iba a encontrar el tono pedagógico y que le saldría una voz ridícula y ajena. «¿Nos vamos?», preguntaba Martina. Él decía que sí con la cabeza y se atropellaba buscando unas monedas. Cuando salían del merendero, ya se había rendido de nuevo a la incertidumbre y al dolor.

Así era siempre. Deambulaba por un laberinto sentimental construido con tres o cuatro piezas, el miedo, el desdén, la culpa, la esperanza, y nunca sabía cuál iba a ser su estado de ánimo cuando, al filo de la una, tenía que abandonar precipitadamente aquella casilla para correr junto a Pacheco hacia la próxima. Comían al paso, de pie, ansiosos y añusgados, y cuando poco después llegaban a la oficina y les daban el turno a Bernal y a Martínez y se instalaban en la rutina confortable de siempre, a Matías le parecía que al fin podría descansar de su actividad febril de enamorado y empresario. La reverberación de los ordenadores y el trajín lejano del tráfico se confundían con el ruido de las máquinas que seguía palpitando en su mente. Luego, según declinaba la tarde, el silencio iba ganando en nitidez, y su honda transparencia prefiguraba la del piso, aquella vasta sucesión de salas y pasillos que ninguno de los empleados había pisado nunca y de donde llegaban rumores remotos, imposibles de identificar. A veces parecía el llanto de un niño, a veces era como un rodar de grandes bolas de piedra, a veces risas y carreras, o el trote de un caballo, o unos cascabeles. Desde antes de la fiesta de inauguración, Matías vivía con el miedo de que Castro se enterase por los periódicos de su flamante condición de empresario. Incluso había imaginado la posibilidad tremenda de que hubiera llegado a sus manos una invitación y se presentase en la fiesta para encontrarse allí con que sus empleados eran también sus anfitriones.

Algunas semanas después, el temor no lo había abandonado. Quizá Castro ya había descubierto su doble vida y se complacía en demorar la ocasión de la burla. O a lo mejor lo despedía y lo condenaba por tanto a depositar toda la esperanza en el solo envite de la empresa. Escuchaba en las profundidades del silencio y a veces se le figuraba que algo que al principio era ilusorio crecía hasta adquirir una realidad amenazadora e inminente. Alguna vez, en un rapto de euforia, se había entregado al ensueño no solo de compararse con él sino también de despreciarlo. Al fin y al cabo, Castro era un especulador, un elitista de cuna sin más mérito que sus privilegios, y todas sus cualidades, incluida la elegancia, formaban parte de un legado de ofrendas que le había asignado el destino antes incluso de nacer, en tanto que él todo lo había ganado con su esfuerzo y su arrojo, e inspirado además por ideales de los que Castro no debía de tener ni siquiera noticias. Pero ahora, el más leve rumor, real o imaginario, le avivaba la angustia de que Castro podía aparecer en cualquier momento para pedirle cuentas del desafuero que había cometido a sus espaldas. Lo mismo que Pacheco y Martínez, aunque con más motivos por ser él el inductor, se sentía vagamente convicto de un delito de deslealtad, de conjura, de sedición. ¿Cómo defenderse de su mordacidad, de su mirada, de su silencio, de su mera presencia? Martínez, que era quien mejor conocía los entresijos de la agencia, opinaba que Castro no iba allí por las tardes. Pero Pacheco no pensaba lo mismo. «Seguro que sí», decía. «Seguro que más de una vez está ahí, vigilándonos.» De modo que Matías vivía en un estado casi permanente de alerta, y tampoco en aquellos mansos atardeceres de otoño encontraba la paz que anhelaba.

Cuando salían, era ya de noche. Caminaban aprisa, casi a ritmo de marcha atlética, Matías porque deseaba llegar cuanto antes a casa para descansar de la jornada, y Pacheco para intentar ver a su novia. «Pero Lalita no me entiende», se quejaba Pacheco sin perder el compás. «Ella cree que a mí solo me mueve el lucro y el poder. Ella piensa únicamente en sus ballenas en extinción y dice que yo trabajo para el mismo sistema que mata a las ballenas. Pero ¿qué tengo yo que ver con las ballenas?, le digo. Ellas viven por ahí por los mares y yo vivo en un barrio obrero de Madrid. ¿Qué culpa tengo yo de todo eso? Y ella entonces me mira llena de odio y mueve la cabeza como desengañada. Y me dice: Lo peor de todo es que eres un asesino y no lo sabes. ¿Yo? Sí, tú, dice ella, eres como ellos, igualito que ellos. Como quiénes. Y ella, como los noruegos, como los japoneses. Y no hay forma de sacarla de ahí. Yo le he contado lo que estoy haciendo, que trabajo gratis para mejorar mi futuro pero también para colaborar en una buena causa: dar empleo y cobertura legal a unos pobres inmigrantes, que también son dignos de compasión, por lo menos tanto como las ballenas. Pero ella dice que eso es demagogia, y que la única verdad es que yo solo pienso en el dinero y en el márketing. Te hago versos, le recuerdo yo, te hago una poesía semanal, y he aprendido a tocar la flauta por ti. ¿Y qué?, dice ella. Se puede ser artista y asesino a la vez. No serías el primero. Pero yo no soy un asesino. Y ella:

Como si lo fueras, porque yo sé que a ti en el fondo te importan un pito las ballenas. Y así nos pasamos la vida discutiendo.»

A Pacheco le gustaría demostrarle que está equivocada, que él es una buena persona, que las ballenas le parecen unos animales hermosos y dignos de respeto, y que lo único que él quiere es ofrecerle una vida acomodada y ser feliz con ella, los dos juntos. Le gustaría que Lalita fuese de otra manera, una mujer normal a la que él, si algún día llegase a ser un alto ejecutivo, pudiese hacerle buenos regalos, perfumes, joyas, ropas caras (pieles no, por supuesto), viajes a países exóticos, cuadros de firma, y vivir en un chalé de dos o tres plantas, con un salón enorme y una cristalera que diera a un jardín con piscina y pista de tenis, y tener hijos y envejecer juntos, viéndolos crecer, en paz y armonía. ¿Qué había de malo en aspirar a algo así?

«Bueno, pues a ella todo eso le parece muy mal. Si me quisieras de verdad, dice, lucharías contra el sistema, serías un hombre inconformista y rebelde, cambiarías ese maldito maletín por una mochila y me propondrías irnos juntos muy lejos, a vivir en una cabaña o en un barco, en contacto con la naturaleza. O te enrolarías en un barco de Greenpeace y te irías por esos mares retando a los arponeros en mi nombre, como hacía don Quijote. Pero si yo no sé ni nadar, le digo yo. Y ella: ¿Lo ves?, eres un materialista y un cobarde. Todo eso me dice, y cuando se enfada así conmigo es cuando más guapa se pone y más loco me vuelvo yo por ella. Así que ahora voy a verla y a ver si ella me quiere ver a mí, que esa es otra. Porque no quiere que nos citemos. No, ella está en su casa y yo tengo que ponerme enfrente, debajo de un farol, hasta que ella se digna asomarse a la ventana. Me tiene prohibido llamarla por el telefonillo. Tengo que ponerme allí, a esperar. Y puede ocurrir que ella baje o no baje, según cómo le dé. Hay veces que espero allí inútilmente hasta después de medianoche. Pero si no voy, si no me ve bajo el farol, entonces se enfada para una semana y me dice que qué tipo de enamorado soy yo que no sé dar el alma a un desengaño ni conformarme con la espera. ¿No es suficiente con esperarme? ¿No te basta con eso?, me dice. ¿Tengo además yo que bajar a estas horas, cuando ya estaba en la cama, peinada, perfumada y desnuda, para consolar al pobre ejecutivo que unas horas antes no ha tenido escrúpulos en colaborar en una masacre de ballenas? Pasa la medianoche, se apagan las luces del piso de Lalita, y yo sé que ya no va a bajar, pero sin embargo sigo allí. Un ratito más, me digo. Porque puede ser que baje. Una vez, la semana pasada, bajó ya a la una y media. Entreabrió el portal, yo crucé la calle y ella me dijo por la abertura: Vete y descansa, anda, mi arponero, que a este paso vas a acabar también conmigo.»

Y no por hablar Pacheco bajaban el ritmo de la marcha: allí iban los dos dándole fuerte al maletín, como conspiradores convocados de urgencia en la alta noche, hasta que sus trayectos se bifurcaban y cada cual corría para ganar la próxima casilla.

De modo que salía de casa con las brumas del amanecer y no regresaba hasta la noche. Oía el roce de la llave en la cerradura y enseguida sus propios pasos entrando descarriados en el corredor y por un instante tenía un sentimiento de extrañeza, porque era como si se desdoblara, como si el hombre sedentario y ocioso que él había sido siempre hubiese pasado la tarde en casa entregado a la dulce poltronería hogareña y ahora desde la soñolencia del sillón oyese llegar al otro, tan a deshora, ceñudo, cansado, sucio y mal comido, y se apiadase de él, de su doble conyugal, con la compasión que inspiran las criaturas inermes ante un destino aciago. Entraba en el pasillo, encendía la luz alta, y no necesitaba prender la del baño para distinguir en la media penumbra del espejo la expresión bobalicona de incredulidad que había aparecido en su rostro no sabía bien en qué momento, quizá después de la fiesta, cuando comprendió que el nuevo rumbo de su vida ya no tenía retorno.

Cenaba cualquier cosa, unas galletas con margarina o un poco de conserva y pan de molde, y luego se servía un whisky con mucho hielo y se sentaba junto al balcón, en la oscuridad, a mirar a la noche. Desde la ventana de la oficina había visto cómo atardecía en el patio interior, cómo se iba yendo un día más que le había sido arrebatado y que expiraba sin haber empezado apenas a vivirlo, y ahora contemplaba por entre el ramaje de la acacia, como un testimonio de esa pérdida irreparable, las primeras estrellas. Oía los ruidos cada vez más tenues de la ciudad, y aunque era incapaz de pensar en nada concreto, los pensamientos brotaban y crecían ellos solos, sombríos y amenazantes como nubes de tormenta en un cielo puro de verano, hasta que su mente era un hervidero de cavilaciones herméticas, imposibles de descifrar. Para rematar la indefensión, ocurría además que le había perdido el gusto a sus modestos pero infalibles placeres cotidianos, y ya apenas ponía la televisión, ni siquiera los partidos de fútbol o los documentales de animales salvajes, y los domingos, en vez de salir a comer por algún pueblo de los alrededores y dar luego un paseo por el campo, se quedaba en casa, tumbado en el sofá, yendo y viniendo de un cuarto a otro, asomándose al balcón y volviendo enseguida adentro, rascándose la cabeza, sin saber qué hacer, exasperado por el tedio de un tiempo vacío e ingobernable.

Daba sorbitos de whisky mirando a la noche y esperaba a que sonase el teléfono. Era Martínez, que llamaba sin falta al filo de las once para darle las novedades de la tarde. Solo se veían un momento en el cambio de turno, y apenas tenían tiempo de intercambiar una mirada de complicidad: todo iba bien, como siempre, y el relevo podía llevarse a cabo sin mayores consignas. De inmediato, Martínez salía para la fábrica y ocupaba su despachito al fondo de la nave. Comía allí mismo, de una tartera que llevaba, y luego encendía el ordenador y trabajaba hasta poco después de las 5.30, que era la hora en que concluía la jornada laboral. Solo interrumpía su labor cuando Martina sufría un percance informático, o iba a consultarle cualquier otra duda.

Así ocurrió en los primeros días. Pero luego empezó a demorarse, a prolongar su horario, a perder quizá el sentido del tiempo, a engolfarse en una tarea solitaria que debía de resultarle cada vez más apasionante, porque muy pronto Ortega le informó de que a menudo se quedaba hasta después de medianoche. «Le tengo que acompañar con la linterna hasta el autobús, no vaya a perderse en la oscuridad, o le salga al paso un maleante, o le muerdan los perros sin ley que andan por ahí sueltos a esas horas.» Después supo que iba también a trabajar algún sábado por la mañana. «Se mete en su chiscón y allí se está callado y a lo suyo. No hace ruido, nada, ni se mueve, y nunca se quita la chaqueta, ni va a mear ni a beber agua. Solo de vez en cuando pita el ordenador. Hace piiii y se calla. Eso es todo.»

Qué labor sería aquella que lo absorbía de tal manera, era un misterio para Matías. Una vez lo comentó con Pacheco y Pacheco le dijo: «Tú déjalo, que Martínez es un fenómeno y sabe lo que hace. Ya llegará el día de recoger los frutos». Pero a él no le parecía justo que el presidente y el dueño no tuviera apenas nada que hacer, en tanto que Pacheco, y sobre todo Martínez, no descansaban ni un momento. «Ahí está precisamente la gracia del líder», decía Pacheco, «que basta con su presencia, ya sea real o sugerida, para ser imprescindible, porque él es el que da sentido a la misión de los demás.»

A Matías, sin embargo, le daba cierto reparo que Martínez trabajase tanto a cambio de nada. Así que por las noches, cuando llamaba para informarle lacónicamente de que, como siempre, no había novedades, él aprovechaba para decirle que no era necesario que fuese allí todos los días, que Martina podía dirigir la empresa por la tarde y que él mismo se ocuparía de la administración. «Ya ha hecho usted bastante, más de lo que yo le pueda nunca agradecer.» Seguía un silencio largo y tenso. «¿Me está usted despidiendo?», preguntaba al fin. «No, por Dios, usted sabe que no. ¿Cómo podría yo despedirlo? Solo intento decirle eso, que no tiene usted ningún compromiso conmigo.» «Entonces, si no hay inconveniente, yo le rogaría que me permitiese seguir como hasta ahora.» «Pero usted tiene cosas que hacer. Tiene una familia. Tiene que ir a cantar.» «Ya no necesito cantar.» «Pero, no sé, quizá no haga falta trabajar tanto.» «Es necesario. Hay mucho que hacer.» «¿Usted cree?» «Es necesario.» Sabía por Bernal que cada vez estaba más ensimismado y taciturno. Ya no bajaba a media mañana a tomar café, y había días en que cuando Bernal llegaba a las ocho en punto ya estaba él en su puesto, ante el ordenador, tan abstraído que daba la sensación de llevar allí mucho tiempo.

«¿Dónde está usted ahora?», le preguntaba Matías. Pero Martínez no se animaba a responder. «¿En casa?» «No», decía al rato. «¿En la fábrica?» Y al rato, «sí», decía. «Pero, ¿qué hace usted ahí a estas horas? ¿Qué es exactamente lo que hace?» «Cosas, papeleo.» «¿Se trata de las subvenciones y las ayudas financieras?» Y él respondía con un susurro incierto: «Sí». Matías miraba afuera, a la noche, y daba un sorbito de whisky. «Debía estar usted en casa, descansando.» «No estoy cansado. La aventura no cansa.» «Pero yo no sé si podré pagarle alguna vez ese trabajo.» «Ya me ha pagado usted más de lo que merezco.»

Seguía un silencio largo, insoluble, y finalmente se despedían hasta mañana. Matías continuaba bebiendo y fumando en la oscuridad. Intentaba poner un poco de orden en su vida. Vamos a ver, se decía, analizando, objetivando, acariciando el borde del vaso como si recorriese el perfil exacto del problema, y entonces se remontaba al principio y venía hasta el presente descomponiendo el pasado en episodios progresivos, contándose a sí mismo muy clarita la historia de esos meses, aquí el todo y allá las partes, las causas a un lado y al otro los efectos, hasta que al rato aquella frágil estructura se le derrumbaba de golpe con un estropicio de piezas desparejas, prrruumm, oía con el pensamiento, y todo volvía al caos inicial, al limo originario del que había partido, aunque agravado ahora por una sensación agotadora de impotencia.

Pero a veces no necesitaba entender. A veces sentía dentro de sí un soplo poderoso de optimismo, una lumbre de clarividencia, una fuerza capaz de allanar los más enconados obstáculos que pudiera oponerle el destino. Entonces pensaba que todavía era tiempo de llegar a ser un hombre rico y de conquistar a Martina, por qué no, solo que para eso tenía que madrugar mañana, y para madrugar debía primero irse a dormir, y dormir exigía otra porción de actos aparentemente nimios pero que todos juntos, un día y otro día, formaban una maraña poco menos que infranqueable.

Hacia el tercer o cuarto whisky, un poco borracho de alcohol, de sueño, de cansancio, empezaba a oír a lo lejos los ladridos de los perros de presa que lo perseguían desde hacía más de treinta años. Era la señal para irse a la cama. Sí, lo mejor era no pensar, se decía mientras se desnudaba en la oscuridad, no tratar de entender, abandonarse al presente como a un mal incurable, y que el tiempo lo llevase de aquí para allá como una hojita en el otoño, y se imaginaba a sí mismo yendo y viniendo a toda velocidad de un sitio a otro como en una secuencia cómica a cámara rápida, y esperar a que la fortuna tramitase su caso, que sea lo que Dios quiera, y cerraba los ojos, y apenas cruzaba el umbral del sueño los perros se convertían en hombres severos vestidos de frac y tocados con chisteras de circo, y muy altos, como si llevaran zancos, que lo perseguían para cobrarle las deudas después de que la empresa hubiese quebrado estrepitosamente. Las noches eran breves y los sueños confusos. A la mañana siguiente, tenía que reunir todas sus energías para vencer la tentación de quedarse en casa, tumbado en la cama deshecha, ajeno a los trabajos de la empresa y de la oficina pero sobre todo del amor. Se admiraba de estar allí, a sus años, listo para salir corriendo tras un espejismo, hacia la tierra legendaria donde le habían prometido un paraíso de felicidad.

Se apretaba el nudo de la corbata, agarraba el maletín, se santiguaba, y al salir a la calle tenía la sensación de que su doble conyugal se quedaba dentro, remoloneando en la cama, y entonces se sentía identificado con él y se llenaba de lástima por el otro, por el fantasma cuyos pasos apresurados ya se perdían escaleras abajo.

342

Sin saber qué hacer, ni respecto a Martínez, ni a Martina ni a él mismo, Matías siguió esperando a que ocurriera algo que lo sacara de aquel letargo agotador. Pero según concluía octubre se puso a echar cuentas (sin lápiz, sin papel, casi sin números, solo algo así como si materializase el esbozo de una premonición), tanto de nóminas, tanto de luz, de impuestos, de agua, de desperfectos, de imprevistos, y en otra columna imaginaria calculó las ganancias, y no tuvo que concretar las cantidades para descubrir lo que ya sabía, que a ese ritmo de pérdidas, en un mes y medio se habría comido sus ahorros y no le quedaría otra salida que declararse en quiebra.

Al principio se llenó de pánico, y se vio a sí mismo reducido a la cárcel, sentado en un jergón de paja, sucio y famélico, vestido de harapos e irreconocible por la barba y la pelambre, hecho un nuevo Conde de Montecristo. Pero luego, explorando las consecuencias del desastre, intuyó un remanso insólito de paz. Aun cuando se arruinase, pensó, la venta de la nave le permitiría cumplir con los deberes laborales y recuperar una buena parte de la inversión. Lo suficiente para vivir sin lujos pero también sin ansiedad. Entonces comprobó una vez más que él no aspiraba a ser rico, y que en el fondo a lo mejor ni siquiera quería conquistar formalmente a Martina. Lo que a él le gustaría era conciliar las excepcionalidades del amor con la amable tersura de los hábitos. Deseaba vivir para siempre con ella, es cierto (y se figuraba a una alimaña que en la soledad de la noche arrastra a su víctima hasta la lobreguez de su madriguera), pero la realización de aquel sueño le producía un temor que por momentos se hacía físico, como un vértigo o una náusea. Se sentía agotado y derrotado de antemano por el trabajo de tener que seducirla todos los días y a todas horas con el hechizo de sus pocos encantos, de tener que representar para los restos la imagen de hombre paciente, didáctico y ejemplar que había adoptado ante ella desde el primer día y sobre todo últimamente, cuando iban al merendero a media mañana a tomar café, y de aparentar otras virtudes para merecerse sin escándalo la juventud y la gracia de aquella criatura singular. Pero, al mismo tiempo, la idea de renunciar a Martina lo precipitaba de golpe en un abismo de desolación. Así que, cuando descubrió que en poco más de un mes iría a la bancarrota, oscuramente se sintió eximido de un deber enojoso. Que el destino decidiera por él.

Pacheco, sin embargo, veía las cosas de otro modo. Su optimismo, que no admitía fisuras, era demasiado fácil para ser creíble sin esfuerzo. No tenía solución inmediata para los problemas, pero no había adversidad que él no interpretase como un anuncio de tiempos mejores. Matías recurría entonces a los números. No había pasado un mes y ya había un déficit de un millón de pesetas. En el banco le quedaban otros dos, de manera que lo mejor sería declararse en quiebra antes de arruinarse del todo. La evidencia de las cifras, sin embargo, no significaba un obstáculo serio para los planes de Pacheco. Es cierto que las cosas iban mal, concedía. Pero aquel era un cálculo engañoso, porque el valor de una empresa en ciernes no se medía por los estorbos del presente sino por su capacidad de proyectarse en el futuro. Y ponía otra vez el ejemplo de Cristóbal Colón. Pasaban los días y no avistaban tierra. Se pudrían los víveres y crecía el malestar de la tripulación. No había viento, y ya todos murmuraban y pensaban en abandonar el viaje para regresar a la patria, a lo seguro. Pero Colón sabía que, cuanto mayor fuese la desesperanza, más cerca estaban de la gloria. «Bueno, pues eso mismo nos ocurre a nosotros. Y es que el destino gusta siempre de poner a prueba a los mejores, y solo triunfa quien resiste. Es de libro.» Y algo parecido debía de pensar Martínez, porque cuando Matías le hablaba de la ruina inminente, y de la conveniencia de adelantarse a ella para salvar algunos restos del naufragio, él decía con su voz lúgubre y como lejana: «Pacheco tiene razón. Hay que resistir». Y después susurraba: «Confíe en el porvenir, se lo ruego». Y Matías se quedaba absorto, indeciso entre la angustia y la esperanza, y entre la fe en el futuro y la certeza de que su vida se encaminaba sin remedio hacia la perdición.

Un día, sin embargo, agobiado por las servidumbres de aquel trajín infructuoso, y sin anuncio previo, en un rapto de orgullo tomó la decisión irrevocable de disolver la empresa si antes de fin de mes no recibían las subvenciones prometidas. Hacía tanto tiempo que no era dueño absoluto de sus actos, que la resolución lo llenó de una súbita confianza en sí mismo. No lo consultaría con Pacheco ni con Martínez, y no se lo contaría a nadie, ni siquiera a Martina, sino que el uno de diciembre reuniría a todos en su despacho y les comunicaría la noticia como lo que era: un hecho consumado.

De repente, el futuro se abría ante él libre ya de amenazas. Volvería al punto de partida, descansaría al fin de aquel ensueño agotador. Y como había hecho cuanto había podido, y había arriesgado lo poco que tenía y ya no le quedaba apenas nada que perder, tampoco lo perseguiría el remordimiento de no haberse atrevido a ser feliz. Al contrario, él sería el viajero que regresa a su patria colmado de lances y experiencias, más viejo y más pobre pero también más sabio y más sereno, y con la gloria íntima que ya nadie le podría arrebatar del deber cumplido en circunstancias bien adversas. En cuanto a Martina, le escribiría una carta contándole la verdad entera de su vida. Una carta de despedida, pero donde le concedería a ella la potestad de una última palabra. Durante un tiempo, esperaría su respuesta, y si no llegaba, retomaría el plan de comprarse un coche y de viajar a la costa el próximo verano. Iría muy lejos, a Grecia, o más allá si era posible, hasta donde le llegaran las ganas y el dinero, porque él sería ya un hombre definitivamente desengañado, sin amarras en tierra firme, y ya nunca más le tendría miedo a la anchura del mundo ni a las asechanzas de la gente.

Durante unos días, su ánimo se alimentó de aquel arranque de carácter, del impulso ciego de la decisión. Llegaba a casa por la noche, y en vez de complacerse en el fatalismo, trabajaba en la carta que habría de enviarle a Martina, o entregarle quizá en mano el mismo uno de diciembre. Había pensado en unas pocas líneas claras y sinceras, pero muy pronto empezó a explayarse y a adoptar un tono confidencial y a adentrarse por los vericuetos más íntimos de la conciencia. Hablaba sin pudor de sí mismo, de sus miserias de hombre solitario, de los placeres insustanciales de sus tardes de madurez, de su futuro sin esperanza pero también sin amargura, de las dulzuras de una edad en que los recuerdos ya no duelen porque pertenecen a un tiempo impropio o legendario, de una vez que creyó ver un ovni, del peluquero de su barrio, de un gato que tuvo de niño, y aquí se detuvo un instante y, con renovado brío, se desvió del hilo argumental para hablar con un acento lacerado del gato, que era amarillo y comía naranjas, el muy infeliz, se subía al tejado y las pelaba con las uñas, y luego bajaba a beber el agua de lluvia de los charcos, y en primavera se adormecía entre las ramas de un lilo hasta que se emborrachaba con la fragancia de las flores y se ponía a hacer payasadas, andaba a dos patas, se revolcaba por el suelo, caminaba de lado, veía una mariposa y daba un repelón de susto, y ese gato estaba allí en la memoria como una pieza más de un mundo estable y personal que se remontaba hasta la infancia y que ella, Martina, había venido a descabalar con su sola presencia, el gato, el peluquero, el ovni, todo carecía de sentido desde que ella había despertado en su alma el anhelo de recomenzar, el presagio de que todavía le quedaba mucha vida nueva por vivir.

Todas las noches escribía una o dos horas, a veces no ya para Martina sino para sí mismo, porque aquellas palabras le producían un gran alivio y lo reconciliaban con un pasado que era más rico y sugestivo de lo que él siempre había supuesto. Bien mirado, no había tenido una vida anodina. Al contrario, según exploraba la memoria encontraba más y más episodios que, aunque insignificantes en apariencia, merecían ser recordados por algún destello singular. Incluso el viaje en coche hacia mares lejanos, le parecía ahora una aventura inane comparada con esta otra de remontar el río del tiempo e ir sacando a la luz aquella infinidad de experiencias mínimas, que demostraban que su existencia no había sido vana. Escribía y escribía, admirado de cómo una cosa llamaba a otra y de los innumerables incidentes y sensaciones que estaban allí, latentes, esperando a ser convocados por la magia de una sola palabra para reaparecer en toda su frescura y vigor, como si estuvieran recién vividos.

Llevaba más de veinte páginas, y faltaban solo cuatro días para que concluyera noviembre, cuando un viernes por la noche recibió una llamada telefónica de miss Josefina. Al día siguiente era su cumpleaños y le rogaba que asistiese a la fiesta que iba a celebrar en su casa. Su voz era cálida e insinuante. «Será una fiesta solo para los íntimos, una fiesta preciosa», dijo. «Vendrá Bérnal, vendrá Martinita, comeremos y beberemos a la luz de las velas, y cuando llegue la noche habrá una sorpresa inolvidable.» «¿Una sorpresa?» «Te gustará mucho. Lo sé. ¡Martinita me ha contado tantas cosas de ti! Ponte muy elegante, ven hecho un príncipe, y antes de salir de casa mírate en el espejo y sonríele al destino como si fuese una mujer. ¿Lo harás? ¿Sí?» Y antes de despedirse dijo: «¡Ay, Matías Moro, qué afortunado eres sin saberlo!».

Al otro día, cuando salió de casa al oscurecer, todavía estaba dándole vueltas a aquellas palabras enigmáticas. Se subió el cuello del abrigo y caminó encogido junto a las paredes. ¿Qué querría decir con eso de que Martina le había contado muchas cosas suyas y de que él era sin saberlo un hombre afortunado? Quizá fuesen enredos románticos de miss Josefina, puro celestineo altruista que solo buscaba la travesura y el halago, pero también era posible que las dos mujeres, viéndolo aturdido e indeciso, hubieran resuelto enviarle al fin una señal, para animarlo a actuar sin temor. La idea de una Martina avisada y consentidora, y en cierto modo pervertida, lo excitaba y al mismo tiempo lo sumía en el oprobio. Hacía ya rato que el trabajo de apurar y rechazar aquella conjetura absurda le había levantado un ligero dolor de cabeza, y desde que salió a la calle iba pensando en la posibilidad de aprovechar la coyuntura para no acudir a la cita. Regresaría a casa y se pondría a escribir sobre su pasado, a rescatar pequeños detalles, como aquel del gato amarillo, que de otra forma sucumbirían para siempre al olvido. Los recuerdos, eso era lo único que nadie le podría nunca arrebatar. ¿Y qué más necesitaba él para pasar los años que le restaban por vivir?

En una pastelería compró una enorme caja de bombones y, ya más animado, se apresuró hacia el piso. Hacía una noche fría y desapacible. El viento racheado traía gotitas heladas de lluvia y a Matías le dio por pensar en todas las criaturas débiles y friolentas que a esa hora errarían por los campos, a la intemperie, buscando algún resguardo. Se sintió identificado con ellas. ¿Qué harían en noches así los gatos que andaban sueltos por el mundo? ¿Es que nadie oiría los balidos del corderito que se había extraviado del rebaño? De ese modo vagarían también por la memoria los recuerdos desatendidos y a punto ya de ser devorados por el tiempo. De aquí para allá, implorando por caridad un poco de nostalgia, la limosna de una reminiscencia que los devolviera por un instante al calor del presente. ¡Una palabra por el amor de Dios para este recuerdito viejo y desplumado!, ¡mirad que estoy cojo y viene ya la noche! ¡Una lágrima o un suspiro para este muertecito que sigue aquí muriendo sin que nadie lo atienda! Caminaba abrazado a la caja de bombones, cada vez más deprisa, como si salvara una imagen religiosa de una ciudad en llamas.

Cuando empezó a subir las escaleras, oyó dar muy lejos las campanadas de las ocho. Debían de estar aguardando su llegada, porque al llegar arriba la puerta se abrió de golpe y un niño escapó corriendo por el pasillo. Matías entró en la penumbra y de inmediato identificó el olor agrio, indefinible, levemente corrupto, que desde el primer día había quedado unido a las exaltaciones amorosas. Del fondo de la casa venía una música borrosa de gramola, entre cuya fanfarria de violines y trompetas descollaba una voz investida de una autoridad dramática que Matías reconoció al instante. Miss Josefina estaba ya esperando junto a la puerta entornada de sus habitaciones.

—¡Oh, Matías, estás maravilloso, irresistible, radiante como un sol!

Frunció los labios con un mohín mimoso y le ofreció sumariamente ambas mejillas. Iba pintada como una novia de opereta y llevaba un vestido de noche con una abertura lateral hasta el muslo. Matías le tendió la caja de bombones y ella se llevó las manos al corazón y cerró los ojos como transida por un placer inmerecido. Luego lo tomó de la mano y lo condujo adentro como a un niño.

—¿A que no adivináis quién ha venido? —preguntó.

También esta vez la luz del cuarto estaba velada por farolitos rojos de papel. No era fácil reconocer al pronto a los invitados en aquella penumbra espesada además por el humo de un braserillo cuyas ascuas doradas y perfumadas por el incienso latían en un rincón. Vio a doña Paula y a la señora Andrea, que estaban sentadas, o más bien hundidas, en el sofá desvencijado, y que al entrar él se pusieron a bascular tratando de levantarse en su honor. Matías las contuvo con un gesto y ellas se quedaron en una posición intermedia y desde allí correspondieron con sonrisas de gratitud. Vio a Bernal, con traje claro y pajarita, que se apoyaba galantemente en la pared con los tobillos en escuadra y un vaso largo de licor en la mano, y que lo saludó insinuando un brindis y enarcando las cejas. Y vio a Martina, que estaba sentada en el suelo, abrazada a sus propias rodillas, y que sin desenlazarse del todo le hizo con la mano un saludo medio pueril. Llevaba unas zapatillas deportivas muy blancas con los lazos de los cordones muy bien hechos.

—Esta es tu casa —dijo miss Josefina, y le señaló el sofá.

Matías rehusó y buscó otro sitio para sentarse. Entonces recordó que en su visita anterior a aquel lugar pequeño y sofocado de objetos, se había dejado invadir por una sensación de blandura que invitaba al devaneo y al sueño. Lo mismo le ocurría ahora. Además del sofá, enorme y esponjoso, había cojines tirados por el suelo, y almohadones, y colchas y cobertores que hacían las veces de alfombras, para que los invitados, a falta de sillas e incluso de espacio, se acomodaran allí como mejor pudieran. Matías se sentó enfrente de Martina, se recostó en la pared y aceptó una copita de licor de hierbas.

—¿No es una fiesta preciosa? —dijo miss Josefina—. ¡Esta luz, esta música, este ambiente íntimo, estos aromas! ¿Qué más se necesita para ser feliz? —y cada cual desmayó la vista en el vacío y se entregó a la ilusión de esos placeres.

Durante mucho tiempo nadie dijo nada. Por el modo en que había desplomado la cabeza sobre el pecho, doña Paula parecía haberse dormido, y a la señora Andrea apenas se la veía, de tan pequeña que era y tan hundida que estaba en el sofá. Solo miss Josefina se mantenía alerta. Con las manos débilmente enlazadas bajo la barbilla y la cara expuesta a las alturas, oía su propia voz como si recibiese inspiración divina. En cierto momento, Bernal fue al cuarto de al lado, trajo un taburete y colocó sobre él unos platitos de frutos secos. Concluyó el disco, Bernal puso otro, subió aún más el volumen y siguieron escuchando la misma música borrosa. Miss Josefina iba intercalando algún que otro comentario magistral. «Esa canción la estrené en Méjico y fue uno de mis mayores éxitos.» «Recuerdo que al llegar a esta frase el público se ponía en pie y aplaudía como loco.» «Este tema lo canté a dos voces con Luis Mariano en el Folies-Bergère de París.» Al rato dijo, en un tono de queja:

—¡No coméis!

Pero era absurdo pensar siquiera que doña Paula y la señora Andrea pudieran incorporarse para llegar al taburete. Y lo mismo los otros. Martina se había echado de medio lado, se había acodado en el suelo y apoyaba la mejilla en el puño. Matías por su parte, después de juntar varios cojines y prendas de abrigo, se había ido recostando y mullendo hasta encontrar una postura de lo más indolente. Solo Bernal se acercaba de tarde en tarde, cogía con la punta de los dedos un montoncito de frutos y volvía a estribarse en la pared en actitud gentil y soñadora. ¿Cuál sería entonces la sorpresa inolvidable, mágica, de que había hablado miss Josefina? ¿Seguirían así mucho tiempo? ¿Estarían esperando algo? ¿Les darían de cenar?

—¡Ay, Dios mío! —suspiraba de vez en cuando doña Paula.

Matías solo se incorporaba para alcanzar la botella y reponer la copa. Daba sorbitos y miraba a Martina. Había momentos en que tenía la impresión de que también ella lo miraba fijamente y de que aquella contemplación sostenida contenía una promesa de entrega y una declaración elocuente de amor. Tumbada de costado en aquella actitud de abandono, parecía una, ¿cómo era la palabra?, una odalisca, eso es, en algún libro había visto hacía mucho tiempo un grabado licencioso que ahora le volvía a la memoria con la misma milagrosa claridad que el gato de la infancia. Los vaqueros ceñidos dibujaban sus formas más secretas con tal verismo y nitidez que Matías notaba una titilación en las yemas de los dedos ante la intuición física de la caricia. Ella sabe que me está seduciendo, pensó. Es consciente de su poder y juega a atormentarme. Ella sabe dónde está mi mirada en cada momento. No necesita mirarme para saberlo. Y conoce también mis pensamientos más ocultos. Ella me vigila siempre, aunque parezca distraída. Y su belleza no es nada comparada con su sabiduría. Allí estaba, olímpica y ausente, como Cleopatra, y más que una odalisca parecía una sacerdotisa de ritos bárbaros e impíos, y él era la víctima propiciatoria, el corderito sin rebaño, el gato sin amo, el pájaro inerme ante la mirada magnética de la serpiente.

Entre el retumbo de la música, el humo del incienso, el tabaco y el licor de hierbas, se le había recrudecido el dolor de cabeza. Sentía por momentos que se hundía en aquellas blanduras como en un sueño mórbido. ¿No le estaba sonriendo ahora? ¿O se trataba solo de una sombra, quizá la de su propia nariz, temblándole en la cara? Tímido y maltrecho, desvió los ojos y miró a las paredes. Vio al doctor Fleming, a Luis Miguel Dominguín, a Fidel Castro. También a alguien que le era familiar pero al que no conseguía reconocer. Un hombre menudo, con traje gris y pajarita, captado en el instante en que se echaba hacia atrás y hacía un redondel con el pulgar y el índice para puntualizar algo a sus oyentes, entre los cuales estaba Finita de la Cruz, con una risa explosiva que le inundaba todo el rostro. ¿Quién podría ser? Iba a preguntar, cuando concluyó el disco, y en el silencio que siguió doña Paula despertó sobresaltada.

—¡Ay, Dios mío, qué soñerita! ¿Pues qué hora es ya?

Eran las nueve y media.

—¡Las nueve y media! Entonces ya habrán pasado los telediarios. ¡Ay, Dios mío, qué tarde se ha hecho!

Doña Paula y la señora Andrea se ayudaron mutuamente a levantarse. Todos se pusieron de pie.

—¿Ya os vais? —dijo miss Josefina.

—Sí, que es muy tarde.

—Ha sido una fiesta preciosa, ¿verdad?

—Muy bonita, sí.

—¡Qué lástima que se haya terminado!

—Así es todo en la vida.

Salieron al pasillo.

—Adiós, hijo —le dijo doña Paula a Matías, y le cogió una mano y con la otra le dio unas palmaditas en el dorso.

—¿No le ha contado Martinita lo de su pobre padre?

—Sí, ya me dijo...

—No se acuerda de nada. Ni de su primo Joaquín ni de nada. Solo sabe ya hablar de política. Y yo lo siento por usted, que le gustaría encontrar a ese hombre.

—No se preocupe. Da lo mismo.

—Pero nosotras seguiremos preguntándole. A lo mejor en cualquier momento se le hace la luz. Y a ver si viene a vernos alguna tarde, como hacía antes. Que le podamos agradecer lo que ha hecho por nuestra Martinita.

Matías se disculpó con una sonrisa.

—Que Dios le bendiga, señor abogado —dijo la señora Andrea en el último instante.

Por un momento Matías creyó que la fiesta había terminado para todos. Pero no: apenas cerró la puerta, miss Josefina abrió los brazos como embriagada de alborozo y dio sobre sí misma una vuelta de felicidad.

—¡Al fin solos! —dijo—. ¡Venid, acercaos, reuníos los tres aquí conmigo! —y se arrodilló e invitó a los otros a hacer lo mismo y a congregarse alrededor del taburete—. Y ahora juntemos nuestras manos, hagamos una cadena espiritual y pidamos un deseo. Cerrad los ojos y concentraos en la petición. Pensad muy fuerte, con toda vuestra alma. Bérnal, ¿me prometes que serás responsable?

—Sí, mi reina.

—No habléis, no digáis nada, dejad que el silencio entre en nosotros y nos llene de hondura.

Se cogieron las manos, cerraron los ojos y se pusieron en actitud de trance. Matías recordó de pronto los tiempos religiosos de su niñez. Así rezaba él en la penumbra de la iglesia. Revivió el olor de la cera recién derretida, del humo de los pábilos al apagar los cirios, del aire rancio y casto de los confesionarios. Se vio a sí mismo, él era muy pequeño, rezando de rodillas, en estado de gracia, abandonado a la dicha inefable del arrepentimiento y el perdón. Su madre lo peinaba con agua y un poco de saliva, y su alma era pura como las notas del armonio y el sol de la mañana en las vidrieras de colores. ¿Había sido así, como lo recordaba? ¿Había existido alguna vez en él un sentimiento tal de plenitud? Apretó ligeramente la mano de Martina, como si quisiera retener aquel recuerdo fugitivo. La mano tenía una tibieza íntima, secreta, que le trasmitió la sensación de estar atrapando lo inasible.

—¿No notáis ya en el aire la energía de nuestros deseos? —dijo miss Josefina—. Algo está a punto de materializarse. ¿No veis cómo se obra el prodigio? Ahora soltad las manos poco a poco e id abriendo los ojos. Eso es. ¡Oh, estáis guapísimos! —y se llevó las manos a la boca como para reprimir un grito—. ¿Cómo podríamos hacer para que esta noche no acabase nunca?

Bernal se inclinó hacia ella y le dio muy cerca de la boca un beso lento e inspirado. Luego la miró tiernamente con su sonrisa mellada de sátiro.

—Nunca bailó mejor Damocles que bajo la espada. La vida es hermosa porque es breve.

—¡Oh, Bérnal, tú siempre con tus filosofías! Y las filosofías son siempre amargas. Mira a Matías y a Martinita. Son dos soñadores. ¿No ves en su cara los hilos del sueño? ¿No es verdad, Matías, querido, que a ti te gusta la soledad porque amas lo imposible?

Matías encendió tabaco y se defendió de la pregunta con una sonrisa melancólica. Esperó a que el silencio le fuese propicio.

—Todos alguna vez aspiramos a lo imposible —dijo, y se quedó pensativo, mirando la copita de licor de la que se disponía a beber.

—¿Lo ves, Bérnal? Pero tú tienes que salirte siempre con la tuya. ¿Quieres tener también razón en esto? ¡Está bien, lo admito: la vida es breve! ¿Estás ya contento?

—Lo estoy, mi bien. Tú sabes cuánto amo la belleza mortal.

—Entonces —dijo miss Josefina levantándose—, comamos y bebamos a la luz de las velas.

La oyeron trastear en el cuarto de al lado. Volvió con una bandeja donde había cosas de comer: un paquete de galletitas saladas, una tarrina de crema de queso, un bote de aceitunas, un frasco de pepinillos, otro de mermelada y unas mandarinas. Luego encendió cuatro cabos de cirios en vasos rojos y los distribuyó por la habitación. Comprobó el efecto que hacían, y solo entonces apagó la luz eléctrica y ocupó de nuevo su puesto. En el cuarto había ahora un tenue latido de sombras, y las llamas de las velas ponían en los ojos un remoto temblor de reflejos dorados.

—¡Qué fiesta tan romántica! —dijo miss Josefina—. Hablemos

bajito, en susurros. Hablemos de nosotros. Pero antes, que cada uno brinde por una persona, por un color, por un animal y por un paisaje. Convoquemos aquí a nuestros sueños tutelares, para que ellos nos guíen y nos protejan. Empiezas tú, Bérnal.

—Empiezo yo —susurró Bernal—. Veamos. Por Marilyn Monroe, por el rosa, por el chacal y por el mar Cantábrico.

—Matías.

—Por Gustavo Adolfo Bécquer, por el amarillo, por el gato y por la isla de Creta.

—Y ahora tú, niña.

—Yo brindo por Harrison Ford, por el rojo, por el caballo y por el río Mississippi.

—Y yo alzo mi copa por el doctor Fleming, por el azul, por los perritos lulús y por Méjico. Ha salido muy bien, y ahora todas esas cosas nos acompañan y protegen. Pero tú, Bérnal, no debías haber brindado por el chacal. Ese animal no para de andar en toda la noche, y sin embargo nunca se acerca ni se aleja. Sólo ronda y espera a que la muerte le lleve de comer. ¿Por qué eres siempre tan burlón y tan fúnebre, Bérnal? ¿Por qué no crees en nada, ni siquiera en Dios?

—Hace tanto tiempo que dejé de creer, que ya ni me acuerdo de los motivos. Pero, si tú quieres, yo intentaré creer otra vez en el alma inmortal.

—Debéis creer. Yo sé que todo no puede ser en vano. El amor, la gloria, la música, el sufrimiento, la miseria, son como los pájaros, unos cantores y otros carniceros, que duermen y cantan en el árbol del cuerpo. Uno muere, y todo lo que somos echa a volar muy alto y va escalando el cielo. ¿Es que no crees tampoco en los árboles y en los pájaros? Yo creo en la transmigración de las almas. ¿Os imagináis que, después de muertos, nos convirtiéramos los cuatro en grullas blancas y viviéramos en los grandes lagos africanos? Haríamos cuatro grullas preciosas.

—Sí que estaría muy bien —dijo Martina.

—Yo que he sido joven, rica y famosa, y que me han cortejado príncipes y toreros, y he sido idolatrada por el pueblo, os aseguro que cambiaría todo eso por convertirme en grulla para siempre y vivir con vosotros. Tú que eres también joven y rico, Matías, ¿no harías también lo mismo?

—¿Yo? No, no, yo no soy rico —se disculpó Matías—. Ni aspiro a serlo. Yo...

De pronto se le vino a la memoria otro recuerdo muy lejano.

—Yo era rico de niño —se animó, y se puso a corregir mínimamente la posición de los objetos en la bandeja—. Tenía una caja vacía de galletas y allí guardaba un montón de canicas, un frasco vacío de penicilina, un trocito de lupa, la maquinaria oxidada de un reloj, un imán, y más cosas que no recuerdo. Y también tenía un gato amarillo, un jilguero y un grillo. Y todo aquello era un tesoro, y yo me consideraba la persona más rica del mundo. Ahora, sin embargo, aunque la empresa llegase a ser muy grande, como dice Pacheco, y yo me hiciese multimillonario, así y todo nunca sería tan rico como entonces.

—¡Qué cosas más bonitas dice este hombre! —suspiró miss Josefina.

—Es verdad, ha sido precioso lo que has dicho —dijo Martina—. A mí me pasaba lo mismo con mi colección de postales. No la hubiera cambiado por nada del mundo. Por nada.

—¿Ves, Bérnal, lo que es creer en algo? ¿Ves la fuerza maravillosa de la fe?

Bernal se quitó las gafas oscuras y con el dorso del pulgar se enjugó los ojos.

—Pero vosotros sois distintos. Tú, reina, has conocido la fama, y tu nombre perdurará siempre. Eres una artista. Martina es tan joven y tan bella que da como vértigo mirarla. Y en cuanto a Matías Moro, ha fundado una empresa, se ha convertido en líder de ocho o nueve personas que confían ciegamente en él. Él los conduce hacia el futuro, y a lo mejor llega a ser un gran industrial. Yo, sin embargo, ¿qué tengo? Nada. Fui joven y una noche bailé con Marilyn Monroe, y ahora te he conocido a ti. Eso es todo. Yo no tengo futuro, y mi pasado es un puñado de virutas y cintas de colores, de esas con que se atan los regalos caros y bonitos.

—Vamos, Bérnal, déjate de filosofías amargas y dinos lo que harías si tuvieras mucho dinero.

Matías miró sus ojos. Estaban húmedos y cansados. Pero enseguida se puso las gafas y sonrió con una expresión soñadora de fauno.

355

—Si yo tuviera mucho dinero, procuraría lo primero que no fuese demasiado. Lo suficiente para dejar de trabajar y no pensar en el mañana. Y entonces, a vivir.

—¿Y qué es vivir, Bérnal?

—Vivir es poca cosa, apenas nada. Vivir es, por ejemplo, levantarse tarde y pasear en bata por una estancia luminosa. Es estrenar cada no mucho tiempo una camisa, un pañuelo, un traje, un cinturón, unos zapatos, y salir a la calle con esa ligereza y buen humor que dan las cosas nuevas. Es leer prensa extranjera a media mañana en un sillón de mimbre y entre plantas exóticas. Vivir es cultivar amistades superfluas pero inquebrantables en clubes, peluquerías, restaurantes, hoteles, círculos culturales. Vivir es querer vagamente al prójimo y dejarse querer. Llega la primavera y de pronto te levantas un día y partes hacia el sur, a ver si ya han florecido los cerezos. Pero a medio camino decides quedarte en un pueblecito solitario del páramo. Lees a Azorín arropado en una manta de viaje. Gritan los niños, ladran los perros, chillan los pájaros. En ese momento podrías ser vagabundo, payaso o aviador, y serías feliz con la manta y el libro. Y vivir es también frecuentar lugares íntimos, poco recomendables, donde eres ya como de la familia. Tú llevas allí regalos, flores, joyas, perfumes, artículos de piel, y los ofreces como si fuesen dulces o calendarios. Una noche, una mujer hermosa y pálida te pregunta algo, y tú sonríes, y en la sonrisa finges una respuesta que solo a un adolescente con talento o a un hombre desesperado se le podría ocurrir. Pero no dices nada, y tu silencio enamora a las mujeres. Vas y vienes, y eres rico a tu modo, con el mismo espíritu con que un obrero de la construcción se adorna con un clavel y se fuma un habano en una fiesta de bautizo. Te gustaría dar la vuelta al mundo en un trasatlántico de lujo, pero no puedes porque el dinero no te llega por muy poquito. ¡Mecachis en la mar!, dices, y te quedas así un poco melancólico, viendo partir el barco, soñando con lejanos países. Y conoces el placer y el descanso de ser tú mismo sin apuro. Eso es vivir, y eso es lo que yo haría si tuviese mucho dinero.

—¡Qué raro eres, Bérnal, y cómo te gusta enrevesar las cosas! Si todo es un decir, ¿por qué te quedas con las ganas de dar la vuelta al mundo?

—Yo comprendo a Bernal —dijo Matías—. Es bueno que haya

cosas que estén a punto de pasar pero que no pasen. Es bueno que la vida esté siempre a medio hacer, y que estemos siempre aprendiendo a vivir.

Estaba de rodillas, sentado sobre los talones. Entonces se incorporó para seguir hablando, animado y conmovido no tanto por las palabras que acababa de pronunciar como por otras muchas que se le atropellaban en la boca, pero que en el último instante, cuando ya iban a articularse, se resolvieron en un eructo de sofoco. Se sintió mareado por el alcohol, y tuvo que apoyarse en el taburete para no caer.

—Creo que me voy a marchar a casa —dijo.

—¡Cómo a casa, si la noche todavía no ha empezado! —dijo miss Josefina—. ¡Si ahora es precisamente cuando viene la sorpresa! Matías, Martinita, escuchadme, ¡vamos a hacer un baile de disfraces! ¿Qué os parece?

—¡Ah, qué divertido! —dijo Martina—. Pero, ¿y los disfraces?

—Yo tengo de todo. ¡Venid! —y se levantó y fue hacia el otro cuarto.

Los otros la siguieron. También allí las paredes estaban cubiertas de fotos y carteles, y en el suelo había baúles, algunos enormes y de mimbre, y por todas partes, y en completo desorden, se veían ropajes, sombreros, zapatos, una guitarra, algunos paraguas, animales de peluche, un caballito de cartón, un trozo de decorado donde se veía la luna llena, y otros enseres que parecían sacados de la trastienda de un teatro.

—Tú esto no lo habías visto, Matías —dijo miss Josefina—. Todo esto es lo poco que conservé de mis películas y giras. Algunos me han dicho de subastarlo. Sacaría una fortuna, porque aquí hay además muchos recuerdos de personalidades ilustres, pero por nada del mundo me desprendería yo de estos objetos tan queridos. Aquí hay unos botos de Manolete, el lacito del cuello del doctor Fleming, un rizo de la barba del camarada Fidel, que yo misma le corté el día que entró en La Habana, un sombrero de Gary Cooper, unas gafas de sol de Juan Domingo Perón, unas alpargatas de Albert Camus, y muchas más cosas que ya irás conociendo.

—Un mundo —dijo Bernal.

—Tú lo has dicho, Bérnal, porque aquí está contenida una parte de la historia del siglo. El arte, la política, la guerra, la ciencia: aquí hay despojos de todo ese esplendor. Y de cada prenda y de cada objeto, yo os podría contar una anécdota inolvidable, porque todos tienen que ver con películas, con actuaciones, con homenajes, con fiestas, con presentes de amor. Pero hay reliquias, como por ejemplo esta cajita de música, de las que no os puedo hablar, porque comprometería la reputación de hombres eminentes, algunos ya desaparecidos —y la abrió, y salieron unas notas oxidadas, dispersas y agónicas, que no llegaron a formar melodía.

—¿Y este? —preguntó Matías señalando un recorte borroso de periódico donde volvía a aparecer el hombre menudo y gallardo que había visto antes con traje gris y pajarita, y que le era vagamente familiar. También esta vez estaba disertando ante un grupo de gente que lo miraba fascinada—. ¿Quién es este?

—¡Oh, ese es el hombre más inteligente y más gentil que haya existido nunca! Es Pepín.

—¿Pepín?

—Yo tenía el privilegio de llamarle así, Pepín. Pero para los demás —y aquí solemnizó la voz y alzó desafiante la barbilla— era don José Ortega y Gasset.

—¡Ortega y Gasset! —dijo Matías—. Es verdad. Yo le leí de joven y me gustaba mucho. Me gustaba mucho cómo escribía.

—Pues hablaba todavía mejor. Y gesticulaba todavía mejor. Eso fue en la Argentina, no recuerdo en qué año. Nos quedábamos todos hechizados oyéndole hablar. Y era muy galante y bizarro con las damas. Las damas cerrábamos los ojos para escucharle, y se oían suspiros, quejas, gemidos de asombro y de placer. Era un auténtico Don Juan. A mí me echaba unos piropos preciosos. «Mujer sustantiva», me llamaba. Y también «corza en la umbría», «fábrica de anhelos», «hontanar inviolado», «tolvanera de estío», «tropel de ninfas», «Finita incalculable», y qué sé yo cuántas lindezas más. Para que veas, Bérnal, que la filosofía también puede ser rumorosa y simpática. ¡Oh, Martinita, si Ortega y Gasset te hubiera conocido, se hubiera enamorado al instante de ti! ¡Y te hubiera dicho cosas tan dulces, tan suaves...! Pero, ¿a qué esperamos para disfrazarnos? ¡Oh, Bérnal!, ¿no decías tú antes que la vida era breve?

Matías no supo si animarse o refugiarse definitivamente en la confusión y el dolor de cabeza. Pero no tuvo tiempo de decidirse, porque Martina lo arrastró a la acción con un súbito contento juvenil.

—¡Toma, ponte esto! —le dijo, y le tendió un ropón que resultó ser una especie de levita con chorreras y alamares y puños de fantasía. Ella eligió un vestido como de pastora y una pamela con uvas de cera y pámpanos de fieltro. La vio ponerse el vestido y manipular bajo él para quitarse los vaqueros.

—¿Qué tal estoy? —le dijo, y lo miró perfilándose por el ala de la pamela con una expresión afectada de vampiresa.

—Muy guapa, como siempre —dijo Matías con un hilo de voz.

—¿De verdad? ¿Te parezco guapa?

—Muy guapa.

—Qué va, si soy más bien feúcha. Pero tú sí que estás elegante con ese chaquetón —y le esponjó los encajes de las solapas—. Pareces un mosquetero. ¡Ven, mírate en el espejo! —y abrió la puerta de un armario.

Y aunque el espejo estaba algo roñoso y la luz era mala, o quizá por eso mismo, Matías se vio joven y atractivo, e incluso esbelto con aquella prenda que le ceñía la figura casi hasta las rodillas, y en su rostro había una expresión invicta que parecía emanarle de un fondo oscuro de conocimiento, de ironía, de experiencia. Y allí, a su lado, estaba ella, con el vestido corto y liviano, la pamela, las zapatillas deportivas. Durante un rato los dos se quedaron embelesados mirando a aquella pareja tan extraña, tan admirablemente irreal, criaturas dichosas de un mundo apenas entrevisto. Pero también amenazantes, porque de ellas trascendía la sugerencia de lo que podía ser la vida si alguien tuviera el coraje de exigir al punto el cumplimiento de las promesas siempre postergadas. Tuvo la certeza de que ella estaba viéndolo tal como él se veía a sí mismo, ridículo, adorable y vagamente heroico. Quizá la expresión de su cara era el fruto tardío de muchos años de soledad y de renuncia. ¿Por qué no?, se dijo. Parecía que eran tres, y que él y Martina contemplaban al otro, al marinero inmóvil en la proa, absorto en el oscuro mar irredimible.

—¡Niña, pon la música, anda, que vamos a bailar! —dijo entonces miss Josefina.

Ellos siguieron unos segundos mirándose en el espejo, inmóviles, cautivos en la intensidad mágica del instante. ¿Por qué no?, volvió a decirse cuando se quedó solo y escuchó la débil quejumbre de un bolero. El alcohol le había dejado ahora una sensación agradable de ingravidez y de inocencia, y todo cuanto ocurría le parecía una ilusión al fondo del espejo, y más cuando enseguida se reunieron todos en el saloncito y pudo ver los disfraces de miss Josefina y de Bernal. Miss Josefina se había puesto un conjunto completo de charra mejicana, y en cuanto a Bernal llevaba solo un chaleco de pedrería y un lacito negro de terciopelo en vez de corbata, pero miss Josefina le había engominado el pelo, y le había dado colorete en las mejillas y rímel en los ojos, y le había iluminado ligeramente los labios de rosa. Su sonrisa mellada de viejo libertino ponía en aquella máscara un signo clásico de rijosidad cabruna.

—¡Estáis todos maravillosos! —dijo miss Josefina—. Tú eres un príncipe, Matías. Pero fíjate qué casualidad. Bérnal lleva el lazo que me regaló el doctor Fleming cuando bailé con él en el hotel Ritz, y Martinita, a pesar de que va de virgen cabreriza, se ha ido a poner la pamela que yo llevaba justamente esa noche. Fijaos cómo el destino ha tendido su puente sobre el abismo de los años. ¡Oh, siento que Dios existe! ¿Por qué no nos vamos a un convento los cuatro, Martinita y yo de monjas contemplativas y vosotros de frailes? ¡Siento que una potencia superior me quiere anunciar algo! Es como un pájaro que me ha rozado con sus alas. ¿No oís un rumor en el aire? ¡Oh, Dios mío, es la muerte, y me está diciendo que mi fin está próximo, y que ya no veré florecer las próximas rosas!

—Vamos, reina, no digas eso —dijo Bernal—. Estás más hermosa que nunca.

—¡Es verdad, estás muy guapa! —dijo Martina en un tono apasionado de protesta.

—Sí, es cierto —susurró ella—. Ha sido solo un espejismo. Bailemos sin hablar, para que el diablo no nos oiga.

Y ya solo se oyó la música, confusa y trémula como algo que se mueve en el fondo de un pozo de aguas turbias. El presagio de la muerte parecía haber quedado en el aire y en la voz oscura que cantaba el bolero. Miró a Martina. Se mordía aún los labios reprimiendo un escalofrío de terror. Pero enseguida sonrió y le ofreció los brazos. Él le tomó la mano, la guardó en la suya, y juntas las dos las posó sobre los encajes de la solapa. Con la otra rodeó apenas su cintura y se pusieron a bailar. El lugar era tan pequeño, y estaba tan entorpecido de objetos, que resultaba difícil moverse sin tropezar con algo. Así que bailaban sobre los mismos pasos siempre. Miss Josefina y Bernal, sin embargo, evolucionaban con una desenvoltura prodigiosa. Recorrían el saloncito como si estuvieran en un lugar amplio y despejado, girando, flotando, que parecía que la música hecha viento los llevaba en un vuelo, cuanto más leves más felices. De pronto desaparecieron en el cuarto de al lado, y Matías tuvo de nuevo la sensación de que las cosas ocurrían en el fondo ilusorio del espejo, o en un sueño, o en cualquier otra dimensión imaginaria. Vio cómo Martina se desprendió de la pamela con un gesto brusco de la cabeza y la dejó caer a sus espaldas. O quizá se había caído sola, pero el caso es que Martina, ya sin aquel estorbo, reclinó la frente sobre las manos que reposaban juntas en la solapa y se quedó allí, en una actitud de desfallecimiento o de abandono. Matías sintió en los labios la caricia del cabello limpio y deshilado, el roce de sus piernas y sus senos, y una vez que ella subió la cara, como sofocada por la asfixia, sus mejillas se unieron largamente durante unos segundos y él aspiró su aliento, la profunda fragancia de su carne palpitante y mortal.

Apretó ligeramente su cintura y notó que ella cedía a la presión, y que su cuerpo se entregaba dócilmente al suyo. Matías supo entonces que no tenía más que extender la mano para tomar lo que le pertenecía por un derecho recién adquirido pero que él sentía ya como un privilegio secular. Supo que cualquier palabra que dijese sería sagrada y valdría para siempre, y supo que ese momento no volvería jamás a repetirse. Intentó mirarla de reojo: le pareció que sus labios estaban entreabiertos e inflamados por una pasividad anhelante, pero el latir de las velas ponía en su cara un temblor de luces y sombras que la hacía inescrutable. Ahora podía besarla, acariciarla con toda la dulzura destilada por su tibio sol de otoño, y apurar luego el abrazo para imponerle la autoridad pujante de su hombría. Pero un súbito desaliento lo detuvo cuando ya insinuaba el movimiento de buscar sus labios y raptar su cintura y lanzarse a aquel abismo de desesperación y de placer. Quizá era el miedo de apropiarse de aquella inocencia inmerecida. O quizá se trataba de una burla del destino, que le había concedido todo cuanto anhelaba salvo la certeza de que sus dones no fuesen solo una ilusión. Apretó levemente su mano, como el náufrago que emite una señal agónica de socorro. Comprobó con alivio que no obtenía respuesta. Pero la señal fue bastante para asustar a una bandada de grullas junto a un lago. Las vio volar hacia el sol poniente. Entonces experimentó la exaltación y la zozobra de los grandes viajes. Martina había reclinado la cabeza sobre su pecho y parecía estar medio dormida. Matías supo que todo era fácil y al mismo tiempo inalcanzable. Otro día, se dijo, hoy estoy muy cansado. Luego aflojó el abrazo y subió la cara: se sentía liberado, pero a la vez perdido sin remedio.

XVIII
Los invasores de la nueva era

Tal como había previsto, la noche del uno de diciembre reunió a Pacheco y a Martínez y les comunicó solemnemente su decisión irrevocable de declararse en quiebra y poner fin en ese punto a la aventura empresarial. Estaban en la nave, Ortega se había ido a acostar y solo de vez en cuando se oía muy lejos un ladrido de perros.

—Pero eso no puede ser —dijo Pacheco. Se había quedado pálido, y le temblaban un poco las palabras.

Sin apresurarse, Matías sacó la agenda y opuso la elocuencia de los números al asombro y a la consternación de Pacheco y Martínez. Su voz era lenta, cansada, inapelable. De los casi cuarenta millones que tenía en el banco hacía poco más de cinco meses, apenas le quedaba ya uno. Podía resistir aún casi un mes, es cierto, pero había perdido la fe en el futuro y no quería arruinarse del todo.

—Si cierro ahora, todavía puedo salvar algo. Pero si sigo, empezaré enseguida a endeudarme. Estos son los hechos y no hay que darles ya más vueltas.

Golpeó la agenda en la palma de la mano y finalmente la echó sobre la mesa, como si mostrara sin orgullo un naipe ganador.

—Pero no podemos abandonar ahora —dijo Pacheco, y abrió los brazos y miró en torno, apelando a un auditorio imparcial que acreditara sus palabras—. Precisamente ahora, cuando los nuevos envases están ya casi listos, cuando las subvenciones deben venir ya de camino, cuando empezamos a tocar el cielo con las manos. Es una locura. Es como si Cristóbal Colón se hubiera dado la vuelta justamente cuando ya se veían pájaros y hierbas. Y, además, esa es una reacción anímica muy estudiada en el deporte y en la empresa. Cuando el triunfo está cerca, la meta ya a la vista, a veces entra un acceso de pánico. Es de libro —e hizo el ademán de abrir el maletín—. Se llama el «síndrome de los laureles», y más vulgarmente «la tentación de la cuneta», y es el último obstáculo que la adversidad opone al héroe. La adversidad, en forma de diablo, invita al ganador a abandonar, a echarse a dormir a un lado del camino. Pero nosotros no podemos dejarnos engañar por ese espejismo. Hay que resistir. ¡Es necesario resistir!

Pero Matías no estaba dispuesto a dejarse engatusar de nuevo por las patrañas de Pacheco. Esta vez no. Porque ahora creía haber entendido algo de lo que ocurrió la noche en que bailó con Martina y el destino le concedió un momento de gracia en que habría bastado tender la mano para tomar lo que hasta entonces parecía inalcanzable. Él, sin embargo, se había detenido en el último instante. Al principio creyó que era por prudencia, y más seguramente por miedo, y también por decoro, porque él no quería corromper la vida joven de Martina con la impudicia de sus apetitos, ni abrumarla con el fardo sórdido de su edad, pero ahora sabía que lo que en el fondo lo había disuadido era la secreta certidumbre de que cualquier intento resultaba inútil y espurio, ya que el episodio que estaba viviendo era irreal. Irreales eran la luz trémula de las velas, el lugar atufado de incienso, la ocasión, la música, el alcohol, el disfraz. Probablemente Martina estaba mareada y soñolienta por las dos o tres copitas de licor que había tomado y por eso reposó la cabeza en su hombro y se abandonó en él. Todas aquellas circunstancias le habían dado a la escena un carácter teatral. Y es posible que el hecho mismo de disfrazarse de caballero y de pastora, los hubiera movido a representar un cierto papel galante, que él, en su esperanza, había tomado por real.

Pero lo más ilusorio o lo más falso había sido su condición ventajista de patrón. Ahora entendía también por qué alguna vez había estado tentado de explicarle con detalle a Martina la precariedad económica de la empresa, y cómo iban sin remedio a la ruina, pero al final siempre había decidido posponer la confidencia para un momento más propicio. Temía que Martina no lo aceptara como él era, pero temía también que lo aceptara únicamente por lo que aparentaba ser. Así había sido su vida en los últimos tiempos, ahora lo comprendía con claridad. Todo había estado a punto de ocurrir esa noche, es cierto, del mismo modo que, según Pacheco, también el éxito financiero era siempre inminente, pero luego, cuando las promesas estaban a punto de cumplirse, recuperaban de golpe su verdadera condición de trampantojos. Y eso es lo que había pasado con Martina. Había sido como abrazar a un fantasma, como silbar la música que se escucha en los sueños, como entregarse a la nostalgia de una vida anterior.

Y, sin embargo, algo había ocurrido aquella noche, algo real y sincero que latía con vida propia bajo el velo de la ilusión y del disfraz. Entonces, antes incluso de aflojar el abrazo, supo sin duda que el único modo de avivar aquel pálido rescoldo de verdad consistía en volver a ser el que había sido siempre. En ese momento agradeció la bancarrota que se avecinaba. Era extraño, y ridículo, y hasta un poco cómico, porque había creado la empresa para investirse de atributos espléndidos con que merecerse a Martina y ahora resultaba que, aun en el caso de que no se hubiese desmoronado por sí solo, habría tenido que desmontar aquel tinglado para presentarse ante ella con su verdadera identidad y tratar no ya de merecérsela, sino de ser aceptado a pesar de sus escasas cualidades y encantos. Al menos para no sufrir en el futuro el remordimiento de haber logrado su afán con malas artes. Liquidaría, pues, el negocio, tal como había previsto, y luego escribiría una carta de amor, que no sería larga ni entreverada de razones sino elemental y transparente como un dictado para párvulos.

—Hay que resistir —repitió Pacheco con un eco de súplica en la voz.

Matías negó muy levemente con la cabeza, casi con la dulzura con que hubiera rechazado el antojo de un niño. No se había quitado el abrigo, dando a entender así que la reunión sería breve, ya que no había nada que deliberar. Por el mismo motivo tampoco se había sentado en el sillón sino en uno de sus brazos (en tanto que Pacheco y Martínez ocupaban las sillas para las visitas), de modo que su posición, aunque precaria, era ventajosa para poder negar con autoridad y sin vehemencia. Giraba un poco el asiento, y aquel movimiento prolongaba la firmeza de la negativa. Martínez, con los puños puestos de plano sobre las rodillas juntas, como si aguardase aplicadamente en una antesala, miraba a un punto impreciso del aire situado muy cerca de su propia nariz.

—Por lo menos un mes, solo un mes —dijo Pacheco.

—No.

—Tres semanas.

—No.

—Quince días.

Matías amplió el arco de giro del sillón.

—¡De acuerdo! ¡Una semana entonces!

—Tampoco. Mañana mismo reúno a los empleados y los despido a todos. Y nosotros volveremos a ser solo oficinistas. Está ya decidido.

—¡Pero eso es una locura! Martínez, diga usted algo. A ver si usted consigue convencerlo. ¡Dígale que está a punto de cometer el mayor error de su vida!

Martínez carraspeó y miró a Matías desde abajo con ojos cándidos y sombríos. Luego se apresuró a bajarlos pudorosamente y tragó saliva.

—Pacheco tiene razón —dijo, y su voz tímida y solemne tenía algo de oráculo acatarrado—. Es necesario resistir.

—¿Resistir?

—Permítame decirle que confíe en mí.

—Pero, ¿qué es eso de resistir? Y además, ¿cómo voy a resistir si no tengo dinero? —dijo Matías sin alzar la voz.

—Un momento —dijo Pacheco—. Creo que tengo la solución. Podemos hipotecar la fábrica.

—¡No! ¡Me niego! Eso significaría para mí la ruina absoluta.

—Pero, ¿quién habla de arruinarse? —Pacheco apeló de nuevo a la autoridad de un tribunal imaginario—. ¿Quién habla de ruina cuando estamos a punto de naufragar en un río de dinero? Seamos pragmáticos. La desproporción entre el riesgo y la ganancia es enorme. Una pequeña nave en el suburbio a cambio de una multinacional, y con todos los ases en la manga. ¿Quién, en esas condiciones, e incluso en condiciones más adversas, no aventuraría su capa por un reino? ¿Y dónde está el espíritu del líder que con su ímpetu y su fe nos sacó a todos de una vida entrecana para guiarnos hacia horizontes nunca vistos? ¿Qué fue del visionario? ¿Qué fue de aquel fanatismo de los primeros días, que nos hacía a todos invencibles? Porque es verdad que hay que ser un poco fanático para triunfar en esta vida. Lo que en la política puede ser un defecto, en la religión y en las altas finanzas se convierte en una gran virtud, la más grande de todas. Es de libro.

Matías escuchó atentamente aquel discurso y luego se quedó pensando con la cabeza baja y los ojos achicados y fijos como si escrutase un punto borroso en el vacío.

—Tú tienes un piso, ¿no? —preguntó al fin, sin mirar a Pacheco.

—¿Yo? ¿Un piso? Bueno, esto, es también de Lalita. Nos quedan todavía algunas letras.

Se rascó delicadamente el cuero cabelludo con la uña crecida del meñique. «Es un piso pequeño y un poco oscuro», se lamentó, como si con eso quedara zanjado aquel asunto.

—Bien, pues hipotécalo, si tanta fe tienes en el porvenir de la empresa. Lo hipotecas y te conviertes en mi socio.

—Pero eso no puede ser —balbuceó Pacheco.

—¿Y por qué no?

Pacheco abrió los brazos ante la obviedad.

—Hombre, porque tú eres el líder. Tú eres nuestro presidente, nuestro guía. Hay un orden, una estructura, un organigrama, y yo no debo...

—Compartiremos todo a partir de ahora. El orden, la estructura, las ganancias, las pérdidas, el liderato, los honores, la presidencia incluso. Todo.

Pacheco al principio negó con la cabeza, obstinadamente, como una mula intentando esquivar el freno, pero según avanzaba la enumeración su rostro se fue serenando, iluminando por una especie de alborozo interior, y al final se quedó pasmado, con la mirada puesta en un ensueño.

—Sería hermoso —dijo—. Y desde luego que lo haría. Si de mí dependiera, lo haría. Yo soy un romántico y arriesgaría todo cuanto tengo, y hasta la vida, por un ideal. Pero el problema es Lalita. A Lalita las ballenas la han convertido en un ser materialista y contumaz. Ella cree que yo, y todos nosotros, estamos destruyendo el planeta. Los marcianos, nos llama. Ya está aquí el marciano, dice en cuanto me ve. Así que convencerla sería tanto como convencer al diablo para que hiciera la Primera Comunión.

Durante un rato los tres guardaron un silencio de duelo. Ortega debía de haber encendido la radio, porque se oía muy lejos una voz vehemente y, por algún efecto acústico, a veces llegaban muy claras algunas palabras sueltas. Era una polémica taurina. Matías recordó que solo había ido a los toros una vez en la vida. Lo había llevado su padre, y él debía de tener siete u ocho años. Recordó que su padre fumaba y escupía mucho y a plomo entre los pies, y que él miraba cómo en el suelo se iba formando un charco de saliva. Eso era todo lo que consiguió rescatar de aquel suceso de la infancia. En ese momento la voz cesó y se oyeron las señales horarias de la medianoche. Ya solo quedaba por tanto levantar la sesión y marcharse a casa. De pronto se llenó de un gran contento al saber que dentro de una semana la vida volvería a tener el ritmo sosegado de siempre. Cambiaría el turno con Martínez, que a él le daba lo mismo, y otra vez tendría las tardes libres y podría entregarse al tiempo como el barquero que se deja ir a la deriva por un ancho y perezoso río tropical. Sintió la ilusión mórbida de que Martina lo rechazara para poder abandonarse impunemente a la vida mansa y haragana. Y aunque iba a perder una gran parte de sus ahorros, no le importaba, porque gracias a eso había descubierto el valor de las cosas que siempre había tenido sin llegar a estimarlas. Ya se disponía a dar en el aire una palmada para clausurar la reunión, cuando Martínez dijo con voz clara y sombría:

—Yo lo haré.

—¿Cómo? ¿Qué? —se sobresaltó Matías—. ¿Hacer qué?

—Yo hipotecaré el piso y uniré mi suerte a la suya.

Seguía con los puños en las rodillas, y estaba como desarraigado de sí mismo por el embeleso de una visión mística.

—No, no lo permitiré —dijo Matías en cuanto se recuperó de la sorpresa.

—Por favor. No me puede negar ese honor.

—Pero usted tiene una familia. Fíjese si pierde el piso, qué harán entonces, qué les dirá a sus hijos, a su mujer.

—Yo sé bien lo que hago. Por favor.

Matías se quitó el abrigo y se derrumbó en el sillón. No sabía qué decir. Tenía la sospecha de que había caído en su propia trampa y de que cualquier intento de resistencia o de fuga sería inútil. Pacheco, sin embargo, tras unos instantes de desconcierto, se levantó conmovido por la solemnidad que había dejado en el silencio aquel arranque de heroísmo.

—Este es un momento épico, me atrevería a decir —dijo—. Si alguna vez se escribe, como se ha de escribir, la saga de M.M. Hispacking, el cronista se verá forzado a alzar el tono y a detenerse por menudo al llegar a esta escena. Y acaso un pintor elegirá también este episodio para inmortalizarnos a los tres. Martínez así, como está ahora, mirando al infinito, o entreviendo el futuro. El presidente en su sitial, agobiado por el peso de la responsabilidad y torturado por un sinfín de pensamientos. Y yo aquí, de pie, captado en este instante malogrado de elocuencia, como el burrillo de la fábula. *El fundador y sus dos primeros discípulos*, o *Martes de encrucijada*, podía titularse el cuadro, y su esencia consistiría en atrapar ese momento en que la pena y la esperanza se superponen y confunden en un sentimiento inefable y genial.

Eso dijo, y sin más preámbulo pasó a describir la panorámica que ahora, con la nueva situación, se abría ante ellos. Matías y Martínez hipotecarían cada cual lo suyo. Él intentaría convencer a Lalita para pedir un crédito sobre la garantía del piso, y hablarían también con Bernal, y hasta con Veguita, por si querían compartir con ellos la parte final de la aventura. Con la inyección económica, que él estimaba en unos cincuenta o sesenta millones, resistirían de sobra hasta que llegaran las subvenciones y ayudas financieras, y entretanto, y esto era lo más importante, adquirirían la patente de los nuevos diseños, que eran de lo más vanguardistas y vistosos, comprarían maquinaria ultramoderna, elaborarían un nuevo catálogo, harían una campaña impactante de publicidad y luego, cuando lograsen imponer una imagen pública, ofrecerían sus prototipos y servicios a marcas de refrescos, de cervezas, de lácteos y de otros muchísimos productos. Y era seguro (ahora sí, esta era la diferencia con la época anterior) que alguna de esas marcas, ante la perspectiva de conmocionar el mercado del envase con modelos nunca vistos y ya promocionados y alzarse con la exclusiva de la novedad, no dudaría en cerrar con ellos un contrato de producción masiva y larga duración. Irían luego a un banco y, con solo enseñar el contrato, obtendrían un crédito para ampliar la fábrica y comenzar la explotación a gran escala. Y eso sin contar, claro está, con los mercados asiáticos y latinoamericanos, donde había zonas vírgenes que permitirían en poco tiempo una expansión audaz.

—Tengo la impresión de que acabamos de vencer la travesía del desierto y de que ahora, en este mismo momento, iniciamos nuestra andadura hacia las tierras del pan y de la miel.

Matías intentó aún oponerse a aquel arrebato de entusiasmo, pero enseguida comprendió que sus argumentos no servirían ante la tozudez beatífica de Martínez y la palabra alucinada de Pacheco.

Así se inició aquella nueva etapa. Pacheco consiguió convencer o engañar a Lalita e hipotecar el piso, y lo mismo hizo Martínez con el suyo y Matías con la fábrica, y hasta Bernal empeñó una buena parte de sus ahorros, embarullado por los proyectos de Pacheco pero persuadido sobre todo por la determinación de un hombre tan competente y tan ecuánime como había sido siempre Martínez. Entre todos lograron reunir algo más de cincuenta millones. Y aunque no era mucho para los planes faraónicos que se avecinaban, sí resultó bastante para comenzar de nuevo una época de optimismo, de conjeturas, de sobresaltos, de actividad febril. Hasta Veguita, a falta de dinero, puso su tiempo libre y su puro entusiasmo al servicio de los demás. A Matías, el regreso de aquellas ilusiones que había dado ya por clausuradas, le producía una cierta inquietud, como la recurrencia de un sueño amenazante, pero la misma fuerza de las expectativas, unido al fatalismo de los hechos consumados y a la intuición supersticiosa de que un destino benévolo velaba por él, lo animaron también a la esperanza y a la acción.

Inmediatamente llegaron las dos máquinas ultramodernas, y poco después, en una sesión solemne, se fabricaron y presentaron en sociedad los nuevos modelos. Todos se agruparon alrededor de las máquinas y del diseñador y de los dos técnicos que mandó la casa para ver cómo se iban elaborando los envases, que eran de muy diversos tipos y colores, con fechas, referencias, lotes de fabricación, códigos de barras, logotipos, grafismos.

Eran unos objetos ciertamente extraños. Unos parecían pirámides truncadas, o más bien mutiladas, y conos seccionados en bisel; otros eran abiertamente abstractos y tenían formas geométricas bruscas e incomprensibles. Uno semejaba un muelle, y otro sugería vagamente un animal prehistórico. Otro era musical: al presionarlo para verter el contenido, emitía unas notas eléctricas de júbilo. La gracia de otro consistía en que había que averiguar la ubicación y el sistema de apertura, que era siempre distinto.

«Yo creo en esto», dijo Pacheco levantando con ambas manos uno de los envases y exponiéndolo a la contemplación unánime de los demás. «Aquí está el futuro. Dentro de poco», y mostró otro modelo que parecía un robot, «los niños no querrán comer el yogur de otra forma.» Pulsó en algún lado y el robot dijo con el tonillo articulado y nasal de los robots: «¡Buen provecho!». «Y algún día los personalizaremos, de modo que el brik diga, en el idioma que se desee (con lo cual cumplirá también una función didáctica), "Buen provecho, Óscar, o buen provecho, Inés", o que le felicite por su cumpleaños, o que le recuerde alguna pequeña obligación. Y para los mayores, podemos insertar un chip que contenga un boletín informativo, o un chiste, o una melodía, o el horóscopo, o una receta de cocina. O un poema, que también el apartado cultural está contemplado en el proyecto. Y hasta se puede establecer una red de contactos personales. De eso se trata. De presentar un brik que sea mucho más que un mero brik. Que ofrezca otras muchas prestaciones. Que pueda ser también un divertimento, una fuente de información, un artefacto cultural, un objeto decorativo. Algo capaz de abrir una vía de progreso que mejore la calidad de vida de los usuarios. Os parecerá una utopía, pero todo eso se hará realidad con el tiempo, y llegará el día en que la gente, la buena y laboriosa gente de este mundo, no pueda prescindir de nuestros productos y no quiera saber ya nada de los modelos clásicos, que quedarán como signos de una época bárbara e ingenua.»

Fueron pasando de mano en mano. «Son muy bonitos», dijo Martina. «Parecen rompecabezas.» «Es una idea», dijo Pacheco. «Gane un viaje a Tahití, o un coche, completando nuestro rompecabezas. Juegue, coma y gane dinero al mismo tiempo.» Bernal se quitó las gafas para examinar mejor aquellas figuras caprichosas. Apartado del grupo, Martínez observaba y callaba.

Ortega no sabía bien por dónde coger los recipientes, y les daba vueltas, y los miraba y los remiraba y movía la cabeza como resignado ante una calamidad irremediable. Polindo no quiso tocarlos. Con las manos en los bolsillos del mono y el cabo de farias en la boca, se limitó a echarles una mirada de través. «Eso se llama surrealismo o vanguardia», dictaminó. Ortega lo interrogó con un gesto de súplica que le cogió toda la cara. «La vanguardia la inventaron los franceses. Vanguardia o surrealismo es por ejemplo decir o pintar lo primero que se te venga a la cabeza, o salir a la calle y matar al primero que encuentres. O entrar en un quirófano con un paraguas. Todo eso es vanguardia. O absurdo, como también se le puede llamar.» Ortega lo escuchaba atónito, y luego fijaba los ojos en los envases, intentando establecer un nexo lógico entre las palabras y las cosas.

También a Bernal y a Matías le parecieron unos diseños demasiado atrevidos. «No sé si a la gente no le dará aprensión comer y beber lo que haya ahí dentro», comentó Bernal. «Lo único que importa es que al usuario le dé por creer en ellos», dijo Pacheco. «Y creerá. Se resistirá al principio, porque la gente es de por sí conservadora y se resiste a creer en cosas nuevas, pero con una buena campaña publicitaria acabará creyendo. Os digo que este es un momento histórico, y que estamos pisando el umbral de la gloria.»

Se confeccionó un nuevo catálogo, mucho más moderno y lujoso que el anterior. Lo primero que se observaba en él era un gran derroche de papel. Una página entera, de la mejor cartulina, lucía únicamente un cuadradito donde había que afinar los ojos para distinguir la forma exacta del envase. Según corrían las páginas, el cuadradito se iba desplazando hacia la derecha y hacia arriba, de modo que hacia el final solo se veía una parte del cuadradito, cada vez más pequeña, pues se suponía que el resto había salido ya del encuadre. La última página estaba en blanco. Apenas había texto, y todo el conjunto había sido ideado con ese laconismo ostentoso. También había una foto, o más bien una composición fotográfica, de Matías. Aparecía de pie, captado desde muy abajo, de tal manera que daba la impresión de un gigante galáctico, y alrededor de su cabeza flotaban los envases como si fuesen meteoritos o naves espaciales. O productos hijos de su invención o de una pesadilla. Pero la foto estaba también reducida a un cuadradito y había que fijarse mucho para advertir los detalles. «Parece el catálogo de una galería de arte elitista», dijo Bernal. Pero, por lo demás, a todos les pareció elegante, y sugerente, y tan prometedor como la nueva etapa de expansión y conquista que emprendían allí mismo.

Sin más preámbulos, se lanzaron a la acción. Pusieron anuncios en algunos de los periódicos y revistas más importantes del país, y en vallas publicitarias, y hasta en la cola de una avioneta, y eran mensajes también lacónicos, y enigmáticos, pues aparecían los meros envases con el emblema de la empresa, y debajo una sola frase: LOS INVASORES DE LA NUEVA ERA. Contrataron a diez hombres anuncio que en días de fiesta se pasearon por los lugares más concurridos de Madrid, revestidos con modelos gigantes de plástico. Aparecían en todo tipo de actos donde se preveía la presencia de la televisión. «Son los invasores», decían ya algunos al verlos pulular por las calles. Una vez se tiraron los diez al tiempo, con sus disfraces, desde un puente amarrados a una cuerda elástica. Otra vez se les vio saludar y liberar palomas desde un globo aerostático. El día de Nochevieja, a las doce de la noche, allí estaban los diez en la Puerta del Sol para recibir el Año Nuevo. «Ahí están los invasores», dijo el comentarista en una de las cadenas de la televisión. Mandaron los diseños a exposiciones y ferias industriales de todo el mundo. Fabricaron modelos en miniatura para repartirlos por las calles, y unos servían de pendientes, y otros de llaveros, de pastilleros, de colgantes, de adorno para el espejo retrovisor de los coches, de caperuza para los lápices, de talismanes, o simplemente para llevar en el bolsillo por el mero gusto de disponer de un objeto dócil y pintoresco. Con todas esas actividades elaboraron un vídeo y un informe de más de cien páginas.

«Esta vez va en serio», decía Bernal. Y hasta Matías, que era el más escéptico y renuente de todos, estaba impresionado por la eficacia que había alcanzado la campaña de difusión. «Ya no nos presentaremos a las citas con las únicas armas del catálogo y de nuestro optimismo», decía Pacheco. «Ahora iremos respaldados por una imagen pública, por un nombre de marca que ya es operativo en el mercado. Lo de los invasores no es solo una palabra; es de verdad, y esta vez no vamos a rogar sino a invadir y a proponer nuestras reglas. ¿No notáis buenas vibraciones en el ambiente? ¿No tenéis el presentimiento de que está a punto de ocurrir algo maravilloso?»

Y era verdad, Matías lo había notado, y también Bernal, y no solo ahora sino al principio, el día de Nochebuena por ejemplo, cuando Castro los obsequió con un aperitivo, como todos los años. El rito era siempre el mismo. Hacia las doce de la mañana comenzaba a llegar de las profundidades del piso un lejano rumor festivo. Debía de ser la recepción que Castro ofrecía a sus amistades y clientes. Ellos oían las voces, las risas, la música de fondo, pero seguían trabajando como si no ocurriese nada, como si aquello no fuese con ellos, lo cual no era del todo descabellado. A la una en punto, de la remota música orquestal se descolgaba y deducía un violín que iba acercándose poco a poco, como si discurriese por un laberinto, hacia la parte interior del piso que ocupaban ellos, y que tocaba un aire cada vez más vivo, hasta que de pronto la música llegaba al despacho de Castro y entonces se abría la puerta y entraba el violinista, y detrás seis camareros vestidos todos de chaqué, y enguantados de blanco, y llevando las bandejas muy altas, a todo lo más que daba el brazo, como si fueran antorchas o estandartes. Cada uno de los seis camareros iba a situarse servicialmente frente a cada uno de los seis empleados, y estos entonces se levantaban, tomaban la copa y hacían un corro coloquial en el espacio despejado de la sala. Los camareros se mantenían detrás, a la expectativa, cada cual atento al empleado al que debía servir. Por lo demás, cada bandeja contenía una copa de champán francés y cuatro canapés selectos, ni uno más ni uno menos. En un rincón, de pie, apasionado, movido por la brisa de su propia música, el violinista no dejaba de tocar ni un momento.

Según Bernal, aquella extravagancia solo podía interpretarse como una forma refinada de burla e incluso de escarnio, pues la aparatosidad de los honores resaltaba, también aparatosamente, su rango de criados. A Pacheco, por el contrario, le parecía un agasajo de lo más sutil y original: Castro quería así hacerles partícipes de la fiesta que ofrecía a sus amigos. Matías por su parte no pensaba nada, si acaso que debía de tratarse de un capricho de rico sin mayor relevancia. Hacían el corro, bebían, tomaban de tarde en tarde un canapé y esperaban, sin saber qué decir. Sol aprovechaba cualquier comentario, por insulso que fuese, para echarse a reír con una carcajada estentórea, como dando a entender que aquello era una fiesta y que a ella no iban a coartarla ni el prosaísmo del lugar, ni los camareros, ni la presencia inminente del jefe. Veguita, quizá para competir con ella en mundanidad y desparpajo, contaba chistes verdes con acento afeminado y andaluz.

Al rato volvía a abrirse la puerta del despacho y entraba un tipo vestido de Papá Noel, con su vestido rojo de terciopelo, su gorro con borla, su barba patriarcal y su talego al hombro. Ellos fingían al verlo un gesto de sorpresa y Papá Noel, después de dar por la sala una vuelta de lucimiento, iba metiendo la mano en el saco y entregándoles los presentes, a cada cual el suyo. Había un regalo que era igual para todos (una cestita de porcelana envuelta en celofán verde y rematada por un lazo dorado, que contenía dos trufas y una latita de caviar) y un regalo sorpresa, que era del todo imprevisible. Podía ser una armónica, una moneda de oro, una pelota de golf, un metrónomo. O un camaleón vivo y en su jaula, como le tocó un año a Martínez. Por el porte, por las manos, por el regocijo mal contenido, por la sobreactuación a veces, se veía que aquel Papá Noel era alguno de los invitados que se había ofrecido para representar el papel.

Finalmente, cuando ya ellos habían examinado los obsequios, callaba el violín y aparecía Castro, indolente y esbelto, vestido con un frac blanco y con una copa ya en la mano. Al fin y al cabo, no es que llegase a una fiesta, sino que venía de ella para propagarla más allá de sus límites. Y ellos, los empleados, tenían que reservar un poco del champán de sus copas para corresponder al brindis que les proponía Castro desde el mismo vano de la puerta, tras dirigirles unas breves palabras. Detrás de él, algunos invitados (deseosos quizá de conocer esa parte misteriosa del piso, y a quienes en ella trabajaban) se asomaban sobre los hombros de Castro y los saludaban con gestos simpáticos de complicidad, las mujeres ondulando los dedos y los hombres alzando las copas en su honor o cerrando la mano y enseñándoles el pulgar de la victoria al tiempo que guiñaban un ojo y torcían la boca, en una expresión campechana de secreto entre hombres.

375

Pero esta vez, sin ponerse previamente de acuerdo, a la hora de brindar se miraron un instante entre ellos, y bastó ese relámpago de inteligencia, para hacer un aparte apenas perceptible y adelantar sus copas no tanto hacia Castro como hacia sí mismos, cumplimentándose unos a otros, confabulados de pronto en una celebración privada cuyo aire equívoco Castro captó al vuelo. Una sombra de extrañeza oscureció fugazmente su rostro. Luego sonrió y con los ojos le ordenó al violinista que siguiera tocando. «Ahí les dejo con la música. Hagan con ella lo que quieran.»

Apenas se quedaron solos, se miraron y volvieron a sentir en el ambiente aquellas buenas vibraciones de que hablaba Pacheco. Fueron tiempos excitantes, donde las incertidumbres, las ilusiones, la confianza y el recelo, la ambigüedad de los presagios, se unían en un sentimiento de pura y simple excitación. Parecían, más que negociantes, recién enamorados. A principios de enero, aprovechando el impacto de la campaña publicitaria, dieron comienzo a la ofensiva comercial. Contrataron a seis ejecutivos de ventas de alto nivel y concertaron citas con presidentes y directores generales de grandes marcas, y no solo en España sino (según el plan que Pacheco venía urdiendo desde hacía mucho tiempo) en países emergentes del Tercer Mundo, y en otros de Europa del Este y de Latinoamérica y de otras latitudes. Él mismo pidió en la oficina diez días de vacaciones por asuntos propios y viajó a China a contactar con empresarios que quisieran entrar de un modo original y agresivo en el mercado del envase. Y allá que se fue, con su cartera de ejecutivo y dos grandes maletas llenas de catálogos y muestras y demás material de promoción. Matías lo llevó al aeropuerto, y durante el trayecto y la espera para embarcar, solo murmuraba de vez en cuando: «Son mil millones como poco. Mil millones. Allí están hoy El Dorado y la Tierra de Jauja, y nosotros somos como los conquistadores o los pioneros de ese nuevo Oeste. Si logramos introducirnos en China, encontrar un socio y crear allí una pequeña sucursal, lo demás se nos dará todo por añadidura». Nunca había salido de España, ni había practicado en vivo su inglés elemental y acelerado, y por más que disimulaba hablando de las grandes perspectivas que ofrecía la expansión del capitalismo en Oriente, no conseguía ocultar la emoción y el temor que le inspiraba aquel viaje.

«Esta vez parece que va en serio», repetía Bernal. Y también Matías se rindió a la evidencia de que las cosas discurrían ahora por los caminos exactos de la realidad. Con tanta promoción y tanto viaje, hubo que aportar más dinero, y él apenas opuso resistencia para hipotecar su piso, que era ya la única propiedad que le quedaba, y también los otros empeñaron en el proyecto sus últimos recursos. Y sobrevino una época de espera. Las grandes marcas habían examinado los diseños, habían seguido con interés las demostraciones comerciales de los ejecutivos, y habían garantizado que estudiarían la oferta y les responderían en breve. También Pacheco volvió de China cargado de promesas, y fascinado por las posibilidades sin cuento de aquel enorme mercado virgen, donde bastaba tirar una semilla al suelo para recogerla multiplicada por mil poco tiempo después. Se había entrevistado con muchos empresarios del sector, les había mostrado en vídeo la campaña publicitaria, y al menos tres de ellos estaban dispuestos a repetirla allí, y a asociarse con M.M. Hispacking para producir y explotar masivamente los nuevos envases. «Pero, ¿de dónde vamos a sacar el dinero para montar allí una fábrica?», preguntó Matías. «Con la garantía del contrato, nosotros nos buscaremos a la vez un socio, o pedimos un crédito, ya se verá», explicó Pacheco. «Pero lo más probable es que tengamos varias ofertas entre las que elegir. Ya idearemos algún tipo de sociedad.»

Así que, entre tantas promesas, vivían como ausentes, en un estado de provisionalidad, aguardando anhelantes el nuevo día que acaso trajese la gran noticia que estaba siempre a punto de llegar. Solo Martínez parecía un poco al margen de aquella ebullición. Seguía quedándose en su despachito de la nave hasta muy tarde, y cuando llamaba por la noche para dar las novedades y Matías le preguntaba qué tal había ido todo, él contestaba al rato, «bien», como si no estuviera muy seguro de la respuesta. «¿No le parece que todo esto es, no sé, una locura?», le preguntó una noche. «Todo va bien», dijo él. «¿Usted cree?» «Sí», concedió en su tono lúgubre tras una larga pausa.

Sentado tras el balcón, Matías miraba a la calle sin saber qué pensar. Le parecía que ya había vivido ese momento, que desde hacía muchos meses estaba cautivo de un sueño por el que se filtraba débilmente la realidad, pero del que nunca lograba despertar del todo. Ahora, sin embargo, su soledad le parecía más llevadera, quizá porque también los demás habían comprometido su fortuna, y eso los unía en un destino indivisible. Si fracasaban, se animarían unos a otros, harían causa común para que no los lastimasen el arrepentimiento y la vergüenza, y aunque al principio no hablarían del asunto, pasado el tiempo empezarían a recordarlo con nostalgia, y hasta con cierto humor, primero tímidamente, rescatando anécdotas aisladas, disputándole detalles insignificantes al olvido, y luego con toda la intrepidez y la facundia que merecían unos hechos que poco a poco habrían ido cobrando una dimensión legendaria, y donde ellos serían los héroes a los que ya nada ni nadie (instalados como estaban en el espacio invulnerable de la fábula y de la evocación a coro) podrían derrotar una segunda vez. Llegarían a viejos, y ellos seguirían contando aquella historia como lo que ya sería indiscutiblemente para entonces: un triunfo secreto sin laureles.

Ahora bien, también podía ocurrir que tuvieran suerte y consiguieran triunfar de verdad, por qué no. Daba sorbitos de whisky, y cuando quería caer en la cuenta ya estaba de nuevo enredado en los hilos tenues de la ficción y, poco después, de la esperanza. Si Bernal y sobre todo Martínez, que eran hombres lúcidos y prácticos, habían arriesgado sus ahorros, sería porque habrían visto grandes posibilidades de culminar aquella aventura con éxito. Hasta Bernal, que nunca había ambicionado grandes cosas, ya hablaba de lo que haría cuando llegase a rico. Para empezar, se jubilaría de inmediato y se iría a París con miss Josefina. Le enseñaría los lugares de su juventud, se quedarían allí a vivir un tiempo, y luego viajarían a Latinoamérica, donde ella le mostraría a su vez los escenarios de sus grandes éxitos artísticos. Y hasta le había propuesto que Martina y él se sumaran a la expedición. «¿Nosotros?» «Claro, Martina y tú. Lo pasaremos bien los cuatro.»

De modo que ahora Matías, cada vez que dejaba que la mente se le escapase hacia las regiones abstractas del futuro, pensaba en realidad en Martina, y en París, y en Méjico, y en tibias alcobas al amanecer, y en cenas amenizadas por mariachis, y en lentos paseos cogidos de la mano a la orilla del mar, y en noches perfumadas y cálidas, y en penumbras frescas, y en bailes íntimos y demorados en el claro de luna de un jardín. En esas fantasías se veía a sí mismo joven, o de una madurez intemporal o idealizada que se parecía vagamente a la juventud, y siempre bronceado y vestido con ropas caras y medidas que estilizaban su figura, y el gesto elegante y la palabra irónica, y así seguía con sus quimeras hasta que al rato se daba cuenta de que aquel hombre no era otro que Castro, y en ese instante la misma lógica que alimentaba secretamente el ensueño lo devolvía a la realidad, mísero y exhausto como un náufrago. Entonces se veía tal cual era, ya casi cincuentón, pesado y lento y más bien calvo, y de maneras torpes y vulgares: una estampa escandalosamente ridícula para interpretar con una muchacha angelical aquellas galanterías de folletín. ¡Ah, si él pudiera corresponder a los altos requerimientos del amor con solo silencio, comprensión y dulzura! Pero Martina era demasiado joven y hermosa para merecer aquel sucedáneo sentimental, o para resignarse a él.

Miraba a la noche y, de repente, la posibilidad del desastre económico se le ofrecía en la extensión incierta del futuro como un oasis salvador. Sí, allí podría descansar al fin. Allí estaba la penumbra fresca y dorada que convenía a su edad y a su modo de ser. Entonces repasaba el ceremonial de menudencias que venía custodiando su vida desde hacía muchos años, y que le daba a sus días un orden modesto pero firme y real, y volvía a comprender que él no quería ser rico, ni viajar a Méjico ni a París, ni vestir ropas caras, ni danzar en el claro de luna, ni ponerse al riesgo de una pasión indómita. Él solo quería vivir en paz consigo mismo y llegar a la muerte por caminos largos y seguros. Solo eso. Pero luego se iba a dormir, y podía ocurrir que en el primer sueño se despertase sobresaltado por la serenata de los mariachis, y abrasado por el deseo, y nuevamente torturado por la certeza de que todas sus fantasías podían realizarse con solo un poco de fortuna y audacia.

Esas sensaciones contradictorias lo asaltaban también en la

realidad. A veces pasaba que, al tomar a Martina del brazo para guiarla por la vereda hacia el merendero, cedía a la sugerencia de una posesión, y en el modo en que ella se dejaba llevar imaginaba el desmayo y la blandura de una entrega. Como la noche del baile, Matías tenía entonces la sensación de que todo era fácil con solo quererlo, y que era precisamente esa simplicidad lo que lo desconcertaba y detenía. Pero en tal caso, viendo ella sus apuros y vacilaciones, ¿por qué no lo ayudaba a orientarse en la perplejidad? ¿O sería que Martina había interpretado su indecisión como una prueba de que ella no significaba nada para él?

Para enredar aún más las conjeturas, desde hacía algún tiempo había creído detectar un cambio inquietante y sutil en las reacciones de Martina. Quizá fuese solo una proyección de su propia ansiedad, pero parecía como ausente, y de vez en cuando hacía un aparte y sonreía para sí misma, no al hilo de la conversación o de los hechos sino como si recordase algo y ese recuerdo fuese una brisa que dejase al pasar un temblor en su cara. Lo había advertido por primera vez el día en que le contó cómo Bernal, Pacheco y Martínez habían invertido sus ahorros en un último intento para evitar la bancarrota. También él había hipotecado la fábrica y el piso, que eran sus únicos bienes. Su voz era baja, sedante, confidencial. Ella lo miró desconsolada y comenzó una frase de gratitud y de pesar que él atajó con la mano sin interrumpir su propio discurso. No había que lamentar nada, entre otras cosas porque a él no le importaba demasiado arruinarse. Él tenía otro trabajo y nunca había ambicionado más de lo que tenía, de modo que siempre podría volver a su vida de antes. Pero, ¿y ella?, ¿qué iba a ser de ella si perdía aquel empleo? Martina bajó los ojos, se mordió los labios y se puso a enrollar cuidadosamente la bolsita de papel del azúcar. Matías miró sus dedos, frágiles e inmaduros, con las uñas comidas, y aquel modo de tratar las cosas que convertían cualquier tarea en una actividad escolar. Le pareció tan indefensa, tan desprotegida frente al mundo, que de pronto le pasó por la cabeza la idea descabellada de adoptarla como hija, si no legalmente sí de acuerdo con ella y con su madre, y entonces vivirían juntos, claro está, y él le llevaría el desayuno a la cama, le daría un beso al acostarse, le prohibiría llegar más tarde de las diez, le reñiría si no sacaba buenas notas, cuidaría de que fuese bien aseada y

380

vestida siempre con decoro, la lavaría y la peinaría y los domingos irían al zoo o al cine y le compraría refrescos y palomitas de maíz.

Esas fantasías se le pasaron por la cabeza mientras seguía hablando muy juiciosamente de la posibilidad de que todo saliese bien y de que ella tuviese entonces un horario mejor para poder acabar el bachiller y estudiar Bellas Artes. Pero, en caso contrario, ¿qué podría hacerse para que ella pudiera seguir adelante con aquel proyecto? Quizá, con la experiencia que tenía ahora, y con los meses que le correspondían del paro, podía preparar unas oposiciones al Ayuntamiento o a Correos, o pedir un crédito para una franquicia o, mejor aún, pero aquí se detuvo porque se dio cuenta de que Martina no lo estaba escuchando. Se había quedado absorta, mirando un punto de la mesa como si se hubiera materializado allí su propio pensamiento, y su cara parecía iluminada por una sonrisa interior que nada tenía que ver con el presente. Se calló, y solo entonces el súbito silencio sacó a Martina de su embeleso, como si la hubiera despertado un estruendo.

Desde ese día, Matías tuvo la impresión de que las conversaciones se hacían más difíciles, y de que cualquier tema languidecía y se desganaba a las primeras frases. Sin saber qué hacer, extraviado más que nunca en tierra de nadie, salía del despacho huyendo de Martina y vagaba como un fantasma por la nave. Como todavía no había pedidos, tampoco había tajo, y los obreros se dedicaban a aprender el manejo de las nuevas máquinas y la elaboración de los nuevos envases. Se reunían bajo la marquesina y allí se estaban mucho tiempo, haciendo probaturas o mirando sin más, con las manos en el bolsillo, como si contemplaran un paisaje. «Ahí tiene usted a los artistas», le decía Ortega, «y fíjese qué buena gracia tienen para mirar y estarse ahí quietos todos juntos, que parecen el retablo de los pastores de Belén.» Y ya no había forma de evitar la retahíla de sus quejas. Al marroquí, como seguía sin saber español, solo se le podían dar órdenes por señas, y a la menor cosa que no comprendía, que era casi todo, había que volver al principio. El indio peruano estaba siempre con la boca abierta, y siempre triste y pensando en su tierra. Y en cuanto al negro, decía a todo que sí, y parecía muy servicial, pero trabajaba tan despacio que no se le podían mandar dos cosas, por fáciles que fueran, en la misma mañana. «Y con el rumano todavía es peor», le dijo Ortega un día de mediados de enero, «porque como parece que anda enamorado de la señorita Martina, se ha vuelto todavía más nervioso, y ya no para nunca de enredar.»

Matías sintió cómo aquellas palabras entraban en su mente y devastaban cuanto hallaban al paso. Enseguida pensó que hasta que no llegara la noche y se quedase solo en casa no iba a comprender del todo lo que acababa de escuchar. Y vivió por anticipado la angustia que habría de producirle la indagación de aquella noticia inagotable. «O eso por lo menos me ha contado el señor Polindo», siguió diciendo Ortega. «Como los lleva y los trae en el R4, se entera de esas cosas. Y también cuenta que el rumano es de buena familia, y que ha venido a España no por necesidad sino para ver mundo y aprender lenguas, y que ahora por lo visto está pensando en volverse para allá y llevarse con él a la señorita Martina. Dice que su familia tiene un castillo y muchas viñas.» «¿Un castillo?» «Eso cuenta el señor Polindo. Y dice que allí en el R4 se hacen muchas bromas con eso, y venga de reírse y de retrucarse.» «¿Y ella?» «Ella por lo visto sigue la broma, pero si es algo más que una broma, eso ya no lo sé. El señor Polindo, como sabe de todo, sabe también mucho de amores. Se sabe al dedillo mil historias de amantes, unas alegres y casi todas desgraciadas. De quienes se tiraron de una torre, de un rey que se sacó los ojos, de uno que se miró en la fuente y se quedó prendado de sí mismo, de una princesa que dio fuego a su reino, de otra que se la comió un león, de una pastora y un gigante, y otras muchas averías de venenos, de raptos, de hechizos, de vasallajes, de naufragios...»

Pero Matías ya no lo escuchaba. Desde el primer momento la mente se le había disgregado intentando abarcar la enormidad de la evidencia. Todo era elemental y al mismo tiempo incomprensible. Que dos jóvenes se enamorasen carecía de misterio, pero lo inexplicable y lo absurdo y hasta lo escandaloso era que el idilio arraigase y creciese en un territorio usurpado descaradamente a su dueño legítimo. Porque al enamorarse de Martina, el rumano se había enamorado también, y quizá en primer lugar, de las cualidades que él, Matías, había inventado para ella. Y si era ella la que había seducido al otro, lo había hecho con las mismas armas que Matías le había proporcionado. Y es que estaba sinceramente convencido de que había encantos de los que aquella muchacha carecía antes de conocerlo a él y que solo él había ido descubriendo (tal como se encuentra y se rescata un tesoro enterrado en un lugar secreto) y sacándolos luego poco a poco a la luz, hasta convertirlos en atributos ciertos y reales. Y todo eso lo había conseguido él con sus desvelos y sus mañas de enamorado solitario. Y ahora, mire usted por dónde, venía un rumano, un tipo al que él había recogido como quien dice en el arroyo, y así, sin pedir permiso, como si de bienes francos se tratara, como quien entra en huerto ajeno y toma el fruto tan larga y trabajosamente madurado, se apropiaba de Martina, saltaba la cerca y se la llevaba a un castillo con viñas que tenía allá en su tierra.

Matías no se daba abasto para apurar el asombro y la furia que le producía la desfachatez de aquel expolio. Y más aún cuando observó al rumano a la luz nueva del desamparo y de los celos y encontró que no solo era joven, alegre y vital, sino también atractivo y apuesto. Ahora entendía las razones por las que Martina andaba tan ensimismada últimamente. Y cuanto más lo miraba, más seductor le parecía, y más se iba llenando de la euforia sombría de la venganza. Los imaginaba abrazándose, entregándose encarnizadamente al abrazo, ella de puntillas para colmar la entrega y ofrecerse en su más íntima plenitud, con una avidez que su aspecto aniñado e ingenuo hacía aún más obscena. Los odió como no había odiado nunca a nadie. Y pronto le vinieron unas ganas tremendas de triunfar, de conquistarla con la fuerza del poder y del lujo y de prescindir de ella después como se hace con los objetos de usar y tirar, abandonarla en China, por ejemplo, en Shanghai, en una portuaria llena de putas, karatekas y opiómanos.

Durante unos días, la promesa de la revancha lo mantuvo activo y animoso. Luego el rencor se le fue enfriando y convirtiendo en puro y simple malestar, y en una especie de sin objeto, y solo de vez en cuando la perspectiva del estremecía con una ráfaga de ilusión como no recordaba sentido nunca.

XIX
Tormenta de ideas

Luego, todo se precipitó. Como si una desgracia abriera la
pu... a a las demás, una mañana llegó una carta denegando las
...ciones oficiales, y no se habían repuesto de la adversidad
...recibieron otras dos donde una marca de refrescos y una
...chera les agradecían la oferta de los nuevos envases pero
...n comunicarles que ya tenían cubiertas sus necesida-
...ecto. No tardaron en llegar más cartas despachadas en
... estilo. Lacónicas y claras como eran, y ellos no se
... leerlas y de exprimirles el sentido, buscando quizá
...ulto, o acaso solo incrédulos ante el absurdo de
...ajos e ilusiones pudieran acabar en una frase ru-
... y terrible como los epitafios escritos sin ins-
...or. Era el fin, y ellos lo aceptaron con pesa-
...bién con una cierta entereza, porque la
...a enseñado que nada puede hacerse contra
...s sino resignarse a ellas y disfrutarlas mien-
...rnal, pero así y todo se quedaron mustios
... la ruina, y ahora tendrían que trabajar
... saldar las deudas y volver al punto en
... de embarcarse en aquella aventura.
... aún en recibir buenas noticias de
... Hungría, de Ecuador. «Porque, ¿en
...untaba. «En nada. No hemos fa-
...le o temprano tendremos que re-
...todavía podamos vender la pa-
...os eso. O colocarlos no como
...etos de decoración.» Pero los
...No había fondos para cubrir
...a cerrar la fábrica y vender

en almoneda lo que se pudiera para ayudar al despido de los empleados y pagar los plazos pendientes de las máquinas. Se avecinaban malos tiempos, y cada cual se había sumido en la contemplación de aquella triste perspectiva. Durante un buen rato no dijeron nada. Sentados en corro, parecía que estaban en un velatorio donde el muerto era el propio silencio, o que el silencio era una tarea laboral en equipo y les quedaba todavía mucha faena por delante. Matías jugaba con el llavero y no pensaba en nada porque sabía que cualquier pensamiento le sería adverso y doloroso. Intentaba solo recordar en qué día de la semana estaban. Finalmente se dio una palmada en la rodilla. «Bien, pues no hay más que hablar. Mañana mismo despedimos a los obreros y cerramos la empresa», y tomando impulso con la mano, se levantó para marcharse.

—Un momento —intervino entonces Pacheco—. Un momento. Hasta en las situaciones más desesperadas hay siempre una salida de emergencia. Aún se puede hacer algo.

Los otros lo miraron sin fe ni ánimo para el desdén o la ironía.

—¿Hacer qué?

—De eso se trata, de encontrar la salida entre todos. ¿Cómo? ¡Muy fácil! Solo tenemos que reunirnos al objeto de desencadenar un proceso creativo. Lo que vulgarmente se llama una tormenta de ideas.

—No, ya no es hora de juegos sino de enfrentarse a la realidad —dijo Matías mientras se ponía el abrigo.

—Un momento. ¿Qué se pierde con intentarlo? Vosotros no os imagináis la de cosas imprevistas que pueden salir de ahí. Todos tenemos ideas geniales en los repliegues del cerebro, en zonas vírgenes de la mente, y eso es también la realidad. Allí hay yacimientos inagotables de perlas y diamantes —y miró a lo alto como si hubiese allí un escenario donde fuesen a representarse sus palabras—. Allí están los versos de los poetas, las razones de los filósofos, las grandes intuiciones de los físicos, las mejores músicas, los más impactantes eslóganes políticos y comerciales, las adivinanzas, los vocablos todavía no inventados, los negocios y operaciones mercantiles que aún no existen pero que están llamados a cambiar el paisaje económico en las próximas décadas. Y para llegar allí hay primero que extraviarse, dejar la boca libre a la inspiración para que ella sola encuentre y pronuncie la palabra mágica, el abracadabra, el «ábrete, Sésamo», la contraseña que nos franquee el paso a lo desconocido. Yo hice un máster de procesos creativos y no podéis ni imaginaros la de cosas extraordinarias que salieron de allí. Había uno que no sabía decir tres palabras seguidas y consiguió improvisar un discurso bellísimo sobre la bondad de un negocio que él mismo había ideado, y que era instalar una fábrica de embutidos en Hungría, y eso sin tener él hasta ese instante ni la más remota idea ni de embutidos ni de Hungría.

—Eso lo inventaron los artistas hace mucho tiempo, antes que los ejecutivos —dijo Bernal.

—Puede ser, pero es el márketing moderno el que ha elaborado las técnicas para el aprovechamiento de esa energía oculta. Es de libro, y hay abundante bibliografía al respecto. Muchas de las mejores soluciones comerciales se han encontrado precisamente en el curso de una gran tormenta de ideas. ¿Qué cuesta intentarlo? Y quién sabe si dejando la mano tonta no damos con la tecla que abra el pasadizo secreto hacia la salvación. ¿Creéis acaso que es un capricho personal? Yo también he hipotecado el piso. Y mi caso es todavía más grave, porque cuando Lalita se entere de todo lo más seguro es que me deje para siempre. Así que yo os pido por favor, o mejor dicho, os exijo que no perdamos todavía la esperanza. Que mientras quede un recurso, por estrafalario que parezca, no perdamos todavía la esperanza.

Era jueves. Así que al otro día se sentaron en torno a la mesa, después de apagar las luces altas, pusieron en medio una botella de whisky y cuatro vasos de plástico, Ortega trajo hielo y una limonada para Martínez, pidió permiso para retirarse, y durante un rato bebieron en silencio y oyeron el cuchicheo de la lluvia en el techo de luces.

«Bien», dijo al fin Pacheco, consultando el reloj y poniendo en marcha un magnetófono de bolsillo, «nos hemos reunido aquí, hoy viernes, 27 de enero, a las 23.42, en el despacho de nuestro presidente, para analizar la situación de crisis en que nos encontramos. Vamos a aplicar primero el método *brainstorming*, cuya técnica consiste básicamente en buscar estímulos que exciten la creatividad latente. Estamos aquí reunidos y ante todo vamos a relajarnos», y se puso a mover los brazos y las manos como si le hubiera dado un telele y a girar muy lenta y concienzudamente la cabeza en toda la amplitud que le permitían los músculos del cuello. «Vamos a cerrar los ojos y a explorar nuestro cuerpo con el pensamiento. El pensamiento es como el Nilo que se desborda y fertiliza los márgenes, el pensamiento es un tentáculo y va recorriendo y acariciando la piel, los músculos, las articulaciones, que el flujo mental entre en la carne y la sosiegue, de eso se trata, de sosegar, de controlar, también el ritmo y el caudal de la sangre, así, eso es, los músculos, las fibras, los nervios, los tendones, el cuerpo es ahora un instrumento musical, es un arpa, y el pensamiento lo va afinando y ahora toca en él una música muy suave, parece un surtidor de agua en la espesura de un jardín un mediodía ardiente de verano, y nosotros lo estamos oyendo y sentimos que perdemos peso, que la materia quiere elevarse aupada por la música, por el espíritu, así, muy bien, ya empezamos a notarlo, y ahora nos vamos a concentrar un momento y a pensar en cosas flojas, cosas ingrávidas, por ejemplo un globo, el muñeco de Michelín, las arañas al viento, el pañuelo en el cuello de un guerrero al galope. Vamos, y ahora vosotros, decid algo, lo primero que se os ocurra, aunque parezca absurdo, y no penséis, sobre todo no penséis.»

«¿Cosas flojas?»

«Cosas ligeras, que inviten a flotar.»

«A flotar. Qué sé yo, un pescado blanco con eneldo al vapor», dijo Bernal, «una niña bailando *El lago de los cisnes*, con zapatillas y faldita de hojaldre, un trapecista, espectáculos de variedades en general.»

«Un molinillo de esos de las flores.»

«Algo más.»

«¿Más? Bueno, los saltos que daban los astronautas cuando llegaron a la Luna. O aquellos versos de "acude, corre, vuela, ocupa el llano, no detengas la mano".»

«Muy bien. Perfecto. Y ahora usted, Martínez, que no se pierda el ritmo. Vamos, lo primero que se le ocurra.»

Pero Martínez guardó un silencio torpe y porfiado.

«No se me ocurre nada», dijo al fin.

«No se desanime, relájese, piense en cosas que vuelan, en cometas, ángeles, vampiros, en cosas hechas de hilo, de caña, de papel. En medusas. En pompas de jabón.»

«No se me ocurre nada», volvió a oírse al rato la voz humilde y sombría de Martínez.

«Bien, no importa, ya irá saliendo. Todo es cuestión de abandonarse a las palabras, a las sensaciones. ¿Qué siente usted ahora?»

«Nada.»

«Diga entonces una palabra.»

«¿Yo? ¿Qué palabra voy a decir?»

«La que quiera.»

«No se me ocurre ninguna.»

«¿Cómo no se le va a ocurrir? Diga una al buen tuntún, la primera que se le pase por la cabeza. Piense en animales, en plantas, en oficios, en alimentos, en medios de transporte.»

Martínez resopló desalentado.

«Rosta», dijo al fin.

«¿Rosta? ¿Existe esa palabra?»

«No sé, es lo que se me ha ocurrido.»

«¡Rosta! ¿Qué os decía yo? Martínez acaba de inventarse una palabra. Vamos ahora a intentar descubrir su significado. Una marca de bebidas, un tipo de cerveza quizá. Póngame una Rosta bien fría. O un modelo de cerradura de seguridad. Proteja a los suyos, Rosta vigila, defiende, no, mejor cuida de su sueño, su hogar es cosa nuestra. Que no decaiga el ritmo.»

«O una actriz de cine, Natalie Rost, el último *sex-symbol*, bajita y morena, casi enana, en una película salió vestida de frac y con la cara llena de tizne.»

«Un, qué se yo, un poblado esquimal. Yo creo que ya es hora de ir acabando con este juego.»

«¿Hay focas?»

«¿Focas? Sí, supongo que sí, y trineos de perros.»

«Y seguro que ahora luce allí el sol de medianoche. Es un lugar virgen, Rosta, un sitio ideal para construir un hotel, bungalós en forma de iglús, cada uno con su trineo a la puerta, excursiones, patinaje, caza del oso, pesca deportiva, ecologismo, unas vacaciones diferentes para gente romántica como usted. Su

388

felicidad está en el norte. M.M. Hispacking, Esquimalia M.M., pase con nosotros su noche más larga.»

«Eso parece más bien el eslogan de una funeraria.»

«También podría ser una funeraria, ¿por qué no? Hispamurder o Hispagravy. Cementerio propio. Estanques con cisnes, panteones individuales también tipo bungalós, jardín privado, cenador para las visitas, zona infantil con toboganes y columpios, figuras de dibujos animados, Micky Mouse, el pato Donald, Obélix....»

«O una agencia de viajes que incluya también el último viaje. Un billete combinado, tipo metrobús o cosa así.»

«¡Buena idea! Una compañía que atienda el sector ocio en el sentido más amplio de la palabra, Hispowerful, Hispanever, o que englobe dos o tres ofertas muy distintas, por ejemplo servicios de bricolaje y psiquiatría. Un seguro que cubra las averías domésticas y los trastornos del alma. Es una idea. O por ejemplo, por ejemplo....»

«Agencia inmobiliaria y matrimonial. Mensajería y masajes.»

«Detectives dan clases de música a domicilio. Infidelidades, flauta, barridos telefónicos, guitarra por cifra, búsquedas.»

«Videntes y anticuarios sirven comida rápida a domicilio. Bargueños, pollos asados, lectura de Tarot, tortillas y ensaladas, consolas, amarres de parejas, bronces, pizzas, arcones, mal de ojo, rosbif, marfil, cartomancia, trastos viejos en general.»

«Muy bien. Ya hemos remontado el vuelo, ya estamos en la fase *off off reality*, que consiste en abandonar el mundo de lo real, no pensando, no criticando ninguna idea propia o ajena por absurda que pueda parecer. Y así, poco a poco, vamos a enlazar los hallazgos con el mundo real, a cerrar el círculo, a recoger la red, a seleccionar el material. Un negocio sencillo, directo, original. Concentrémonos en el cuerpo, dejemos la mente suelta en torno a la nave, reconvertir la empresa, reciclarla, pensemos en esto, pero no vayamos al encuentro de las ideas, que ellas vengan solas, que se nos aparezcan de golpe, como se le apareció "rosta" a Martínez, vendrán muchas que no sirvan de nada, pero quizá entre ellas venga una maravillosa, qué sé yo, por decir algo, importar maquinaria pesada de los países de Europa del Este, excavadoras, grúas, perforadoras, bulldozers, caterpillars, comprarlas a precio de chatarra, repararlas, pintarlas, y venderlas de segunda mano en países subdesarrollados.»

«Comidas a domicilio. No pizzas ni hamburguesas. Menú casero, primera calidad, lentejas, callos, fabada, cordero al horno, cochinillo, cocido completo.»

«Un jardín de infancia. O mejor, un geriátrico, eso es. Cincuenta ancianos, a sesenta mil pesetas anciano, tres millones al mes. Cincuenta viejos caben en cualquier lado.»

«Una agencia de contactos. Moro Masajes, o al modo de Pacheco, Hispatop o Hispasex, una barra americana, quince o veinte cuartitos, elegancia, glamur, alto nivel, rubias, mulatas, orientales, andaluzas, universitarias, caribeñas, hiperdotadas, pechugonas, tridimensionales, maturrangas, ninfómanas, jorobaditas, esclavas, activas, maduras, niñatas, viciosas, polacas, sumisas, depiladas, barbis, inexpertas, gorditas, peliforras, esculturales, cachondísimas, salvajes, viudas, azerbayanas, levantinas, lluvia dorada, lencería, vídeo, ducha de champán, bolas chinas, hidromasaje, *jacuzzi*, tailandés, permanentemente, también domicilio, hotel, catálogo fotos, tarjetas, aparcamiento gratuito.»

«¿Por qué no? O una granja de aves, gallos, faisanes, perdices, codornices, avestruces incluso, ranas incluso, Hispafrog, Hispabird, lagartos incluso, linces, animales en extinción como platos selectos, halcones peregrinos escabechados, búho en pepitoria, manitas de oso asturiano, guisote de gorila. ¡Dios mío, si Lalita me oyera!»

«O una explotación apícola. Cuarenta, cincuenta colmenas. Yo he oído decir que es un buen negocio.»

«O todo a la vez. Se informatizan redes de mercado, establecemos contacto con todos los rincones del mundo, venta instantánea al por mayor, exportamos un día cien mil pavos a Indonesia, doscientas mil ranas a Irán, cien millones de abejas a Japón, así, a bote pronto, aprovechando las fluctuaciones de la oferta y la demanda.»

«Un bingo, o mejor aún, una sala de juego clandestina.»

«Eso es peligroso pero da mucha pasta. Y la podíamos hacer además a la española. Nada de bacarrá, ni ruleta ni póquer. Aquí el julepe, la brisca, el mus, el chinchón, el tute y el cinquillo.»

«O una academia, un centro de enseñanza.»

«¡Genial! Una academia de saberes múltiples. Interteaching.

Nos convertiríamos todos en profesores. Todos tenemos algo que enseñar. Martínez daría clases de matemáticas, informática, contabilidad. Bernal de francés, hostelería y bailes de salón. Matías de dirección de empresas. Yo de márketing e inglés. Y también de flauta.»

«Veguita de artes marciales. Martina de dibujo y secretariado.»

«Miss Josefina de canto.»

«Y Lalita de medio ambiente, que es una de las profesiones de futuro. ¡Es estupendo, hay que ver la de cosas que sabemos entre todos!»

«O academia por la mañana, granja de aves por la tarde y casa de putas por la noche.»

«¡Adelante, adelante! Creo que estamos ya a punto de dar con la tecla. Por ejemplo, por ejemplo, esto, ¿por qué no hablar con Castro?»

Todos se quedaron callados y tensos ante el conjuro de aquel nombre.

«Se lo confesamos todo. Con humildad, con sinceridad. Le contamos lealmente nuestros problemas, nuestra aventura empresarial, nos encomendamos a su comprensión, nos asociamos con él, y él con sus influencias podría conseguir un gran contrato con una marca de refrescos o con lo que él quiera.»

«No, eso es una locura. Él nos desprecia. Para empezar, se reiría de nosotros.»

«Y luego nos despediría.»

«O se quedaría con todo. Con la fábrica, con las máquinas, con los diseños y con todo. Es como si el grajo le pide a la hiena el favor de que le ayude a romper el cuero de una presa. Qué creéis, ¿que iba a tenernos lástima?»

«Sí, es verdad. A él le gusta humillarnos. Disfruta con eso. Y nos destruiría por el puro gusto de hacer daño.»

Durante mucho tiempo se quedaron callados, y aquel silencio parecía ya insoluble, porque se había roto la magia de las palabras infusas y ahora estaban otra vez inermes ante la realidad. Se oían caer de los aleros gotas sueltas de lluvia. A Matías le pareció que todos estaban echando cuentas para saber cuántos años les llevaría saldar las deudas y recuperar sus bienes, sus ahorros. Con una nostalgia en la que entraban vagamente todos los deseos incumplidos de su vida, pensó que ya nunca iba a tener un coche nuevo ni a viajar en verano a la costa. Se acordó del cartel turístico donde se veía aquel pueblo con cabras y chumberas, y solo al rato se dio cuenta de que esos recuerdos y añoranzas eran formas benignas de pensar en Martina y lamentar su pérdida. La imaginó con el rumano, entregada al amor en una noche tempestuosa de invierno, y experimentó el deseo fanático de vengarse de ellos pero también de perdonarlos, y los dos sentimientos eran desaforados y un tanto fantasiosos, y por eso eran intercambiables e igualmente purificadores, y tan pronto los veía muertos en el lecho como postrados a sus pies mientras él desde arriba les impartía con dos dedos una bendición ecuménica.

Cuanto antes me enfrente a la realidad, antes empezaré a librarme de estos desvaríos, pensó. Apuró el whisky de un trago.

—En fin, habrá que ir pensando en irse.

—Sí —dijo Pacheco—. Y el caso es que han salido cosas interesantes. Pero el problema es que para todo se necesita tiempo y dinero. Siempre tiempo y dinero. Y justo eso es lo que nos falta a nosotros. Se han cumplido los plazos. Así que yo también me doy por vencido —y cerró los ojos para asumir ante su propia conciencia lo que acababa de decir—. ¡Sí, también yo, Pedro Manuel Pacheco Pedrerol, me declaro vencido ante vosotros y ante mí mismo! Hay una frase latina para estas ocasiones, pero no la recuerdo ahora. La dijo un emperador a la hora de morir, y vendría muy apropiada al caso, porque yo también es como si hubiera muerto aquí. Yo sé que no tendré otra oportunidad como esta, y que el fracaso es ya para toda la vida. ¡Yo no sirvo para el márketing! Ahora me doy cuenta de que he vivido en el error durante muchos años —y se encogió sobre sí mismo para que no le viesen la mueca de piedad y de furia que se le había formado en el rostro como una máscara grotesca.

Nadie intentó consolarlo, quizá porque cada cual tenía bastante ya con sus propias penas. Pero aguardaron a que Pacheco se calmara, y solo al rato Bernal sonrió con su mella de sátiro y, medio oculto por el humo del cigarrillo, dijo:

—No, la vida se abraza amorosamente a los obstáculos que

ya no es capaz de superar. Dentro de un tiempo, cuando contemos esta historia, ya veréis como no será la historia de un fracaso. Al revés, cuanto más la contemos, más cosas dignas de aplauso, y hasta de orgullo, iremos encontrando en ella. El tiempo convierte las mataduras en heridas de guerra.

Era lo mismo que pensaba Matías. Nadie hizo ningún comentario. No se atrevían ni siquiera a mirarse. Oyeron a lo lejos a Ortega, que le había dado un ataque de tos. Tosía desgarrado y convulso. Luego se le oyó blasfemar y refunfuñar, cada vez más bajo, hasta que de nuevo se hizo el silencio. Ellos siguieron allí, desinflados y absortos, reuniendo fuerzas para tomar la decisión de marcharse. Y entonces, cuando la situación parecía insostenible, Martínez habló por primera vez desde que había abierto la boca para inventarse la palabra «rosta». Estaba sentado en el borde de la silla y echado hacia delante, con un codo hincado en la rodilla y la frente en el puño, y todo él semejaba un titán abrumado por el peso del cosmos.

—Hay una solución —dijo en voz baja pero muy clara.

Todos se quedaron vueltos hacia él en escorzo. En la cara todavía angustiada de Pacheco había una expresión salvaje de esperanza.

—Es algo bien sencillo —dijo Martínez sin apartar los ojos de su horizonte imaginario—. Cómo decir. Hay mucho dinero que anda por ahí suelto. Flotando a la deriva. Grandes fortunas invisibles. Capitales bastardos. Y hay sobre todo una trama de empresas virtuales. Para desviar dinero, para esconderlo, para blanquearlo. Para evadir impuestos. Para hacer operaciones fraudulentas. Empresas que se compran o se venden por precios desorbitados o ridículos. Y en eso estamos trabajando nosotros. Durante años, sin saberlo. Pero yo ahora lo sé. Llevo mucho tiempo desenredando el ovillo. Y ahora he entrado en la red, y conozco el secreto. He visto ríos de millones que circulan entre sociedades hueras o inexistentes. Deudas ficticias. Comisiones ficticias. Préstamos ficticios. Inversiones ficticias. Pero el dinero es real, y está ahí, al alcance de la mano. No hay más que tocar unas teclas en el ordenador para que se abra la cueva del tesoro. El «ábrete, sésamo», como decía Pacheco.

Hizo una pausa. Los otros continuaron inmóviles, mirando sobrecogidos a Martínez, sin atreverse todavía a comprender.

Había un silencio tan perfecto que parecía que cualquier palabra podría romperlo con un estrépito de vidriera hecha añicos.

—Ahora ya es fácil. Ellos han embrollado el sistema para que nadie pueda descifrarlo. Lo han llenado de pistas falsas. De datos erróneos. De contradicciones. De espejismos. Y ahora es tan complejo que ni ellos mismos lo conocen a fondo. Pero yo sí. Yo sé lo que es falso y lo que es verdadero. Conozco el modo de dar órdenes. Sé cómo introducir información real en cualquiera de los circuitos ficticios y esconderla allí, como en un laberinto. Puedo desviar fondos hacia una empresa de paja, o hacia una cuenta corriente en cualquier país del mundo. Puedo apuntar el desvío a nombre de una sociedad que no existe, como si fuese dinero inventado. O desglosarlo en partidas, y esconderlas por toda la red. Y eso se puede hacer todas las veces que se quiera. Parece complicado, pero en el fondo es muy sencillo.

Bernal se quitó las gafas y se frotó los ojos sin dar crédito a lo que estaba oyendo.

—¿Qué os dije yo? —susurró Pacheco—. ¡Que este hombre es un fenómeno! ¡Un genio!

Matías se había llevado una mano a la boca para reprimir el vértigo de lo que acababa de escuchar. Ahora usó la mano para enmascarar sus propias palabras.

—Pero eso es muy peligroso. No tardarían en descubrirnos.

—No —dijo Martínez con un acento terminante en la voz—. Podrán detectar un error, un fallo en el sistema, la posibilidad de un fraude. Pero no lograrán resolver el misterio. Y en el caso de que lo descubrieran, no podrían denunciarnos. Se delatarían a sí mismos.

—O sea, que los tenemos trincados —dijo Bernal—. Podríamos perfectamente chantajearlos, por ejemplo.

—¡Exacto! —dijo Pacheco, y en su cara apareció un gesto soñador de venganza—. ¿Os imagináis? Entrar en el despacho de Castro, o en sus salones, directamente, sin pedir permiso. Mirarlo a la cara, acobardarlo con una sola frase. ¿Qué sería entonces de su soberbia, de su elegancia, de sus aires de príncipe?

—O podríamos también denunciarlos —dijo Matías.

—¡También! —dijo Pacheco—. Ahí seguro que está pringada gente gorda. Magnates, políticos, jueces, periodistas, instituciones enteras. Ya os lo decía yo: si cae Castro, arrastrará a mucha gente con él. Podríamos venderle la exclusiva a algún periódico. Iríamos todos a la televisión. Nos haríamos famosos.

—O podríamos también desviar fondos a una cuenta corriente, como dice Martínez que se puede hacer —susurró Bernal.

—No, no, eso sería un robo, ¿cómo vamos a hacer algo así? —dijo Matías—. Podríamos acabar en la cárcel.

—Sería solo un préstamo —dijo Pacheco—. Con ese dinero pondríamos en marcha otro negocio. Pero esta vez sería un negocio seguro y más bien modesto, como puede ser por ejemplo una granja de avestruces y ranas. Ese es un negocio que no puede fallar. ¿Vosotros sabéis lo que cuesta un huevo, un solo huevo de avestruz? Hay mataderos y marcas de embutidos que te compran la producción por adelantado. El avestruz es la carne del futuro. Y eso por no hablar del mercado internacional. Exportar ranas por ejemplo a los países árabes. Ellos no tienen ranas. Os digo que es un negocio limpio, rápido y seguro. Y luego, devolvemos ese dinero y seguimos con el negocio. ¡Es una idea perfecta! Y la empresa se llamará... ¿Cómo se dice avestruz en inglés?

Miró a Matías, exultante, pero al verle la cara él mismo bajó la cabeza y se mordió los labios, como un escolar desenmascarado en el intento de embarullar con palabrería su ignorancia. Aun así, cabeceó y refunfuñó por lo bajo: «Y, sin embargo, sería un buen negocio».

—No podrán descubrirnos —volvió a decir Martínez.

—Bien, ¿y qué es entonces lo que propone? —le preguntó Matías.

—¿Yo? Nada. Lo que usted diga.

—Pero yo, ¿qué voy a decir?

—Usted ha sacrificado todos sus bienes y sus ahorros para ayudar a los demás. Esa pobre gente sin casa, sin papeles, sin derechos, sin nada. Usted es un gran hombre. Y además tuvo a bien contar conmigo para esta gran aventura. Fue muy generoso, y yo solo ayudo en lo que puedo.

—¿Y qué quiere que haga? ¿Qué haría usted en mi caso?

Pero Martínez no respondió. Hizo uno de sus silencios herméticos y se refugió en él como un caracol en su concha.

—¿Le gustaría seguir en los negocios? ¿Con la granja que propone Pacheco? ¿Es eso lo que quiere?

Pacheco los miró esperanzado.

—Alquilaríamos un terreno en las afueras de Madrid. Una finquita de seis o siete hectáreas. Reciclaremos a Ortega y a todos los demás, y así no perderán su empleo. Ellos cuidarán de los avestruces y las ranas, y nosotros nos encargaríamos de comercializarlos. Luego montaríamos más granjas y daríamos trabajo a más gente sin patria ni papeles. Sería un buen negocio y realizaríamos de paso una gran labor social. Eso no es robar. Eso sería hacer justicia, un poco como los bandoleros pero justicia al fin. Saldríamos ganando todos menos Castro. Y además, como nosotros somos gente honrada, devolveríamos el préstamo a la primera oportunidad.

—No, no, conmigo no contéis para eso porque yo no quiero volver a saber nunca más de negocios —dijo Matías.

—Tú serías el líder y no tendrías que hacer prácticamente nada. Martina seguiría siendo tu secretaria, yo me encargaría del área comercial y de márketing, Martínez de la administración, y Bernal de las relaciones públicas. ¡Es una organización perfecta!

Matías negó a la vez con la cabeza y con el índice, pero sin decir nada, porque sabía que cualquier palabra que interpusiera sería rebatida al instante.

—Trata de convencerlo tú, Bernal —dijo Pacheco—. ¡Dile que esta es la gran ocasión de nuestra vida! Quizá la última.

Bernal llenó los vasos y con un gesto invitó a beber y a establecer así una tregua.

—¿Cuánto dinero podría desviarse como máximo? —preguntó finalmente.

—Mucho —dijo Martínez.

—Más o menos.

—Trescientos millones. Cuatrocientos. Si es de un solo golpe y se aprovecha el momento de una operación importante, quizá más.

Hubo un largo silencio, y otra vez se oyó a Ortega toser y agitarse a lo lejos.

—Bien —dijo Bernal—. Yo propongo huir todos a Méjico, o a Brasil. Podríamos fundar allí una sala de fiestas, Moro Club, o comprarnos un rancho, una *fazenda*. Y a vivir.

Sonreía de un modo tan dulce y tan ambiguo que era imposible adivinar la intención cabal de sus palabras. Quizá no hablaba en serio, pero durante unos instantes todos parecieron sucumbir a la vaga ensoñación de una vida nueva y singular, en lugares exóticos.

—¿Qué le parece a usted la idea? —preguntó Bernal.

—Yo haré lo que disponga el señor Moro —dijo Martínez.

Matías se rebulló inquieto en el asiento.

—Yo no pienso disponer nada. Yo creo que todo esto es una locura, y que lo único que debemos hacer es pagar como podamos las deudas y olvidar cuanto antes este asunto.

—Por lo menos podríamos rebañar un poco de aquí y de allá y subirnos el sueldo —dijo Pacheco—. Solo hasta que recuperemos algo de lo que hemos perdido.

—No, eso tiene más riesgo —dijo Martínez—. Es más fácil hacer dos o tres desvíos grandes que muchos pequeños. Pero será lo que diga el señor Moro.

—¿Qué es lo que usted propone? ¿Que metamos la mano en la caja y arramblemos con todo, así, sin más ni más? —se sulfuró Matías.

Martínez apartó la cara, como si lo hubieran amenazado con un revés.

—A mí me gustaría seguir en la aventura —dijo humildemente.

—La aventura. Pero ¿qué aventura?

—Lo de la granja es buena idea.

—¡En efecto! ¡Es un negocio sencillo, limpio, rápido y seguro! —intervino ahí Pacheco apasionadamente—. Martínez, que es un hombre sabio y sensato, lo ha visto como yo.

Iba a seguir hablando, pero Matías, sin mirarlo, lo hizo callar con la mano.

—¿Es eso lo que quiere? —le preguntó a Martínez—. ¿Que robemos dinero, y que nos arriesguemos a ir todos a la cárcel, para meternos en una granja y vivir eso que usted llama una aventura?

—De ese modo podemos recuperar nuestros ahorros y ayudar a la gente —dijo Martínez—. Es una tarea noble. Y no hay riesgo. Y seguiremos en la aventura. Luego, si usted quiere, le devolvemos el dinero a Castro. Pero no se lo merece. Castro es un hombre perverso. El mundo va mal por gente como él.

—Sí, es un verdadero tiburón —susurró Pacheco sobre el eco de las palabras de Martínez—. Un depredador sin entrañas.

—Avestruces y ranas —dijo Bernal, como evocándolos—. Bueno, si no un rancho o una *fazenda*, al menos una granja. Yo creo que esta vez las cosas, o la aventura, como dice Martínez, puede salir mucho mejor.

Los tres miraron a Matías, como si ya solo faltase su visto bueno para ratificar la decisión.

—No, no, conmigo no contéis —se apresuró a decir, y se defendió haciendo aspavientos—. Yo no quiero líos ni aventuras. Yo lo único que quiero es vivir mi vida y nada más.

—Pero tú eres nuestro líder —argumentó Pacheco, escandalizado ante la obviedad—. Y nuestro presidente.

—No, esta vez no. Yo estoy ya cansado de ir y venir, y de preocuparme por cosas que en el fondo no me interesan.

—Sin usted, yo tampoco sigo —dijo Martínez.

—¿Lo ves? —dijo Pacheco—. ¡Tienes que aceptar, que guiarnos! Sin ti no somos nada. Y además tú nos metiste en esto, recuérdalo —y se levantó y extendió el brazo y lo acusó con el índice—. Tú nos arrastraste con tu fuerza de visionario. Con tus ideales. Y nosotros confiamos en ti, y te dedicamos nuestro tiempo, y empeñamos nuestros ahorros, lo poco que teníamos. Y lo perdimos. Lo perdimos solo por ayudarte, y por la fe que te teníamos. Y ahora que se nos presenta la ocasión de recuperar lo nuestro, y de hacer de paso un bien a los demás, a la pobre gente desheredada de este mundo, ahora vas y dices que nos abandonas, que no quieres líos, que ya estás cansado de ir y venir y que allá nos las arreglemos nosotros solos, como si tú no tuvieras nada que ver con el asunto. No es justo. Perdona que te lo diga así, tan crudamente, pero no es justo. Juntos salimos en este viaje, y juntos tendríamos que llegar a la meta o que sucumbir en el camino.

Matías supo de antemano cuál iba a ser la secuencia de sus pensamientos, sus culpas, sus incertidumbres, para llegar a una respuesta que ya conocía antes incluso de que Pacheco acabara de hablar. Así que decidió ahorrarse el camino.

—De acuerdo —dijo—. Habría mucho que discutir sobre eso de quién arrastró a quién, pero de acuerdo. Solo que esta vez yo no seré el responsable máximo. Ni la granja llevará mi nombre. Seré solo uno más.

—No, necesitamos un jefe y solo puedes serlo tú —dijo Pacheco—. Tú eres nuestro líder.

—Y la granja podría llamarse algo así como Hispamoring Avícola International, o M.M. Hispavicoling —dijo Bernal con una sonrisa celestial.

—Sí que suena bien —dijo Pacheco.

Martínez intentó, si no una sonrisa, sí una mueca de gratitud.

—Gracias, señor Moro. Es usted un gran hombre.

Matías pensó con nostalgia en la primavera que estaba por llegar, y cuyo primer aroma había notado como un buen presagio esos días en el aire. Pero ahora presintió que no sería un tiempo de bonanza. De inmediato recordó a Martina, y al rumano, y aunque la saliva se le aguó en buches amargos que costaba tragar, también experimentó por primera vez en la vida un cierto sentimiento de solidaridad con aquellos tres hombres con los que se había embarcado en algo que quizá acabase siendo una aventura de verdad. Asintió con la cabeza y apuró el whisky para irse.

—¿Qué os decía yo de las tormentas de ideas? —dijo Pacheco cuando salieron al sendero—. ¿No es verdad que parecen cosa de magia?

Y se apresuraron, rápidos y agrupados, porque otra vez empezaba a llover.

XX
Cuatreros de avestruces

Todo salió al principio conforme a lo previsto. Arrendaron una finca en los alrededores de Madrid, no lejos de Aranjuez. Fueron a verla juntos, un domingo, y comieron en el campo, bajo una encina, y luego pasearon en barca por el Tajo, y mientras se dejaban ir a la deriva hablaron de un futuro que, aunque incierto, venía más que nunca cargado de promesas. Fue allí donde Pacheco habló por primera vez de la posibilidad de ponerse sueldos acordes con los cargos que ocupaban. «Es justo», dijo. «¿Por qué hemos de trabajar de balde? Ya es hora de empezar a recoger el fruto de lo que hemos sembrado. Vamos a poner en marcha un negocio rentable, que nos permitirá devolver algún día ese dinero, y de paso llevaremos a cabo una hermosa labor social. Así que es justo que también nosotros participemos de ella. El amor al prójimo comienza por uno mismo.» Y aunque quería que los salarios se ajustaran a la cotización oficial en el mercado de los altos ejecutivos, los otros lo convencieron para dejarlos en una asignación similar a la que ya percibían en su calidad de oficinistas. Y no empezarían a cobrar ahora, sino dentro de unos meses, cuando la granja diese sus primeros beneficios. Bernal sugirió que sería justo que también Veguita participara en el proyecto. A los demás les pareció bien, siempre que no se enterara del verdadero fondo de la historia. Lo nombraron responsable de seguridad. Y no era un cargo meramente honorífico, ya que por entonces habían empezado a actuar en el país los primeros cuatreros de avestruces.

Luego todo se sucedió con una facilidad pasmosa. Martínez había desviado doscientos cuarenta millones de pesetas a una cuenta secreta en Suiza a nombre de una firma de importación y exportación radicada en Tailandia, cuyo testaferro era Matías

Moro. La misma casa donde apalabraron quinientos avestruces, además de todo tipo de aves de corral, se encargó de asesorarlos sobre las instalaciones y las técnicas del nuevo oficio. Comenzaron a levantar alambradas, jaulones, establos, silos y demás dependencias para la reproducción y la crianza, además de dos casas prefabricadas, una pequeña para Ortega, que se quedaría a vivir allí y ejercería de guarda nocturno, y otra más grande para oficina, con cuatro despachos, un baño y una sala de juntas. Los empleados estaban todos contentos con su nuevo destino. Polindo aprovechó para decir que las aves de ahora fueron los dinosaurios de la antigüedad, y el rumano se comprometió a domar un avestruz para que sirviera de montura. En cuanto a Martina, siempre le había gustado el campo, y estaba pensando en alquilar una casa por allí cerca, a ser posible junto al Tajo, como en la postal que tenía del Mississippi, y trasladarse allí con su madre y con miss Josefina. Matías, al conocer sus planes, y al ver con qué facilidad podían cumplirse los sueños más audaces, se imaginó lo que sería vivir con ella en el campo, y la esperanza le hizo sentir por adelantado el dolor de que esa pretensión, tan hacedera en apariencia, no pudiera cumplirse. No sabía si aferrarse a aquella esperanza o entregarse a la tarea no menos titánica de destruirla para alcanzar así un poco de paz.

Todo, sin embargo, parecía ir encaminado a alimentar las ilusiones. Pacheco había sondeado el mercado e iniciado la comercialización, con tan buena fortuna que, según él, tenían poco menos que aseguradas las ventas para los dos próximos años. De modo que, no habían empezado aún con el presente, y ya el futuro los convocaba a mayores empeños. Allá para el otoño, ampliarían la granja, crecerían, se dejarían arrastrar por la benevolencia de un destino que, después de haberse ensañado con ellos, acaso ahora quisiera premiar los méritos y sobre todo la perseverancia, y a ese ritmo, calculaban que en poco más de un año podrían empezar a devolver el dinero que habían tomado a crédito y a saldar cuentas de paso con su propia conciencia.

Un sábado a media mañana, sin embargo, ocurrió lo imprevisto. Como en la granja no disponían aún de espacios propios, estaban en la nave, en el despacho de Matías, reunidos en una especie de consejo de administración para analizar nuevos proyectos e inversiones, cuando llegó Ortega con la noticia de que afuera había un hombre que quería verlos.

—¿Un hombre?

—Sí señor, un hombre muy raro —dijo Ortega—. Yo estaba tomando el sol ahí en la puerta cuando le vi venir por el camino. Y me dije yo para mí mismo: ese señor se ha extraviado; a ese señor le han indicado mal; ese señor iba para Fuenlabrada y por lo que sea ha terminado aquí. Pero no: se acercó todo derecho y preguntó por los señores directivos. Y ahora está ahí esperando para hablar con ustedes.

—Creo que es un mayorista de cárnicos que quería verme con urgencia —dijo Pacheco—. Hágale pasar a mi despacho y dígale que espere.

Y siguieron hablando de sus cosas. Debatían la posibilidad de escabechar y envasar sus propios productos y entrar así en el mercado de las semiconservas. Acababan de retomar el hilo del coloquio, cuando Matías sintió que alguien subía con gran sigilo la escalera de hierro. Antes de ver su figura recortarse vagamente tras la puerta translúcida, ya sabía quién era. O eso al menos le pareció después. Pero fue todo muy confuso, y cuando más tarde quiso recordar aquella escena, la memoria parecía haber sincopado el curso del tiempo para organizarse en imágenes fijas, como las historietas de los tebeos. Los otros debieron de advertir algo en su rostro, un gesto de asombro o de terror, porque suspendieron el debate y, siguiendo su mirada, se volvieron hacia la puerta y se quedaron expectantes e inmóviles. Oyeron la voz de Ortega, que intentaba avisar al visitante de su error, pero para entonces el otro ya había girado el pomo de la puerta y la empujó muy lentamente, demorando el momento de mostrarse a los espectadores en todo su esplendor y misterio. Vestía un traje claro cruzado que estilizaba su figura, y tenía una mano gentilmente apoyada en la cadera y la otra tendida en garra, tal como si aún sostuviera en ella el pomo de la puerta. Se eternizó así durante unos instantes, enmarcado y esbelto, y vagamente risueño, y a Matías se le vino a la memoria una estampa infantil donde Cristo se aparecía por primera vez a los apóstoles después de haber resucitado. También ellos estaban detenidos en las posturas en que los había encontrado la aparición, Martínez y Pacheco vueltos bruscamente en sus asientos para encarar al recién llegado, y él y Bernal un poco vencidos hacia delante y mirando de frente y desde abajo (Bernal sostenía un cigarrillo a la altura del rostro y Matías se había quedado fijo en el momento en que se disponía a escribir en la agenda), sin dar crédito ninguno de los cuatro a aquella presencia que algo tenía, en efecto, de sobrenatural. No intentaron siquiera ponerse en pie. Estaban todos como encantados en pleno movimiento por la varita mágica de un hada, y solo se oía el arrullo de las palomas en el techo de luces, y en las pausas el silencio tenía una transparencia tal que parecía sugerir el rumor de los pensamientos y hasta de las más ocultas intenciones.

Matías oyó entonces ladrar muy cerca a los perros que lo perseguían por la noche desde hacía ya más de treinta años. Pensó que esta vez le darían alcance sin remedio. Se vio primero en la cárcel, y luego, ya de viejo, reducido a la mendicidad. Se llenó de lástima por sí mismo. Intentó una vez más recordar su pasado, ver desplegada su vida en el tiempo para entender por qué caminos había llegado a aquel lugar y a aquel instante, pero solo logró acordarse del gato amarillo, del cuadro de la caza del ciervo con jauría, de las lucecitas nocturnas y ambulantes de los pescadores de ranas del canal de Isabel II, de la tarde de mayo en que él atravesaba el jardín de una clínica donde su padre agonizaba y luchaba con su mujer y con una enfermera, que lo perseguían para abrocharle los botones de la bragueta, como si de eso dependiera el orden general del mundo. Recordó esas cosas, y su vida le pareció inútil y absurda. Qué raro es esto de vivir, se dijo.

Luego, todo fue muy rápido, porque Castro descompuso enseguida su pose teatral de aparecido y dio por el despacho unos pasos erráticos, como si hubiera venido caminando por la espesura y ahora desembocase al fin en el claro de un bosque.

—¿Es este el espacio de la secretaria? —preguntó, y entró en el despachito de Martina.

Matías aprovechó para mirar a los otros. Bernal tenía una expresión inescrutable tras el humo y las gafas oscuras. En la cara de Martínez se percibía la sombra trémula de un pensamiento, un intento por comprender, una especie de vértigo interior, un gesto especulativo que estaba a punto ya de sucumbir al estupor o a la fatalidad. Pacheco parecía la víctima que continúa en inútil acecho después de haber sido descubierta por el depredador.

—¿Son ustedes los dueños de esta empresa? —volvió a oírse la voz de Castro desde el despachito. Era una voz clara y neutra, sin el menor matiz sentimental.

Todos miraron a Matías.

—¿Empresa?

—Sí, ¿no es esto una fábrica de envases?

—Bueno, la fábrica ya no existe. Cerró.

—Y también he oído que dirigen una granja de aves.

Matías se mordió los labios sin saber qué decir.

—¿Son ustedes también los dueños de la granja? —preguntó la voz de allá dentro.

Matías se aclaró la garganta como si fuese a responder por extenso, pero de su boca no salió ni una sola palabra.

—¿Saben? —dijo Castro, y esta vez abandonó el despachito y se recostó en el quicio con los tobillos cruzados y una mano hundida en el bolsillo del pantalón y la otra posada reflexivamente en la barbilla, y mirando a lo alto, en una actitud galante y soñadora—. Yo estoy interesado precisamente en envases y aves. A menudo las cosas valiosas se guardan en envases, y las aves son las criaturas más libres e inocentes de toda la creación. ¿Qué les parece si hablamos de negocios?

Matías lo miró de reojo. Le pareció un hombre extraordinariamente esbelto y atractivo, y de un encanto misterioso, arrebatador, que lo hacía irresistible.

—¿Qué les parece?

—¿De negocios? —susurró Matías.

—Sí. Les voy a hacer una oferta por la fábrica de envases y la granja de aves, todo en el mismo lote. Les ofrezco justo lo que han invertido desde el principio. Lo que han invertido de su propio dinero, se entiende. De ese modo ustedes recuperan sus ahorros y se quedan exactamente como estaban antes de convertirse en empresarios. Exactamente como antes; ni pierden ni ganan.

Matías tragó saliva e intentó entender el significado de aquella propuesta. Miró a los otros, y creyó advertir en sus ojos un brillo de esperanza.

—¿Qué me dicen? Así, además, regresando al principio, tenemos la ventaja, ustedes y yo, de olvidar el pasado. O de recordarlo como si hubiera sido un sueño. Como si este último año no hubiera existido. Volverán al turno único, y otra vez estarán todos juntos, y retomaremos la vida en el mismo punto en que la dejamos entonces. ¿No les parece un trato razonable?

Matías asintió. «Sí», dijo, y le salió una voz remota y nasal.

—¿Y ustedes?

Martínez, Bernal y Pacheco también asintieron y dijeron que sí.

—Bien, entonces no hay más que hablar. Desde ahora mismo, yo me hago cargo de todo. Yo me ocuparé de liquidar con los empleados y de saldar las deudas. Y ustedes no se preocupen ya de nada —y los miró fraternalmente y su voz se hizo entonces dulce y melodiosa—. Yo asumo todos sus miedos, sus ansias, sus errores. Y hago mías la deslealtad y la locura. Desahoguen sus corazones, sosieguen el espíritu, y olvídense de todo.

Avanzó hacia ellos con las manos abiertas y extendidas, como en una ofrenda: «Y ahora ya pueden marcharse a casa y descansar al fin».

Matías sintió entonces en su alma un profundo remanso de paz, y le pareció que también a los otros les sucedía lo mismo. Era, en efecto, como si despertara de un sueño agotador. Se levantaron sin alzar la mirada. Recogieron sus cosas y, uno tras otro, salieron del despacho, alcanzaron la puerta y se alejaron por el sendero. «¿Y ese señor se queda ahí dentro?», preguntó Ortega. Matías asintió sin acortar el paso. Al llegar a las vías muertas, estuvo tentado de volverse para mirar la nave por última vez, y ver su nombre allá en lo alto, coronando el conjunto. Pero pensó que si lo hacía podría convertirse en estatua de sal, y esa superstición pueril le pareció que era como una promesa y un anuncio del regreso definitivo a su vida inútil pero feliz y plácida de siempre.

Han pasado dos semanas desde ese sábado y ahora hay en la sala un silencio soñoliento, un poco sonambúlico, apenas alterado por zumbidos de ordenadores, carraspeos, arrullos de palomas en el patio interior, el rumor caudaloso e incesante de la ciudad al fondo. Todos trabajan sin apartar la vista de la pantalla o de la mesa, cada cual en su territorio, en su espacio privado, protegido por sus objetos personales y ensimismado en su tarea. Hace un rato han bajado a desayunar, como todos los días desde que han restablecido el turno único. Han hablado del tiempo, de la calidad del bollo y del café, de los planes para el fin de semana. El único que no opina es Martínez. Él va a lo suyo: remueve a conciencia el café, desmenuza el bollo con todos los dedos, como la araña cuando manipula a su víctima en la tela, mira y considera cada porción antes de llevársela a la boca, recoge las miguitas, se limpia con la servilleta dedo a dedo, minuciosamente, pliega la servilleta repasando con la uña del pulgar cada doblez, y la prende debajo del platito del bollo. Luego pide un vaso de agua, saca una cajita ovalada de lata, toma con dos dedos una pastilla azul y se inclina hacia la mano para ponerse la pastilla en la lengua. El camarero les gasta una broma convenida al retirar el servicio y el viejo Bernal sonríe, mundano y tolerante, con su sonrisa jocunda y mellada de fauno. Ya arriba, se abisman de nuevo en el trabajo. Pacheco de vez en cuando abre su maletín y mete en él la cabeza y examina y revuelve objetos y papeles con una avidez que parece que va a embrocarse dentro del maletín. Veguita pasa con la correspondencia y no se atreve a mirar a los demás. Él sabe que los otros saben o sospechan que Castro los descubrió y desenredó el ovillo por Sol, y que Sol solo pudo enterarse por alguna infidencia suya, es de suponer que por presumir de secreto, y quizá también con la secreta esperanza de seducirla o al menos castigarla por tanto orgullo y desamor. Cruza ante ellos sin mirarlos, vergonzoso y altivo, pero tampoco los demás levantan siquiera la mirada de sus espacios y tareas para verlo pasar.

Cuando salen, comparten todos un trecho del camino. Caminan deprisa y agrupados, y luego van apartando cada cual por su rumbo. Veguita y Martínez son los primeros que se descuelgan hacia el metro más próximo. Luego aparta Pacheco, muy veloz, casi corriendo, quizá para llegar a tiempo de ver a Lalita. Bernal y Matías siguen un trecho juntos. «Buen fin de semana», dice Bernal al separarse, y se lleva dos dedos flojos a la sien, saludando a lo militar.

Matías continúa deprisa hacia su casa. Ha pasado un año desde la noche aquella en que se quedó sin tabaco y bajó a la calle y el azar lo condujo a una casa donde acababa de cometerse un crimen. Como entonces, hoy es también un viernes caluroso de primavera, un día perdido entre los días, un día sin nombres propios y sin ningún signo visible que parezca llamado a perpetuarse. Como todos los viernes, compra pollo asado y ensaladilla rusa y come en la cocina, mientras estudia en una revista los programas de televisión para el fin de semana. Luego se tumba en el sofá y está un rato fumando, hasta que finalmente se queda dormido.

Cuando despertó, era ya media tarde. El matrimonio vecino se había eternizado en una de sus polémicas monocordes y amargas. Matías oyó el tono desilusionado de las voces, las frases sin resolver separadas por el abismo de las pausas, los reproches desalentados, como si más que discutir añoraran sus buenas y belicosas controversias de juventud. De pronto, oyéndolos, a Matías le pareció que estaba aún en la primavera anterior, que se había dormido y había soñado los sucesos del último año y que ahora despertaba con una sensación inconsolable de pérdida pero también de alivio y de felicidad. Intentó pensar en Martina, pero no consiguió recordar sino muy vagamente su cara, su figura, su voz. Inmediatamente después de la disolución de la granja, y tal como al parecer tenían planeado, se había ido a vivir con el rumano a Rumanía, y con ellos se habían ido también doña Paula y miss Josefina. En cuanto a Joaquín Gayoso, el hombre legendario con el que su padre hizo la guerra, había vuelto a recuperar ahora su estricta condición de fantasma. Así que los protagonistas centrales de la historia habían desaparecido sin dejar rastro, y su ausencia hacía aún más fuerte y verosímil la sugestión del sueño. En cuanto a los otros personajes de peso, Pacheco, Bernal y Martínez, quizá por miedo o por vergüenza, habían decidido seguir los consejos de Castro y fingir que todo había sido solo una ilusión. No conservaba ni una foto de ese último año. Solo unas pocas reliquias imprecisas, dudosas, semejantes a las que su padre atesoró de su época de joven: un llavero, una insignia, una caja de fósforos, cada una con el emblema de la empresa, aquellas dos emes enlazadas que, según el joven Pacheco, parecían dos pájaros alejándose hacia un futuro de leyenda. Ese era todo el botín que había logrado en aquel año de aventuras. Y sus ahorros volvían a estar intactos, como entonces. Por inexistente, por prodigioso, por absurdo, aquel había sido en verdad un año que algo tenía de mágico.

Así estuvo un buen rato, tumbado en el sofá, devaneando, ganándole tiempo a la tarde, hasta que de pronto vio mecerse en la pared los ramos de la acacia, entrando y saliendo del cuarterón de la ventana que todos los días proyectaba allí el sol antes de ocultarse tras las casas de enfrente. Entonces se levantó, deambuló un poco por el piso y finalmente salió al balcón a fumar y a contemplar el espectáculo del mundo. Vio el estanco, el videoclub, la papelería, la peluquería, la covacha del zapatero remendón. Todo estaba en su sitio, como siempre. Hacía muy buena tarde, y a veces la brisa traía una fragancia desmayada que era como un presagio de los atardeceres lentos del verano.

Matías respiró hondo y retuvo el aire como si quisiera apurar la plenitud de aquel instante. Quizá aún era tiempo de viajar a la costa.

Últimos títulos